JN157453

英語の成長と構造

Growth and Structure of the English Language

O. イェスペルセン 著

米倉 綽 監訳

相田周一・奥村　譲・川端　新
鴻巣要介・柴倉水幸・都地沙央里
平　歩・溝端清一・向井　毅
村長祥子・李　春美・米倉　綽
訳

英宝社

訳者まえがき

　本書は O. イェスペルセン (Otto Jespersen) による *Growth and Structure of the English Language* の日本語訳である。底本としたのは 1938 年に Basil Blackwell から出版された第 9 版である。[1] 原著の最新版は 1982 年にロンドン大学ユニバーシティ・カレッジ教授（当時）R. クワーク (Randolph Quirk) の「序言 (Foreword)」付きで Basil Blackwell および The University of Chicago Press から第 10 版として刊行されている。

　本来なら翻訳するにあたってはこの 1982 年版を底本とすべきであるが、第 9 版と第 10 版の相違はクワーク教授の「序言」の有無のみである。従って、第 9 版を底本としたのであるが、クワーク教授の「序言」は *Growth and Structure of the English Language* が今もその学術的価値を失っていないことを見事に述べている。そこで、以下にクワーク教授の「序言」の要約も含めてイェスペルセンの本書の意義を述べることで、「訳者まえがき」とする。

　1904 年にヘンリー・ブラッドレー (Henry Bradley)[2] が『英語の成立』(*The Making of English*) を出版している。その 3 年後の 1907 年にはヘンリー・セシル・ワイルド (Henry Cecil Wyld)[3] によって『英語の発達』(*The Growth of English*) が刊行されている。この二つの名著に挟まれる形で 1905 年にイェスペルセンが『英語の成長と構造』(*Growth and Structure of the English Language*) を上梓した。そして、この 3 人の偉大なる研究者に続いて約 40 年後の 1947 年にはイェスペルセンと同様非英語話者である言語学者フェルナン・モッセ (Fernand Mossé)[4] が『英語史概説』(*Esquisse d'une histoire de la langue anglaise*)[5] を出版した。

　上に挙げたいずれの書も今なお注目を集め、多くの言語学あるいは英語の研究者らに読まれている。中でも最も重要視されているのがイェスペルセンの『英語の成長と構造』である。イェスペルセンはその生涯の間に 9 回の版

においていくつかの有意義な修正を試みている。例えば、1923年の第4版に付した「序文」において、彼は1905年以来生じたいくつかの言語的変化を記述している。さらに、イェスペルセンはコペンハーゲン (Copenhagen) 大学を定年退職した年に第9版を出版し、その内容のさらなる拡大と改訂をしている。これについて、クワーク教授は「本書ははるかに時代の先を行っており、それゆえに十分現代にも通用する」と述べ、「イェスペルセンの本は、これまで評判のよい英語の歴史を書いてきた人たちの誰よりも、彼が一般言語理論について深い洞察力を持っていたという事実からその書の普遍性を引き出している。しかし、彼の言語に関する考え方は、20世紀後半における言語に関する科学的記述を特徴づけている…後期行動主義 (post-behaviourism)[6] の慎重な懐疑的態度というよりはるかにヴィクトリア風 (Victorian)[7] である。ウォーフの考え方 (Whorfian)[8] を主張している誰よりも、イェスペルセンは言語とその話し手の個性は相互に影響しあうものだと信じていた」と付け加えている。

　イェスペルセンは「進歩」に関しては、楽天的と言えるほどに、ヴィクトリア風の深い信念の持ち主であり、英語の歴史はその明晰さと単純性を進歩的に獲得してきたと考えている。彼は、生き残ったものは最も効果的に適応したということだとみなしており、これはまさにダーウィン (Darwin) の適者生存 (survival of the fittest) の考え方に通じるものである。

　イェスペルセンは65歳でコペンハーゲン大学を退職するが、この時（1925年）におこなった最終講義で、自分自身を時代遅れの頑固者と呼んでいる。しかし、彼の英語研究は「頑固者」どころか常に若さあふれる独創的なものであった。彼にとって、「言語を研究する」とは「テクストを理解して最良の男女の心の奥底にある思いの中に入り込むこと」であった。さらに彼は「ことばは人と人を結びつけるための最も品性のある道具である。…ことばや文学を生み出した人たちを理解するようになるのは、文学（作品）と同様にことばによってであり、最良の方法としては、その両方が結合された場合である」と述べている。イェスペルセンはまさにこのことを実践した人であろう。

　イェスペルセンはこの最終講義の中でまた次のように述べている——「私の話を聞いてくれた人たちに、偉大な詩人たちへの私自身の熱い想いをいくらかでも伝えることができたと思ったのである。私が最も楽しむことができ

訳者まえがき

たのは、また私の講演を聴いてくれた人たちが最も楽しむことができたのは、疑いもなく、私のチョーサーの講義であった。それは、チョーサーが人間を描写する驚くべき能力を持っているということもあったからであろう」。[9]

『英語の成長と構造』はこのイェスペルセンの人間と言葉への深い愛情の結晶とも言える。イェスペルセンはこの書を通して何世代もの読者にこの情熱を「ごく自然に」伝えている。このことを証明しているのがクワーク教授の次の言葉である――

> 「英語を学ぶすべての学生のカリキュラムに英語の歴史が含まれている時代があった。この賢明な規程は再びなされるであろう。もし、そのようなことになったら、それは間違いなくイェスペルセンが歴史言語学の研究に注いだ知的で審美的な刺激によるものであろう。そしてこの小さな優れた著作の中でこのことは示されているのである」。

注

[1] 第9版は Donald Moore Books からも出版されている。

[2] Henry Bradley (1845-1923) は英国の英語学者であり、OED の編者のひとり。マンチェスター (Manchester) の生まれで、ダービーシャー (Derbyshire) にある grammar school で教育を受けた以外はすべて独学で多くの外国語を学んだ。OED の編者 Murray は彼の学殖に驚嘆し、1886年彼を編集部の一員にした。さらに彼は 1887年には OED の編者となり、1915年 Murray の没後 senior editor となり、Craigie と Onions の協力を得て、OED 完成に努力した。彼は OED 編纂にその生涯の大半を捧げたので、著書としては『英語の成立』(*The Making of English*) の他は特筆すべきものはない。この『英語の成立』は一見学術的な著述ではないように見えるが、英語の歴史を知るうえで極めて重要な価値を持っている。なお、本書は 1982年『英語発達小史』(寺澤芳雄（訳）、岩波書店) のタイトルで翻訳され、特に詳細な「訳者註」と「解説」が付されているので、英語史の研究者にとっては有意義な文献となっている。

[3] Henry Cecil Wyld (1870-1945) は英国の英語学者でロンドン生まれであるが、家系はスコットランド系である。Bonn 大学および Heidelberg 大学で学び、Oxford 大学では Henry Sweet に師事し、Corpus Christi College で B.Lit. を取得。1920年 Napier の後任として Oxford 大学の Merton Professor of English Language and Literature となる。ワイルドの英語学研究は音韻・文法形態の史的研究が中心であ

り、統語法に関するものはない。『英語の発達』(*The Growth of English*) は音韻論が大部分を占める英語の歴史に関する入門書である (『英語学人名辞典』396-397 を参照)。

4　Fernand Mossé (1892-1956) はフランスのゲルマン語学者・英語学者で、Marseilles の生まれ。Sorbonne に学ぶ。1926 年 École Pratique des Hautes Études の正教授 (Directeur d'études) となる。モッセの研究は北欧語、ゴート語、西ゲルマン語に関するものであるが、特に英語に力を注いだ。

5　モッセのこの書は英語が母語ではない言語学者によるものであるという点でイェスペルセンの「優れた小さな本」と同様、今なお英語史に関して書かれた名著と言える。なお、この書の翻訳には郡司利男・岡田尚（訳）『英語史概説』(開文社出版、1963) がある。

6　後期ブルームフィールド派 (Post-Bloomfieldian School) と言われるものであり、例えば、「あのリンゴを取ってきて」(=「刺激」) に対する反応が「リンゴを取りに行く」という「行動」として現れる。このような客観的に観察できる事例のみを言語活動として捉えることが言語の科学的研究だと考えるのである。この場合、人間の内面における心理などはあまり注目されていない。つまり、後期行動主義は、イェスペルセンが本著の 19 節で引用しているテニスンの詩にある「ことばの半ば隠れている」部分を無視していることになる。

7　ヴィクトリア女王の在位時代 (1837-1901) の典型的と思える事物や人物に冠して用いられる語であり、上品で道徳的であるが「自己満足、ヒューマー感覚の欠如、権威と正統宗教の無条件信奉」を意味する。OED (s.v. Victorian, a.[2]) でも、'prudish, strict, old-fashioned, out-dated' と定義されている。しかし、イェスペルセンは、子供の頃から行儀のよいおとなしい性格であったし、学校では数学が得意で、数学の試験で同級生に解答を教えてやったことが判明し、彼自身も零点になるなど、お人好しであった。一方、彼は若い頃から音声や正字法改革に熱心であった。信仰については、彼が宗教的感激にかきたてられることはほとんどなかった。また、1925 年自らが提唱した 65 歳定年を厳格に守り、自らがその制度適用の最初の教授として、コペンハーゲン大学を退職している。この時の「退職講演」で彼は自分自身のことを「時代遅れの頑固者」と言っている。OED の定義では、上に記したように、「昔ながらの、古風な、厳格な」となっており、negative な意味合いが強いが、むしろイェスペルセンは「思想的に決して過激ではなく、ヒューマーに富み、決められたことには素直に従う」人柄であった。このようなことを考えると、クワーク教授が「ヴィクトリア風」と言っているのは、イェスペルセンを「穏やかで、ヒューマーがあり、誠実な」人物であり、いい意味での「頑固者」であったと評価しているのであろう。

8　サピア・ウォーフの仮説 (Sapir-Whorf Hypothesis) と一般に言われているものであるが、これについての著作はウォーフの方が多いので、ウォーフの仮説

訳者まえがき

(Whorfian Hypothesis) と呼ばれることもある。「個々の言語の背後にある言語体系（つまり、その文法）は、単に考えを表現するための再生の手段というものではなく、それ自身考えを形成するものであり、個人の知的活動、すなわち、自分の蓄えた知識を総合したりするための指針であり、手引きである」と言い、「話し手の言語的背景が異なっていれば異なったまとめ方がなされるために、同じ事実でも異なったふうに受け取られる」という考え方である。この考え方はまさにイェスペルセンが「言語とその言語の話し手の個性は相互に影響し合うものだ」と言っているのと同じである。

[9] イェスペルセンはこの最終講義の内容も含めて、英語、ドイツ語、フランス語で書かれた既発表論文 21 点をまとめて、1933 年に *Linguistica* と題して刊行した。

2015 年 1 月 30 日

米 倉 綽

序　　文 (Preface)

　本書の扱う範囲と計画は序説概要 (introductory paragraph)[1] にすでに述べられているが、私は本書が一般の人たちに有益であると同時に言語学を専門にしている人たちにもある程度役立つように書く努力をした。ある場合には、一般に認められている説から逸脱している理由を十分に示すだけの紙面はなかったが、新たな見解を提示している。将来より学術的な特徴を持つ書物において最も議論の余地のあるいくつかの点を論じる機会があることを私は期待している。

　本書の研究分野において、私は多くの先輩の研究者、とりわけ『オックスフォード英語辞典』(*The Oxford English Dictionary*)[2] の編者諸氏に負うところ大である。各語の最初と最後に現れた時期は、ほとんどいつも、あの英国の学術を具現している輝かしい記念碑[3]から採っているが、これらの時期をあまり文字通りに考えないようにと本書の読者に警告する必要はほとんどないであろう。例えば、*fenester*[4] という語が1290年から1548年まで使われていたとした場合、この語が実際に最初に聞かれ、最後に聞かれたのがこれら二つの年であるという意味ではなく、それより初期にあるいはそれより後にこの辞書の編纂者らによって見出されていないというだけのことである。

　本書は、一般の慣習とは異なり、引用したすべての作家の綴字を採用している。エリザベス朝の他の作家からの引用では古い綴字を使用しているのに、シェイクスピアの多くの英国版ではなぜ綴字を現代英語風にしているのか、私にはその理由が分からない。シェイクスピアからの引用は、本書では規則正しく第1・二つ折本 (First Folio, 1623年)[5] の綴字で示している。現代の読者の便宜のために、古い慣用 (usage) を調整したのは、大文字と u, v, i, j についてのみである。例えば、vs および loue の代わりに us、love と印刷した。[6] 誤解を避けるために明確に言っておくが、本書で古英語 (Old English、略し

て OE）——今なおしばしばアングロ・サクソンと言われているが——としているのは、1150 年以前の英語を指している。

本書の根底にある言語の哲学 (philosophy of speech) については、次の最近の三つの書を読者に薦めたい。

> 『言語・その本質、発達と起源』*Language, its Nature, Development and Origin* (London: G. Allen & Unwin, 1922; ドイツ語版：*Die Sprache, ihre Natur, Entwickelung und Entstehung*, Heidelberg: C. Winter, 1925)
> 『文法の原理』*The Philosophy of Grammar* (London: G. Allen & Unwin, 1924) [7]
> 『人類と言語』*Mankind, Nation and Individual* (Oslo: H. Aschehoug & Co., 1925)

また、『近代英文法』(*Modern English Grammar* (Heidelberg, 略して *MEG*)) [8] の 1 巻から 4 巻において、さらに縮小版の『英文法の本質』(*Essentials of English Grammar* (London)) [9] において英文法を論述している。

第 9 版は注意深く改訂され、最新の内容としている。変更を加えたのは主に第 7 章（この章は第 7 章と第 8 章の二つの章になっている）と第 8 章（これは現在の第 9 章にあたる）である。

いくつかの有意義な助言をしてくれたウィーン大学のヒットメヤー教授 (R. Hittmair) に感謝したい。

注

[1]（訳者注）次の第 1 章の「序説概要」(Preliminary Sketch) を指している。

[2]（訳者注）原著では『新英語辞典』(*The New English Dictionary*) となっているが、本訳著では『オックスフォード英語辞典』(*The Oxford English Dictionary*、略して OED) に統一している。1857 年のロンドン言語学会 (The Philological Society) で R. C. トレンチ（Richard C. Trench (1807-86): ウエストミンスター (Westminster) の司祭長）が "On Some Deficiencies in Our English Dictionaries"（「わが国の英語辞書における欠陥について」）という論文を発表したことがきっかけとなって、ロンドン言語学会は 1858 年に『新英語辞典』の編纂を決定した。1884 年に第 1 分冊が出版され、1928 年に完結。1933 年に『補遺』(*Supplement*) が出され、全 11 巻となった。1879 年 J. マレー (James A. H. Murray) が第三代目の編纂主幹となり、

序　　文 (Preface)

『新英語辞典』の出版はロンドン言語学会からオックスフォード大学出版局 (Oxford University Press) に引き継がれた。これ以降、*New English Dictionary* は *Oxford English Dictionary* と呼ばれるようになる。総頁 16353、検出語数 24 万、用例 200 万、引用著者数は 5000 である。編纂主幹は James A. H. Murray (1837-1915) から、H. Bradley (1845-1923)、W. A. Craigie (1867-1957)、C. T. Onions (1873-1965) へと受け継がれた。この大辞典は 9 世紀以後文献に現れたすべての語を収録しており、発音、形態および語義を歴史的に記載している。また用例の配列も最も古いものから現代のものへとなっている。なお、現在では本辞典は CD-ROM および online http://www.oed.com で利用することもできる。また、『オックスフォード英語辞典』の編纂に 79 年の生涯を賭けた James A. H. Murray の一生を記述した本が孫娘エリザベス (K. M. Elisabeth Murray) によって *Caught in the Web of Words—James Murray and the Oxford English Dictionary* (New Haven & London: Yale Nota Bene, Yale University Press, 1977) として刊行されている（加藤知己（訳）『ことばへの情熱（上・下）』（東京：三省堂、1984）がある）。さらに、『オックスフォード英語辞典』の完成までの波乱万丈の歴史が Simon Winchester によって物語調で書かれている *The Meaning of Everything: The Story of the Oxford English Dictionary* (Oxford: Oxford University Press, 2003) がある（苅部恒徳（訳）『オックスフォード英語大辞典』（東京：研究社、2004）がある）。さらに、この OED の共編者のひとりである William A. Craigie は 1925 年に時代別辞書の作成の必要性を提唱した。これが *Middle English Dictionary* 編纂のきっかけとなった。これにより、1930 年に近代語学文学協会 (Modern Language Association of America) と Michigan 大学が『中英語辞典』(*Middle English Dictionary*) の編纂・刊行を引き受けることになる。OED 編集の折に集められた中英語の引用文も含めて約 45 万枚の用例カードを利用すると共に、1100 年から 1475 年までのあらゆる種類の中英語の文献から引用文が集められた。MED は中英語の語の意味および用法を徹底的に記述することを目指した。その編集方針は (1) 中英語の語の用法を豊富に集める、(2) 地域的・時代的異形を引用文に例示する、(3) 校訂本文、文学、科学、記録文書などあらゆる種類の資料から集めた引用文を提示する、ことであった。記述する意味については、基本的な意味だけではなく、比喩的・詩的用法、婉曲、皮肉、緩叙、誇張用法も示されている。従って、中英語の語彙については OED よりも MED の方がより詳しく、より網羅的である。MED の最初の刊行は Part E. 1 であり、発行年は 1952 年である。2001 年に Part X-Y-Z が刊行され MED が完成した。

³　（訳者注）『オックスフォード英語辞典』を指している。

⁴　（訳者注）*fenester* は window (「窓」) の意。詳細は原著 69 頁の注 1 に示されているが、先にここに（原注）の一部を記しておく。古英語 fenester はラテン語 fenestra (「窓」) [ドイツ語 Fenster、オランダ語 vebster、ウェルズ語 ffenester] が古フランス語を経由して 1290 年頃英語に流入し、1548 年まで用いられている。

⁵ （訳者注）folio とは全紙を 1 回だけ折りたたみ、2 葉 4 頁とする書物の造りのことである。シェイクスピア時代の全紙の寸法はおおよそ縦 34cm 横 23cm 前後であった。シェイクスピアの戯曲全集で二つ折本形式をとったものは 4 版 5 種類あり、いずれも 17 世紀の出版である。第 1・二つ折本 (1623)、続く第 2・二つ折本 (1632)、第 3・二つ折本 (1663)、第 3・二つ折本の第 2 刷 (1664) および第 4・二つ折本 (1685) である。

⁶ （訳者注）綴字 < u > と < i > が母音、< v > と < j > が子音として用いられるのは 17 世紀以降のことであり、それまでは互いに交替可能であった。例えば、fugit*u*e → fugit*i*ve、*i*ealous → *j*ealous、*I*erusalem → *J*erusalem を参照。特に、< u > と < v > は 19 世紀以前まで区別されていない。< i > と < j > も 18 世紀以前までは < i > で表されることが多かった。元来、< i > は上の点がなく、単独で用いられる時は、他の文字との混同を避けるために < i > を上に伸ばして < I > と記された。一方、< i > が語末に用いられる時は、数字 < i*j* > や < i*ij* > のように < i > が下に伸ばされて < j > と記された。これが < j > の始まりである。詳しくは中尾 (1972:19-22) および中尾 (1989: 22-25) を参照。

⁷ （訳者注）安藤貞雄（訳）『文法の原理（上・中・下）』（東京：岩波書店、2013）がある。

⁸ （訳者注）7 巻からなり、おおよそ 16 世紀から 20 世紀前半の英語に関して、その発音から文法および語形成までを詳細に記述している：1 巻（1909）は音声と綴字の歴史、2 巻 (1914) は数、名詞、付加詞など、3 巻（1927）は節、主語、目的語、述語、4 巻（1931）は時と時制、5 巻（1940）はネクサス、動名詞、不定詞、副詞節、否定、命令、疑問文など、6 巻 (1942) は形態論と語形成、7 巻（1949）は文構造、語順、人称、格、冠詞、法などを取り上げている。ただし、7 巻はイェスペルセンの死後、彼の教え子である Niels Haislund が完成して刊行した（南雲堂からテキストとして出版されている *Growth and Structure of the English Language* に付されている注を参照）。

⁹ （訳者注）*Modern English Grammar* を要約したものであり、伝統文法の名著（1933 年）。

オットー・イェスペルセン

ロンネハーヴァ、ヘルシンゲーア（エルシノア）(Lundehave, Helsingor (Elsinore))

1938 年 7 月

目　次

訳者まえがき……………………………………………………… iii

序　文 (Preface) ………………………………………………… ix

第 1 章　序説概要 (Preliminary Sketch) ……………………… 3

第 2 章　起　源 (The Beginnings) ……………………………… 30

第 3 章　古英語 (Old English) ………………………………… 50

第 4 章　スカンジナビア諸語 (The Scandinavians) ………… 88

第 5 章　フランス語 (The French) …………………………… 117

第 6 章　ラテン語とギリシャ語 (Latin and Greek) ………… 159

第 7 章　様々な由来 (Various Sources) ……………………… 219

第 8 章　英語本来の資源 (Native Resources)………………… 240

第 9 章　文　法 (Grammar) …………………………………… 270

第 10 章　シェイクスピアと詩の言語
　　　　 (Shakespeare and the Language of Poetry) …………… 322

第 11 章　結　論 (Conclusion) ………………………………… 363

　参考文献 ………………………………………………………… 386

　訳者あとがき …………………………………………………… 397

　索　引 …………………………………………………………… 404

英語の成長と構造

Growth and Structure of the English Language

第1章
序説概要 (Preliminary Sketch)

1

　本書における私の目的は、英語の主な特質を明らかにし、恒久不変の重要性を持っているその構造上の諸特徴の成長と意義を説明することである。この言語の比較的古い時期は、それらの時期の研究は興味あるものであるが、直接あるいは対照によって、現代英語の主な特徴に光を投げかける範囲においてのみ、これを考察するものとする。そして、言語史 (linguistic history) の教えるところを英国民の一般的歴史における主要な出来事と結びつけ、この両者の相互関係、および言語と国民性 (national character) との関係を示そうとするものである。この言語と国民性との考察は、早計な一般論になりやすく、科学的に扱うのは難しいと知れば、興味深く重要でもある諸問題に取り組むことに我々は慎重になる。しかし、我々はその取り組みをやめるべきではない。
　私の本書の計画は、まず現代のこの言語を概略し、英語の研究に多くの時間を費やし努力したにもかかわらず、その言語を眺めるにとどまり、英語を母語とする人 (a native) のようには正確には眺められないと感じる外国人 (a foreigner) に、この現代の言語がどのような印象を与えているかを示すことである。そして、その次に、以下の章で、この英語の歴史をさらに深く考察し、その言語の最初の姿を記述し、その言語が受けてきた様々な外国の影響をたどって、その言語の内的成長 (inner growth) を説明することである。

2

　もちろん、言語を一つの方式で明らかにすることは不可能である。言語は、人間と同じように、あまりにも合成的でその全本質を一つの短い表現で要約

することはできない。にもかかわらず、私が英語について考え、英語を他の言語と比較する時、いつも心に浮かぶ一つの表現がある。すなわち、英語は、確かにそして明らかに、私には男性的 (masculine) に思えるのである。英語は大人の男性の言語であり、英語には子供らしい (childish)、あるいは女性的な (feminine) ところはほとんどないのである。音声的 (phonetical)、文法的 (grammatical) および語彙的 (lexical) にみても、この言語に見出される語句や見出されない語句からみても、この（男性的であるという）印象を生じ、確証する事柄は非常に多い。英語という言語を論ずる場合、英国人特有の書法 (handwriting) をしばしば思い起こさせる。ちょうど、英国の婦人が他の国なら男性の書法 (man's hand) にのみ見出される方法でしばしば書くように、英語は私が知っているいかなる他の言語よりも男性的 (manly) である。[1]

3 音声体系 (Sound System)

　まず、音声体系 (sound system) について述べる。英語の子音 (consonants) は輪郭が明瞭である。つまり、有声子音と無声子音 (voiced and voiceless consonants) は、釣り合いのよい均整 (symmetry) を保って、[2] 互いに対立している。それらの子音は、概して、明瞭かつ正確に発音されている。例えば、デンマーク語に多く見られる、耳に聞こえる音が子音なのか母音のわたり音 (vowel-glide)[3] なのかほとんど分からない不明瞭な、あるいは半ば連結したような (half-slurred) 子音（ha*d*e「嫌う」、ha*g*e「鉤」、li*vl*ing「快活な」のような子音）は英語では見られない。

　英語においてこれと比較される唯一のものは、母音を伴わない場合の r であるが、この r は子音の列に入る権利を実は明らかに放棄しているもので、（イングランド南部の発音では）率直に言えば母音 (*here*「ここに」におけるように) か、あるいは全く音声上現れない (*hart*「雄の鹿」などにおけるように) ものである。[4] 英語の子音は、それぞれ明確にそれ独自の型に属している。つまり、t は t であり、k は k であり、それ以上は何もない (there an end)。いくつかの他の言語におけるよりも、周辺の母音によって子音が影響されることははるかに少ない。[5] 従って、ロシア語のような言語に人を引き入れる優美さを付与する子音の口蓋化 (palatalization)[6] は少しもない。母音も、またその周辺の音の影響を受けることは比較的少ない。この点では、現代英語は古英語の

第 1 章　序説概要 (Preliminary Sketch)

特徴から著しく離れており、確かに、ほとんどの長母音の二重母音化[7](ale [eil]「ビールの一種」、whole [houl]「全体の」、eel [i:l]「ウナギ」、who [hu:l]「誰」におけるように)は、釣り合いと平坦さというこの印象をある程度消すきらいはあるが、その音声構造においてはきちんと整っており明瞭である。

4

　これらの特徴、すなわち、おそらく音声研究に精通している人たち以外には、理解されないにしても、その言語が話されるのを聞けば、誰にでも多少なりとも直感的に感じられる充分な性質の他に、正常な耳の所有者には誰でも、その重要性が、容易に明らかになる他の特徴がある。

5

　これらの点の一つを明らかに示すために、ハワイ語から、手当たり次第に選んで対照してみよう。

　　I kona hiki ana aku ilaila ua hookipa ia mai la oia me ke aloha pumehana loa.[8]

このように続くが、一語として子音で終わる語はなく、また二個あるいは二個以上の子音群は決して見出せない。もし、このような言語が耳に快く響き、音楽と調和に満ちているとしても、全体の印象が子供らしく (childlike) 女性のような (effeminate) ものであることを誰も疑いはしないだろう。このような言語を話す民族には多くの活力や精力を期待することはない。[9] それは、その土地が、人が欲するすべてのものを産するにも人間の労働をほとんど必要としないし、また、それ故に、その生活に自然や同胞に対する厳しい戦いという刻印を伴うことのない陽光豊かな地域の住民にとってのみ、適用しているように思える。程度は劣るが、同じ音声構造はイタリア語[10]やスペイン語のような言語の中に見出される。しかし、我々の北方の諸言語はいかに異なっていることであろうか。英語では二個あるいは二個以上の子音で終わる語はかなりある。もちろん、私は発音のことを言っているのであり、綴り字のことを言っているのではない——

age「年齢」、hence「これより」、wealth「富」、tent「天幕」、tempt「誘惑する」、tempts「tempt の三人称単数現在形」、months「数ヶ月」、helped「助けた」、feasts「饗宴」

　このように、英語はこの言語を話す者の少なくない精力を前提とすると同様に要求もするのである。多くのこの種の子音群がその言語を美化する助けになっていないということは、容易に分かることである。しかしながら、英語における子音群の数が、英語を耳障りなあるいは粗雑なものにすると言えるほど、多いとは言い得ない。15世紀になると、monthes[11]「月」、helped [helpt]「助けた」などの e が発音されなくなることで、子音群の数が非常に多くなったが、これに対して、次の世紀には、night [nait]「夜」、thought [θɔ:t]「思想」における -ght (ドイツ語の ch のような「後部開音」はスコットランド語ではまだ発音されている[12]) や know [nou]「知る」、gnaw [nɔ:]「かじる」などにおける語頭の kn- や gn- のような子音群が軽くなった。[13] alms [ɑ:mz]「施し物」、folk [fouk]「人びと」などの l や、hard [hɑ:rd]「堅い」、court [kɔ:rt]「中庭」などの r の消失にも注意。comb [koum]「櫛」や -mb に終わるその他の語 (ただし、timber [timbər]「立ち木」では b が保持されている) および、例えば、strong [strɔŋ] における全く平行的な子音群 -ng で終わる語では、語末の子音群は単純化されている。つまり、n および g の性質を帯びているが、そのいずれとも同一でない単一の子音が、今日 strong では母音の後ろで発音されている。以前は、真の g が保持されていた。これは stronger [strɔŋər] に今も維持されている。[14]

6　語尾 (Endings)

　テニスン (Alfred Tennyson) の『ロックスリー・ホール』(*Locksley Hall*) の最初の10節、300の音節で、二子音で終わる語は33に過ぎず、三子音で終わるのは2語あるのみである。もし、この子音群の性質が、ほとんどすべてが次のごとく最も容易な種類のものであることを考慮すれば、この数は、確かに大した数ではない。

　　　-dz: comrades「仲間」、Pleiads「スバル星」: -mz : gleams「微光」、comes「来

第 1 章　序説概要 (Preliminary Sketch)

る」: -nz: robin's「こなどりの」、man's「人の」、turns「向く」: -ns: distance「距離」、science「科学」: -ks: overlooks「見渡す」: -ts: gets「得る」、thoughts「思想」: -kts: tracts「地方」、cataracts「大滝」: -zd: reposed「休んだ」、closed「閉じた」: -st: rest「休息」、West「西」、breast「胸」、crest「とさか」: -ʃt: burnish'd「光らした」: -nd: sound「鳴らす」、around「〜のまわりに」、moorland「荒野」、behind「後ろに」、land「土地」: -nt: want「欲する」、casement「窓」、went「行った」、present「現在」: -ld: old「古い」、world「世界」: -lt: result「結果」: -lf: himself「彼自身」: -pt: dipt「浸った」

このように、音声上から言えば、英語の特性を、粗暴な力 (brutal force) ではなく、男性的な活力 (male energy) を有するものとすることができよう。アクセント体系は、後に述べるように（26-28節）、これと同じ方向を示している。

7

　イタリア人の間には、「言葉は女性的、事実は男性的」[15] という辛辣な格言がある。もし、簡単 (briefness)、簡明 (conciseness)、そして簡潔 (terseness) が男性の文体の特徴であり、一方、女性は、概して、男性と違って言葉の節約者 (economizers) ではないとするならば、英語は大多数の言語より男性的なものとなる。これは非常に多くの点に見ることができる。文法においては、語尾などをできる限り最短形に縮め、かつ、時には語尾を全くなくしてしまい、ほとんどの同族言語においてと同様に、比較的初期の英語においても、極めて多くの余分なものを省いている。例えば、ドイツ語では、alle diejenigen wilden tiere, die dort leben[16] となり、複数概念が個々の語に別々に表現されている場合（もちろん、副詞は別として）、英語では all the wild animals that live there「そこに住むすべての野獣」となり、all、冠詞、形容詞、関係代名詞は、いずれもなんら複数の表示を受けることはできない。しかも、複数の意味は極めて明瞭に示されており、大多数のドイツ語の文をまだるっこくしているアクセントのない語尾の -e と -en はすべて避けられている。

8 単音節性 (Monosyllabism)

　bet「賭ける」、set「置く」; laid「横たえた」、shade「影」のような、各行の最後の音節のみの一致に基づく韻 (rimes)[17] は男性韻 (male rimes) と呼ばれ

る。これに対して、better「一層よい」、setter「置く人」; lady「婦人」、shady「陰の多い」のごとく、一方が強く、一方が弱い二つの一致する音節を有する韻は女性韻 (feminine rimes) と呼ばれる。フランスにその起源を持つこれらの名称は、最初は二つの性（男性形、女性形）の特徴となんらの類似も示すことを意図したものではなく、アクセントの弱い -e が女性の語尾（grande「大きい」[18] など）であったという文法的な事実から生じたに過ぎない。しかし、これらの名称は象徴的意義を全く失ってはいない。強いアクセントのある音節で終わる語には、最大の力が弱い語尾を伴う語よりも、実際には一層唐突の感がある。Thanks は 2 音節の thank you よりも、より荒っぽくそれほど丁寧ではない。英語は、実に多くの 2 音節語を単音節語に縮小することで、たぶん優雅さにおいて失ったものを、力において得ていることは疑いのないところである。もし長い外来語、特にラテン語の多数の語がなかったならば、英語は、中国語のような単音節言語の状態に近づいていたであろう。

さて、最も優れた中国語の研究者のひとり、ガーベレンツ (Georg von der Gabelentz)[19] は、古代中国語に見られる単音節語使用が、引き締まった力を持つという概念は、ルター (Luther)[20] のある牧師への助言 Geh rasch 'nauf, tu's Maul auf, hör bald auf「すぐ登って、口を開き、すぐ止めよ」から推測されうると、あるところで述べている。彼は、当然ながら、多数の英文を我々に思い起こさせたであろう。First come, first served「先んずれば人を制す」は、フランス語の premier venu, premier moulu や le premier venu engrène、ドイツ語の Wer zuerst kommt, mahlt zuerst、そして特にデンマーク語の den der kommer først til mølle, får først malet[21] よりも非常に力強い。また、次のような表現も参照——

  no cure, no pay
  「治らぬなら、払わぬ」
  haste makes waste, and waste makes want
  「急ぎ無駄のもと、無駄は窮乏のもと」
  live and learn
  「長生きはするものだ」（または「生きている限り学べ」）
  Love no man: trust no man: speak ill of no man to his face; nor well of any man behind his back (Ben Jonson)[22]

第 1 章　序説概要 (Preliminary Sketch)

「誰も愛するな、誰も信用するな、誰も面前では悪口を言うな：いわんや、誰もかげでは褒めるな」
to meet, to know, to love, and then to part (Coleridge) [23]
「会い、知り、愛し、それから別れること」
Then none were for the party;
Then all were for the state;
Then the great man help'd the poor,
And the poor man loved the great（Macaulay）[24]
「その時誰も党のためを計らなかった：その時すべてが国のことを考えた：その時偉人は貧乏人を助け、貧乏人は偉人を愛した」

9

　しかしながら —— 今あげた引用もまたこれを例証するのに役立つが —— 力の効果を生み出すのは 1 音節の語の配列によるとは限らないということに気付くであろう。なぜなら、最も頻繁に使用された非常に多くの短い語は、全くアクセントがなく、それ故に接頭辞や接尾辞とほとんど同一の印象を耳に与えるのである。近代の小説からの次の一文には特に力強いものはない：It was as if one had met part of one's self one had lost for a long time「それはまるで人が長い間失っていた自己の一部に会ったかのようだった」。そして、事実、ほとんどの人はそれが音読されるのを聞いても、1 音節語 (one-syllable words) のみからなっていることに気付かないだろう。このような文は、口語体の散文 (colloquial prose) ではめずらしくなく、詩 (poetry) においてさえも、一層しばしば見出される。例えば——

　　　And there a while it bode; and if a man
　　　Could touch or see it, he was heal'd at once,
　　　By faith, of all his ills.　　(Tennyson, *The Holy Grail* 54-56)
　　　「そして、それはしばらくそこに留まり、もし人が
　　　それに触れ、あるいは見ることができるならば、その人は、すぐに、
　　　すべての病より、信念の効力によって癒された」（テニスン『聖杯』）

　しかし、次に、多くの小連結語 (small connecting words) に由来する文体の弱さは、他の言語では多くの場合定冠詞を欠くことはできないと考えられ

るが、英語においては定冠詞を欠いていることである程度まで補完されている。

  Merry Old England   dinner is ready
  「楽しいイギリス」   「食事の準備ができている」
  Heaven and Earth   school is over
  「天と地」   「学校は終わった」
  life is short   I saw him at church
  「人生は短い」   「私は彼を教会で見た」

　そして、この特異性 (peculiarity) は、いくつかの短い虚語 (empty word) [25] が使われることで英語の文体が幾分弱く冗漫になるのを防いでいるのである。

10

　事務的簡略 (business-like shortness) は、また、英語にはよく使われている。それは、例えば次のような文の便利な省略 (abbreviation) に見られる——

  While fighting in Germany he was taken prisoner (=while he was fighting).
  「ドイツで戦闘中に、捕虜になった」
  He would not answer when spoken to.
  「話しかけられた時に、彼は返事をしようとしなかった」
  To be left till called for.
  「取りに来るまで放っておく（留め置き郵便物）」
  Once at home, he forgot his fears.
  「一旦家に帰ると、彼は恐怖を忘れた」
  We had no idea what to do.
  「どうしてよいか考えつかなかった」
  Did they run? Yes, I made them (= made them run).
  「彼らは走り去ったか。はい、彼らを走らせました」
  Shall you play tennis today? Yes, we are going to. I should like to, but I can't.
  「今日テニスをしますか。はい、やるつもりです。私はやりたいのですが、できません」
  Dinner over, he left the house.
  「食事が終わると、彼は家を出た」

第 1 章　序説概要 (Preliminary Sketch)

　このような表現を見ると、電報で用いる省略を思い出す。[26] それらは英語に頻繁に起こる形態上の短縮に相当する統語法上の例である——

cabriolet	→	cab「一頭曳き二人乗り馬車」
omnibus	→	bus「乗り合い自動車」
photograph	→	photo「写真」
telephone	→	phone「電話」

その他にもたくさんの例が見られる。

11　まじめさ (Sobriety)

　このことは表現上の一種のまじめさ (sobriety) から切り離して考えることはできない。英国人は、厳密に必要である以上の単語や音節を用いることを好まないのと同様、主張しえる以上のことを言うことを好まない。英国人は是認または称賛を表す強いあるいは誇張した表現 (hyperbolical expressions) [27]を嫌う。that isn't half bad「それはさほど悪くない」や she is rather good-looking「彼女は器量のいい方だ」はしばしば英国人から引き出しうる最高の賛辞なのである。

　フランス人が charmant [28]「魅惑的な」あるいは ravissante「うっとりするような」あるいは adorable「後光がさすような」と絶叫すると同じような熱烈な感情を、英国人が表すことは稀である。ドイツ語の kolossal [29]「強大な」や fabelhaft「巨大な」は英語で great「大いなる」あるいは biggish「大きめの」と訳して正しいことがしばしばある。フランス人が副詞 extrement [30]「極めて」や infiniment「無限に」を使う場合に、英国人は very「非常に」や rather「むしろ」あるいは pretty「まずまず」と言う。例えば、

Quelle horreur ! [31]
「なんとひどいことだ」
　　　　↓
That's rather a nuisance
「それはちょっと困りものだ」

Je suis ravi de vous voir

「お会いしてうれしくてたまらない」
　　　↓
Glad to see you
「お会いできてうれしい」

　英国人は、あまりに熱中し、あるいはあまりにも苦しんで、自らを危くすることを好まない。従って、目的が感情を表すものであっても、英国人の言語は真面目になり、あまりに真面目になりすぎて無味乾燥にさえなるのである。この特性の中には、称賛に値するもの、すなわち何も誇張せずに、あるいは遂行しえないことまで約束せずに、厳密に忠実になろうとする願望と、他方、非難に値するもの、すなわち感情をもらすことが、気取った、あるいは子供じみた、そして柔弱なことであるという概念と、強い感情を示すことによって、ばかげて見えはしないかという恐怖心とが、妙に混じり合っている。しかし、この特性は確かに女性より男性に頻繁に見出される。[32] そこで、英語のこの特性を、私が集めた男性的性質 (masculinity) を示す証拠に付け加えてもよいであろう。

12

　自らの好き嫌いを表すために多くの強い語を用いる人たちは、さらに他の言語的手段、すなわちイントネーションにおける激しい変化をも盛んに用いるのが普通である。彼らの声は突然非常に高い調子になり、次に低い音調になる。このような感情的な音調のアクセントを極度に用いるのは多くの野蛮民族の特徴である。ヨーロッパでは、北部よりもイタリアにおいて多く見られる。各民族においては、それは男性よりも女性がより多く用いるらしい。

　しかし、英国人は他のほとんどの民族よりもより単調に話すので、音調の極めてわずかな上昇や下降が、他の言語ならはるかに大きな間を要すると思われるものを示しているということがしばしば指摘されている。H. テーヌ[33] は「英国人は非常に低い声で話す。偶然、私が迷い込んだイタリア人の社会で、私は（彼らの話す言葉を）聞き取れなかった。私は英国人の声の穏やかな音調に慣れていたので」と述べている（『英国印象記』(*Notes sur l'Angleterre*) 66頁）。この点では、英国の婦人さえも、他の民族の多くの男性よりも（音調が）

第 1 章　序説概要 (Preliminary Sketch)

抑制されている。

> She had the low voice of your English dames,
> Unused, it seems, to need rise half a note
> To catch attention. (Elizabeth Browning, *Aurora Leigh*, 99)
> 「彼女は英国の婦人の低い声を持ち、
> 　注意を引くため半音をあげる必要にも
> 　慣れていないように思われる」
> 　　　　　　　　　　　　(エリザベス・ブラウニング[34]『オーロラ・リー』99 頁[35])

13

　この言語の他の領域に目を向ければ、我々の印象が強められ、深められるのが分かろう。

　例えば、英語にはいかに指小辞 (diminutives)[36] が少ないか、またいかに控えめに指小辞を用いているかを、調べてみることは価値のあることである。この点で、-ino (ragazzino、fratellino、[37] もともとは二重指小辞)、-ina (donnina)、-etto (giovinetto)、-etta (oretta)、-ello、-ella (asinello、storiella)[38] のような語尾やその他の語尾を持つイタリア語、-chen や -lein のような語尾を持つドイツ語、特に -le、-el、-erl のような語尾を持つ南部ドイツ語、-je のような語尾を持つオランダ語、様々な語尾を持つロシア語、マジャール語 (Magyar)[39] やバスク語 (Basque)[40] とは顕著な対照をなしている。明白な必要もなく、これらの語尾が余りに頻繁に繰り返されるのは、これを話す人が、たいした事務的能力や人生における真剣さもなく、無知で、子供じみた人であるという印象を生み出す傾向がある。

　しかし、英語ではこのような愛称を表す語尾は極めて少ない。従って、第一に、-let は比較的近代の語尾であって、この語尾を伴う語のうち、百年以上遡りうるものは極めて少ない。しかも、現在さかんに用いられるのは、主に、博物学者がある小器官を (budlet「小芽」Darwin[41]； bladelet「小葉片」Todd[42]； conelet「小円錐」Dana[43]； bulblet「小球茎」Gray[44]； leaflet「若葉、ちらし」、fruitlet「小さな果実」、featherlet「小羽毛」など)、短く的確な方法で言い表したいとすることによるものである。これは、他の言語で見出される親愛を表す用語とは極めてかけ離れた指小辞の用法である。-kin と -ling (princekin「小君主」、princeling「小公子、小君主」)という語尾は、あまり用いられず、一般には軽蔑や嘲笑を表している。[45] もちろん、他の言語の愛称を表す接尾辞に正確に対応する -y や -ie [46] (Billy、Dicky、auntie「叔母ちゃん」、birdie「小鳥」など)がある。

しかし、英語におけるその適用は子供部屋に限られており、子供に話しかける場合のほかは、大人によって用いられることはほとんどない。また、この語尾は英語というよりはスコットランド語である。

14　語順 (Word-Order)

英語の事務的で男性的な性質は、語順 (word-order) のようなものにも現れている。英語の単語は、例えば、ラテン語やドイツ語にしばしば見られるような、かくれんぼ (hide-and-seek) を演ずることはない。[47] ラテン語やドイツ語では、当然、一緒にあるべきはずの概念が、気紛れから、あるいは、しばしば厳格な文法上の規則に従って甚だしく分離されている。英語では、助動詞は本動詞から遠く離れることはなく、否定語はその否定する語(通常は、(助)動詞)の直ぐ近くに現れる。形容詞は、ほとんど常に、名詞の前に置かれる。唯一の重要な例外は、形容詞に修飾語が付加され、その結合全体が関係詞節の役割を果たすように、名詞の後に形容詞が置かれる時である。例えば——

 a man every way prosperous and talented (Tennyson)
 「すべての点で繁栄し、才能のある人」
 an interruption too brief and isolated to attract more notice (Stevenson)[48]
 「これ以上注意をひくには余りにも短く、また孤立した中断」

そして、同じ規則正しさは、他の点においても、近代の英語の語順に見出される。数年前、私は、私の学生に、様々な言語における語順に関するいろんな点を統計的に計算させた。ここでは、I saw him「彼に会った」におけるような主語が動詞に先んじて、そして次に動詞が目的語に先行している文 ('Him I saw, but not her「彼に会ったが彼女には会わなかった」や Whom did you see?「あなたは誰に会ったのか」に対して) について数名の近代の作家のパーセンテージのみを以下にあげておく。

第1章　序説概要 (Preliminary Sketch)

シェリー [49]	散文 89：	詩 85
バイロン [50]	散文 93：	詩 81
マコーレー	散文 82	
カーライル [51]	散文 87	
テニソン	詩 88	
ディケンズ [52]	散文 91	
スインバーン [53]	詩 83	
ピネロ [54]	散文 97	

　比較するために、これと同じ語順がデンマークの散文作家 (J. P. Jacobsen) [55] には 82、詩人 (Drachmann) [56] には 61、ゲーテ [57]（詩）には 30、近代ドイツ散文作家 (Tovote) [58] には 31、アナトール・フランス [59] には 66、ガブリエル・ダンヌンツィオ [60] には 49 パーセントあったことを述べておく。

　英語は、必ずしもこれと同じ規則正しさを有していなかったことは、『ベーオウルフ』(*Beowulf*) [61] に対する数字が 16、アルフレッド大王 (Alfred the Great) [62] の散文に対する数字が 40 であることを見れば明らかであろう。仮に、我々の統計が充分信頼される結果を示すに値するだけの多くの抜粋を含んでいないとしても、英語が、この点では、その率が 100 パーセント（あるいはそれに近い）と思われる中国語の厳正さには到達していないが、ほとんどの、あるいは多分すべての同族言語より、一層の規則正しさを示しており、気紛れ的要素がより少ないことに議論の余地はない。

　英語は、強勢の必要から、文の各語の普通の語順を逆にするという適切な手段を失ってはいないが、ドイツ語やスカンジナビア諸語よりも、その使用を一層少なくしている。そして、ほとんどの場合、これらの諸言語は、なんら実際に必要もないのに、特に極めて多数の日常語句において強勢法を用いていることが明らかであろう。例えば次のように——

　　dær har jeg ikke været、dort bin ich nicht gewesen、[63] I haven't been there
　　「私はそこにいなかった」
　　det kan jeg ikke、das kann ich nicht、[64] I can't do that
　　「私はそれをすることができない」

　det veed jeg ikke、das weiß ich nicht [65] という通常の句においては、det あ

るいは das に、しばしば不必要な強勢が置かれている。このような場合、英国人は目的語を表現することさえ、全く必要と認めないで、I don't know と言う。英語では主語が、ほとんどの「導入の副詞」(introductory adverbs) の後で、動詞に先行することにも注意。例えば、now he comes、there she goes のように。一方、ドイツ語とデンマーク語は倒置した語順 (inverted order) [66] を有しており、英語でも数世紀前まではそうであった。例えば、jetzt kommt er、da geht sie ; nu kommer han、dær går hun; now comes he、there goes she など。従って、語順と首尾一貫性 (consistency) が英語の近代期の証拠となっている。

15 論理学 (Logic)

　いかなる言語も、あらゆる点で、論理的ではなく、また慣用が必ずしも厳密な論理的原理によって導かれていると期待してはならない。一言語の現行文法が抽象論理 (abstract logic) に一致しているように思えない場合、その言語を非難し、それを正そうとしたのは、古い考え方を持つ文法家たち (older grammarians) [67] にしばしばある誤りであった。にもかかわらず、そのような誤りに陥ることなく、様々な言語を比較し、論理学の標準によって、それらの言語を判断することは可能である。そして、ここでも、また、論理学の純然たる応用 (pure applied logic) であると記述されている中国語は別として、英語ほど論理の高い言語は文明世界にはないと私は思う。

　時制の用法を見てみよう。過去時制 he saw と複合的な完了形 he has seen との相違は、ドイツ語 [68] は言うまでもなく、デンマーク語においても、同様に形成された時制に比べて、極めて一貫して維持されている。その結果、英語を話すドイツ人が犯す最も常習的な誤りの一つは、これらの形式の誤用である（Have you been in (or to) Berlin ? の代わりに Were you in Berlin ? と言い、was defeated の代わりに In 1815 Napoleon has been defeated at Waterloo. と言う）。

　次に、拡充形（または「進行形」）(expanded (or 'progressive') tenses) [69] の比較的最近の発達は、I write と I am writing、I wrote と I was writing との驚くべき的確にして論理的に貴重な区別を英語にもたらしている。フランス語では定過去 (le passé défini) (j'écrivis「私は書いた」) と半過去 (l'imparfait)

第1章　序説概要 (Preliminary Sketch)

(j'écrivais「私は書いた」) [70] との区別において、英語と類似のものを有している。一方において、定過去は消失する傾向にあり、あるいはむしろ口語では、パリや北部地方では、すでに消失し、その結果 j'ai écrit [71] がこれに取って代わり、I wrote と I have written との区別はなくなっている。他方、この区別は、英語ではすべての時制を通して行われているのに、フランス語では過去にのみ適用されている。

　さらに、英語にある区別はスラブ諸語 (Slavic languages) に見出される類似の区別よりも優れている。英語においては同一方法 (am -ing) によって、すべての動詞およびすべての時制において一様にこの区別がなされている。一方、スラブ諸語では、前置詞と派生語尾のはるかに複雑な組織のため、新しい動詞および動詞群の生じるたびに、それらを我々はほとんど個別的に覚えなければならない。

16

　英語の論理的な点を称賛するにあたり、事実あるいは外的世界の論理が、言わば、文法の論理と衝突する大多数の場合に、大多数の言語においては、後者（文法の論理）のために前者（事実あるいは外的世界の論理）を犠牲にするか、あるいは「厳密に文法的」(strictly grammatical) でない事柄を言ったり書いたりすることを恥ずかしいとする度量の狭い衒学 (narrow-minded pedantry) を脱しているという事実を見落としてはならない。

　これは特に数 (number) に関して明らかである。family と clergy は、文法的に言えば、単数 (singular number) である。しかし、実際はそれらは複数 (plurality) を表している。大多数の言語では、このような語を単数として扱い得るのみであるが、英語ではもし統一の概念が主要であれば、これに単数の動詞を用いてこの単位を it として受けるか、あるいは、もし複数の概念が優勢であれば、動詞を複数にし、代名詞 they を用いる。この選択の自由が、時には、極めて有利であることは明らかである。従って、次のような文が見られる。

　　As the clergy are or are not what they ought to be, so are the rest of the nation (Jane Austen) [72]
　　「牧師が、当然あるべきはずのもであったり、なかったりするように、他の国

民もまた同様である」
the whole race of man (sing.) proclaim it lawful to drink wine (De Quincey) [73]
「すべての人類は酒を飲むことを合法と宣言する」
the club all know that he is a disappointed man (De Quincey)
「クラブの人たちは、みな、彼が失望していることを知っている」

また、次の例――

there are no end of people here that I don't know (George Eliot) [74]
「ここには私の知らない人々が限りなく多くいる」

　最後の例においては、no end は many と同じ意味であるから、複数形の動詞をとる。シェリーが、彼の手紙の一つで、the Quarterly are going to review me「『クォータリー誌』は私を論評しようとしている」と書いているのは、Quarterly (Review) をその雑誌社の記者全体と考えているからである。
　逆に、英語には、個々の部分からなる統一体を文法的に表すという、他のいずれの言語にもそれに匹敵しない自由がある。例えば [75]――

I do not think I ever spent a more delightful three weeks (Darwin)
「私はこんな愉快な 3 週間をこれまで過ごしたことはないと思う」
for a quiet twenty minutes
「静かな 20 分間」
another United States
「合衆国がまた一つ」
a fortnight
「2 週間」
three years is but short (Shakespeare) [76]
「3 年間はとにかく短い」
sixpence was offered him (Darwin)
「6 ペンスが彼に提供された」
ten minutes is heaps of time (E. F. Benson) [77]
「10 分間は少なからざる時間だ」

第 1 章　序説概要 (Preliminary Sketch)

17　衒学からの解放 (Freedom from Pedantry)

　英語には、次に示すように、上述の例と同様に、衒学に囚われなかった現象が他にも多く見られる。例えば——

　次の受動構文が可能である。
　　he was taken no notice of
　　「彼は少しも認められなかった」

　副詞や前置詞的結合が限定的に用いられる。
　　his then residence
　　「彼の当時の住宅」
　　an almost reconciliation（Thackeray）[78]
　　「ほとんどできた和解」
　　men invite their out-College friends（Steadman）[79]
　　「人々はその大学構外の友人を招いた」
　　smoking his before-breakfast pipe（Conan Doyle）[80]
　　「朝食前の一服をやって」
　　in his threadbare, out-at-elbow shooting-jacket（G. du Maurier）[81]
　　「擦り切れた、着古した猟服」

　あるいは文全体が一種の形容詞に変えられる場合がある。
　　with a quite at home kind of air（Smedley）[82]
　　「一種全くくつろいだ様子で」
　　in the pretty diamond-cut-diamond[83] scene between Pallas and Ulysses[84] (Ruskin)[85]
　　「パラスとユリシーズの間の知恵比べの美しい場面に」
　　a little man with a puffy Say-nothing-to-me-or-I'll-contradict-you sort of countenance（Dickens）
　　「私には何も言わないでくれ、言えば反対するぞと言わぬばかりの脹れっ面をした小さな男」
　　with an I-turn-the-crank-of-the-Universe-air（Lowell）[86]
　　「自分が宇宙のハンドルを回すのだというような態度で」
　　Rose is simply self-willed; a "she will" or "she won't" sort of little person（Meredith）[87]
　　「ローズは全く我がままで、「そうします」あるいは「そうしません」という種類の小さな子です」

この最後にあげた例のような組み合わせは、多少滑稽な文体に見出される
にすぎないが、これらはこの言語(＝英語)の可能性を示すものであり、また、
次の例も不変的な英語の属性を持った同類の表現である。例えば——

　　a would-be artist　　　　a turn-up collar
　　「未来の芸術家」　　　　「立てた襟」
　　a stay-at-home man
　　「出無精の人」

　このようなことは——しかも容易に増やすことができるが——フランス語
のような言語では想像もつかない。
　フランス語では、文法家の規定した一組の定則に一致しないものは、すべ
て非難される。フランス語は、ルイ 14 世 (Louis XIV) の堅苦しいフランス
庭園 (the stiff French garden)[88] のようなものであるが、英語は英国の公園の
ようなものである。英国の公園は、一見、なんら定まった設計なしに作られ、
厳格な規定を強いる厳しい番人を恐れることなく、気の向くままにどこを歩
いても許されるものである。もし英国人が、何世紀もの間も各個人の自由を
大いに尊敬する人たちではなく、そして誰もがひとりで新しい路を作り出す
自由を許されていなかったとすれば、英語は現在のような姿にはならなかっ
たであろう。

18

　これは語彙にも見られる。名声高い何人かの作家たち[89] の努力にもかかわ
らず、英国人はフランスやイタリアのような学士院 (the French or Italian
Academies)[90] が、自分たちの間に設立されることを決して許さなかった。フ
ランスやイタリアの学士院は、語彙の制定を主要な仕事の一つとしていたの
で、その結果辞書に見出されない語はすべて文学上の使用あるいは優位を占
める価値のないものとして非難されていた。
　英国の各作家は、あるいは日常普通の語彙より、あるいは土着の方言より、
あるいは古い作家より、あるいは死んだまた現代の他の言語より、自分の好
きなところから、その用語を採るのも自由であり、また常に自由であった。
その結果、英語の辞書は、他のいずれの民族の辞書よりも多数の語を含み、[91]

第 1 章　序説概要 (Preliminary Sketch)

地球の東西南北各地の多彩な用語の実像を呈している。

　さて、女性は一層狭い語彙の範囲内で動き、その中で女性は完全な達成の域に達し、その結果言葉の流れは常に自然となり、しかも決してとどまることはない。一方、男性はさらに多くの語を知り、その観念を表すべき的確な語を選ぶにあたって、常に一層厳密になろうとする。その結果、しばしば流暢さを欠き、一層ためらいを増すというのが、言語に対する女性と男性の関係の特徴らしく思える。[92] 比較的多くの口ごもる人や言葉につまる人が、女性（少女）よりも男性（少年）の間に見られることは統計的に示されてきた。外国語の教師は、女子学生がほんのわずかな時間学習しただけで他の言語で容易に自己表現することに感嘆することがしばしばある。一方男性はと言えば、そのようなわずかな学習時間ではほんの数語程度の単語を口ごもってしか言うことができないのである。しかし、もし難しい一文を外国語から、あるいは外国語に、翻訳する試験を受ける場合、男性は一般に女性より優れていることが分かる。これと同じ相違は、もっともそれほど容易には認められないが、その自国語に関しても見出される。

　とにかく、この断言は、女性の書いた小説が、男性の書いたものよりも非常に読みやすく、難しい語がはるかに少ないという、すべての言語学習者が認めている事実によって証明されている。これは、すべてが、英語の語彙の莫大な豊富さを、英国国民の男性的性質 (masculinity) そのもの——このことはこれまで非常に多くの分野で観察されたことであるが—— に帰するとする我々の考えを正当化するように思える。

19

　要するに、英語は、整然とした (methodical)、精力的な (energetic)、事務的な (business-like)、真面目な (sober) 言語であり、華麗さ (finery) と優雅さ (elegance) にはさほど注意を払わないが、論理的な首尾一貫さ (logical consistency) に注意を払い、文法あるいは辞書の警察的規定 (police regulations) や厳格な法則 (strict rules) により、生活を限定しようとする試みにも反対する言語である。この言語があって、また国民があるのである。

　For words, like Nature, half reveal

And half conceal the Soul within.
(Tennyson *In Memoriam A. H. H.* v. 3-4)
「言葉は、自然のように、内なる魂を、半ば表し、半ば隠している」

注

¹ （訳者注）イェスペルセンの意味するところは、発音では子音が多い、文法では単音節語や省略構文が顕著であり、文体的には感情を抑えた控えめな表現が多いことが、英語を精力的・実用的な言語にしているということであろう。しかし、「英語は大人の男性の言語であり、子供らしいあるいは女性的な言語ではない」と解釈されそうなイェスペルセンの考え方は、現代においては誤解をされる恐れがある。

² （訳者注）「釣り合いよい均整を保って」とは、英語では［無声音　対　有声音］という1対1の対応を維持しているということである。例えば—

	閉鎖音 (stop)			摩擦音 (fricative)			
無声音	p	t	k	f	θ	s	ʃ
有声音	b	d	g	v	ð	z	ʒ

³ （訳者注）「わたり音」とは、ある音から次の音へと移行する際に生じる音のことである。わたり音には、先行の音をつなぐ「入りわたり音」(on-glide) と後続の音をつなぐ「出わたり音」(off-glide) がある。例えば、hade の場合、d [ð] はまるで先行する母音 [a] と後続の音 [ə] をつないでいるように聞こえる。

⁴ （訳者注）r の音価を歴史的に見ると次のようになる：I. 母音に先行する時は (prevocalic) は子音として残った（例えば、try, merry）。II. 母音に後続する時 (postvocalic) には次の二つの場合がある：(1) here, poor のように [ə] となった場合 (ME [e:] > Early ModE [i:] > [i:ər] > [iər] > [iə]、ME [o:] > Early ModE [u:] > [u:ər] > [uər] > [uə]、(2) birth, certain のように全く痕跡を残さない場合 ([ir] >（17世紀）[ər] > [ə:]、[er] >（17世紀）[ər] > [ə:]）（ただし、イギリス標準英語の場合である）。なお、中尾 (2000：152) を参照。

⁵ （訳者注）「周辺の母音によって子音が影響されることははるかに少ない」のであるが、影響される例が若干見られる：アメリカ英語の強勢のある母音とない母音の間に起こる [r] → [ɾ]（弾音で [d] または [r] の音に近い）がある。例えば、water や latter の t あるいは tt がその例である。さらに、中尾 (2000: 152) を参照。

⁶ （訳者注）口蓋化とは、子音が後続の [j] または [i] に同化する現象である。現代英語の [ʃ] (nation)、[ʒ] (vision)、[tʃ] (question)、[dʒ] (soldier) は17世紀に起こった口蓋化によるものである。つまり [sj]、[tj] → [ʃ]、[zj] → [ʒ]、[tj] → [tʃ]、[dj] → [dʒ] となる。this year が [ðiʃjiər]、miss you が [miʃu:] と発音されるのも口蓋

第 1 章　序説概要 (Preliminary Sketch)

化によるものである。なお、中尾（2000: 152）を参照。
 7　（訳者注）大母音推移 (Great Vowel Shift) のことである。中英語の七つの長母音が二重母音化した：例えば、[i:] → [ai]、[u:] → [au]、[æ:] → [ei]、[ɔ:] → [ou] など。現代英語の nice [nais] は [ni:s]、house [haus] は [hu:s] と発音されていた。
 8　（訳者注）発音は以下の通りである――
　　　　[i: kóunə hí:ki ɑ́:nə ɑ́:ku iláilə ú:ə hououki:pə í:ə mai lə óiə me ke
　　　　əlóuhə pú:mehɑ́:nə lóuə]
意味はだいたい次の通りである（中尾（2000: 154）参照）――
　　　　if the leeward wind comes, the rain visits with very warm love
 9　（訳者注）この意味は、その後に続く「陽光豊かな土地に暮らす人たちは、苦労しなくても欲しいものが手に入るから楽である」ということであろう。
 10　（訳者注）イタリア語では madre（マードレ）「母」、rivista（リヴィスタ）「雑誌」、manifesto（マニフェスト）「公約」などのように、語末が母音で終わっている。ただし、子音で終わる語もある：lapis（ラピス）「青金石」（中世ラテン語からの借用）、tram（トラム「市街電車」（中期オランダ語からの借用）。lapis も tram もそのままの音で英語に入ってきた語である。
 11　（訳者注）現代英語では months [mʌnθs] である。
 12　（訳者注）例えば、ドイツ語の doch [dɔx]「しかし」、Buch [bu:x]「本」、スコットランド語の loch [lɔx]「湖、（細い）入り江」。
 13　（訳者注）英語における子音結合の構造は CCCVCCCC (C=consonant, V=vowel) である。子音連続は言語ごとに厳しい制約があり、英語では / ksm- /、/bzl- / という音節初めの子音連続や / -lmg/、/ -lzt/ という語末音節の子音連続は許されない。音節の初めの三つの子音連続は splendid [splendid]「豪華な」、spray [sprei]「しぶき」、street [stri:t]「街」、student [st(j)u:dnt]「学生」などに見られるが、/spw-/、/stl-/、/stw-/ のような連続は許されない。また、音節の終わりに生ずる -CCCC の子音結合は　-CCC の子音連続に複数や過去を表す接尾辞が付加されたものである。例えば、texts [teksts]「原文」、strengths [streŋ(k)θs]「力」、glimpsed [glimpst]「ちらりと見た」など。
 14　（訳者注）他にも、例えば、long は [lɔ:ŋ] であるが、longer は [lɔ:ŋgər] である。語中の [g] が音節の頭にある場合は発音する。finger [fiŋgər]、linger [liŋgər] も同じ。ただし、singer [siŋər]、singing [siŋiŋ] では [g] は発音されない。これらも 2 音節からなっているので、finger、linger と同じように見えるが、longer、finger、linger は独立した 1 語とみなされるので、発音が異なる。歴史的に見ると、longer は lang ― lengra ― lengest と母音交替の変化をしている。このことは、1 語としての意識が強いということを示している。
 15　（訳者注）'Le parole son femmine e i fatti son maschi.' は The speeches are feminine, and the facts are masculine. という意味である。

16　(訳者注) alle の e、diejenigen の n、wilden の en、tiere の e、leben の n は複数を表す屈折接尾辞である。
17　(訳者注) 韻 (rime or rhyme) とは、強勢のある母音（もし、子音が続くなら子音も）が同音である脚韻のことである。bet [bét] と set [sét] を例にとると、[-ét] が強勢のある母音と子音からなる男性韻である。一方、lady [léidi] と shady [ʃéidi] の場合には、[-éidi] が「強勢のある母音＋子音＋強勢のない母音」からなる脚韻であり、強勢のない母音で終わっているので、これを女性韻という。
18　(訳者注) grande [grãd] は grand (= tall) の女性形。grand の発音は [grã]。
19　(訳者注) ドイツの言語学者。
20　(訳者注) Martin Luther [ˈmɑːrtən ˈluːθər] (1483-1546) ドイツの神学者であり、宗教改革 (Protestant Reformation) の指導者。聖書をドイツで最初にドイツ語に翻訳した。
21　(訳者注) først は [første]、mølle は [mølə]、får は [fɔr] と発音する。[ø] は口を丸くした [y] の音価である。
22　(訳者注) Ben Jonson (1573?-1637) イングランドの劇作家・詩人、*Volpone* (1606) や *The Alchemist* (1610) などの作品がある。
23　(訳者注) Samuel Taylor Coleridge [ˈkoulridʒ] (1772-1834) 英国の詩人・批評家・哲学者、物語詩 *The Rime of the Ancient Mariner* (1798) が有名。
24　(訳者注) Thomas Babington Macaulay [məˈkɔːli] (1800-59) 英国の歴史家・政治家、*The History of England* (1849-61) を著した。
25　(訳者注) 虚語とは否定・疑問文における do あるいは be 動詞、at、but、for などの前置詞や冠詞などの形式語 (form word) または機能語 (function word) のことである。
26　(訳者注) このような複数の音節からなる語の一部を省略することで作られた語を略語 (clipped word) という。略語では、基体 (base) から何音節省略されるか、何音節残るのか、略語が開音節［open syllable（母音で終わる音節）］で終わるのか、閉音節［closed syllable（子音で終わる音節）］で終わるのか、強勢のある音節が残るのか、ということは予測できない。例えば―

　　2 音節省略
　　　　mem・o・rán・dum → memo（覚書）［開音節で終わっている］
　　　　óm・ni・bus → bus（バス）［閉音節で終わっている］
　　3 音節省略
　　　　cab・ri・o・lét → cab（一頭立て二輪 2 人座席の折りたたみ式幌馬車）
　　　　　　　　　　　　　　　　　　　　　　　［閉音節で終わっている］
　　強勢のある音節が残った語
　　　　phó・to・graph → phóto（写真）

第1章　序説概要 (Preliminary Sketch)

強勢のない音節が残った語
　　　tél・e・phone → phone（電話）

　また、memo、cab、photo は前の部分が残されているので後略 (apocope [ə'pɔkəpi:])、bus、phone は後部が残されているので前略 (apheresis [ə'ferəsis]) と呼ばれる。

[27] (訳者注)「誇張した表現」とは、修辞学 (rhetoric) でいうところの誇張法 (hyperbole [hai'pə:rbəli]) である。大げさに感情を表現する方法であり、しばしばおどけた言い方となる。例えば、Millions of thanks！ これに対して、控えめに言いながら、かえって印象を強める表現法を緩叙法 (meiosis or litotes) という。例えば、She is rather good-looking.「彼女はなかなかの美人だ」。

[28] (訳者注) charmant [ʃarmɑ̃] = highly pleasing, charming；revissante [ravisɑ̃:t] = ravishing；adorable [adɔrabl] = adorable, charming。

[29] (訳者注) kolosal [kolɔsá:l] = colossal；fabelhaft [fá:bəlhaft] = fabulous。

[30] (訳者注) extrêmement [ɛ:kstrɛmmɑ̃] = extremely；infiniment [ɛ̃finimɑ̃] = infinitely。

[31] (訳者注) Quelle [kɛl] horreur [ɔrœr]！= What a horror！；Je suis [sɥi] ravi de vous [vu] voir [vwɑ:r] = I am 'ravished' (= delighted) to see you。

[32] (訳者注) アメリカ英語の場合、次のような意外性、驚きを示す「高一低」下降調は女性が用いるが、男性は用いない。さらに、中尾 (2000: 156) 参照。

　　O̅h t̅h̅a̅t̅'s̅ a̅w̅ful!

[33] (訳者注) Hippolyte Adolphe Taine [tein] (1828-61) フランスの文学批評家・歴史家である。

[34] (訳者注) Elizabeth Barrett Browning (1806-61) 英国の詩人であり、ヴィクトリア朝を代表する詩人 Robert Browning (1812-89) と結婚。1857 年に長詩 *Aurora Leigh* を発表した。

[35] (原注1) イェスペルセンの *Lehrbuch der Phonetik*（『音声学教科書』）15、34 を参照。

[36] (訳者注) diminutive [di'minjutiv] とは指小接尾辞のことである。一方、balloon (= big ball) の -oon などを増大辞 (augmentative) と呼ぶ。

[37] (訳者注) ragazzino = a little child、fratellino = a little brother。

[38] (訳者注) donnina = a cute little lady、giovinetto = a youth、oretta = a little time, asinello = a small donkey、storiella = a storiette。

[39] (訳者注) Magyar ['mægjɑ:r] は「マジャール語」のことであり、ハンガリーに住む主要種族の言語である。

[40] (訳者注) Basque [bæsk]「バスク語」はスペイン、フランスのピレネー山脈地

方に住む種族の言語である。この言語の起源は不明。

41 （訳者注）Charles Robert Darwin (1813-95) 英国の博物学者。1859 年に *On the Origin of Species by Means of Natural Selection*『種の起源』を著す。

42 （訳者注）Robert B. Todd (1813-95) 英国の内科医。

43 （訳者注）James Dwight Dana ['deinə] アメリカの地質学者。

44 （訳者注）Thomas Gray (1716-71) 英国の詩人。

45 （訳者注）OED および Marchand (1969: 321-327) によれば、指小接尾辞 -let の最も古い例は 1538 年の armlet「小さな入り江、（川の）支流」である。-kin は 1250 年頃 Willekin に、-ling は 900 年頃 youngling「青年」に見られる。

46 （訳者注）OED (s.v. -y、-ie) および Marchand (1969: 298) によれば、この指小接尾辞はスコットランドでは 1500 年頃から固有名詞に付加されていた（例えば、Charlie）。その後、普通名詞にも付加されるようになる。初例は 1377 年の baby である。さらに、daddy (1500)、laddie (1546) があり、18 世紀以降一般的となる。

47 （訳者注）次の例は「かくれんぼ」をしているドイツ語の文である—
    Er hatte die Frau zu gewinnen gehofft.
    [he had the woman to win   hoped]
つまり、'He had hoped to win the woman.' という意味であるが、ドイツ語では hatte と過去分詞 gehofft の間に die Frau zu gewinnen（しかも、gewinnen の目的語の die Frau が前置されている）が割り込んだ構造となっている。これにより、英語であれば、hatte gehofft となるところが分離されている。

48 （訳者注）Robert Louis Stevenson (1850-94) スコットランドの小説家・詩人、1883 年に冒険小説 *Treasure Island* を出版。

49 （訳者注）Percy Bysshe Shelley (1792-1822) 英国のロマン派の詩人。

50 （訳者注）George Gordon Byron (1788-1824) 英国のロマン派の詩人、代表作に旅行記風の物語詩 *Childe Harold's Pilgrimage*。

51 （訳者注）Thomas Carlyle (1795-1881) スコットランド生まれの英国の評論家・歴史家。

52 （訳者注）Charles Dickens (1812-70) 英国の小説家であり、*David Copperfield* (1849- 50) など多くの名作を刊行した。

53 （訳者注）Algernon Charles Swinburne (1837-1909) 英国の詩人・文芸批評家。

54 （訳者注）Sir Arthur Wing Pinero (1855-1934) 英国の劇作家。

55 （訳者注）J. P. Jacobsen (1847-1926)。

56 （訳者注）Holger Henrik Herholdt Drachmann (1846-1908)。

57 （訳者注）Johann Wolfgang von Goethe (1749-1822)。

58 （訳者注）Heinz Tovote (1864-?)。

59 （訳者注）Anatole France (1844-1924) フランスの小説家・批評家。

60 （訳者注）Gabriele d'Annunzio (1863-1938) イタリアの作家。

第 1 章　序説概要 (Preliminary Sketch)

61　(訳者注) *Beowulf* は古英語時代における代表的叙事詩。3182 行からなり 10 世紀末に書き写されたものと推定されているが、その創作はもっと古く、もともと宮廷詩人の口から口へ伝承されたものが、7 世紀から 8 世紀末までの間に、今日のような形に総括されたと考えられている。

62　(訳者注) King Alfred (848-99) はデーン人 (Danes) の侵略から国土を救ったウェセックス (Wessex) の王である。アルフレッドは文武に優れ、英国散文の祖と呼ばれている。教皇 Gregory の *Cura Pastoralis*『牧者の心得』、Orosius の *Historiæ adversus Paganos*『異教徒に対する歴史』、Boethius の *De Consolatione Philosophiae*『哲学の慰め』、Bede の *Historia Ecclesiastica gentis Anglorum*『英国民教会史』などを英訳した。また、*The Anglo-Saxon Chronicle*『アングロ・サクソン年代記』の執筆もしている。いずれも古英語のみならず、現代英語の特質を知る貴重な言語的資料である。

63　(訳者注) 逐語訳をすると (前者はデンマーク語、後者はドイツ語) —
　　dær　ha　jeg　ikke　været　　dort　bin　ich　nicht　gewesen
　　[there have I not gone]　　[there am I not been]

64　(訳者注) 逐語訳をすると—
　　det　kan　jeg　ikke　　　das　kann　ich　nicht
　　[that can I not]　　　　[that can I not]

65　(訳者注) 逐語訳をすると—
　　det　veed　jeg　ikke　　das　weiß　ich　nicht
　　[that know I not]　　　[that know I not]

66　(訳者注) 倒置 (inverted order) は、初期近代英語までは、now、here、so、then など時や場所を表す副詞が文頭に置かれると生じたが、現代英語では here,「存在」の there を除けば、否定の意味を持つ副詞 (類) seldom、rarely、never、not often などが文頭に来る時に限られる。

67　(訳者注)「古い考え方を持つ文法家たち」とは Joseph Priestly (*The Rudiments of English Grammar*) (1961)『英文法の基礎』)、Robert Lowth (*Short Introduction to English Grammar*) (1762)『小英文典』)、Lindley Murray などを指す。これらの文法家の主張は、(1) 英語の原理を成文化し、英語を規則化すること、(2) 論争点に決着をつけて、慣用が分裂している事例に判断を下すこと、(3) ありふれた間違いを指摘し、英語を矯正し改良すること、であった。具体的に言えば、between と among を区別すること、分離不定詞 (to slowly go) の禁止、多重否定の禁止などである (中尾 (2000: 157) を参照)。詳細は、Baugh & Cable (2009: 276-77) を参照。

68　(訳者注) ドイツ語の現在完了は、英語のように「現在」ということに重点を置かないため、過去を表す副詞 (類) とも共起する。例えば—
　　ドイツ語　Er ist vor zwei Tagen gestorben.
　　英　　語　He died two days ago.

69 （訳者注）'tenses' という用語が使われているが、正確には 'aspect'（相）でる。

70 （訳者注）le passé défini（定過去）とは物語や歴史的記録に用いられる。例えば、Le soir tombait. La mer était calme.「日が暮れようとしていた。海は静かだった」。英語なら tombait は fell であり、était は was となる。l'imparfit（半過去）は過去における状態・習慣などを表す。

71 （訳者注）j'ai ecrit は文字通りには I have written であるが、意味は英語の I wrote と同じである。フランス語の「複合過去」であり、会話では「定過去」の代わりに用いられる。

72 （訳者注）Jane Austen (1775-1817) 英国の女流小説家。*Sense and Sensibility*、*Pride and Prejudice* など。

73 （訳者注）Thomas De Quincey (1785-1859) 英国の随筆家。代表的なものに *Confessions of an English Opium Eater*（1822）。

74 （訳者注）George Eliot (1819-80) 本名を Mary Ann Cross という英国の女流小説家。*Adam Bede*（1859）、*The Mill on the Floss*（1860）、*Silas Marner*（1861）など。

75 （訳者注）以下の例では、形態よりもその表す意味に重点を置いているために単数扱いとなっている。このような構文は意味構文 (synesis ['sinisis]) と呼ばれる。

76 （訳者注）引用は *Love's Labour's Lost* 1幕1場 180行 である。

77 （訳者注）Edward Frederic Benson (1867-1940) 英国の小説家。

78 （訳者注）William Makepeace Thackeray (1811-63) 英国の小説家。*Vanity Fair*。

79 （訳者注）Algernon Methuen Marshall Steadman (1856-1924) 英国の出版者。

80 （訳者注）Sir Arthur Conan Doyle (1859-1930) 英国の推理小説家・医師。

81 （訳者注）George Louis Palmella Busson du Maurier (1834-96) 英国の画家・小説家。

82 （訳者注）Francis Edward Smedley (1818-64) 英国の小説家。

83 （訳者注）diamond-cut-diamond は「（機知・策略などが）いずれ劣らぬ好取組、互角の勝負」の意味。

84 （訳者注）Pallas とはギリシャ神話にでてくる知恵・学問の女神。Ulysses とは Odysseus のラテン語名。オデュセイア (Odysseus) はトロイ戦争 (Trojan War) におけるギリシャの英雄のひとり。

85 （訳者注）John Ruskin (1819-1900) 英国の批評家・社会思想家。

86 （訳者注）James Russell Lowell (1819-91) アメリカの詩人・批評家・外交官。

87 （訳者注）George Meredith (1828-1909) 英国の詩人・小説家。

88 （訳者注）the stiff French garden とは ヴェルサイユ (Versailles) 宮殿の庭園を指す。

89 （訳者注）「何人かの作家たち」とは John Dryden (1631-1700)、J. Evelyn (1620-1706)、Daniel Defoe (1659?-1731)、Jonathan Swift (1667-1745) などを指している。

90 （訳者注）the French Academy の正式名は Académie française（1635年設立）

第1章 序説概要 (Preliminary Sketch)

であり、the Italian Academy は Academia della Crusca（1582年設立）である。

[91] （訳者注）英語の語彙数は約50万と言われている。ドイツ語の約19万、フランス語の約10万と比べれば、英語の語彙の豊富さは注目に値する。

[92] （訳者注）「言語に対する男性と女性の関係の特徴」(the two sexes in their relation to language) を扱った研究書には、Robin Lakoff, *Language and Woman's Place*, New York: Harper & Row, 1975 や P. M. Smith, *Language, the Sexes and Society*, Oxford: Blackwell, 1985 がある。

第 2 章
起　源 (The Beginnings)

20

　独立した言語 (idiom) としての英語の存在は、ゲルマン民族 (Germanic tribes)[1] が大ブリテン島 (Great Britain) の低地全部を支配し、従って大陸からの侵入が中断し、その結果彼らの新しい郷土 (home) の定住者が、常に言語統一 (linguistic unity) の絶対的条件 (imperative condition) であるところの大陸の縁者との絶え間ない行き来 (steady intercourse) を遮断された時に始まったのである。英語の歴史上の記録はこれほど遠くまでは遡らない。英語（つまり、アングロ・サクソン語 (Anglo-Saxon)）[2] の最古の文書 (oldest written texts)[3] は、700 年頃から始まり、このようにしてこの言語の起源から 3 世紀を隔てているからである。

　しかも、比較言語学 (comparative philology)[4] により、その時期より数世紀前におけるこれら定住者たちの祖先がどのように話していたか、そのいくらかを知ることができ、アルフレッド大王や、チョーサーや、シェイクスピアの言語となるべきものの先史時代の発達 (the prehistoric development) を概観できるのである。

21

　イングランドに定住した人たちの話した諸方言 (dialects) は、多くの言語学者 (philologists) がインド・ヨーロッパ（あるいは、インド・ゲルマン）語族と名づけ、また他の言語学者がアリアン語族 (Aryan or Arian)[5] と呼んだ（私にはこのほうが一層適切と思われるが）、すべての語族の中で最も重要なものである大ゲルマン（あるいはチュートン）(great Germanic or Teutonic)[6] 語族系に属していた。[7]

第 2 章　起　源 (The Beginnings)

アリアン語族は、比較的重要ではないいくつかの言語以外に、サンスクリット語(Sanskrit)[プラクリット(Prakrit) および多数の現在使われている (living languages) インド諸語と共に]、イラン語(Iranian)[近代ペルシャ語(modern Persian) と共に]、ギリシャ語(Greek)、ラテン語(Latin)[イタリア語、スペイン語、フランス語などの近代ロマンス語 (modern Romanic languages) と共に]、ケルト語(Keltic)[その二分派は、一つはウェルズ語(Welsh) およびアーモリカ語(Armorican)(すなわち、ブレトン語(Breton))に、他方は密接な関係のあるアイルランド語(Irish)とスコッチ・ゲィリック語(Scotch-Gaelic)となって今なお存続している語とほとんど消滅しているマン島語(Manx)がある]、バルト語(Baltic)[リスアニア語(Lithuanian) およびレット語(Lettic)]、スラブ語(Slavonic)[ロシア語(Russian)、チェック語(Czech)、ポーランド語(Polish)、など]を含んでいる。絶滅したゲルマン諸語の中では、ウルフィラ(Wulfila)[8]のゴート語(Gothic)が最も重要なものであった。現在使われているものでは、高地ドイツ語(High German)、オランダ語(Dutch)、低地ドイツ語(Low German)、フリジア語(Frisian)、英語、デンマーク語(Danish)、スウェーデン語(Swedish)、ノルウェー語(Norwegian)およびアイスランド語(Icelandic)がある。

最初の五つはしばしば西ゲルマン語(West-Germanic)として一緒の語群とされるが、フリジア語(Frisian)と英語は、最初の三つとスカンジナビア諸語(Scandinavian languages)との中間に位置する独立した語群と考えるのがより自然のように思われる。

22　原始アリアン語 (Primitive Aryan)

時間の経過と共に、これらの諸言語に分散したアリアン語(Aryan language)、つまり、同じ事実が価値の疑わしい隠喩(metaphor)で一般に表現されるので、これらのすべての諸言語を生み出した祖語(parent-language)であるこのアリアン語が、単純で規則的な構造を特徴とする言語であったと考えるべきではない。

それとは反対に、この言語は、文法的にも語彙的に(lexically)も、極めて複雑で不規則性に富んだものであったに違いない。その文法は非常に屈折し(inflexional)、各概念(ideas)間の関係は、ハンガリー語(Hungarian)(マジャー

ル語 (Magyar)) のような膠着語 (agglutinative languages)[9] における場合よりも一層密接に語の主要素と融合した語尾 (endings) によって表されていた。名詞と動詞とは明確に区別され、複数 (plurality) のように、同一意義を表す修飾 (the same sense-modifications) が両方で表される場合には、全く異なった語尾 (endings) を用いていた。事実、数の標示 (indication of number) ─単数 (singular)、両数 (dual)、[10] および複数の三重の区分 (threefold division) ─が、名詞の格語尾 (case-endings) および人称語尾 (person-endings) と不可分なものであったことは、動詞の法 (mood) と時制 (tense) の標示と同様であった。すなわち、est (cantat)、[11] sunt (cantant)、[12] fuissem (cantavissem)[13] のようなラテン語の語形の別々の部分を指示して、この要素は単数（あるいは複数）を意味し、この要素は直接法 (indicative)（あるいは仮定法 (subjunctive)）を意味し、ある要素はすべての語形がいずれの時制に属しているかを示しているとは言い難いのである。

　八つの格 (cases)[14] があったが、ほとんどの場合、フィンランド語 (Finnic) の（場所）格のように、明瞭な、具体的な、外的な関係を標示しなかった。その結果、機能においても語形においても、比較的多数の衝突と重複が生じた。それぞれの名詞は男性 (masculine)、女性 (feminine)、中性 (neuter) という三つの性 (gender) の一つに属した。しかし、この区分は、(1) ある性の生物と、(2) 他方の性の生物と、(3) それ以外のすべてのものとに分けられる自然の区分と、決して論理的に厳密に対応したのではなかった。動詞の法と時制もまたなんら一定の論理的な範疇とあまり厳密に一致したものではなかった。例えば、時の概念は「時制相」(tense-aspect)[15]（ドイツ語の 'Aktionsart'）、すなわち、動作が瞬間的 (momentary) であるか、継続的 (protracted) であるか、あるいは反復的 (iterated) であるか、などの観点から見られるに従って生じる区別の観念と混同されているのである。

　動詞 (verbal) も名詞 (nominal) も、ともにその屈折 (inflexions) においては、語尾 (endings) がその付加される語幹 (stem) の特質によって異なり、ちょうど、近代ロシア語 (modern Russian) におけるように、一見任意の法則 (arbitrary rules) に従ってアクセント (accent) が一つの音節 (syllable) から他方の音節に極めてしばしば移動した。また、非常に多くの場合、一つの語形はある語形からとり、別の語形は全く異なった語からとることもあった。こ

第 2 章　起　源 (The Beginnings)

れは近代英語においては、わずかな例 (good、better; go、went など) に見られる現象（オストホフ (Osthoff)[16] によって「補充法」(Suppletivwesen)[17] と呼ばれた）である。

　古代アリアン語 (the old Aryan language) の音声組織の概念は、ギリシャ語から最もよく推察することができる。ギリシャ語は極めて忠実に古い組織、特に母音 (vowels) を保存している。しかし、もちろん、歴史的に伝達された諸言語の中で、その最古のものさえ、我々と数千年間を隔てている共通アリアン語 (the common Aryan language) の大略の概念以上のものを与えることのできるものは一つもない。そして、今日の学者は、シュライヘル (Schleicher)[18] が大胆にも、原始アリアン語 (primitive Aryan) のかなり正確な再現であると信じたもので、寓話 (fable) を刊行した時に示したより一層の慎重な態度をとるべきことを学んだのである。

23 ゲルマン語 (Germanic)

　有史時代になると、アリアン語は音声においても、文法においても、語彙においても、それぞれがその特異性を持った種々の言語に分裂したのが分かる。これらの言語は大変異なっており、ギリシャ人は自分たちの言葉と敵のペルシャ人 (Persian)[19] の言葉の類似あるいは関係について、全く気づかなかったほどである。ローマ人もまたその戦っているゴール人やドイツ人が、自分たちと同一語系の言語を話すとは思っていなかった。[20] ゲルマン諸語のことが言及される時には必ず「ローマ人の舌はこのような名称を発音できない」とか、あるいは（いくつかのゲルマン民族の名称をあげた後で）「これらの名称は騒がしい戦争のラッパのように響き、これらの野蛮人の凶暴は、その言葉にさえ恐怖を加える」というような表現が用いられている。背教者ジュリアン (Julian the Apostate)[21] は、ゲルマン民謡の歌 (German popular ballads) を、鳥のかれた鳴き声や鋭い叫び (croaking and screeching of birds)[22] にたとえている。もちろん、この多くは普通のギリシャ人・ローマ人の一般外国人に対する軽蔑によるものであろう。また、彼らがこれらの言語の中に自分たちと同属のものを認めなかったことはなんら驚くに値しない。なぜなら、音声上 (in sound) のそして構造上 (in structure) の多くの重要な変化によって、類似点が著しくぼやけていたからである。その結果、偶然の観察者 (casual observer) には、少しでも関係があるという印象を与えないほど、現在では異なっている別々の言語中の各語が、同一語源であると認められることになったのは、19世紀の忍耐強い研究によって初めてできたのである。ゲルマン語の単語 (Germanic words) が、奇妙に見えるのに他の何よりも貢献したものは、たぶん、語彙の大部分に影響している二つの大きな音声変化 (phonetic changes)、すなわち、子音推移 (consonant-shift) [23] と強勢推移 (stress-shift) であったろう。

24

　子音推移 (consonant-shift) は一時に起こったものと想像してはいけない。それどころか、数世紀を要しているに違いないのであり、最近の研究 (modern research) では、この発達上の種々の段階 (stages) が指摘され始めている。しかし、さらに近代に話を進めなければならないので、ここでこの重要な変化を詳細に説明するのは控えることにする。従って、この変化が英語の全容にいかなる影響を及ぼしているかを示す2、3の例を挙げれば十分であろう。p はいずれも f に変化した―かくして、pater および同族語 (cognate languages) のこれと類似した語形に対応する father がある。t はいずれも three の場合のように、th [θ] となった―ラテン語の tres を参照。k はいずれも h となった― cornu (= horn) のように。[24] そして、b、d、g はいずれも、また bh、dh、gh はいずれも同様に推移したので、識別されない程度まで変化していない語は比較的わずかであったことが分かる。しかし、このような変化をしない語もあった。例えば、mus (現在の mouse) は上述のような推移を生じる子音を少しも含んでいなかった。

25 音変化 (Sound Changes)

　第二の変化はこの言語の一般性 (general character) にさらに徹底的に影響を及ぼした。以前には、強勢 (stress) がなんらこれといった理由もなく、また各音節 (syllable) の内在的重要性 (intrinsic importance) になんら関係なく、時には第1音節に、時には第2音節に、時には第3音節にあったものが、完全な革命 (revolution) がこの問題を単純化した (simplified) 結果、強勢の法則はわずか数行で述べられる。すなわち、ほとんどすべての語は、第1音節に

第2章 起　源 (The Beginnings)

強勢が置かれ、[25] 主な例外はその語が、近代英語の beget「生む」、forget「忘れる」、overthrow「ひっくり返す」、abide「とどまる」などのように、一定数の接頭辞 (prefixes) の一つで始まる動詞の場合のみに生じている。ヴェルネル (Verner)[26] はこの強勢の位置の推移はゲルマン語の子音推移よりも後に起こったことを示しているが、今この両者の相対的重要性 (relative importance) を調べてみよう。

26

　子音推移は、ゲルマン語の最も明瞭で最も曖昧でない基準となる点で、近代の言語学者にとって重要なものである。推移する子音を持つ語はゲルマン語であり、いずれのゲルマン語族においても推移しない子音を持つ語は借用語に違いない。従って、推移する強勢が決してこのような確かな基準にならないのは、主として常に第1音節に強勢を持っている語が多いからである。しかし、もしこの二つの変化の内在的重要性について考えるならば、すなわち、もしこの言語そのもの、あるいはむしろそれを話す者の観点から問題を眺めようとするならば、第二の変化が実はもっと重要なものであることが分かる。いくつかの語が p で始まるかあるいは f で始まるかはたいして重要ではないが、この言語が強勢法の合理的組織 (rational system of accentuation) を有するかどうかは、非常に重要であり、あるいはともかく非常に重大視しえるのである。また、私は古代の強勢推移 (old stress-shift) が、この言語の構造に消すことのできない痕跡を残し、他のいずれの音声変化 (phonetic change) 以上に影響を及ぼしているとためらいなく指摘する。近代英語における二組の語を比較すれば強勢推移の意義は最も明瞭になろう。本来のアリアン語の強勢組織は、近世に至って古典語から取り入れられた多数の語の中に見出される。例えば――

fámily「家族」、famíliar「親しい」、familiárity「親密」
phótograph「写真」、photógrapher「写真家」、photográphic「写真の」

強勢推移の見られないゲルマン語起源には次のようなものがある――

lóve「愛、愛する」、lóver「愛人」、lóving「愛する」、lóvingly「愛情をもって」、lóvely「美しい」、lóveliness「うつくしさ」、lóveless「愛の無い」、lóvelessness「愛の無いこと」
kíng「王」、kíngdom「王国」、kíngship「王たること」、kíngly「王の」、kíngless「王の無い」

語の形成は通例語尾による。[27] 従って、接尾辞が接頭辞よりはるかに重要な役割を果たすのは、すべてのアリアン語族の特徴であるから、ゲルマン語の強勢組織が機能した場合は、最も重要な音節がやはり最も強い強勢を持ち、形成的音節によって示される主要観念の比較的重要でない修飾部が、やはり強勢においても下位であるということになる。従って、これは全く論理的な組織で、文強勢 (sentence stress) [28] で守られている主要な法則、すなわち強勢を持つ語は通例最も重要な語であるということに対応している。その上、強勢の欠如はどこでも曖昧な母音の発音になる傾向があるので、可動性の強勢を持つ言語は、互に関連する語、あるいは同一語の異なった語形は、強勢推移のない場合に比べて一層著しい相違をなし、その連絡が必要限度以上に曖昧にされているという危険にさらされている。例えば、family [æ] と familiar [ə] の第 1 音節の二音、あるいは photograph ['foutəgra:f]、photographer [fə'tɔgrəfə] と photographic [foutə'græfik] における母音の異なった取り扱いを比較するとよい。一貫した強勢組織に内在する音声的明晰さは、確かに言語学的長所であり、相関連する言語間の関係性の不明瞭化は、一般に一種の弱点だと考えるべきである。それゆえに、我々の祖先の言語は可動性の強勢を固定強勢に置き換えることにより、得るところ大であったと考えられる。

27 強勢 (Stress)

　当然ながら、なぜこのような強勢推移が生じたかという問題が出てくる。これには二通りの解答が可能となる。この変化は、純然たる機械的過程 (mechanical process) で、意義 (signification) になんら関係なく第 1 音節に強勢を置いたのかもしれない。あるいは、心理的過程 (psychological process) で、語根の音節 (root syllable) が語の最も重要な部分であるために、強勢を有することになったのかもしれない。大多数の場合、語根が第 1 音節であるのを見れば、この両過程が同一でない場合からこの問題を解決せねばならない。

第 2 章　起　源 (The Beginnings)

　クルーゲ (Kluge)[29] はラテン語の cecidi（cado「落ちる」の完了形）、peperci（parco「節約する」の完了形）などに対応する完了の重複過去形 (reduplicated forms)[30] の取り扱いから推定して、推移は純粋に機械的な過程であったとしている。なぜならば、ゴート語 haihait (= called)「呼んだ」、rairop (= reflected)「反映した」、lailot (= let)「せしめた」（ai は e の短音のように読め）においては、強勢のある音節が最も重要な音節ではないが、これらの語の古英語形 heht「呼んだ」、reord「反映した」、leort「せしめた」では語根の音節 (root syllable) の母音 (vowel) は実際に消失している。しかし、この見解には反対もできよう。すなわち、重複音節 (reduplicated syllable)[31] は聞き手 (hearer) にこの語を思い起こさせるにたるだけの語根が残存し、それを発音する時に、話し手 (speaker) が意義的要素 (significant elements) の少なくとも一部を目の前に思い浮かべていたのであるから、この重複音節は、ある程度まで語根の意義 (root signification) の保持者 (bearer) であった。重複完了の第 1 音節は、語根の音節中に表されている主要概念を少しばかり変化させる助けとなっているに過ぎない類の接頭辞に比べて、話し手にははるかに重要なものであったに相違ない。それゆえに、重複音節が強勢を引き付けたという事実は、機械的説明 (mechanical explanation) に有利な説明とはならないで、むしろ動詞の接頭辞 (verbal prefixes) に、強勢の欠けていることが反証となる。従って、この場合は、心理説 (psychological theory) に強みがあるものと、私には思われる。言い換えれば、ここに価値強勢 (value-stressing)[32] の場合がある。すなわち、各語において、話し手に最も大きな価値 (greatest value) があり、従って特に聞き手に注意を引かせようとする部分は最も強い強勢 (strongest stress) で発音されるのである。

28

　この価値強勢の原理はどこでも見出される。この原理は、その伝統的強勢が、語根以外の音節に置かれ、あるいは置かれうる言語においても見出される（ここで語根というのは、語源的に語の本来の部分の意味ではなく、話し手の実際の本能にとって、まさに最も意義のある要素となっているものの意味で用いられている）。しかし、これらの言語においては、それは時々伝統的強勢から逸脱させる役割をしているに過ぎない。しかし、ゲルマン語にお

いては、語根の音節に強勢を置くのが習慣となり、いくぶん興味のある他の結果を生じている。強勢のある音節が、必ずしも最も意義のあるものではない言語においては、強勢のある音節と強勢の無い音節 (stressed and unstressed syllables) との相違は、通例、ゲルマン諸語におけるほど大きくはなく、一層繊細で微妙な強勢の自由な動き (nicer and subtler play of accent) が見られる。これはおそらく他のいずれの言語においてよりもフランス語においてよく観察される。

　例えば、nous chantons [33]「我々は歌う」は、最後の音節に強勢があるが、chan- は英語の we forget「我々は忘れる」の for- より強い強勢を有している。それはその心理的価値 (psychological value) が一層大きいからである。対照を表そうとする場合には、それはしばしば伝統的に強勢のない音節の一つと連想されて、その結果、英語において必要であるよりもはるかに少ない力で、対照がはっきりと念頭に思い浮かべられるのである。

　Nous chantons, et nous ne dansons pas.「我々は歌うのであった、踊るのではない」では、chan- と dan- をより強く発音する必要はなく、とにかく、語尾よりもたいして強く発音する必要はないのである。他方、英語の We sing, but we don't dance. では、sing と dance は、対照が指示されていない時ですら、それ自体、強い強勢を持つ語であるから、sing と dance の音節は非常に力を入れて発音されなければならない。

　なお一層よい例は、フランス語の C'est un acteur et non pas un auteur.「彼は俳優であって、作家ではない」と英語の He is an actor, but not an author. である。フランス人は対照語の二つの語頭の音節を、いわば軽く叩いて意図した効果を生み出すが、英国人は聞き手の頭の中に対応する音節を金槌で打ち込むか、あるいは叩き込むのである。

　フランス語の言語体系 (system) は一層優雅で一層芸術的である。ゲルマン語の言語体系は、今挙げた例においては、おそらく、一層重苦しくあるいは一層ぎこちないが、大体においては一層合理的であり、一層論理的であると言わねばならない。もし、最も意義のある要素 (the most significant element) が最も強い音声表現 (phonetic expression) を受けるとすれば、内界と外界 (the inner and the outer world) との正確な対応が確立されるからである。

　このゲルマン語の強勢の原理は、ここに考察した以外の点で、重要な変化

第 2 章　起　源 (The Beginnings)

をもたらす力があった。しかし、ここに述べてきたことは、言語と国民性との一種の関連を示しているように私には思われる。なぜならば、ゲルマン民族（英国人、スカンジナビア人、ドイツ人）は、芸術的効果をあまり考慮せずにその言い分を露骨に述べ、必ずしもニュアンスや付帯概念に十分な考慮を払わず本質的な点を強調するのが、その特徴であると常に考えられているのではないだろうか。そして、我々の考察してきた強勢体系は同じ側面を呈しているのではあるまいか。

29

　強勢推移が、何世紀に生じたかは分からないが、[34] この推移 (shifting) が、英国人の大ブリテン島 (Great Britain) への移住の数世紀前に起こったことは確かである。すべてのゲルマン諸語に等しく影響している他の数種の大きな変化も、同様の遠い時期に起こったものとせねばならない。その最も重要な変化の一つは、動詞の時制体系 (tense system) の単純化 (simplification) であって、いかなるゲルマン語も、現在と過去の二つの時制しかない。多くの古い語尾は徐々に減少したため、それだけでは時制の違いを十分明瞭に示すことができなかった。そこで、最初強勢法 (accentuation) の相違の偶然の結果 (incidental consequence) に過ぎなかった語根母音 (root vowel) の転換、すなわち、apophony あるいは gradation (ablaut) [35] はますます時制の真の標示と感じられた。

　しかし、母音転換 (apophony) も残存語尾 (remaining endings) も、新しい動詞の時制の形成の原型となるには適さなかった。従って、従来のいわゆる強変化動詞の組は非常にわずかしか増えないで、動詞の新型であるいわゆる弱変化動詞[36] が絶えず勢力を得ていった。これらの動詞の過去時制 (past tense) に用いられる歯音語尾 (dental ending) の起源はなんであったにせよ、それはすべてのゲルマン諸語に極めて広く用いられ、実際その屈折体系 (inflexional system) の一特徴となっている。それは過去形成のいわゆる規則的な方式 (the 'regular' mode of forming the preterit)、すなわち新しい動詞が生ずれば、必ず頼られる方式となってきたのである。

30

　第一組の借用語 (loan-words) は、イングランド人がゲルマン人の同胞と共にまだ大陸に住んでいたこの初期の時代に属するものである。いかなる言語も全く純粋なものはない。従って、いくらかの借用語も採用していない民族に遭遇することなど有り得ない。だから、古代ゲルマン民族の祖先 (forefathers of the old Germanic tribes) は、その接触した極めて多くの他民族から単語を採用したものと考えねばならない。そして学者は様々な源泉 (various sources) より非常に早く借用した語を指摘しようとしている。

　しかしながら、これらの中には疑わしいものがあり、それらのどれ一つとして、ラテン語の影響 (Latin influence) がゲルマン民族の世界 (Germanic world) に感じられ始めた時期、すなわち、西暦紀元 (Christian era) の初め頃に達するまでは、我々の注意を引くに足るほど重要なものはない。しかし、これらの借用語 (borrowings) を詳細に眺める前に、まずしばらくは一言語から他言語へ採り入れられた語の研究より得られる一般的な教え (general lesson) を考察してみよう。

31

　借用語 (loan-words) はこれまで言語学 (philology) の里程標石 (milestones) と称されてきている。なぜなら、これによって言語変化の年代をおおよそ定められる場合が非常に多いからである。しかし、一般の歴史の里程標石の一部と称しても問題はないものと言えよう。つまり、それらは、我々に文明の進路と発明および制度の経過を示し、多くの場合、無味乾燥な年代記が王と司教の死亡年月以外には何も告げない時に、民族の内的生活に関する貴重な知識を与える場合が多いからである。

　二つの言語において、そのいずれにも借用語の交換[37]の痕跡がない時は、その両民族は相互になんら交渉がなかったものと推定して差し支えない。しかし、もし接触しているとすれば、借用語の数と借用語の性質は、正しい解釈をされるならば、その相互関係を我々に知らせ、そのいずれが観念において一層豊富であり、人間活動のいかなる領域において、それぞれが他方に優れているかを示すものである。

　我々の近代の北ヨーロッパ諸言語の中の piano「ピアノ」、soprano「ソプ

第2章　起　源 (The Beginnings)

ラノ」、opera「オペラ」、libretto「歌劇脚本」、tempo「速度」、adagio「アダージョの樂曲」などの借用語以外に、他の知識の源泉がすべて閉ざされているとすれば、我々がイタリア音楽 (Italian music) が役割を演じているという結論を引き出すのは容易であろう。これに似た例を増やすことは容易であり、言語研究は、ある民族が隣接する各民族の模倣する価値のあると考えるものを作り出せば、これらの民族は事物のみならずその名称をも採り入れるという事実を多くの点で実証している。

これは一般法則となるであろう。もっとも例外が生じるかもしれない。特に、一言語が少しも特別の努力もなく、自国の語で外国から移入された新しい事物を命名するような場合である。しかも本来語が手近にない場合には、他国で用いられている既製語 (ready-made word) を採り入れるのはより容易であり、いな、本来語の資料 (native word-material) によって十分な語句 (adequate expression) を創り出すこともたいして困難でないと思われる場合にさえ、この外国語 (foreign word) は非常にしばしば移入されるのである。

また一方においては、同じく自国語にある事物に対し、外国語から採った語を使用すべき理由は通例ないので、借用語 (loan-words) はほとんど常に学問 (knowledge) や工業 (industry) の一特殊部門 (special branch) に属する専門語 (technical words) であり、各民族から何を学んだかを示すように分類することができる。文明史 (the history of civilization) と関連して借用語の意義 (significance) に特に注意を払いながら、英語の借用語 (loans) の異なった層 (different strata) を検討するのが本書の目的である。

32

それでは、異教時代 (pagan) あるいはキリスト教伝来以前の時代 (pre-Christian period) とも呼ぶことのできるこの時期に、この野蛮人 (barbarians) がローマから学んだ主な語はいかなるものだったのであろうか。最も初期のものは、wine「ぶどう酒」（ラテン語 vinum）およびぶどうの栽培と飲酒に関する2、3の語、例えば、ラテン語 calicem（古英語 calic、ドイツ語 Kelch）[a cup]「杯」のようなものであった。ゲルマン人が取引していた商人の主なものは caupones（= wine-dealers, keepers of wine-shop or taverns）「ぶどう酒商、酒屋あるいは居酒屋の主人」であったことはまた注目に値する。なぜ

ならば、ドイツ語 kaufen（古英語 ceapian）（= to buy）「買う」という語はこれから派生しているのである。cheap「安い」もまたそうで、その古い意味は bargain「売買」、price「値」であった（地名の Cheapside[38] を参照）。

　もう一つの商業的な意義の語は、ラテン語 mango（= retailer）「小売商人」から派生した語で今は廃れている動詞（extinct verb）の mangian から派生した monger「商人」（古英語 mangere「金銭」）（fishmonger「魚商人」、ironmonger「金物屋」、costermonder「行商人」）であり、ラテン語 moneta「金銭」、pondo「重さ」、uncia「オンス」もまた商業用語として取り入れられた。すなわち、古英語 mynet（= coin「貨幣」、coinage「貨幣鋳造」）［現在は mint「造幣局」］、古英語 pund［現在は pound「ポンド」］、古英語 ynce［現在は inch「インチ」］などである。この音声変化はごく初期の借用であることを示している。

　商業と旅行に関連したラテン語からのその他の語は mile「マイル」、anchor「錨」、punt（ラテン語 ponto から派生した古英語 punt）「平底船」などである。いろいろな種類の容器に対する非常に多くの名称も見られる。cist (= chest)「箱」、omber / amber（amphora から派生した amber）「両把手つきの壺」、disc (= dish)「皿」、cytel (= kettle)「鍋」、mortere (=mortar)「臼」、earc (= ark)「方舟」などは今も残っている。しかし、多くの語、例えば byden (= barrel)「樽」、bytt (= leathern flask)「革のフラスコ」、cylle (= leathern flask)「革のフラスコ」、scutel (= dish)「皿」、orc (= pitcher)「水差し」などは廃用になっている。これは、食物調理法の完全な革命を推測させるが、ヨーロッパ北部においてそれ以前に栽培されていなかった多数の植物や果実の名称 pear（古英語 pere）「梨」、cherry（古英語 cirs）「桜」、persoc (= peach)［近代の形はフランス語からの採用］「もも」、plum（ラテン語 prunus から古英語 plume）「プラム」、pea（ラテン語 pisum から古英語 pise）「エンド豆」、cole（ラテン語 caulis から caul、kale、スコットランド語 kail）「菜」、næp（近代の turnip の第2音節にある napus から）beet (root)「てんさい」、mint「はっか」、pepper「胡椒」、cook（ラテン語 coquus から古英語 coc）「料理人」、kitchen（ラテン語 coquina から古英語 cycene）「台所」、mill（ラテン語 molina から古英語 mylen）「水車」のようなラテン借用語により、さらに強められる印象である。

　軍事用語 (military words) は、皆無ではないが、想像するほど多くは採り

第 2 章　起　源 (The Beginnings)

入れられなかった。これでラテン語からの初期借用語 (early loans) の主要な部類 (principal categories) を調べたので、これによって文明状態 (state of civilization) に関する結論を出せるであろう。これを同じ源泉 (source) から採った後期借用語 (later loan-words) [39] と比較してみると、その具体的性質に驚くのである。

我々がゲルマン民族の祖先 (Germanic forefathers) に強い印象を与えたのは、ローマ哲学 (Roman philosophy) あるいは高等な精神文化 (higher mental culture) ではなかった。彼らはまだその影響を受け入れるだけの発達を遂げておらず、その野蛮な単純性 (barbaric simplicity) において、多くの純然たる実用的および物質的な事物 (purely practical and mental things) を、特に日常生活を甘美にするものを必要としたので、それゆえに採用したのである。そのような事物を表す語が、多くの場合、その語形に現れているように、完全に口頭で (in a purely oral manner) 学ばれたのは言うまでもない。

これはまた後期の借用語層 (later strata of loan-words) と対照をなす、最古のラテン借用語 (Latin loans) の顕著な特色である。これらはまたたいてい1音節か2音節 (one or two syllables) の短い語 (short words) である。これによって、ゲルマン民族の舌や心 (Germanic tongues and minds) は、後期借用語 (later loans) のほとんどを形成する多音節語に対応できなかったものと思われる。これらの初期の語は、土着の語 (indigenous words) の大多数と同じ一般型のものであったから、発音にも記憶にも容易であった。従って、その象徴する事物そのものと同じく、欠くべからざる自国語 (native language) の一部 (part and parcel) とやがてみなされるようになったのである。[40]

注

[1] （訳者注）Germanic tribes とはアングル族 (Angles)、サクソン族 (Saxons)、ジュート族 (Jutes) を指す。
[2] （訳者注）Anglo-Saxon とは、ドイツの言語学者でグリム童話の編者のひとりであるヤコブ・グリム (Jacob Grimm(1785-1863)) が、大陸の Old Saxon と区別するため、英国に侵入してきたサクソン族を表すために初めて使用し、19世紀後半以降

一般的に用いられた。現在、古英語と言う時は、この Anglo-Saxon 語のことである。

³ （訳者注）the oldest written texts は、主に４大写本と言われている（1）960-980 年のヴェルチェルリ写本 (Vercelli Book)、（2）960-980 年（?）のエクセター写本 (Exeter Book)、（3）990-1000 年のジューニアス写本 (Junius Manuscript)、（4）900-1000 年のベーオウルフ写本 (Beowulf Manuscript) に含まれている。

⁴ （訳者注）comparative philology（現在では comparative linguistics）とは歴史言語学の一部門である。いろいろな言語の特性、特に音韻組織を比較して、その類似性の観点から、これらの言語を語族 (language family) に分類し、同族言語に共通の祖語 (parent language) を再建し、個々の言語の歴史的発展を明らかにしようとするものである。このような研究が最もよくなされているのがインド・ヨーロッパ語族 (Indo-European family) である。英語、ドイツ語、フランス語、ラテン語、ギリシャ語、さらにはペルシャ語、サンスクリット語などはこの語族に属する。

⁵ （原注1）アリアン (Aryan) とは、ここでは、純粋に言語学的意味で使われており、その一派でインドとイランに定住した「民族」を意味しない。

⁶ （原注1）ゲルマン語 (Germanic) という用語は、全語族を指すものとしてはあまり適切ではない。英語を母語とする人たちには、ドイツ語 (German) と間違えられ、あるいはドイツ語がその他のゲルマン諸語より重要であり、あるいはその根源であるかの印象を生じやすい。大陸では German を示す語として deutsch、duitsch、tysk、tedesco、allemande、niemiecki などが用いられている。私は個人的にはゴソニック (Gothonic) という用語がよいと考え、私の著書『言語』(*Language*) ではこの用語を用いている（三宅鴻（訳）『言語―その本質・発達・起源』(上) 岩波書店、1981 がある）。

⁷ （訳者注）Indo-European (or Indo-Germanic) ... Aryan (or Arian) 全ヨーロッパから中央アジア、インドにわたる地域で話されていた諸言語の総称としては Indo-Europian が最も普通に使われている。Aryan は本来民族名であり、語源的にはこの民族の一派である Iran の別名であることから、現在ではほとんど用いられない。

⁸ （訳者注）ウルフィラ (Wulfila) (311-383) は新約聖書をギリシャ語からゴート語に翻訳した司教であり、この聖書はゲルマン語の最古の文献である。

⁹ （訳者注）膠着語 (agglutinative language) とは、言語を形態的 (morphological) 特徴の観点から分類すると、トルコ語のように接辞 (affix) を語幹 (stem) に付加させて文法関係を示す言語のことである。日本語もこれに属する。また、中国語のように接辞を用いずに、語順や前置詞などの独立的要素によって文法的関係を表す言語は「孤立的」(isolating) と呼ばれる。ラテン語やギリシャ語のように、語幹と接辞がほとんど融合した屈折により文法的関係を示す言語は「屈折的または総合的」(inflectional or synthetic) と言われる。英語を含むインド・ヨーロッパ語族やアラビア語、ヘブライ語などのセム語族も「屈折語」に属する。

¹⁰ （訳者注）「両数」(dual) とは、英語では古英語で wit (= we two) と git (= you

第2章 起　源 (The Beginnings)

two) に見られるものを指すが、古英語の後期にはすでに使われなくなった。

11　（訳者注）est は sum (= to be) の、cantat は canto (= to sing) の直接法現在3人称単数。

12　（訳者注）sunt は sum (= to be) の、cantant は canto (= to sing) の直接法現在3人称複数。

13　（訳者注）fuissem は sum (= to be) の、cantavissem は canto (= to sing の仮定法過去完了1人称単数。

14　（訳者注）八つの格とは、主格 (nominative)、呼格 (vocative)、対格 (accusative)、与格 (dative)、属格 (genitive)、奪格 (ablative)、所格 (locative)、道具格 (instrumental) である。この八つの格が現在の文献の中に見られるのはサンスクリット語だけである。ラテン語は六つ、ギリシャ語では五つの格が見られる。古英語では五つの格が使われていた（主格、対格、与格、属格、そして代名詞では道具格も用いられた）。

15　（訳者注）「時制相」とは、動作・状態の継続期間の長い・短いの区別を意味する。例えば、継続を表す場合は長時制である：I've been reading this book. 一方、終止を表す場合は短時制である：例えば、I've finished reading this book.

16　（訳者注）Hermann Osthoff（1847-1907）ドイツの言語学者で新文法学派 (neo-grammarians) のひとり。

17　（訳者注）「補充法」(Suppletivwesen) は、英語では Suppletion に相当する。語形変化表の一部を別の変化形で置き換えることをいう。good の比較級、最上級は good とは全く関係のない語である better, best（ゲルマン祖語 bat 'good' の比較級と最上級）となっている。本来的には、この二つの単語に対して原級 good が「補充」された。go の過去分詞は go から派生した gone であるが、過去形は go とは全く関係のない went (wend「行く」の過去) になっている。

18　（訳者注）August Schleicher (1821-1868) ドイツの言語学者。子音はサンスクリット、母音はギリシャ語、屈折はリトアニア語 (Lithuanian) に基づいて Avis akvasas ka (= The Sheep and the Horses) という9行の寓話を公刊した。

19　（訳者注）Persian enemies とは、紀元前492-449 に、ギリシャがペルシャと戦った「ペルシャ戦争」を指す。ペルシャ語もインド・ヨーロッパ語族の一つである。

20　（訳者注）『ガリア戦記』(The Gallic War)（国原吉之助訳、講談社）には、ゴール（ガリア (Gaul)）民族がジュリアス・シーザー (Julius Caesar) に征服された状況が書かれている。ゴール民族の言語はケルト語派 (Celtic) に属する。ローマとゲルマン民族は、紀元前2世紀末からたえず戦争を繰り返してきたが、5世紀頃に起こった「ゲルマン民族の大移動」でその争いは頂点に達した。

21　（訳者注）Julian the Apostate とはローマの皇帝 (361-363)。キリスト教を排除し、ギリシャ多神教の復活を試みて失敗したため「背教者」と呼ばれた。

22　（原注1）Paul Kluge, Grundriß der germanischen Philologie『ゲルマン文献学概要』（I 巻354頁参照）。

²³ （原注2）英語ではこの変化（'die erste Lautverschiebung'）「第一音声推移」）はしばしばグリムの法則と呼ばれている。しかしこれは正確なものというわけではない。この発見におけるラスク (Rask) とグリムの功績については *Language* 43 頁以下参照。（訳者注）子音推移 (consonant-shift) とは、Jacob Grimm が 1822 年、Rasmus Christian Rask が 1818 年に、それぞれ発表したゲルマン語とその他のインド・ヨーロッパ諸語の閉鎖音の間に見られる推移の法則のことである。一般にはグリムの法則 (Grimm's Law) と呼ばれている。具体的には次のようなものである［PIE (Proto Indo-Europian) インド・ヨーロッパ祖語：G (Germanic) ゲルマン語］。

PIE	G	PIE	G	PIE	G
p →	f	b →	p	bh →	b
t →	θ	d →	t	dh →	d
k →	x	g →	k	gh →	g

²⁴ （原注1）ラテン語の単語は、古い子音を忠実に代表しているというだけの理由で、便宜上ここにあげたのであり、ここにあげた英語の単語がラテン語から派生しているという意味ではない。

²⁵ （訳者注）古英語の単語は常に第 1 音節に強勢がくる：例えば、fǽder (= father)、cwéðende (= speaking) など。名詞、形容詞、副詞の複合語の場合も同様である：例えば、córn-hus (= grain house)、éarfoðlice (= with difficulty) など。ただし、第 1 要素が be-、ge-、for- のような接頭辞および動詞の接辞、複合語の場合のみ語幹にある：例えば、be-bód (= command)、a-rísan (= arise) など。なお、中尾 (2000: 163) 参照。

²⁶ （訳者注）Karl Verner (1846-1896) デンマークの言語学者で Verner's Law を 1875 年に発表した。この法則は「インド・ヨーロッパ祖語の [p、t、k] から推移したゲルマン語の [f、θ、x] はその直前の音節に強勢がない時は有声化して [v、ð、g] となったとするものである：例えば、PIE *pətér > OE fǽder (= father)、OE séofon (= seven) –Sanscrit saptá.

PIE	Grimm's Law	Verner's Law
p →	f	v
t →	θ	ð
k →	x	g

²⁷ （訳者注）英語の語形成はだいたい次のように分類できる。

単一語 (simple word) とは古英語で言えば、broþor (= brother) や boc (= book) の

第 2 章　起　源 (The Beginnings)

ように単一の構成要素からなり、それ以上分析できない語である。合成語には un-writere (= incorrect copyist) におけるように、un- や -ere のような接辞を付加されて作られる派生語 (derivative) と sciphere (< scip (= ship) + here (= troop)) のように二つまたは二つ以上の単一語が結合して作られる複合語 (compound) がある。さらに、派生語は接辞付派生語 (word with an affix) とゼロ派生語 (zero-derivative)（例えば、gnorn (= affliction) < gnornian (= grieve)）に分類でき、接辞付派生語は接頭辞付派生語（例えば、and-swarian (= answer) [and- は 'against' の意の接頭辞]）、接尾辞付派生語（例えば、cild-had (= childhood) [-had は 'condition' の意の接尾辞]）、接頭辞および接尾辞付派生語（例えば、unwritere (= incorrect copyist) [un- は否定の意の接頭辞、-ere は動作主を表す接尾辞]）の三つに下位分類できる。なお、ここでゼロ派生語を接辞付派生語と区別しているのは、接頭辞や接尾辞は基体に付加しても必ずしも基体の語類を変えるとは言えないが、ゼロ派生語の場合は必ず語類の変更（つまり、品詞の変化）が生じるからである。詳しくは米倉 (2006:1-207) を参照。ただし、ゼロ派生には異論あり (Nagano 2008)。

[28] （訳者注）文強勢 (sentence stress) とは、語の強勢 (word stress) に対して、語が文中で使われた時の強勢を指す。例えば、My father lives in Canada. では father、lives、Canada の三つの語に強勢が置かれる。

[29] （訳者注）Friedrich Kluge (1856-1926) ドイツの言語学者。

[30] （訳者注）重複過去形 (reduplicated forms) とは、ゲルマン語派の動詞の活用で、語幹の語頭音を繰り返す過去形のことである。古英語では消滅した。

[31] （訳者注）重複音節 (reduplicated syllable) とは、英語の papa, mama などのように同一音節の反復のことである。

[32] （原注1）拙著 *Lehrbuch der Phonetik*『音声学教本』14 章 3 節を参照。

[33] （訳者注）nous [nu] chantons [ʃɑ̃tɔ̃] = we sing。

[34] （原注2）タキトゥス (Tacitus) 時代 (56-120 AD) に Segestes Segimerus Segimundus などのような一連の頭韻を踏む名前 (alliterating names) が、同一家族のメンバーに対して存在していたことから何らかの結論が得られるわけではない。頭韻 (alliteration) があるからといって、その音節が主要な強勢 (chief stress) を有するとは言えないからである。次のフランス語の決まり文句 (formulas) を参照—
messe et matines (= mass and matins)「ミサと早朝の祈り」、Florient et Florette「フロリアンとフロレット」、Basans et Basilie「バザンとバジリー」、monts et merveilles (= no end of wonders)「数々の不思議」、qui vivra verra (= time will show)「長生きをする人はいろいろなものを見る」、á tort et à travers (= at random)「でたらめに」

[35] （訳者注）「母音転換」(apophony) はドイツ語では Ablaut、フランス語では apophonie という。このフランス語を英語にしたのが apophony である。しかし、英語ではヘンリー・スウィート (Henry Sweet) が用いた gradation が一般的である。

母音転換はインド・ヨーロッパ祖語で意味や文法機能（例えば、時制、派生など）の相違を示すために用いられた。この母音転換が最も効果的に用いられたのが古英語における強変化動詞の屈折である：例えば、writan (=write) ― wrat（過去・単数）― writon（過去・複数）― writen。

[36] （訳者注）強変化動詞 (strong verb) とは、語幹の母音転換を用いて過去および過去分詞を形成する動詞のことである：例えば、古英語 cumin (= come) ― com（過去・単数）― comon（過去・複数）― cumen（過去分詞）。一方、弱変化動詞 (weak verb) とは、屈折語尾を用いて過去、過去分詞を形成する動詞のことである：例えば、lufian (=love) ― lufode（過去・単数）― lufodon（過去・複数）― lufod（過去分詞）。現代英語の不規則動詞、規則動詞と古英語における強変化動詞、弱変化動詞は必ずしも一致していない。例えば、tell は現代英語では不規則動詞（古英語の強変化動詞にあたる）として分類されているが、古英語では弱変化動詞であった。例えば、古英語の tellen (=tell) は、現代英語では tell ― told ― told のように母音交替の変化であるが、古英語では tellen ― tealde（過去・単数）― tealdon（過去・複数）― teled（過去分詞）のような屈折語尾による変化をしていた。現代英語の keep（古英語 cepan）は古英語では、cepan ― cepte（過去・単数）― cepton（過去・複数）― cept（過去分詞）であった。つまり、過去、過去分詞で接辞が [d] または [t] を含む動詞は弱変化動詞である。

[37] （訳者注）借用語の動機としては、一般的には、（1）威信的動機 (prestige motive) ―例えば、ノルマン征服後、支配階級の言語（古フランス語）から借用する、（2）必要補充的動機 (need-filling motive) ―例えば、新しい経験、事物、習慣などを借用する (tea, coffee など) が考えられる。また二つの言語が接触すると、（1）侵略言語が文化的に高く中央集権的であると土着の言語に大きな影響を与え、前者は威信言語として、後者は低い変種として併存する、（2）互いに異なる構造の時、簡単な文法を持った共通言語 (lingua franca) を生じる（これがピジン語 (pidgin) で、第1言語として習得される時クレオール (Creole) という）、二つの場合がある（中尾 (2000:164) 参照）。なお、リンガフランカ (lingua franca) とは、17 世紀にイタリア語から借用された英語表現であり、本来は「フランク族の言語」の意味である。この言語はイタリア語、フランス語、ギリシャ語、スペイン語、アラビア語からなる混成語であり、当時は地中海沿岸地域の共通語として使われていた。

[38] （訳者注）チープサイド (Cheapside) はロンドンのシティー (The City) を東西に横切る大通りであり、中世には有名な市場であった。本来は名詞であったが、at good cheap「良い値段で」から短縮されて形容詞で「安い」の意味が生じた。「売買」の意味は *Beowulf* に見られ、「安い」の意味では 1509 年初出である。

[39] （訳者注）ラテン借用語の歴史は、普通、（1）大陸時代（5 世紀半ば頃まで）、（2）古英語期（12 世紀半ば頃まで）、（3）中英語期（15 世紀末頃まで）、（4）近代英語期（ルネサンスと共に大量の宗教、法律、学問関係の専門語（多音節語が多い）の 4 期

第 2 章　起　源 (The Beginnings)

に分類される。なお、中尾 (2000:165) を参照。

[40] （原注 1）　後期の借用語についてはこのあとの章で詳しく取り上げるつもりである。今日、この問題は Mary Sidney Serjeantson の *A History of Foreign Words in English* (London: Routledge & Kegan Paul, 1935) で詳しく論じられている。この著者の視点は、特に個々の項目および年代順配列に関しては、私のものとはかなり異なっている。これに対して、私はおおまかな方針と重要な原理を明示しようとしているのであるから、私のこれまでの見解をほとんど変更していない。

第3章
古英語 (Old English)

33

　英語の語彙に影響を与えた重要な歴史上の出来事のうちの最初の事件、すなわちゲルマン民族の諸部族 (Germanic tribes) によるブリテン島への移住について、これから述べることとする。他の大きな出来事はスカンジナビア人による侵入、ノルマン征服 (Norman Conquest) と学芸復興 (revival of learning) であるが、これらについては順次取り上げる。[1] 未来の歴史家は、アメリカ、オーストラリア、南アフリカに英語が広がったことを加えるだろう。しかしこの中で何よりも重要なのは、イングランド人がイングランドを征服したそもそもの出来事であって、その後の世界の在り様全般にこれほど重要な影響を及ぼした出来事は歴史上ないだろう。それだけに、海を越えてやって来た人々のことも、彼らが侵入した当時のブリテン島の様子も、ほとんど分かっていないのはなおのこと残念である。ゲルマン人がいつ渡来し始めたか、正確な時期は分からない。通常挙げられるのは449年という年だが、その典拠であるベーダ (Bede)[2] がそう書き残したのはおよそ300年後のことであって、この長きにわたる空白期間に、多くのことが忘れ去られてしまった可能性がある。様々なことを考え合わせると、449年よりかなり早い時期を想定するのが当を得ているように思われる。[3] しかし、侵入者たちは一斉にやって来たわけではなく、民族移動の新しい波が次々と寄せる中でかなり長期にわたって移住が行われたと考えるべきであるから、年代はさほど重要ではない。おそらく、ゲルマン人の長期にわたる一連の民族移動の後、5世紀後半にはイングランドの大半が彼らの手中に収まったと言ってよいだろう。

第 3 章　古英語 (Old English)

34　侵入者たち (The Invaders)

　侵入者たちがどのような人々であって、どこからやって来たのか。これについても様々な議論がなされてきた。[4] ベーダによれば、彼らはアングル人 (Angles)、サクソン人 (Saxons)、ジュート人 (Jutes) の三つの部族に属していた。[5] この記述は言語史的観点から裏付けられる。というのは古英語に実際に三つの方言あるいは方言群が存在するからである。一つ目は北部のアングリア (Anglian) 方言で、ノーサンブリア (Northumbrian) 方言とマーシア (Mercian) 方言とに下位区分される。二つ目は南部の広範囲で使われたサクソン (Saxon) 方言で、このうち最も重要だったのはウェセックス (Wessex) のウェスト・サクソン (West-Saxon) 方言である。三つ目はケント (Kentish) 方言 で、ケント (Kent) はジュート人が住みついた地と伝えられる。ジュート人は言語的にアングル人、サクソン人と近い関係にあり、このあと我々が出会うこととなるユトランド (Jutland) の住人と違い、デンマーク語 (Danish dialect) を使っていたわけではない。[6] サクソン人はアングル人よりも数の上ではまさっていたが、アングル人の影響力は強く、国名の England「イングランド」（古英語 Englaland）、民族を示す English「イングランド人」（古英語 Engliscmon さらに Angelcynn、Angelþeod[7] を参照）、言語を表す English「英語」（古英語 Englisc、Englisc gereord）に総称としてアングル人の名が残った。[8] ヨーロッパ大陸の言語で英語に最も似ているのはフリジア語 (Frisian) である。[9] 興味深いことに、ケント方言、アングリア方言、さらにアングリア方言の中でも最北のものとフリジア語との間に、それぞれ共通する特徴がいくつか見られるのだが、これらの特徴はウェスト・サクソン文章語 (literary West Saxon)[10] には全く見られない。フリジア語と古英語の諸方言との類似についてもう少し詳しく述べると、ケント方言は西フリジア語 (West Frisian)、アングリア方言は東フリジア語 (East Frisian) と似ており、[11] イングランド人が大陸から移住する前は、フリジア人が隣人であり同族であったと考えられる。

35

　移住者たちがやって来た時、ブリテン島ではどんな言語が話されていたのだろうか。先に住んでいたのはケルト人 (Keltic) だったが、[12] ローマによる支

配のこともある。ローマ人は数世紀に渡ってこの地を治めていた。[13] スペインやガリア (Gaul) にはラテン語 (Latin) が広まっていたが、[14] ローマ人はブリテン島の先住民にラテン語を話させることには成功していなかったのだろうか。何年か前に、ポガツェル (Pogatscher)[15] は、ローマ人はケルト人にラテン語を使わせており、アングル人とサクソン人がやって来た時、ブリテン島ではブリトン系ラテン語方言 (Brito-Roman dialect) が盛んに使われていたという見解を示し、もしアングル人とサクソン人がブリテン島にやって来なかったら、現代の英国人はフランス語 (French) によく似た新ラテン語 (Neo-Latin tongue)[16] を話していただろうというライト (Wright)[17] の説を支持した。しかしこの見解はロス (Loth)[18] に反駁され、ポガツェルはその後の論文[19]で自説のすべてとは言わないまでもかなりの部分を取り下げることを余儀なくされた。かくして彼はラテン語がかつてブリテン島の共通語だったとは主張しなくなったが、ロスとは違い、ローマ軍が撤退した時にラテン語がブリテン島から消滅したとまでは言っていない。田舎ではケルト語 (Keltic)、町ではラテン語が使われた、あるいはラテン語を話す人もいた、という可能性はある。いずれにしても、イングランド人がやって来た時、ここで話されていたのは彼らの言語とは違うものだった。では先住民の言語は彼らの言語に影響を与えたであろうか。また影響を与えたとすれば、どのように、どの程度影響したのであろうか。

36　ケルト語彙 (Keltic Words)

　ガーディナー (Gardiner) はその著書 *Student's History of England*『学生のためのイングランド史』（31 頁）で、フリーマン (Freeman) に倣って以下のように述べている：「ブリトン語 (British words) からともかくも英語に入ったのは gown「ガウン」や curd「凝乳」のような女性が用いたであろう語、あるいは cart「荷車」や pony「ポニー」のような農民が用いたであろう語であった。このような言語的事実から、征服者に殺されずに済んだケルト人の女性や農民の数は多かったという説は正しいと言える」。もしガーディナーの言う通りであれば、英語はケルト語の影響を受けていることになり、そこから歴史に関わる重要な推測もできるであろう。しかし残念ながら、ここに挙げられている語で上記の説を裏付ける証拠たり得るものは一つもない。gown は

第 3 章　古英語 (Old English)

古いケルト系の語ではなく、14 世紀にフランス語から入った語である（中世ラテン語 (medieval Latin) gunna）。curd も 14 世紀までしか遡れない。もしこの語が早い時期にケルト語から借用されたのであれば、もっと古い文献に用例が見られるはずである。「ケルト語のこれらの語[20]と英語の curd の間に仮に関連があったとしても、どのような関連性があるのかははっきりしない」(OED)。cart はおそらく英語本来の語であり、ケルト語にも見られるが、それは英語からケルト語に入ったものであって、ケルト語においてこの語は「明らかに外来語」(OED) である。最後に pony[21] は古フランス語 (Old French) の poulain「仔馬」の指小語 (diminutive) poulenet「小さな仔馬」に由来する低地スコットランド語 (Lowland Scotch) powney である。

　ケルト語起源と目される他の語もほとんどが同様に、ゲルマン語 (Germanic) またはフランス語起源のものが英語を経由してケルト語に入ったか、あるいはケルト語起源であったとしても、英語で使われるようになってまだ 1〜2 世紀ほどのものである。いずれの場合も 1500 年前のケルト人とアングロ・サクソン人[22]の関係を物語るものではない。[23] ブリテン島の先住民の言語から英語に入った語は、（地名は多いがそれを除けば）[24] 12 個ほどに過ぎない（ass「ロバ」、bannock「バノック」、binn[25]「箱」、brock「アナグマ」など）というのが、近年の研究の結論のようである。

　この借用語 (loans) の少なさはどう説明できるだろうか。イングランド人は山地へと逃げ込まなかったブリトン人 (Britons) を根絶やしにしたのであって、ケルト借用語の少なさはその征服の非道さを示すものだと解釈する向きもあろうが、そう考えるべきなのか。しかし皆殺しという説は、地名にケルト系の要素が見られることとアングロ・サクソン人の間にケルト系の人名がよく見られることから、[26] サクリソン (Zachrisson)[27] によってすでに反証されているようである。ブリトン人は絶滅させられたのではなく、征服者であるアングロ・サクソン人に吸収された。彼らの文明と言語は消えたが、民族としては残ったのである。一方で、ケルト語から英語への借用語が少ないという謎を解く手がかりを得るには、一般的にどのような条件下で、一つの言語から別の言語へと借用が起こるのかを考えてみるとよい。[28] 一つの観点として、英語の歴史はすべて語の借用の連鎖であると見ることもできるので、まずはこの一般的問題から始めるのがよいだろう。

37　混成言語 (Mixed Languages)

　ヴィンディッシュ (Windisch) [29] の混成言語 (mixed language) についての理論の核は以下のようなものである。ある言語を使う集団が別の言語を学ぶ場合、学び手が自分の学んでいる外国語を混成言語にしてしまうのではなく、学び手の母語の方がその外国語の影響を受けて混淆する。外国語を学び話す場合、私たちはその外国語に自分の母語を混ぜることなくできるだけ純粋に話そうと努めるもので、そこに意図せず母語が入ってしまうたびに苦くもどかしい思いをするというのが一般的な反応である。しかし、このように外国語を話す際には避けられることが、母語に対しては非常にしばしば行われる。ヴィンディッシュは実例の一つを 18 世紀のドイツから引いている。当時はフランス風が流行の極みにあって、フリードリヒ大王 (Frederick the Great) [30] はフランス語を上手に読み書きできることを誇っていた。彼の書いたフランス語にはドイツ語 (German) は一語たりとも見当たらないが、ドイツ語の文章の方には常にフランス語の語句が溢れていた。フランス語はより洗練されてエレガント (distingué) だと考えられていたからである。同じように、コーンウォールの絶滅したケルト系言語であるコーンウォール語 (Cornish) [31] の最後期の記録には英語からの借用語が多数見られるが、一方イングランド人は英語にコーンウォール語を取り込むことを一切しなかった。コーンウォール語を母語とするコーンウォール人の方も、英語を話す際、当然のようにコーンウォール語の語句を避けた。それは第一に、英語の方が優れた言語、文化と文明の言語とされていたからで、またもう一つには、イングランド人はコーンウォール語を理解しなかったからである。同様の事例として今日のブルターニュ (Brittany) [32] でも現地の人々のブルトン語 (Breton) にフランス語が混じることはあるが、彼らの話すフランス語の方は、ブルトン語を一切含まない純粋なものである。

　以上のことから、なぜ英語にケルト系の語がほとんど入らなかったかは明らかである。[33] 支配層であるアングロ・サクソン人にとって、下層の先住民の言語を学ぶ理由はなく、ケルト語を時折差し挟んで、この蔑まれた言語の知識をひけらかすことが流行するなど有り得なかった。一方、ケルト人は支配者の言語を学ぶ、それもしっかりと学ぶ必要があったであろう。支配者に理解不能なケルト語で話しかけることなどケルト人には考え及ばないことだっ

第 3 章　古英語 (Old English)

た。第一世代はともかく、第二、第三世代になれば英語をうまく操れただろう。このようにケルト人は英語を取り入れたが、逆にケルト人が英語に影響を及ぼすことはほとんどなかった。ヴィンディッシュの理論は、後で見るようにいくらか修正を要する場合もあるが、[34] 大筋で正しいことは明らかである。いずれにしても、英語にケルト語由来の語がほとんどないことについて、これ以上の説明は不要である。

38　キリスト教 (Christianity)

　イングランドは西暦 600 年頃キリスト教化されたが、[35] この改宗は英語に多大な影響を与えた。キリスト教化以前の文献は残されていないが、偉大な叙事詩『ベーオウルフ』(*Beowulf*) [36] には異教とキリスト教の要素の奇妙な混淆が見られる。この新しい教義を完全に吸収するには長い時間がかかったし、実際のところ、古い異教的要素は今日に至るまで、多くの迷信に残っている。一方、彼らが実際にキリスト教化するまでキリスト教を全く知らなかったと考えてはならない。キリスト教徒になる数世紀も前から彼らはキリスト教の重要な事象について知っており、それを表す呼び名を持っていたことは、言語学的証拠から明らかである。

　キリスト教関連の最古の借用語の一つに church「教会」（古英語 cirice、cyrice）があるが、これはギリシャ語 (Greek) の kuriakón「神の（家）」あるいは複数形の kuriaká に遡る。ゲルマン人が古くからこのギリシャ語由来の語を知っていたことについて OED は以下のように記述している。「ゲルマン世界 (Germany) に一つでも kirika[37]「教会」があったはずだと考える必要はない。313 年以降、[38] 聖なる器や装飾品を所有する教会は、ローマ帝国に侵入するゲルマン人にとって略奪の対象としてよく知られていた。ゲルマン人が最初に遭遇した教会が、どこにあったにせよ、kuriaká と呼ばれていたのなら、彼らがこの語をよく知っていたとしても何の不思議もない」。[39] これは状況をよく言い得ている。ゲルマン人はこの語にあまりに馴染んでいたので、キリスト教化した際に、ローマ教会とロマンス諸語 (the Romanic languages) で広く用いられていた語（ecclesia、église、chiesa 等）[40] を取り入れることをしなかったし、英語では church という語が、教会の建物から信徒組織までをも意味するのに使われるようになった。

minster「会堂」(古英語 mynster ＜ ラテン語 monasterium) も最初期に属する語である。非常に早い時期に借用した語はほかに、devil「悪魔」(ラテン語 diabolus、ギリシャ語 diábolos) と angel「天使」(古英語 engel、[41] ラテン語 angelus、ギリシャ語 ággelos) がある。しかしキリスト教特有の語の多くが英語に入ったのは改宗以降であった。

39

キリスト教と共にもたらされた新しい思想や事物は非常に多く、それらがいかに英語で表現されたかは興味深い問題である。[42] まず、新しい思想と共に多くの外来語が取り入れられた。そのような語には、apostle「使徒」(古英語 apostol)、disciple「使徒」(古英語 discipul)[43] がある。disciple は、英語以外の言語では「生徒」や「学徒」といったラテン的な広い意味を持つのに対し、英語ではよりキリスト教的な語であって、「イエスの十二使徒」あるいはそれに類する意味にほぼ限られる。[44] さらにキリスト教会の聖職者を表す語が挙げられる。位階順に並べれば、Pope「教皇」(古英語 papa) を筆頭に、archbishop「大司教」(古英語 ercebiscop)、bishop「司教」(古英語 biscop)、priest「司祭」(古英語 preost) である。また、monk「修道士」(古英語 munuc)、nun「修道女」(古英語 nunna)、provost「聖堂参事会長」(古英語 prafost、ラテン語 præpositus [45] および古英語 profost、ラテン語 propositus)、[46] abbot「大修道院長」(古英語 abbod、d はロマンス語の語形から)[47] とその女性形 (古英語 abbudisse) がある。ほかに、現在では使われなくなった sacerd「司祭」、canonic「(大) 聖堂参事会員」、[48] decan「主席司祭」、[49] ancor または ancra「隠修士」(ラテン語 anachoreta)[50] がある。このような人間を表す語に加えて、事物を表す語も多数取り入れられた。例えば、shrine「箱、聖遺物入れ」(古英語 scrin、ラテン語 scrinium)、cowl「修道士の頭巾付き外衣」(古英語 cugele、ラテン語 cuculla)、pall「布、聖体布」(古英語 pæl [51] あるいは pell、ラテン語 pallium)、古英語 regol あるいは reogol「(修道院の) 規則」、古英語 capitul「章」、古英語 mæsse「聖餐」がある。

古英語 offrian は「生け贄を捧げる」「捧げものを供える」の意味でしか用いられず、he *offered* his friend a seat and a cigar「彼は友人に椅子と煙草をすすめた」という現代の用法は後にフランス語から入ったものである。[52]

第3章 古英語 (Old English)

40

　これらの借用語のほとんどが短い語で、英語の本来語 (native word) に完全に溶け込んで屈折変化も容易で、あらゆる点で本来語のように扱われたことは注目に値する。このうち最長の語である ercebiscop「大司教」もラテン語から英語化したものだが、ごく自然に本来語と見なされた。[53] 中には discipul「使徒」や capitul「聖堂参事会員」、あるいは exorcista「祈祷師」や acolitus「侍祭」のような長い語もあるが、これらは決して頻繁に用いられることはなかった。[54] anachoreta「隠修士」は ancor と短縮され扱いやすい形になってようやく広く用いられるようになった。[55]

41　本来語 (Native Words)

　これまで英語に取り入れられた外来語について述べてきたが、言語の歴史についてのこの章の主たる関心は、外国語から取り入れた語ではなく、むしろ外国語から取り入れたのではない語にある。新しい思想に関わるラテン語の語をイングランド人が学びとったとしても驚くにあたらない。しかしそれよりもむしろ、当時のイングランド人が外国語に頼るのではなく、彼らが持ち合わせていた英語本来の語彙を実際どれほどにまで利用したか、その様は目覚ましいものである。後世のイングランド人がラテン語やギリシャ語から大量に語を借用したことを考え合わせればなおのことである。[56] 本来語の利用は以下の三つの方式で行われた。外来語に本来語の接辞 (native affix) を添加して新しい語を形成する方式、既存の英語の語に新しい意味を持たせる方式、そして本来語の語幹 (native stem) から新しい語を形成する方式である。

　まず一つ目の方式であるが、当時のイングランド人は、外国語に本来語の語尾 (ending) を添加するのを躊躇することはなかった。かくして、-had (= -hood) [57] で終わる語は preosthad「司祭職」、clerichad「司祭職」、sacerdhad「司祭職」、biscophad「司教職」など非常に多い。ほかに biscopsetl「司教座」、[58] biscopscir「司教区」[59] などの複合語 (compound)、これと同じ第二要素[60]を持つ profostscir「主席司祭職」、さらに scriftscir「聴罪司祭の担当区域」という興味深い語がある。これはラテン語の scribere「告解を聴く」に由来する古英語 scrifan（= shrive「告解を聴く」）の派生語 (derivative) scrift [61]「告解」から形成された。

ほかに注目すべき語には cristendom「キリスト教」（さらに cristnes）、cristnian「洗礼を施す」あるいは「洗礼志願者に準備をさせる」、[62] biscopian「堅信式を施す」と名詞 biscepung「堅信（式）」[63] などがある。

42

二つ目の方式として、キリスト教の概念を表すために、既存の本来語を意味だけある程度修正した上で利用するということが大いに行われた。このうち真っ先に挙げられるべきは God「神」である。[64] 同じ部類で今日まで残っている語に、sin「罪」（古英語 synn）、[65]「十番目」を意味する古い序数（ordinal）であった tithe「十分の一税」（古英語 teoða）[66] がある。また easter「復活祭」（古英語 eastron）は元来、春の女神 Austro に由来する古い異教の春祭りだった。[67]

キリスト教的な文脈で使われるようになった本来語のほとんどは、その後ラテン語やフランス語由来の語に置き換えられた。現在は「聖人」を意味するのに、フランス語起源の saint が用いられるが、古くは halig (= holy) であった。halig は All-hallows-day「万聖節」と Allhallow-e'en「ハロウィーン」にその名残を留めている。[68]「聖人」を表すのにラテン語の sanct (= saint) はほとんど用いられなかった。他に次のような語がある（／の左が本来語、右がフランス語またはラテン語）――

> scaru（動詞 scieran「刈る、切る」より）／ tonsure「剃髪」、had ／ order「位階」、hadian ／ consecrate「聖別する」と ordain「聖職位を授ける」、gesomnung ／ congregation「会衆」、þegnung ／ service「勤行」、witega ／ prophet「預言者」、þrowere（þrowian「苦しむ」より）／ martyr「殉教者」、þrowerhad や þrowung ／ martyrdom「殉教」、niwcumen mann (= newcome man) ／ novice「見習い僧」、hrycghrægel（hrycg「背後」と hrægel「衣」より）／ dossal「（祭壇の後方または内陣の周囲に掛ける）掛け布」、ealdor ／ prior「小修道院長」

最後に挙げた古英語の ealdor「年長者、長」を含む複合語も、この新しい宗教に関わる事象を表すのに用いられた。teoðing-ealdor（十人の修道士の長）が「主席司祭」の意で用いられる例が挙げられる。ealdormann は本来、太守や総統のような者を指したが、ユダヤ教の大祭司やパリサイ人に対しても使われた。古英語 husl (= housel)「聖体」[69] は、もとは「生贄」や「捧げも

第 3 章　古英語 (Old English)

の」など古い異教の習慣を表す語だった。ゴート語[70]の hunsl はより古い語形である。「祭壇」を表す古英語 weofod も異教の語が生き延びたもので、興味深い例である。というのは、この語は「偶像」を意味する wig を含む複合語 wigbeod「偶像を置く台」に遡るからである。発音の変化によって wig との関係が不明瞭になったがために、キリスト教の用語として残ることができたのであろう。

43

　この二つ目の方式と時に区別しづらいのが、三つ目の方式、すなわち、異教世界に馴染みがなかった外来の概念を表すための語が前々から存在していたわけではなく、英語にあった既存の材料を用いて新しく作られた場合である。様々な造語法が用いられた。

　取り入れようとするギリシャ語やラテン語の語の各構成素を翻訳し単純につなぎ合わせて新しい語が作られる場合もある。[71] 例えば、ギリシャ語の euaggélion「福音」[72]から god-spell が生み出された。これは現代英語の gospel「福音」である。good「良い」と spell (=tidings)「言葉」が組み合わさったものであったが、第 1 音節の母音が短音化され godspell となり、しばしば「言葉」あるいは「神の言葉」と解された。[73] ここからさらに godspellere「福音書記者」が生まれたが、現在では外来語の evangelist が使われる。[74]

　heathen「異教徒」（古英語 hæðen）は、pagus「田舎」に由来するラテン語の paganus「異教徒」を模して、hæþ (= heath)「荒野」から作られたと一般的に考えられている。[75] trinity「三位一体」を意味する古英語 þrynnes あるいは þrines (= three-ness) にも同じことが言える。[76]

44　新造語 (New Terms)

　しかしこのように外国語を逐語的に翻訳した例はあまり多くなく、むしろ本来語を利用したすばらしい語が新たに生み出された。その独創性はまるで考案者がその同じ概念を表す外国語を聞いたこともなかったかに思われる程である。実際聞いたことがなかった場合もあっただろう。かなりの発明の才を示す語もある。新約聖書に登場する「律法学者」と「パリサイ人」は、それぞれ boceras[77] (boc (= book)「本」より) と sunder-halgan (sundor「離

れた、別の」より）と呼ばれた。[78] 後者は北部方言では ælarwas[79]「法の教師」あるいは ældo「年長者」とも呼ばれた。その他に次のような例がある――

「族長」は heahfæder (= high-father) または ealdfæder (= old-father)
「三博士」は tungol「星」と witega「賢人」から tungolwitegan
「礼拝堂付き司祭」は handpreost または hiredpreost「家庭用司祭」
「侍祭」の様々な役割を表すために huslþegn「聖体を受け持つ従者」、taporberend (= taper-bearer)「蠟燭の運び手」、wæxberend (= wax-bearer)「蠟燭の運び手」

また、ercebiscop「大司教」の代わりに heahbiscop または ealdorbiscop も時折見られる。さらに、「隠修士」は ansetla「一人で住む者」または westensetla「曠野に住む者」、「魔法」は scincræft「魔法の技術」、「魔術師」は scincræftiga、scinlæca、scinnere、「惑わし」または「迷信」は scinlac と呼ばれた。キリストの弟子については、前述の discipul 以外に 10 もの英語の表現がある。すなわち、cniht、folgere、gingra、hieremon、læringman、leornere、leorning-cniht、leorning-man、underþeodda、þegn[80] である。

「洗礼を施す」は dyppan (= dip)「浸す」（ドイツ語 taufen、デンマーク語 døbe を参照)、あるいは、より頻繁には fulwian（ful-wihan「完全に聖別する」より）が用いられた。「洗礼」は fulwiht あるいは最後の音節の発音が曖昧になった fulluht、「洗礼者ヨハネ」は Johannes se fulluhtere と表された。

45

本来語を用いた語形成の例は数あるが、次のような God を構成要素に持つ主要な語を見てみれば、語形成の力強さと大胆さをよく理解できるであろう――

godbot (= atonement made to the church)「教会への償い」[bot = remedy]
godcund (= divine、religious、sacred)「神の、神聖な」[cund = related to]
godcundnes (= divinity、sacred office)「神性」
godferht (= pious)「敬虔な、神を畏れる」[ferht = afraid of]
godgield (= idol)「偶像」[gield = heathen god]
godgimm (= divine gem)「神の宝石」[gimm = gem][81]
godhad (= divine nature)「神性」
godmægen (= divinity)「神性」[mægen = power]

第 3 章　古英語 (Old English)

godscyld (= impiety)「不信心」[scyld = guilt]
godscyldig (= impious)「不信心な」[scyldig = guilty]
godsibb (= sponsor)「代父［母］、名親」[sibb = relationship] [82]
godsibbræden (= sponsorial obligations)「代父［母］の務め」[ræden = condition]
godspell「福音」(これについては第 43 節を参照)
godspelbodung (= gospel-preaching)「福音を説くこと」[bodung = preaching]
godspellere (= evangelist)「福音書記者」
godspellian (= preach the gospel)「福音を説く」
godspellisc (= evangelical)「福音書の」
godspeltraht (= gospel-commentary)「聖書の解説、説教」[traht = exposition]
godspræce (= oracle)「神の言葉、神託」[spræce = speech]
godsunu (= godson)「名付け子」[sunu = son]
godþrymm (= divine majesty)「神の栄光」[þrymm = power]
godwræc (= impious)「不信心な」[wræc = exiled]
godwræcnes (= impiety)「不信心」

　このような現代語訳付きのリストを見ると、すべて本来語からできていて、教育を全く受けていない者にも容易に意味が理解できるような古い造語法と、単純な概念にすらほぼ例外なく古典語の語根 (classical root) [83] が用いられる現代的な造語法との間に隔たりがあることに気づかされる。gospel という語は生き残ったが、gospel から二次的に派生した明快な語は難解な新語に道を譲ってしまった。[84]

　本来語から作られたのはキリスト教の用語だけではなかった。というのは、キリスト教の導入に伴い、様々な分野の高度な知的成果の一端がイングランドにもたらされたからである。そのような専門用語の例として、lacæ-cræft [= leech-craft]「医術」、tungol-æ [= star-law]「天文学」、efnniht「春分・秋分」[efn = equal + niht = night]、sunu-stede [sunu = sun + stede = stoppage] と sunu-gihte「太陽の至点」[sunu = sun + gihte = going]、sunnfolgend [= sunfollower]「ヘリオトロープ」、[85] 文法用語の tid [= tide]「時制」、gemet [= measure]「法」、foresetnes「前置詞」[fore = before + setnes = position] など、要するに本来語に由来する多くの学術用語で、これに匹敵するのはゲルマン諸語の中ではアイスランド語 (Icelandic) だけである。[86]

46　なぜ外来語を用いなかったのか (Why not Foreign Words?)

　アングロ・サクソン人が既存のギリシャ語やラテン語の語をそれほど取り入れなかったのはなぜだろうか。先に述べたように、アングロ・サクソン人はケルト語からもほとんど借用しなかったが、ギリシャ語やラテン語の場合とケルト語の場合とでは状況が明らかに違う。[87] アングロ・サクソン人とケルト人との間には民族の混合が見られ、違う言語を用いながら同じ国の中で現実に接触しながら生活していたが、アングロ・サクソン人がラテン語を使う民族や共同体と直接的なやり取りを持つことはなかった。布教団との会話を通してある程度の影響を受けた結果、一部の人々にとってはキリスト教特有の語が身近になったという可能性は考えるべきだが、明らかにそういった語は、近年のラテン語やギリシャ語の借用の場合と同様、多くがまず文献を通して英語に入って来た。

　では昔と今とで語の借用の仕方に違いが見られるのはなぜだろうか。理由の一つとして明らかに言えそうなのは、後世の人々がラテン語を学んだのに対して、アングロ・サクソン人はラテン語をあまり知らなかったので、もしラテン語の学問・宗教語彙を取り入れたとしても理解できなかっただろうということである。アルフレッド大王 (King Alfred) [88] のものとして以下のような言葉が残されている。彼の治世の直前には「ハンバー川のこちら側には彼らの［ラテン語での］典礼を英語で理解できる者、またラテン語の書簡を英語に翻訳できる者はほとんどいなかったし、ハンバー川の向こう側にもそう多くはなかっただろうと思う。ラテン語ができた者は極めて少なく、私が王位についた頃についても、テムズ川の南側ではそういう者を一人として思い出せない。［中略］神の僕は大勢いたが、教会の書物に関する知識をほとんど持っていなかった。というのは彼ら自身の言語で書かれていないため、何も理解できなかったからだ」。[89] アルフレッド大王以前の時代で、王が「修道院で学び教えることが熱心になされた」と懐古し、また「イングランドでラテン語・ギリシャ語による学問が成功裏に行われていた」とベーダなどの文献に伝えられる時代であっても、[90] 仮にラテン語の学術語が英語に借用されたところで、それを理解する者は多くなかっただろう。そのようなわけで、アングロ・サクソン人がラテン語を使わずに、一般庶民が理解できるような語をできるだけ多く作ったのは理に適ったことだった。

第 3 章　古英語 (Old English)

　しかし、なぜ古英語には借用語が少ないのかという問いの立て方自体がそもそも適切ではないだろう。言語が消化できうる限りの外来語を取り入れるのは当然のことであって、近代英語 (Modern English) と比べて外来の要素が少ない言語は驚きの対象だ、という前提に立つことになるからだ。しかし実際は、外国語に頼る前に、本来自らが持つ材料を利用する方がむしろ自然である。アングロ・サクソン人は原則として、概ね具体的事象については本来語の語彙に同化しやすい語のみを借用し、抽象的概念については本来語の語や要素を最大限活用した。これは言語と民族の健全な状況を示すものと言える。

　ギリシャ語の場合がそうである。ギリシャ語では本来語を土台とした抽象的な語や学術語が類を見ないほどの隆盛と活力をもって成長を遂げ、ギリシャ語固有の語が大量に作られ外来語の借用がほとんどない状況下で、知的・芸術的営みが最高度に発達した。というわけで、不自然な状況として問われるべきは、自らが有する本来語の語彙を利用する古英語の方式ではなく、本来語を蔑ろにして外国語を借用する近代の方式である。長々と説明する代わりに適切な事例を以下に一つあげれば十分であろう。

47

　手元に常備する小さな本を表すのに、ギリシャ人は en (= in)、kheír「手」と「小さい」を意味する接尾辞 (suffix) -idion から egkheirídion という語を作った。ローマ人も同じように、この種の本を指すのに liber「本」を省略して manualis「手に関する」という形容詞を用いた。これに対してアングロ・サクソン人が自身の言語の特徴に従って handboc [91] という複合語を作り出したのは、この上なく自然なことである。この語は、特に聖職者が必要とする類のある種の手引き書、つまりローマ教会で時折二次的に用いられる公式典礼文を載せた本に対して用いられたであろう。[92] ドイツ語の Handbuch やデンマーク語の håndbog など、同じような複合語が英語の同族言語 (cognate language) でも当然用いられたし、また現在も用いられている。しかし中英語 (Middle English) の時代に、フランス語またはラテン語から manual が入ってきたため handboc は用いられなくなり、さらに 16 世紀にギリシャ語の enchiridion も英語に入ってきた。[93] 人々は、難解で外国風の語を好んで使

うことにすっかり慣れてしまって、19 世紀に handbook が再登場した時には、この語は招かれざる侵入者であるかのように扱われた。

　再度この語が用いられるようになってからの初出例として OED に挙げられているのは、1814 年の作者不詳の *A Handbook for modelling wax flowers*『蠟製の造花の作り方の手引き』という本である。[94] 1833 年にはニコラス (Nicolas) [95] がある歴史書の序文で「ドイツ人であれば採用するであろうし、もし英語で許容されるとして最適なタイトルは *The Handbook of History* であったろう」と述べている。しかし彼自身はこのタイトルを敢えて用いることはなかった。

　3 年後、出版業者のマレー (Murray) [96] は思い切って旅行案内に *A Hand-Book for Travellers on the Continent*『大陸旅行者のための手引き』というタイトルを付けたが、1843 年になっても、この本に言及する人々は弁解しながらこの造語を引き写した。[97] 1838 年にロジャーズ (Rogers) [98] はこの語を趣味の悪い新奇な代物であると形容し、トレンチ (Trench) [99] は自著 *English Past and Present*『英語の過去と現在』（初版 1854; 第 3 版 1856, 71 頁）で「handbook などという非常に醜く全く不要な語、生まれて 10 年か 15 年そこらだろうが、そんな語を作り出さなくても、manual という語で満足できていただろうに」と述べた。

　のちに、この語はもう少し好意的に受け止められるようになったようだが、handbook のような非常に単純で分かりやすく表現力に富んだ語が、教養人の間ですぐに受け入れられず、苦労して道を切り拓かなければならないような言語状況は、非常に不自然なものと思わずにはいられない。

48

　以上のように、古英語は可能性に富む言語で、話し手は幸運にもほとんど苦労せずに、意志疎通に必要とされる限りのあらゆる表現を生み出すことができた。英語はたとえ放っておかれたとしても、英語に実際にあった語彙の不足という欠点を容易に修復できたことは疑いない。というのも、アングロ・サクソン人にとってキリスト教は具体的事物や抽象的概念を含む新しい世界であったが、英語の持つ資源は大変豊かだったので、そのような新しい世界をも表し得る自然で表現力のある語を生み出すことができたのだから。

　古英語の散文は、確かに時にぎこちなく読みにくいと感じられるが、問題

第 3 章　古英語 (Old English)

は言語自体ではなくむしろ作品にある。どこでも優れた散文文体の確立には時間がかかるもので、流暢な散文を容易に生み出せるようになるには、何世代もの優れた書き手の努力が必要なのである。またおそらく、現存する古英語散文作品で扱われている題材は、言語を最高の水準にまで育てるのに最適なものではなかった。

　古ノルド語 (Old Norse) [100] のような近親の言語では、物語散文の文体が急速に発達し、その文体は数多くのサーガ (saga) [101] において今日なお正当に称賛されている。古英語も物語散文という分野でならば完璧な言語になり得たかもしれない。その可能性を疑うに足るほどの大きな違いがこの二つの言語の間にあるとは思われない。

　実際、古英語の文章語としての力を示す証拠をいくつかの散文の文章に見ることができる。例えば、アルフレッド大王のもとを訪れた二人のスカンジナビアの大冒険家、オホセレ (Ohthere) とウルフスタン (Wulfstan) についてのアルフレッド大王の記述[102]や、『サクソン年代記』(*The Saxon Chronicles*) [103] の二、三の文章、そして特にウルフスタン (Wulfstan) [104] の説教には、本物の価値のある感情豊かな散文の例が認められる。

49　散文と詩 (Prose and Poetry)

　古英語の散文は未熟だったかもしれないが、詩については、戦闘や神話的な怪物との戦いを力強く描いたものから、宗教詩や理想の国を牧歌的に歌ったもの、もの悲しい哀歌まで、豊かで特徴的な作品が残されている。ここでは言語を扱っているので、これらの詩の文学的価値を論じることはしない。しかし古英詩に親しもうと苦労したことがある人なら、実際それは難儀なことなのだが、誰であっても、現代の詩の文体とはまた違った無類の魅力を古英詩の言語に感じるものである。動きはゆっくり緩やかで、詩行の韻律 (measure) は先へと急ぐようなものではなく、各行に意識的に留まって、次行に歩を進める前に一旦休止する。詩人の心も足取り軽くというわけでなく、同じことを二度三度と語る。単純に「彼」と言えば足るところを、「勇敢な王、輝ける英雄、気高き戦士、熱意あふれ生気みなぎる者」などの表現を二つ三つと連ねるのである。[105] このような描写によって頭の中に描いた像に新しい特徴が加わるわけではないのだが、にもかかわらず、音楽における繰り返しや

変奏のように、趣深い印象を与え感情に訴えかける。

　このような効果は主に類義語 (synonym) に類義語を重ねることで生み出される。古英詩に見られる類義語の豊かさは全く驚くほどで、何世紀にもわたって詩の主題の定番となってきたいくつかの領域において特に顕著である。例えば「英雄」や「王」を表すのに『ベーオウルフ』[106]だけで少なくとも 36 の語が使われている——

>　æðeling、æscwiga、aglæca、beadorinc、beaggyfa、bealdor、beorn、brego、brytta、byrnwiga、ceorl、cniht、cyning、dryhten、ealdor、eorl、eðelweard、fengel、frea、freca、fruma、hæleð、hlaford、hyse、leod、mecg、nið、oretta、ræswa、rinc、secg、þegn、þengel、þeoden、wer、wiga

「戦闘」「戦い」は『ベーオウルフ』に少なくとも 12 種類——

>　beadu、guð、heaðo、hild、lindplega、nið、orleg、ræs、sacu、geslyht、gewinn、wig

「海」を表す語は『ベーオウルフ』に 17 種類——

>　brim、flod、garsecg、hæf、heaðu?、[107] holm、holmwylm、hronrad、lagu、mere、merestræt、sæ、seglrad、stream、wæd、wæg、yþ

ここに、他の詩からさらに 13 語が加わる——

>　flodweg、flodwielm、flot、flotweg、holmweg、hronmere、mereflod、merestream、sæflod、sæholm、sæstream、sæweg、yþmere

「船」は『ベーオウルフ』に 11 語——

>　bat、brenting、ceol、fær、flota、naca、sæbat、sægenga、sæwudu、scip、sundwudu

他の詩に少なくともさらに 16 語ある——

>　brimhengest、brimþisa、brimwudu、cnearr、flodwudu、flotscip、

第3章 古英語 (Old English)

holmærn、merebat、merehengest、mereþyssa、sæflota、sæhengest、sæmearh、yþbord、yþhengest、yþhof、yþlid、yþlida

50　類義語 (Synonyms)

　この類義語の多さをどう解釈すべきだろうか。「船」を表すために、sæ、mere、yþ など「海」を意味する様々な語に hengest「雄馬」や mearh「雌馬」を組み合わせて「海の馬」と表現することがあるが、[108] 同じ比喩の変種に過ぎないこのような複合語は差し引いて考えても構わないだろう。

　しかしこの種のものを数に入れなくても、類義語はやはり多く、説明を要する。言語の常として、日常的な関心事には多くの表現が存在するものであって、スウィート (Sweet) は以下のように述べている：「アラビア語の辞書のどこを開いてみても、『若いラクダ』『老いたラクダ』『丈夫なラクダ』『五日に一度ラクダにエサをやる』『ラクダのこぶを触って肥満度を確かめる』など、ラクダに関する語にぶつかる可能性がある。しかもこれらは複合語ではない単一語であるばかりでなく、そこからさらに新しい語が作られる語根語 (root-word) でもあるのだ」。[109]　チリのアラウカニア族 (Araucanians) の諸言語[110]では、空腹を表すのに、空腹度によって細かく語を使い分けたと聞けば、ガーベレンツ (Gabelentz) の言う通り、同情を禁じ得ない。[111]

　しかし、アングロ・サクソンの語彙に「海」に関する語が豊富にあるという事実から引き出せる結論は、彼らが当時海の民だったということではなく、むしろこれらの語が散文ではなく主に詩に現れることから、彼らが以前は海ゆく者であったが、その生き方を捨ててしまい、かつての生活の名残が未だに彼らの想像の世界に漂っていたということであろう。

51

　古英語の類義語の意味の違いは、多くの場合、我々にはもはや理解できないが、上に挙げた例の大半については、歴史時代のアングロ・サクソン人には違いが感じられなくても、彼らの祖先はこれらの語をはっきり区別して使っていたと思われる。原始的な民族の特徴として、彼らの言語は極度に細分化されており、普通総称的な語が一つあれば足りるところに数種類もの別個の語が存在するものである。タスマニア (Tasmania) のアボリジニ[112]の言語に

は、ゴム属の木やアカシア属の木を各々類別するための別々の語があるが、「木」にあたる語はない。モヒカン族 (the Mohicans)[113] は物を切る場合、何を切るかによっていくつもの語を使い分けるが、「切る」ということだけを単純に表す語はない。ズールー族 (the Zulu)[114] の言語には「赤い牝牛」「白い牝牛」「茶色い牝牛」などの語があるが、「牝牛」一般を指す語はない。チェロキー語 (Cherokee)[115] には、「洗う」という語はなく、「自分を洗う」、「自分の頭を洗う」、「他人の頭を洗う」、「自分の顔を洗う」、「他人の顔を洗う」、「自分の手や足を洗う」、「自分の服を洗う」、「皿を洗う」、「子供を洗う」等々によって違う語が用いられる。[116]

52

　古英語の語のニュアンスの細かな違いについては、ここまでほとんど触れてこなかったが、[117] 例えば区別なく「剣」と訳されるいくつもの語が、[118] 本来はそれぞれ違った種類の剣を指していたことは疑いない。他の多くの語の場合も同様であろう。「洗う」を意味する語についても、程度の差こそあれ、チェロキー語の場合と似たような状況がある。というのは、古英語には wacsan (wascan) と þwean の二種類の語があり、[119] ボズワースとトラー (Bosworth and Toller) の辞書[120] の全用例を見ると、þwean は必ず人（の手や足など）を洗う場合に使われ、無生物のものには使われない。それに対して、wascan は衣類を洗う場合に特に使われるのだが、加えて（生贄の）羊やその臓腑を洗う場合にも使われる（「レビ記」第 1 章 9 節および 13 節）。[121] また（クルーゲ (Kluge) が -sk- から推論しているように）wascan が本来は現在時制でのみ用いられたことにも注目すべきである。[122] これは我々には不自然に思われるが、英語の初期の発達段階によく見られる語法上の制限の明瞭な例である。

53　詩 (Poetry)

　概して古英詩の言語は、語の選択、語形、文の組み立て方において、日常的な散文とは大きな違いを示すものである。アルフレッド大王の散文では hatan「命じる」の過去形として必ず het が使われるが、時折詩が混じった場合、そこでは代わりに heht が用いられる。[123] これは驚くことではなくありふれたことである。詩と散文の言葉遣いの違いは、最も発達した段階の言語よ

第 3 章　古英語 (Old English)

りも、古いあるいはより原始的な言語において、より甚だしい。英語の場合も、歴史上、詩と散文の言葉遣いの乖離が最も大きかったのは、明らかに古英語の時代である。英詩の言語は、ホメロス (Homer)[124] の言語がギリシャで形成された際と同じように、ともかくも詩が作られた各地域の語形と語彙を吸収してできた一種の人工的な言語で、イングランド全域である程度均質だったと思われる。通説では、古英詩の大半はまずノーサンブリア方言で作られ、その後、アングリア方言の特徴の一部を図らずも残しながら、原形を留めない形でウェスト・サクソン方言へと翻訳されたとされるが、[125] それよりもむしろ上記の仮説の方が事実をよりうまく説明できるように思われる。古英詩が花開いた時代に詩の共通語 (koinē) あるいは標準語が普及していたのだと仮定したとしても、ノーサンブリア方言で残された数少ない短い古英詩の断片を無理なく説明することはできる。しかしこの問題については、私よりも有能な学者の手に委ねるべきであろう。

54　頭韻 (Alliteration)

古英詩の形式は古ノルド語、古サクソン語 (Old Saxon)、[126] 古高ドイツ語 (Old High German)[127] の詩と概ね同じである。強勢 (stress) と長短 (quantity) についての規則は一見あまり規則性があるとは思えないが、実は相当に規則的である。とはいえ、古典語の詩の場合ほど厳密ではない。このほかに、各行の主要な語が頭韻 (alliteration) によって結ばれる、つまり、同じ音、あるいは sp、st、sc の場合は同じ子音群で始まるという規則がある。[128]

その効果は独特で、以下の一節にて味わうことができよう。(頭韻を踏んでいる部分は斜体にしている)

*St*ræt wæs *st*anfah,　　*st*ig wisode
*g*umum ætgædere.　　*G*uðbyrne scan
*h*eard *h*ondlocen,　　*h*ringiren scir
*s*ong in *s*earwum,　　þa hie to *s*ele furðum
in hyra *g*ryre*g*eatwum　　*g*angan cwomon.
*S*etton sæmeðe　　*s*ide scyldas,
*r*ondas *r*egnhearde　　wiþ þæs *r*ecedes weal;
*b*ugon þa to *b*ence, — *b*yrnan hringdon,

guþsearo gumena;　garas stodon,
sæmanna searo　samod ætgædere,
æscholt ufan græg;　wæs se irenbreat
wæpnum gewurðad.　þa þær wlonc hæleþ
oretmecgas　æfter æðelum frægn:
'Hwanon ferigeaþ ge　fætte scyldas,
græge syrcan,　ond grimhelmas,
heresceafta heap?　Ic eom Hroðgares
ar ond ombiht.　Ne seah ic elþeodige
þus manige men　modiglicran.
Wen ic þæt ge for wlenco,　nalles for wræcsiðum,
ac for higeþrymmum　Hroðgar sohton.'[129]

道には石が敷きつめてあったが、その道なりに
戦士らは隊伍を組んで進んで行った。一行が恐ろしげなる
物の具を身にまとって館へと向かって行く時、
手もてしっかりと造りなした鎖鎧は輝き、
物の具をなす耀う鉄の環は、触れ合って音を立てた。
船旅に疲れを覚える者らは大きなる楯、
驚くばかり堅固なる円楯を館の壁に立て掛けた。
しかる後に床几に腰を下ろした――鎖鎧は、
戦士らの物の具は鳴り響いた。船人らの武具なる長槍、
鈍色の穂を取り付けたとねりこの柄の槍は、ひとところに
まとめて立てられた。鉄の甲冑を身に取り装った一隊は
凛々しく武器を携えていたのである。ここにおいて、さる豪胆なる丈夫が
戦士らにその出自をかく尋ねた。
「おのおの方は、飾りを施したる楯と
鈍色の鎖鎧と面頬つけたる兜とかくも多数の戦の槍とを
いずくより持ち来れるぞ。それがしはフロースガール王の
側用人にして取次ぎ役を務むる者。かほど多くの
外国の兵どもが、かかる雄姿を現したる様を見たためしはない。
察するに、貴殿らは追放の憂目を見たるが故にあらずして、
誇り高き心馳せ、寛き心より、フロースガールの君を訪ね参られしならん。」[130]

55

詩句が頭韻によって結ばれており、脚韻 (rime)[131] あるいは母音韻 (assonance)[132]

第 3 章　古英語 (Old English)

の類はほとんど見られない。古英語末期の散文にも、文体的効果を高めるために頭韻を用いる技法がしばしば見られる。例えばウルフスタンの説教の以下の一節では、音の調和を生み出す巧みな技が余すところなく用いられている。[133]

> in morðre and on mane, in susle and on sare, in wean and on wyrmslitum, betweonan deadum and deoflum, in bryne and on biternesse, in bealewe and on bradum ligge, in yrmþum, and on earfeðum, on swyltcwale and sarum sorgum, in fyrenum bryne and on fulnesse, in toða gristbitum and in tintregum[134]
> 「殺人と犯罪のなかに、苦しみと痛みのなかに、不幸と蛇の嚙み傷のなかに、死者と悪魔のなかに、灼熱と苦しみのなかに、破滅と燃えさかる火のなかに、苦悩と困難のなかに、死の苦しみと痛ましい悲しみのなかに、燃える炎と汚辱のなかに、歯ぎしりと責め苦のなかに」

あるいは

> þær is êce ece and þær is sorgung and sargung, and a singal heof; þær is benda bite and dynta dyne, þær is wyrma slite and ealra wædla gripe, þær is wanung and granung, þær is yrmða gehwylc and ealra deofla geþring[135]
> 「永遠の痛みと悲しみと悩み、終わりのない嘆きがある。鎖は嚙み、殴打の音が響き、蛇は嚙み、あらゆる不幸が襲い、奪われ、呻き声をあげる。あらゆる苦悩があり、悪魔がみな群がり集まる。」

56

頭韻を用いて語を結びつけるこの技法への愛着は、英語から姿を消すことはなかった。頭韻は現代の詩にも、脚韻に対して副次的なものとしてではあるが、しばしば見出される。また以下のような慣用表現にも見られる[136]——

> it can neither *m*ake nor *m*ar me「私の運命を左右することはできない」
> *b*usy as *b*ees「ミツバチのように忙しく」(Chaucer, *The Canterbury Tales* The Merchant's Tale 2422)
> *p*art and *p*arcel「重要部分」
> *f*aint and *f*eeble「弱々しく脆い」

71

*d*ucks and *d*rakes「雌ガモと雄ガモ、水切り [137]」(時に play *d*ick-*d*uck-*d*rake)
(Stevenson, 'Merry Men' 277) [138]
what ain't *m*issed ain't *m*ourned「手に入れたものを悼むことはない」
(Pinero, *The Magistrate* 5) [139]
as *b*old as *b*rass「実にずうずうしい」
*f*ree and *f*ranke「すっかり自由放免となり」
(Caxton, *The History of Reynard the Fox* 41) [140]
*b*arnes are *b*lessings「子供は天の恵み」
(Shakespeare, *All's Well That Ends Well* 1. 3. 28)
as *c*ool as a *c*ucumber「落ち着きはらって」
as *s*till as (a) *s*tone「石のように静かに」
(Chaucer, *The Canterbury Tales* The Clerk's Tale 121)
*s*tille as any *s*toon (Chaucer, *The Canterbury Tales* The Squire's Tale 171) [141]
he *s*tode *s*tone *s*tyle (Malory 145) [142]
over *s*tile and *s*tone「柵を越え岩を越えて」
(Chaucer, *The Canterbury Tales* The Tale of Sir Thopas 1988)
from *t*op to *t*oe「頭のてっぺんから足の先まで」
(Shakespeare, *Richard 3* 3. 1. 155 from the *t*op to *t*oe より)
*m*ight and *m*ain「全力」
*f*uss and *f*ume「やきもきして腹を立てる」
*m*anners *m*akyth *m*an「礼儀は人を作る」
*c*are *k*illed a *c*at「心配は身を滅ぼす」
*r*ack and *r*uin「破滅」
*n*ature and *n*urture「氏と育ち」(Shakespeare, *Tempest* 5. 1. 189) [143]
English Men of Science, their *N*ature and *N*urture
「英国の科学者たちとその生い立ち」(Galton[144] の著作のタイトル)

等々から、サッカレー (Thackeray) の *f*aint *f*ashionable *f*iddle-*f*addle and *f*eeble court slipslop「下らない上流社会の話だの、よく知りもしない宮中の噂」[145] に至るまで。

　頭韻を踏ませるがために語の意味が変わってくることもある。例えば no *ch*ick or *ch*ild のように chick「ひなどり」を「人間の子供」と並べて用いる例、あるいは a *l*abour of *l*ove「好意でする仕事」においては、labour と work の微妙なニュアンスの違いを度外視して頭韻のために labour が用いられる。foe「仇敵」も、詩や古風な散文で用いられるのが一般的だが、friend と頭韻

第 3 章　古英語 (Old English)

を踏むために通常の散文でも用いられる──

> Was it an irruption of a *f*riend or a *f*oe?
> 「見方の出現か、それとも敵か？」(Meredith, *Egoist* 439)[146]
> The Danes of Ireland had changed from *f*oes to *f*riends
> 「アイルランドのデーン人はすでに敵から味方になっていた。」
> (Green, *Short History* 107)[147]

実際、頭韻は英国人にとってあまりに自然なもので、テニスン (Tennyson)[148] は「詩作の際、最初は詩句が頭韻体で溢れ出てくるので、頭韻を取り除くのに大変苦労する」[149] と言っている。少し本題からそれたが、話を戻すことにする。

注

1　（訳者注）第 4 章、第 5 章、第 6 章をそれぞれ参照。

2　（訳者注）Bede (c.673-735) イングランド北部のジャロー修道院の修道士。ラテン語で多くの著作を残した。イングランドのキリスト教化の歴史を記した *Historia gentis Anglorum*『イングランド国民教会史』(731) 第 1 巻第 15 章に、ゲルマン人の渡来に関する記述がある。『イングランド国民教会史』は 9 世紀末、アルフレッド大王の時代に英語に翻訳された。翻訳著として、長友栄三郎（訳）『ベーダ　イギリス教会史』（創文社、1965）と高橋博（訳）『ベーダ　英国民教会史』（講談社、2008）がある。

3　（原注 1）R. Thurneysen, "Wann sind die Germanen nach England gekommen?"「ゲルマン人はいつイングランドに渡来したのか」*Englische Studien* 22 号、163 頁。

4　（原注 1）古い年代記作家、考古学、地名と人名から得られる複雑で時に相矛盾する証拠については、G. Schütte, *Our Forefathers*『我々の祖先』(Cambridge, 1933) II, 218-326 頁に優れた記述があり、個々の問題についての網羅的な参考文献リストも付されている。ほかに、A. Erdmann, *Über die Heimat und den Namen der Angeln*『アングル人の故郷と名称について』(Uppsala, 1890)、H. Möller, *Anzeiger für deutsches Altertum*『古代ドイツ研究』22 巻 129 頁以降。Paul, *Grundriß*『ゲルマン言語学概説』I. 2, 115 頁以降の O. Bremer の記述も参照。*Grundriß* の上記箇所には他の文献も挙げられている。さらに Chambers, *Widsith*『遠く旅する人』(1912) 237-41 頁、*Reallexikon der germanischen Altertumskunde*『ゲルマン考古学事典』(Straßburg, 1911) 所収の J. Hoops, 'Angelsachsen'「アングロ・サクソン人」、A. Brandl, *Zur*

Geographie der altenglischen Dialekte『古英語方言の地理』(Berlin, Akademie, 1915)、Luick, *Historische Grammatik der englischen Sprache*『史的英文法』(1921) 10-11 頁、J. Hoops, *Englische Sprachkunde*『英語学』(Stuttgart, 1923) 5 頁以降、E. Wadstein, *On the Origin of the English*『イングランド人の起源』(Uppsala, 1927) を参照。「標準古英語」(アルフレッド大王あるいはアルフリックの言語) の問題については、C. L. Wrenn, *Transactions of the Philological Society*『言語学会紀要』(1933) 65 頁以降を参照。(訳者注) O. Bremer の論文 ("Ethnographie der Germanischen Stämme"「ゲルマン諸部族の民族誌」) は、Hermann Paul, *Grundriß der Germanischen Philologie*『ゲルマン言語学概説』(第 2 版) 第 3 巻第 15 章に見られる。Wrenn の論文は、アルフレッド大王に代表される前期ウェスト・サクソン方言を「標準古英語」とみなす従来の説への反論である。アルフリックの英語に代表される後期ウェスト・サクソン方言は、10 世紀末までに共通文章語として確立し、ノルマン征服 (1066) までイングランド各地で広く用いられた。

⁵ (訳者注) アングル人はユトランド半島南部から渡来し、北部イングランドからテムズ川にかけての広い地域に定住。エルベ川からエムズ川あるいはライン川に至る地域に住んでいたサクソン人は、イングランド南部に広がった。ユトレヒト半島北部から渡来したジュート人は、ケントとワイト島およびその対岸に定住。このほか、ヴェーゼル川からライン川の間の海岸沿いに住んでいたフリジア人の一部も渡来したとされる。渡来した人々は各々小国を建設したが、このうちノーサンブリア (Northumbria)、マーシア (Mercia)、イースト・アングリア (East Anglia)、ケント (Kent)、エセックス (Essex)、サセックス (Sussex)、ウェセックス (Wessex) が「アングロ・サクソン七王国」(Anglo-Saxon Heptarchy) と総称される。7 世紀にはノーサンブリアが政治・文化の中心であったが、8 世紀にはマーシア、9 世紀にはウェセックスへと覇権が移り、最終的にウェセックスが 10 世紀前半にイングランドを統一した。

⁶ (訳者注) ユトランド半島のジュート人がイングランドへ渡ったのち、スウェーデン南部にいた北ゲルマン系住民がユトランド半島へ移り住んだ。後者が北ゲルマン系の言語 (古ノルド語) を使ったのに対し、ジュート人はアングル人、サクソン人と同じ西ゲルマン系の言語を用いた (ただし西ゲルマン語群を想定しない考え方もある)。8 世紀末から北ゲルマン人 (特にデンマークとノルウェーから) のイングランドへの来襲が始まる。これについては第 4 章を参照。古ノルド語については本章注 100、また本書における「古ノルド語」と「デンマーク語」の言語名の使い分けについては第 4 章第 61 節を参照。

⁷ (訳者注) ここで使われている文字 <þ> (thorn と呼ばれる) は、ゲルマン人が持っていたルーン文字と呼ばれる文字体系に由来するもので、無声および有声歯摩擦音 /θ/、/ð/ を表す。アングロ・サクソン人がキリスト教化に伴ってローマ字を導入した際、これらの音を表す単一の文字がローマ字になかったため、最初期には

第 3 章　古英語 (Old English)

< th > や < d > が使われたが、7 世紀に < d > に横棒を加えた < ð >（eth と呼ばれる）が導入され、さらに 7 世紀後半あるいは 8 世紀以降、ルーン文字 < þ > も使われるようになった。

8　（訳者注）古英語の Englaland は「アングル人たちの地 (the land of the Angles)」の意。cynn は「民族」（現代英語 kin）、þeod は「人々」、gereord は「言語」の意。

9　（訳者注）本章注 5 を参照。

10　（訳者注）本章注 4 を参照。

11　（原注 1）W. Heuser, *Altfriesisches Lesebuch*『古フリジア語読本』(1903) 1-5 頁；*Indo-germanische Forschungen, Anzeiger*『インド・ゲルマン語研究』14 巻、29 頁.

12　（訳者注）ケルト民族の言語については 2 章 21 節を参照。

13　（訳者注）ユリウス・カエサル (Julius Caesar) による紀元前 55 年と同 54 年の遠征を経て、西暦 43 年にブリテン島の南半分がクラウディウス (Claudius) により征服され、ローマの属州ブリタニア (Britannia) となった。その後大陸で「ゲルマン民族の大移動」が活発化すると、ローマはそれに対処するため、西暦 410 年頃ブリタニアから撤退した。

14　（訳者注）ガリアは現在のイタリア北部、フランス、ベルギー、オランダ、スイス、ドイツにまたがる地域。ケルト人が支配的な地域であったが、紀元前 1 世紀までにローマの属州となりローマ人の言語であったラテン語が広まった。ローマ帝国のラテン語圏だったところでは、ラテン語から派生した言語（イタリア語、フランス語、スペイン語など）が現在使われている。ラテン語から派生したこれらの言語はロマンス語 (Romanic) と呼ばれる。

15　（原注 2）*Zur Lautlehre der griechischen, lateinischen und romanischen Lehnworte im Altenglischen*『古英語におけるギリシャ語、ラテン語、ロマンス語借用語の音韻論』(1888) 参照。

16　（訳者注）この新ラテン語 (Neo-Latin tongue) は、中世ラテン語 (600 年〜1500 年) がフランス語やイタリア語などに個別の言語として分化してしまった古フランス語（1100 年ごろまで）や中世フランス語（1500 年ごろまで）の系統の語を意味するいわゆる「ロマンス語」のこと。ラテン語の各年代については、第 6 章の注 7、41 も参照。

17　（訳者注）Joseph Wright (1855-1930) 英国の言語学者・英語学者。

18　（原注 3）*Les mots latins dans les langues brittoniques*『ブリトン語にみられるラテン語彙』(Paris, 1892) 参照。（訳者注）Joseph Loth (1847-1934) フランスのケルト学者。

19　（原注 4）"Angelsachsen und Romanen"「アングロ・サクソン人とローマ人」*Englische Studien* (1894) 19 号、329-52 頁。R. E. Zachrisson, *Romans, Kelts and Saxons in Ancient Britain*『古代ブリテンにおけるローマ人とケルト人とサクソン人』(Uppsala, 1927) 参照。

[20] （訳者注）OED には curd と関連する可能性があるケルト系の語として、アイルランド語 (Irish) の cruth、gruth、groth、ゲール語 (Gaelic) の gruth が挙げられている。

[21] （原注 1）Skeat, *Notes on English Etymology*『英語の語源覚書』224 頁.

[22] （訳者注）第 34 節にあるように、イングランドに渡来したアングル人、サクソン人、ジュート人は、総称的に English と呼ばれるようになったが、この呼称は 11 世紀には、上記以外のイングランド在住者（ケルト人、スカンジナビア人、ノルマン征服後にやって来たフランス人の子孫）に対しても用いられるようになる。これに対して、ノルマン征服以前のイングランドのゲルマン系住民（アングル人、サクソン人、ジュート人の子孫）を指すのに、アングロ・サクソン (Anglo-Saxon) の呼称が 1600 年頃から用いられるようになった。

[23] （原注 2）dry「魔術師」、cross「十字架」とおそらく curse「のろい」は少し後の時代にアイルランド語から借用した語群に属する。これらの問題については M. Förster, *Keltisches Wortgut im Englischen*『英語の中のケルト語彙』(Halle, 1921) に優れた記述があるので参照。cradle（古英語 cradol）は「籠」を意味する古いゲルマン語（古高ドイツ語 (Old High German) chratto）に指小辞がついた語のようである。OED bog も参照。Windisch は本章注 28 に挙げた論文の注 1 で、-dunum で終わる数多くの古いケルトの地名を根拠に、ゲルマン系の英語 tun を、ケルト語の dunum（ラテン語 arx）「城塞」の意味を引き継いだものとしている。しかし古英語 tun はむしろ「囲まれた土地、庭」（オランダ語 (Dutch) tuin を参照）、「住居の周囲の囲われた土地」「単独の住居または農場」（古ノルド語の tún を参照。デヴォンシャーとスコットランドではいまだにこの用法が見られる）の意味で用いられていた。この語は徐々に「村」や「町」という現在の意味を持つようになったのであって、それはケルトの影響が消えてからずっと後のことであった。slogan「鬨の声」、pibroch「ピーブロック（バグパイプの楽曲形式の一つ。主題と一連の変奏から構成される）」、clan「氏族」などは最近になってからのケルト借用語である。（訳者注）dry は Druid「ドルイド」（キリスト教化以前のケルトの僧、預言者）と同じ語根 *dru- (= tree) を持つ。Druid は一説に「木を知る者」の意とされる。ドルイドの儀式がカシの木やヤドリギなどと連想されるところから。cross は古アイルランド語から古ノルド語を通して英語に入った。curse は起源不詳で cross との関連が指摘されるが、つながりは明らかではない。古高ドイツ語については本章注 127 を参照。bog「沼」は「柔らかい」の意の bog から成るアイルランド語あるいはゲール語の bogach が起源（OED）。現代英語の town は古英語 tun からの発達。また Brighton や Wilton などの地名や人名に見られる連結形 -ton も tun に由来する。

[24] （訳者注）Kent、Dover、Devon のほか、Winchester、Salisbury、Exeter などの第 1 要素がケルト語由来である。また Thames、Avon、Exe、Wye などの河川名にも多い。そのほか cumb「深い谷」、torr「小高い岩山」など独特の地形を表すケ

第 3 章　古英語 (Old English)

ルト系の要素を留めた地名も見られる。Winchcombe、Torcross など。

25　（訳者注）bin の古形 (OED)。

26　（訳者注）Cædmon（イングランド北部のウィットビー修道院の牛飼いで、英語で宗教詩を作った最初の人物とされる。7 世紀半ば頃）や Cædwalla（ウェセックス王、在位 685-88）などの例がある。

27　（訳者注）Robert Eugen Zachrisson (1880-1937) スウェーデンの英語学者。英語音韻史と英国地名研究で有名。

28　（原注 1）Windisch, "Zur Theorie der Mischsprachen und Lehnwörter"「混成言語と借用語の理論について」*Berichte über die Verhandlungen der sächsischer Gesellschaft der Wissenschaft*『王立ザクセン学術協会学術報告』(1897) 49 号、101 頁以下を特に参照。G. Hempl, "Language-Rivalry and Speech-Differentiation in the Case of Race-Mixture"「民族混交の際の言語の競合と言葉遣いの分化について」*Transactions of the American Philological Association*『アメリカ言語学会紀要』(1898) 29 号、30 頁以下を参照。混成言語と借用語の問題は自著 *Language*『言語』11 章で詳細に扱っている。

29　（訳者注）Ernst Windisch (1844-1918) ドイツのケルト学者。

30　（訳者注）Frederick (Friedrich) II プロシア王 (1712-86、在位 1740-86)。

31　（訳者注）イギリス南西端コーンウォール地方で話されていたケルト系言語。18 世紀後半に消滅した。

32　（訳者注）ブルターニュはフランス西部、ブルターニュ半島を占める地方。アングロ・サクソン人に追われたケルト人がコーンウォールを経て渡りついた地で、ケルト系のブルトン語が今日に至るまで使われている。

33　（原注 1）ガリア語もわずかしかフランス語に入っていない。（訳者注）ガリア語はガリアで使われていたケルト語。本章注 14 を参照。

34　（訳者注）46 節を参照。

35　（訳者注）ローマ教会によるアングロ・サクソン人への布教は、教皇グレゴリウス 1 世 (Gregory the Great) の命により始まった。597 年にアウグスティヌス (Augustinus) 率いる布教団がケントで布教を開始し、その後 1 世紀ほどでイングランド全土がほぼキリスト教化された。

36　（訳者注）古英語最大の英雄叙事詩（全 3182 行）。作者不詳。民族移動の時代のデンマークとスウェーデン南部を舞台にしている。勇者ベーオウルフが隣国に赴いて怪物退治をする前半部と、故郷に戻って年老いたベーオウルフが竜退治をする後半部から成り、処々にゲルマンの他の英雄の物語や部族間の争いのエピソードが挿入されている。

37　（訳者注）kirika はゲルマン語での語形（原書では kiriká）。英語では子音 / k / の音質が隣接する前母音の影響で / tʃ / に変化した。

38　（訳者注）この年、ローマ帝国でキリスト教が公認された。

³⁹ （原注1）OED (s.v. church, n.) の項の詳細で優れた記述を参照。この語はゴート語 (Gothic) に入ったとされることもあるが、そう考える必要はない。現存するゴート語文献にこの語は見られない。（訳者注）ゴート語については本章注 70 を参照。

⁴⁰ （訳者注）ecclesia、église、chiesa はそれぞれラテン語、フランス語、イタリア語で「教会」の意。

⁴¹ （原注1）古英語の語形と現在の語形との関係については 86 節を参照。

⁴² （原注2）H. S. MacGillivray, *The Influence of Christianity on the Vocabulary of Old English*『古英語の語彙へのキリスト教の影響』(Halle, 1902) を特に参照。私は彼の本で提示されている資料を別の観点から分類しているが、前半部しかまだ出ていないため、時に推測によって分類を進める必要がある。A. Keiser, *The Influence of Christianity on the Vocabulary of Old English Poetry*『古英詩の語彙へのキリスト教の影響』(Univ. of Illinois, 1919) も参照。

⁴³ （訳者注）原書には古フランス語とあるが、古英語の誤りであろう。ラテン語は discipulus。中英語期に古フランス語由来の deciple, diciple が一時用いられたが、再びラテン語式綴りに統一された。

⁴⁴ （訳者注）ラテン語 discipulus は本来「学ぶ者」という意味だが、英語には新約聖書を通じて入ったため第一義的には「イエスの教えに従う者」「十二使徒」の意で用いられた。

⁴⁵ （訳者注）ここで用いられている文字 <æ> は <a> と <e> の合字。古英語における <æ> の使用については本章注 51 を参照。

⁴⁶ （訳者注）古英語には prafost と profost の二つの形があったが、後者は中英語期に中世ラテン語 propositus に由来するアングロ・フレンチ (Anglo-French) provost によって補強された。アングロ・フレンチはノルマン征服から 14 世紀半ばまでイングランドで用いられたフランス語の一方言で、ノルマンディー方言を主とする。

⁴⁷ （訳者注）古英語の語形 abbod は、後期ラテン語あるいは初期ロマンス語の abbadem に由来する。現代英語の語形 abbot は、ラテン語の abbatem から新たに生まれた語形 abbat の影響により、従来の abbod が abbot に変わったもの。abbat も abbot も 12 世紀前半から見られる。

⁴⁸ （訳者注）ラテン語 canonicus より。中英語期以降、古フランス語由来の canon が用いられる。

⁴⁹ （訳者注）ラテン語 decanus。現代英語の dean も同語源である。dean は古フランス語から中英語に入った。

⁵⁰ （訳者注）古英語 ancor、ancra の an- はラテン語 anachoreta の接頭辞 ana-「逆に、後ろに」が an (= one, alone) と連想されたためと考えられる。古英語由来の anchor は 1600 年頃まで用いられていたが、15 世紀に新たに出現した anchorite によって廃用となった。

第 3 章　古英語 (Old English)

51　（訳者注）ここで用いられている文字 < æ >（ash と呼ばれる）は、母音 / æ / および / æ: / を表す。ルーン文字にはこの母音を表す文字があったが、ローマ字導入後は、< a > と < e > を組み合わせたこの合字が使われた。ルーン文字については本章注 7 を参照。

52　（訳者注）offer（古英語 offrian）のこの意味での OED の初出例は 1375 年頃のもの。

53　（訳者注）古英語では ercebiscop と並んで、第一要素に本来語を持つ heahbiscop や ealdorbiscop も見られる。44 節を参照。

54　（訳者注）discipul については 39 節、44 節を参照。古英語では discipul よりも本来語を用いた leorning-cniht や þegn の方が多く用いられた。acolitus「侍祭」についても、44 節にあるように、本来語による huslþegn、taporberend、wæxberend 等の複合語が新たに作られた。

55　（訳者注）39 節と本章注 50 を参照。

56　（訳者注）6 章を参照。

57　（訳者注）-had は現代英語では接尾辞 (suffix) -hood になっているが、本来は person、personality、condition を意味する名詞であった。

58　（訳者注）setl (= settle) は古英語では「椅子、座る場所」さらにそこから発達した比喩的な意味でも用いられる。

59　（訳者注）scir は現代英語の地名に見られる -shire と同じ要素だが、古英語 scir は「職、職責」「（担当）地区」の意で独立した語としても用いられた。

60　（訳者注）原書では ending という語が使われているが、本章注 59 で述べたように、scir は独立した要素であり、profostscir と scriftscir はすぐ前に挙げられている biscopscir と同じく複合語であるため、ここでは「第 2 要素」と訳した。

61　（訳者注）現代英語の語形は shrift. 現在では古語。

62　（原注 1）「christnian は、一義的には、洗礼そのものとは区別して、洗礼志願者の準備段階 'prima signatio' を指す」MacGillivray (1902: 21 頁) より。44 節 fulwian を参照。（訳者注）MacGillivray の著作については本章注 42 を参照。

63　（訳者注）-dom は名詞、形容詞から名詞を、-nes (= ness) は形容詞から名詞を、-ian は弱変化動詞を、-ung は動詞から抽象名詞を作る接尾辞。

64　（訳者注）元来 god は、ゲルマン人がキリスト教化する前に崇拝の対象としていた神々や超人的存在あるいは事物に対して用いられていた。つまり、heathen divinities の意味であった。ゲルマン語ではこの語は中性名詞であり、古英語でも、キリスト教の神を表す場合は男性名詞として扱われるが、異教の神々や偶像に対しては男性名詞と並んで中性名詞としても使われることがある。ラテン語では、キリスト教の神を Deus と呼ぶが、この語も神全般に対して用いられる。deus とギリシャ神話の Zeus、ローマ神話の Jove、ゲルマン神話の Tiu（Tuesday にその名を留める）はすべて語源を同じくする。キリスト教化されてからは God は one supreme Being

の意となった。

65　（訳者注）この語の原義は offence, misdeed であり、一般的な「罪、犯罪、悪事」の意味で用いられていた。しかし、この意味から転じて a transgression of the divine law and an offence against god の意となった。なお、成句 a man (child) of sin「罪人」は You are three men of sin, whom Destiny, / That hath to instrument this lower world / And what is in't, the never-surfeited sea / Hath caus'd to belch up you (Shakespeare, *The Tempest* 3.3.53-56)「お前たち三人の罪人よ、聞くがいい。この下界のすべてを意のままにあやつりたもう運命の神は、貪欲にして飽くことなき海に命じてお前たちを吐き出させた」に由来する。

66　（訳者注）ここで用いられている文字 <ð> については本章注 7 を参照。

67　（原注2）サンスクリット usra とラテン語 aurora と関連する語である。それゆえ本来は曙の女神を指す。（訳者注）サンスクリット usra は「夜明け、曙」、ラテン語 aurora は「曙光、曙の女神、東」を意味する。語根 *aus- は「輝く」の意。east「東、東方」（太陽の昇る方角）も同語源である。ゲルマン民族の間では、春の女神を祭る行事が春分の日に行われていたが、キリストの復活を記念する復活祭の時期と重なっていたため、キリスト教化後、ラテン語 Pascha「復活祭、過ぎ越しの祝い」（春分後の最初の満月の後の日曜日）の訳語としてこの女神の名（古英語での語形は Eostre）が用いられるようになった。

68　（訳者注）All-hallows-day は OE ealra halgena dæg (= day of all saints) である。ealra は eal (=all)、halgena は halig (=holy) の属格・複数形である。古英語の halig の変化形 halga が中英語期の発音変化によって hallow「聖人」となった。Allhallow-e'en の e'en は even, evening「夕暮れ」より。

69　（原注1）19 世紀に入ってもなお、テニスンなどによって擬古的に用いられた。（訳者注）テニスンについては本章注 148 を参照。テニスンによる housel の使用例は *Idylls of the King*『国王牧歌』の 'Guinevere'「グウィネヴィア」... nor sought, Wrapt in her grief, for housel or for shrift「悲しみに包まれ、聖体拝受も告解も求めず」（149 行）に見られる。ここで housel と並んで用いられている shrift「告解」も古語。

70　（訳者注）ゴート語はゲルマン民族の一つであるゴート族が用いた東ゲルマン系の言語。4 世紀の聖書翻訳が残されている。現在は死語。

71　（訳者注）翻訳借用（loan translation または calque）と呼ばれる造語法。

72　（訳者注）ギリシャ語 euaggélion は eu「良い」と aggélion「知らせ」から成る。

73　（訳者注）gōd (= good) が God と混同されたことにより短音化が起こった。

74　（訳者注）ギリシャ語 euaggelistes 由来のラテン語 evangelista から直接、あるいは古フランス語 evangeliste を経由して英語に借用された。

75　（訳者注）ラテン語 pagus から派生した paganus は本来「農民、市民」を意味した。この語を「キリストの戦士ではない文民」という意味で、非キリスト教徒に対

第 3 章　古英語 (Old English)

して用いるようになったことから、paganus の意味が「市民」から「異教徒」へと変化した。現代英語の pagan「異教徒」は paganus に由来する。

76　(訳者注) trinity は中英語期に古フランス語から入った。「三」を意味するラテン語、フランス語の要素 tri- と英語の three は同語源である。

77　(訳者注) boceras は bocere (= booker) の主格・複数形。

78　(訳者注) halga(n) (halga (=saint) の主格・複数形) は「聖なる人」の意。現在用いられている Pharisee「パリサイ人」は「分離した」あるいは「分離主義」を意味するヘブライ語 pārūsh を起源とする。

79　(訳者注) æ [æ:] (=law) + larwas （lareow (=teacher) の主格・複数形）。

80　(原注 1) MacGillivray（1902: 44 頁）。(訳者注) MacGillivray の著作については本章注 42 を参照。

81　(訳者注) この語は godgimmas という形で *Elene*『エレーネ』1113 に一例のみ見られる。*Dictionary of Old English* (DOE) によれば、ここでは god と gōd (= good) の両方の意味が意図的に掛け合わされている可能性がある。いくつかの校訂本では、ラテン語版の *aurum fulgens* との比較から、写本の godgimmas が gold gimmas に改変されている。

82　(訳者注) 語中の d が後続の s に同化し語尾が無声化した現在の語形 gossip は、16 世紀頃現れる。「ゴシップ」の意味は 19 世紀初めに生じた。

83　(訳者注) ラテン語やギリシャ語の語根のこと。

84　(訳者注) 43 節の godspellere と evangelist についての記述も合わせて参照。

85　(訳者注)「ヘリオトロープ」(heliotrope) は、「キダチルリソウ」などの走日性の植物。sun(n) folgend は現存する古英語の文献では、グロサリー（語彙集）中にラテン語 solisequia に対する訳語として一例のみ見られる。ラテン語の二つの要素（soli「太陽」+ sequia「続く」）を逐語訳した翻訳借用の例である。

86　(原注 1) 古英語後期のラテン語からの借用語については特に O. Funke, *Die gelehrten lateinischen Lehn- und Fremdwörter in der altenglischen Litteratur*.『古英語の文学における学術ラテン借用語および外来語』(Halle, 1914) を参照。

87　(訳者注) 36 節および 37 節を参照。

88　(訳者注) Alfred ウェセックス王（在位 871-99）。スカンジナビア人の侵略により荒廃した国土と文芸の復興に努めた。文芸復興政策の一環として、教皇グレゴリウス 1 世の *Cura pastoralis*『司牧者の心得』、ボエティウス (Boethius) の *De consolatione Philosophiae*『哲学の慰め』、オロシウス (Orosius) の *Historiae adversus paganos*『異教徒に反駁する歴史書』、ベーダの『イングランド国民教会史』（第 33 節以下を参照）などの翻訳事業を行った。また *The Anglo-Saxon Chronicle*『アングロ・サクソン年代記』の編纂にも着手した（本章注 103 参照）。

89　(原注 1) 教皇グレゴリウス 1 世の *Pastoral Care*『司牧者の心得』のアルフレッド大王によるウェスト・サクソン版への序文（スウィートによる翻訳）。(訳者注)

この引用に続く部分でアルフレッド大王は、ラテン語の文学の英訳を含めた文芸復興計画を語る。

[90]（原注2）T. N. Toller, *Outlines of the History of the English Language*『英語史概説』(Cambridge, 1900) 68頁以降を参照。（訳者注）ベーダ『イングランド国民教会史』(731) 4巻2章、5巻18章および21章に、ベーダに先立つ時代および同時代の聖職者がいかにギリシャ語とラテン語に長けていたかを示す記述が見られる。7世紀以降、イングランドでは学問が興隆し、アルクィン (Alcuin) のようにフランク王国のカール大帝 (Charlemagne) の宮廷に招かれるほどの人物も輩出した。当時学問の中心は修道院であったが、8世紀末にスカンジナビア人の来襲が始まると、修道院は略奪の対象となり、学問は廃れ多くの書物も失われた。

[91]（訳者注）hand + boc (= book) から。

[92]（訳者注）古英語の用例としては、enchiridion と manualis の訳語として起こる以外に、聖職者が持つべき書物の一つとして、福音書、詩編、使徒書簡、ミサ典書、祝日表、告解規定書などと並んで handboc が挙げられている例がある。

[93]（訳者注）OED によれば、「手引き書、小冊子」の意味で manual が初めて英語文献に現れるのは1431年、ギリシャ語由来の enchiridion は1541年に初出。

[94]（訳者注）OED の handbook の項に、このタイトルが1814年の例として挙げられている。一方、OED の wax flower の項には John and Horatio Mintorn の著作のタイトル *The Hand-book for modelling Wax Flowers* (1844) が、wax flower の初出例として挙げられている。

[95]（訳者注）Nicholas Harris Nicolas (1799-1848) 英国の歴史家。ニコラスは *The Chronology of History* をタイトルに選んだ。

[96]（訳者注）John Murray (1808-92) ロンドンの出版業者。

[97]（訳者注）「我々は識別のために彼の造語を使わざるを得ない」*Fraser's Magazine* 27号、649頁（OED より）。

[98]（訳者注）Henry Rogers (1806-77) 英国の文筆家。Rogers の発言は *General Introduction to a Course of Lectures on English Grammar and Composition*『英語の文法と文章構成法に関する講義への総論』より。

[99]（訳者注）Richard Chenevix Trench (1807-86) ダブリン大司教 (1864-84)。*English Past and Present* は英語語彙の諸相を説いたもの。

[100]（訳者注）8~14世紀にスカンジナビア半島、ユトランド半島、アイスランドで用いられた北ゲルマン系の言語。現存する文献はほとんどが古アイスランド語のもの。

[101]（訳者注）北欧、特にアイスランドに残る物語散文。王や豪族の伝記や物語、古い伝説など、12~14世紀の写本に書き残されている。*Egils Saga*『エギルのサガ』、*Njáls Saga*『ニャルのサガ』、*Vǫlsunga Saga*『ヴォルスンガ・サガ』など。

[102]（訳者注）この二者による探検の記述は、オロシウスの『異教徒に反駁する歴史書』の古英語訳に挿入されている。この歴史書は、アルフレッド大王の文芸復興政

第 3 章　古英語 (Old English)

策の一環としてラテン語から英語に翻訳されたが、アルフレッド大王自身の訳ではないとされる。

[103] （訳者注）アルフレッド大王の時代に編纂が始まった年代記で、*The Anglo-Saxon Chronicle*『アングロ・サクソン年代記』の通称で知られる。数種類の写本が現存しており、最も長く書き継がれた写本には 1154 年までの記載がある。

[104] （訳者注）Wulfstan (?-1023) ヨーク大司教。説教散文等を多数残した。

[105] （訳者注）ヴァリエーション (variation) と呼ばれる。古英詩の重要な技法の一つ。

[106] （訳者注）本章注 36 を参照。

[107] （訳者注）原書で heaðu? となっている。heaðu は上述の heaðo の異形で「戦い」を意味する。heaðo-、heaðu- はいずれも独立した語としてではなく、語の第一要素として起こり、heaðu- は『ベーオウルフ』では、heaðufyr「猛火」と heaðusweng「戦の一撃」に見られる。

[108] （訳者注）前節の類義語のリストの中で、「船」を意味するものとして挙げられた merehengest、sæhengest、sæmearh、yþhengest がこれにあたる。このような隠喩的な複合語句はケニング (kenning) と呼ばれる。古英語や他の中世ゲルマン諸語の詩に用いられた。

[109] （原注 1）Sweet, *The Practical Study of Languages*『言語の実用的研究』(1899) 163 頁。（訳者注）タイトルの一部について、原書では *Language* となっているが誤り。Henry Sweet (1845-1912) 英国の音声学者・英語学者。

[110] （訳者注）チリからアルゼンチンにかけて分布する言語群で、アラウコ語族と呼ばれる。

[111] （原注 2）Gabelentz, *Sprachwissenschaft*『言語学』(1891) 463 頁。（訳者注）Hans Georg Gabelentz (1840-93) ドイツの言語学者。

[112] （訳者注）オーストラリアの先住民。

[113] （訳者注）北米先住民の一民族。

[114] （訳者注）南アフリカ共和国東部の民族。

[115] （訳者注）北米先住民の言語の一つ。

[116] （原注 1）Jespersen, *Language*『言語』(London, 1922) 430 頁以降。（訳者注）アフリカやアメリカ先住民の言語の中には、複数の語根と接辞が接合、さらに相互に融合して、句や文に相当する語が形成されるタイプのものがある。著者が本文で挙げている例も一部これに該当すると思われる。上述の『言語』にはチェロキー語の以下のような例が挙げられている：kulestula「私は自分の頭を洗う」、tsestula「私は他人の頭を洗う」、kukuswo「私は自分の顔を洗う」、tsekuswo「私は他人の顔を洗う」など。三宅鴻（訳）『言語——その本質・発達・起源』（上）、岩波書店 (1981) がある。

[117] （原注 2）この領域で顕著な業績としては L. Schücking, *Untersuchungen zur Bedeutungslehre der angelsächsichen Dichtersprache*『アングロ・サクソン詩語の意味論

[118] （訳者注）bill、heoru、mece、sweord のほか、guðsweord、wigbill、hildemece、または beadoleoma、guðleoma など。

[119] （訳者注）wascan は現代英語の wash にあたる語。wascan に対し wacsan は音位転換 (metathesis) による形。古英語の þwean は廃用になった。MED の最終例は 1175 年頃に古英語で書かれた文献における用例である。OED にはこの語は見出し語として挙げられていない。

[120] （訳者注）Joseph Bosworth and T. N. Toller, *An Anglo-Saxon Dictionary*『アングロ・サクソン語辞典』(Oxford, 1898)。

[121] （原注 3）後期の文献（『ベネディクトの戒律』59.7）に、agðer ge fata þwean, ge wæterclaðas wascan「器を洗うかタオルを洗うか」という例が見られ、þwean と wascan が対比的に使われているが、ここで述べた区別とは厳密には一致しない。大変面白いことに、古ノルド語の vaska はサガの中で、ある種の石鹸で頭を洗う場合にのみ用いられる。英語の wash と同様、デンマーク語で現在実際に使われているのは vaske のみである。（訳者注）wash は語根 *wat- を持ち、water「水」と同語源である。OED によれば、古英語では、wash が汚れた衣類や羊毛を水の中でこすって洗う場合に用いられたのに対し、þwean は人の体のほか、容器を洗う意でも用いられた。

[122] （訳者注）Friedrich Kluge (1856-1926) ドイツのゲルマン語学者、英語学者。ここの出典は不明であるが、2 章 27 節で言及されているクルーゲの論文に、「ゲルマン語は現在接辞 (Präsenssuffix) skô の明確な名残を欠いている」との記述が見られる。(Paul, *Grundriß der germanischen Philologie*『ゲルマン言語学概説』1 版、371 頁：2 版、432 頁）クルーゲの言う skô、すなわちインド・ヨーロッパ語に見られる現在接辞 -sk- は、例えばラテン語の動詞 nōscō「知っている」に見られる。このような動詞においては、原則として -sk- は現在語幹には現れるが完了語幹には現れない（nōscō の完了形 nōvī を参照）。これに対してゲルマン語では、-sk- を含む現在語幹から過去形が作られた。ここで挙げられている wash も *wat-sk- から成る語で、本来は現在時制の形であったというのが著者の発言の趣旨と思われる（なお英語では、/ sk / という音は口蓋化 (palatalization) と呼ばれる音変化を受けて音質が / ʃ / に変化しており、古英語では < sc > など、現在は < sh > と綴られる）。

[123] （訳者注）ゲルマン語の動詞のうち重複動詞 (reduplicating verb) と呼ばれる動詞は、「語幹の語頭子音＋母音」から成る重複接辞を語幹の前に重ねて過去形を作った。hatan はこのタイプの動詞で、子音 h を二つ持つ過去形 heht はその名残を伝える古い形である。

[124] （訳者注）Homer (Homeros) 紀元前 9 〜 8 世紀頃のギリシャの詩人。叙事詩 *Iliad*『イーリアス』、*Odyssey*『オデュッセイア』の作者とされる。

[125] （訳者注）古英語の方言区分については 34 節を参照。

第 3 章　古英語 (Old English)

[126] （訳者注）ドイツ北部でサクソン人により 9 ～ 10 世紀に用いられた低地ゲルマン系の言語。Heliand『救世主』と呼ばれる宗教詩が残されている。

[127] （訳者注）ドイツ中南部で用いられたドイツ語で、8 世紀半ば～11 世紀頃のものを指す。現代標準ドイツ語は中部方言から発達した。叙事詩 Hildebrandslied『ヒルデブラントの歌』がある。

[128] （訳者注）同じ子音または子音群のほか、母音どうしでも頭韻を踏む。古英詩の一行は、それぞれ二つの強音節と複数の弱音節を持つ二つの半行からなり、中間に休止がある。後半行の一つ目の強音節と、前半行の一つ目または二つ目の強音節、あるいはその両方と頭韻を形成する。

[129] （原注 1）『ベーオウルフ』320 行以降。以下に W. E. Leonard の現代語訳を挙げる。

  The street was laid with bright stones;　the road led on the band;
  The battle-byrnies shimmered,　the hard, the linked-by-hand
  The iron-rings, the gleaming,　amid their armor sang,
  Whilst thither, in dread war-gear,　to hall they marched alang;
  The ocean-weary warriors　set down their bucklers wide,
  Their shields, so hard and hardy,　against that House's side;
  They stacked points up, these seamen,　their ash-wood, gray-tipped spears;
  And bent to bench, as clankéd　their byrnies, battle-gears —
  An iron-troop well-weaponed!　Then proud a Dane forthwith
  Did of these men-at-arms there　enquire the kin and kith:
  'Ye bear these plated bucklers　hither from what realms;
  There piléd shafts of onset,　gray sarks, and visored helms?
  The Henchman and the Herald　of Hrothgar, lo, am I!
  Never so many strangers　I've seen of mood more high.
  I ween that it is for prowess,　and not for exile far,
  That 't is indeed for glory,　that ye have sought Hrothgar'.

[130] （訳者注）訳文は忍足欣四郎訳（1990）による。

[131] （訳者注）強勢を持つ最終母音と続く子音（群）が同一である語の間での押韻。way と day、stone と bone など。

[132] （訳者注）強勢のある母音どうしの押韻。ただし子音は異なる。brave と vain など。

[133] （訳者注）頭韻の使用はウルフスタンの文体的特徴の一つである。ただし、ここに引用されている二つのテキストは、ウルフスタンの作品としてネイピア (Napier) の校訂本に含まれているが、現在では作者不詳とされている。

[134] （訳者注）1 行目の morðre と 4 行目の tintregum が原書ではそれぞれ mordre と tintegrum となっている。ここではネイピアの校訂本に従った。

135 （原注 1）　In murder and in crime, in torment and grief, in pangs and in snakebites, between dead men and devils, in flames and in torture, in harm and in extensive fire, in misery and labour, in agony and serious sorrows, in blazing flames and in filth, in tooth-gnashing and in torments および There is eternal ache and sorrow and lamentation, and never-ending grief; there is gnawing of chains and noise of blows; there snakes will bite and all miseries attack; there are groanings and moanings, troubles of every kind and a crowding together of all devils. ネイピア編、ウルフスタン *Homilies*『説教集』187 頁と 209 頁より。このような詩的躍動が地獄の描写において見られることは注目に値する。

136 （訳者注）以下の用例中、頭韻を踏んでいる音を表す文字が原書でイタリック体になっていないものがあったが、補った。

137 （訳者注）石を水面に水平に投げ、石が水の上を跳ね飛ぶのを楽しむゲーム。

138 （訳者注）Robert Louis Stevenson (1850-94) 英国の詩人、小説家、随筆家、*Treasure Island*『宝島』。引用は *The Merry Men and Other Tales and Fables*『メリー・メンおよびその他の物語と寓話集』所収の短編 'The Treasure of Franchard'「フランチャードの宝物」より。

139 （訳者注）Arthur Pinero (1855-1934) 英国の劇作家、*The Magistrate*『治安判事』。

140 （訳者注）William Caxton (1422?-91) イングランド最初の活版印刷家、翻訳家、出版業者。

141 （訳者注）引用箇所について、原書では The Clerk's Tale とあるが誤り。また原書で省略されている stille を Riverside 版より補足した。

142 （訳者注）Thomas Malory (1416?-1471) イングランドの散文作家、*Le Morte Darthur*『アーサー王の死』。用例は『アーサー王の死』から。

143 （訳者注）シェイクスピアの本文は以下の通り。A devil, a born devil on whose nature Nurture can never stick;（アーデン版）「悪魔だ、生まれながらの悪魔だ、あの性情ではいくら教えても身につかぬ。」（小田島雄志訳 (1983) による。）

144 （訳者注）Francis Galton (1822-1911) 英国の科学者。優生学の研究で有名。

145 （訳者注）William Makepeace Thackeray (1811-63) 英国の小説家、*Vanity Fair*『虚栄の市』。引用は『虚栄の市』第 61 章より。訳文は三宅幾三郎訳 (1940) による。

146 （訳者注）George Meredith (1828-1909) 英国の詩人、小説家、*The Egoist*『エゴイスト』。訳文は朱牟田夏雄訳 (1978) による。

147 （訳者注）John Richard Green (1837-83) 英国の歴史家、*A Short History of the English People*『英国民小史』。

148 （訳者注）Alfred Tennyson (1809-92) 英国の詩人、桂冠詩人 (1850-92)、*In Memoriam*『追憶の詩』。

149 （原注 1）　テニスンの息子による *Life* (Tauchn. ed. II. 285 頁) より。R. L. Stevenson, *The Art of Writing*『文章の作法』31 頁と、デンマークの詩人・韻文研究家 E. v. d. Recke,

第 3 章　古英語 (Old English)

Principerne for den danske verskunst『デンマーク詩法の原理』(1881) 112 頁 の同様の趣旨の発言を参照せよ。また De Quincey, *Opium Eater*『阿片常用者の告白』(Macmillan's Library of English Classics) 96 頁に記された以下の愉快な注釈も参照。「多くの人々が語呂合わせ (pun) に対して感じるのと同じように、わざとらしい頭韻に対して苛立ったり愚弄されたとさえ感じる人もいる。それについて言わせてもらえば、ここ［この注釈が付されている文章］には一つの文の半分にも満たない範囲に八つの f があるが、これは全くの偶然と考えるべきものだ。実際のところ、最初は f が九つあったのだが、お腹立ちの人々に気を遣って、female friend を female agent に書き換えた。」婉曲語法 (Euphuism) のような装飾的で人工的な文体における過剰な頭韻の使用や、*Love's Labour's Lost*『恋の骨折り損』と *Midsummer Night's Dream*『夏の夜の夢』に見られるシェイクスピアの揶揄について、読者諸氏に思い出させるまでもないだろう。(訳者注)『恋の骨折り損』の衒学者ホロファニーズによる鹿を悼む歌 The preyful princess pierc'd and prick'd a pretty pleasing pricket; (4. 2. 57) や『夏の夜の夢』の劇中劇へのクインスの前口上 Whereat blade, with bloody, blameful blade, He bravely broach'd his boiling bloody breast; (5. 1. 145) などの例がある (ともにアーデン版より)。

第4章
スカンジナビア諸語 (The Scandinavians)

57

　これまで見てきたように、古英語 (Old English) は本質的に自立した言語であった。外国語の要素はほとんどなく、それらが古英語の特徴を全体的に変えることはなかった。しかしここから、古英語の発達という点で非常に重要な三つの要素を考えることにする。それらは、いわばアングロ・サクソン語 (Anglo-Saxon) の上に据えられた三つの上部構造であり、それぞれが古英語の言語的特徴に変化をもたらし、後に中英語となるための基礎を準備した。スカンジナビア語 (Scandinavian)、フランス語 (French)、ラテン語 (Latin) の要素は英語の組織にかなり入り込んでいるが、それぞれの言語的特徴は互いに異なっているため、それらを個別に扱うことにする。初めに、スカンジナビア語の要素から考察する。[1]

58　初期の関係 (Early Relations)

　イングランド人は彼らの名にちなんで呼ばれる地域に、すでに4世紀もの間居住しており、その間外敵はいなかった。彼らが従事した戦いはすべて島内の王国間の内部紛争であるが、いまだ自分たちを同じ単一の国家と見なしてはいなかった。デーン人は彼らにとって宿敵ではなく海を越えて来た勇敢な種族であり、むしろ同族意識を持っていた。二つの種族間の友好関係は、現在一般的に想像されるよりも親密であったかもしれない。

　8世紀のものと思われる、興味をそそる謎めいた古英語の詩がある。この詩がスカンジナビア語で書かれた現存しない詩の翻訳であり、後にヴォルスンガ・サガ (Volsunga Saga)[2] となるはずの伝説集に収録される、ある出来事を扱ったものであることを証明しようとする試みがなされている。[3] もしこれが

第 4 章　スカンジナビア諸語 (The Scandinavians)

疑わしいものでないとすれば、ヴァイキング時代以前に、イングランドとスカンジナビアの間に、文芸上の交流が確立されていたことになり、このことは、フロースガール王 (King Hrothgar) とその美しい館ヘオロット (Heorot) に関する古デンマーク語の伝説が、デーン人の手によるものに比べ、より忠実にイングランドに残されている事実と合致する。もし『ベーオウルフ』(*Beowulf*)[4] の作者が、デーン人の手によって被害を受ける同国人の運命を予見し得ていたならば、彼は偉大な叙事詩に他の主題を選んだであろう。また、我々は、イングランド人がデンマークの運命にいくたびも寄せた同情の中でも最も古い同情の結果と言える、この見事な作品を持ち得なかったはずである。しかし実際は、『ベーオウルフ』の中で来たるべき出来事の前兆となるものは何ひとつなく、[5] 790 年頃に長きにわたる侵略が始まった時、イングランド人は完全に奇襲を受けたようであった。その出来事によって「デーン人」と「野蛮人」(heathen) という語は、殺戮と略奪の同義語となった。

　最初のうちは、そのよそ者たちは小隊でやって来て、金やその他の高価なものをボートいっぱいに詰めるとすぐに去って行った。しかし 9 世紀の中頃から、「攻撃の性質は全く変わっていった。ブリテン島の沿岸を荒らしまわるだけであった小規模の集団は、これまでヨーロッパ西部のどの国をも襲ったことのないほどの大規模な集団が襲来するための下準備をすることになった。略奪と急襲は、征服のために進軍する本格的な軍事行動に取って代わられ、彼らの目的は自分たちが勝ち取った土地に住みつくことであった」。[6] 戦いの勝敗は様々であったが、概してスカンジナビア人は彼らがより強い種族であることを証明し、新たな土地に基盤を築いた。ウェドモアの和平協定 (878 年) の中で、最も高潔にして信頼に足るイングランドの守護者であるアルフレッド大王 (King Alfred)[7] は、我々が現在イングランドと呼ぶものの半分以上を彼らに明け渡すことをいとわなかった。つまり、ノーサンブリアのすべて、東アングリアのすべて、そして中央イングランドの半分がデーンローと呼ばれる地区となった。

59

　それでもまだ、二種族間の関係は全く敵対的というわけではなかった。アルフレッド大王はデーン人を撃退しただけでなく、すでに 48 節で見たように、

獰猛な侵略者たちの地域に関する地理的な記述を初めて我々に与えてくれた。ある年代記編纂者は959年の項に、その信仰心から広く崇敬されるノーサンブリアの王[8]が、ある一点において以下のように非難されているという記述を載せている。すなわち、「彼は異国の悪習を非常に愛し、野蛮人（つまりデーン人）の習慣にこの国における確固たる地位を与え、害をもたらす侵入者たちをこの土地に招き入れた」。

また、古英語で現存する唯一の私信の中で、[9] 名もなき差出人は彼の兄弟であるエドワードに「父祖たちのものであるイングランド人の習慣を廃し、あなた方の命そのものをさえ奪おうとする野蛮人たちの習慣を好むというのは、この国の者すべてにとって恥ずべきことです。それによってあなた方は、不面目にも首をむき出しにし、髪を垂らして目を覆いデーン人風の装いをする時、それら悪しき習慣によって自分たちの種族と祖先を貶めていることになるのです」と言っている。このような記述から、イングランド人は、デーン人と戦うばかりでなく、進んで彼らから学ぼうとしていたことが分かる。些細ながら重要な事実として、モールドン (Maldon) の戦い（993年）[10]のすぐ後に書かれた、戦士を称える輝かしい愛国的な武勲詩[11]の中で、最も重要なスカンジナビア語の借用語の一つである to call「呼ぶ」[12]という語が初めて見出される。このことはデーン人の言語的影響が、いかに早く認められ始めたかということを示している。

60　デーン人の定住と類似の語 (Settlers and Similar Words)

かなりの数のスカンジナビア人の家族が二度と帰ることなく、イングランドに、特にノーフォーク (Norfolk)、サフォーク (Suffolk)、リンカンシャー (Lincolnshire) に、さらにまたヨークシャー (Yorkshire)、ノーサンバーランド (Northumberland)、カンバーランド (Cumberland)、ウェストモーランド (Westmorland) などに定住した。-by、-thorp (-torp)、-beck、-dale、-thwaite などで終わる多数の地名は、[13] 紀元1000年頃から英語の中に見られる多くの人名と共に、イングランドの大部分で侵略者たちが優位であったことを証明している。[14] しかしそれらの外国人たちは先住民たちにとって、イングランド人自身がケルト人から外国人とみなされたのと同じように感じられることはなかった。

第 4 章　スカンジナビア諸語（The Scandinavians）

　グリーンは「ヴァイキングの怒涛の襲来が過ぎた時、その土地、人々、支配体制はなんら変わることなく、元の姿が再び現れた。イングランドはなおイングランドのままであった。征服者たちは静かに周りの集団に溶け込んだ。オーディン（Odin）[15] は戦うことなくキリストの軍門に降った。二つの侵略の間にあるこの違いの謎は、ヴァイキングの侵略がもはや異なる種族間のものではなかったことにあった。それはブリトン人とゲルマン人との、あるいはイングランド人とウェールズ人との戦いではなかった。それら北方民族の生活は、概して侵略してきた当時のアングロ・サクソン人、つまりはイングランド人の生活のようであった。彼らの習慣、宗教、社会体制はイングランド人のそれらと同一であった。

　実際ヴァイキングは、その素性を忘れ去ってしまっていた当時のイングランドに、略奪者たる父祖たちの野蛮なイングランドを思い出させる同族の者たちであった。ヨーロッパ中どこにも、これほど戦いの激しいところはなかった。なぜなら、他の地域では、同じ血を持ち、同じ言語を操る者同士の戦いなどどこにもなかったからだ。しかしまさにそれゆえに、これほど平和裏に、そして完全なまでにヴァイキングが敵と同化するような場所はなかった」[16] と述べている。イングランド全体を統一するという、他のイングランド人の支配者たちは果たしえなかったことを成し遂げたのが、デーン人のクヌート王（King Knut）[17] であったことも覚えておかなければならない。

61

　クヌート王はデーン人であり、『アングロ・サクソン年代記』では侵略者は常にデーン人と呼ばれていた。しかし他の典拠から、定住者の中にはノルウェー人もいたことが分かっている。二つの種族のうちどちらがイングランドにより大きな影響を及ぼしたかを、言語的な基準によって決定しようとする試みがなされているが、[18] この問題を扱うにはかなりの困難を伴うものであり、従って我々はこの問題に深入りする必要はない。ここでは、例えば中英語の boun、（近代英語での語形は bound）「（行く）用意ができた」、busk「用意する」、boon「恩恵」、addle「稼ぐ」などのいくつかの語は、どちらかと言えばノルウェー語起源と思われ、一方で地名につく -by「村、町」[19] や drown「溺れさせる」、中英語の sum（= as）などの語は、よりデンマーク語の形と一

致していると言うだけで十分であろう。

しかしながら多くの場合、デンマーク語とノルウェー語の語形は、当時全くと言っていいほど同じであったため、英語に借用された語がいずれの起源のものなのかを決定することはできない。従って、本書ではこの問題の結論は留保したまま、便宜上それぞれの場合に応じてデンマーク語または古ノルド語 (Old Norse)（実質的には古アイスランド語 (Old Icelandic)）の形を使うが、両者はともに等しくスカンジナビア語のことを指していると理解してよい。[20]

62

スカンジナビア語が及ぼした影響を正確に推し量るためには、古英語と古ノルド語がかなりの程度近似していたという点を覚えておかなければならない。現代英語と現代デンマーク語だけを知っている者にとっては、その類似はかなり分かりにくい。その理由の一つは、二つの種族が互いに接触のないまま 1000 年ちかくを過ごし、それゆえに言語が分化に向かう自然な傾向を止めるものが何もない時に必然的に生じる相違のためである。また、その間にそれぞれの国民が外国の支配を受け、英語はフランス語から、デンマーク語は低地ドイツ語からの強力な影響があったためでもある。

しかし、今でさえ我々は両言語間に本質的な一致を見ることができ、それぞれが共通の祖語[21]により近かった当時は、その一致は今よりもっと明確であった。夥しい数の語が二つの言語で同じであったため、もし侵略以前の英語文献が現存していなければ、それらの語がどちらの言語からもたらされたのかを区別するのは全く不可能であっただろう。そのいくつかの例を挙げる——

名詞
man、wife、father、folk、mother、house、thing、life、sorrow、winter、summer

動詞
will、can、meet、come、bring、hear、see、think、smile、ride、stand、sit、set、spin

形容詞
full、wise、well、better、best、mine、thine、over、under

第4章　スカンジナビア諸語 (The Scandinavians)

　結果としてイングランド人がヴァイキングの言葉を理解するのに大きな困難はなく、それどころか、スカンジナビア人が英語を彼ら自身の言語と同一のものと見なしていた明白な証拠もある。一方でウルフスタン (Wulfstan)[22] は侵略者たちを「あなた方の言語を知らない人々」(Napier 編、295 頁)[23] と呼んでおり、実際は多くの例ですでに語彙が異なっていたため、両言語の語彙は簡単に区別された。例えば、古ノルド語の ai が古英語では長母音 a に変化し (ON sveinn = OE swan)、また元来の au が古英語では ea となり (ON lauss, louss = OE leas)、または古ノルド語の sk が英語では sh となっていた（ON skyrta = OE scyrte、現代英語の shirt）。

63

　もちろん、そのような確実な基準が適用されない語も多くある。語の起源を決定することの難しさは、次のような事実からさらに複雑になっている。イングランド人は語を借用する際、通例スカンジナビア語の音に対応する英語の音を、漠然とした感じに基づいて変化させたのである。ちょうどイングランドの王エドガーの息子エゼルレッド (Æðelred Eadgares sunu)[24] の名前がガーンラーイガ・オワムストゥーンガー (Gunnlaauger Ormstunga)[25] のサガの中では、Aðalrárðr Játgeirsson と表記されているのと同じように、shift はノルド語の skipta[26] の英語化された形である。古ノルド語の brúðlaup「結婚」は brydlop に変えられた（規則通りに英語化すれば brydhleap になる）。tiðende「知らせ」は、オーム (Orrm)[27] は変化させずに tiðennde と表記しているが、一般的には tiding(s) に変化した（古英語の tid と一般的な英語の屈折語尾 -ing による形成）。古ノルド語の þjónusta「奉仕」は þeonet、þenest、þegnest として現れている。古ノルド語の否定の接頭辞 ú を伴う語は英語の un- へと変化した。例えば、untime「時期外れ」、unbain (ON úbeinn)「準備のできていない」、unrad または unræd「無思慮」などである[28]（また以下に記す wæpnagetæc や他を参照のこと[29]）。

64

　時には、スカンジナビア人が廃れかけた、または廃語となった本来語に新

たな命を吹き込むことがあった。例えば、前置詞 til はスカンジナビア人の侵略以前に書かれた古英語の文献では一度か二度現れるのみであるが、それ以後は北部でかなりの程度一般的になり、そこから南部にも広がっている。この語はデンマーク語の場合と同様、時と場所どちらについても用いられており、今でもスコットランド方言で使われている。同様に dale (OE dæl)「谷間」が「地理上の名称として今も使われているのがブリテン島北部であることから、この語は古ノルド語の dal から強化されたようである」(OED)。[30] また、barn、スコットランド方言の bairn (OE bearn)「子供」は、もしスカンジナビア語の対応語彙によって強化されていなければ、おそらく南部と同じように北部でも消滅していたであろう。動詞 blend「混合する」もまた、blandan は古英語ですでに極めて稀であったことから、(その母音の変化が古ノルド語の影響を受けているのと同じく) 古ノルド語のおかげで現在まで用いられているようである。[31]

65　競合する語形 (Competitive Forms)

　イングランドではまた私が思うに他の場所では類例のない現象が見受けられる。つまり、長い間、ある場合には幾世紀にもわたって、一方は英語の語形、他方はスカンジナビア語の語形という形で、同じ語に対してわずかに異なる二つの語形が共存するという現象である。以下の節で、ダッシュの前にあるのが本来語、後にあるのが外来語のものである。

66

　いくつかの例ではどちらの語形も標準的な口語英語に残っているものの、概ねそれらはわずかに異なる意味を獲得している——

　　whole（昔の綴りは hool）— hale「健全な―健康な」；hail and hool「健全かつ全き」という古い言い回しの中では両者は組み合わされている。
　　no — nay；後者は現在では、発言を敷衍するために付け加えられる時にのみ使われる（it is enough, nay too much「これで十分だ、いやむしろ多すぎる」）が、以前は、no ほど強い否定ではないものの、質問に答えるために使われていた（Is it true? Nay.「これは真実か？いや違う。」参照：'Is it not true? No'「これは真実ではないのか？そうだ真実ではない。」）[32]

第4章　スカンジナビア諸語 (The Scandinavians)

from — fro　今では 'to and fro'「あちこち」の時だけ使われている。
shirt — skirt「シャツ — スカート」、edge — egg「端—駆り立てる」、
shot — scot「一撃 — 税金」、shriek — screak, screech「金切声」、
true — trig[g]「真実の — 忠実な、きちんとした」、rear — raise「育てる」

古英語の leas「偽りの、〜が欠けている」は接尾辞の -less (nameless など) としてのみ現存しており、一方スカンジナビア語に由来する loose [33] が、独立した語として完全にそれに取って代わってしまっている。

67

他の例では、スカンジナビア語の語形が方言にのみ残っている場合もあれば、古英語の語形は文語に残っている場合もある——

dew — dag「露、霧雨」(動詞として「霧雨が降る」)、leap — loup「跳ぶ」、
neat — nowt「ウシ」、church — kirk「教会」、churn — kirn「撹乳器」、
chest — kist「金箱」、mouth — mun「口」、
yard — garth「隔てられた土地の小さな区画」

これらすべての方言形はスコットランドかイングランド北部に残っている。

68

しかしながら普通は、時の流れの中で、語形の一つが完全に他方によって締め出されてしまっている。以下の例にあるように、残った語形はしばしば本来語のものである——

goat — gayte「山羊」、heathen — heythen, haithen「異教の」、
loath — laith「嫌で」、grey — gra, gro「灰色」、few — fa, fo「ほとんどない」、
ash(es) — ask「灰」、fish — fisk「魚」、naked — naken「裸の」、
yarn — garn「紡ぎ糸」、bench — bennk「長椅子」、star — sterne「星」、
worse — were「より劣った」

同じように、一般的に thethen、hethen、hwethen などのスカンジナビア語は、古英語の þanon、heonan、hwanon といった本来語が選択されて廃語となっ

たと信じられている。それら古英語に副詞的属格の s を付けたものが thence 「そこから」、hence「ここから」、whence「どこから」である。[34] しかし実際は、これら現代の語形はスカンジナビア語の語中の th が喪失したものと考えてもよい。というのも、since が sithence (sithens, OE siþþan + s) の th が失われた形であるのと同じように考えることができるからだ。

69　本来語とスカンジナビア語 (**Native and Scandinavian**)

　ここで、侵入者である外来語が、正当な後継者である本来語を追い出すことに成功した例を取り上げたい。キャクストン (Caxton)[35] のよく知られた一節の中で、彼は本来語の ey とスカンジナビア語の egg「卵」との間の葛藤の様子を生き生きと描写している[36]——

> 確かに、今我々が使っている言語は、私が生まれた頃に使われ話されていたものから大いに変わってしまっている。というのも我々イングランド人は、月の支配のもとに生まれついているからだ。月は決して不変ではなく、絶え間なく形を変え、ある時は満ちているかと思えば、他の時には欠けてしまう。それと同様に、ある地域で普通に話されている英語が、他の地域の英語とは異なっていることがある。私の時代には、次のようなことが起こるほどになっていた。ある商人たちがテムズ川で船に乗っていたが、彼らは海を越えてゼーラント (Zeeland)[37] に行こうと航行していた。風がなかったため、彼らはフォーランド (Foreland)[38] に滞在し、気分を新たにしようと島内に赴いた。そのうちの一人で名をシェフィールド (Sheffield)[39] という織物商が、ある家へ入って行って食べ物を求め、特に卵 (egges) はあるかと尋ねた。それに対して女主人は、自分はフランス語が話せない、と答えた。その商人もまたフランス語を話せなかったのでそれを聞いて腹を立てた。彼は、ただ卵を欲しがっただけであり、女主人はその言葉が理解できなかったのである。結局は別の者が、彼は卵 (eyren)[40] を欲しがっているのだと言い、それで女主人は彼の言うことがよく分かった、と述べた。今では egges と eyren どちらを書くべきなのだろうか。言語が多様であり変わりゆくため、すべての人を満足させるのは確かに難しいことである。[41]

　まさにこれが書かれてすぐ後、古英語由来の語形である ey や eyren は最終的に使用されなくなった。

第 4 章　スカンジナビア諸語 (The Scandinavians)

70

同様の運命を辿ったワード・ペア (word-pairs) として、次のような例を挙げることができる──

> 古英語 a、中英語 o ── ay「常に」(for ay and oo「永久に」という頻繁に使用される言い回しでは共に使われている。) [42]
> tho (*cf.* those) ── they、þunresdæi ── Thursday「木曜日」、
> theigh、thah、theh その他の語形 ── though、chetel ── kettle「やかん」、
> swon ── swain「水夫長」など、ibirde ── birth「誕生」、eie ── awe「畏怖」、
> in (= on) þe life ── on lofte 今では aloft「上に」、swuster ── sister「姉妹」

そしてスカンジナビア語の g に対して英語の y を伴うかなりの数の語がある──

> yeme「注意、留意」── gom(e) 方言形では gaum「良識、機知、機転」、
> yelde ── guild「共同団体、組合」、yive または yeve ── give「与える」、
> yete ── get「得る」、yift ── gift「贈り物」

最後に挙げた gift は、語頭の音のみならず、現代語の意味もスカンジナビア語の影響によるものである。古英語では「妻となる女性をもらう返礼として求婚者によって支払われる対価」という意味があり、複数形では「結婚、婚礼」という意味があった。これに勝る複雑な言語的影響を想像することはできない。この語は発音と意味両方の点で変化しており、奇妙にもその過程によって、その語がもともと派生した動詞 (give) により近づくこととなった。[43]

71

いくつかの語では古い本来語の形は残ったが、それに相当するスカンジナビア語の意味を採用したものもある。古英語の dream は「喜び」という意味だったが、中英語では古ノルド語の draumr やデンマーク語の dröm から、「夢」という現代語の意味が引き継がれた。それに類似した例は bread (OE bread「かけら」) と bloom (OE bloma「金属の塊（？）」) である。同様の意味変化の過程が、歴史的に重要な意味を持っている語もある。古英語の eorl は漠然と「高貴な生まれの者」、あるいはより大雑把に言えば「勇敢な戦士」や一般的に「男」を意味していた。しかし、クヌート王の治世中、「王に次ぐ

もの」や王国内の一つの大きな区域の支配者を意味するスカンジナビア語の jarl という意味を継承して、(フランスの) 爵位の一つである earl「伯爵」という現代の意味を獲得する道を開くことになった。

　古英語の freond が単に「友人」を意味していた一方、古ノルド語の frændi やデンマーク語の frænde は「同族の者」を意味していた。しかし、オルムの説教集や他の中英語の文献では、この語はしばしばスカンジナビア語の意味を持ち、[44] スコットランド方言やアメリカの方言ではその意味は今日にまで至っている (J. ライト (J. Wright)[45] の方言辞典の多数の例を参照のこと。例えば We are near friends, but we don't speak「私たちは近い親類だが口は利かない」)。スコットランドの格言 Friends agree best at a distance「親族は離れているほうが気が合う」は、デンマーク語の Frænde er frænde værst (Relatives are relatives worst.)[46] と一致している。

　古英語の dwellan や dwelian には「誤導する、挫折させる」または自動詞で「道からそれる」という意味しかなかったが、[47] スカンジナビア語の意味と同じ「滞在する、住む、ある場所に留まる」という自動詞の意味が見られるのは13世紀の初頭になってからである。古英語の ploh は「若干の広さの土地」という意味でしか見られないが (今でもスコットランド方言では pleuch)、中英語では古ノルド語の plógr と同じ道具の plough「鋤」(OE sulh) を意味するようになった。古英語の holm は「海」という意味だったが、現代語ではスカンジナビア語の holmr にその意味を負い、「小島、河川敷」という意味になっている。

72　代名詞とその他の単語 (Pronouns and Other Words)

　これらは本来語が外国の言語習慣に一致した例である。他の例では、スカンジナビア人がイングランド人のなすがままに任し得る場合もあった。それらのスカンジナビア語は、容易に連想することができるほど本来語と見事に一致しており、それどころか、古英語由来の語よりも概念を伝えるのにより相応しく感じられるため、生き残ったのである。death (deaþ) と dead は古英語であるが、対応する動詞は steorfan と sweltan であった。明らかに、それらの古い動詞よりもデンマーク語の deya (今では dø) の方が名詞と形容詞との連想が容易であり、従ってそれがすぐに採用されることとなった (deyen、

第 4 章　スカンジナビア諸語 (The Scandinavians)

今では die)。一方、sweltan は廃され、もう一方の動詞 (steorfan) は starving「餓死」という特別な意味を獲得した。sæte（現代英語では seat）は to sit と to set という動詞とすぐに結び付けられるため採用されることとなった。

　この種の最も重要な借用語は、they、them、their という代名詞であった。これらは同音で始まる英語の代名詞 (the、that、this) の系統に容易に入り込み、それらが取って代わった古い本来語[48]より認識しやすいと感じられた。実際古い本来語は、母音が曖昧になった後、いくつかの単数形 (he、him、his) と絶えず混同しがちであり、そのため he と hie、him と heom、her (hire) と heora は、もはや容易に区別できなくなった。また我々は、he の代わりに用いられる a（あるいは 'a）という曖昧化された形を 16 世紀の初めまで見出すことさえある[49]（方言形では 16 世紀以降も散見される。例えばテニスン (Tennyson)[50] の But Parson a cooms an' a goäs[51]「しかし牧師は来てまた行く」）。そのような弱形は、she と they の用例では 14 世紀の末まで見られる。このような事態はもちろん、相当数の曖昧表現をもたらすこととなった。だが、th- 形が必然的に言語にとって好都合であるにもかかわらず、古い形が最終的に取って代わられるまでには長い時間がかかった。それどころか、与格 (dative) の hem は今なお 'em (take 'em) の形で残っており、本来は hem の縮約形であるのに、言語の歴史を知らない人々は今やこれを them の縮約形と見なしている。their の意味での her は、チョーサー (Chaucer)[52] の中で見られる唯一の複数形の所有格であり（なお、チョーサーは主格では they を用いている）、シェイクスピア (Shakespeare)[53] の作品中でも数例見られる。

　いま一つのスカンジナビア語の代名詞は same であるが、それは本来語の副詞 same (swa, same「同様に」) と速やかに結び付けられた。同じように本来語に結び付けられた他の語は want（形容詞と動詞）であるが、それはイングランド人に wan「欠けている」、wana「欲する」、また wanian「欠ける、減らす」を連想させるものであった。ill は、特に devil を deil にし、even を ein にしたスコットランド人にとって、evil の短縮された形に見えたに違いない。

73

　ここでもし、借用語の詳細な調査（31 節参照）によって、スカンジナビア人がイングランド人に伝えることのできた知識や活動の領域を推し量ろうと

するならば、最初に我々が気づくのは、戦争、とりわけ水軍に関する初期の借用語群[54]である。それらはすぐにまた英語から消え去ることになったが、[55] その例として orrest「戦い」、fylcian「集合をかける、整列させる」、liþ「船隊」様々な軍船の種類を表す barda と cnear と scegþ, ha「オール受け」などがある。このことは、アルフレッド大王が新種の軍船建造に着手するまで、造船の分野でイングランド人が野蛮人に劣っていたという『アングロ・サクソン年代記』の記述と極めてよく一致している。[56]

74 法律用語 (Law Terms)

次に、かなりの数のスカンジナビア語由来の法律用語 (law-terms) を見出すことができる。それらの語はスティーンストルップ (Steenstrup) 教授[57]の有名な論文「デーン法」(Danelaw) の中で調査されている。[58] 彼は驚異的な数の例を挙げて、ヴァイキングがアングロ・サクソン人の法律に関する考えを変え、スカンジナビア人の定住の時に、以前には知られていなかった夥しい数の新たな法律用語が生まれ出たことを決定的に示している。それらの多くは単純にデンマーク語あるいはスカンジナビア語の語彙であり、他のものは英語化されたものである。例えば、古ノルド語の vapntak[59] は wæpnagetæc（後には wapentake）「郡裁判所」に変えられ、同じく古ノルド語の heimsokn は hamsocn「押し込み強盗、またはその犯罪の罰金」として、saklauss は sacleas「無罪」として現れている。

このような法律関連の借用語のうち最も重要なものは、law「法律」そのものである。この語は 10 世紀以来イングランドで lagu という形で知られ、古ノルド語の log、古デンマーク語の logh の直接的な原形であるから、スカンジナビア語の語形そのものであったはずである。[60] by-law は、今では前置詞 by と law の複合語のように思えるが、本来この by はデンマーク語の by「町、村」[61]（Derby や Whitby などの地名に見られる）からきており、デンマーク語の属格語尾 (genitive-ending) が、英語形 byr-law「地方的慣習法」[62]に残されている。この類に属する他の単語には、以下のようなものがある——

 niðing「罪人、卑劣漢」、thriding「三分の一の行政区画」、その切断された形として残っている riding「（行政）区画」、[63] carlman「（女性に対しての）男性」、

第4章　スカンジナビア諸語 (The Scandinavians)

bonda または bunda「農民」、lysing「自由民」、þræll（現代英語の thrall）「奴隷」、mall「訴訟、調停」、wiþermal「反対答弁、弁護」、seht「協定」、stefnan「召喚する」、crafian（現代英語の crave）「懇願する」、landcop または英語化されて landceaþ「土地譲渡金」、lahcoþ、lahceaþ「占有権の再獲得のための支払金」（意味についてはスティーンストゥルップの「デーン法」192頁以降を参照）、ran「強盗罪」、infangenþeof 後の形は infangthief「荘園の中で逮捕された泥棒への裁判権」

などである。law、bylaw、thrall および crave（この語は最も専門的ではない法律用語であるが）は例外だが、その他のデンマーク語由来の法律用語は、英語から消え去ってしまっていることが分かる。それはノルマン人がイングランドを征服し、裁判所と法的事案を総じて手中に収めてしまったことの当然の結果であった。

　スティーンストゥルップの研究は、概ね言語的事実に基づいており、次のように要約できる：スカンジナビア人の定住者たちは地域を一様にかつ等しく区分し、各地域行政を再編成した。スカンジナビア人式に課税と徴税が行われ、それ以前の寛容な刑法に代わって、獰猛で暴力的な気質を抑止することのできる、厳格で強制力のある法律が導入された。人目をはばかる密かな犯罪と、決闘のような復讐心と執拗さとからくる公然たる行為との間に、明確な線引きがなされたことからうかがえるように、とりわけ個人的な名誉に重きが置かれるようになった。安全な商取引がなされるよう、商売も規制された。

75

　これらの法律用語を別にすれば、全く同一の領域に属する語群を指摘し、そこから民族の優位性を指摘することは不可能であろう。window は windauga (= wind-eye)「風の目」という古ノルド語からの借用であるが、この語は建築に関連する唯一の語であるため、その分野でスカンジナビア人の定住者たちがイングランド人に何かを教えたとは考えられない。くわえて、古英語には窓を指す eag þyrel という他の単語があり、それもまた古来の木造の家にあった窓の目の形に基づいている（nosþyrel (= nostril)「鼻孔」を参照）。[64] 古ノルド語 steik からの借用である steak（中英語の steyke）もまた、ヴァイキングが料理の点で優れていたことを証明することにはならない。ただ、スカンジ

ナビア人の knives「ナイフ」（スカンジナビア語の knif に由来する中英語の knif）は、他の民族のものより勝っていたか、あるいは少なくとも異なっていたかもしれない。この語は英語と同じくフランス語 (canif) にも導入されているからだ。

76　日常語 (Everyday Words)

　もし、借用語リストの中から二つの民族の文化の有り様を結論付けるような語を探すなら、我々は間違いなく失望することになろう。なぜならそれらすべては、ごく一般的な特徴を伝える物や行為を表しているだけであり、従ってそれらの語を採用した人々がそれまで知らなかった新たな概念を表しているわけではないからである。我々はそのリストの中に、husband、fellow、sky、skull、skin、wing、haven、root、skill、anger、gate[65] など、日常的な名詞を見出すことができる。スカンジナビア語から採られた形容詞には、meek、low、scant、loose、odd、[66] wrong、ill、ugly、rotten などがある。

　おそらくこのリストからは、不快な意味の形容詞だけがスカンジナビア語から英語に流入したような印象を受けるかもしれないが、その印象が誤りであることは簡単に分かる。happy や seemly「魅力的な」もまた、デンマーク語から派生しており、中英語で「立派な」という意味で用いられた stor や glegg (= clear-sighted, clever)「明敏な、賢い」、happen (= neat, tidy)「整然とした」、gain (= direct, handy)「まっすぐな、近くにある」などの方言で用いられた形容詞は言うまでもない（スコットランドとイングランド北部の the gainest way「近道」は、古ノルド語では hinn gegnsta veg、デンマーク語では den genneste vej と言う）。これらの形容詞に唯一共通することは、その極端なまでの平凡さであり、同様の印象は動詞からも確認される。例えば――

> thrive「栄える」、die、cast、hit、take、call、want、scare、scrape「こする」、scream、scrub「磨き上げる」、scowl「睨み付ける」、skulk「こそこそする」、bask「日向ぼっこをする」、drown「溺れさせる」、ransack「くまなく捜す」、gape「大きく口を開ける」、guess「推測する」（この例は疑問の余地あり）

などである。これらに、（イングランド北部とスコットランドの）方言の中でのみ保たれた次のような語がある。例えば、lathe「納屋」とデンマーク語の lade、

第4章　スカンジナビア諸語 (The Scandinavians)

hoast「咳をする」とデンマーク語のhoste、flit「動く」とデンマーク語のflytte、gar「させる、する」とデンマーク語のgöre、lait「捜す」とデンマーク語のlede、red up「整頓する」とデンマーク語のrydde op、keek in「覗き見する」、ket「生肉、馬肉、腐肉、くず」とデンマーク語のkød「肉」、などである。

　これらのすべての語は、同じありふれた領域に属し、専門的と呼ばれるようなものや高次の文化を暗示するようなものは何もない。このことは上記65節から72節で挙げた語の多数の種類についても言えることであり、それらの例ではスカンジナビア人は正確に語そのものを持ち込んだのではなく、英語の本来語の語形や意味を変えたのである。それらの語の中にはget、give、sister、loose、birth、awe、bread、dreamといった日常的な語が見られる。[67] 最も強力にスカンジナビア語の影響を受けたのは英語の中で特に必要不可欠な言語的要素である。言語のいわば小さな礎である文法的単語 (grammatical word) [68] までもが、いくらかデンマーク語から英語に受け継がれているのを見ると、スカンジナビア語の影響は一層確かなものとなる。その文法的単語は、中国語の文法学者が言うところの虚語 (empty words) [69] であり、他のどこにおいても一つの言語から他の言語へと移し替えられたことはない。they、them、their、the sameそして恐らくbothといった代名詞、スコットランド方言のmaun、mun (must) といった法助動詞（古ノルド語のmunu、デンマーク語のmon、monne)、minne (= lesser)「より小さい」、min (= less)「より少ない」、helder (= rather)「いくぶん」などの比較級、hethen「ここから」、thethen「そこから」、whethen (= hence, thence, whence)「どこから」、samen (=together)「一緒に」などの代名詞的副詞 (pronominal adverb)、though、oc (= and)「そして」、sumといった接続詞 (sumは比較表現の後にくる本来語swa (= so) に取って代わりそうな気配が長く続いたが、最後にはそれ自身もeallswaから誕生したasに取って代わられた)、そしてfroやtilなどの前置詞である（64節を参照)。[70]

77

　これらすべての非専門的な語が、精神的あるいは産業的な優位性をなんら示していないことは明らかである。それらは文明の潮流を証するものではなく、それらによって示されるものはイングランド人にとって斬新であったは

ずがない。なんら新たな概念が生まれたわけではなく、単に新たな名称が登場したに過ぎない。それでは、他の例では通用する借用語検査が、この一例においては功を奏さず、二種族の相互関係について言語的事実は何も明らかにしてくれないのだろうか。いや、そうではなく、これらの借用語は十分示唆するところ大きく、歴史的にも有意義である。もしこの時期の英語の中の借用語が、他の言語が借用しなかった分野にまで及んでいるのであれば、また、もしスカンジナビア語と英語とが互いにより密接に織り合わされたものであるならば、それは他のどこで見られるよりも親密な二種族間の融合に原因があるはずである。彼らは兄弟のように戦い、その後、相並んで兄弟のように平和に定住した。デンマーク人とノルウェー人の定住者はかなりの数であったはずである。さもなければ、彼らは英語にこれほどの痕跡を残さずに消えていたであろう。

78　言葉の混交と平凡さ (Speech Mixture, Commonplaceness)

　一見したところ、イングランドに定住したスカンジナビア人の間で起こったことは、アメリカで今起こっていることと類似していたと考えるのは、道理にかなったことのように思える。しかし、これら二つの事例の間には、実際には大きな類似点はない。注目すべきは、スカンジナビア人やその他の地域からアメリカに移住した人々の言語は奇妙に混ざり合っているが、それは本質的にデンマーク語やノルウェー語であって、以下に示すように、そこに英語の語彙がちりばめられていることである——

> han har *fencet* sin *farm* og venter en *god krop*
> (he has fenced his farm and expects a good crop)
> 「彼は農場に囲いをして良い収穫を見込んだ」
> *lad os krosse streeten* (let us cross the street)「道を渡ろう」
> *tag det træ* (take that tray)「そのトレイを取ってくれ」
> hun *suede* ham i *courten* for 25000 daler
> (she sued him in court for 25000 dollars)
> 「彼女は法廷で彼に 25000 ドルの賠償を求めた」[71]

しかし、これは中世の英語の場合とは全く (toto cælo) 異なっている。スカン

第 4 章　スカンジナビア諸語 (The Scandinavians)

ジナビア人が人口の大部分を構成し、状況が許す限り母語を維持しようとする地区以外では、入植者の子供、またその子供の子供は、デンマーク語と混成させることなく英語を、しかも純粋な英語を話している。アメリカ英語には、そこに定住した何千何万ものドイツ人やスカンジナビア人、フランス人、ポーランド人の言語が持ち込まれたが、特筆するほどの借用語はない。その理由は極めて明白である。[72] 移民たちは小さなグループでやって来て、先にやって来た人達の半分、あるいは半分以上がすでにアメリカ化されていることに気づく。そのため、同じ国に属する人々が、集団として民族意識を保つことはできない。彼らは生計を得るために来たのであり一般的に社会的地位は低い。そこでは、服装や作法、そして言語の点で、できるだけ周囲と異ならないようにすることが重要なのである。それゆえ、個人が英語を話す際に犯す間違いは、長期的に重要な結果をもたらすことはなく、いずれにせよ彼らの子供たちはほとんどの点で英語母語話者と同じような状況に置かれ、本質的に同じ方法で同じ言語を学ぶことになる。

　もちろん過去においては、イングランドに定住した多くのデンマーク人がかなり英語と混成させながら彼らの母語を話していたであろうが、そのことは言語の歴史上重要ではない。なぜなら、やがて、移住者の子孫は彼らの母語としてスカンジナビア語ではなく、英語を学んだからである。しかし重要なのは、イングランド人自身が彼らの母語にスカンジナビア語の要素を混ぜ合わせたという事実である。その混成の仕方から見ると、スカンジナビア人の定住者の文化や文明がイングランド人のものよりも優れていたとは考えられない。というのも、もしそうであるなら、その優位性を示すような、特別な専門的語群が借用語の中になければならないからである。だからと言って、スカンジナビア人の文化の状態がイングランド人のものよりずっと劣っていたわけではない。もし劣っていたのであれば、英語にあまり影響を与えることなく、むしろスカンジナビア人が英語を取り入れていたはずである。これはスペインに入ったゴート人 (Goths) や、フランスに入ったフランク人 (Franks) やノルマンディー (Normandy) に入ったデンマーク人に起こったことであり、それらすべての事例では、ゲルマン諸語 (Germanic tongues) はロマンス諸語 (Romanic languages) に吸収されてしまったのである。[73]

　少なくとも短期間、スカンジナビア人がイングランドの支配者であったこ

とは事実であり、この事実の言語的裏付けは法律に関連する借用語の中に見ることができる。しかしながら、スカンジナビア人の定住者の大多数は支配階級には属していなかった。借用されたスカンジナビア語の大部分が純粋に庶民的な性格を帯びているため、彼らの社会的身分は総じてイングランド人の平均よりわずかに良かったであろうが、その違いは大きくはなかったことが分かる。このことは、その後に続く数世紀の間に導入されたフランス語と比較することによって明らかである。フランス人は富裕な、支配的な、洗練された貴族層を代表しているという歴史が語る事柄を言語によって確認することができるからである。スカンジナビア語からの借用語から得られる印象とは、いかに違うことか。それらは日常の重要な事柄や行動を表すための平凡なものであり、その性質は完全に庶民的である。この違いは、また、スカンジナビア語の借用語が階級の上下を問わず同じように使われていた一方で、フランス語の多くは人々の日常会話に決して浸透せず、「上流社会の人々」(upper ten) によってのみ理解され使われていたことからも見て取れる。

　スカンジナビア語の短さは、英語が持つ単音節の特徴に非常に一致しており、結果として多くのフランス語より外国語として感じられることはあまりない。実際、本来語と英語に借用された語についての多くの統計的推定の中で、程度の差はあれスカンジナビア語が不注意によって本来語の中に含まれていることがある。[74] 高度に知的なまたは情緒的な主題について、あるいは、日常の流行の事柄について、フランス語（そしてラテン語）の要素に頼ることなしに、英語で話したり書いたりするのは不可能である。まさにそれと同じように、階級に関係なく、日常の幾多の他愛のない事柄や、非常に重要な限られた事柄についてのどのような会話の中にも、スカンジナビア語の単語はアングロ・サクソン語の単語と共に使われている。イングランド人は、スカンジナビア語なくして成功し (thrive)、病気になり (ill)、死ぬ (die) ことはできない。これらの単語と英語との関係は、日々の食事に対するパン (bread) と卵 (egg) との関係と同じである。イングランド人なら、自身の言語のこのスカンジナビア語の要素について、ワーズワース (Wordsworth) [75] がヒナギクについて次のように言っていることを当てはめるであろう。

　　Thou unassuming common-place

第4章　スカンジナビア諸語 (The Scandinavians)

Of Nature, with that homely face
And yet with something of a grace
　Which Love makes for thee!
「自然の女神の賜であるお前は、気取りなく、
月並みな顔立ちではあるが、
しかしどこか気品を漂わせている。
　それこそ愛の女神がお前に造りたもうたものなり！」[76]

79　語形 (Forms)

　借用された語の語形についてはほとんど説明を要さない。スカンジナビア語で主格の語尾 -r を伴っていた名詞はそれが保たれることはなく、その単語の語幹（対格）だけが受け継がれている。ある一例では、古ノルド語の属格語尾が英語に残っている。古ノルド語の á náttar þeli 'in the middle of the night'「真夜中に」(þeli (= power, strength)「力、強さ」) という句は、英語化されると on nighter tale（*Cursor Mundi*『世を馳せめぐる者』)[77] や、bi nighter tale（*Havelok the Dane*『デンマーク人ハヴェロック』)[78] やチョーサーなど）となっている。形容詞の中性形 -t は、スカンジナビア語に特有のものであるが、scant、[79] want、(a)thwart「横切って」などに見られる。予想されるように、ほとんどの古ノルド語の動詞は英語に取り入れられると弱変化動詞となっている（例えば、英語の規則動詞 die は古スカンジナビア語では強変化動詞であった）が、take、rive「引き裂かれる」、thrive など注目すべき例外がいくつかある。それらは、スカンジナビア語と同様、強変化動詞のままである。

　スカンジナビア語の受動態 (passive voice) の活用語尾 -sk（再帰代名詞 (reflexive pronoun) の sik に由来）を持つ単語の中に、興味深い語が少なくとも一つある。それは busk「用意する」[80]（bask「日なたぼっこする」[81] もそうかもしれない）であるが、それらは英語では再帰代名詞を伴わずに能動的に使われる。-sk を伴う語形の短さゆえに、全体が非分離のものとして受け継がれることになったのかもしれない。古ノルド語の ǫðlask と þrívask ではその再帰の語尾が失われている。英語の addle「稼ぐ」と thrive「栄える」でも再帰語尾を失っていることから、そう考えられる。[82]

　スカンジナビア人とイングランド人が互いに理解し合うのに大きな困難は

なかったため、双方の言語理解が主に語彙だけを頼りにするものとなり、文法の細かな相違が犠牲となったのは自然なことであった。[83] そのため、デーン人が主に居住した地区で文法上の語形が次第に消えたり単純化したりする現象が、イングランド南部が同じ過程をたどるのに数世紀先んじていたことを考えれば、この言語的単一化の加速がデーン人によるものであったと結論づけることができよう。彼らは英語を正確に学ぶことに関心がなく、言いたいことを伝えるためにそのような正確さは必要ではなかったのである。

80 統語論 (Syntax)

統語論に関しては、イングランド北部と同じようにスカンジナビアにおいて初期の文献が十分にないために、明確なことを述べるのは不可能である。しかし、私たちが確認できる借用語の特徴は、二言語の密接な混成が統語的な関係にも影響していたことを証明している。後の時代には英語とデンマーク語の間に多数の一致を見ることになるが、それらのうち少なくともいくつかは、おそらくヴァイキングの定住にまで遡ることができる。例えば、関係代名詞を伴わない関係詞節は古英語では非常に稀であったが、中英語では一般的となり多く見られる。これらの節の使用は両言語において同じような制限下にあり、そのためイングランド人が関係代名詞を省く 100 例中 90 例で、デーン人も同じようにすることができ、逆もまたそうであった。接続詞 that を省略するか否かの規則はほとんど同じである。

中英語における will と shall の用法はスカンジナビア人のものとかなり一致している。古英語で未来を表現するのに助動詞が使われる場合、近代オランダ語の zal と同じように、一般的に sceal が用いられ、wile は稀であった。近代英語になって古い規則が大きく変えられたが、英国人によるシェイクスピアの注釈で、現代の用法との相違が指摘される多くの用例において、デンマーク人であればシェイクスピアと同じ動詞を使ったであろう。ファーネス (Furness)[84] は、Besides it *should* appear「なお、それが現れるであろう」(Shakespeare, *The Merchant of Venice* 3. 2. 289 (= グローブ版 (Globe) 275)[85] という文に関する注釈の中で、「この should を定義するのは簡単ではない。… エリザベス朝の should の用法を分析するのは、私には常に難しいことだ。キャリバン (Caliban)[86] についての、ステファノ (Stephano)[87] の問い、

第4章　スカンジナビア諸語 (The Scandinavians)

Where the devil *should* he learn our language?『一体あいつはどこで我々の言語を学んだのか？』を参照せよ」と書いている。

　デンマーク人ならば、det skulde synes や、Hvor fanden skulde han lære vort sprog?[88] と言うだろう。アボット (Abbott)[89] (*A Shakespearian Grammar*, §319) は、「perchance I will『おそらく、そうするだろう』という表現は解釈が難しいが、頻繁に使われていることから、決まったイディオムであったと思われる」と述べている。デンマーク人なら、上記の三つの引用で vil (= will) を使って表現することもあるだろう。他の例でも同じである。英語の He could have done it「彼はそれをなしえたのであったろう」は、ドイツ語の er hätte e stun können（フランス語の il aurait pu le fire）と比較して、デンマーク語の han kunde have gjort det[90] と見事に一致している。

　スコットランドには、He wad na wrang'd the vera Deli (He would not [have] wronged the very devil「彼ならまさに悪魔でさえも懲らしめなかっただろう」)（バーンズ (Burns)）[91] や、ye wad thought Sir Arthur had a pleasure in it (you would [have] thought Sir Arthur had a pleasure in it「アーサー卿がそれに現をぬかしたと、君なら考えたかもしれない」)（スコット (Scott)[92]）といった語法 (idiom) がある。[93] キャクストンやエリザベス朝時代の作家も同様に have を省いていたであろうが、これはまさにデンマーク語の vilde gjort[94] に相当するものである。[95]

　統語についての他の類似点も、スカンジナビア語の影響によるものかもしれない。例えば、属格 (genitive case) が必ず名詞の前に置かれる現象などである（古英語ではドイツ語と同様、頻繁に名詞の後に置かれていた）。しかしこれら微妙な問題について、多くを主張しすぎるのは得策ではない。実際、多くの類似点は、両言語で別個に発達したかもしれないからだ。[96]

注

[1] （原注1）もっぱら音声学的な問題のみが扱われてはいるが、スカンジナビア語の借用語についての主要な研究として、Erik Björkman の素晴らしい研究書 *Scandinavian Loan-Words in Middle English*『中英語におけるスカンジナビア借用語』(Halle, I, 1900, II, 1920)、Erik Brate, *Nordische Lehnwörter im Orrmulum*『「オーム

の書」におけるノルド語借用語』(Beiträge zur Geschichte der deutschen Sprache「ドイツ語史への寄与」X, Halle, 1884)、Arnold Wall, *A Contribution towards the Study of the Scandinavian Element in the English Dialects*『英国方言のスカンジナビア語要素研究』(New York, 1900)、G.T. Flom, *Scandinavian Influence on Southern Lowland Scotch*『南部低地スコットランド語に及ぼしたスカンジナビア語の影響』(New York, 1900) が挙げられる。後者二つの方言に関する資料は、かなり疑わしい。Paul, *Grundriß der germanischen Philologie*『ゲルマン言語学概説』(2版) 931頁以下 (Straßburg, 1899) にある Kluge の論考や、Skeat, *Principles of English Etymology*『英語語源学原理』(Oxford, 1887)、453頁以下、P. Thorson, *Anglo-Norse Studies*『アングロ・ノース語研究』(Amsterdam, 1936) や、後述する研究を参照。疑問の余地のあるものは除外しているが、スカンジナビア語として挙げているいくつかの語を、他の著者は本来語と見なしている。概ね Björkman が挙げる論拠に納得している。(訳者注) Walter William Skeat (1835-1912) 英国の言語学者。中英語主要作品のテキスト編集者。Erik Björkman (1872-1919) スウェーデンの英語学者。他に *Morte Arthure* の校訂本 < AMT9 > (1915) などもある。Frederick Kluge (1856-1926) ドイツのゲルマン語学者・英語学者。

[2] (訳者注) ヴォルスング一家を中心とした13世紀アイスランドの伝説。

[3] (原注1) W. W. Lawrence, 'The First Riddle of *Cynewulf*'; W. H. Schofield, 'Signy's Lament'. (*Publications of the Modern Language Association of America*, vol. XVII, Baltimore, 1902) (訳者注) W. H. Schofield (1870-1920) アメリカの比較言語学者。Cynewulf (キュネウルフ) は8世紀後半のノーサンブリアもしくはマーシアの宗教詩人。

[4] (訳者注) 8世紀頃のものと思われる古英語の叙事詩。『ベーオウルフ』の中で、デンマーク王フロースガールは、宮殿へオロットで連夜宴を催したことにより、怪物グレンデル (Grendel) の怒りをかって襲撃され、12年間悩まされる。

[5] (原注2) これは Schücking (*Beiträge*, 43, 347) が、通常『ベーオウルフ』に指定される年代 (700年以後) に異論を唱える以前に書かれた。Schücking は900年以後イングランドのスカンジナビア人の邸宅で書かれたのではないかと考えている。これに反論する R. W. Chambers, *Beowulf* (Cambridge, 1932)、322頁、394頁、487頁を参照。『ベーオウルフ』の異なる時代区分については、特に W. A. Berendsohn, *Zur Vorgeschichte des Beowulf*『ベーオウルフ前史』(Copenhagen, 1935) を参照。(訳者注) Levin Ludwig Schücking (1878-1964) ドイツの英語英文学者。K. W. Chambers (1874-1942) 英国の文学者。著書に *The Continuity of English Prose* (1932) がある。翻訳書に小野茂・斎藤俊雄 (訳)『英語散文の連続性について』(英潮新社、1987) がある。

[6] (原注1) J. R. Green, *A Short History of the English People*, Illustrated edition, (London, 1874)、87頁。(訳者注) J. R. Green (1837-1883) 英国の歴史学者。

第 4 章　スカンジナビア諸語（The Scandinavians）

[7]　(訳者注) イングランドのウェセックスの王（849-99、在位 871-99）。ラテン語で書かれた著作書からの英訳など文化的偉業も多い。『アングロ・サクソン年代記』の編纂を開始。

[8]　(訳者注) エドウィック王（Eadwig）を継承した弟のエドガー王（Edgar）を指す。『アングロ・サクソン年代記』の 959 年の項を参照。

[9]　(原注 2) Kluge 編 *Englische Studien* 8 号、62 頁。

[10]　(訳者注) 現在のエセックス州モールドンの地で、デーン人の侵略に対してイングランド人が敗戦した戦い。原書では 993 年となっているが、現在では 991 年とされている。

[11]　(訳者注) *The Battle of Maldon* は上記のモールドンの戦いを記念して書かれた古英語の詩。325 行のみ現存。

[12]　(訳者注) call「呼ぶ」は古ノルド語 kalla からの借用語。イェスペルセンは本書において、古ノルド語をスカンジナビア語とも表記している（61 節を参照）。

[13]　(訳者注) 例えば、Der*by*、Al*thorp*、Hol*beck*、Aire*dale*、Thorn*thwaite* など。

[14]　(原注 1) Björkman, *Nordische Personennamen in England*『英国における北欧人名』(Halle, 1910)、H. Lindkvist, *Middle-English Place-Names of Scandinavian Origin*『スカンジナビア起源の中英語の地名』(Uppsala, 1912)、E. Ekwall, *Scandinavians and Celts in the North-West of England*『英国北西部のスカンジナビア人とケルト人』(Lund, 1918)、*Introductioin to the Survey of English Place-Names*, I『英国地名概観』(Cambridge, 1924) を参照。Ekwall によれば、北西に住んでいたスカンジナビア人はノルウェーから直接来たのではなく、アイルランドを通ってやって来た。(訳者注) Eilert Ekwall (1877-1965) スウェーデンの英語学者。

[15]　(訳者注) オーディンはヴァイキングの信じる神であり、Wednesday の語源となっている。原書ではオーディンをアングロ・サクソン語名のウォーディン（ウォドン）(Woden) としている。

[16]　(原注 1) J. R. Green, *A Short History of the English People*, Illustrated edition, (London, 1874) 87 頁。

[17]　(訳者注) 1016 年にイングランドを制覇しデーン朝を開いたデーン人の王（994-1035）、イングランド王（在位 1016-35）、デンマーク王（在位 1018-35）、そしてノルウェー王（在位 1028-35）としてそれぞれ在位。

[18]　(原注 2) Brate は、借用語はデンマーク語起源に限られると考えている。Kluge、Wall、Björkman はあるものはデンマーク語、他のものはノルウェー語に由来すると考えているが、詳細については異なる結論に達している。Björkman, *Zur dialektischen Provenienz der nordischen Lehnwörter im Englischen*『英語における北欧語借用語の方言起源』、*Språkvetensk. sällskapets förhandlingar*『言語学協会論叢』(Uppsala, 1898-1901) および *Scandinavian Loan-Words*『スカンジナビア借用語』281 頁以下を参照。また、注 14 で挙げた Ekwall と、J. Hoops, *Englische Sprachkunde*『英

語学』(Stuttgart, 1923) 26-27 頁も参照。(訳者注) Johannes Hoops (1865-1949) ドイツの英語学者。*Kommentarzum Beowulf*『「ベーオウルフ」注釈』(1932)。

[19] (訳者注) ウィットビー (Whitby)、グリムズビー (Grimsby)、カービー (Kirkby) など。

[20] (原注1) Björkman は「これらの事実が指し示すことは、デーン人とノルウェー人はともにかなりの数がブリテン島内のスカンジナビア人居住地に居住していたが、デーン人は居住地内のいたるところに見出される一方で、ノルウェー人の集団はある特定の地域に限定されていた、ということである」と言っている。

[21] (訳者注) 祖語とは、言語の共通の源とされる言語のこと。古英語と古ノルド語は、ともにインド・ヨーロッパ語族のゲルマン語派に属し、当時は両言語とも、よりゲルマン基語に近かった。

[22] (訳者注) ヨークの大司教 (?-1023)。説教集の中で、デーン人による侵略を神罰とし、イングランド人に悔い改めを説いた。

[23] (訳者注) Arthur Napier (1853-1916) 英国の言語学者。*Wulfstan: Sammlung der ihm zugeschriebenen Homilien nebst Untersuchungen über ihre Echtheit*『ウルフスタン:彼の説教集ならびにその真偽性の研究』(Berlin : Weidmann, 1883)。

[24] (訳者注) エゼルレッド2世、通称、無策王 (Ethelred the Unready) (968-1016)。イングランド王 (在位:978-1013, 1014-1016) 国内のデーン人を虐殺してデンマーク王の怒りをかい、その結果デーン人の侵略は激化し、最終的に王位を奪われた。

[25] (訳者注) アイスランドの詩人 (*c.* 983-) *Gunnlaugs Saga Ormstunga*『ガーンラーイガ・オワムストゥーンガーのサガ』の中で、その詩人の伝記的記録と、彼自身によるいくつかの詩が残されている。

[26] (原注1) 中英語では sk を伴う形も発見されている (Björkman, 126頁)。

[27] (訳者注) イングランドのアウグスティノ修道会修道士 (1200年頃)。聖書の福音書を注釈した宗教詩『オームの書』(*Ormulum*) (*c.* 1200) を初期中英語で著わした。独特な綴字法は当時の発音を推測するためにも貴重。

[28] (原注2) ただし、oulist「熱意のない」、oumautin「気絶」などの限られた例に、スカンジナビア語の語形が残っている。

[29] (訳者注) 74節を参照。

[30] (訳者注) OED (s.v. dale1) を参照。

[31] (訳者注) blend (中英語の blenden) は古ノルド語の blanda からの借用と思われるが、その母音の変化には、古ノルド語の単数現在形 blend, blendr が影響していると考えられる (OED (s.v. blend, v.2) を参照)。

[32] (訳者注) nay は、Is it true のように、先行する文に否定語が含まれていない時の応答として用いられた。Is it not true のように否定語が含まれている場合は、答えとして一般的に no が用いられた。OED (s.v. nay, adv. A . 1. a) を参照。

[33] (訳者注) 古ノルド語の lauss からの借用。

第 4 章　スカンジナビア諸語 (The Scandinavians)

34 （訳者注）s を ce と綴りだしたのは 1500 年頃からと思われる。
35 （訳者注）イングランドの印刷業者・翻訳家 (1422-1491)。
36 （訳者注）ey は古英語 æɜ に、egg は古ノルド語 egg に由来する。
37 （訳者注）現在のオランダ南西部の州に対応。
38 （訳者注）イングランド南東部、ケント州にある岬。
39 （原注 1）おそらくイングランド北部の生まれ。
40 （訳者注）ey の複数形。
41 （原注 1）Caxton の *Eneydos* (E.E.T.S. ES 57) 2-3 頁を参照。R. Hittmair の *Aus Caxtons Vorreden*『キャクストンの序文』(Leipzig, 1934) 11 頁を参照。
42 （訳者注）中英語で頻繁に用いられた。for ay and o が一般的。
43 （訳者注）古英語の名詞 yift は「与える」を意味する動詞 yive から派生したが、それが特殊化され「対価」や「結婚」という意味に変化した。その後スカンジナビア語の影響を受け、「贈り物」という派生元に近い意味を獲得した。
44 （原注 1）OED の中でこの意味での例として挙げられている『アングロ・サクソン年代記』中の 1135 年の項にある例は疑わしいように思われる。
45 （訳者注）Joseph Wright (1855-1930) 英国の言語学者・辞書編参者。*The English Dialect Dictionary* (1898-1905) の著者。
46 （訳者注）デンマーク語には 'Relatives are the worst friends'「親族は最悪の友」という諺がある。
47 （原注 2）アルフリック (Ælfric) の『説教集』(*Homilies*) 中の 1384 行目で、Thorpe は dwelode を誤って「続いた」と訳している。そのため、Kluge がこの箇所を現代語の意味の最も初期の例として挙げているのは間違いである。その箇所の意味は「さまよった、逸れて行った」である。（訳者注）Ælfric (*c*. 955-1020) イングランドの修道院長。古英語の聖者伝、説教集など多くの作品を残す。
48 （訳者注）古英語の三人称複数の代名詞は hie、heom、heora。hie(=they) は 1500 年頃までに they に取って代わられ、heom(=them) は 1300 年頃までに北部方言では消滅している。heora (=their) は北部方言では 14 世紀中頃までに、南部方言でも 16 世紀頃までには their に取って代わられている。なお、中尾 (2000: 175) を参照。
49 （訳者注）OED (s.v. a, pron.) によれば、a ('a) は強勢のない he の代用として 13-15 世紀にしばしば用いられている。また、16-17 世紀に口語として使われている。今日でも南部および西部方言では見られる。
50 （訳者注）Alfred Tennyson (1809-92) 英国の詩人、桂冠詩人 (1850-92)。
51 （訳者注）But Parson he comes and he goes. *Northern Farmer* (1864) より。
52 （訳者注）Geoffrey Chaucer (*c*. 1343-1400) イングランドの詩人。
53 （訳者注）William Shakespeare (1564-1616) イングランドの劇作家・詩人。
54 （原注 1）Björkman、5 頁を参照。

55 (原注2) それらは自然とフランス語に取って代わられた。74節を参照。

56 (原注3) 一般的に古ノルド語の bāt (boat) は古英語の bāt から借用されたと考えられている。しかし E. Wadstein の *Friserna och forntida handelsvägar*『フリジア人と古代の商業交易』(Göteborg, 1920) によれば、どちらもフリジア語からの借用である。この音声学上難解な語を最近扱っているのは J. Sverdrup である (*Maalogm inne*『言葉と表現』、1922)。彼はこの語がスカンジナビア語の本来語であると考えている。

57 (訳者注) Johannes Steenstrup (1844-1935) デンマークの歴史学者。

58 (原注4) *Normannerene* IV 『ノルマン人』(4巻) (Copenhagen, 1882)。

59 (訳者注) vapntak の古ノルド語の意味は「武器を振ることによって示される賛成のしるし」OED (s.v. wapentake, n.) を参照。

60 (原注1) 「法律」を表す古英語の単語は æ または æw であった。この語は「法律」に加え「結婚」をも意味していたが、後期古英語の時期には「結婚」という意味に限定され、ついにはフランス語の marriage に取って代わられた。(訳者注は削除)

61 (訳者注) 61 節参照。

62 (訳者注) 境界線や耕作日などに関する法廷で扱われない事柄を定めた慣例法のこと。

63 (原注2) North-thriding は North-riding と聞こえる。ヨークシャー (Yorkshire) の他の二つの区画の例である East-thriding と West-thriding では、th 音が先行する t と同化し、結果として三語とも語が不正確に分割されている (異分析 (metanalysis))。

64 (原注1) ほとんどのヨーロッパ言語はラテン語の fenestra に由来する語を使っており (ドイツ語 Fenster、オランダ語 venster、ウェールズ語 ffenester)、この語は fenester「窓」としてフランス語から英語にも流入し、1290 年から 1548 年まで使われた。スラブ系言語には oko (= eye)「目」から派生した okno という単語がある。古くは窓が目の形をしていたことについては、R. Meringer, 'Wörter und Sachen'「言葉と物」、*Indogermanische Forschungen*『インド・ヨーロッパ語研究』16 巻 (1904)、125 頁を参照。

65 (原注2) gate (= gate, road, street)「道、道路、通り」は、北部の町では通りの名前の中で頻繁に見られ、中英語でも副詞的慣用句の algate「いつも」、anothergate(s) (anotherguess に転訛)「種類の異なる」といった例の中に見られる。「足取り」の意味では、今では gait と綴られる。(訳者注) anothergate(s) は元来、副詞の属格形であったが、特殊な例として形容詞として用いられた。OED (s.v. anothergate(s)) を参照。

66 (原注1) 北ユトランド (ベンシュサル地方 (Vendsyssel)) の方言の oj (= odd (number))「奇数の」を参照。

67 (原注2) 古ノルド語からきた sky が目に見える天空に使われる一方で、本来語 heaven は、ますます比喩的また宗教的な意味に限定されていることも、また注目に値する。なお sky には、ユトランド方言では今でも「天空」を表す意味がある。本

第 4 章　スカンジナビア諸語 (The Scandinavians)

来のデンマーク語での通常の意味は、「雲」である。

⁶⁸　（訳者注）普通名詞や固有名詞とは異なり、本文中で以下に挙げられているような代名詞や前置詞などの文法に関わる語のことを、著者は「文法的単語」と呼んでいる。

⁶⁹　（訳者注）完了形の have、否定・疑問の do、冠詞、代名詞など、文全体の中で初めて意味をなす機能語のこと。

⁷⁰　（原注 1）別の前置詞 umbe「～あたり」はかなりの程度スカンジナビア語に負っているかもしれず、本来語の形は ymbe、embe である。しかし文献によっては、umbe の u は母音 [y] を表している可能性がある。

⁷¹　（訳者注）例文中イタリック体のものがスカンジナビア語に流入した英語の例。

⁷²　（原注 1）G. Hempl, *Language-Rivalry*『言語競争』（35 頁）を参照。Hempl によるイングランドのスカンジナビア語についての短い記述は、彼の論文の中で最も不満足な部分であろう。彼の分類は我々の例には当てはまらない。

⁷³　（原注 1）イングランドでこの当時、言語が混成したことと、シェトランド諸島 (Shetland Islands) で過去 2 世紀の間に起こっていることを比較することは示唆的である。そこでは原住民が、英語（スコットランド語）を話すことをより上品であると考えたために、古いノルウェー語の方言（ノーン語 (Norn)）は消え去っている。今では彼らの言語のうち日常語すべてが英語であるが、一定数のノーン語は保たれている。それらすべては魚の種類、釣り具、ボートや家や原始的な家具の細部、海で天候を予想するための雲の兆し、羊の飼養のための専門語、彼らにとって滑稽と思える物のあだ名などを意味する専門語である。これらの言語は、服従させられた貧しい人々の言語にとってかけがえのないものである (J. Jakobsen, *Det norrøne sprog på Shetland*『シェトランドのノルウェー語』(Copenhagen, 1897))。（訳者注）シェトランド諸島はスコットランド東北沖の諸島。ノーン語とは、シェトランド諸島やスコットランド北部で用いられた中世ノルウェー語。

⁷⁴　（訳者注）スカンジナビア語と本来語との判別の難しさについては、本章注 1 を参照。

⁷⁵　（訳者注）William Wordsworth (1770-1850) 英国の詩人、桂冠詩人 (1843-1850)、*Lyrical Ballads*『抒情歌謡集』。

⁷⁶　（訳者注）*To the Daisy*, ll. 5-8。

⁷⁷　（訳者注）14 世紀初期に北部方言で書かれた 24000 行からなる中英語の宗教詩。

⁷⁸　（訳者注）13 世紀イングランドで書かれた韻文ロマンス。原書では Havelock としているが、通常は Havelok と綴られることが多い。

⁷⁹　（原注 1）正確には skammt であり、skammr「短い」の中性形。この語から派生したスカンジナビア語の動詞 skemta、デンマーク語の skemte「冗談を言う」は、中英語の中で skemten として見られる。

⁸⁰　（原注 2）ON búa-sk 'prepare oneself'「用意する」。

81　（原注 3）ON baða-sk 'bathe oneself「沐浴する」（疑問の余地あり）。
82　（原注 4）スカンジナビア語の語形については Ekwall, *Anglia Beiblatt*『アングリア付録』21 巻 47 頁を見よ。
83　（原注 5）Jespersen, *Chapters on English*『英語に関する数章』37 頁を参照。H. Meyer, *Die Sprache der Buren*『ブーア人の言語』(Göttingen, 1901) 16 頁にある、南アフリカでのオランダ語の平易化と比較せよ。E. Classen は -n を凌ぐ複数形の語尾 -s の普及は、デーン人によるものであると考えている。デンマーク語では複数形の -n はなく、-s と似た -r がある。*Modern Language Review*『近代語評論』14 巻 94 頁を参照。
84　（訳者注）Horace Howard Furness (1833-1912) アメリカのシェイクスピア学者で、シェイクスピア作品の多くの注釈を集めた *A New Variorum Edition of Shakespeare*『新集注版シェイクスピア』を編集した。
85　（訳者注）*The Norton Shakespeare* では 271 行となっている。
86　（訳者注）シェイクスピアの *The Tempest* に出てくる醜悪な半獣人。
87　（訳者注）同じく *The Tempest* 2.2.66 (Evans 版) の登場人物である執事。
88　（訳者注）det skulde synes = it would appear; Hvor fanden skulde han lære vort sprog?=Where devil should he learn our speech?「一体どこでやつは我らの言語を覚えたのか」。
89　（訳者注）Edwin Abbott (1838-1926) 英国の文法学者・教育者。
90　（訳者注）'he could have done it.'
91　（訳者注）Robert Burns (1759-1796) スコットランドの詩人、Auld Lang Syne『蛍の光』。
92　（訳者注）Walter Scott (1771-1832) スコットランドの詩人・小説家。*The Lady of the Lake*『湖上の美人』。
93　（訳者注）本来なら、would not *have* wronged や、would *have* thought となるところで have が脱落している。このような例は、スコットランド方言に多く見られる。
94　（訳者注）'would done'.
95　（原注 1）Jespersen, *A Modern English Grammar*, 4 巻 10.9 節を参照。
96　（原注 2）スカンジナビアとイングランドの文化的また文学的関係については、H. G. Leach の *Angevin Britain and Scandinavia* (Harvard University Press, 1921)『アンジュー朝期ブリテンとスカンジナビア』を見よ。しかしながら、西ユトランドからのデンマーク人農夫が、ヨークシャーの人と親しく会話を続けるのに何の困難もなかったと説明する件（20 頁）は、俗説に寄りかかったもので、事実に基づいてはいない。F. M. Stenton の論考 *The Danes in England* (British Academy, 1927)『イングランドにおけるデンマーク人』は、デンマーク人の定住地の文化的側面を極めてうまく扱っている。（訳者注）Sir Frank Merry Stenton (1880-1967) 英国の歴史学者。*Anglo Saxon England* (1943) の著者。

第 5 章
フランス語 (The French)

81

　スカンジナビア人の侵入に関しては、史料となる文書が非常に少ないため、借用語の数や特性といった言語学的証拠が我々の歴史的知識を補ってくれるとしても、ノルマン征服 (Norman Conquest)¹ については事情が異なる。ノルマン人は、デーン人よりはるかに強く異国人として感じられていた。またノルマン人によるイングランド占領はより多くの注目を集めると共に、その征服期間はかなり長く続いた。さらに彼らは支配階級となり、比較的曖昧なスカンジナビア的要素と比べて、支配階級としての彼らの振る舞いが、当時の文学や歴史的記録の中で語られることが多かった。ついにはイングランド在来の民族よりも高度な文化を示し、自分たち自身の文学を持った。そうした文学の中にうかがえる多くの直接的陳述や間接的な手がかりから、彼らの行動やイングランド在来の民族と彼らとの関係性を知ることができる。従ってスカンジナビア人の移入に伴う人種混合についてよりも、これらのより充実した史料やノルマン征服に関する興味深い問題点について、歴史家が長きにわたって注目してきたとしてもなんら不思議はない。これは政治史や社会史のみならず、言語という観点からも言えることである。とりわけノルマン・フレンチ (Norman-French)² の要素は非常に顕著で、また研究者にとっても非常に近づきやすいため、様々な観点から頻繁に議論されてきた。しかし研究すべきことはまだ多く残っている。本書の全般的な計画に従い、この章では主に英語の将来にとって恒久的に重要であることについて論じ、そしてフランス語によって及ぼされた影響の特性について、英語が接触してきた他の言語による影響と対比しつつ明らかにしたい。

82 イングランドの支配者 (Rulers of England)

　ノルマン人はイングランドの支配者となり、そしてその支配の期間は英語に深い跡を残すのに十分であった。征服者であるノルマン人は大勢で強力だったが、もし彼らが何世紀にもわたってフランス本土のフランス人と実際に接触して継続的な親交を持っていなかったならば、言語的影響ははるかに少なかったであろう。[3] というのも、そのフランス人の多くが歴代の王[4]によって諭され、イングランドに定住するようになったのだから。英語に見られるフランス語からの借用語の一覧に目を通すだけで、フランスからの移住者がノルマン征服後、社会の上流階級を形成したという事実が納得できる。従って多くの語は明らかに貴族的である。フランスからの移住者は、古い語であるking「王」やqueen「女王」をそのまま残したが、他の統治および最上位の行政機関に関するほとんどすべての語はフランス語である。例えば次のような語がある——

　　crown「王冠」、state「国家」、government「統治」と to govern「統治する」、reign「統治」、realm「王国」（古フランス語[5] realme、近代フランス語[6] royaume)、sovereign「君主」、country「国」、power「権力」、minister「大臣」、chancellor「大法官」、council「評議会」（および counsel「（法的）助言」）、authority「権威」、parliament「議会」、exchequer「大蔵省」

　people「人々」と nation「国民」も政治用語だった。これらに相当する古英語の þeod はすぐに日常用語から消えた。また封建制度はフランスから持ち込まれ、それと共に多くの言葉ももたらされた。例えば、fief「封土」、feudal「封建主義の」、vassal「家臣」、liege「臣下」である。また、身分を示す様々な語としては、prince「王子」、peer「貴族」、duke「公爵」と duchess「公爵夫人」、marquis「侯爵」、viscount「子爵」、baron「男爵」などがある。

　lord「卿」と lady「貴婦人」[7]は依然として大切に残され、また earl「伯爵」も残っているという事実は、この三つの単語が本来語であることを考えれば、おそらく驚くべきことであろう。count「伯爵」は主に外国人について話す時に使用されたが、earl の妻はフランス語の countess「伯爵夫人」で表された。court「宮廷」もフランス語で、courteous「礼儀正しい」、noble「高貴な」、

fine「立派な」、そして refined「上品な」といった宮廷生活に関係のある形容詞もフランス語である。honour「名誉」や glory「栄光」もフランス語に属し、heraldry「紋章学」もそうである。また、紋章学に関する英語の表現（argent「銀白（の）」、gules「赤色（の）」、verdant「緑色の」[8] など）のほとんどすべてはフランス語を起源としているが、その中には不思議なほど変形したものもある。

83　戦争と法 (War and Law)

　上流階級は当然のことながら軍事の管理も掌握した。場合によっては、従来の語が取って変わられるまでに長い年月を要したが（例えば army「軍隊」が一般的となる 15 世紀まで here と fird が使用されていた）、英語には多くのフランス語の軍事用語があり、その多くは非常に早くから取り入れられた。例えば次のようなものがある──

> war「戦争」（中英語 werre、古北欧フランス語 werre、中央フランス語 guerre）、peace「平和」、battle「戦闘」、arms「武器」、armour「鎧」、buckler「丸盾」、cutlass「短剣」、assault「襲撃」、siege「包囲」、hauberk「鎖かたびら」、mail「鎖かたびら」(chain-mail：古フランス語 maille 'mesh of a net'「網の目」)、lance「槍」、dart「投槍」、banner「旗」、ensign「軍旗」

さらに次のようなものを含む──

> officer「将校」、chieftain「隊長」（後に captain「隊長」と colonel「大佐」）、lieutenant「副官」、sergeant「軍曹」、soldier「軍人」、troops「軍隊」、admiral「艦隊司令官」（フランス語と同様に英語でも本来は amiral、起源をたどるとアラビア語）、dragoon「竜騎兵」、vessel「船」、navy「海軍」

今日、軍事以外でとても広く使用されている語には、もとは純粋に軍事用語であったものもある。例えば次のようなものである──

> challenge「挑戦（軍事用語として「誰何（名を問いただすこと）」）」、enemy「敵（軍事用語として「敵兵、敵国」）」、danger「危険（軍事用語として「（剣などの武器が）到達する範囲」）」、

escape (scape)「逃げる（軍事用語として「脱出する」）」、
espy (spy)「発見する（軍事用語として「偵察する」）」、
aid「助け（軍事用語として「救援」）」、force「勢力（軍事用語として「兵力」）」、
company「仲間（軍事用語として「軍勢」）」、
guard「監視、警戒（軍事用語として「歩哨、護衛隊」）」、
prison「牢獄」、hardy「屈強な」、gallant「勇ましい」、march「行進」

84

　ノルマン人の上流階級の勢力が招いたもう一つの必然の結果は、法律に関する用語のほとんどがフランス語を起源としているということである。例えば次のようなものがある——

justice「司法」、just「公平な」、judge「判事」、jury「陪審」、privilege「特権」
court「法廷」（別の意味ですでにこの語を見た）、[9] suit「訴訟」、sue「訴える」、
plaintiff「原告」と defendant「被告」、plea「抗弁」、plead「抗弁する」、
to summon「召喚する」、cause「訴訟理由」、assize「巡回裁判」、
session「開廷期間」、attorney「弁護人」、fee「謝礼」、accuse「告訴する」、
crime「犯罪」、guile「計略」、felony「重罪」、traitor「反逆者」、damage「損害」、
dower「持参金」、heritage「遺産」、property「財産」、real estate「不動産」、
tenure「借地権」、penalty「罰金」、demesne「私有地」、injury「傷害」

　これらの中には、今日では法律の専門用語とは呼べないものもあり、またさらには日常生活における普通の語彙となってしまっているものもある。しかしながらそれらは確かに、法的手続きが完全にフランス語で行われていた時、法律家たちによって初めてもたらされたものである。[10] 例えば、case「事件」、marry「結婚する」、marriage「結婚」、oust「剥奪する」、prove「証明する」、false「誤った」（おそらく fault「過失」も）、heir「相続人」、またおそらく male「男性」と female「女性」などである。
　一方 defend「防御する」や prison「監獄」は法律と軍事に共通の語である。petty「些細な」（フランス語 petit）も一般的に使用される前は、petty jury「小陪審官」、petty larceny「小窃盗犯」、petty constable「小保安官」、petty sessions「微罪裁判」、petty averages「小海損（航海上で、船舶または積荷に発生する損害）」、petty treason「小反逆罪」（今日でもしばしば petit treason

第 5 章　フランス語 (The French)

と綴られる）のような組み合わせの形で、法律家によって英語に流入した。

　法律上の意味のフランス語 puis né は、英語の puisne で残っているが（法律では、「年少の、あるいは下位の」という意味であるが、もとは「後で生まれた」という意味であった）、日常用語では、puny「小さい」と綴られる形で取り入れられ、まるで -y が普通の形容詞語尾であったかのようである。

85

　その上、非常に多くの語が日常用語とならず、法律家の間でのみ使用されていた。例えば以下の語句は、一般大衆には謎に包まれている——

>mainour「盗品」
>　('taken with the mainour'「盗みの現行犯で捕まる」という形で用いられる。フランス語 manœuvre「手仕事」から）
>jeofail「過誤」
>　（弁護上の誤りを認める「過失」という意味のフランス語 je faille から）
>cestui que trust「信託受益者」、cestui (a) que vie「不動産保有期間終身決定者」

　larceny「窃盗罪」はほぼ法律家による使用に限られており、その結果 theft「盗み」は一般的に使用され続けた。burglar「強盗」はおそらくフランス語が起源であるが、thief「泥棒」や steal「盗み」はあまりにも一般的であったために、フランス語の法律用語に取って代わられることはなかった。形容詞が必ず名詞の後に置かれる語句のうち、フランス語からそのまま採用された法律用語がどのくらいあるのかを調べてみるのも価値がある。例えば、heir male「男系相続人」、issue male「男系の子孫」、fee simple「永代世襲不動産」、proof demonstrative「確証」、malice prepense「計画的犯意」（英語化された、malice aforethought）、[11] letters patent「専売特許状」（以前は形容詞の語尾も屈折していた。letters-patents、[12] Shakespeare, *Richard 2* 2.1.202 を参照）、attorney general「法務総長」（general で終わる複合語には、法律用語でないものもあるが、すべて官職を示す）などがある。

86　教会とファッション (Church and Fashions)

　教会に関する事柄もまた、主として上流階級の管理下であったため、教会に関連した非常に多くのフランス語がある。例えば次のようなものを含む──

> religion「宗教」、service「礼拝」、trinity「三位一体」、relic「遺物」、
> saviour「救世主」、virgin「処女」、saint「聖徒」、preach「説教」、
> angel「天使」（古フランス語 angele、現代フランス語 ange。古英語 engel は、直接ラテン語から採り入れた。38 節参照）、
> cloister「僧庵」、clergy「聖職者」、baptism「洗礼」、homily「説教」、
> friar「修道士」（中英語は frère で、フランス語と同じ）、pray「祈る」、
> parish「教会区」、sacrifice「生贄」、orison「祈り」、abbey「修道院」、
> altar「祭壇」、miracle「奇跡」、feast「祝祭日」（religious anniversary）、
> prayer「祈祷」、sermon「説教」、psalter「詩篇」（中英語 sauter）

　また、rule「規則」、lesson「教訓」、save「救う」、blame「責める」、order「秩序」、nature「自然」、tempt「誘惑する」といった単語は現代では日常用語となって非常に広い範囲の意味を持っているが、おそらく最初は純粋な教会用語だったと思われる。

　さらに聖職者は、宗教的だけでなく道徳的にも模範となる立場であったので、virtue「美徳」から vice「不徳」に至るまで、道徳に関するありとあらゆる言葉が取り入れられている。この種の語には、duty「義務」、grace「優美さ」、pity「哀れみ」、lechery「好色」、cruel「非情な」、covet「熱望する」、desire「強く望む」、chaste「純潔な」、charity「慈悲」、fool「愚かな」、jealous「嫉妬深い」（最も古い意味の一つに「肉欲の」がある）、[13] discipline「しつけ」、conscience「良心」、mercy「慈悲」などがある。

87

　異なる分野から取り上げられたこれらの語に加えて、より一般的な意味を持つ語もある。それらはノルマン人とイングランド人の間の関係において、極めて重要な意味を持っている。例えば、sir と madam（男性、女性への呼びかけ）、master「主人」と mistress「女主人」、そして対照的な意味の servant「使用人」（動詞形 serve「仕える」）、command「命令する」と obey「服従する」、order「命令する」、rich「裕福な」と poor「貧しい」、名詞形の

第 5 章　フランス語 (The French)

riches「富」と poverty「貧困」、money「金」、interest「利子」、cash「現金」、rent「使用料」などである。

88

　ジョン・ウォリス (John Wallis)[14] が最初に言及し、[15] 特にウォルター・スコット卿 (Sir Walter Scott)[16] がそれを *Ivanhoe*『アイバンホー』で有名にして以来、繰り返し述べられていることだが、一部の動物は生きている間は英語固有の語で呼ばれる。例えば、ox「雄牛」、cow「雌牛」、calf「子牛」、sheep「羊」、swine「豚」、boar「猪」、deer「鹿」など。しかしそれが食卓では、beef「牛肉」、veal「子牛の肉」、mutton「羊肉」、pork「豚肉」、bacon「ベーコン」、brawn「調理済みの豚肉」、venison「鹿肉」のようにフランス語の名前で現れる。

　一般的な解釈としては、主人は生きている動物の世話を下層階級の者に任せるが、その肉の大部分は支配者階層が食べ尽くしてしまい、下層階級の人はほとんど食べられなかったためだと考えられている。しかしこれに劣らない正当な理由として、これらフランス語の使用は、フランス料理の優秀さのためだということも考えられる。それは、他に多くの言葉が同様に用いられていることからも分かる。例えば、sauce「ソース」、boil「茹でる」、fry「揚げる」、roast「炙る」、jelly「ゼリー」、toast「こんがり焼く」、pasty「肉や魚を包んだパイ」、soup「スープ」、sausage「ソーセージ」、pastry「パイやタルト」、dainty「食べ物の好みにうるさい」などである。また、よりつましい breakfast「朝食」は英語だが、より贅沢な食事である dinner「正餐」と supper「夕食」は、様々な feast「豪勢な食事、御馳走」全般と同様にフランス語である。

89

　概して、主人は人生の楽しみ方を知っており、最良のものを自分たちのために取っておいたことが見て取れる。このことは joy「喜び」、pleasure「楽しさ」、delight「歓喜」、ease「気楽さ」、comfort「安楽」などの語に見られる。また flowers「花」や fruits「果物」もおそらく同じ範疇に挙げられるであろう。そしてたくさんの leisure「余暇」（この語もフランス語である）を持つ人々にとって、人生を楽しいものにするような趣味を表すフランス語があ

る。chase「狩猟」[17] はもちろん人気の趣味である。本来語である hunt「狩猟」は今も使われているが、狩猟に関するフランス語は、例えば brace「つがい」、couple「一対の首輪」、leash「革紐」、falcon「ハヤブサ」、quarry「獲物」、warren「ウサギの巣」、scent「臭跡」、track「足跡」のように多く見られる。

desport (disport)「楽しむ」の短縮形である sport「気晴らし、娯楽」もフランス語である。cards「カード」や dice「サイコロ」もフランス語で、様々な遊びに関する多くの言葉 (partner「仲間」、suit「組札」、trump「切札」) も同様である。最も興味深いものは、ace「1」、deuce「2」、tray「3」、cater「4」、cinque「5」、size「6」などのようなカードやサイコロで遊ぶ人が使用する数詞である。例えば、チョーサー (Chaucer) [18] には *Sevene* is my chaunce, and thyn is *cynk* and *treye* (*The Canterbury Tales* The Pardoner's Tale 653) (=My chance is seven, yours is five-and-three)「俺は七に賭けよう、おまえは八だ」[19] の例が見られる。

90

フランス人は現在もある程度はそうであるが、中世において流行を牽引していた。従って服装に関する多くのフランス語を見出すことができる。実際、チョーサーの『カンタベリー物語』の総序（プロローグ）を観察すれば、彼が登場人物を紹介する際、必ず衣装に言及していることが分かる。そこで語源学者が特定の衣装が持つ特別な名前の起源を辿ることができるとすれば、そのほとんどはフランス語である。そしてもちろん、apparel「衣服」、dress「ドレス」、costume「衣装」、garment「衣服」のような一般的な用語もフランス語に由来する。

91　芸術と日常語 (Art and Everyday Words)

フランス人は芸術に関するすべての物事において、イングランド人の師であった。つまり、art「芸術」、beauty「美」、colour「色」、image「像」、design「デザイン」、figure「肖像」、ornament「装飾品」、paint「色を塗る」だけではなく、専門的な意味を持つ非常に多くの単語がフランス語起源である。

建築関係では、arch「アーチ」、tower「塔」、pillar「支柱」、porch「玄関」、column「柱」、aisle「通路」、choir「聖歌隊席」、reredos「装飾壁」、transept「袖

第 5 章　フランス語 (The French)

廊」、chapel「礼拝堂」、vault「円天井」、cloister「回廊」（この単語は 86 節でも見られる）がある。また、palace「宮殿」、castle「城」、manor「（封建領主の）館」、mansion「大邸宅」も建築に関する語であろう。

　様々な職人の名称を見れば、それが大きく二つのグループに分かれていることに気づくだろう。一つは、どちらかと言えば素朴で単純な職業のグループで、本来語の名前がついている。例えば、baker「パン屋」、miller「粉屋」、smith「鍛冶屋」、weaver「織工」、saddler「馬具屋」、shoemaker「靴屋」、wheelwright「車大工」、fisherman「漁夫」、shepherd「羊飼い」などである。もう一方のグループ、つまり上流階級と直接接触を持つような専門家、もしくは流行が重要な役割を担うような職業では tailor「仕立屋」、butcher「肉屋」、painter「画家」、carpenter「大工」、mason「石工」、joiner「建具屋」（在来の名前は、よりつましい stool「腰掛」などに使われているが、furniture「家具」、table「食卓」、chair「椅子」のような単語もフランス語であることに注意）といったフランス語に由来する語が用いられている。

92

　長々しい単語リストのためで、読者を少し疲れさせてしまったのではないかと心配している。私の目的は、かつてフランス人が裕福で、権力を持ち、また洗練された階級であったという事実を示す豊富な言語学的証拠を提示することであった。下層階級の人々が、裕福な人々が使っていた表現のうち、自分たちが理解できるものをすぐに模倣し始めたことはごく自然なことであった。そこで彼らは、alas「ああ」、certes「確かに」、sure「きっと」、adieu「さようなら」のような間投詞 (interjections) や感嘆詞 (exclamations) を取り入れようとした。

　おそらく verray「とても、本当に」（後の very）は、最初は感嘆詞として取り入れられたのであろう。中には句全体が取り入れられたものもあった。*Ancrene Riwle*『修道女の掟』[20]（1225 年頃）では、二種類の写本の中に *Deuleset* (Dieu le sait)「神ぞ知る」とあり（268 頁）、[21] もう 1 種類の写本には *Crist hit wat*「キリスト知り給う」とある。そして 300 年後には、次の例を見出すことができる——

As good is a becke (= a wink), as is a *dewe vow garde*
「目くばせをするのは、お大事にというのとほぼ同じです。」
(ベイル (Bale) [22] *Three Lawes*『三法』1. 1470)

ソールズベリーのジョン (Johannes Sarisberiensis) [23] が 12 世紀に明言しているように、[24] 会話にフランス語を織り込むことが流行していた。フランス語は当時では流行と考えられ、そのため、air「空気」、age「年齢」(法律用語？)、arrive「到着する」(軍事用語？)、beast「けだもの」、change「変化する」、cheer「応援する」、cover「覆う」、cry「泣く」、debt「借金」(法律用語？)、feeble「弱い」、large「大きい」、letter「手紙」、manner「やり方」、matter「事柄」、reason「理由」、turn「変える」、nurse「看護師」と nourish「養育する」、place「場所」、point「点」、price「値段」、use「使用する」のような専門用語とは思えないような語も多く取り入れられたのは当然のことと考えられる。そして他にも広い用途を持った非常に多くの日常語が見られる。

93

自分より「優れた人たち」の模倣をすることがあらゆる点で流行っていたという理由で、イングランド人が非常に多くのフランス語を取り入れたのであれば、「非専門的」な語の採用と、イングランド人の特徴とを関連づけて考えることができる。その特徴は、誇張した形とみなされて、現代では俗物主義 (snobbism) あるいは「ごますり」(toadyism) と呼ばれているが、その当時のイングランド人の間でも存在していた。この言語的傾向により、イングランド人の一部には自分たちの小さな世界の外側での出来事で関心のあることと言えば、公爵あるいは侯爵といった上層貴族の生死、とりわけ結婚に限られるという傾向が今も見られるのである。

94

しかし俗物主義という特性をノルマン征服後の数世紀に遡ってみると、そこには現代との大きな違いがいくつもあって、多くのフランス語彙をひけらかす者もいれば、本来語彙にできる限り固執する者もいたということを忘れてはならない。この相違は、今日まで伝わる文学作品の中に見ることができる。

第 5 章　フランス語 (The French)

13 世紀の初頭に書かれたラヤモン (Laʒamon)[25] の *Brut*『ブルート』[26] では、56000 余りの詩行の中に見られるアングロ・フレンチ起源の語数はわずか約 150 である。[27] *Orrmulum*『オームの書』[28] は、おそらくそれから 20 年後に書かれた 20000 行余りの作品であるが、この非常に長くて退屈な作品にフランス語が全く含まれていないという見解を批判したクルーゲ (Kluge)[29] でさえ、フランス語起源の語を 20 余りしか見つけることができていない。[30] しかしそれと同時代の 200 頁におよぶ散文である *Ancrene Riwle*『修道女の掟』[31] には 500 ものフランス語が見られる。数世紀後には、非常に多くのフランス語彙がすでに英語の一部になっていたので、いかなる作家の作品でもフランス語を数え出すことははるかに困難になった。しかしその当時でさえ、作家によって使うフランス語の数の多い少ないという違いはあった。チョーサーは明らかに、同時代の他のほとんどの作家よりもはるかに多くのフランス語を使用している。そしてこれらすべての借用行為が、私が述べてきたように、俗物主義のためだと考えるのは公平ではない。作家がフランスの文化と文学に造詣が深ければ深いほど、ありふれた日常生活を超えるような事柄を記述する場合には、フランス語を取り入れる誘惑により強く駆られたのであろう。

95　語彙の数 (Number of Words)

以下の表は、様々な時代におけるフランス語流入の勢いを示している。表は 1000 語を含み（OED[32] における A から I で始まるフランス語の中からそれぞれ最初の 100 語と、同じく J と L で始まる最初の 50 語）、OED の中で初出の用例が属している年代を 50 年ごとに示している。[33] プラス記号の後ろに、この統計を完成させた時にはなかった OED のその後の巻について、A. コスザル (A. Koszal)[34] によって抽出された数を加える。[35] これらの語の多数（あるいは大多数とさえ言っていいのかもしれないが）は、ともかく広く世間で使われていた語であり、おそらくこれらの引用の前から使用されていたことを忘れてはならない。しかしながらフランス語の初出の年代がここで示しているものより 50 年以上遡るとしても、この表は言語の比較年表としての価値がある。

英語の成長と構造

		左欄から続く	581 + 526
1050 年以前	2 + 0	1451-1500	76 + 68
1050-1100	2 + 1	1501-1550	84 + 80
1101-1150	1 + 2	1551-1600	91 + 89
1151-1200	15 + 11	1601-1650	69 + 63
1201-1250	64 + 39	1651-1700	34 + 48
1251-1300	127 + 122	1701-1750	24 + 32
1301-1350	120 + 118	1751-1800	16 + 33
1351-1400	180 + 164	1801-1850	23 + 35
1401-1450	70 + 69	1851-1900	2 + 14
	581 + 526		1000 + 988

　この表は言語上の影響はノルマン征服の直後には始まらず、1251 年から 1400 年の間が最も強く、約半分の借用語はこの時代に属していることを決定的に示している。さらにドライデン (Dryden)[36] の時代は、特にフランス語から新しい語を取り入れる傾向にあると一般に推測されているが、それは全く正しくないことが分かる。

96

　グロスターのロバート (Robert of Gloucester)[37]（1300 年頃）は、自身の有名な年代記の一節で、イングランドにおける二つの言語、つまり英語とフランス語の関係について次のように語っている──

'Thus,' he says, 'England came into Normandy's hand; and the Normans at that time (*þo*; it is important not to overlook this word) could speak only their own language, and spoke French just as they did at home, and had their children taught in the same manner, so that people of rank in this country who came of their blood all stick to the same language that they received of them, for if a man knows no French people will think little of him. But the lower classes still stick to English and to their own language. I imagine there are in all the world no countries that do not keep their own language except England alone. But it is well known that it is the best thing to know both languages, for the more a man knows the more is he worth.'

「このようにして、イングランドはノルマンディの手に落ちた。そしてその当時、（*þo*「その当時 (then)」という語を見落とさないことが重要である）ノルマン人は、彼ら自身の言語のみを話すことができたのであり、本国にいた時と

第 5 章　フランス語 (The French)

同じようにフランス語を話し、子供たちを本国と同じ方法で教育した。その結果、その血統を継いだこの国の上流の人々は、祖先から受け継いだ言語に固執した。なぜならばフランス語を知らなければ、人から軽んじられてしまうからである。しかし下層階級は依然として [38] 彼ら自身の言語である英語を固守している。唯一イングランドを除けば、自国の言語を保存していない国は世界中どこにもないと思う。しかし両方の言語を知っていることが最良であるということは良く知られている。知っていることが多ければ多いほど、その人物はより価値があるからである」

この一節は次のような疑問を投げかける。一般の人々はどのようにしてたくさんの外国の語彙を覚えたか。そしてどの程度までそれらを自分のものとしたのか。

97　同義語 (Synonyms)

事例としては多くはないが、フランス語の同化の過程を容易にした理由の一つに、フランス語の語彙の一部がたまたま元の本来語のものに似ていたという点がある。これはフランス語がある時期にゲルマン語の方言から語を借用したため、当然のことと言える場合もある。それゆえ現代語の rich「裕福な」がどの程度古英語 rice に依るもので、またどの程度フランス語 riche に依るものかは明らかでない。その名詞（フランス語、中英語）richesse（今では riches）は、初期中英語の richedom に取って代わった。本来語の動詞 choose「選ぶ」には、名詞 choice「選択」がフランス語 choix から、付け加えられた。古英語 hergian と古フランス語 herier および harier は一つになり、近代英語 harry「繰り返し攻撃する」となり、古英語 hege とフランス語 haie は、hay (hedge「生け垣」、fence「塀」) となった。二つの main の語源を区別するのは難しい。一方は古英語 mægen (strength「強さ」、might「力」)、他方は古フランス語 maine（ラテン語 magnus、両語の語源は究極的には同じ）である。main sea「大洋」、main force「主力」を比較してみればよい。近代の gain「得ること、得る」（名詞と動詞）は、15 世紀にフランス語（名詞としての語形はフランス語 gain、古フランス語 gaain。動詞の場合はフランス語 gagner、古フランス語 gaaignier。ゲルマン語の借用語であるイタリア語 guadagnare を参照せよ）から借用された。しかしそれはもっと早くからあっ

た名詞 gain（gein, geyn, gayne などとも綴られ、最も古い形は gaʒhenn である）、および動詞 gain（gayne, geʒʒnenn）と興味深いことに一致する。その名詞形 gain は、advantage「有利」、use「使用」、avail「利点」、benefit「利益」、remedy「療法」を意味し、動詞 gain は to be suitable「適当」、to be useful「有用であること」、avail「益する」、serve「役立つ」を意味し、二つとも古ノルド語である。フランス語 isle「島」（今日では île）が取り入れられた際、イングランド人に本来語の古い形（＝古英語）である iegland、iland が思い起こされただろう。最終的には、isle の影響を受けて古英語 iegland、iland の綴りが悪しき方に変化し island となった。neveu「甥」（今日では、nephew と綴られる）は、古英語 nefa を思い起こさせ、meneye（menye、フランス語 maisnie（retinue「一隊」または troop「一団」の意））は、many「たくさん」（古英語 menigeo）、lake「湖」は、古い lacu（stream「流れ」または river「河」の意）を思い起こさせる。³⁹ 英語 rest「休息する」と古フランス語 rest「残り」の二つには混乱が多少ある。

　文法においても、共通している点が数点ある。例えば名詞の時は無声子音だが、対応する動詞は有声子音である。具体例を挙げるなら、フランス語の us「使用」— user「使用する」について、今日 use は名詞では [ju·s]、動詞では [ju·z] と発音されている。これは英語の house「家、収容する」は、名詞では [haus]、動詞では [hauz] と発音されるのと同様である。フランス語 grief「悲しみ」— griever「悲しむ」、英語 grief「悲しみ」— grieve「悲しむ」、また half「半分」— halve「半分にする」も同様である。さらに注意すべき点は、-er（baker「パン屋」など）における名詞の語形成である。carpenter「大工」（フランス語 -ier）、interpreter（中英語 interpretour「通訳者」、フランス語 -eur）のような語に見られるフランス語の形成法と区別しがたい。しかし全体的に見て、二つの言語に見られるそのような偶然の類似は数としては少なく、洪水のように入ってくる新しい単語をイングランド人が学ぶのに、実質的に役立ちはしなかった。

98

　はるかにフランス語の習得に助けになったのは、おそらくフランス語と本来語の同義語とを並べて使用するという習慣であったと思われる。それは話

第 5 章　フランス語 (The French)

し言葉においてはごく普通で、また書き言葉においてはともかく珍しい習慣ではなかった。そうすることにより、洗練された表現にまだ慣れ親しんではいなかった人々にとって、本来語は並置されたフランス語の解釈に多少とも役立ったのである。従って、『修道女の掟』(Ancrene Riwle) (1225 年頃) の中には、次のような例が見られる——

> *cherité*, þet is *luve* (8 頁)
> 「慈悲、すなわち愛」
> in *desperaunce*, þet is in *unhope* & in *unbileave* forte beon iboruwen (8 頁)
> 「絶望、すなわち失望と不信にある汝が救済される（ことをどうか神よ禁じたまえ！）」
> Understondeð þet two *manere temptaciuns* — two *kunne vondunges* — beoð (180 頁)
> 「二種の誘惑 — 二種のそそのかし — があることを理解しなさい」
> *pacience*, þet is *þolemodnesse* (180 頁)
> 「忍耐、すなわち辛抱」
> *lecherie*, þet is *golnesse* (198 頁)
> 「好色、すなわちみだら」
> *ignoraunce*, þet is *unwisdom* & *unwitenesse* (278 頁)
> 「無知、すなわち知恵と知識の欠乏」

ベーレンス (Behrens) が集めた並置の例[40]は、本来語が当時、輸入された語彙よりも広く知られていたことを証明する決定的な例と言える——

> *bigamie* is unkinde [unnatural] þing, on engleis tale *twiewifing*
> (*The Middle English Genesis and Exodus* 449)
> 「重婚は、自然に背く行為である。英語では、二人の妻をめとることである。」
> *twelfe iferan*, þe Freinsce heo cleopeden *dusze pers*
> 「12 人の妻、フランス人は、12 人の連れ合いと呼んでいる。」(Laȝamon *Brut* I. 1. 69)
> þat craft: to lokie in þan lufte, þe craft his ihote [is called] *astronomie* in oþer kunnes speche [in a speech of a different kind] (Laȝamon *Brut* II.2.598)
> 「この術、すなわち空を見ること、別の種類の言葉では、天文学と呼ばれている技」

注目すべき点は、これらすべての例において、文中のフランス語の語彙が現代の読者にとっては完全になじみのあるものとなっているのに対して、当時の読者がそのフランス語の語彙を理解する手助けとして添えられていた本来語の方が、かえって今の読者には説明が必要となっていることである。チョーサー作品においても、同様の二重表現が使用されているが、それは、全く異なった目的で取り入れられている。読者は、二つの言語に等しく精通していると想定されており、作者は、文体の効果を高めるためにこの表現を用いている。[41]
例えば、*The Canterbury Tales* では、次の通りである―― [42]

> He koude songes *make* and wel *endite* (General Prologue 95)
> 「作詩作曲はお手の物だし」
> = Thereto he koude *endite* and *make* a thyng (General Prologue 325)
> 「その上、法律文書を作成する能力に長け」
> *faire* and *fetisly* (General Prologue 124 および 273)
> 「巧みに優雅に／とても洒落た」
> *swynken* with his hands, and *laboure* (General Prologue 186)
> 「手仕事や労働に」
> Of studie took he moost *cure* and moost *heede* (General Prologue 303)
> 「学問に全霊を打ち込んだ」
> *Poynaunt* and *sharp* (General Prologue 352)
> 「ぴりっと辛く」
> At sessiouns ther was he *lord* and *sire* (General Prologue 355)
> 「治安判事の会議では議長を務めたり」[43]

キャクストン (Caxton) [44] ではこれは完全に文体癖 (mannerism) となっている。例えば、*Reynard the Fox*『狐物語』において以下のような例がある――

> I shal so *awreke* and *avenge* this trespace（56 頁）
> 「この罪に対し、私は復讐し、仇を返そう」
> (*advenge* and *wreke* it「仇を返し、復讐しよう」（116 頁）も参照せよ)
> in *honour* and *worship*（56 頁）「名誉と尊厳の念で」
> *olde* and *auncyent* doctours（62 頁）「古い昔の医者」
> *feblest* and *wekest*（64 頁）「最も弱く、脆い」
> I toke a *glasse* or a *mirrour*（83 頁）「私は鏡を取った」

第 5 章　フランス語 (The French)

Now ye shal here of the *mirror* ; the *glas* ...（84 頁）
「さあ、その鏡について話をしよう。その鏡は…」
good ne *proffyt*（86 頁）「益も利もない」
fowle and *dishonestly*（94 頁）「不正で不直な」
prouffyt and *fordele*（103 頁）「利と益」

これらの例から、最後の語を除いて、すべての場合においてキャクストンが並置して使用した同義語が両方とも英語に保持されていると言える。その結果、英語の語彙のこの部分は 15 世紀末頃には定着したことが分かる。

99　本来語とフランス語 (Native and French Words)

　cry「叫ぶ」、claim「要求する」、state「状態」、poor「貧しい」、change「変化」といった多くのフランス語の語彙、そして今まで列挙された語彙の多く（82 節〜92 節）、1350 年以前に取り入れられた語彙のほとんどすべて、そして後に輸入された少なからぬ語彙は英語の根幹をなしている。それゆえそれらは、私たちにとってノルマン征服前の在来の語彙となんら変わりなく見える。しかし、これら以外では、それほど普及しなかった語彙も相当数に上る。日常用語と一般大衆には全く理解されない言葉との間には多くの段階がある。そして時として、大衆に理解できない語彙の中には、教養のある人は万人が知っている単語だと考えているものもある。ハイド・クラーク (Hyde Clark)[45] は、felicity「幸せ」という語を用いたことに対して、同僚の牧師を責めた聖職者の逸話を次のように述べている――

> 'I do not think all your hearers understood it; I should say *happiness*.' 'I can hardly think,' said the other, 'that any one does not know what *felicity* means, and we will ask this ploughman near us. Come hither, my man! you may have been at church and heard the sermon ; you heard me speak of *felicity* ; do you know what it means?' 'Ees, sir!' 'Well, what does *felicity* mean?' 'Summut in the inside of a pig, but I can't say altogether what.'[46]
> 「聴衆のすべてがそれを理解したとは思えない。僕だったら、"happiness" という語を使うがなあ」もう一人が答えた。「"felicity" を理解できないものがいるとは思えない。では、近くにいる農夫に聞いてみるとしよう。おい、こちらに来い。教会に行って、説教を聞いたことがあるだろう。そして、私が "felicity" という言葉を口にしたことを聞いたことがあるな。それが、どういう意味か知っ

133

ているか」「へい、だんな」「ではどういう意味だ」「豚の中にある何かでしょうが、はっきりと何かは言えません」

As You Like It『お気に召すまま』で、タッチストーン (Touchstone) が田舎者にどのように話しているかにも注目せよ—— 47

'Therefore, you clown, *abandon* — which is in the vulgar *leave* — the *society* — which in the boorish is *company* — of this *female* — which in the common is *woman* ; which together is, abandon the society of this female, or, clown, thou *perishes*; or, to thy better understanding, *diest* ;'
(Shakespeare, *As You Like It* 5.1.52)
「だからだな、田吾作どん、この女性との — 俗に言う女との — 交際を — 田舎ことばで言うつきあいを — 放棄するんだな — 下世話で言うやめるんだな、以上をまとめて言えば、この女性との交際を放棄するんだな、さもないと、田吾作どん、おまえは破滅だぞ、もっとおまえにわかるように言えば、死ぬことになるぞ」

100 同義語 (Synonyms)

先に述べたことから、一方が本来語で、他方がフランス語である二つの同意語がともに現在も使用されている場合、年月の経過に伴い双方の間に生じたいくつかの相違については少なくとも理解できる。本来語はフランス語よりも、国民にとって常に心の近くにあるものであり、原始的、基本的、大衆的なものと最も強いつながりを持っている。一方フランス語は、しばしばより形式的で丁重かつ洗練されており、人生の感情面における影響は比較的強くない。cottage「（避暑地などの）小別荘」は hut「小屋」よりも立派で、立派な人々はしばしば、とかく夏には cottage に住む。bill「（一般的に細長く扁平な形をした鳥の）くちばし」という語は、beak「（特に猛鳥類の鉤形の）くちばし」（フランス語、一方 bill は古英語の bile）のみを持っている鷹に対して使われるには、あまりにも通俗的で親しみがあり過ぎた——

Ye shall say, this hauke has a large *beke*, or a short *beke* and call it not *bille*
「この鷹は大きな beak を、もしくは、短い beak を持っていると言うべきであって、それを bill と言うべきではない」

134

第 5 章　フランス語 (The French)

(*The Book of St. Alban's*『聖オルバンの書』、折丁 a 6 裏)。[48]

dress は、adorn「装飾する」や deck「着飾る」などを意味し、従って一般的に、本来語の clothe「着せる」よりも立派な衣服を前提としていた。言い換えれば、clothe の方が dress よりも意味上の「縄張り」が広いことになるのだが、その縄張りを dress は現在どんどん浸食しつつあるように思われる。amity「親善」は、「友好関係、特に、国家あるいは個人の間の公的な性質を持つもの」を意味し、friendship「友情」の温かさを欠いている。help と aid の違いについては、*Funk-Wagnalls Dictionary* [49] に次のように説明されている——

> 「help は aid よりも強い依存性と必要性を表す。窮地に陥った時には、"God *aid* me!"とは言わず、"God *help* me!"「神様助けて！」と言う。危険な時には、"*aid! aid!*"ではなく"*help! help!*"と叫ぶ。to aid は他人の努力を支援することである。the helpless「無力な人々」を help するとは言えるが、aid するとは言えない。従って help は aid を含むが、aid は help が意味することを担うには不十分かもしれない。」

このことは結局、help は不可欠な語彙群に属し、自然に口につく表現であり、文語的であるために冷たい印象のある aid よりも、一層豊かで広範囲な意味を持っているということになる。また assist をも参照すべきである。folk「人々」は大部分が people「人々」に取って代わられているが、これは主に政治的および社会的使用のためである。シェイクスピアは folk（4 回）や folks（10 回）を稀にしか用いず、従ってその語は明らかに作品中で下層階級の言葉として使用している。欽定訳聖書 (The Authorized Version)[50] でも稀であり、ミルトン (Milton)[51] は一度も使用していない。しかし最近では、おそらく古い言葉や方言がもてはやされる傾向があるために、一部で folk の使用が勢いを得ている。hearty「心からの」と cordial「衷心からの」は、同時期に英語に現れたが（OED における初出例は 1380 年と 1386 年）、その影響力は同じではない。例えば 'a hearty welcome'「心からの歓迎」は 'a cordial welcome'「衷心からの歓迎」よりも温かみを感じる。そして hearty は cordial が持っていない多くの語義を持っている。例えば、heartfelt「（同情などが）心からの」、sincere「心からの」：a hearty slap on the back「背中を思いきり叩く」の

vigorous「(行為などが) 力強い」: abundant「豊富な」: a hearty meal「たっぷりある食事」abundant「豊富な」、などがある。

　saint「聖人」は、カトリック教会が公認しているという感じがするが、一方 holy「敬虔な」ははるかに理性と関わりがある言葉である。matin(s)「朝の(祈り)」は、礼拝に関してのみ使用されるが、一方 morning「朝」は普通の語になっている。また以下の語を比較せよ——

　　darling「お気に入りの」／favourite「お気に入りの」
　　deep「深い」／profound「深遠な」
　　lonely「寂しい」／solitary「孤独の」
　　indeed「実に」／in fact「実際には」
　　to give「与える」あるいは to hand「渡す」／to present「贈る」あるいは to deliver「届ける」
　　love「愛」／charity「慈善」

101

　ある場合には、本来語とフランス語の同義語との間の主要な相違点は、前者がより口語体で、後者がより文語体であるということである。例えば、begin「始める」— commence「開始する」、hide「隠す」— conceal「隠す」、feed「育てる」— nourish「養育する」、hinder「妨げる」— prevent「妨げる」、look for「探す」— search for「捜索する」、inner「内側の」と outer「外側の」— interior「内部の」と exterior「外部の」、などである。

　しかしながら本来語の方がより文語体である例もいくつかある。valley「谷」は日常語で、dale「谷」は最近になって初めて北部の高地地方の方言から標準語に取り入れられた。action「行動」は、日常語では deed「(善意・勇気のある) 行為」に実質的に取って代わったため、後者はより威厳のある語として残しておくことができる。

102

　フランス語と英語には密接な接触があったにも関わらず、他のゲルマン語では日常語となっているフランス語の語彙が英語の語彙にはなかったり、あったとしてもドイツ語やデンマーク語の中で観察されるよりもはるかに

第5章　フランス語 (The French)

よそ者の匂いを感じさせたりすることがある。例えば、friseur「理髪師」、manchette「腕帯」、réplique「返答」、gêne「不便」とその動詞 gêner「不便にする」(OED にはその使用例はないが、[52] *Stanford Dictionary* [53] にはいくつか見られる。) などである。

　serviette「(食卓用) ナプキン」は napkin「ナプキン」よりも稀である。atelier「アトリエ」は一般的ではない。それはサッカレー (Thackeray) [54] の *The Newcomes*『ニューカム家の人々』の 242 頁に見られるが、そのすぐ後に、馴染みのあるイタリア語からの借用語 studio「アトリエ、スタジオ」が使用されている。英国の画家はその技術を学ぶため、スカンジナビアやドイツの同業者よりイタリアへ行く者が多く、またパリへ行く者は少なかったのであろうか。同一の部類に naïve「素朴な」、bizarre「風変わりな」、そして motif「(文芸作品の) 主題、モチーフ」といった語があり、英語の書物の中で見られる場合には一般的にイタリック体で書かれ、外国語であることが示される。motif は motive「(文芸作品の) 主題、モチーフ：動機」の興味深い新しい二重語 (doublet) である。

103　文法 (Grammar)

　英語とフランス語の文法は非常に異なっていたので、フランス語の語彙が取り入れられる際の語形について、ここで少し触れておかねばならない。名詞および形容詞はほとんどいつも対格の形で取り入れられ、これはほとんどの語において、語尾に s がない点で主格と異なっていた。しかしながら後者の語尾 (主格の -s) もいくつかの名詞や形容詞に見られる。例えば、fitz「〜の息子」(Fitzherbert「(姓) フィッツハーバート」) など。フランス語でも主格 fils が古い対格 fil を追い出している。fitz はアングロ・ノルマン語の綴りである)、fierce「獰猛な」(古フランス語の主格 fiers、対格 fier)、そして、名前の Piers と James [55] である。複数形では、古フランス語には語尾が全くない主格と、-s で終わる対格があり、一般的にイングランド人は本能的に、後者の形と -es で終わる在来の複数形の語尾とを当然のことながら連想した。[56] フランス語と同様に英語でも長い間、全く語尾なしで複数形をつくっていた語 (例えば cas「箱」) が、時間の経過と共に一般法則に従わざるを得なくなった (単数形 case、複数形 cases)。[57] フランス語の形容詞は、フランス語の名詞

のように s を添加しており、そのような例がいくつか見られる。例えば、the goddes celestials「天上の神々」(Chaucer)[58] に見られる。letters patents「専売特許状」はシェイクスピア(85 節参照)の時代まで固定した句として生き残った。しかし一般法則としては、フランス語の形容詞を英語の形容詞と全く同じように取り扱うことだった。

104

　動詞について言えば、フランス語の現在時制複数形の語幹が、英語の語形の基となるのが通例である。こうして、je survis (I survive)、nous survivons (we survive)、vous survivez (you survive)、ils survivent (they survive) が survive「生き残る」となり、je résous (I resolve)、résolvons ((we) resolve) などが resolve「決心する」となり、古フランス語 je desjeun (I dine)、nous disnons (we dine) などが dine「食事をする」となった。こうして、punish「罰する」、finish「終える」などにしばしば見られる語尾 -ish が説明される。[59] 従って英語の bound「跳ぶ」は、フランス語の bondir であるはずがない。[60] そうであれば bondish を生じさせたであろう。しかしそれはフランス語の bond にあたる名詞の bound からの英語内部での語形成である。levy「(税金などを)課す」も同様に、フランス語の levée にあたる名詞の levy に基づいて形成されていると考える。しかし sally「突出する」の y は、フランス語の綴り ll を口蓋化することになる i の代わりである。

　フランス語の不定法が取り入れられた場合は、一般的に dinner「晩餐」、remainder「残り」、attainder「私権剥奪」、rejoinder「返答」に見られるように、名詞としての機能を持っていた。また動詞の dine「食事をする」、remain「残る」、attain「達する」、rejoin「返答する」も参照されたい。加えて法律用語である merger「(会社などの) 合併」、user「権利行使」と misnomer「人名や地名の誤記」もそうである。依然として語尾の -er がフランス語の不定法の語尾にほかならない動詞がいくつかある。例えば、render「与える」(これによって rend「引き裂く」と区別がつけられている)、surrender「降伏する」、tender「提出する」(二重語の tend「傾向がある」も存在する)、そしておそらく broider (embroider)「刺繍する」もある。saunter「逍遥する」には、北欧語の bask「日光浴する」および busk「用意する」(79 節) と興味深

第 5 章　フランス語 (The French)

い類似点がある。つまりフランス語の再帰代名詞がもとの語から分離できない要素として固定しているのである。saunter は s'aventurer（to adventure oneself）「(生命を) 危険にさらす」の別形である s'auntrer からきている。

105　強勢 (Stress)

　当然のことながらフランス語は、その借用以来、英語に起こった音節変化のすべてに関与している。すなわち、[i] の長音を持つ語は、二重母音化され [ai] となった。例えば、fine「立派な」、price「価格」、lion「ライオン」などである。ou と綴られる長音 [u] も同様に [au] となった。例えば古フランス語 espouse（近代フランス語 épouse）、中英語 spouse「配偶者」は、[spu・ze] と発音されたが、今日では、[spauz] と発音されている。また、フランス語 tour は、近代英語では tower「塔」となっている。grace「優美」、change「変化」、beast「けだもの」（古フランス語では beste）、ease「安楽」（フランス語では aise）などの語の母音の扱いも比較せよ。

　このような借用語の変化はいたるところで見られる。それらは徐々に、少しずつもたらされたのであろう。しかしもう一つの音声変化があり、それは違った様式で生じたとしばしば考えられている。フランス語では、最終音節に強勢が置かれていた非常に多くの語の場合、今では第 1 音節に強勢が置かれているのである。これはしばしば、イングランド人がフランス語の強勢法を模倣できなかったためであると考えられている。つまりすべての英単語は、昔から第 1 音節に強勢があり、そして気づかないうちにフランス語の借用の際に、この習慣が取り入れられたと言われているのである。現在、この外国語の取り扱い方をアイスランド語 (Icelandic) に見ることができる。

　しかし、この説明は十分とは言えない。なぜなら英語には、少なからず第 1 音節に強勢を置かない単語があり（be-、for- など。既出の 25 節を見よ）、そして実際、英語におけるフランス語は、中英語詩を見れば決定的に明らかなように、何世紀もの間フランス語式に強勢が置かれていた。多くの語にとって、現在の場所への強勢の移動は、徐々に行われたにすぎなかった。この移動は、他の単語で見られる移動と同様の方向で起こっている。[61] 多くの語において、第 1 音節は心理的に最も重要だと考えられた。例えば、punish「罰する」、finish「終える」、matter「事柄」、manner「作法」、royal「王の」、army「軍

隊」などである。この例から明らかなように、これらは意味に関与しない音節、もしくは形成音節 (formative syllables)[62] で終わる単語である。最初の音節は、対比のための強勢がつくことがしばしばあった。現代の会話では、対比を明確にするために、対比以外の場合には強勢が置かれない音節に強勢を置くことがある。例えば次のようなものがある（イタリック体は強勢がある音節を示す）――

  not *op*pose but *sup*pose「反対するのでなく仮定する」
  If on the one hand speech gives *ex*pression to ideas, on the other hand it receives *im*pressions from them
  「一方で言葉が観念に対して表現を与えるなら、他方で観念からの印象を受ける」
  （ロマネス (Romanes)[63] *Mental Evolution in Man*, 238）

また、同様に real「実質的」、formal「形式的」、object「客観」、subject「主観」や、100 あまりある類似した語が、通常最後の音節に強勢が置かれていた時代に、非常に頻繁に対比されたので、徐々に現代の強勢が一般的なものへとなっていった、と想像しなければならない。これによって、January「1月」、February「2月」、cavalry「騎兵隊」、infantry「歩兵」、primary「初歩の」、orient「東洋」などの語の強勢が説明できる。同様に有力な原理として挙げられるのは、韻律である。韻律は、二つの強音節が続くのを避ける傾向にある。現代において、go down'stairs「階下に降りる」と the 'downstairs room「階下の部屋」を比較せよ。また、she is fif'teen「彼女は15歳である」と 'fifteen 'years「15年」にも見られる。

  チョーサーは多くの語をフランス語式に強勢をつけたが、語が強勢のある音節の前にある場合は例外であった。例えば次のような場合は強勢は移動した――

  co'syn（cousin「いとこ」）→ 'cosyn myn「私のいとこ」
  in felici'te par'fit → a 'verray 'parfit 'gentil 'knight
  「完全な幸福に」　　「非常に完全で立派な騎士」
  se'cre（secret「秘密」）→ in'secre wyse「秘密に」

第 5 章　フランス語 (The French)

このような強勢移動は In 'divers 'art and in di'vers fi'gures (*The Canterbury Tales* The Friar's Tale 1486)「いろいろの風、いろいろの姿で」に示唆的に見られる。

　これらの原理 — 価値強勢、対比、韻律 — によって、英語がフランス語の強勢の位置を変えた例のうち、すべてとまでは言えないが、そのほとんどの例が説明されよう。しかしながらそれらの影響のもとに最初のうちは時折しか起こらなかった新しい語形が、後になって古い語形に取って代わるほどまで強力になるには、非常に長い時間を要したことは明らかである。[64]

106　混成語 (Hybrids)

　英単語の非常に大きな割合を占めており、また今では、英語の最も顕著な特徴の一つとして呼ばれるべき現象、すなわち混成語現象の最初の痕跡が残っているのは、最初のフランス語の侵入後すぐのことだった。厳密に言うならば、混成語（異なる言語による要素で形成された合成語）は、英語の屈折語尾がフランス語につけられた時から存在していることになる。例えば次のようなものである——

　　属格　the *Duke's* children「公爵の子供」
　　最上級　noblest「最も気高い」

そしてこのような例から少しずつ推移して一層驚くべき融合が見られることになる。まさに最初から、-ing や -ung で終わる動詞的名詞がフランス語の動詞から作られている（実際、本来語の動詞の中には -ing や -ung の語尾を持つ動詞的名詞を作れないものもあった時点で、フランス語動詞から作られた -ing 形や -ung 形がすでに見つかっている。206 節[65]）。例えば——

　　prechinge「説教」、riwlunge「律すること」(*Ancrene Riwle*)
　　scornunge「軽蔑」と servinge「奉仕すること」(Laʒamon)
　　spusinge「めとること」(*The Owl and the Nightingale*)[66]

　英語の屈折語尾がフランス語の語彙に加えられた例として、faintness「弱々しさ」(14 世紀末から)、closeness「密接さ」（その半世紀後）、secretness

「秘密さ」（チョーサーでは "secreenesse", *The Canterbury Tales* The Man of Law's Tales 773)、simpleness「簡単さ」（シェイクスピア他）、materialness「物質的なこと」（ラスキン (Ruskin)[67])、abnormalness「変則さ」（ベンソン (Benson)[68]）などがある。

さらに -ly で終わる多くの形容詞（courtly「宮廷風の」、princely「王子にふさわしい」など）や、当然のことながら、数えきれないほど多くの -ly で終わる副詞（faintly「かすかに」、easily「容易に」、nobly「気高く」）がある。[69] また、次の語尾を持つ形容詞及び名詞もそうである——

-ful: beautiful「美しい」、dutiful「忠実な」、powerful「強力な」、artful「巧みな」
-less: artless「飾らない」、colourless「無色の」
-ship: courtship「求婚」、companionship「友情」
-dom: dukedom「公爵領」、martyrdom「殉死」

107

この種の混成語は、たいていの言語において非常に多く見出せるが、他の混成語、すなわち本来語の語幹と外国語の語尾を組み合わせたものは、英語以外では、極めて稀である。そのような混成語が形成される前に、すでに英語には同じ語尾を持つ外国語が非常に多くあったので、その形成は全く違和感なく感じられたのであろう。以下はその混成語の例である——

-ess で終わる語
shepherdess「羊飼いの女」、goddess「女神」。
ウィクリフ (Wycliffe)[70] の作品中には、dwelleresse「女居住者」が見られる。最近のある書物では seeress and prophetess「女予見者と女予言者」を見つけた。
-ment で終わる語
endearment「愛情」、および enlightenment「啓発」は 17 世紀から見られる。
bewilderment「当惑」は 19 世紀以前にはない。
wonderment「不思議」は、サッカレーで頻繁に用いられる。
oddment「半端」はキプリング (Kipling)[71] の作品にある。hutment「宿営」。
-age で終わる語
mileage「マイル数」、acreage「坪数」、leakage「漏えい」、shrinkage「収縮」、

第5章 フランス語 (The French)

wrappage「包入」、breakage「破損」、cleavage「分裂」、roughage「粗材」、shortage「不足」。

-ance で終わる語

hindrance「妨害」は 15 世紀には injury「傷害」の意味で用いられ、現代の意味の例は 1526 年には見出せる。欽定訳聖書をはじめ、シェイクスピア、ミルトンそしてポープ[72] の作品中にも見られないので、正統な流れを引く語とは受け止められていなかったと推測される。しかし、ロック (Locke)、[73] クーパー (Cowper)、[74] ワーズワース (Wordsworth)、[75] シェリー (Shelley)、[76] テニスン (Tennyson)[77] はそれを認めた。他に、forbearance「容赦」（元来は法律用語）、furtherance「促進」がある。

-ous で終わる語

murderous「殺人の」、thunderous「雷のような」
slumberous「眠い」はキーツ (Keats)[78] やカーライル (Carlyle)[79] によって用いられた。

-ry で終わる語

fishery「漁業」、bakery「製パン所」。
gossipry「世間話」はブラウニング夫人 (Mrs. Browning)[80] によって用いられた。
Irishry「アイルランド人民」、forgettery「忘却」は戯れに memory「記憶」をまねて形成された。

-ty で終わる語

oddity「不思議」、womanity「女性」は humanity「人間性」をまねた臨時語 (nonce-word)。

-fy で終わる語

fishify「魚に化する」（シェイクスピア）
snuggify「居心地良くする」（チャールズ・ラム (Charles Lamb)[81]）
Torify「王党化する」（チャールズ・ダーウィン (Charles Darwin)[82]）
scarify「悩ます」（フィールディング (Fielding)[83]）
tipsify「酔わせる」（サッカレー）
他にも、funkify「おじけさせる」、speechify「しゃべりたてる」[84] など。

-fication で終わる語

上記の -fy で終わる動詞の名詞形。uglification「醜化」（シェリー）。[85]

108 語尾 (Endings)

最も派生力のある語尾の一つは -able[86] で、非常に多くの語において使用されている。しかしフランス語からそのまま取り入れられたもの（例えば、

agreeable「感じのよい」、variable「変わりやすい」、tolerable「耐えられる」）を除く。-able が名詞に付加しているのは比較的少数の場合である（serviceable「便利な」、companionable「親しみやすい」、marriageable「結婚できる」、peaceable「平和を好む」、seasonable「季節にふさわしい」）。

　動詞から形容詞を形成する場合には、-able の造語の有用性がしっかり発揮されている。稀に能動的な意味になるが（suitable = that suits「妥当な」、unshrinkable「縮まない」）、普通は受動的な意味を持つ（bearable = that can or may be borne「耐えられる」）。こうして今日では、drinkable「飲める」、eatable「食べられる」、weavable「織ることのできる」、steerable (balloons)「操縦可能な（軽気球について用いる）」、unutterable「言葉で言い表せない」、answerable「答えられる」、punishable「罰すべき」、unmistakable「間違えようのない」のほかに数百の例がある。

　その結果、この種の新しい形容詞の必要性や有用性が感じられると、誰もがそうした形容詞を自由に形成できるという感覚を持っている。これは古くからある本来語であるか、また新しい外来語であるかを問わず、いかなる動詞に対しても -ing を添加するのにためらいを感じないのと同じである。そしてもちろん、誰もこれらの形容詞（もしくはこれに対応する -ability で終わる名詞）が混成語だからとか、正統ではないからという理由で異を唱えたりはしない。これは同様の理由で acting「行動すること」や remembering「記憶すること」のような語形成に反対しないのと同じである。

109　派生語 (Derivatives)

　-able の語尾を持つ形容詞は、今日ではなくてはならないものとなったので、get at「到達する」のような複合動詞句から形容詞を形成したいという欲求すら生まれてくる。しかし get-at-able「近づける」と come-at-able「近づきやすい」は会話で非常に頻繁に聞かれるが、ほとんどの人々はそれらを書いたり印刷したりすることには躊躇を覚える。スターン (Sterne)[87] の作品には come-at-ability「近づきやすさ」、コングリーブ (Congreve)[88] には uncome-atable「近づきにくい」、スマイルズ (Smiles)[89] には get-atability「近づけること」、そして、ジョージ・エリオット (George Eliot)[90] のある手紙には knock-upable「ドアをノックして起こすことができる」がある。テニスン (Tennyson) のある滑

第 5 章　フランス語 (The French)

稽な手紙の中でも thinking of you as no longer the *comeatable*, *runupableto*, *smokeablewith* J. S. of old「君のことを近づきやすい、追いつくことができる、また一緒にタバコをくゆらし合うことのできる昔ながらの J. S. とは、もはや考えられない」と書いている。この最後の二つの形容詞の前置詞の位置に注意し、以下と比較していただきたい——

 enough to make the house *unlivable in* for a month (*The Idler* [91] May 1892. 366)
 「一ヶ月間、その家の中に住み込めないようにするに十分」
 the husband being fairly good-natured and *livable-with*
 「夫はかなり人がよく、一緒に住める人である」
 （バーナード・ショー (Bernard Shaw) [92] *The Quintessence of Ibsenism*『イプセン主義の神髄』41）
 She is *unspeakable to*（ベンソン (Benson) *Dodo the Second* 121）
 「彼女は話し相手になりえない」

これらの形容詞は、堅い文章に広く使用されるには不格好すぎることは明らかである。しかし英語の特性に適い、かつこのような不格好さから逃れうる方法がある。それは、これらの例において前置詞を省略する方法であり、そこでは前置詞を補って解釈することが自明とされるのである。unaccountable[93] (= that cannot be accounted *for*)「説明のできない」は誰からも受入れられて久しい。例えばコングリーブ、アディソン (Addison)、[94] スウィフト (Swift)、[95] ゴールドスミス (Goldsmith)、[96] ド・クウィンシー (De Quincey)、[97] ミス・オースティン (Miss Austen)、[98] ディケンズ、ホーソーン (Hawthorne) [99] の作品の中にも見られる。indispensable「欠くことのできない」が欠くことのできない語となって 2 世紀半になる。[100] laughable[101]「嘲笑すべき」は、シェイクスピア、ドライデン、カーライル、サッカレーなどによって使用されている。dependable「信頼できる」、disposable「処置できる」、objectionable「反対すべき」、available「利用できる」[102] は一般的に使用されている。[103] この形成法は認められているにも関わらず、なぜ reliable「信頼できる」が最も使い方が乱れている語の一つとされなければならないのか、その理由を理解するのは難しい。それは確かに英語の基本法則に従って形成されている。短くて曖昧でもなく、他に何が必要なのだろうか。ある語の起源を調べる人々は、ミ

ス・メイベル・ピーコック (Miss Mable Peacock) [104] が、ついには主教となった牧師のリチャード・モンタギュー (Reverend Richard Mountagu) によって書かれた1624年という日付を持つ手紙の中で reliable という単語を見つけた、と聞いて喜ぶであろう。また偉大な作家によって容認されていない語は使用したくないという人々がいるが、フィッツエドワード・ホール (Fitzedward Hall) [105] によって作成された、reliable を使用した作家 [106] のリスト [107] の中には錚々たる顔ぶれを見つけるだろう。reliable を犠牲にして、さらに古くて立派な語として褒めそやされている語、つまり trustworthy「信頼できる」が本当のところは、はるかに新しい語である [108] ことに気付くことは興味深い。これは、19世紀初め以前に遡ることはない。さらに公平に判断する人なら、stw という子音の連続があり、また第2音節に第2強勢が置かれるという理由で、trustworthy が reliable よりも耳あたりがよくないと考えるであろう。しかしそういう理由なら、同義語の trusty「信頼できる」はその欠点を回避している。[109]

110

フィッツエドワード・ホールは、近年の語 aggressive「攻撃的な」[110] について以下のように語っている——

> It is not at all certain whether the French *agressif* suggested *aggressive*, or was suggested by it. They may have appeared independently of each other.
> 「フランス語の agressif が aggressive を暗示したのか、もしくは、暗示されたのかは全く確かではない。それらは独立して現れたのもかもしれない。」

同じことは、フランス語あるいはラテン語に基づいた非常に多くの他の語形成にも当てはまる。たとえある語のいくつかの構成要素がロマンス語であったとしても、その語がフランス人によって初めて使用されたという結論には決してならない。

それどころか一般的にフランス語と対比して英語の特性とされるものに、新語や新規な表現を作り出す際の大胆さや容易さがあげられるが、こうした特徴は多くの場合、何であれ新しいものができたら、それはイングランド人が考え出したものだという仮定にとって有利に働くことになる。これは dalliance「恋愛遊戯」については真実であると考える。中英語ではしばしば

第 5 章　フランス語 (The French)

見られたが（dalyaunce など）、フランス語では全く記録されていない。

　sensible の最も一般的な意味「分別のある」(a sensible man「分別のある人」、a sensible proposal「分別のある申し出」) と、フランス語 sensible 及びラテン語 sensibilis とも共有している意味「知覚できる」との間の広い隔たりは、前者の意味「分別のある」において sensible という語は、英語独自の生成であったことをおそらく示している。

　チョーサーによって使用された duration「期間」は、フランス語かもしれない。いったん英語から消えて、シェイクスピア時代の後、再び現れた時この語は借用されたと考えてもよいが、イングランドで再び作り直されたと考えることもできる。そもそも duratio はラテン語には存在したことはないようである。[111]　intensitas はラテン語ではなく、また intensity は intensité よりも古い。[112]

111

　借用語がもともと生まれ育ったフランス語の土壌よりも、英語の土壌がより肥沃であるということが少なからずある。例えばフランス語 mutin「反抗的」は、英語よりも派生語が少ない。英語には、名詞 mutine「暴動」、動詞 mutine「暴動を起こす」（シェイクスピア）mutinous「反抗的な」、mutinously「反抗的に」、mutinousness「反抗的なこと」名詞 mutiny「反抗」、動詞 mutiny「反抗する」名詞 mutineer「暴動者」、動詞 mutineer「暴動を起こす」、mutinize「反抗する」などがある。このうち mutine と mutinize は今では廃語となっている。

　同様のことが、近代の借用語にも見られる。例えば clique「徒党」はフランス語では関連語もなく単独で存在しているが、英語では過去 2 世紀の間に、cliquedom「朋党」、cliqueless「徒党のない」、cliquery「徒党」、cliquomania「徒党熱」、cliquomaniac「徒党狂」、動詞 clique「徒党を結ぶ」、cliquish「徒党的な」、cliquishness「排他的なこと」、cliquism「徒党主義」、cliqu(e)y「徒党的」のような語を作り出している。

　due「当然の」から duty「義務」が派生したが、これに相当するフランス語は、フランス自体では見られない。しかしながら dueté、duity、deweté「当然の義務」はアングロ・フレンチで書かれた文章には見られる。英語では、duty は、13 世紀から現れる。派生語として duteous「義理堅い」、dutiable「税金のかかる」、

dutied「課税された」、dutiful「忠実な」、dutifully「忠実に」、dutifulness「忠実」、dutiless「無税の」があるが、いずれも16世紀より古い言葉には見えない。

aim「目標、ねらう」は、名詞も動詞もあるが、英語の語彙のうち最も便利で不可欠な単語の一つであり、派生語もいくつかある。例えば、aimer「ねらう人」、aimful「目的のある」、aimless「目的のない」などである。

しかしフランス語では、借用元になっている二つの動詞 esmer「見積もる」（＜ラテン語 æstimare）と、aasmer「見積もる」（＜ラテン語 adæstimare）は、すっかり消えてしまった。また、strange「奇妙な」と estrange「引き離す」、state「状態」と estate「身分」、[113] entry「記入」（＜フランス語 entrée）[114] と entrance「入り口」という分化にも注意する必要がある。フランス語では entrance はすっかり消えてしまった。また warrant「保証」と warranty「正統な根拠」そして guaranty「保証」（action）と guarantee「保証人」（person）などの比較的不完全な分化もある。

外国の言語的素材は、本当に驚くほど利用されてきた。派生語尾 -ee が広範囲に使用されている点を考慮すると明らかであろう。この派生語尾は、元来、フランス語の分詞語尾 -é で、その使用は非常に少数の場合に限られていた。例えば apelor（英語では appellor「告訴人」）に対立するものとしての apelé（英語では appelee「被告訴人」）や、nominee「被指名者」、presentee「牧師に推薦された人」などがそうである。フランス語だった時には、語形の上だけでなく統語論の上からもこの形成法が認められなかった単語でも、英語に取り入れられた後、法律用語として使われる場合には、次第にこの形成法が拡大適用されるようになっていった。vendee は「ものを売られる人」（l'homme à qui on a vendu quelque chose）である。referee「仲裁人」、lessee「賃借人」、trustee「受託人」なども参照されたい。

現代ではこれらの形成は、もはや法律用語だけに限られていない。そして一般的な書き物でも受動的な意味の名詞を形成する便利な方法として、この語尾を利用する傾向がある。

ゴールドスミスやリチャードソン（Richardson）[115] は lovee「愛される者」を用い、スターンは the mortgager and mortgagee ... the jester and jestee「抵当を入れる人ととる人 … からかう人とからかわれる人」と述べた。さらに、gazee「見つめられる人」（ド・クウィンシー）（＝ the one gazed at, staree

第5章 フランス語 (The French)

「凝視される人」(エッジワース (Edgeworth)[116])、cursee「呪われる人」と laughee「笑われる人」(カーライル)、flirtee「なぶられる人」、floggee「むちうたれる人」、wishee「願われる人」、bargainee「買方」、beatee「うたれる人」、examinee「受験者」、callee「訪問を受ける人」(our callee = the man we call on「我々が訪問する人」) などの例がある。

trusteeship「受託人の地位」のような言葉は、英語の造語法の一つである「合成」の際立った特徴と言える。なぜならスカンジナビア語 trust + フランス語尾 -ee (フランスではこのような用例は見られない) + 古英語の語尾 -ship の組み合わせだからである。

112

フランス語の影響はある一定の時期のみに限定されるわけではない (95節を参照)。そして古い借用語と、近代の借用語の形を比較すると、近代のものにはフランス語が中世の頃より被ってきた変化の跡を見ることができ、実に興味深い。change「変化する」、chaunt「歌う」のように、元来フランス語の "ch" が結合音 [tʃ] で発音される場合、その借用は古く、champagne「シャンパン」のように単音の [ʃ] を持って発音される場合には近代の借用である。こうすると chief「長」は最初の時期のものであり、その姉妹語の chef (= chef de cuisine「コック長」) は、はるかに近代のものである。発音が違うのに、二つの愛称が同じように Charlie と現在綴られるのは興味深い。すなわち男性名詞は古い借用語の Charles から派生しており、そのため [tʃ] の音を持っている。女性名詞は [ʃ] の音を持つ近代の借用語 Charlotte から派生している。同様に、age「年齢」、siege「座席」、judge「判事」における [dʒ] と発音される "g" は、古い借用語であることを示しており、[ʒ] の発音は rouge「ルージュ」といった近代の借用語にのみ見られる。しかしながら、語頭においては、必ず [dʒ] の音で始まり、[d] の要素のない [ʒ] の音で始まることは決してない。このように gentle「穏やかな」、genteel「品のある」、jaunty「気軽な」は同一語からの借用の三つの層を示しているが、それらはすべて同じ音を語頭に持っている。時代に応じて二つ以上の形を持って現れる同一のフランス語のほかの例に次のような語がある——

saloon「娯楽場」／ salon「客間」
suit「組」／ suite「随行員」
liquor「酒類」／ liqueur「リキュール類」
rout (= big party, retreat)「群衆、退却」／ route「路線」
（前者の単語の二重母音は 105 節で見た [u] → [au] という英語内部での変化による）
quart [kwɔ·t]「1 ガロンの四分の一」／ quart [ka·t] (= a sequence of four cards in piquet)「トランプ遊びで同組の 4 枚続きの札」（剣術用語である quarte「防御の第 4 の構え＝中段の構え」や carte「中段の構え」も参照）

113　後のフランス語 (Later French)

　場合によっては、初期のフランス語の借用語の中に奇妙に形を変えたものを見ることがある。つまりフランス語が発達してきた形により近いものとなっている。これはもちろん、イングランドとフランス両国の絶え間ない接触によってのみ説明される。チョーサーは、古フランス語と同様 viage を用いているが、今では voyage「航海」である。leal は loyal「忠実な」[117] に、marchis は marquis「侯爵」へとそれぞれ変わった。名詞 flaute「笛」と動詞 floyten「笛を吹く」は今では近代フランス語 flûte のように、flute となっている。[118]

　同様に、中英語の douten の意味は、古フランス語の douter と同じように、to fear「恐れる」（redoubt「恐れる」を参照）であったが、今は両方の言語において、その意味が消えてしまった。danger「危険」は、最初は古フランス語の dominion、power「支配権、支配力」の意味で採用されたが、現代の「危険」という意味は、それがイングランドにもたらされる前に、フランスで発達した。cheer「顔立ち、元気、気分、ごちそう」とフランス語 chère の使用に見られる多くの類似は、同時に両言語で別個に生まれたとはとうてい考えられない。このように、ノルマン征服後、やや唐突に中断したように思われるスカンジナビア語の影響と比べると、フランス語は絶え間なく接触を続け大きな影響を与え続けたことが分かる。

第 5 章　フランス語 (The French)

注

[1] （訳者注）ノルマンディー公ウィリアム 1 世（William of Normandy、1027-87、在位 1066-87）は 1066 年にイングランドを征服し、以後、イングランドはノルマン人によって 14 世紀半ば頃まで支配された。

[2] （訳者注）ノルマンディー地方の方言で、ノルマン征服後、支配階級の言葉となった。

[3] （訳者注）英語に及ぼしたフランス語の影響については Orr (1962) を参照。

[4] （訳者注）ノルマンディー公ウィリアム 1 世（在位 1066-87）、その息子であるウィリアム 2 世（在位 1087-1100）からヘンリー 7 世（在位 1485-1509）まで。

[5] （訳者注）9 世紀から 13 世頃まで使用されていたフランス語。

[6] （訳者注）17 世紀以降のフランス語。

[7] （訳者注）Lord 及び Sir の称号を持つ人の夫人または公［侯、伯］爵の令嬢に対する尊称。

[8] （訳者注）紋章学では通常、名詞 vert「緑色」（形容詞的に通常名詞の後で「緑色の」）を用いる。

[9] （訳者注）82 節参照。

[10] （原注 1）1362 年から英語が裁判所で話される公式な言語になったが、Law French として知られている混種言語は何世紀にもわたって使用され続けた。クロムウェル（Cromwell）はその勢力を打破しようとしたが、ついには 1731 年の法令でフランス語の使用が廃止されるまでその使用は続いた。イングランドにおけるフランス語の地位については、J. Vising, *Anglo-Norman Language and Literature* (London, 1923)『アングロ・ノーマン語と文学』を参照。

[11] （原注 1）lords spiritual「聖職者の上院議員」、lords temporal「貴族の上院議員」、body politic「国家」も参照。

[12] （訳者注）引用の綴字は Evans (1987) に基づいて訳者が書き換えている。

[13] （訳者注）原書ではこの説明部分は jealous ではなく fool の後にあるが、誤植と思われるので上記の通り変更した。

[14] （訳者注）John Wallis (1616-1703) イングランドの数学者。

[15] （原注 1）*Grammatica linguae Anglicanae*, 1653。

[16] （訳者注）Sir Walter Scott (1771-1832) スコットランドの小説家・詩人。

[17] （原注 1）これは中央フランス語の形で、catch（ラテン語 captiare）という形で北フランス語の方言に引き継がれた。

[18] （訳者注）Geoffrey Chaucer (1340?-1400) イングランドの詩人、*The Canterbury Tales* の作者であり、英詩の父と呼ばれる。

[19] （訳者注）笹本 (2002) を参照。

[20] （訳者注）修道女の心得を説く説教文学で、著者は不明であるが、本作品は古英語から近代英語に至る散文の伝統をつなぎとめたとされている。全 8 部で構成され、

聖書の説明やキリスト教の戒律について、格言や比喩を巧みに用いつつ表現豊かに書かれている。現存する写本も多く、一部は別名 *Ancrene Wisse*『修道女の手引き』として知られている。

[21]（訳者注）イェスペルセンが参照した *Ancrene Riwle* のテキストの 268 頁にこの部分がおそらく記載されていた。

[22]（訳者注）John Bale (1495-1563) イングランドの宗教家、*King John*『ジョン王』。

[23]（訳者注）Johannes Sarisberiensis (1110?-1180) イングランドの学僧、*Policraticus*『ポリクラティクス』。

[24]（原注 1）*Grundriß der Germanischen Philologie*『ドイツ言語学概説』(I 再版, 963 頁) で D. Behrens によって引用されている。（訳者注）Hermann Paul (1846-1921) ドイツのゲルマン語学者で *Grundriß* (1891-96) の編著者。

[25]（訳者注）Laʒamon は 1200 年頃のイングランドの詩人。

[26]（訳者注）Wace (1115?-1183) が Geoffrey of Monmouth の *Historia Regum Britanniae*『ブリタニア列王伝』に基づいてアングロ・ノルマン語で書いた *Roman de Brut*『ブリュ物語』を典拠。ブリトン人の祖ブルータス (Brutus) によるブリテン王国 (Britain) の建設からアーサー王 (King Arthur) の治世、そしてブリテンの滅亡までの伝説を集めた長詩。

[27]（原注 2）Skeat, *Principles of English Etymology*, II『英語語源学原理』(1891: 8)；Morris, *Historical Outlines of English Accidence*『英語語形論史的概要』(1885: 338)。

[28]（訳者注）修道士オーム (Orm) によって初期中英語で書かれた宗教詩。完全な形で現存していたならば、150000 行という超大作であったとされる。その価値は、文学的というよりむしろ語学的であり、作者独自の綴字法が当時の発音を知る手がかりとなっている。

[29]（訳者注）Friedrich Kluge (1856-1926) ドイツの言語学者。

[30]（原注 3）Kluge, "Das französische Element im *Orrmulum*"「『オームの書』におけるフランス語の要素」*Englische Studien* 22 号 179 頁。

[31]（原注 1）*Ancren Riwle* ではなく、*Ancrene Riwle* が正しい綴りである。作品中のすべての属格複数形は -ene で終わっている。ミス・A・パウス (Miss A. Paues) が親切にも写本を調べて、*Ancren* という綴りは、編者であるジェイムズ・モートン (James Morton) による誤りであるという私の疑念が正しいことを確認してくれた。

[32]（訳者注）調査時の名称は NED (*New English Dictionary*)。NED および OED に関しては「序文」(Preface) の「訳者注」の解説を参照。

[33]（原注 2）語源に関する疑問に関してもまた、権威ある OED に従った。そのために、自分自身の判断に従えばラテン語と呼ぶべきなのに、フランス語の中に数えてしまった単語もあるかもしれない。そして派生語のうち、英語から生じたことが確かである、もしくはそう考えられる語（例えば、daintily, damageable）は排除した。また OED が 5 未満しか引用を示さないような全く重要でない語も同様であ

第 5 章　フランス語 (The French)

る。それらのほとんどは、英語に属したことがあるとは言い難い。R. Mettig, "Die franzosischen Elemente im Alt- und Mittelenglisch"「古英語および中英語におけるフランス語要素」*Englische Studien* 41 号 176 頁以下をも参照。

[34] （原注 3）*Bulletin de la Faculté des Lettres de Strasbourg*『ストラスブルグ大学文学部紀要』(Jan., 1937)。文字 Q、U および W は 100 に満たなかった。（訳者注）この論文の著者 Koszal は、イェスペルセンが調査した時点で未完であった OED の M 以降の調査を行った。

[35] （訳者注）例えば 1051 年から 1100 年では、プラス記号の左はイェスペルセンが抽出した 2 例、右は Koszal が抽出した 1 例を示し、OED には調査の対象として二人が選んだ合計 1988 語に関して、合計で 3 例見つかったことを示している。

[36] （訳者注）John Dryden (1631-1700) イングランドの王政復古時代の詩人・劇作家、公式の初代桂冠詩人 (1668-88)、*Annus Mirabilis: the Year of Wonders*『驚異の年』(1667)。

[37] （訳者注）Robert of Gloucester (?-1300?) イングランドの歴史家、年代記 *The Metrical Chronicle of Robert of Gloucester* で知られる。

[38] （原注 1）yute は yet「依然としてまだ」を意味する。しかし不思議なことに good の意味で誤訳されることがある。（訳者注）これに対応する原文ではこのようになっている："Ac lowe men holdeþ to Engliss, and to hor owe speche ȝute." (But low men hold to English, and to their own speech *yet*.) この ȝute を good の意味に誤解し、「自分たちの素晴らしい自国語を固守している」の意味にとっている (Dickins & Wilson, 14 頁参照)。

[39] （原注 1）lacu が「湖」という意味で、一部の方言に今でも残っている。

[40] （原注 1）*Französische Studien* 5 号 2 頁と 8 頁。さらに、of whiche *tribe*, that is to seye, *kynrede* Jesu Crist was born「その種族、すなわちイエス・キリストがお生まれになった一族」(Maundeville, 67) も参照。R. Hittmair, *Aus Caxtons Vorreden*,『キャクストンの序文』21 頁以下に類似の説明あり。

[41] （原注 1）F. Karpf, *Studien zur Syntax in den Werken Geoffrey Chaucers*『チョーサーの作品における統語論研究』(1930)、103 頁以下を参照。この同じ意味に対する二重表現の使用は、中世から近代初期において極めて一般的であった。そしてそれは、必ずしも、一方が本来語、他方が輸入された語という組み合わせとは限らなかった。Kellner, *Englische Studien*、20 号 (1895)、11 頁以下および Greenough & Kittredge, *Words and their Ways*『語とその道程』113 頁以下を参照。またデンマーク語では、Vilh. Andersen, *Dania* (1890) 80 頁以下および Vilh. Andersen, *Danske Studier* (1893) 7 頁以下を参照。

[42] （訳者注）引用の綴字は Benson (1987) に基づいて訳者が書き換えている。日本語訳は笹本 (2002) を参照。

[43] （原注 2）"Curteis he was, lowely, and servysable"「礼儀正しく、控えめで、人

に重宝がられ」(General Prologue 99); "Curteys he was, and lowely, of servyse"「思いやりがあって、役目は丁重だった」(General Prologue 250) も参照。

44　(訳者注) William Caxton (1422?-91) イングランドの印刷業者・翻訳家。
45　(訳者注) Hyde Clark (1815-95) 英国のエンジニア・言語学者。
46　(原注1) *A Grammar of the English Tongue*『英語の文法』4 版 (London, 1879), 61 頁を参照。
47　(訳者注) 引用の綴字は Evans (1997) に基づいて訳者が書き換えている。また、日本語訳は小田島 (1983) を参照。
48　(原注1) W. W. Skeat, *The Works of Geoffrey Chaucer* 3 巻 261 頁。
49　(訳者注) 正式な書名は、*A Standard Dictionary of the English Language*（1893）。後に改訂版 *Standard College Dictionary* (1963) が出版された。
50　(訳者注) 1611 年にジェイムズ 1 世 (King James I、在位 1603-25) の命により出版された英訳聖書。別名 King James Version。
51　(訳者注) John Milton (1608-74) イングランドの詩人、*Paradise Lost*『失楽園』。
52　(訳者注) OED で引用されている使用例について、friseur は 5 例、manchette は 3 例、réplique は 1 例、そして géne は 4 例ある。
53　(訳者注) 正式な書名は *The Stanford Dictionary of Anglicised Words and Phrases*。
54　(訳者注) William Makepeace Thackeray (1811-63) 英国の小説家、*Vanity Fair*『虚栄の市』。
55　(原注1) しかし、対格の Jame（例えば、*Ancrene Riwle* 10）からくる by seint Jame という例がチョーサーの作品に見られる（name と韻を踏んでいる、D 1443）。ゆえに、Jem、Jim といった形もある。((訳者注) D 1443 とは: Wel be we met, by God and by Seint Jame! / But, leeve brother, tel me thane thy name," (*The Canterbury Tales* The Friar's Tale 1443-44)「神と聖ヤコブに誓って、いいところで出会ったもんだ。ところで兄貴、それじゃあんたの名前を教えてくれ」のこと。) 同様のゆらぎが Steven や Stephen にも見られる。今日では、-s がない語形が主流になっているが、以前は、フランス語の主格もまた見られた（seynt stevyns、Malory104）。((訳者注) Malory 104 とは: ... twelve kynges ... were buryed in the chirch of Seynte Stevins in Camelot. (Malory *Wks*. 77.22-24)「12 人の王がキャメロットの聖スチーヴンス教会に葬られた」)。ラテン語の強勢の移動のためにフランス語の屈折が不規則になっている場合には、対格が取り入れられている。例えば emperor「皇帝」(-our、古フランス語の主格 emperere)、companion「仲間」(古フランス語の主格 compain)、neveu「甥、孫息子」、nephew「甥」(古フランス語の主格 nies) などがある。しかし主格も sire「卿」(古フランス語の対格 seignor) や mayor「市長」(古フランス語 maire、対格 majeur) で残っている。
56　(原注2) 英語における複数語尾 -s の普及は、フランス語の影響が原因とは言えない。*Progress in Language* 169 頁 = *Chapters on English* 33 頁を参照。

第 5 章　フランス語 (The French)

57　（原注 3）invoice「送り状」、trace「(馬車を引く) 引き綱」、および、quince「(植物) マルメロ」では、フランス語の複数形の語尾が、今では英語の単数形の一部を形成していることに注意。またフランス語の envoi「別れの言葉」、trait「特色」、coign「(壁などの) 隅石」を参照。

58　（訳者注）And alle the marvelous signals / Of the goddys celestials (*The House of Fame* 459-60)「天の神々のすばらしいすべての神像」を参照。

59　（訳者注）接尾辞 -ish がつく英語の動詞はフランス語から借用されたものが多く、finir (finish) に見られるような -ir 型動詞の語幹 -iss- に由来している (je finis, nous finissons, vous finissez, ils finissent)。

60　（訳者注）現行の OED や『英語語源辞典』等では、bound は bondir 由来である可能性が指摘されている。

61　（原注 1）説明の詳細については、拙著 *Modern English Grammar* (Heidelberg, Carl Winter, 1909) I 巻 5 章を参照。

62　（訳者注）formative syllables「形成音節」とは、屈折接辞と派生接辞のことを指す。

63　（訳者注）George John Romanes (1848-94) 英国の科学者。

64　（原注 1）最近の借用語の多くでは強勢推移は見られない。machine「機械」、intrigue「陰謀」を参照。加えて、フランス語の [i] の音が残っていることは、その語が比較的新しい借用語であることを示している。（訳者注）もし machine [məˈʃiːn] が、15 世紀以前に英語に入っていたら、大母音推移 (Great Vowel Shift) によって、[məˈʃain] と二重母音化していると考えられる。この語は「構造」の意味で 1549 年に、「機械」の意味では 1673 年に借用された。

65　（訳者注）参照先について、原文では 197 節、また参照したテキストでは 132 節と記載されているが両方ともおそらく誤植と思われる。実際、206 節では -ing を扱っており、106 節にも言及している。

66　（訳者注）南西部方言で書かれた脚韻詩（1250 年頃）。

67　（訳者注）John Ruskin (1819-1900) 英国の評論家・社会思想家。

68　（訳者注）Edward Frederic Benson (1867-1940) 英国の作家、*The Room in Tower*『塔の中の部屋』。

69　（原注 1）また naïvely「単純に」が、ポープ (Pope)、ラスキン、レスリー・スティーヴン (Leslie Stephen) などの多くの人に用いられている。しかしこの語に対して違和感を感じる人もいる。*The New Statesman* (1914 年 12 月 19 日) の中に「ハーディ (Hardy) が書いたスウィンバーン (Swinburne) に対しての哀歌の中で、"naïvely" というひどい混成語が用いられている。これは、*Atalanta*『アタランテ』を書いた古典作家が、安らかに眠れぬように仕向けられた、と人に思わせるような新語である」(L. Strachey) という記述が見られる。

70　（訳者注）John Wycliffe (1324-84) イングランドの宗教改革者。

71 （訳者注）Rudyard Kipling (1865-1936) 英国の作家・詩人、*The Jungle Book*『ジャングルブック』。

72 （訳者注）Alexander Pope (1688-1744) 英国の詩人、*An Essay On Man*『人間論』。

73 （訳者注）John Locke (1632-1704) イングランドの哲学者。

74 （訳者注）William Cowper (1731-1800) 英国の詩人、he task *The Task*『仕事』。

75 （訳者注）William Wordsworth (1770-1850) 英国の詩人、桂冠詩人 (1843-50)、*Lyrical Ballads*『抒情歌謡集』。

76 （訳者注）Percy Bysshe Shelley (1792-1822) 英国の詩人 *Prometheus Unbound*『縄を解かれたプロメテウス』。

77 （訳者注）Alfred Tennyson (1809-92) 英国の詩人、桂冠詩人 (1850-92)、*In Memoriam*『イン・メモリアム』。

78 （訳者注）John Keats (1795-1821) 英国の詩人、*La belle dame sans merci*『つれなき乙女』。

79 （訳者注）Thomas Carlyle (1795-1881) 英国の評論家。

80 （訳者注） Mrs. Browning (1806-61) Elizabeth Barrett Browning のことで英国の詩人。

81 （訳者注）Charles Lamb (1775-1834) 英国の随筆家、*Essay of Elia*『エリア随筆集』。

82 （訳者注）Charles Robert Darwin (1809-82) 英国の博物学者、*Origin of Species*『種の起源』。

83 （訳者注）Henry Fielding (1707-54) 英国の小説家、*Tom Jones*『トム・ジョーンズ』。

84 （原注 1）"Daphne - before she was happily treeified"「ダブネー、彼女が木へとうまく変わる前に」(Lowell, *Fable for Critics*) も参照。

85 （原注 2）ラテン語とギリシャ語の語尾の混成語については 123 節を参照。

86 （訳者注）形容詞の able「できる」（ラテン語 habere「容易に保つ」から）とは語源上は関係ないが、連結辞の a + -bilis（ラテン語動詞を形容詞化する）が意味と形態において able との混同を引き起こした。

87 （訳者注）Lawrence Sterne (1713-68) 英国の小説家、*The Life and Opinions of Tristram Shandy, Gentleman*『紳士トリストラム・シャンディの生涯と意見』。

88 （訳者注）William Congreve (1670-1729) イングランドの劇作家であり王政復古期の喜劇の第一人者である。作品に *Love for Love*『恋には恋』がある。

89 （訳者注）Samuel Smiles (1812-1904) スコットランドの作家・医師、*Self-Help*『自助論』。

90 （訳者注）George Eliot (1819-80) 英国の小説家、*Middlemarch*『ミドルマーチ』。

91 （訳者注）英国で 1892 年から 1911 年まで発行されていた風刺色の強い挿絵付きの月刊誌。Robert Barr によって創刊され、後に Jerome K. Jerome が編者として加

第 5 章　フランス語 (The French)

わった。

92　(訳者注) George Bernard Shaw (1856-1950) アイルランド生まれの英国の劇作家・批評家・小説家、*Pygmalion*『ピグマリオン』。

93　(訳者注) OED の初例は Milton の 1643 年。

94　(訳者注) Joseph Addison (1672-1719) 英国の評論家・詩人・政治家、Richard Steele と共に *The Spectator* 誌を創刊。

95　(訳者注) Jonathan Swift (1667-1745) アイルランド生まれの風刺作家・聖職者、*Gulliver's Travels*『ガリバー旅行記』。

96　(訳者注) Oliver Goldsmith (1728?-74) アイルランド生まれの英国の詩人・劇作家・小説家、*The Vicar of Wakefield*『ウェイクフィールドの牧師』。

97　(訳者注) Thomas De Quincey (1785-1859) 英国の随筆家・批評家、*Confessions of an English Opium Eater*『アヘン常用者の告白』。

98　(訳者注) Jane Austen (1775-1817) 英国の女流小説家、*Pride and Prejudice*『高慢と偏見』。

99　(訳者注) Nathaniel Hawthorne (1804-64) アメリカの小説家、*The Scarlet Letter*『緋文字』。

100　(訳者注) 近代英語で使用されている意味の初例は 1653 年。「2 世紀半」は本書の執筆・出版時点を基準にしている。

101　(訳者注) 初例は Shakespeare の *The Merchant of Venice* の 1596 年。

102　(訳者注) 前置詞を補って解釈することが自明とされる意味において、dependable の初例は 1735 年、disposable は 1643 年、objectionable は 1781 年、available は 1827 年。

103　(原注 1) Jane Austen は 'There will be work for five summers before the place is *liveable*'「その場所がまともに住めるようになるには、5 年の夏の作業が必要になるだろう」(*Mansfield Park* 216) と書いている。liveable は上述の liveable-in と同じ。また gazee のように -ee の語尾を持つ名詞も参照せよ (111 節)。形成の規則は、-er を語尾に持つ名詞である waiter「給仕する人」'he who waits *on* people' → (複合動名詞に -er を接続して名詞化) → waiter-on → (前置詞を省略) → waiter や caller「訪問者」'he who calls *on* some one' → caller-on → caller と同様である。

104　(訳者注) Miss Mable Peacock、*Taales fra Linkisheere* (1889)。

105　(訳者注) Fitzedward Hall (1825-1901) アメリカ生まれの英国の言語学者。

106　(原注 2) コールリッジ (Coleridge)、ロバート・ピール卿 (Sir Robert Peel)、ジョン・スチュアート・ミル (John Stuart Mill)、ウィルバーフォース (Wilberforce)、ディケンズ (Dickens)、チャールズ・リード (Charles Reade)、ウォルター・バジョット (Walter Bagehot)、アンソニー・トロロープ (Anthony Trollope)、ニューマン (Newman)、グラッドストーン (Gladstone)、S. ベアリング-グールド (S. Baring-Gould)、レズリー・スティーヴン卿 (Sir Leslie Stephen)、H. モーズリー (H.

Maudsley)、セインツベリー (Saintsbury)、ヘンリー・スウィート (Henry Sweet)、トマス・アーノルド (Thomas Arnold)。フィッツエドワード・ホールが示している名前の20以上は任意で除いた。

[107] (原注1) -able で終わる英語の形容詞に関するもので、特に reliable に関連している (London, 1877)。フィッツエドワード・ホールは他の著作でも何度かこの主題について立ち戻って考えている。

[108] (訳者注) 初例は Lytton の 1829 年。

[109] (訳者注) reliable が「信頼できる」の意味で一般に使われ始めたのは 1850 年頃からである。初出は 1569 年 (OED) だが、はじめはスコットランドで用いられていた。trustworthy の初出は 1808 年で、trusty は 1225 年 *Ancrene Riwle* に初出。

[110] (原注3) *Modern English*『近代英語』14 頁。(訳者注) OED の初例は 1824 年。

[111] (訳者注) ラテン語 duratio「期間」は、中世ラテン語 (600-1500) で使われるようになる。イェスペルセンの言及は、古典ラテン語 (75 B.C.~A.D.175 年) における文献には見当たらないということであろう (*Dictionary of Medieval Latin from British Sources* vol. III (D-E) 'duratio' を参照)。

[112] (訳者注) intensity の初例は 1665 年、intensité は 1743 年。

[113] (原注1) 法律用語の estray「逸失家畜」と一般語の stray「迷った動物」も比較。

[114] (原注2) この語は、最近になってもう一度取り入れられた。entrée「アントレ:コース料理の間に出される、とりあわせ料理」。

[115] (訳者注) Samuel Richardson (1689-1761) 英国の作家、*Pamera*『パミラ』。

[116] (訳者注) Maria Edgeworth (1767-1849) 英国のアイルランド系作家、*Castle Rackrent*『ラックレント城』。

[117] (原注1) 両方の形とも、Dickens の *Our Mutual Friend* (49 頁) で使用されている。

[118] (原注2) 多くのフランス語の語彙のラテン語化については 116 節を参照。

第6章
ラテン語とギリシャ語 (Latin and Greek)

114　フランス語とラテン語 (French and Latin)

　ラテン語は、古英語期 (the Old English period) から今日の我々の時代に至るまで、イングランドで読まれ書かれてきたために、英語に対して途絶えることなく影響を及ぼしてきたことになる。しかしながら、最近の借用語の層 (stratum of loans) と 32 節及び 39 節で述べた二つの層 (strata)（キリスト教化以前と以後の層）を比較的容易に区別することができる。最近のラテン語の借用語は、特に抽象的な語と科学的な語を体現するものである。それらの語は特に文書媒体を通じてもっぱら採り入れられる語であり、より古い層に属する語のように一般大衆の使用レベルにまで達することは決してない。

　採り入れられた語は必ずしもラテン語起源ではなく、大きな辞書で数えてみれば分かることだが、ラテン語要素というよりむしろギリシャ語要素が含まれている場合がある。それでもより重要な語はラテン語である。ギリシャ語の大半はラテン語を通じて英語に入って来たか、少なくとも英語に入って来る前に綴りや語尾がラテン語化 (Latinized) されているので、本章ではこの二つの語系を分けて扱うことはしない。

　文芸復興 (the Renaissance) という大きな歴史的出来事が起こらなければ、ラテン語の影響はそれほどまでに巨大な側面を表すことはなかったであろう。イタリアやフランスを経由して、文芸復興がイングランドで認識されるようになったのは、すでに 14 世紀のことである。それ以降、古代ギリシャ語とラテン語の語彙 (classical terms) の流入が中断されることはなかった。時期としては特に、14 世紀、16 世紀、そして 19 世紀において膨大な数の新語が流入している。[1] 同様の影響はすべてのヨーロッパ言語において顕著に見られるが、フランス語を除けば、英語が他のいかなる言語よりもその影響を大きく受け

ている。

　この事実は、他の国民よりもイングランド人がより熱心に古典語を学習したからというのではない。その理由はむしろ、ゲルマン語の持つ生来の抵抗力に関するものであると思われる。つまり、これらの外国からの侵入者に対する抵抗力は、英語に関して言えば、フランス語の大規模な輸入によって、破壊されてしまっていたのである。フランス語は多くの点で類似するラテン語のために道を開いており、すでにイングランド人の心に外国語への愛着心を植えつけていたのである。そのためイングランド人は、自国語から新たな造語を意識的に生み出すようなことはしなくなっていたのだ。

　もしフランス語の単語が英語の単語よりも上品であるなら、ラテン語の単語は一層上品ということになる。というのは、フランス人は彼ら自身の語彙を豊かにするためにラテン語を利用したからである。従って、この種のラテン語の輸入についてまず注目すべきことは、それらはフランス語の借用語と明確に識別できないということである。

115

　非常に多くの単語がフランス語とラテン語、その双方に同等に帰属すると思われる。というのも、フランス語経由であろうとラテン語経由であろうと、英語としての語形 (English form) は変わらない。それを最初に使用した人々はその二つの言語をおそらく知っていたと考えられるからである。[2] このことはフランス語において人々の間で生き残った口語ラテン語 (spoken Latin) よりもむしろ、文語ラテン語 (literary Latin) からの後々の借用語について特に当てはまる。それをブラシェ (Brachet) [3] は学者語 (mots savants) と呼び、大衆語 (mots populaires) と区別した。フランス語あるいはラテン語から採用されたと思われる語としては次のものだけを挙げておく——

　　grave「まじめな」、gravity「まじめさ」、consolation「慰め」、solid「固体の」、infidel「宗教心のない」、infernal「地獄の」、position「命題、位置」

116

　文芸復興の間そしてそれ以降に起こったラテン語の影響における興味深い

第6章　ラテン語とギリシャ語 (Latin and Greek)

　一つの結果は、非常に多くのフランス語からの借用語が元のラテン語に一層近づいた語形に再構成されたということだった。チョーサー (Chaucer)[4] は、on lyve 'alive'「生きて」と脚韻を踏むために descrive[5]「述べる」という語を用いている (*The Canterbury Tales* The Manciple's Tale 121：この綴りは今でもスコットランド語では使われている)。しかし16世紀には describe という形が現れる。perfet と parfet（フランス語 perfait と parfait）「完全な」は何世紀もの間普通の英語の形であったし、ミルトン (Milton)[6] は perfeted (*Areopagitica*『言論の自由』10) と書いている。しかし、perfect における c はラテン語から導入されたもので、最初は綴り上でのみ現れ、後に発音されるようになった。[7] 同様に verdit「評決」は verdict ['vəːdɪkt] に取って代わられた。チョーサーにはフランス語の peinture のように peynture「画家、絵画」が現れるが、今日では picture が確立された形である。

　ラテン語の接頭辞 (prefix) ad は、今日 advice「忠告」や adventure「冒険」に見られるが、中英語 (Middle English) では、それぞれ avis / avys と aventure であった。後者の語形は、at aventure「でたらめに」という句で残っているが、aventure における a は不定冠詞 (indefinite article) と認識され at a venture と書かれることがあった。その古い形のまた別の生き残りは、saunter ['sɔːntə]「誇らしげに歩く」（フランス語の s'aventure 'to adventure oneself「身を危険にさらす」）の中に隠れている。Avril (avrille) はラテン語風に綴られ April「四月」になった。また現代人は、中英語の feouerele あるいは feouerrere[8]「二月」(u = v、フランス語の février を参照) を目にしても、そこに February を認識することは容易ではない。

　debt と doubt においては、かつてそれらはそれぞれフランス語のように dette「借金」と doute「二つの内から一つを選ぶ → 迷う、疑う」だったが、b は発音されず、綴りだけが影響を受けた。また victuals ['vɪtlz] と vittles「食べ物」（フランス語の vitailles）を比べることもできる。battle と bataille「戦い」も参考のこと。同様に bankerota（イタリア語の banca rotta 'broken bench' から）、bankqueroute、bankrout（シェイクスピア）は bankrupt「破産」と綴られる必然性があった。[9] OED[10] における p の挿入形の最も古い用例は 1533 年に始まる。

　langage という語は、フランス語とラテン語の奇妙な交わりによって

language となるまでは、何世紀にもわたってその形が使われていた。[11]

　egal「同等の」は二世紀以上も equal より一般的な語形であった。今日では equal が唯一認められた形であるが、当時はより学術的な形だったと思われ、例えばチョーサーの *Astrolabe*『天体観測儀』で使われている。しかし彼の詩の作品においては egal が使われている。シェイクスピアは全般的に equal を使っているが、egal も古い版においては時々見られる。テニスン (Tennyson)[12] は equality と並行して egality を再導入しようとした。もっともそれは一般の語としてではなく、特にフランスのことをいう場合の使用であった: That cursed France with her egalities!「平等だとほざくあの呪うべきフランスめ！」(*Aylmer's Field*)。次はフランス語とラテン語の語形がある程度識別されて共存している例である——

　　complaisance「人のよさ」: complacence (complacency)「自己満足」
　　genie「精霊」(稀な用法): genius「守護神」
　　base「土台」: basis「基礎」(ギリシャ語「踏み台」)

　certainty (フランス語) と certitude (ラテン語) はしばしば区別なく使われるが、certitude を主観的「確信」の意味に限定する傾向がある。ニューマン枢機卿 (Newman)[13] はその著書の中で次のように主張している：「certitude は気質であり、certainty は命題の出来不出来であった。論理的真理性 (logical certainty) にまで到達しなかった事態ではあったが、精神的真理性 (mental certitude) にとっては満足のいくものであるかもしれない」。[14]

　第1音節 (the first syllable) に強勢 (stress) が置かれる形容詞 (adjective)[15] 及び行為者を表す名詞 (agent noun) の critic「批判的な」「評論家」(ラテン語かギリシャ語から直接入って来たものか、それともフランス語を通して入って来たものか？) と、第2音節に強勢が置かれる行為を表す名詞 (action noun) の critique「批評」(フランス語からの最近の借用語) との間の奇妙な相違に注意が必要である。ポープ (Pope)[16] は分詞 (participle) の critick'd では第1音節に強勢を置いているが、近代の用法では動詞 critique [krɪ'ti:k] は最後の音節に強勢が置かれている。またミルトン以降一般的な動詞となった criticize はギリシャ語の語形成にならったもの (a pseudo-Greek formation) である。

第 6 章　ラテン語とギリシャ語 (Latin and Greek)

117

　フランス語とラテン語の複雑に絡まり合った関係は、時々派生語の中に現れる。colour「色」という語は第 1 音節の母音 [ʌ] から明らかなように、フランス語から入って来ている。ところが、discoloration「変色」では、第 2 音節が [kəl] となったり [kʌl] となったりする。前者の場合はラテン語から来たことになり、後者の場合はフランス語から来たことになる。またフランス語から入った example [ɪɡˈzɑːmpl]「例」とラテン語から入った exemplary [ɪɡˈzempləri]「模範的な」も同様の関係である。

　派生語として machinist「機械工」と machinery「機械類」を持つ machine「機械」は、フランス語から入って来た語であり、その発音 [məˈʃiːn] が証拠である。しかし machinate「企む」と machination「企み」は直接ラテン語から採用されたために、[ˈmækɪneɪt]、[mækɪˈneɪʃən] と発音される。従って、元来同じグループに属するはずのこれらの二グループは別の類とされる。よって、廃れた machinal「機械の」は、どちらのグループに入るのか誰も分からず、辞典によって [məˈʃiːnəl] としているのもあれば、[ˈmækɪnəl] としているのもある。[17] これは言語の極めて人工的な状態を示唆する特徴である。

118

　英語の中にあるラテン語とギリシャ語の数を示そうとすることは無駄なことであろう。なぜなら新たに科学論文が書かれるたびにその数が増えていくからである。しかしながら、ラテン語の語彙がどれほどの割合で英語に入って来たのかを見ることは興味深いことである。ハーバード大学の J. B. グリーノウ (Greenough) 教授と G. L. キトリッジ (Kittredge) 教授は、ハーパー (Harper) [18] のラテン語辞典で、固有名詞 (proper names)、二重語 (doublets)、動詞の活用変化 (parts of verbs)、そして語尾に -e や -ter を付けて副詞にした語を除いて、A で始まる単語を数え、次のように述べている：「そこに列挙された 3000 語のうち、154 語（およそ 20 語のうち 1 語の割合）は何らかのラテン語の形でそのまま英語に取り入れられており、500 あまりはフランス語を通して英語の形態を取った、あるいは、取ったと考えられる。従って、A で始まるラテン語の語彙のうち 20 パーセントから 25 パーセントが英語に入っていることになる。この割合がほぼアルファベット全体に当てはまるであろ

うという推測を否定する理由はない」。[19]

119　概念と単語 (Ideas and Words)

　英語で使われているラテン語の単語が、ラテン語の発音の規則と正確に一致するとか、ラテン語本来の意味と厳密に一致するなどと考えてはならない。フィッツエドワード・ホール (Fitzedward Hall) [20] は次のような話をしている：「私の恩師は、私が 'doctrinal「教義上の」と（第 1 音節に強勢を置いて）発音すると、『英語の単語がラテン語やギリシャ語から来ている場合は、原語の強勢位置とそこでの母音の長さを常に覚えておくべきだ』と叱った。それで私は答えた。『言葉の高尚さを [pro'pāgate] 普及（ふきゅーう）させようと熱望する人々が、[orat'ory] 演説（えんぜーつ）における私の [genu'īne ig'nōrance] 正真正銘の無知（しょーしんしょーめいのむーち）を認識し、[ir'ritated] 立腹（りぷーく）したり、['excīted] 怒ったり（いっかったり）するとなれば、少なくとも彼らの当惑は [gratu'ītous] 根拠（こんきょーう）のないものではないと確信するはずである。』」[21] 古典語本来の意味と異なる意味で使われている英単語に次のようなものがある——

> enormous「巨大な」
> 　ラテン語 enormis 'irregular'「基準から外れた」（norm「基準」e / ex-「から外れた」）が、後に very big の意味となる。かつて英語では enorm や enormious という語もあった。
> item「品目」
> 　ラテン語 item は also「もまた」の意味で、最初の品物を除いてリストにあるそれぞれの品目を紹介するために使われた。
> ponder「熟慮する」
> 　ラテン語 ponderare「計る、調べる、判断する」という他動詞。[22]
> premises「家屋」
> 　ラテン語 praemittere 'to put before'「前に置く」が原義（チョーサーに「前提」の意味で初出）で、「前述の事項・物件」「家屋」という意味が派生した。
> climax「絶頂」
> 　ギリシャ語 klimax「はしご」の意味。「絶頂」という一般的な意味では、エマソン (Emerson)、[23] ディーン・スタンレー (Dean Stanley)、[24] ジョン・モーレー (John Morley)、[25] ミス・ミットフォード (Miss Mitford) [26] など著名な作家に見られる。

第6章　ラテン語とギリシャ語 (Latin and Greek)

bathos [ˈbeɪθɒs]「急落法」[27]
　ギリシャ語 báthos「深さ」の意味。「高揚状態から平凡な状態への文体的な滑稽な下降」の意味でポープに見られる。pathetic「哀れな」(ギリシャ語 pathos「苦痛」が原義) の類推による bathetic「急落法の」は、コールリッジ (Coleridge)[28] によって最初に使用された（⇔ climactic「漸層法の」: 名詞 climax から。語句を次々に重ねることによって意味を強めていき、結末で最高潮に達するように導く表現法）。

　以上が古典語本来の意味と異なる意味で使用されている語の用例であるが、次のことは忘れてはならない。つまり、ある発音や意味が一旦言語においてしっかりと確立されれば、その語が過去にいかに多くの類推を呼び起こす歴史を持っていたとしても、その語自体の目的にかなった働きをするということ、そして、いずれにしても、その言語の正しさというものは、他の言語の尺度で測られるべきではないということである。
　英語の transpire には、「(皮膚の毛孔から水分を) 発散する」から派生した「知られるようになる、次第に公になる」という意味があるが、ラテン語にこの二つの意味を持つ transpirare という動詞がなくとも、これは全く無理のない結果である。従って、「(事件などが) 起こる」という意味で transpire が時おり使われ、それが好ましくないとすれば（かなりしばしば新聞で見られる他、シャーロット・ブロンテ (Sharlotte Brontë)[29] にも見られるが）、それはラテン語の用法から外れたことが理由なのではなく、この英単語が持つ「英語」の意味を無教養の人々が誤解したことから生じたものであるというのが理由である。[30]
　ステュアート・ミル (Stuart Mill)[31] はそのような新しい用法がもたらす危険性を誇張して次のように述べている：「どのように入り込んで来たのか誰も気づかないものであるが、卑俗用法 (Vulgarism) というのは、日に日に英語から思考を表現する貴重な様式を奪っている。今手元にある例を見てみよう。動詞 transpire は最近、言葉を装飾するために happen の単なる類義語として使われ始めた。the events which have transpired in the Crimea「クリミアで起こった出来事」、つまり「戦争」のことを言っている。英語のこの堕落した悪い見本は、貴族や総督の文書にすでに見られる。この語が「水分が蒸発する」という本来の意味で使われれば、誰も理解しなくなる日もそれほ

ど遠くないのは明らかである。また、私の子供時代、（乳母付きの）子供部屋の卑俗用法であった aggravating「（原義）一層重くする」を provoking「腹の立つ」の代わりに使うのは、すでにすべての新聞や多くの著作の中に浸透してしまっている。そして刑法に関する著者が aggravating and extenuating circumstances「厳罰にすべき事情と酌量すべき事情」について話をする時、その意味はおそらくすでに誤解され、「腹立たしい事情と酌量すべき事情」と解釈されていると思われる」。

ミルの言及に二つのことを付け加えておく。（1）exasperate、provoke「怒らせる」の意味での aggravate は、OED に Cotgrave (1611)、T. Herbert (1634)、Richardson (1748) — ミルが子供部屋でその語を耳にするよりも前の時代 — そして Thackeray (1848) からの例が示されている。（2）ミルがこの意味の誤解を説明するために使った provoke という動詞は、aggravate の意味がラテン語の原義から遠く離れてしまったのとほぼ同程度に原義から離れてしまっている。ここではもっぱら英語の意味（「怒らせる」）で用いられているが、provoke の原義はラテン語の「呼び起こす」である。[32] イングランドの人々が古典語本来の意味を aggravate や provoke 以上に自由に変えてきた例を次に見てみよう。

120　現代の造語 (Modern Coinages)

古典語の流入には理由 (raison d'être) があった：中世ヨーロッパで初めて紹介された古代ギリシャやローマの思想はすでに忘れられたものであったが、それらが未知の新しいものとして出現したからである。変化のない日常の狭い活動範囲を出て、人々は科学においても芸術においても将来の展望の気配を感じ始めており、古典文学が情報や霊感の豊かな源泉となったのである。だから、何十、何百という単語が、それらが表す概念と共に採用された。またそれらを採用した者にとっては、英語という自国語を豊かにする不可欠な手段のように思われたのも当然のことであった。ラテン語とギリシャ語の豊穣の宝庫と比べると、英語は貧弱で繁殖力のない言語のように思えたのである。

時代を経るにつれて、古典作家から生まれた既存の概念は、もはや文明化された世界においては十分なものではなくなった。それはまるで子供が成長

第 6 章　ラテン語とギリシャ語 (Latin and Greek)

して服が着られなくなっていくように、成長した現代にとって、古典の知識は役に立たなくなっていたのである。ただし、その時期も、いつから、そしてどのようにそうなったのか、誰も正確に分からなかった。新しい概念や新しい生活習慣は言語表現を発展させ、また新たに生み出すことになると、古典研究は教養ある人々の知性に大きな影響を及ぼすことになった。その結果、彼らが古代世界の境界線を越え、新しい世界へ踏み出した時でさえ、自国語の語彙よりもむしろラテン語やギリシャ語に頼るという奇妙なことが起こることになったのである。

121

　上述のことは現代科学の学術用語の中に非常に広範囲にわたり見られる。何百もの化学、植物学、生物学その他の用語は、ラテン語やギリシャ語を起源に持つ語から考案されることになった。そのほとんどは複合語 (compound words) であり、中には極端に長い複合語 (compounds) もある。そのような形成語 (formations) の例を挙げるのは、ここでは不必要である。というのは、大型の辞典のどこかの頁を開いてみれば、十分な数の例を提示してくれるからである。

　科学をほんの少しかじるだけで、ラテン語やギリシャ語から造られた専門用語を知ることができるようになるが、デモステネス (Demosthenes) [33] やキケロ (Cicero) [34] がそれらを見たら、その大胆な使われ方に驚愕したかもしれない。またその多くは、擁護できない、あるいは理解不能な新製品であろう。

　日常生活の語彙に属し、確固たる古典語の語源を持っていると一般に考えられている大変多くの単語は、実際には多かれ少なかれ古典語に従った類推に基づいて最近造られたということは、もしかしたら知られていないかもしれない。中には他のヨーロッパの国々で別々に生まれた語もある。そのような現代の造語には次のようなものがある——

  eventual「偶発的な」、eventuality「偶発性」、immoral「不道徳な」、fragmental「（地質学）砕屑質状の」、fragmentary「断片の」、primal「最初の」、annexation「併合」、fixation「固定」、affixation「（接辞）添加」、climatic「気候上の」

-ism[35] の付いた現代の造語は数十語あるが、次例はそのうちの一部である——

> absenteeism「不在地主制度」、alienism「精神病学」、classicism「古典主義」、colloquialism「口語的表現」、favouritism「偏愛」、individualism「個人主義」、mannerism「型にはまった手法」、realism「現実主義」

Swinburnism[36]「スウィンバーン的表現」や Zolaism[37]「ゾラ主義」などは言うまでもなく固有名詞から造られた語である。数ある -ist の最近の造語には次のような語がある——

> dentist「歯科医」、florist「花屋」、jurist「法学者」、oculist「眼科医」、copyist「写字生」（かつては大陸のいくつかの言語で copist と綴られた）、determinist「決定論者」、economist「経済学者」、ventriloquist「腹話術師」、individualist「個人主義者」、plagiarist「盗作者」、positivist「実証主義者」、socialist「社会主義者」、terrorist「暴力革命主義者」、nihilist「虚無主義者」、tourist「旅行者」

calculist「数学者」については、OED に唯一引用されている作家はカーライル (Carlyle)[38] である。scientist「科学者」はしばしば「下品なアメリカ語法」あるいは「大西洋の向こう側の俗語の安直で低俗な産物」という烙印が押されたが、1840年にヒューエル博士 (Dr. Whewell)[39] によって physicist「物理学者」と共に造られ、唱道された語であるとフィッツエドワード・ホールは指摘している。ラテン語の正しい形成語ではないということを口実に、scientist のような語に異議を唱える者は誰でも、[40] 次のような十分に確立された語を自分の語彙から抹消しなければならないだろう（とは言え、幸い、人間は首尾一貫していないのであるが）——

> suicide「自殺」、[41] telegram「電報」、botany「植物学」、sociology「社会学」、tractarian「オックスフォード運動支持者」、[42] vegetarian「菜食主義者」、facsimile「複写」、orthopedic「整形外科の」

122

受け継いで使ってくれる人がいないような疑似古典語 (quasi-classic words)

第6章　ラテン語とギリシャ語 (Latin and Greek)

を作る作家が時々いる——

> our *inquisiturient* Bishops「詮索好きな我らの司教たち」
> (Milton, *Areopagitica* 13)
> *logodædaly* or verbal legerdemain「語まかし、すなわち言葉によるペテン」
> (Coleridge, *Aids to Reflection*『内省の手引き』xliii)
> a lady's *viduous* mansion「ある婦人の誰も住んでいない邸宅」
> (サッカレー (Thackeray)[43] *Newcomes*『ニューカム家の人びと』794)
> *vocular* exclamations「響き渡る絶叫」
> (ディケンズ (Dickens)[44] *Oliver Twist*『オリバー・ツイスト』)
> you range no higher in my *andrometer*「私の人間計りでは、君は下の下」
> (Tennyson *Life* I. 254：この編者は Lord Tennyson の息子)
> a cat the most *viparious*[45] [meaning evidently 'tenacious of life'] is limited to nine lives「最も長生きする［明らかに「生への執着」を意味する］猫でも、命は九つに限られる」(ブルワー・リットン (Bulwer-Lytton))[46]
> his air of old-fashioned *punctilium*[47]「古風な作法に厳格な彼の態度」
> (ミセス・ハムフリー・ウォード (Mrs. Humphrey Ward))[48]

　ここでは故意に、正しい形と正しくない形、滑稽な語と真面目な語を混ぜて提示している。なぜなら、どんなに珍しく風変りな語であっても、大抵の英語の作家の中に見出すことのできるラテン語やギリシャ語に対する愛情を明らかにすることが私の目的だからだ。時として滑稽な古典主義が生き残り、日常の言語に採用されている場合がある。例えば、omnium gatherum「寄せ集め」(そこからサッカレーの作品に Snobbium Gatherum「俗物の集まり」という章見出しがつけられている)、circumbendibus「大回り道」(ゴールドスミス (Goldsmith)、[49] コールリッジなどがあり、tandem「二頭の馬が縦に並んだ（馬車）」は、英語の at length「ついに」の意味を大学生が駄洒落で「縦長に」と言ったことに始まる。

123　混成語 (Hybrids)

　構成要素の一つがフランス語で、もう一つが元来の英語から成るような混成語 (hybrid) については、106 節以下で述べたとおりである。ここでは語の中にラテン語やギリシャ語の要素を持ち、そのうちの一部はフランス語経由で入って来たと思われる語を取り上げることにする。語尾が -ation で終わる

語に starvation「飢餓」、backwardation「逆ざや」などがある。またアメリカ用法の thunderation「畜生！」のような語もある（'It was an accident, sir.' 'Accident the thunderation.'「それは偶然でした」「いまいましい偶然め！」Opie Read, *Toothpick Tales* Chicago (1892), 35 頁）。

Johnsoniana「ジョンソン語録」、Miltoniana「ミルトン語録」などは完全に現代語である。語尾の ana は単独で独立した名詞「語録、逸話集」として使われる。

-ist を持つ語には walkist がある。専門の「競歩選手」(a *professional walker*) を表すために、より学術的な語尾 -ist によって walker「歩行者」と区別される（121 節 '-ist' の記述を参照）。

また turfite「競馬狂」や固有名詞から派生した -ite を持った Irvingite[50]「アービング派の人、カトリック使徒教会の信徒」や Ruskinite[51]「ラスキン主義者」のような単語も見てみよう。その語尾はしばしば鉱物学や化学において使用され、最近形成語に加えられたものの一つに fumelessite = smokeless gunpowder「無煙火薬」がある。

-ism の混成語は多い（121 節 '-ism' の記述を参照）。heathenism「異教崇拝」はベーコン (Bacon),[52] ミルトン、アディソン (Addison),[53] フリーマン (Freeman)[54] らによって使われている。witticism「警句」は最初ドライデン (Dryden)[55] によって使われ、彼はこの新しい語に対し許しを乞うている。[56] blockheadism「バカ加減」はラスキンに見られる。さらに funnyism「愉快主義」、freelovism「自由恋愛主義」などもある。奇妙な wegotism「we の濫用 (we + egotism)」は、appetite「食欲」との類推でおどけた drinkitite「飲酒欲」と同種に分類されるかもしれない。girlicide「少女殺し」は suicide「自殺」にならって作られた形成語である（Smedley, *Frank Fairlegh* I.190；OED にはない)。[57] バイロン (Byron)[58] の weatherology「気象学」や -ocracy（「政体・支配」の意味。元来ギリシャ語の power や rule の意味）を持つ語も混成語に属する語であり、他には次のような語がある――

landocracy「地主階級」、shopocracy「小売業者階級」、barristerocracy「弁護士階級」、squattocracy「大牧場主階級」、strumpetocracy「売春婦（による）政治」（カーライル）、snipocray「仕立て屋階級」（メレディス (Meredith)[59] *Evan Harington* 174)

第 6 章　ラテン語とギリシャ語 (Latin and Greek)

　他方、squirearchy「地主階級」(派生した形容詞 squirearchical も) は真面目な言い方で確立されているように思われる。動詞の形成においては、-ize で終わる形成語について言及する必要がある。He *womanized* his language「彼は女言葉を使った」(Meredith, *Egoist* 32)、Londonizing「ロンドン化する」(同上 80)、soberize「まじめにする」などである。形容詞は -ative を付けて形成される (動詞につけて「傾向・性質・関係」などの意味を持つ形容詞を作る。元来フランス語 -atif, -ative あるいはラテン語の過去分詞語幹 -at からの -ativus) ——

　　talkative「話し好きな」、babblative「ぺちゃくちゃしゃべる」、
　　scribblative「書きなぐる」、soothative「和らげるような」

この中では talkative だけが容認されている。
　-aceous (ラテン語 -aceus「〜の性質をそなえた」+ -ous「多い」) には、gossipaceous「うわさ話好きの」(Darwin, *Life and Letters* I. 375) がある。-arious (ラテン語 -arius「関係のある」+ -ous「多い」) には burglarious「強盗の」(Stevenson, *Dynamiter* 130)、また -iacal には dandiacal「ダンディー風の」(Carlyle, *Sartor* (注 38 参照) 188) がある (フランス語 -ague、ラテン語 -acus、ギリシャ語 -akos「〜に特有の・〜のような性質の」を表す名詞語尾に、フランス語の形容詞語尾 el またはラテン語語尾 alis が付いた形)。これらの語の多くは一回限りの語 (nonce-words) であったとしても、その形成過程は、程度というものはあるけれども、純正の英語であって、理屈の立たない不合理な要素はない。

124

　ラテン語やギリシャ語の前置詞 (prepositions) の中には、新しい語を作るために最近広く使われてきたものがある。ex-king「前王」、ex-head-master「前校長」[60] における ex- (ラテン語 out of の意味) は最初フランス語で使われたように思われる。しかし今ではゲルマン諸語のほとんどすべての言語において普通に使われている。英語では、この形成法は 18 世紀末になって隆盛し始める——

anti- の例

    the anti-taxation movement「課税反対運動」、an antiforeign party「外国人排斥団」

    Mr. Anti-slavery Clarkson「ミスター・奴隷制度反対のクラークソン」

    (ド・クウィンシー (De Quincey) [61] *Confessions of an English Opium-Eater*『アヘン常習者の告白』197)

    chairs unpleasant to sit in – anticaller chairs they might be named「すわり心地の悪い椅子 — 命名するなら訪問者反対椅子」

    (H・スペンサー (H. Spencer) [62] *Facts and Comments*『事実と批評』85)

co- の例

    a friend of mine, co-godfather to Dickens's child with me (Tennyson, *Life* II. 114)

    「私の友人の一人で、私と一緒にディケンズの子供の共同名付け親になった人物」

    Wallace, the co-formulator of the Darwinian theory

    「ダーウィン理論の共同作成者であるウォレス」(クロッド (Clodd) [63] *Pioneers of Evolution*『進化の先駆者』68)

de- の例（特に -ize の動詞と共に用いられる）

    de-anglicize「イギリス風から脱する」、de-democratize「民主主義を否定する」、

    deprovincialize「田舎風から脱する」、denationalize「非国営化する」、

    de-tenant「借家から追い出す」、de-miracle「謎を解明する」（テニスン）（最後の二例は頻度が低い）

inter- の例

    intermingle「混ぜ合わせる」、intermix「混合する」、intermarriage「族間婚」、interbreed「異種交配する」、intercommunication「相互交通」、interdependence「相互依存」

international「国際的な」はベンサム (Bentham) [64] によって1780年に作られた。この語は国家間の関係が、武力よりもむしろ正義に従って平和協定が可能な市民同士の関係と同じであると考えられるようになった時代のまさに始まりを言語学的に表したものである。以来、類似の形容詞が数多く作られ

第 6 章　ラテン語とギリシャ語 (Latin and Greek)

るようになった——

 intercollegiate「大学間の」、interracial「民族間の」、
 interparliamentary「各国議会間の」

形容詞 (adjective) がない場合は、それにあたる名詞 (substantive) がそのまま使われるが、句の組み合わせとなった場合は、実際には形容詞の役割を果たす——

 interstate affairs「各州間の問題」、an interisland steamer「島と島を結ぶ船」、international, inter-club, inter-team, inter-college or inter-school contests「国際的な、クラブ対抗の、チーム対抗の、大学または学校対抗競技大会」(OED)、in short inter-whiff sentences「一服タバコを吸う間の短い文章で」(キングレーク (Kinglake) [65] *Eothen*『イオーセン』125)

pre- の例
 the pre-Darwinian explanations「ダーウィン以前の説明」
 prenuptial friendships「結婚前の友人関係」
 (ピネロ (Pinero) [66] *The Second Mrs. Tanqueray*『第二のタンカレー夫人』6 頁；その 8 頁では、ante-nuptial acquaintances「結婚前の知人」と表現されている)
 in the pre-railroad, pre-telegraphic period
 「鉄道施設以前、電信以前の時代に」(G. Eliot)
 the pre-railway city「鉄道施設以前の都市」
 the pre-board school「(1870 年の初等教育法により設立される) 以前の公立小学校」
 a bunch of pre-Johannesburg Transvaals
 「ヨハネスブルク以前 (自治領南アフリカ連邦への統合前) のトランスバール諸州」
 the pre-mechanical civilized state「機械文明以前の状態」(以上 4 例は H. G. Wells) [67]
 in your pre-smoking days「あなたがタバコを吸う以前の日々に」(Barrie) [68]
 pre-war prices「戦前の物価」

pro- の例
 the pro-Boers「ボーア人贔屓の人々」、pro-foreign proclivities「外国贔屓の

傾向」、a pro-Belgian, or rather pro-King Leopold speaker
「ベルギー贔屓、むしろレオポルド王贔屓の代弁者」

上述の派生語や複合語はいくらでも容易に作ることができるので、こういった明らかに古代ギリシャ語やラテン語的でない方法の有用性や利便性を否定する理由はない。もっとも、同じ形成語や複合語を作るために、例えば英語の after- や before- を次のように使うことがよかったのではないかということが問われるかもしれない——

 an after-dinner speech「食後の演説」
 the before Alfred remains of our language
 「我々の言語のアルフレッド以前の遺物」(Sweet)
 smoking his before-breakfast pipe「朝食前の一服をする」(Conan Doyle)[69]

re- に関して少し述べておかなければならない。この接頭辞は、rebirth「再生」のように、同じ方法で自由にいくらでも作ることができる複合語において使われる。特に動詞においてそうである——

 re-organize「再編成する」、re-sterilize「再び消毒する」、re-pocket「ポケットに入れ直す」、re-leather「なめし革にし直す」、re-case「再びケースに入れる」、re-submit「再提出する」

この場合、re- は常に長母音 (long vowel) [i:] で強勢を伴って発音される。このため、話し言葉 (spoken language) ではこれらの最近の単語は、従来からある re- を持つ語と容易に区別が可能である。後者においては re- は弱い強勢か、強く発音される場合は短母音 (short vowel) の [e] で発音される。そのようなペアーに次のような例がある——

 recollect = to remember「思い出す」: re-collect = to collect again「再び集める」
 he *recovered* the lost umbrella and had it *re-covered*
 「彼は失くした傘を取戻し、張り替えてもらった」
 reform「改革する」: re-form「再び形成する」
 reformation「改革」: re-formation「再形成」

第6章　ラテン語とギリシャ語 (Latin and Greek)

　　recreate「休養させる」：re-create「再創造する」
　　remark「注目する」：re-mark「採点をし直す」
　　resign「辞職する」：re-sign「署名し直す」
　　resound「鳴り響く」：re-sound「再び鳴る」
　　resort「通う」：re-sort「再分類する」

このような区別は、書き言葉 (written language) では必ずしも認められるわけではない。

125　統語論 (Syntax)

　ラテン語は語彙においてだけでなく、文体 (style) や統語論においても英語に影響を与えた。everything considered「すべてを考慮すると」や this being the case「こういう事情なので」のような独立分詞 (absolute participle) は、非常に早い時期にラテン語の構文をまねて導入された。[70] この構文は古英語では比較的まれであるが、ラテン語からの忠実な翻訳の中に主に起こっている。[71]

　初期中英語では (in the first period of Middle English / Early Middle English) 同様に稀であるが、後期中英語になると (in the second period / Late Middle English) 少し頻度が高くなる。チョーサーはイタリア語の構文をまねることで、その構文を使用したと思われる。しかし彼の死後イタリア語の影響は衰え、またフランス語はこの構文の頻度を増加させるような影響をほとんど及ぼさなかった。

　近代英語の初期段階において (in the beginning of the Modern English period)、独立分詞は以前よりも用いられるようになったが、「完全に自国の用法とはなっていなかった。それは、圧倒的に古典的要素を備えた文体を好むある種の作家に限られていたし、文体が本質的に英語的であるような作家においては極めて稀であった」(Ross 38頁)。しかし散文英語の文体が古典的要素であふれる新たな段階に入った1660年以降（クロムウェルの共和制終結後の王政復古）、独立分詞構文は急速に勢力を広げ、ついには定着し、英語の中に取り入れられるようになった。

　一方、作家たちがまねようとしたが、不自然と感じられたために、今では使われなくなったラテン語の用法もある――

>
> They heard, and were abashed, and up they sprung
> Upon the wing – as when men, wont to watch
> On duty, sleeping found by <u>whom</u> they dread,
> Rouse and bestir themselves ere well awake.（下線は訳者による）
> 「彼らはこの声を聞き、恥じ、翼を拡げて飛びたった。
> その有様は、不寝番の任務についていた連中が、つい眠り込んで
> いるところを怖ろしい上官に見つけられ、未だ眠りを覚ますか
> 覚まさないうちに、慌てふためいて起き上がり、右往左往するのに
> 似ていた」(Milton, *Paradise Lost* I. 333) [72]

さらに次例のような疑問文や関係詞構文 (interrogative and relative constructions) も挙げることができる――

> <u>To do what service</u> am I sent for hither? [73]（下線は訳者による）
> 「どのような勤めをするために私はここにつかわされているのか？」
> (Shakespeare, *Richard 2* 4. 1. 176)

> I only shall repeat what I have learnt from one of your own honourable number, a right noble and pious Lord, <u>who</u> had he not sacrific'd his life and fortunes to the Church and Commonwealth, we had not now mist and bewayl'd a worthy and undoubted patron of this argument. Ye know him I am sure ; ... the Lord *Brook*.[74]（下線は訳者による）
> 「私はあなた方の尊敬すべき仲間の一人、まさに高貴で敬虔な貴族であるお方から学んだことをただ繰り返すことになるだろう。そして、もしその方が教会や国家のために自分の命や財産を犠牲にしなかったのなら、この論争における立派な真の擁護者がいなくなって寂しいと思ったり、嘆くこともももはやなかっただろうに。あなた方はその方をご存じのはず。… あのブルック卿を」(Milton, *Areopagitica* 51)

126　関係詞 (Relatives)

　ラテン語文法は当時教えられていた唯一の文法で、学習や模倣するに値すると考えられていた唯一のものであった。「ミルトンが当初から愛用しており、ますます傾倒していった高度に統制された英語の統語論は、事実古典語の統語論だった。もっと正確に言えば、ラテン語の統語論を適用することだった」

第 6 章　ラテン語とギリシャ語 (Latin and Greek)

とマッソン (Masson)[75] は言い、さらに次のように述べる：「そうせざるを得なかったのだ … 今でも英語の統語論における疑問点は、もし解決が求められれば、ラテン語の構文 (Latin construction) に照らして解決されるのが最も現実的である」。しかしこの発言は、全く間違った考え方でありながら、不幸なことにあまりにも広く世間に流布しているのである。言葉に関する教養が必要とされなくても、これが誤りであるのは簡単に分かる。

　おそらくこの誤解は、ドライデンの『トロイラスとクリセイダ』(*Troilus and Cressida*) の序文においてほど強く表れている箇所は他にない。そこにはこう書かれている：「いまだに我々が無教養な書き方や話し方をするのを閣下はよく存じておられます。私自身、自分の英語の中にそのことは十分に感じているところであります。と言いますのも、私の書くものが英語の正しい用法なのか、あるは英語的語法 (Anglicism) という見かけ倒しの名のもとに表現された間違った文法で、ばかげた表現なのか、当惑することがしばしばございます。そのような時は、自分の英語をラテン語に翻訳することによってしか、その疑念を払拭することができないのです。そしてこの方法によって、より安定した言語であるラテン語で、その英語の表現がどのような意味を持つのかを試しているのです」。

　もしドライデンが自身の言ったとおりにこの方法を本当に実行していたなら、彼はこれほどまでに有名な作家になっていなかっただろう。しかし彼が *Essay on Dramatic Poesy*『劇詩論』の中で I cannot think so contemptibly of the age I live in「私の生きている時代についてそれほどまでに軽蔑的に考えることはできない」という表現を、後の版で the age in which I live に書き換えているのは、ラテン語の統語論に敬意を払った証左を示すものである。また彼はあるところで、[76] 文の最後に来る前置詞 (preposition) は、ベン・ジョンソン (Ben Jonson)[77] がよく犯す間違いであると言い、「この間違いはつい最近、自分自身の著作の中で気づいたことである」と述べている。ここでドライデンが非難した構文は「間違い」ではなく、しかもベン・ジョンソンに限ったことではない。この用法は、長い間純粋な英語の用法であり、翻訳などではない自然な散文や韻文のすべての作家においてたいへん頻繁に見られるものである。

　ジョンソン博士 (Dr. Johnson)[78] が「口語破格」(colloquial barbarism) と

呼ぶ関係代名詞の省略 (the omission of the relative pronoun) は、[79] ミルトンのすべての作品において、7回ないしは8回しか見られず、サム (Thum) によれば、マコーリー (Macaulay) [80] の History of England『英国史』(5 vols.) には全巻で2回しか使用されていない。しかし、シェイクスピア、バニヤン (Bunyan)、[81] スウィフト (Swift)、フィールディング (Fielding)、ゴールドスミス、スターン (Sterne)、バイロン、シェリー (Shelley)、ディケンズ、サッカレー、テニスン、ラスキンなどにおいては、多く見られる用法である。

アディソンの有名な『Who と Which のささやかな願い』(Humble Petition of Who and Which) [82] において、この二つの関係代名詞は、that の最近の使用の拡大によって被った被害について不満を言い立てている：「我々は旧家の子孫である。長年にわたり威厳と名誉を守り続けてきたのだ。あのちんちくりんの that の野郎にすげ替えられるまでは」と。アディソンはここで歴史的真実をあべこべにしている。というのは、that は関係詞として who や which よりずっと古いからである。しかし彼が who と which を擁護する本当の理由は、ラテン語の関係代名詞とそれらが一致するからである。だが、教室で与えられる英語の文法書やその指導による助けを受けて、彼の論文は、少なくとも書くということに関して、関係詞としての that の使用を制限する大きな一因となっていることは疑いがない。アディソン自身、『スペクテーター』(The Spectator) を本の形で出版するに際して、多くの自然な that を自然でない who や which に書き換えている。

127

英語の文体における古典研究の総合的な影響に関して、たいていの学校教師に比べて、ダーウィンとハックスリー (Huxley) [83] は正しいと強く思いたい。ダーウィンは、「古典学者は良い英語を書くに違いないという一般的な考えに極めて強い不信感を抱いていた。実際はその逆であると考えていた」。[84] ハックスリーは、1890年8月5日の『タイムズ』紙 (The Times) [85] の読書欄に次のように書いている：「英語の特徴は、ラテン語の特徴とは大きく異なっているというのが私の印象である。そして、英語の文体の最悪のもの、最も品のないものは、ラテン風を猿まねした文体である。バニヤンやダニエル・デフォー (Daniel Defoe) [86] の散文ほど純粋な英語の散文を私は知らない。キー

第 6 章 ラテン語とギリシャ語 (Latin and Greek)

ツ (Keats)[87] の詩の心地よい調べにまさるものがあるだろうか。ジョン・ブライト (John Bright)[88] の演説の力強い簡明さ、透き通るような誠実さに匹敵する雄弁家など聞いたことがない。ラテン文学とこれらの英語の巨匠たちは、相関関係にないのである」と。進化論提唱者の第三の人物としてハーバート・スペンサー (Herbert Spencer)[89] を挙げることができるかもしれない。[90] 彼も最後の著作の中で、同様の趣旨のことを述べている。[91]

128 語彙の豊かさ (Wealth of Words)

語彙に話を戻し、次の疑問を考えてみることにしよう：ラテン語の要素は総じて英語に有益なのか？古典語から自由に単語を採用するにしても、もっと限られた範囲にとどめられていた方が良かっただろうか？

完全に公平な結論は容易でないが、以下に述べることは賛否双方の意見の中で最も重要なものに対する公平な論評だと思われる。観察者を最初に惹きつける優れた点は、英語の語彙の膨大な増加である。もし英国人が、自分たちの言語は他のどの言語よりも豊かであり、自分たちの辞書はドイツ語、フランス語の辞書よりもはるかに多くの語彙を含んでいることを自慢するとすれば、その第一の理由は、外国語、とりわけ、フランス語とラテン語からの採用ということになる。ドライデンは言う：「私は我々の母語 (native language) を豊かにするために、生きているものと死んでいるもの、その両方と取り引きしているのだ」と。

129

しかし一方で、語彙の豊かさには裏の面もある。本当の精神的豊かさとは、単なる名前の豊かさでなく、概念の豊かさである。セルデン (Selden)[92] は言う：「我々は概念よりも多くの語を持っている。同じ物に対して 10 も 20 もの単語を持っている」(*Table Talk*『座談』LXXVI)。単語とは、金銭やほしい時にいつも手にすることのできる衣服や食糧の在庫のように積み上げておくことのできる物質ではない。ある語が自分の語になるためには、自分で学ばなければならない。それを所有するというのは、それを再生することを意味する。学習のプロセスも再生のプロセスも、自分自身の努力が必要である。扱い易い単語もあれば、そうでない単語もある。

従って、特定の言語において自由に使いこなせる単語の数というのは、唯一の重要なことではない。その質も考慮されなければならないのである。特に、単語をそれが表そうとする概念と容易に結びつけることができるか、そして別の語と容易に結びつけることができるかということである。その点において、ラテン語の多くの単語には欠陥があり、英語話者にとってまた別の難点となっている。

130

古典語要素の多くは母語の語彙の中にある空白部分を穴埋めし、それらがなければ表現できない概念をうまく言い表すのに役立つのだという議論が、それに賛成する側からなされるだろう。これに対して、元来言語が持つ供給力を過小評価すべきではないという反論が起こりうる。おそらくすべての場合において、自国語の中に適切な表現を見つけることができたであろう。あるいは、それを造ることができたであろう。

古英語におけるそういった効率的運用や母語の言語材料によって、新しい概念に対してぴったり当てはまる用語が容易に生み出されることについてはすでに述べた。しかしながら、新しい表現を古典語に求める前に、まずは自分たち自身の言語に目を向け、最大限それを活用しようとする習慣を英語話者は徐々に失っていったのである。

現代人の我々には容易に実現できることではないが、すべての教育をラテン語で受け、自分の考えをすべてラテン語で表現していた人々は、抽象的な内容や高尚な事柄を書く場合には、母語よりもラテン語の方が簡単だと思うことがしばしば起こる。彼らが英語でそういった事柄を書こうとする場合、たえずラテン語が先に浮かんだものだった。精神の怠慢とその場限りの便利さを求めるあまり、ラテン語を手放さず、それに英語の語尾 (termination) を付けるだけなのだ。

読者がラテン語を知らない場合でも、彼らは読者の都合などは気にすることはほとんどない。また後世の人々のことを気に掛けることもほとんどない。そういった彼らは、自身の言語を軽視するあまり、後世の人々に母語の用法に全く馴染みのない単語や表現を覚えさせるような負担を強いているのである。表現力豊かなデンマーク語の言い回しを使うと、こうだ：言葉の源泉が

第6章　ラテン語とギリシャ語 (Latin and Greek)

干上がっておらず、たえず新鮮に流れ出ているにもかかわらず、同郷の人々に水を求めて川を渡らせることを習慣づけようとしている。

131　形容詞 (Adjectives)

　ある単語群に関しては、本来の英語の中では意外なほど頭数がそろわないため、古典語の語彙を使った語の形成が極めて活発に行われている。その単語群とは形容詞である。実際、本来語の名詞と外国語の形容詞の組み合わせの多さには驚かされる——

　　mouth : *oral*「口頭の」、nose : *nasal*「鼻音の」、eye : *ocular*「視覚上の」、
　　mind : *mental*「精神の」、son : *filial*「子としての」、ox : *bovine*「牛のような」、
　　worm : *vermicular*「虫のような」、house : *domestic*「家庭の、国内の」、
　　the middle age : *medieval*「中世の」、book : *literary*「文学の、文語的な」、
　　moon : *lunar*「月面の、太陰の」、sun : *solar*「太陽に関する」、
　　star : *stellar*「星のような、一流の」、town : *urban*「都市の」、
　　man : *human*「人間の」、*virile*「男性的な」

同じ範疇の例——

　　money : *monetary*「通貨の」、*pecuniary*「金銭上の」
　　letter : *epistolary*「書簡の」
　　school : *scholastic*「学者ぶった」

これら三つの名詞は本来外国語であり、[93] 本来ならこの範疇に属さないのだが、自国語と考えられるようになったため、本来語の名詞と外国語の形容詞のセットと同じ扱いを受けても当然だろう。次の例は、英語の固有名詞とそのラテン語化された形容詞である——

Oxford	:	*Oxonian*	「オックスフォード大学（生）の」
Cambridge	:	*Cantabrigian*	「ケンブリッジ大学（生）の」
Gladstone	:	*Gladstonian*	「グラッドストーン支持者（研究家）の」[94]
Dorset	:	*Dorsetian*	「ドーセット州（人）の」
Lancaster	:	*Lancastrian*	「ランカスター家の、ランカシャー州の（人）」

英語の成長と構造

Lancasterian　「ランカスター方式の」[95]

これらの形容詞は実際に英語に欠陥があるために使われているなどということを主張しているのではない。なぜなら英語には名詞を形容詞に変えることのできる多くの語尾 (endings) があるから――

-en (silken)「絹の」、-y (flowery)「花のような」、-ish (girlish)「少女のような」、-ly (fatherly)「父親にふさわしい」、-like (fishlike)「魚のような」、-some (burdensome)「負担となる」、-ful (sinful)「罪深い」

これらの語尾は実際よりもはるかに容易に使われていたのかもしれない。事実、高尚な事柄を表す形容詞と並行して、多くの本来語の形容詞がある――

fatherly「父親らしい」: paternal「父方の」
motherly「母のような」: maternal「母方の」
brotherly「兄弟の」: fraternal「友愛の」
（*sisterly*「姉妹の」に対する sororal は非常に稀であるので考えなくてもよい）[96]
watery「水のような」: aquatic「水生の」、aqueous「水溶性の」
heavenly「天国の」: celestial「天体の」
earthy「土の」、*earthly*「地球の」、*earthen*「陶製の」: terrestrial「地球上の」
timely「時宜を得た」: temporal「（空間に対して）時間の」
daily「毎日の」: diurnal [daɪˈəːnl]「日中の」
truthful「誠実な」: veracious [vəˈreɪʃəs]「真実を語る」（very と同源）

これら本来語の形容詞の意味は、場合によっては、本来名詞の持っている意味と多かれ少なかれ違ったものになった。英語の単語は、かつて持っていた抽象的な意味をしばしば失っているが、外国語の形容詞が使われなかったなら、そういった抽象的な意味は保持され、うまく使われていたかもしれない。

　sanguinary「流血の」という語が今日広く使われている原因として考えられるのは、bloody の意味がどんどん品のない方へねじれていき、元来の「血液の」から「血塗られた」や「血だらけの」へ、さらには「ひどい、忌まわしい (damned)」という意味でも使われるようになったためであろう（255 節参照）。[97]

　king に関する三つの形容詞 kingly、royal、regal の意味の違いを正確に言

182

第 6 章　ラテン語とギリシャ語 (Latin and Greek)

うことができる人がいるだろうか？フランス語では royal、デンマーク語では kongelig、ドイツ語では königlich のように一つの形容詞があるだけだが、英語は一語で満足できなかったのであろうか？

132

　さらに言えることは、多くの場合、名詞を修飾する時、形容詞を使うことは英語の本質に実際には反している。ロマンス諸語 (Romanic languages) やスラブ諸語 (Slavic languages)[98] は名詞と形容詞の組み合わせを非常に好むが、ゲルマン諸語 (Germanic languages) は二つの概念を合わせて一つの複合名詞 (compound noun) にしてしまう。

　birthday「誕生日」は natal day「出生した日」（ワーズワース (Wordsworth)[99] 75th Sonnet）よりずっと英語的である。また、eyeball「眼球」も ocular globe「目に関する球体」より英語的であるが、生理学者は、taste nerve「味覚神経」よりも gustatory nerve「味覚に関する神経」を使う方がより威厳があると考えており、chin nerve「顎の神経」の代わりに mental nerve「頤（おとがい）の神経」（ラテン語の mentum「顎」）と言ったりすることさえある。しかしその場合、馴染みある形容詞 mental「精神の」との混同は避けられない。名詞の前に名詞を置くだけで、それを形容詞にすることができるというのが、最も英語らしいやり方である——

> the *London* market「ロンドン市場」、a *Wessex* man「ウェセックス人」、
> *Yorkshire* pudding「ヨークシャー・プディング」、a *Japan* table「座卓」、
> a strong *Edinburgh* accent「強いエディンバラなまり」、
> *Venice* glass「ベネチアガラス」、the *Chaucer* Society「チョーサー学会」、[100]
> the *Droeshout* picture「ドルースハウトの絵画」、
> a *Gladstone* bag「グラッドストン・バッグ（旅行かばん）」、
> *imitation* Astrakhan「模造のアストラカンの羊皮」、
> Every *tiger* madness muzzled, every *serpent* passion kill'd (Tennyson)[101]
> 「虎のようなすべての凶暴さには轡（くつわ）がはめられ、毒蛇のようなすべての激情は殺され」

　family「家族」に対応する英語の形容詞は familiar ではなく family であるというのは注目に値する。familiar は「血縁」という意味から幾分遠ざかっ

てしまっているからである。family reasons「家庭上の理由」、family affairs「家庭の事情」、family questions「家庭の問題」などの例が挙げられる。

　ラテン語の形容詞を形成する不自然さは、もしかしたら、feudary と feudatory「封建の」、festal と festive「祝祭の」にあるように、異なった語尾の間に見られる揺らぎによっても示されるかもしれない。labyrinth「迷宮」には六つもの形容詞が認められる：labyrinthal、labyrinthean、labyrinthian、labyrinthic、labyrinthical、labyrinthine。

　多くの形容詞は全く余分なものである。シェイクスピアは、autumnal「秋の」、hibernal「冬の」、vernal「春の」、estival「夏の」、これらはいずれも一度も使っていない。おそらくそれらがなくても不便を感じることはなかったのだろう。hodiernal「今日の」と hesternal「昨日の」の代わりに、幸いにも to-day's post「今日の郵便」、the questions of the day「今日の問題」、yesterday's news「昨日のニュース」のような言い方がある。また次のような語を使わなくても困ることはない——

　　　gressorial (birds)「歩行性の（鳥）」
　　　avuncular「おじさんの（ように親切な）」（サッカレーのお気に入りの単語）
　　　　Clive in the *avuncular* gig is driven over downs
　　　　「クライブはおじさんの馬車で丘の向こうへ連れて行かれる」
　　　　the *avuncular* banking house「おじの銀行」
　　　　the *avuncular* quarrel「おじの論拠」
　　　osculatory (processes)「接吻の（方法）」
　　　lachrymatory「涙の」
　　　　he is great in the *lachrymatory* line「涙を流すのがうまい」
　　　aquiline「鷲の」
　　　　What! am I an eagle too? I have no *aquiline* pretensions at all [102]
　　　　「何？ワシも鷲だと？鷲のような傲慢なうぬぼれなど持っておらん」
　　　（以上 gressorial 以外の用例はすべて Thackeray, *The Newcomes* より）

それにしても、あまりにも多くの似たような無意味な形容詞である。

133　同義語 (Synonyms)

　英語の豊かさは、何よりその同義語 (synonyms) の多さに見出される。こ

第6章　ラテン語とギリシャ語 (Latin and Greek)

ここでの同義語の定義は、全く同じ意味を持つ語という狭義においてと、ほぼ同じ意味を持つ語という広義においてのいずれの場合も指す。後者の意味での同義語は、話者が微妙なニュアンスを表現することができるということで、たいへん貴重なものである。juvenile「少年（特有）の」は youthful「若々しい」と同じことを意味するのではない。このようなペアーは次の例に見られる——

> ponderous「重苦しい」: weighty「重い」、portion「一人前」: share「分担」、miserable「悲惨な」: wretched「みすぼらしい」

legible は that can be read「判読可能な／読みやすい」を意味し、readable は一般的に worth reading「読む価値がある／読んで面白い」を意味する。時としてラテン語は、英語よりも限定的、特別あるいは正確な意味で使われる。次の例はその比較である——

> identical「全く同じ」: same「同じ」、science「学問」: knowledge「知識」、sentence「文」: saying「発言」、latent「潜在的な」／ occult「神秘的な」: hidden「隠された」

今日では、breath「呼吸」は spirit「精神」と同義語であるとは言えない（テニスンは、The spirit does not mean the breath「精神は呼吸を意味しない」と言う）。[103] 同様に edify「教化する」を、スペンサー (Spenser) [104] は build up「建築する」という具体的な意味で使っているが、今ではもっぱら精神的な意味で使われ、決して build と同義ではない。

　homicide「殺人」は学術的、抽象的、無色の語であるが、murder「殺人」は manslaughter「人殺し」のみを表し、killing「殺し」は動物にも適用でき、より一層漠然とした意味を持つ日常語である。OED にはコールリッジからのたいへん適切な引用例がある——

> [He] is acquitted of murder – the act was manslaughter only, or it was justifiable homicide.
> 「彼は（計画的な）殺人については無罪となった — 彼のしたことは（一時の激情による）人殺しにすぎなかった。あるいは正当防衛により死に至らしめるこ

とになっただけだった」

　学術用語の magnitude「大きさ」は greatness「偉大さ」あるいは size「大きさ」よりも特化されている。size は今では完全に英語であるが、assize が奇妙に変化して近年発達した語である。[105] popish「ローマカトリックの」は軽蔑的な要素を含んだ語であるが、職業上の用語 papal「ローマ教皇の、ローマ（カトリック）教会の」にそれはない。

　ラテン語の masculine「男性の」は、英語の manly「男らしい」よりも抽象的である。英語の方には賞賛の気持ちを表す要素が含まれる。フランス語の male「（性が）男の、雄の」は、ラテン語や英語と正確に同じ意味を持っているわけではない。ラテン語の virile「男性の特徴を持つ」は上の三語とは別の第四のニュアンス (a fourth shade) を持つ語である。一方、「女」を表す語に female、feminine、womanly、womanish があるが、それらの違いは、「男」の四つの語間の違いに対応するものではない。

134

　以上の例は古典語と英語の同義語関係を示すのに十分であろう。そして、同義語間の違いを明確に線引きしたり、それぞれの語に付随した微妙なニュアンスを正確に決定したりするのは必ずしも容易ではないことが分かるだろう。実際に、同義語に関するいろいろな論文や辞書で与えられている定義 (definitions) を比較すれば、特に様々な作家に見出される用法とそういった定義を比較すれば、多くの場合、単語に厳密な意味範囲を割り当てることは絶望的な仕事であることがはっきりする。

　場合によっては、ある語がある連語 (collocation) においては選ばれ、別の連語では別の語が選ばれるということしか、本当の違いはないということもある。それでも、二重、三重に類似した表現が可能であるがゆえに、作家は、自らの思想を極限まで突き詰めて正確に表現することができるというのは疑う余地のないことである。

　だが一方で言えることは、厳密で十分に洗練された思想を持っている人々だけが言語的正確さの最高レベルに到達するのであって、曖昧で不正確な思考の人々が、話し言葉や書き言葉においてそのようなレベルの人々と同じ語

第 6 章　ラテン語とギリシャ語 (Latin and Greek)

を用いる場合、仮に同義語間に明確な境界線があったとしても、それをぼかしてしまうことが常に起こる。なぜなら不正確の思考の人々の日常語彙には、そういった同義語は存在しないからである。

135　多様性 (Variety)

　二つの単語の間に実質的な価値の差がなくても、あるいは、その差が一時的に無視される場合であっても、そういった関係にある単語の存在は全く無意味だとは必ずしも言えない。なぜなら、それがあることで、作家は同一語のつまらない繰り返しを避けることができるし、いろいろな表現は文体のうまさの一つと考えられるからである。英語の作家が本来語 (native word) と借用語 (borrowed word) を並行させて、意味を変えることなく表現を敷衍させているのを次の例の中に見ることができる――

> This noble ile ... almost shouldred in the swallowing gulph,
> of blind *forgetfulnesse* and darke *oblivion* [106]
> 「わが国も盲目の忘却に飲みこまれ、暗黒の海底に引きずりこまれるほかありません」
> (Shakespeare, *Richard 3* III. 7. 129 バッキンガム公の力強い修辞的演説）
> The *manifold multiform* flower 「多種多様の花」
> (スウィンバーン (Swinburne) [107] *Songs Before Sunrise* 106)

三つの表現が自然に変化している例――

> the Bushman story is just the *sort* of *story* we *expect* from Bushmen, whereas the Hesiodic story is not at all the *kind* of *tale* we *look for* from Greeks
> 「ブッシュマンの物語はまさにブッシュマンから期待できる種類の物語であるが、ヘシオドスの物語はギリシャ人から捜し求める類いの話などではない」
> (ラング (Lang) [108] *Custom and Myth* 54)

さらなる表現の多様性の例――

> I *went upstairs* with my candle directly. It appeared to my childish fancy, as I *ascended* to the bedroom ...

「私はすぐにろうそくを持って二階に上がった。寝室に到達すると、私の子供じみた空想の前にそれは現れ …」
He asked me if it would suit my convenience to have the light *put out* ; and on my answering 'yes', instantly *extinguished* it.
「彼は私に明かりを消してもかまわないかと尋ねた。私が『はい』と答えると、彼は即座に消灯した」
The phantom slowly *approached*. When it *came near* him, Scrooge bent down
「幽霊がゆっくりと接近してきた。スクルージの近くに来ると、彼は腰をかがめた」
they are *exactly unlike*. They are *utterly dissimilar* in all respects
「彼らは全く似ていない。すべての点で完全に異なる」
（以上、ディケンズより）
We who boast of our *land of freedom*, we who live in the *country* of *liberty*.
「自由の地を誇る我ら、圧制から解き放たれた国に住まう我ら」
I could not repress a *half smile* as he said this ; a similar *demi-manifestation of feeling* appeared at the same moment on Hunsden's lips.
「彼がこれを言った時、私は半笑いをこらえることができなかった。まさにその瞬間ハンスデンの唇にも同様の感情表現が半ば現れた」

このように言い換えをしたからといって、文体が最高レベルに達するとは限らない。ミントー (Minto)[109] の *Manual*『手引き』からサミュエル・ジョンソンが書いたパンチ酒についてのくだりを見てみる――

The spirit, volatile and fiery, is *the proper emblem* of vivacity and wit ; the acidity of the lemon will very *aptly figure* pungency of raillery and acrimony of censure ; sugar is *the natural representative* of luscious adulation and gentle complaisance ; and water is *the proper hieroglyphic* of easy prattle, innocent and tasteless.
「揮発性でヒリヒリするこの酒は、快活と機知のまさに象徴である。レモンの酸味は冷やかしの刺激臭と酷評の辛辣さをとても適切に表すだろう。砂糖は甘美の賛辞と温和な愛想のよさを自然に表現する。そして水には無邪気無味の軽い無駄話がうまく隠されている」

上例はミコーバー氏 (Mr. Micawber)[110] が、to the best of my knowledge, information and belief ... to wit, in manner following, that is to say「私の知

第6章　ラテン語とギリシャ語 (Latin and Greek)

るかぎり、情報によると、信じるところでは … すなわち、次のように、つまり」などと言葉を積み重ねるのとさほど違わない。これを機に、ディケンズは次のごとく言葉を爆発させる——

> In the taking of legal oaths, for instance, deponents seem to enjoy themselves mightily when they come to several good words in succession, for the expression of one idea ; as, that they utterly detest, abominate, and abjure, or so forth ; and the old anathemas were made relishing on the same principle. We talk about the tyranny of words, but we like to tyrannize over them too ; we are fond of having a large superfluous establishment of words to wait upon us on great occasions ; we think it looks important, and sounds well. As we are not particular about the meanings of our liveries on state occasions, if they be but fine and numerous enough, so the meaning or necessity of our words is a secondary consideration if there be but a great parade of them. And as individuals get into trouble by making too great a show of liveries, or as slaves when they are too numerous rise against their masters, so I think I could mention a nation that has got into many great difficulties, and will get into many greater, from maintaining too large a retinue of words. (*David Copperfield* 702 頁) [111]

「一例を挙げよう。訴訟での宣誓において、一つの考えを表現するために立て続けにうまい言葉がいくつか出て来る時、証人は悦に入った様子を見せる。例えば、自分は嫌悪し、忌み嫌い、公然と破棄するのだ、などと言葉が出てくる場合だ。呪いの言葉を重ねることも、同じ理屈で昔からいい味を出す効果があったのだ。我々は言葉の暴君のような振る舞いについて話をするが、同時に我々自身が言葉に対して暴君のように振る舞うことも好きなのだ。我々は大事な時のために、自分に仕えてくれる有り余るほどの言葉を確立しておくことが大好きだ。それは重要であるように思えるし、相手には聞こえがよいと思う。儀式の際にそろいの制服がきらびやかで、たくさんありさえすれば、その意味についてとやかく言わないのと同じように、言葉を盛大にひけらかすだけなら、その意味や必要性などは後回しでよい。そして個人が制服をあまりにも見せびらかしすぎることで問題を起こしたり、あるいは、奴隷があまりにも多くなりすぎると、主人に対して蜂起したりする。それは国についても同じことが言えて、あまりにも多くの言葉の従者を維持しようとすることで、多くの困難に見舞われてしまったり、将来さらなる困難に見舞われる国家も現れることだろう」

136

　ラテン語やギリシャ語から多くの同義語が入って来てしまったが、そもそも入れたのが間違いで、手を付けないのが一番よかった。lighthouse「灯台」を補うために pharos [ˈfɛːrɒs]（エジプト北部、アレクサンドリア湾内の島の名前で、そこに有名な灯台があったことから、「灯台」を意味するようになった）がなくても誰も困りはしないだろう。blackness「黒いこと」に対する nigritude もそうである。

　英語の本来語である cold「寒い」、cool「涼しい」、chill「冷え」、chilly「冷え冷えする」、icy「氷の」、frosty「霜の降りる」は、実際上それだけあれば十分で、frigid「極寒の」、gelid「凍るような」、algid「悪寒が走る」を輸入する必要はない。それらはシェイクスピアや欽定訳聖書 (the Authorized Version of the Bible)、[112] またミルトン、ポープ、クーパー (Cowper)、[113] シェリーの詩集には見られない。

137

　同義語には、音節 (syllable) の数の違いやアクセントの位置の違いによって、語を選択することができるという利点がある。しかし、それとは別に、詩人は自分の目的のために、短い本来語よりも朗々としたラテン語の方がよいと感じることもあるだろう。散文においても同様で、ラテン語は文の調子を高め、文の構造に気品や威厳をも加えてくれるように思われる。そういった語を使うことによって、読者や聞き手を次の新しいテーマへ急がせるようなことをせず、より長い時間同じところに彼らの心を留めておくことができるのである。ラテン語の使用によって読者や聴衆の考察がより深まり、とりわけ感情がより高まる時間を与えることになる。

　古典語の同義語について、ハーバート・スペンサー（*Essay* II. 14 頁）（注 62、89 参照）は次のように述べている：「文字数の多い、大げさな形容語句 (epithet) は、まさにその大きさゆえにスケール感や強さを連想させ」、そして「複数音節語 (a word of several syllables) は単音節語より強調的な調音 (articulation) の余地があり、強調した音調は感情の目印であるので、描写の印象深さがそれによって示される」。だが私には、同義語の重要な点は時間的な側面にあるように思われる。

第6章　ラテン語とギリシャ語 (Latin and Greek)

　ハウエル (Howell) [114] はその著書 (*New English Grammar* (1662) 40 頁) の中で面白いことを言っている (しかし、まじめに取らないように):「スペイン人は多音節語 (words of many syllables) を多く持ち、それを喜んでいる。イングランド人が一音節で表現するところを、彼らは五音節、六音節で表現する。例えば、thoughts「思想」を pensamientos、fray「乱闘」を levantamiento という。彼らは話している間にそのことについて考える時間を必要とするからである。これも知恵の一部だと言える」。

138　学術用語 (Nomenclature)

　古典語の要素は国や言葉の異なる者同士の間でも理解できるという点で優れている。また、多少なりともラテン語、ギリシャ語の正確な類推に基づいていれば、19世紀に作られた単語であっても、その多くは英国のみならず他の多くの文明国で使われていることは確かである。この有用性は国と国の間を容易に行き来できる現代においては明白である。しかし概してその点は過度に評価されるべきものではない。命名されたものが日常大切なものであるなら、国際上の容易さを言う前に国民の利便性が考慮されるべきである。従って、to wire「電報を打つ」や a wire「電報」は、telegraph や telegram よりも好ましい。[115]

　科学上の命名法 (scientific nomenclature) はかなり普遍的であり、foraminifera「有孔虫類」や monocotyledones「単子葉植物」に対して、各国が独自の名前を持たなければならない理由はない。しかし、科学の大半は今や人々の財産となり、日常生活に大変深く影響を及ぼしているので、もっぱら専門家のために意図されたのではない物に対しては、学術的な名前よりも一般的な名前にする努力がなされるべきである。

　sleeplessness「不眠症」の方が insomnia「不眠症」より優れた名詞である。ドイツ語が読める英国人がドイツ語由来の Schlaflosigkeit「不眠症」が出てきても驚かないように、[116] 英語で医学論文を読める外国人なら、英語本来の語 sleeplessness「不眠症」が分からないということはないだろう。

　外国の音声学者は、メルヴィル・ベル (Melville Bell) [117] の英語による優れた命名法を理解するのに困難はないが、英語よりも厄介な palatal「口蓋の」、gutturopalatal「軟口蓋の」、guttural「喉音の」よりもむしろ、front「前舌

の」、mixed「中央の」、back「後舌の」などの英語の用語をかなり採用している。しかし half-vowel「半母音」（グージ (Googe)[118] 1577)、half-vowelish「半母音的な」（ベン・ジョンソン）が semi-vowel、semi-vowel-like に取って代わられたのは残念なことである。最近多くの外国語の中に借用された英語に次のような語がある——

    cheque「小切手」、box「（銀行の）金庫室」、trust「企業合同」、
    film「（写真の）フィルム」、sport「スポーツ」、jockey「競馬の騎手」、
    sulky「一人用二輪馬車」、gig「一頭立て二輪馬車」、handicap「ハンデキャップ」、
    dock「治療所、検査場」、waterproof「防水の」、tender「給仕船」、
    coke「コカイン」（ドイツ語やデンマーク語で koks、時々疑似英語綴りで coaks)

これらの例から言えることは、国際的に通用するためであっても、高踏的な見かけを持つ必要などなく、ギリシャ語やラテン語をルーツにする必要もないということである。ギリシャ語やラテン語の多くは、思いのほか国際的になっていない。というのは、そこから作られた英語はヨーロッパ大陸では知られていないからである。例えば——

    pathos「悲哀」、physic「医術」、concurrent「同時の」、competition「競争」、
    actual「実際の」、eventual「結果として起こる」、injury「障害」

また次の例では、借用語の語尾が英語において違っている——

    principle「原理」（フランス語 principe、ドイツ語 Prinzip)
    (-le の添加は manciple「大学・修道院の賄い係り」、participle「分詞」との類推）、
    individual「個人（の)」（フランス語 individu、デンマーク語 individ、ドイツ語 Individuum)（in「否」+ divide「分割」のラテン語 individuus + al「性質」から）、
    chemistry「化学」（フランス語 chimie、ドイツ語 chemie)、
    botany「植物学」（フランス語 botanique)、fanaticism「熱狂」（フランス語 fanatisme)

第6章　ラテン語とギリシャ語 (Latin and Greek)

139　欠点 (Drawbacks)

　古典語から借用された語彙の中には、発音に関する英語固有の欠点が見られるものがある。26節では強勢の移動 (stress-shifting) について言及したが、それはゲルマン諸語 (Germanic tongues) の一般的特徴と相容れないもので、特に英語のように強勢が置かれない音節があいまい母音 (indistinct vowel sounds / schwa) で発音されるような言語においては、互いに関連した単語同士における関係を不明確にしてしまう。次の例を比較してみる（アクセント記号については注20を参照）——

　　'solid「固い」: so'lidity「個体性」、'pathos「悲哀」: pa'thetic「哀れな」、pa'thology「病理学」: patho'logic「病理学の」、'pacify「静める」: pa'cific「平和な」

pacification [pæsɪfɪ'keɪʃən]「和解」は第4節に強勢が置かれるが、最初の二つの音節の強勢は pacify ['pæsɪfaɪ] と pacific [pə'sɪfɪk] に見られるように、強勢の位置に変動が起きている。この不調和 (incongruity) は、学術名を表す派生語尾 (a learned derivative ending) によって本来の固有名詞がゆがめられる場合に特に不快なものとなる。例えば、Milton ['mɪltən] は Miltonic [mɪl'tɒnɪk]「ミルトン（詩風）の、（文体が）雄大荘重な」、Miltonian [mɪl'təʊnɪən]「ミルトン研究者」のように強勢が第2音節へ移動し、母音も違った具合に変化する。次例も参考——

　　　　Bacon ['beɪkn]　　→　Baconia [beɪ'kəʊnɪən]「ベーコン（学説）の（信奉者）」
　　　　Dickens ['dɪkɪnz]　→　Dickensian [dɪ'kenzɪən]「ディケンズ（風）の（研究者）」
　　　　Taylor ['teɪlə]　　 →　Taylorian [teɪ'lɔːrɪən]「テイラー研究所（の）」[119]
　　　　Spenser ['spɛnsə]　→　Spenserian [spɛn'sɪərɪən]「スペンサー（流）の（信奉者）」
　　　　Canada ['kænədə]　→　Canadian [kə'neɪdɪən]「カナダの、カナダ人（の）」
　　　　Dorset ['dɔːsɪt]　 →　Dorsetian [dɔː'setɪən]「ドーセット州の（人）」

140

　emit「放出する」と immit「注入する」、emerge「現れる」と immerge「沈む」の間には、また別の欠点が見られる。ラテン語の emitto と immitto、emergo と immergo は母音が異なり、二重子音 (double consonant) が厳密に二重に発音されるため、[120] 単子音 (single consonant) と区別される。一方、英語の自

193

然な発音では、immediate「直接の」と emotion「感情」の第1音節が混同するように、それらの区別がつかなくなってしまう。[121] e- の意味「外へ」は in-「中へ」とは正反対なので、上記の emit / immit と emerge / immerge の二つのペアーが同一言語内にあれば矛盾が生じ、問題なく並存することは困難である。このことは、illusion「幻想」と elusion「回避」についても当てはまる。[122]

さらに大きな欠点は、語頭 (initial) の in の二つの意味から生じる。なぜなら in は場合によっては否定の接頭辞 (negative prefix) であり、また前置詞でもあるからだ。辞書によると、infusible には二つの意味がある：that may be infused or poured in「注入できる」と incapable of being fused or melted「不溶解性の」。

importable は、今では import「輸入する」の派生語としてのみ使われるが、かつては unbearable「耐え難い」の意味もあった。[123] improvable も同様に今では capable of being improved「改良可能な」の意味しか保持していないが、かつては incapable of being proved「証明不可能な」の意味があった。『テンペスト』(2. 1. 37) の uninhabitable「住居に適さない」は現代の用法と一致しているが、シェイクスピアは他の箇所で inhabitable を「住居に適さない」の意味で使っている――

> Even to the frozen ridges of the Alps, Or any other ground *inhabitable* (*Richard 2* 1.1.65)
> 「アルプスの凍った尾根までも、人の住まわぬいかなる地へも」

inhabitable という語の持つ曖昧性のために、inhabit に対応する肯定的意味の形容詞は habitable で、否定的意味は uninhabitable という奇妙な現象が生じている。

inebriety「酩酊」の第1音節は前置詞の in- なので、稀な語であるが ebriety も drunkenness「酔っぱらった状態」と同じことを意味することになる。しかし、T. フック (Hook)[124] はそれを否定の接頭辞と取り違え、in- を削除することで、ebriety に sobriety「しらふ」のという意味を持たせた。[125] シェイクスピア『シンベリン』(1. 6. 109) の illustrious は、lustrous「輝かしい」の否定語として使われているが、他の箇所では正しい意味で使われている。

第6章　ラテン語とギリシャ語 (Latin and Greek)

幸いなことに、この曖昧さは語彙の少数部分に限られている。[126]

141

　借用語 (loan words) は必ずしも言語を不調和にするとはかぎらない。例えばフィンランド語では、最近のスウェーデン語からの借用語の一部を除き、様々な言語からの借用語があるにもかかわらず、統一が取れているというのが広く認識されている印象である。言語学者 (philologist) にしかそれが外国語であると認識できないほどに、その要素は、音と屈折 (inflexion) において同化 (assimilated) されてしまっているからである。ノルマン征服[127] 以前のラテン語からの英語への借用語 (the pre-Conquest borrowings from Latin into English)、スカンジナビア語やフランス語の借用語の中の最も重要な単語、いな、大変多くの異国の言語からの最近の借用語についてさえも、同じことが言える——

　　wine、tea、bacon、egg、orange、sugar、war、
　　plunder「略奪」、prison「刑務所」、judge「裁判官」[128]

これらはすべて欠くことのできない単語であるだけでなく、他と調和のとれた英語の要素でもある。しかし、たいていの人々は、そういった単語が必ずしも英語本来のものではなかったと初めて聞いた時は驚く。一方次の単語は、言語学の訓練を受けていなくても、それらが英語の中核と調和せず、中心からずれているということは認識できる——

　　phenomenon「現象」、diphtheria「ジフテリア」、intellectual「知的な」、
　　latitudinarian「(宗教上の) 自由主義の」

また、次の father のセットや、英語のほぼすべての名詞 (substantives) に備わっている美しい規則 (beautiful regularity) を破るような特異な複数形 (abnormal plurals) を見れば、誰もが不調和を感じるに違いない——

　　father「父」、paternal「父の」、parricide「父殺し」
　　phenomena (phenomenon「現象」の複数形)、nuclei (nucleus「核」の複数形)、

larvæ（larva「幼虫」の複数形）、chrysalides（chrysalis「さなぎ」の複数形）、indices（index「指数」の複数形）

これに関して、animalculæ（animalcule / animalculum「極微生物」の複数形）や ignorami（ignoramus「無知な者」の複数形）のような奇怪な複数形[129] が時おり起こるのは、学校教師の間で蔓延している衒学趣味への無意識の抗議である。[130]

142

大規模な学術用語の採用によって英語は不自然な状態に陥ってしまうが、このことは、それらの単語のうちの多くは固定した発音を持たないという事実によって一層はっきりする。実際、その類の語は、英語には現実的に存在しないアイ・ワード (eye-word) である。教育を受けた人は自由にそれらを書き、書かれた語は理解できる。しかし、そんな彼らもそれを発音しなければならない時は、多少なりとも困惑する。

マレー博士（Dr. Murray）[131] はある学会に出席した時のことを次のように述べている：議論の最中、gaseous「ガスの」という単語が多くの著名な物理学者によって、六つの異なった方法で規則性を持って発音されていたのを耳にした（OED の Preface『序文』）。[132] diatribist「悪口屋」という語は、マレー (OED) や Century Dictionary [133] では第 1 音節に強勢が置かれているが、Webster [134] では第 2 音節に置かれている。phonotypy「表音式速記法」、photochromy「天然色写真術」など、類似の単語にも同じ現象が見られる。

しかしながら、hegemony「覇権」[135] と phthisis「肺結核」[136] の二つはこの程度ではすまない。辞書はそのいずれにも、九つもの可能な発音を与えている。しかも、そのうちのどの発音が広く用いられているか、どれが好ましいかは述べていない。はたして他の言語にこれほどまで発音の揺れを見つけることができるだろうか。

143

ここで我々の頭の中を占領している単語に対して言えるかぎりの最悪の事柄は、その難解さであり、難解さゆえに当然のごとく生まれ出る非民主主義的な

第6章　ラテン語とギリシャ語 (Latin and Greek)

特徴である。大多数の難解な語は、古典教育を受けたことのない人にとっては、決して使われることのない語であり、理解されることのない語であろう。[137] 難解な語と一般の語彙との間には、概念の関連性や単語を覚えるのに役立つような語源の類似性、あるいは語形成上の要素における類似性はない。我々の脳の中にはそういった単語を結び合わせる目に見えない糸など何ひとつないのである。

それゆえ英語における難解な語の数の多さは、社会階級の区別を形成することになり、さらにそれを一層強めてしまうのである。その結果、人の教養はその人が話したり書いたりする際に、そういった語をいかに正しく扱うことができるか、その程度によって判断されることになる。しかしこの判断というのは、人間の価値を計る場合の想像しうるかぎりの最上の尺度でないことは明らかである。

大層な単語 ('big' words) をゆがめたり、使い方を間違ったりして、読者に向けて滑稽な人間に仕立てられた人物が登場する文学作品が溢れているのは、英語をおいて他にない。シェイクスピアのドッグベリー (Dogberry) やクイックリー夫人 (Mrs. Quickly)、フィールディングのスリップスロップ夫人 (Fielding's Mrs. Slipslop)、スモーレットのウィニフレッド・ジェンキンス (Smollet's Winifred Jenkins)、シェリダンのマラプロップ夫人 (Sheridan's Mrs. Malaprop)、ディケンズのウェラー爺 (Weller senior)、シラバーのパーティントン夫人 (Shillaber's Mrs. Partington)、さらには、小説や喜劇の中で笑い者にされた無数の下男や労働者たちは皆、英国の教養人に対して起こされた裁判の原告側の証人として出廷することになるかもしれない。故意に英語を必要以上に複雑にし、ゆえに国民の全階級における教育の普及が妨げられることになったことに対する裁判において。

144　マラプロピズム (Malapropism)[138] とジョンソン流の文体 (Johnsonese)

「一般人の理解を超えた選り抜きの語 (choice word) や計算されつくした表現 (measured phrase)」の使用程度は、作家によって大きな違いがあるが、これに関しては、簡単に利用できる文学の教科書の類に書かれているので、[139] ここでは繰り返すことはしない。ただ、各作家における本来語と外国語の比率について示されている統計の数字は、残念ながら完全に適切というわけではな

い。というのは、本来語の中にスカンジナビア語の借用語を含めており、古典起源の単語はすべて一緒に数えているからである。

　cry「叫ぶ」や crown「王冠」のような大衆の語 (popular words) は、[140] auditory「聴覚に関する」や hymenoptera「膜翅類の昆虫」のような学術的な単語とは、明らかに英語における立場が全く違う。通常の文語体 (literary style) における高踏的な単語の使用は、ジョンソン博士の時代にその絶頂に達した。次の例ほどジョンソン流の文体の極みを表すものを私は知らない——

> The proverbial oracles of our parsimonious ancestors have informed us, that the fatal waste of our fortune is by small expenses, by the profusion of sums too little singly to alarm our caution, and which we never suffer ourselves to consider together. Of the same kind is the prodigality of life ; he that hopes to look back hereafter with satisfaction upon past years, must learn to know the present value of single minutes and endeavour to let no particle of time fall useless to the ground.[141]
> 「我らが耆齒先祖の金言忠言は我らに教え来たりたり。我らが財の破滅的浪費は、僅かなる数々の失費によりて、我らが警鐘を轟き鳴らさぬほど微量なる蓄積濫費によりて成る。我らは金銭総和の考慮など自らにゆめ承知させざらむ。人生の放蕩なるも同じ。満足を持ちて過ぎにし歳月を振り返らむと欲すれば、今の一刻、その価値を心得べし。時の粒いかなるも地に無益に散らさぬと尽力すべし」

145

　マコーリーは、自著『ダーブレー夫人論』(*Essay on Madame D'Arblay*) において、ジョンソン博士の熱烈な礼賛者であったダーブレー夫人によって練り上げられたジョンソン流の文体のほれぼれするような例を挙げている。シェリダン (Sheridan)[142] は愛する妻が人前で歌うことを認めようとはしなかった。このことに関して、ジョンソン博士は心から賞賛した。そこでダーブレー夫人はジョンソン博士を次のように評する——

> The last of men was Doctor Johnson to have abetted squandering the delicacy of integrity by nullifying the labours of talent.
> 「才能高き働き手　価値なきものにせんとする　清廉潔白その機微を　散財せよとそそのかす　最後になるは辞書博士」

第6章　ラテン語とギリシャ語 (Latin and Greek)

日常的な表現をジョンソン流に言い換えた例――

> to be starved to death → to sink from inanition into nonentity
> 「飢え死にする」→「飢餓から非存在へ陥る」
> Sir Isaac Newton → the developer of the skies in their embodied movements
> 「アイザック・ニュートン卿」→「体系化された動きの中にある天空の開拓者」

また次のようなジョンソン流の文体をまねて書かれた表現がある。才気走った連中が黙って座っていた時に、スレール夫人 (Mrs. Thrale) [143] が取った態度についてである――

> Mrs. Thrale ... is said to have been 'provoked by the dulness of a taciturnity that, in the midst of such renowned interlocutors, produced as narcotic a torpor as could have been caused by a death the most barren of all human faculties'. (Macaulay *Essays* (Tauchnitz ed.) V. 65 頁) [144]
> 「あれほどの高名な発言者のただ中にあって、すべての人間の機能の中で最も不毛である死によって引き起こされたのではないかと思わすような催眠性の活動停止状態を生み出した寡黙性の鈍麻によって激昂した」と言われている。

146

19世紀には大変うれしい反動が起こった。英語本来のゲルマン語系の単語 ('Saxon' words) [145] と自然な表現が選ばれるようになったのだ。例えばテニスンが『国王牧歌』(*the Idylls of the King*) で、他のいかなる詩人よりもラテン語の使用を控えたと誇ったことは非常に重要なことだった。しかし中途半端に教養のある人々の間では、いまだに古典病は残っている。次例は新聞からの引用で、学校から戻って来た若い女性が説明する場面――

> 'Take an egg,' she said, 'and make a perforation in the base and a corresponding one in the apex. Then apply the lips to the aperture, and by forcibly inhaling the breath the shell is entirely discharged of its contents.' An old lady who was listening exclaimed : 'It beats all how folks do things nowadays. When I was a gal they made a hole in each end and sucked.'
> 「玉子を一つ用意して」彼女が言った。「底を穿孔し、頂部にもそれと対応する

穿孔を施す。それから開口部に唇を当てがい、遮二無二息を吸引することにより、その殻は完全にその内容物から放免される。」これを聞いた老婦人は驚嘆の声を上げた。「今の人たちがすることといったら！　私が子供の頃は、両側に穴をあけて吸ったわ」

サクソン語 (Saxon English) の巨匠、チャールズ・ラム (Charles Lamb) [146] はこの若い女性とは一味違う人物だった。その『耳の章』(Chapter on Ears) は次のような具合——

> I have no ear. Mistake me not, reader, nor imagine that I am by nature destitute of those exterior twin appendages, hanging ornaments, and (architecturally speaking) handsome volutes to the human capital. Better my mother had never borne me. I am, I think, rather delicately than copiously provided with those conduits ; and I feel no disposition to envy the mule for his plenty, or the mole for her exactness, in those labyrinthine inlets – those indispensable side-intelligencers.
> 「私には耳がない。読者のみなさん、誤解しないでください。外側の対になった付属物、ぶら下がっている装飾品、（建築学的に申せば）コリント柱頭の美しい渦巻き装飾が生まれつきないと想像しないでください。もしそうだったら、母は私を産まなかった方がよかったでしょう。思うに、私はまさにそのような導管の詰まった器官を、豊富にというよりもむしろつつましやかに与えられているのです。そして、これら迷路のような入口 — 不可欠な側部の情報提供者 — に関して、ラバの耳の大きさに嫉妬したり、モグラの小さな耳の精巧さに嫉妬する気持ちなど全くないのです」

147

　もちろんラムはここではある程度ユーモアな効果を狙っており、類似の婉曲的表現 (circumlocutions) が笑いを誘う効果を得るために会話の中に意識的に用いられている——

> he amputated his mahogany (cut his stick, went off)
> 「彼はマホガニーを切断した」（逃げ去った）（センダン科マホガニー属の高木、家具などの良質な材料：例文の「マホガニー」はマホガニー製の杖を指す）
> to agitate the communicator (ring the bell)「通報器を揺り動かす」（ベルを鳴らす、成功する、ピンとくる）

第 6 章　ラテン語とギリシャ語 (Latin and Greek)

a sanguinary nasal protuberance「血みどろの鼻の隆起」(血の出ている鼻)
the Recent Incision (the New Cut, a street in London)
「最新の切り込み」(ロンドンのある通りで、the New Cut という名前)
 The Grove of the Evangelist (St. John's Wood in London)「福音伝道者の森」
(ロンドンの聖ヨハネの森：リージェントパークの北にある高級住宅街)

ボブ・ソーヤー氏 (Mr. Bob Sawyer) が、'I say, old boy, where do you *hang out*?'「なあ、あんた、どこに住んでるんだい？」と尋ねた時、ピックウィック氏 (Mr. Pickwick) は、自分は今、ジョージ・アンド・ヴァルチャーに 'suspended'「吊り下げられている」と答えた (Dickens, *Samuel Pickwick* II. 13)。 *Punch*『パンチ』[147] は有名なことわざを次のように言い換えたりしている（Fitzgerald の *Miscellanies* 166 頁に引用）——

Iniquitous intercourses contaminate proper habits.
「不正な交際は適切な習慣を汚す」[148]
In the absence of the feline race, the mice give themselves up to various pastimes.
「ネコ科の類がいない時にネズミはいろんな余暇にふける」[149]
Casualties will take place in the most excellently conducted family circles.
「災難は最もすばらしい行いの家庭に起きるもの」[150]
More confectioners than are absolutely necessary are apt to ruin the potage.
「絶対に必要である以上の製造人はポタージュを破滅させる傾向がある」[151]

同様の例として、A rolling stone gathers no moss.「転石苔むさず」は、Cryptogamous concretion never grows on mineral fragments that decline repose.「隠花植物の凝固体は休止を無視する無機質の断片の上では決して成長しない」に言い換えられたりしている。ラテン語やギリシャ語の中には、冗談か皮肉を言う場合を除いて、ほとんど使われないものがある——

sapient (wise)「賢い」、histrion (actor)「俳優」、edacious (greedy)「大食いの」、a virgin aunt (maiden aunt)「未婚のおば」、hylactism (barking)「吠えること」、the genus Homo (mankind)「人類」

148　ジャーナリズムの文体 (Journalese)

　実質的には前節で述べた大げさな表現と同じ部類に属するが、大真面目に使われている単語というのはいったいどれほどあるだろうか？　大言は最も優れた作家たちによって多く使われていることを知っているがゆえに、日常の平明な表現は避け、上品気取りの文体で思想を表そうとすることで、その教養をひけらかしたいという思いで使われる単語のことである。

　キャニング (Canning) [152] が、ロンドンのギルドホールにあるピット (Pitt) [153] の記念碑に刻む碑文を書いた時、ある長老議員が he died poor「彼は貧しくして死んだ」という堂々とした句に嫌悪感を覚え、he expired in indigent circumstances「彼は窮乏した状況の中で息絶えた」に変更することを望んだのであった（Kington Oliphant による引用）。[154]

　ジェイムズ・ラッセル・ローエル (James Russell Lowell) [155] は、著書 *Biglow Papers*『ビグロー・ペーパーズ』の第二集の序文に新聞記事の古い文体 (old style) と新しい文体 (new style) のリストを作っている。特徴的と思われる例をいくつか抜き出してみる──

Old Style	New Style
A great crowd came to see.「大群が見に来た」	A vast concourse was assembled to witness.「莫大な群衆が目撃しに合流した」
Great fire「大火災」	Disastrous conflagration「損害の大きい燃焼」
The fire spread.「火事が広がった」	The conflagration extended its devastating career.「燃焼は破壊的驀進を拡大した」
Man fell.「人が倒れた」	Individual was precipitated.「個体がまっさかさまに落ちた」
Sent for the doctor.「医者を呼んだ」	Called into requisition the services of the family physician.「かかりつけの医師の診察を要請した」
Began his answer.「返事を始めた」	Commenced his rejoinder.「返答を開始した」
He died.「彼は死んだ」	He deceased.「彼は歿した」 He passed out of existence.「存在から去った」 His spirit quitted its earthly habitation.「魂が地上の住居を放棄した」

第6章　ラテン語とギリシャ語(Latin and Greek)

> winged its way to eternity.
> 「羽をはばたかせ永遠へと飛んだ」
> shook off its burden.
> 「重荷を振り落した」

149

　似たような大げさな言葉遣いの用例は、大抵の他の国々の日常の新聞から収集されるのだろうということは否定しない。しかし、それが英語ほど多い言語は他にないし、まさにその構造ゆえに、英語ほどそういった下品な文体的特徴に手を貸している言語は他にない。ワーズワースは書いている——

> And sitting on the grass partook The fragrant beverage drawn from China's herb
> 「芝生に腰を下ろし、中国の薬草からしぼり出した香しい飲み物のお相伴にあずかった」

対してテニスンは、なぜこのように言わなかったのかと述べている——

> And sitting on the grass had tea [156]「芝生に腰を下ろし、お茶を飲んだ」

ギッシング(Gissing) [157] は小説のある箇所で、ある聖職者についてこう書いている：「彼は自分の説教を飾るために用いる珍しい単語のリストを作っていると思われていたのかもしれない。というのは、いくつかの単語が繰り返し現れたためである。中でもお気に入りは、nullifidian「無信仰者」、mortific「苦行の」、renascent「再生する」の三語だった。一、二回、psychogenesis「心因性」について話したが、聴衆が敬意に満ちた驚愕の念を抱いてしまいそうなほど、力のこもった発音だった」。[158] そして当時四歳だったトーマス・バビングトン・マコーリー少年（注80参照）は、熱いコーヒーを膝の上にこぼした時、同情を寄せてくれた女性に何とこう答えている——

> Thank you, madam, the agony is abated
> 「ありがとう、奥方、苦悶は鎮静いたした」

　ある言語が、個々の事物に対する自然な表現の他に、それに対応する二つ三つ

203

大げさな語句を持っている場合、作家なら誰でもある誘惑に駆られるものだ。その誘惑について、レッキー (Lecky)[159] はグラッドストーン (Gladstone)[160] を引き合いに出してうまいこと説明している：「一つの単純なことをいかに多くの単語を使って表すことができるか、あるいはそれによって曖昧にできるかを、彼は時々懸命に示そうとしているように思われた」。[161]

150　結論 (Summary)

　文芸復興以来、採用された古典語によって英語は非常に豊かな言語になった。特に同義語の数を増やすことになった。しかし、この豊かさがすべて英語の利益となったわけではない。この豊かさには、度を越えたものも数多くある。あるいは、それ以上に害となったものもある。さらに英語本来の形成の成長を妨げてしまったものさえある。多くの単語が国際的に通用しているだけでは、言語の核となる部分との調和の欠如や、その語彙が被った非民主的な特質（143節参照）を十分に補ってはいない。

　英語の複合的性質 (composite character) は、巨匠たちの文体に多様性とある程度の表現の厳密さを与えたが、一方で辟易してしまうほどの誇張表現を助長した。ミルトンの師であったアレクサンダー・ギル (Alexander Gill)[162] は、古典の研究はデーン人 (the Danes) の残酷さやノルマン人 (the Normans) の破壊行為以上に英語に害を及ぼしたと言っている。[163] この見解に完全に同調するわけではないが、古典語の最近の影響の中に「妨害と力添えの中間的な要素」を認識すれば、おそらく我々は真実に近づくことができるであろう。

注

[1] （訳者注）14世紀は、チョーサー (Chaucer) などの詩人が英語の作品にフランス語をふんだんに取り入れ（注4参照）、神学者ジョン・ウィクリフ (John Wyclif 1330 (?) -84) が英訳聖書に原典のウルガタ聖書 (the Vulgate) から多くのラテン語を採用した時代：英訳聖書には初期訳（1385年）と後期訳（1395年）の二種類の版があり、初期訳は逐語訳で、後期訳はより自然な英語訳。ウルガタ聖書はヒエロニムス (Hieronymus) によって405年頃成立（注74参照）。16世紀はシェイクスピアらの出現によって近代英語へ変化する時代で、19世紀は産業革命により技術革新にお

第 6 章　ラテン語とギリシャ語 (Latin and Greek)

ける新たな造語が生み出された時代。

2　(原注 1) Luick *Histor. Grammatik* 70 頁 以下を参照。(訳者注) Karl Luick (1865-1935) オーストリアの英語学者、*Historische Grammatik der englischen Sprache* (1914-40)『英語文法史』。

3　(訳者注) Auguste Brachet (1844-98) フランスの言語学者。

4　(訳者注) Geoffrey Chaucer (1340?-1400) イングランドの詩人、*The Canterbury Tales*『カンタベリー物語』(1387-1400) の作者。英詩の父と呼ばれる (注 1 参照)。

5　(訳者注) ラテン語は describo。

6　(訳者注) John Milton (1608-74) イングランドの詩人、*Paradise Lost*『失楽園』(1667)。

7　(原注 2) ベーコン (Bacon) (*New Atlantis* 15 頁) は、enterknowledge「相互認識」と綴っているが、近年の同類の語では inter- が常に使われると述べている。(訳者注) 古フランス語 (800 年〜1400 年) は entre- で、ラテン語は inter-。本訳書で「ラテン語」と記される場合は、キケロやカエサルのラテン語が模範的とされる古典ラテン語 (75 B.C. 〜 A.D. 175) を言う (注 34, 41 参照)。

8　(原注 1) *Juliana* 78-79。(訳者注) エクセター写本に収められた 4 世紀に殉教した聖ジュリアナの物語。

9　(訳者注) 語尾の変化はラテン語 ruptus 'broken' からの連想。bank の意味変化は、「土手」(1200 年頃) → 「長椅子」→ 「両替商のテーブル」→ 「両替商」→ 「銀行」(1622 年)。

10　(訳者注) *New English Dictionary* (NED) と *Oxford English Dictionary* (OED) については、「序文」(Preface) の「訳者注」を参照。

11　(訳者注) 古フランス語 langage とラテン語 lingua の交わり (langu-「話し言葉」+ -age「集合」)。

12　(訳者注) Alfred Tennyson (1809-92) 英国の詩人、桂冠詩人 (1850-92)。*In Memoriam*『イン・メモリアム』(1850) は、妹の婚約者でもあった親友の死を悼みつつ、17 年間にわたって生と死の問題をめぐる作者の心の遍歴を詠った長詩。

13　(訳者注) John Henry Newman (1801-90) 英国のカトリック神学者 (注 42 参照)。

14　(原注 1) *Apologia pro Vita Sua*『アポロギア』(信仰遍歴の弁明) (London, 1900) 20 頁。

15　(原注 2) critical という異形 (by-form) がある。

16　(訳者注) Alexander Pope (1688-1744) 英国の詩人、*The Dunciad*『愚人列伝』(1728)。

17　(訳者注) OED には machinal の発音が示されていない。*Shorter Oxford English Dictionary* (第 6 版) では ['makɪn(ə)l] となっている。

18　(訳者注) James Harper (1795-1869) アメリカの出版業者。幾多の合弁をへて、

1990年に英国の出版社 Collins と合弁して Harper Collins Publishers となる。
[19] （原注1）*Words and their Ways in English Speech* (1902) 106 頁。
[20] （原注2）Fitzedward Hall *Two Trifles*『二つの些細な事』。これは著者のために 1895 年に印刷してくれたものである。本書の他のすべての箇所と同様に、強勢が置かれる音節の最初にストローク記号 ['] を付けることで強勢位置を表すことにした。そのため彼の記した発音記号は変更してある。（訳者注）Fitzedward Hall (1825-1901) アメリカ生まれのインド語・英語学者。インドのヴァーラーナシー大学、ロンドン大学でサンスクリット語教授を務め、OED のために資料提供し、校正にも尽力。
[21] （訳者注）引用内における現代英語の通常の発音は次のとおり：['prɔpəgeɪt]、['ɔrətrɪ]、['dʒenjuɪn]、['ɪgnərəns]、['ɪrɪteɪt]、[ɪk'saɪtɪd]、[grə'tjuːɪtəs]。ただし、doctrinal は米式 ['dɑktrənl]、英式 [dɔk'traɪnl]。アメリカ生まれの Hall は、この語を米式で発音したと思われる。3音節以上のラテン語は、語尾から2番目の音節が長い時はその音節に強勢が置かれるので、Hall の先生は彼に [dɑk'triːnl] と発音することを要求したのであろう。
[22] （訳者注）「熟慮する」の意では、シェイクスピア『リア王』3.4.24-25 に自動詞として初出：This tempest will not give me leave to *ponder* / *On* things would hurt me more.「この嵐は、もうこれ以上私を傷つける事柄についてあれこれ考える余裕など与えてはくれまい」would の前に which 省略。
[23] （訳者注）Ralph Waldo Emerson (1803-82) アメリカの思想家・詩人、*Nature*『自然論』。
[24] （訳者注）Arthur Penrhyn Stanley (1815-81) 英国国教会の神学者・Westminster 大聖堂参事会長 (dean)。
[25] （訳者注）John Morley (1838-1923) 英国の政治家・伝記作家・インド担当国務相。
[26] （訳者注）Mary Russell Mitford (1787-1855) 英国の女流作家、*Our Village*『わが村』。
[27] （訳者注）135 節の「ミコーバー氏」の発言に関する注 111 を参照。
[28] （訳者注）Samuel Taylor Coleridge (1772-1834) 英国の詩人、*Lyrical Ballads*『抒情歌謡集』(1798)（ワーズワースとの共同発表（注 99 参照））。
[29] （訳者注）Charlotte Brontë (1816-55) 英国の小説家、ブロンテ三姉妹の長女。*Jane Eyre*。
[30] （訳者注）OED (s.v. transpire, v. 4.b.)：Misused for：To occur, happen, take place. Evidently arising from misunderstanding such a sentence as 'What had *transpired* during his absence he did not know'.「起こる」の意味での誤用。「彼は自分の不在中に何が『起きた（公になった）』のか知らなかった」のような文を誤解したことから生じたもの。古典ラテン語には transpirare は見られないが、中世ラテン語 (600 年〜1500 年) や近代ラテン語 (1500 年以降) には、trans- + spirare 'to breathe' の

第 6 章　ラテン語とギリシャ語 (Latin and Greek)

合成からこの語が生じる。英語には 1597 年に「発散する」の意味で初出（注 7、41 参照）。

31　（原注 1）Stuart Mill, *A System of Logic*『論理学体系』、People's edition (1886) 451 頁。（訳者注）John Stuart Mill (1806-73) 英国の経済学者。

32　（訳者注）「呼び起こす」の意味では 1477 年 Caxton に初出。また、1432-50 年の間に Higden (c. 1280-1364 イングランドのベネディクト会修道士) によるラテン語作品からの英語翻訳において、「刺激する」という意味で使われているのが最古の例 (OED)。「怒らせる」の意味では、リドゲイト (Lydgate (1370-1450) イングランドの修道士・宮廷詩人) に初出；(a1420) *Troy Book* 2. 5282 : Troyens han vs grevid, *Prouokid* vs, & wilfully y-mevid To rise ageyn hem.「トロイヤ人は我々を苦しめ、怒らせ、そしてわざと彼らに立ち向かうように仕向けた」(MED)。

33　（訳者注）Demosthenes (384-322 B.C.) 古代ギリシャの雄弁家。

34　（訳者注）Marcus Tullius Cicero (106-43 B.C.) 古代ローマの哲学者（注 7 参照）。

35　（原注 1）Fitzedward Hall の *Modern English* (1873) 311 頁を参照。彼のリストは本パラグラフの残りの箇所でも引用されている（注 20 参照）。

36　（訳者注）Algernon Charles Swinburne (1837-1909) 英国の韻律技巧派の詩人、*Atlanta in Calydon*『キャリドンのアタランタ』(1865)。

37　（訳者注）Émile Zola (1840-1902) フランスの自然主義小説家、*L'Assommoir*『居酒屋』。

38　（訳者注）Thomas Carlyle (1795-1881) スコットランド生まれの評論家・歴史家、*Sartor Resartus*『衣裳哲学』（「仕立て直された仕立て屋」：この世の人間的制度や道徳は、すべて存在の本質がその時々に身に着ける衣裳で、一時的なものにすぎないという哲学を説く）。

39　（訳者注）William Whewell (1794-1866) 英国の哲学者、ケンブリッジ大学トリニティ・コレッジ学長。*Philosophy of the Inductive Sciences*『帰納科学の哲学』(1840)。

40　（訳者注）scientist は 1834 年初出。scient + ist による形成だが、本来のラテン語形成であれば、scientia + ista から造語が生まれなければならないことを示唆している。

41　（訳者注）sui 'of oneself' + cide 'killing'「自殺」の意味は 1651 年、「自殺者」は 1732 年初出。それぞれ近代ラテン語（1500 年以降の科学用語）の suicidium 'act of self-killing' と suicida 'person who commits self-killing' から。古典ラテン語期（注 7 参照）は、「自殺する」を mortem sibi consciscere「自らに死を課する」のように表現。sui は三人称再帰代名詞属格（単・複）、sibi は与格（単・複）。123 節の girlicide「少女殺し」と注 57 を参照。

42　（訳者注）19 世紀前半、英国国教会内部において、カトリック的要素の復活によって国教会の権威と教権の国家からの独立回復を目指した運動。オックスフォード大学を中心に展開された。その呼称はニューマン（注 13 参照）らの小冊子（トラクト tract）から。

43 （訳者注）William Makepeace Thackeray (1811-63) 英国の小説家、*Vanity Fair*『虚栄の市』。実写主義と皮肉な風刺で upper-middle を描く。庶民的なディケンズと対照。

44 （訳者注）Charles Dickens (1812-70) 英国の小説家、*A Tale of Two Cities*『二都物語』。

45 （訳者注）viparious は vivacious の間違いか誤植（OED）。

46 （訳者注）Edward George Earle Bulwer-Lytton, 1st Baron (1803-1873) 英国の小説家・政治家、*The Last Days of Pompeii*『ポンペイ最後の日』。

47 （原注1）辞典は、スペイン語の puntillo「とがった先」の奇妙な変形である punctilio を認めている。後期ラテン語に punctillum「小さな点」という語があるが、punctiliousness「きちょうめんさ」の意味はない。（訳者注）古典ラテン語 pungo「刺す」→ 後期ラテン語 punctum「小さな穴」→「小さな点」。後期ラテン語は A.D. 175 〜 600 の俗ラテン語（Vulgate「ウルガタ」）（注1参照）。

48 （訳者注）Mrs. Humphrey Ward (1851-1920) 英国の小説家・社会事業家。

49 （訳者注）Oliver Goldsmith (1728-74) 英国の詩人・小説家・劇作家、*She Stoops to Conquer*『負けるが勝ち』（喜劇）。

50 （訳者注）Edward Irving (1792-1834) スコットランドの神秘主義者・カトリック使徒教会の創設者。

51 （訳者注）John Ruskin (1819-1900) 英国の美術評論家・社会思想家、*A Political Economy of Art*『芸術経済論』(1858)。

52 （訳者注）Francis Bacon (1561-1626) イングランドの哲学者、*Novum Organum*『新機関』(1620)。

53 （訳者注）Joseph Addison (1672-1719) 英国の評論家・詩人、日刊紙 *The Spectator*『スペクテーター』(1711-12, 14) を Sir Richard Steele と共に創刊。

54 （訳者注）Edward Augustus Freeman (1823-1892) 英国の歴史学者。

55 （訳者注）John Dryden (1631-1700) イングランドの王政復古時代の詩人、*Annus Mirabilis : the Year of Wonders 1666*『驚異の年 — 1666』、公式の初代桂冠詩人(1668-88)。非公式には Ben Jonson が最初の桂冠詩人とされる（注77参照）。

56 （訳者注）OED (s.v. witticism, n.)：A mighty *Wittycism*, (if you will pardon a new word!) but there is some difference between a Laugher and a Critique「何と力強い警句、（新しい単語にご容赦を！）、しかし笑いと批判の間には何らかの違いがある」。

57 （訳者注）girlicide (1850) の他に、apicide「猿殺し」、birdicide「鳥殺し」のような造語まで（可能で）ある。genocide「民族皆殺し」は1944年ナチスのユダヤ人虐殺について最初に用いられた。なお homicide「殺人」は13世紀からある語。-cide については注41を参照。また、girldom「少女の世界」(1864) もある。

58 （訳者注）George Gordon Byron (1788-1824) 英国の詩人、*Childe Harold's Pilgrimage*

第 6 章　ラテン語とギリシャ語（Latin and Greek）

『チャイルド・ハロウドの巡禮』(1812-18) 今様歌形式による土井晩翠の訳詩は絶品。
59　（訳者注）George Meredith (1828-1909) 英国の詩人・小説家。
60　（原注 1）サッカレーには A pair of ex-white satin shoes「以前は白色だったサテンの靴」が見られる。
61　（訳者注）Thomas De Quincey (1785-1859) 英国の批評家・随筆家。
62　（訳者注）Herbert Spencer (1820-1903) 英国の哲学者・社会進化論の提唱者、*The Synthetic Philosophy*『総合哲学体系』（注 89 参照）。
63　（訳者注）Edward Clodd (1840-1930) 英国の銀行家・著述家。
64　（訳者注）Jeremy Bentham (1748-1832) 英国の法学者・哲学者。功利主義の基礎を築いた。
65　（訳者注）Alexander William Kinglake (1809-1891) 英国の歴史家。旅行記『イオーセン』（ギリシャ語で「東方より」の意味）。
66　（訳者注）Sir Arthur Wing Pinero (1855-1934) 英国の劇作家。
67　（訳者注）Herbert George Wells (1866-1946) 英国の SF 小説家、*The Time Machine* (1895)。
68　（訳者注）Sir James Matthew Barrie (1860-1937) スコットランドの劇作家・小説家、*Peter Pan* (1904)。
69　（原注 1）Jespersen, *Modern English Grammar* 2 巻 343 頁を参照。
70　（原注 2）Morgan Callaway, *The Absolute Participle in Anglo-Saxon* (Baltimore, 1889). Charles Hunter Ross *The Absolute Participle in Middle and Modern English* (Baltimore, 1893). （訳者注）Ross 論文は *PMLA*, VIII (1893), 245-302 頁にある。
71　（訳者注）Yonekura (1985: 412) を参照。
72　（訳者注）先行詞を含む関係代名詞で、by him / a person (superior officer) whom they dread「彼らが恐れている人（上官）によって」の意味。しかし、諺や決まり文句などには見られる：Whom the gods love die young.「佳人薄命」；To whom it may concern.「関係者各位」。原書の例文は Arcturus Publishing Limited 版 (2010) によって補い、訳文は平井正穂訳 (1981) による。
73　（訳者注）What service am I sent for hither to do? となるところ。
74　（訳者注）下線の関係詞 who がイェスペルセンの言う「不自然と感じられたために、今では使われなくなったラテン語の用法」。ラテン語の関係詞には連結詞としての用法がある：et egressus inde Iesus secessit in partes Tyri et Sidonis ... qui non respondit ei verbum 'And Jesus went from thence and departed into the coasts of Tyre and Sidon ... But he answered her not a word.'「それから、イエスはそこを去って、ツロとシドンの地方に立ちのかれた。…しかし、イエスは彼女に一言もお答えにならなかった」。（ウルガタ聖書（注 1 参照）と欽定訳聖書（注 112 参照）マタイ 15:21-23「新改訳」）ウィクリフ派訳聖書（初期訳）: ... The whiche answered nat to hir o word ;（後期訳）... And he answeride not to hir a word では、初期訳はウル

ガタを忠実に訳し、関係詞 (the which) を使っているが、後期訳はその用法は不自然と感じたために And he としている（注 1 参照）。すでに近代英語期には、ラテン語の関係詞の連結詞的な用法をそのまま英語に用いることは、「不自然と感じられていた」のであろう。ただし、Reims 版聖書 (1582) は And Jesus went from thence ... Who answered her not a word のように、その翻訳主義にそって忠実にウルガタの用法を保持している。本文の用例は、例えば、pious Lord, and had he not sacrific'd his life（原文の who 以下の構文は主語・動詞を倒置した仮定法）のように、pious Lord 以下を and で立て直すのが自然な英語。ここの「不自然さ」は、関係詞節内に代名詞 he を繰り返した用法ではない。もしそうなら、he を削除すればよいことになるが、そうすると、仮定法でなくなってしまい、意味的に Lord Brook について間違った叙述となる。さらに帰結の we had not now mist ... とも構造的につながらなくなってしまう。なお、原書の例文は Liberty Fund 版（1999, 44 頁）によって補った。Lord Brook (1608-43) は第 2 代ブルック卿、ロバート・グレヴィル (Robert Grevill) で、上院における議会の指導者、議会軍の将軍として戦死。*A Discourse on the Nature of that Episcopacie Which is Exercised in England* (1641)『イングランドでなされる教会監督制の性質に関する議論』を著した。

[75] （原注 1）*Poetical Works of Milton* (1890) 3 巻。74-5 頁。（訳者注）David Masson (1822-1907) スコットランドの文筆家・ミルトン研究者。

[76] （原注 1）これは J. Earle の *English Prose* 267 からの孫引き。Hales の Notes to Milton's *Areopagitica* 103 頁を参照。（訳者注）John Earle (1824-1903) オックスフォード大学 Anglo-Saxon 学教授、*English Prose : Its Elements, History, and Usage* (1890)；John Wesley Hales (1836-1914) キングズ・コリッジ（ロンドン）英文学名誉教授。Milton, *Areopagitica* ed. With Introduction and Notes by J. W. Hales (1874 p.22. 1.20)：It was the task which I began with, To shew that no Nation, or well instituted State, if they valu'd books at all, did ever use this way of licencing; ...「もし国民や制度の整った国家が本の価値を認めているなら、このような出版許可の方法は決して取らないだろうということを示すのが私が最初にした仕事であった…」についての Note（103 頁）：*which I began with*. So the preposition was usually placed in Elizabethan English. Cp. Morris and Skeat's *Specimens*, ii. p. 272, l. 59, 1872. Later in the seventeenth century it became common to prefix it to the relative. The difference in this matter of collation between the first and the second editions of Dryden's *Essay on Dramatic Poesy* has often been noticed.「*which I began with*. エリザベス朝 (1558-1603) の英語では、このように前置詞を後ろに残すのが普通であった。Morris and Skeat の *Specimens of Early English*『初期英語の実例』を参照。17 世紀後半になると、前置詞を関係詞の前に置くのが一般的になった。ドライデンの *Essay*『劇詩論』の初版と第二版における異同はしばしば注目される」

[77] （訳者注）Ben Jonson (1572-1637) イングランドの劇作家・詩人、*Every Man in*

第6章 ラテン語とギリシャ語 (Latin and Greek)

His Humour『十人十色』。非公式には最初の桂冠詩人（注55参照）。

78 （訳者注）Samuel Johnson (1709-84) 通称 ドクター・ジョンソン / ジョンソン博士、英国の批評家・辞書編纂家、*Dictionary of the English Language*（1755年完成）。

79 （訳者注）関係詞なしに先行詞を修飾する節を接触節 (contact clause) と呼び、古英語から見られる用法。現代英語で、関係代名詞目的格の省略と言われる構文や、there is 構文における関係代名詞主格の省略は、歴史的にはこの接触節。

80 （訳者注）Thomas Babington Macaulay (1800-59) 英国の歴史家・政治家。『英国史』でホイッグ党を支持し、自由主義史観の立場からウィリアム3世を稀代の名君とたたえる。

81 （訳者注）John Bunyan (1628-88) イングランドの伝道者・作家。*The Pilgrim's Progress*『天路歴程』(1678-84) は、18世紀前半でほぼ確立する英国近代小説の先駆的作品。

82 （原注2）*The Spectator*（No. 78）May 30, 1711（注53参照）。

83 （訳者注）Thomas Henry Huxley (1825-95) 英国の生物学者・進化論推進者。

84 （原注1）*Life and Letters* of Ch. Darwin (1887) I. 155頁。

85 （原注2）J. Earle, *English Prose* 487 からの引用。

86 （訳者注）Defoe (1660-1731) 英国の小説家、*Robinson Crusoe* (1719)。

87 （訳者注）John Keats (1795-1821) 英国ロマン派詩人、*Endymion*『エンディミオン』。

88 （訳者注）John Bright (1811-89) 英国の政治家、自由貿易を提唱。

89 （訳者注）the survival of the fittest「適者生存」という言葉を作った（注62参照）。

90 （訳者注）原著者イェスペルセンがH. スペンサーをこのように形容するのは、自身が早くからダーウィンの進化論の影響を受け、『言語退化論』に反対し、『言語の発達』において、言語は進化するものであり、言語変化は効率のよい方向に進むものであるという主張を持っているからである。

91 （原注3）*Facts and Comments* (1902) 70頁。

92 （訳者注）John Selden (1584-1654) イングランドの政治家・歴史学者。古文書の蒐集家としても知られる。没後、その蔵書はボードリアン図書館に寄贈され、『セルデン写本』としてその写本室であるデューク・ハンフリー図書館の一角を占める。

93 （訳者注）money：ラテン語 Jūno Monēta 女神ユノ・モネタを祭る神殿（ローマ最初の貨幣鋳造所）から古フランス語を経て中英語に（1250年頃）。ラテン語からフランス語に入る時にtが落ちたのは規則的音変化によるもの。letter：ラテン語 littera「アルファベットの文字」から古フランス語を経て中英語に（1200年頃）。school：ギリシャ語「余暇」→「ゆとりのある時間に学ぶ（場所）」からラテン語 schola を経て古英語に（1000年頃）。

94 （訳者注）William Eward Gladstone (1809-98) 英国の政治家。四度首相を務め

⁹⁵ （訳者注）英国の教育者 Joseph Lancaster (1778-1838) による教育方法。まず教師が上級生を教え、それから monitor（教師を補佐する助教）と呼ばれる上級生が下級生を教える方式。

⁹⁶ （訳者注）sororal polygyny「姉妹型一夫多妻」のような言い方にほぼ限られる。

⁹⁷ （訳者注）原書の「244節」は誤植。sanguinary が bloody の婉曲語として使われた初例は1890年 (OED) : This is sanguinary. This is unusual sanguinary. Sort o'mad country. (Kipling)「これは忌まわしい。尋常ならざる忌まわしさ。いわば狂気の国なり」。

⁹⁸ （訳者注）ロマンス諸語：ラテン語から派生したスペイン語、ポルトガル語、イタリア語、フランス語、ルーマニア語などの総称。スラブ諸語：欧州中・東部からシベリアにかけて話されるロシア語、チェコ語、ブルガリア語などの総称。

⁹⁹ （訳者注）William Wordsworth (1770-1850) 英国ロマン派を代表する湖水地方の詩人、桂冠詩人(1843-50)、*The Prelude*『序曲』(1805)（注28参照）。

¹⁰⁰ （訳者注）英国の言語学者 Frederick James Furnivall（ファーニバル）(1825-1910) によって1868年創立。チョーサーのすべての稿本を校合し、その作品を刊行。

¹⁰¹ （原注1）シェイクスピアはためらうことなく、the Carthage queen「カルタゴの女王」、Rome gates「ローマの門」、Tiber banks「テヴェレの川岸」、さらに through faire Verona streets「美しきベローナ通りを貫き」と書いている。194節および *Modern English Grammar* 2巻13章 (13.85) を参照。（訳者注）Christopher Marlowe (1564-93) *The Tragical History of Doctor Faustus*『フォースタス博士』には Tiber's stream とある (OED)。なお、この原注1の用例 through faire Verona streets に対し、First Folio では through fair Verona (*Romeo and Juliet* I. ii. 35 (Evans 1997)) と表現されている。

¹⁰² （原注2）馴染みのある aquiline nose「鷲鼻」とは違った方法で使われている。

¹⁰³ （訳者注）breath の原義は「におい」で、そこから「蒸気」→「息」へと変化した。spirit は「生命の息吹」から「霊」→「精神」へと変化。

¹⁰⁴ （訳者注）Edmund Spenser (1552-99) エリザベス朝時代の詩人。*Faerie Queene*『神仙女王』は、豊麗なイメージと音楽的な韻律によって16世紀最大の英詩とされる。

¹⁰⁵ （訳者注）意味的にはフランス語 assize「物の量を決める行為」から「決められた量」、「大きさ」へと変化した。語形的には assize → a size の異分析 (metanalysis)、あるいは頭音消失 (apheresis) と考えられる。assize は1164年初出、size は「決定」の意味で1300年初出。「大きさ」の意味で14世紀初期に現れる。

¹⁰⁶ （訳者注）用例の前半部は Q1 (1597) で補った。Evans (1997) F1版：The noble isle ... almost should're'd in the swallowing gulf / Of dark forgetfulness and deep oblivion. Schmidt (1971) によるこの箇所の語釈：'forgetfulness': oblivion, the

第 6 章　ラテン語とギリシャ語 (Latin and Greek)

state of being forgotten. 'oblivion': the state of being forgotten, of no more living in the memory of men. 訳文は小田島雄志訳 (2006) による。

[107]（訳者注）Algernon Charles Swinburne (1837-1909) 英国の詩人。『日の出前の歌』(1871) はイタリア独立運動に刺激を受けた作品。

[108]（訳者注）Andrew Lang (1844-1912) 英国の古典学者・小説家。ホメロスの翻訳者。

[109]（原注 1）*Manual of English Prose Literature*『英語散文文学の手引き』3rd ed. (1896) 418 頁。（訳者注）William Minto (1845-93) スコットランドの文学者・批評家、アバディーン大学教授（注 141 参照）。

[110]（訳者注）William Micawber ディケンズの自伝的小説 *David Copperfield*『デーヴィッド・コパーフィールド』(1850) に登場する楽天家。

[111]（原注 1）ミコーバー氏はまた、次のような愉快な急落法 (bathos) を使っている： It is not an avocation of a remunerative description — in other words, it does *not* pay.「それは割に合う類いの仕事ではない、つまり一銭にもならないのだ」（訳者注）急落法については、119 節、及び注 27 を参照。訳文は石塚裕子訳 (2010) も参考にした。

[112]（訳者注）ジェイムズ 1 世 (1566-1625、在位 1603-25) の命による英訳聖書 (1611)。簡潔な表現、荘厳な韻律、美しい語句はシェイクスピアの英語と双壁をなし、近代英語に大きな影響を与えた。アメリカでは通例 The King James Version と呼ばれる（注 74 参照）。

[113]（訳者注）William Cowper (1731-1800) 英国の詩人。ホメロスの訳者で、書簡文の名手。

[114]（訳者注）James Howell (1594-1666) 王党派復活の時の史料編纂官。英仏伊西辞典を編纂。

[115]（原注 1）今日 wireless もまた、名詞と動詞の両方に使われる。I sent him a *wireless*「私は彼に無線電信を送った」; they *wirelessed* for help「彼らは無線で助けを求めた」。（訳者注）イギリス海峡に浮かぶワイト島 (Isle of Wight) の西端 The Needles に世界初の無線電信所の記念碑があり、こう書かれている: This stone marks the site of the Needles Wireless Telegraph Station where Guglielmo Marconi and his British collaborators carried out from 6th December 1897 to 26th May 1900 a series of experiments which constituted some of the more important phases of their earlier pioneer work in the development of wireless communication of all kinds.「この石碑はかつてニードルズ無線電信基地があった場所を示している。ここでググリエルモ・マルコニーと英国の協力者たちが、1897 年 12 月 6 日から 1900 年 5 月 26 日まで、一連の実験を行ったのである。それらはすべての種類の無線伝達の発展における初期段階の先駆的事業の一層重要な局面のいくつかを構成するものであった」。Marconi (1874-1937) はイタリアの電気技術者で、無線電信を発明 (1895 年)。1909 年ノーベル物理学賞受賞。wireless（形容詞）の文献初出は 1894

年、副詞は 1898 年、動詞は 1899 年、名詞は 1903 年 (OED)。

[116] （訳者注）insomnia は in 'not' + somnus 'sleep' のラテン語。語尾 -ia は「病気の状態」「動植物の属名」「地域社会」を表す名詞を形成（1623 年初出）。Schlaflosigkeit は Schlaf 'sleep' + los 'less' + igkeit（名詞形成接尾辞）から成る合成語。

[117] （訳者注）Alexander Melville Bell (1819-1905) エジンバラ生まれ。アメリカの発音学者で、電話の発明者 Graham Bell の父。聾唖者教育に尽力し、Visible Speech（視話法）の創始者。その発音記号は英国派の音声学樹立の端緒となり、音声学者 Daniel Jones に大きな影響を与えた。

[118] （訳者注）Barnabe Googe (1540-94) イングランドの詩人。

[119] （訳者注）英国の建築家 Sir Robert Taylor (1714-88) の遺贈によるオックスフォード大学の Taylor Institution Library の呼称。1845 年にヨーロッパ言語の研究のために設立され、現在は中世言語研究の施設も備える。

[120] （訳者注）ラテン語の二重子音の発音は、日本語の促音のように発音される。

[121] （訳者注）emit と immit は共に [ɪˈmɪt]、emerge と immerge は共に [ɪˈməːdʒ]。immedate [ɪˈmiːdɪət] と emotion [ɪˈməʊʃn] も、いずれも第 1 音節に強勢が落ちないため、その母音は弱音化した [ɪ] となり等価。

[122] （原注 1）綴りをよく間違える人は、elicit「導き出す」の代わりに illicit「違法の」、innumerable「無数の」の代わりに enumerable「列挙できる」と綴ることがある。多くの単語は、今でも enquire : inquire「尋ねる」のように、フランス語の en- (em-) とラテン語の in- (im-) の二種類の綴りがある。

[123] （訳者注）Chaucer の *The Canterbury Tales* 'The Monk's Tale' 2602 : his peynes weren *importable*「彼の苦痛は耐え難かった」。

[124] （訳者注）Theodore Edward Hook (1788-1841) 英国の作家、Tory 党の雑誌 *John Bull* の編集者。

[125] （原注 1）Davies, *Supplementary English Glossary* (1881) の引用を参照。（訳者注）同書（210 頁 'Ebriety'）の記述：Hook's mistake probably arose from the fact that *inebriety* also = drunkenness, and so, regarding the *in* as privative, he supposed *ebriety* to mean the reverse.「inebriety もまた drunkenness「大酒飲み」とイコールであるという事実からフックの誤りは生じたのであろう。彼は、in を否定辞と見なし、ebriety はその逆を意味する「しらふ」と考えた」

[126] （原注 2）invaluable が一般的に very valuable「大変貴重な」の意味で使われ、時々 valueless「無価値な」の意味で使われるとすれば、それは上で述べたこととは別の事情である。（訳者注）原注の「別の事情」とは、ラテン語 invalidus「弱い、無力な」との対応関係を示唆しているのかもしれない。invaluable の「大変貴重な」は 1576 年初出、「無価値な」は 1640-1865 年まで。

[127] （訳者注）1066 年北フランスのノルマンディー公ウィリアムによるイングランド

第6章　ラテン語とギリシャ語 (Latin and Greek)

の征服。これを契機にノルマン訛りのフランス語 (Norman French) が支配階級の言葉として使用されることになる。

[128] (訳者注) wine (ラテン語)、tea (中国語)、bacon (古フランス語)、egg (古ノルド語：8世紀〜14世紀中頃までのスカンジナビア語；古英語 æʒ → 中英語 ey となったが、14世紀頃に古ノルド語の egg が ey に取って代わった)、orange (サンスクリット語 → ペルシャ語 → アラビア語 → 古フランス語 → 中英語)、sugar (orange と同様の流入経緯)、war (古高地ドイツ語 (850〜1100年頃))、plunder (中高地ドイツ語 (1200〜1500年頃))、prison (ラテン語)、judge (ラテン語)。

[129] (訳者注) これらの語はラテン語からの借用語で、屈折語尾 -ae, -i, -es は、それぞれ第1変化名詞、第2変化名詞、第3変化名詞の複数主格語尾。英語となった animalcule の複数形は -s であるが、OED は、複数形の animalcula (本来のラテン語 animalculum の複数形) はいまだに科学用語としては頻度が高く、無学者は -ae を複数形として、-a を単数とすることがあると述べている。ignoramus の通常の複数形は ignoramuses。

[130] (原注3) Eliot は言う：「彼はまたキリン (giraffes)、ライオン (lions)、あるいはサイ (rhinoceros) を見るかもしれない。この最後の単語を耳にすると、私はある問題を思い出す。東アフリカにいた時、常に私を悩ませた問題。それは、rhinoceros の複数形は何だ？ということだ。口語の省略形 rhino や rhinos (単複同型や単純な s) では、文学的品位にかかわる。また、複数形の代わりに単数形で済ますことのできる表現ばかり使っていたのでは、困難を避けているだけ。リデル (Liddell) とスコット (Scott) (ギリシャ語辞典を共同編纂) は衒学的な rhinocerotes を認めているようだが、rhinoceroses は発音しやすいものではない」(*The East Africa Protectorate* (1905), 266) *Modern English Grammar* 2巻3章を参照。(訳者注) Sir Charles Eliot (1862-1931) 英国領東アフリカ弁務官・ザンジバル総領事 (1900-04)。駐日大使 (1920) を務めた仏教学者でもあった。

[131] (訳者注) James (Augustus Henry) Murray (1837-1915) スコットランド生まれ、OED の編者の一人。存命中にその完成を見ることはなかった (*New English Dictionary* (*Oxford English Dictionary*) については「序文」(Preface) の (訳者注) の解説を参照)。

[132] (訳者注) gaseous ['gæsɪəs, 'geɪsɪəs, 'gæɪsɪəs, 'geɪʃəs, 'gæʃəs, 'geɪzɪəs]。

[133] (訳者注) 1889年から1891年にかけて、分冊の形で、サンスクリット学者の William Dwight Whitney によって初版出版。以降増補改訂が加えられ、1911年 *The Century Dictionary and Cyclopedia* (全12巻) として完成を見る。

[134] (訳者注) Noah Webster (1758-1843) アメリカの辞書編集者。*An American Dictionary of the English Language* (1828)。

[135] (訳者注) hegemony [hɪˈdʒɛmənɪ, ˈhɛdʒiːmənɪ, ˈhiːdʒəmənɪ, hɪˈgɛmənɪ, ˈhɛgiːmənɪ, ˈhiːgəmənɪ, ˈhɛdʒəmoʊnɪ, hɪˈgɛmənɪ, həˈdʒɛmənɪ] (ギリシャ語 hēgemōn 'leader'「指導者」(1567年初出))、ドイツ語 Hegemonie [hegemoˈniː]、フランス

語 hégémonie ［eʒemɔni］。古典ラテン語にはこの語はないが、中世ラテン語（600年〜1500年）には hegemonia が現れる。語尾 -ia については注 116 を参照。日本語「ヘゲモニー」はドイツ語からの借用で、西周『百一新論』(1874) に、「覇権」は矢野龍渓『経国美談』(1883-84) に初出（『日本国語大辞典』）。

¹³⁶ （訳者注）phthisis ['θaɪsɪs, 'θaɪsɪs, 'θɪsəs, 'taɪsəs, 'taɪsɪs, 'tɪsəs, 'fθaɪsəs, 'fθaɪsɪs, 'fθɪsəs]（ギリシャ語 phthinein 'decay'「衰弱」からラテン語経由（1525年初出））。

¹³⁷ （原注 1）時々それらは学識のある人々にさえ理解されないのである。ゴールドスミスの skilled in gestic lore（*Traveller* 253）における gestic という語は、多くの辞書では、legendary、historical「伝説の、歴史上の」という意味で解釈されている。あたかもその語が古フランス語の story、romance「歴史、ロマンス」を意味する gest「中世騎士物語」から来たかのような解釈である。しかしこの文脈は、pertataining to bodily movement, esp. dancing「体の動きに関すること、特にダンス」(OED) という定義がその意味であることは確かである。ラテン語の gestus 'gesture'「身振り（で意見を伝えること）」を参照のこと。また、Aristarchy という語はほとんどの辞書で a body of good men in power「権力のある紳士の一団」として間違って解釈されている。しかしこの語は固有名詞 Aristarch (us) に由来し、a body of severe critics「厳しい批評家の一団」を意味する。(Fitzedward Hall *Modern English* 143)。（訳者注）原注では、「gestus 'gesture' を参照のこと」と述べているが、gestus は古典ラテン語の語形で、中世ラテン語期に gestura の形を持つようになる。gesture は 1410 年頃初出 (OED) なので、英語には中世ラテン語の gestura が入って来たと考えられる（注 7、41 参照）。Aristarchus of Samothrace（サモトラケのアリスタルコス）(217-145 B.C.) はギリシャの文献学者・ホメロス叙事詩の校訂者。

¹³⁸ （訳者注）Malapropism「言葉の滑稽な誤用」（特に発音が多少似ている二語の混同）という意味の用語として使われているが、固有名詞からの専門用語化：a musical prodigy「音楽の神童」：a musical progeny「音楽の子孫」、dance a flamenco「フラメンコを踊る」：dance a flamingo「フラミンゴ踊りをする」の類（注 142 参照）。

¹³⁹ （訳者注）Wordsworth *Resolution & Independence* xiv (1802) 'Choice word and measured phrase, above the reach of ordinary men.' (OED)

¹⁴⁰ （訳者注）cry はラテン語 quiritare「（ローマ市民の援助を求めて）大声で叫ぶ」が原義で 13 世紀初頭に、crown はラテン語 coronam「花輪、花冠」が原義で 12 世紀初頭に、共に古フランス語から英語に入った。

¹⁴¹ （原注 1）Minto (*Manual of English Prose Literature* 422) は、これを次のように訳している：Take care of the pennies, and the pounds will take care of themselves.「銭厘を大切にすれば、大金はおのずと貯まる」と倹約を表す古いことわざがある。同様に我々も Take care of the minutes, and the years will take care of themselves.「一分を大切にすれば、今後の歳月はうまくいく」と言えるかもしれない。（訳者注）OED 'penny' 9h と 'care' 4b を参照。Minto については注 109 を参照。

第 6 章　ラテン語とギリシャ語 (Latin and Greek)

142　（訳者注）Richard Brinsley Butler Sheridan (1751-1816) アイルランド生まれの英国の劇作家・政治家。英国南西部の温泉地・社交場のバース (Bath) の歌姫であった妻との結婚後は、彼女に歌手をやめるように勧めるが、一方で、才能を無駄にすることはよくないと世間には語る。また 144 節の Malapropism「言葉の滑稽な誤用」は Sheridan の *The Rivals* (1775) に登場する、言葉の誤用が目立つ Mrs. Malaprop にちなむ（注 138 参照）。

143　（訳者注）Hester Lynch Thrale (1741-1821) 英国の作家。ジョンソン博士と深い親交。

144　（原注 1）　My brother and I meet every week, by an alternate reciprocation of intercourse, as Sam Johnson would express it (Cowper *Letters* I. 18) .「ジョンソン流に表現すれば、交流の交互の往復運動によって、兄と私は毎週会っていた。」（訳者注）Macaulay については注 80 を、Cowper については注 113 を参照。Christian Bernhard Tauchnitz (1816-95) ドイツの印刷・出版業者で、英米作家の作品を廉価版で出版。

145　（訳者注）Saxon はドイツ北部のゲルマン民族の言語で、古英語 (Old English) の基盤となった英語本来の要素を持っている語のことを言う。原書には Saxon に引用符がついているので、狭義のドイツ北部の言語とは解しない。第 3 章の 34、35 節及びその注を参照。

146　（訳者注）Charles Lamb (1775-1834) 英国の随筆家。東インド会社 (1792-1825) に勤務するかたわら文筆活動に従事。*Essays of Elia*『エリア随筆』（エリアはラムの筆名）。Saxon English は簡明率直な英語のことをいう。訳文は戸川秋骨訳 (2010) も参考にした。

147　（訳者注）英国の週刊誌（1841 年創刊）。風刺的な絵（ポンチ絵）と文章で有名。

148　（訳者注）「一桃腐りて百桃損ず」The rotten apple injures its neighbours.

149　（訳者注）「鬼の居ぬ間の洗濯」When the cat's away the mice will play.

150　（訳者注）「事故は規則正しく生活する家族にも起こるもの」Accidents will happen in the best regulated families. Dickens の *David Copperfield* では happen が occur となっている（Bartlett (2002)）。

151　（訳者注）「船頭多くして、船、山へ登る」Too many cooks spoil the broth.

152　（訳者注）George Canning (1770-1827) 英国トーリー党の政治家・首相 (1827)。

153　（訳者注）William Pitt (1708-78) 英国の政治家・首相 (1756-61、66-68)。七年戦争（1756-63、オーストリア・プロシアを中心としたヨーロッパ列強の交易・商業・植民地をめぐる覇権抗争）を指導。

154　（原注 1）　Arnold Bennett（アーノルド・ベネット）の *Clayhanger*『クレイハンガー』からの一節。Edwin が書き始めた：Dear James, my father passed peacefully away at –「親愛なるジェイムズ、父が安らかに逝き—」。その時突然、彼は紙を二つに裂いて、再び書き始めた：Dear James, my father died quietly at eight o'clock to-night. 「親愛なるジェイムズ、父が今夜 8 時に静かに死にました」。また、次の二つのうち、どちらが好ましいだろうか？: Expectoration is strictly prohibited 「喀出は厳格に禁止される」と Don't spit「唾を吐くな」。

[155] （訳者注）Lowell (1819-91) アメリカの詩人・批評家。

[156] （原注 1）*Life and Letters* III. 60。

[157] （訳者注）George Robert Gissing (1857-1903) 英国の小説家・随筆家。*Born in Exile*『漂白の身』は自己の体験に基づいた零落した知識階層の貧しい生活を微細に描いた作品。

[158] （原注 1）*Born in Exile* 380 頁。（訳者注）psychogenesis [sʌɪkəu'dʒɛnɪsɪs]。

[159] （訳者注）William Edward Hartpole Lecky (1838-1903)　アイルランドの歴史家。欧州における宗教、道徳に関する研究を発表。『合理主義の歴史』、『18 世紀イギリス史』。

[160] （訳者注）首相在任中にアイルランド国教会制廃止法（1869 年）、アイルランド土地法（1870 年、1881 年）などを成立させた（注 94 参照）。

[161] （原注 2）*Democracy and Liberty* I. p. xxi。

[162] （訳者注）Alexander Gill (1565-1635) イングランドの音声学者。ラテン語で書かれた *Logonomia Anglica*『英語言語表現』(1621) はジェイムズ 1 世への献呈（注 112 参照）。

[163] （原注 3）'Ad Latina venio. Et si uspiam querelæ locus, hîc est ; quòd otium, quòd literæ, maiorem cladem sermoni Anglico intulerint quam ulla Danorum sævitia, ulla Normannorum vastitas unquam inflixerit.' *Logonomia Anglica* (1621) (Jiriczek's reprint, Strassburg 1903, 43 頁).「ラテン語について述べることにする。この言語に苦情があるとすれば、次の点においてである：デンマーク人の残酷さやノルマン人の破壊行為といったものが過去に害を及ぼした以上に、詩と文学が英語により大きな害をもたらしたということである」

第 7 章
様々な由来 (Various Sources)

151　外来語 (Foreign Words)

　英語は、これまでの各章で述べられた言語以外からも大変多くの単語を借用しているが、本章ではそれらの借用語 (borrowings) について多くのスペースを割くことはしない。というのも、英語の性格や構造を変えてしまうほど深く関わっているのはスカンジナビア語、フランス語そしてラテン語だからである。たとえ明日この三つの言語以外からの借用語 (loan-words) がすべて消え失せたとしても、英語は本質的な点では何ら変わることはないと思われる。

　元来世界の中でも特定の場所に固有のものだった動植物、生産物、あるいは制度が、後々他の国にも知られるようになり、英語がそれらの名称を元の外国語からそのまま拝借した場合、当然のことながらそこには英語独特なものが特にあるわけではない。以下の例を参照されたい——

　　gondola「ゴンドラ」、macaroni「マカロニ」、lava「火山岩」（以上イタリア語）
　　matador「闘牛士」、siesta「昼寝」、[1] sherry「シェリー酒」（以上スペイン語）
　　steppe「大草原」、verst「ベルスタ：ロシアの距離単位（1.067 km）」[2]（以上ロシア語）
　　caravan「隊商、キャラバン」、dervish「スーフィ（イスラム教神秘主義の信奉者）」（以上ペルシャ語）
　　hussar「騎兵隊」、shako「シャコー（羽毛飾り付きの筒形軍帽）」（以上ハンガリー語）
　　bey「長官（敬称：Mr. に相当）」、caftan「カフタン（長袖の長衣）」（以上トルコ語）
　　harem「ハーレム（婦人部屋、その女たち）」、mufti「（制服に対する）平服」（以上アラビア語）
　　bamboo「竹」、oragn-outang「オランウータン（原義：森の人）」（以上マレー語）

taboo「タブー、禁忌」(ポリネシア語)
boomerang「ブーメラン」、wombat「ウォンバット」(以上オーストラリア先住民の諸言語)
chocolate「チョコレート」、tomato「トマト」(以上メキシコ語)[3]
moccasin「モカシン(革靴)」、tomahawk「トマホーク(斧)」、totem「トーテム(種族の象徴として神聖視する動植物や自然)」(以上アメリカ先住民の諸言語)

　実際、これらの語は今日すべての文明世界で用いられており、nationality「国籍」、telegram「電報」、civilization「文明」のような古典語(古代ギリシャ語・ラテン語)由来の語、あるいはむしろ古典語もどきの語(pseudo-classical words)と同様、現代文化の同一性(the sameness)の証明である。同じ生産物が世界中に知れ渡り、観念や概念も、抽象的なものでありながら、相当程度まで世界共通となっている。これらの物や思想は、多くの言語において同一の名前を持っている場合が多くなっている。

　他の借用語と同様に、これらの語に関しても、単語の究極の語源(the ultimate origin of a word)が、必ずしも英語にとっての由来とは限らないということは覚えておかなければならないだろう。いかにも異国情緒たっぷりの語は、その多くがスペイン語やポルトガル語を通じて英語に入って来たのである。元々ペルシャ語だったparadise「天国・楽園」はフランス語を通じて入って来た。[4] 英語でsloop「スループ帆船(一本マストの縦帆船)」と綴られる語は、起源はオランダ語sloepであるが、フランス語shallopまたはchaloupeを通じて英語に入って来た。英語fuchsia「フクシア(釣浮草)」は、近代ラテン語による学名に由来するが、その発音 [ˈfjuːʃə] が示す通り、ドイツの植物学者Fuchs [fjuːks, fuks] [5]が語源である。

152　オランダ語 (Dutch)

　スカンジナビア語、フランス語、ラテン語以外からの借用語であっても、文化的重要性が大きい場合は考察の対象とするに値する。まずはオランダ人(語)(the Dutch)について。[6] 英語においてこの単語は「ドイツ人(語)の」(German / deutsch)を意味するのではなく、オランダ(the Netherlands)の住人と言語を意味する。そしてイングランド人は、ドイツ人よりもオランダ人と密接な関係を持つようになったという点は重要である。オランダ

第 7 章　さまざまな由来 (Various Sources)

人は常に航海を生業とする人々だったので、多くの航海に関する単語がオランダ語経由で英語に入って来ていることは至極当然のことである——

> yacht「ヨット」、yawl「(船舶に積む) 雑用艇」、schooner「スクーナー船 (二本 (以上の) マストの縦帆式帆船)」、bowline「はらみ綱 (帆の一方を船首に結びつける綱)」、deck「デッキ、甲板」、cruise「巡航する」、iceberg「氷山」

juffrouw「天幕吊板」というオランダ語の専門用語は、英語に借用されて euphroe となった。二つの綴りが大きく異なるのは、恐らくは口伝えで入って来たために、['juːfrou] という発音から衒学的に英語の綴りが作られたためであろう。次のものは軍事用語の例——

> furlough「(海軍の)休暇」、tattoo「帰営ラッパ、軍事訓練」、[7] onslaught「猛攻撃」

しかし、オランダ語の単語の最も興味深いグループは、美術に関するものである。それらは 16 世紀、17 世紀に低地三国 (the Low Countries)[8] で繁栄し、イングランドの芸術家に強い影響を及ぼした——

> easel「画架、イーゼル」、etch「食刻する、エッチングをする」、sketch「写生図、スケッチ (をする)」、maulstick「腕杖」[9]

landscape「風景」からは seascape「海景」や cloudscape「雲景」のような新造語 (new-formed words) が現れ、さらに語末の接尾辞が独立して scape「(眺めの良い) 景色」という単独の語が生まれた。[10] 南アフリカのアフリカーンス語からの借用語については 160 節を参照。[11]

153　イタリア語 (Italian)[12]

　前節からの話の流れは、芸術に関する語彙における残るもう一つの大きな影響へと必然的につながっていく。すなわちイタリア語である。[13] そこから派生した膨大な数の音楽用語については、すでに 31 節で見た。建築や美術に関する多くの単語は一般にはイタリア発祥である——

建築・美術
　balcony「バルコニー」、colonnade「コロネード、列柱」、cornice「コーニス、軒蛇腹」、corridor「回廊」、grotto「洞穴を模した岩屋」、loggia「涼み廊下」、mezzanine「中二階」、niche「ニッチ、壁龕(へきがん)」、parapet「胸壁」、pilaster「柱形」、profile「縦断面図」、[14] fresco「フレスコ画（法）」、miniature「細密画（法）、（写本の）採飾画」、improvisatore「即興詩人（演奏家）」、dilettante「美術愛好家、好事家」、opera「オペラ」、[15] sonnet「ソネット」[16]

文化関係
　casino「カジノ」（<「小さい家」）、carnival「謝肉祭」（<「肉食の中止」←「肉を取り上げる」）、milliner「婦人用帽子商」（<「ミラノ製の粋な婦人服、婦人帽を扱う商人」<「ミラノ生まれの人」）

商業関係
　traffic「交易、交通」、risk「危険」（<イタリア語 risco（語源不明、一説には「絶壁の間を航行する」の意の古スペイン語から））、magazine「雑誌」、[17] bank「銀行」、bankrupt「破産」、[18] agio「打歩、両替業」、Lombard「銀行家」[19]

軍事関係
　alarm「警報」（<イタリア語 all'arme「武器を取れ」）
　colonel「陸軍大佐」（発音は coronel に遡る）[20]
　arsenal「兵器庫」（<「造船所」）、pistol「拳銃」[21]

154　スペイン語 (Spanish)

　スペイン語からの軍事用語には、armada「艦隊」、escapade「脱出」、embargo「出入港禁止」があり、人に対する呼称としては、don「～殿（英語の Mr や Sir に当たる敬称）」（イングランドの大学での奇妙な使用法に注意）[22] や hidalgo「下級貴族」を挙げることができる。第一次世界大戦時には、従軍司祭を padre「神父様」と呼ぶのが流行りだった。ゲームの世界には quadrille「カドリル」、[23] spade「スペード」をはじめとするトランプ用語が入って来ている。商業用語には anchovy「アンチョビー」、cargo「積荷」、cordovan「コードバン」、[24] lime「ライム（果実名）」がある。

　近年カリフォルニアでは、cafeteria「カフェテリア」[25] が非常に高い言語的生産性を示し、次のような単語を生み出している――

第7章　さまざまな由来 (Various Sources)

　　　drugteria「ドラッグストア」、sodateria「ソーダの店」、fruiteria「果物店」、shaveteria「髭剃り店」、shoeteria「靴屋」

アメリカ英語には cafeteria から派生した何とも珍妙な単語が他にもある。[26]

155 アラビア語 (Arabic)

　英語にはアラビア語起源の単語が見られるが、[27] その中では定冠詞 al が付いているものは識別しやすい。ここでは特に数学、天文学、及び科学全般に関する語を示すことにする──

　　　algebra「代数」、cipher「暗号」、[28] zero「ゼロ」、[29] nadir「天底」、zenith「天頂」、alchemy「錬金術」、alcohol「アルコール」、alkali「アルカリ」、bismuth「ビスムス、蒼鉛」、elixir「(錬金術の) 霊薬」、natron「ソーダ石」

英語の科学用語の中には、意味はアラビア語を引き継いでいるが形はそうでない語がある。数学の sine「サイン、正弦」は、アラビア語の jaib「正弦（原義はポケット）」をラテン語で sinus 'fold'「凹み、曲線、トーガ（古代ローマ市民の外衣の）襞、曲り」と訳したことに由来している。未知数を表す記号 x は「最初スペインで使われたことは間違いない。なぜなら、語源的に見て、スペイン語の x はアラビア文字の shin (ش) と対応しており、[30] そのため shai 'thing'「もの」の省略形 (abbreviation) として、「未知数」の意味で使われていたからである」。[31] アラビア語からの借用語には、その他に次のような語がある──

　　　alcove「アルコーブ（部屋の一部を凹状に入り込ませた一郭）」、sofa「ソファ」、[32] sash「薄布」、[33] caraway「キャラウェー（セリ科の植物）」、sherbet「シャーベット」

156　インドの諸言語 (Indian)

　大英帝国 (the British Empire) は極めて多くの民族と接触を持ったために、その結果として、多くの言語からの借用語が発生することになった。インド

の諸言語からは次のような語が借用されている——

  sahib「閣下、先生、様（紳士に対する呼びかけ、敬称）」、begum「王妃、貴婦人」（以上ウルドゥー語）
  maharajah「大王」、pundit「賢者、（皮肉的に）専門家」、baboo / babu「君、様」（以上ヒンディー語）

一部のインド人 (Hindus) によって話される奇妙な言語はバーブー・イングリッシュ (Baboo / Babu English ['ba:bu:])[34] と呼ばれる。借用語の例をさらに挙げると——

  thug「強盗団員」、Swaraj「スワラジ」（英領インドの自治、独立）、cot「軽量寝台、ハンモック」、bungalow「バンガロー」(Bengal 風のわらぶき家屋)、pucka / pukka ['pʌkə]「本物の、上等の」（英統治時代の英国人のマナーを形容）、coolie「クーリー、日雇い労働者」（インド西部の土着の部族クーリーから）、chit「短信、メモ」、choki / choky「留置場」（元来は「税関」→「刑務所」。この意味の変化には、英語の choke「窒息死させる」との俗語源説が関連 (folk etymological connexion) している？）[35]（以上ヒンディー語）
  durbar「宮廷」（ウルドゥー語）
  pariah「最下層民」（「宗教行進に参加することを許されない鼓手 drummer」の意から）（タミール語）

衣料関係
  topi / topee「トーピー（日よけ帽子）」、pyjamas / pajamas「パジャマ（ゆったりしたズボン）」、bandana / bandanna「バンダナ（絞り染めした大きなハンカチ）」（以上ヒンディー語）

loot「戦利品、略奪する」（ヒンディー語）は plunder「略奪品、略奪する」(157節参照) と興味深い類似を見せる。[36] 悪名高い dumdum bullets「ダムダム弾」[37]は、コルカタ（＝カルカッタ）近郊の Dum Dum 地区で製造されたことからこの名前が付いた。
 インド起源ではあるが、英語にはペルシャ語を通じて入って来た語がある——

第7章　さまざまな由来 (Various Sources)

divan「ディバン、(壁際に置く背・肘掛けのない)長椅子」、khaki「カーキー色」、zenana「婦人室(の女性)、売春宿」、purdah「(女性が人目を遮るための)ベール」

アフリカの諸言語からは、impi 'regiment'「バントゥー族の戦士集団、軍隊、大軍勢」、indaba 'conference'「会議」(どちらもズールー語)がある。中国語からは、kowtow「叩頭の礼、額を地面につけてぺこぺこする」がある。しかしこれらの単語は日常的な英語に属しているとは言えない。

157　ドイツ語 (German)

　英語にはドイツ語からの借用語が驚くほど少ない。[38] カント (Kant)[39] とイングランドに於ける彼の信奉者たちによる新造の哲学用語 (philosophical terms) を別にすれば、英語とドイツ語の間の文化的関係の存在を借用語から推測することはほとんどできない。plunder「略奪する」は三十年戦争 (1618-48)[40] に参戦したイングランド軍兵士達によるドイツ語からの借用である。swindler「詐欺師」は1726年頃ドイツ系ユダヤ人 (German Jews) によって持ち込まれたと言われている。feldspar「長石(ナトリウム、カルシウムなどを含み、ガラス光沢がある)」、gneiss「片麻岩(堆積岩や火成岩が変成作用を受けてできた岩石の一つ)」[41] や quartz「石英、水晶」などの鉱山用語 (mining terms) もドイツから来ている。

　翻訳借用語 (translation loans) には home-sickness「ホームシック」[42] one-sided「ワンサイドの、不公平な」[43] や、地名の the Black Forest (Schwarzwald「シュヴァルツヴァルト」ドイツ南西部の森林地帯)などがある。一方で翻訳が容易と思われた場合でもドイツ語の単語をそのまま丸呑みにしている例もある。次の二つのペアでは、翻訳借用語よりもドイツ語の形のままの方がはるかに使用頻度は高い——

　　　the Siebengebirge「ジーベンゲビルゲ」[44]：the Seven Mountains「七つの山」
　　　the Riesengebirge「リーゼンゲビルゲ」[45]：the Giant Mountains「巨大な山脈」

同様に kindergarten 'children's garden'「幼稚園」も変化させずに使っている。一方、デンマーク語とノルウェー語では kindergarten は逐語訳され、前者で

は börnehave、後者では barnehave という言葉が生まれている。ドイツ語を丸呑みにした例としては、さらに次のような英語がある——

  rinderpest「牛疫(文字通りには cattle plague)」[46]
  landsturm「国家総動員(文字通りには land storm)」
  zollverein「関税同盟(文字通りには tariff union)」
  weltpolitik「世界政策(文字通りには world politics)」
  weltanschauung「(個人・民族の) 世界観(文字通りには world perception)」
  hinterland「後背地(文字通りには behind land)」[47]

hinterland は a residential hinterland (of a town)「都心から離れた辺鄙な住宅用地」のように使われることもある (Kaye Smith, *Tamarisk Town* 105)。さらには、a vast hinterland of thoughts and feelings「心の奥にある広大な思想や感情の領域」(Wells, *Marriage* 2, 121) のような表現もある。この節では、外国語との関わりの中でふと現れる英国人気質を思いもかけず目撃する次第となった。

158 南アフリカ (South Africa)

 南アフリカにおけるオランダ人と英国人の言語行動 (linguistic behavior) には興味深い対照が見られる。オランダ人は南アフリカの自然の中に自分たちには未知の存在を数多く発見すると、二つの方法のうちのいずれかでその呼び方を決めることにした。一つは既存のオランダ語を使う方法で、この場合、元の意味からは多少とも変化することになった。残る一つは新しく造語する方法である。一般的には複合語が造られた。一つ目の方法により、sloot 'ditch'「溝」は「(豪雨でできた) 峡谷」に適用された。veld 'field'「野原」は「広々とした牧草地」に、そして kopje 'a little head or cup'[48]「小さな頭、小さなカップ」は「丘」の意味で使われた。いろいろな種類の動物や、ある種の鳥や植物を呼ぶ場合は、二つ目の方法に従い次のように造語された——

  roodebok 'red-buck'「インパラ」、steenbok 'stonebuck'「小型カモシカ」、springbok 'hopbuck'「ガゼル」、springhaas 'hop-hare'「トビウサギ」、hartebeest 'hart-beast'「大型カモシカ」、slangvreter 'serpent-eater'「蛇食い鷲」

第7章　さまざまな由来 (Various Sources)

　　spekboom 'bacon-tree'「ポーチュラカリア（羊・ヤギの飼料となる多汁質の低木）」

一方英国人はオランダ人の方法を真似るのでなく、彼らの成果をそっくり自分たちの言語に引き継ぐという手段をとった。そのため、上記の単語群は勿論のこと、他にも南アフリカオランダ語 (South African Dutch)⁴⁹ の単語がいくつか英語の語彙となっている。⁵⁰ その中には trek 'colonial migration'「植民地移住」や spoor 'track of wild animal'「野生動物の足跡」のように特殊な意味で使われる単語がある。対してオランダ語では意味の特殊化の程度ははるかに低く、trek の場合は、trekken の形で「引っ張る、旅行する、移動する」、spoor の場合は、英語と同綴りで「足跡、わだち、踏み跡」という、一般的な意味でそれぞれ使われている。このタイプの借用語の例はこれ以外の分野からもいくらでも容易に増やせるだろう。だから、モス (Moth) がホロフェルネス (Holofernes) とサー・ナサニエル (Sir Nathaniel) について語った次の言葉は、英国人にも同様に当てはまると言っていいのかもしれない：「彼らは言葉の宴会に出かけて行って、食べ残しを盗んできたのだ」(Shakespeare, *Love's Labour's Lost* 5.1.39)。となれば、次のステップとしてこの言語的雑食性 (this linguistic omnivorousness) の原因を追究するのは理の当然であろう。

159

　この現象、すなわち言語的雑食性を、生まれながらに備わっている優れた言語学習能力によるものとすることは理に適っているとは思われない。なぜなら、第一に英国人はそのような才能を通常備えていない。第二に、最も優れた語学の才能の持ち主は、自身の言語は純粋なまま保とうとする傾向があり、他の言語を断片的に混ぜ込んで自分の言語の質を落とすことはしないものだからだ。故に、前節で述べたような現象の理由の一つは平均的英国人の言語能力のなさに由来すると考えた方が真実により近いであろう。

　英国人は旅行者として、また入植者として、否応なく非常に多くの国の様々な人々と接触することとなり、英国国内では見たことも聞いたこともない事物や制度を数多く目の当たりにせざるをえない。R. L. スティーブンソン (Stevenson) は、典型的なイングランド人 (the typical John Bull) についてあ

るところでこう語っている：「その性質は、傲慢で、戦いの場では決して慌てず、命令に対しては横柄な態度を取るが、他人の生活に対しては好奇心も鋭い理解力も持ち合わせてはいない」。[51] もしかしたら、今考察しているこれらの借用語は、他国民の生活についての彼らの上面(うわつら)だけの好奇心の証明になるかもしれない。スティーブンソンの言う「典型的イングランド人」は、実際のところ、出会った外国人に対して本心から関心を持つなどしなかったので、そのような借用語をすんなり採用したにすぎない。彼らは、外国人の発話のごくわずかな断片を拾い上げ、それを使うことによって自分の発言や政治的議論の中に、ある種の地方色を出すことで十分に満足しており、それ以上のことは考えていないのである。

160　オーストラル英語 (Austral English) [52]

だから、他の言語から単語を取り入れる傾向はおそらく様々な原因によると思われるが、中でも159節で述べた言葉に対する怠慢（つまり、他の言語から借用すること）が第一の原因と言って間違いなさそうだ。この怠慢はとりわけ古典語からの語彙の借用により助長されたものである。しかし借用という行為は英語という言語そのものに内在する欠陥によって誘発されるのではない。その証拠に、本当に必要だと感じられれば、既存の外国語の語彙から借用せずとも英語では実際いつでも容易に新語が造りだされている。殊に、自分自身の言語の枠の外に出てまで自分の考えを表現しようという気持ちにならない非教養層の人々の手によって。

この生来の発明の才の興味深い実例は、エドワード E. モリス氏 (Edward E. Morris) の『オーストラル英語：オーストラレシアの単語、句、語法辞典』(Austral English, A dictionary of Australasian words, phrases and usages) [53] に見られる。その序文でモリス氏は次のように述べている：「シェイクスピア、ミルトン、ジョンソン博士の言葉を話す人々が、[54] オーストラレシアの各地にやって来た時、彼らの前にまだ英語の名前を持たない動植物が現れた。新しい鳥、野獣、魚、樹木、森林、花には、学名とは異なる日常的な名前が必要となった。これほどまでに多くの新しい名前が必要とされた時代は歴史上他にはなかったし、今後そのような事態が起こることは決してないであろう。なぜなら、入植した先で、それまで目にしてきた動植物とここまで異なる動植物にイン

第 7 章　さまざまな由来 (Various Sources)

グランド人が出会う機会は、これ以前にはなかったし、これからもあり得ないだろうから」。

　この空欄のままになっている動植物の英語名を埋める方法として、一つには先住民の言語 (aboriginal language) から単語が採用された。例えば kangaroo[55] や wombat[56] などである。もう一つは、イングランドの動植物と類似しているこの地の動植物に、イングランドでの名称をそのまま当てはめるという方法である。その際、「類似」には本当に生物学上の近縁種である場合もあれば、単に見た目や鳴き声が似ているだけの場合もあった訳だが。例としては、magpie「(英)カササギ：(豪)カササギフエガラス」、oak「(英) オーク：(豪) モクマオウ（木麻黄）」、beech「(英) ブナ：(豪) チークの一種」などがある。さらには、全くの新語を造るという第三の手段もある。事実、モリス氏の辞典の頁をめくってみると、大変多くの鳥や魚や植物の名前に出会う——

 鳥類
  friar-bird「ハゲミツスイ（托鉢修道士のように禿げており、蜜を吸う）」
  frogs-mouth「ガマグチヨタカ（くちばしと口が大きく、蛙に似ている）」
  honey-eater「ミツスイ（花の蜜を吸うために便利なくちばしと舌を持つ）」
  ground-lark「地ヒバリ（地上で生活する）」
  forty-spot「シロテンウロコカブリ（タスマニア産のホウセキドリで、羽にたくさんの白い斑があり美しい）」[57]
 魚類
  long-fin「アカイサキ（ひれが長い）」、
  trumpeter「フエフキタカノハダイ（genus Latris）」（英語名は釣上げられて水から出る時に立てる音に由来）
 植物
  sugar-grass「シュガーグラス（甘い牧草）」、hedge-laurel「トベラ科の常緑低木」、ironheart「フトモモ科の常緑樹」、[58] thousand-jacket「アオギリ」

これらの単語の多くが証明しているのは、モリスが『オーストラル英語』に寄せた序文の中の次の言葉である：「移住者には想像力が備わっていたに違いない。鳴き声から whip-bird あるいは coach-whip「シラヒゲドリ（むちを鳴らすような声で鳴く）」と名付けたり、大きく広げた尾の外見から lyre-bird「コ

トドリ（雄は求愛行動の時、尾を竪琴 (lyre) 状に開く）」という名前で呼ばれた。誠に見事な命名である。」母語を豊かにしたいと思った時、オーストララシアへの移住者たちとは違って、書物から得た知識だけの人々は、目に見えるように「雄弁」にイメージを伝える名前を手に入れる手段として、オーストラシアの先住民たちが使う呼び名にも既知の国産種の英語での呼び名にも助けを求めもせず、かといって英語での呼び名を新しく一から作り出すには創造力に全く恵まれていなかったことは確かに残念なことに思える。

161　新しい形成語 (New Formations)

　現代の様々な新発明や技術革新の中には、英語を豊かにしてきたものが数多くある。[59] cinematograph「映画撮影機、映画（館）」[60] は一般には短縮されて cinema さらに cine となることさえある。しかし、同じものを指して movies という言葉が口に出ることも多い。radium「ラジウム」と radio「ラジオ」の奇妙な分化もある。後者は従来の broadcast「（種子の）ばらまき」に「放送」という新しい意味を与えることになった（BBC = British Broadcasting Corporation『英国放送協会』）。[61] automobile (car)「自動推進の（車両）」の代わりに、簡単な car あるいは motor-car が使われる。[62] aeroplane「飛行機」に対して airplane を好む人がいる。またこの語は短縮されて plane となり、aquaplane「水上スキー用板」、seaplane「水上飛行機」、airship「飛行船」、aircraft「航空機」、airman「飛行士」、aerodrome「飛行場」のような語まで現れた。動詞の taxi は飛行機の離発着時の滑走路をゆっくり移動することをいう場合に使われる。[63]

　これらの発明によって導入された新語の中には、英語での発音 (spoken forms) が完全に固定するまでに時間のかかった語もある：chauffeur「おかかえ運転手」は [ʃouˈfɛːr] から、今では [ˈʃoufə] になった。[64] hangar「（飛行機の）格納庫」と garage「車庫」は、初め、最後の音節 (the last syllable) は長母音の [aː] で発音されていたが、今では一般に英語化 (Anglicized) され、前者は [ˈhæŋɡə] もしくは [ˈhæŋə]、後者は [ˈɡærɪdʒ] となっている。[65] television (tele「遠い」+ vision「見ること」) から動詞の televise「テレビ放送する」と名詞の televisor「テレビ送受信装置」が生まれた。最後に tango「タンゴ」と jazz「ジャズ」を挙げておこう。[66]

第 7 章　さまざまな由来 (Various Sources)

162

　新しい商品名を言い表すために、今日、非常に多くの語が商売人たちによって作られている。その場合、正しい造語法に則っているか否かにはほとんど注意が払われず、宣伝にとってプラスになるかどうかだけが絶対的な決め手となっている。音や文字を気紛れに集めて作った Kodak のような語もある。[67] また、新語を考案する際、別の単語と何処となく似ているということで満足することがある。似ていれば、買い手がその商品名を覚える手助けになるからである。類例をいくつか挙げる——

　　bovril「ボブリル（英国の牛肉エキス）」（ラテン語 bos「牛」+ vril（Lytton の小説に出て来る電気流動の不思議な力）
　　vapo-cresolene「蒸気消毒液」（cresolene vaporized「気化された消毒液」）
　　harlene「ハーリーン（整髪料）」（harl / herl「亜麻や大麻の）繊維」、hair「毛」？）
　　wincarnis「ウィンカーニス：強壮蒸留酒」(wine + ラテン語 caro 'flesh'「肉」？）
　　rinso「リンソ：粉石鹸」（手入れのための rinse「すすぎ」）
　　redux「ダイエット薬草」（reducing herbal tea「減量のための薬草」）
　　yeast-vite「強壮剤」（yeast「酵母」+ ラテン語 vita「生命」）
　　ceilingite「天井や壁の上塗り」（white-wash「漆喰（を塗る）」）
　　elasto ...「弾力の ...」[68]

商品名の中には、突飛な綴りで擬装しているものの、その正体は実はごく平凡な単語にすぎないというケースもある——

　　Phiteesi boots「ぴったり楽々ブーツ」（phit [fit]（= fit）+ eesi ['i:zi]（= easy）「（足の）サイズに楽に合う」）
　　Stickphast「強力糊」（stick + phast [fɑst]（= fast）「しっかりくっ付く」）
　　Uneeda cigar「ユニーダの葉巻」（you need a cigar「葉巻が御入用」）（英国の商品名）
　　Uneeda biscuit「ユニーダのビスケット」（you need a biscuit「ビスケットが御入用」）（アメリカ・ナビスコ社の商品名）

そのような名前の多くは非常に短命であるが、中には生き残り、それが当初考案された範囲を超えて一般に使われているものもある。Kodak の場合がそ

うである。[69]

163

　第一次世界大戦 (the Great War 1914-1918) はあらゆるものにその痕跡を残した。むろん、言語も例外ではなく、[70] 戦争によりある程度の数の外国語が導入されている——

  camouflage「カムフラージュ(する)、偽装(を施す)」(フランス語 camouflage(名詞)、camoufler（動詞))
  dazzle-painting「（艦船の）迷彩」
  u-boat「Uボート」（ドイツ語 Unterseeboot 'undersea boat'）
  strafe「（飛行機で）猛爆撃（する）」（ドイツの愚かしい標語 Gott *strafe* England 'May God punish England'「神よ、英国を罰せ給え」。当時発音はしばしば [streif]) [71]
  blighty「英本国」（ヒンディー語 bilayati 'foreign'「外国の」に由来し、駐留英国軍兵士によって、インドから見た「外国」、すなわち「英国」「祖国」という意味で使われた）[72]

古い語に新しい意味が与えられた語には次のような例がある——

  ace「撃墜王」(フランス語 as から。ある一定人数の外国人を爆撃した飛行士)、[73] bus「飛行機」、gas「毒ガスで殺す」、tank「戦車」、go west「（婉曲的）死ぬ」、umpteen「無数の」（軍隊の数をごまかすために使用、umpty（モールス信号のダッシュ（—）の俗称で「不定、多数」の意味）+ teen）

単語を短くする傾向は conchy ['kɑntʃi] (= conscientious objector) [74]「良心的兵役拒否者」や zepp (= Zeppelin)「（ツェッペリン型）飛行船」[75] などに見られる。しかし戦争用語 (war words) のほとんどは俗語 (slang) に属するので本研究の範囲外である。

注

1　（訳者注）sixth hour: 午前 6 時から数えて、第 6 時、すなわち「正午」が原義。

第 7 章　さまざまな由来 (Various Sources)

2　(訳者注) ロシアの距離単位で、3500feet または 0.6629mile (1mile=1.609km) に相当する。

3　(訳者注) 中南米、メキシコの先住民であるアステカ族の言語、ナワトル語。

4　(訳者注) ゾロアスター教の経典で用いられているアベスタ語 (インド・イラン語派に属する古代イラン語) が語源で、pairi 'around' + daēza 'wall' 「囲い」の意味。それがギリシャ語で paradeisos (= enclosed garden 「閉じられた園：果樹園、狩猟地」→ 70 人訳聖書・新約聖書で「エデンの園」、「天国」の意味) となり、ラテン語、古フランス語を経て英語に入った。英語における最古の例は、1000 年頃の『アングロ・サクソン福音書』で「天国」の意味：Luke 23:43 Todæg þu bist mid me on paradise 'To day shalt thou be with me in paradise' (欽定訳聖書) 「あなたはきょう、わたしと共にパラダイスにいます」 (新改訳)。

5　(訳者注) Leonhard Fuchs (1501-66)。

6　(原注 1) J. F. Bense, *The Anglo-Dutch Relations* ('s-Gravenhage, 1924); Bense, *A Dictionary of the Dutch Element in the English Vocabulary* (The Hague, 1926-1935. 必読文献 (未完)); E. C. Llewellyn, *The Influence of Low Dutch on the English Vocabulary* (Oxford, 1936 (主に Bense に基づく)); G. N. Clark, *The Dutch Influence on the English Vocabulary* (S. P. E., 44, Oxford, 1935) を参照。(訳者注) 's-Gravenhage はオランダの行政上の首都のオランダ語の呼称 (英語名 The Hague [heig]「ハーグ」)。's-Gravenhage は 's-Graven 'the counts' ' + hage 'hedge' 「伯爵たちが所有する垣根 (で囲われた私邸)」を意味する。オランダ語の別称 Den Haag の Haag も hedge「垣根、庭園」の意味)。S. P. E. は The Society for Pure English「純正英語協会」(1913 年設立)。

7　(訳者注)「入れ墨」の tattoo はタヒチ語 tatau から。「帰営ラッパ」はオランダ語 Tap toe!「酒場を閉店する時の合図「樽のふたをたたく」」から。毎年夏にエディンバラ城前広場で行われる軍楽祭は Edinburgh Military Tattoo と呼ばれる。

8　(訳者注) 現在のベルギー、オランダ、ルクセンブルクにほぼ該当する地域。

9　(訳者注) 原書の mualstick は誤植。

10　(訳者注) landscape の原義は美術用語 land 'land' + schap 'ship'「土地を描く技能」。-ship (古英語 -scipe) は scholarship, friendship などに見られる「職」「性質」「技術」などを表す接尾辞。また形容詞について抽象名詞を作る (hardship「苦難」)。

11　(訳者注) 正しくは 158-59 節。

12　(訳者注) 原書にはこの小見出しはないが、便宜上付けた。

13　(原注 2) Mario Praz, "The Italian Element in English," *Essays and Studies*, 15 号, 20 頁以下を参照。

14　(訳者注)「輪郭を描く」が原義。人物紹介の「プロフィール」の意味では 1734 年頃初出。1920 年頃からジャーナリズムで頻繁に用いられるようになった。

15　(訳者注) ラテン語「(骨の折れる) 仕事」が原義 (1644 年初出)。

16 （訳者注）ラテン語 sonus 'sound' から。通例、英語では 10 音節弱強格の 14 行詩。

17 （訳者注）「倉庫、火薬庫」の意味から軍事の雑誌名『軍事の知識の宝庫』（1639年）として用いられ、それが「雑誌」その物を指すようになった。1731 年発行の *Gentleman's Magazine* によって一般化した。

18 （訳者注）第 6 章 116 節とその注 9 を参照。

19 （訳者注）初期の銀行業の担い手の中心が、イタリア北部のロンバルディア (Lombardy) 地方（中心都市はミラノ）の出身者 (Lombard ＜イタリア語 lombardo) だったことに由来する。ロンドンの Lombard Street は、イングランドでの彼らの根拠地であり、現在も銀行街となっている。なお、ロンバルディアの名は、ランゴバルト王国（6 世紀にイタリアを征服した東ゲルマンの一部族ランゴバルト人が建てた王国）にちなむものである。

20 （訳者注）現代英語の発音 [ˈkəːn(ə)l] は coronel によるもので、この綴りの方が 17 世紀中頃までは一般的であった（ロマンス諸語では r～l の異化はしばしば見られる。132 節とその注 98 を参照）。生き残り競争の勝者となった語形 colonel の発音は 19 世紀初頭までは [kɔlə'nel] であった。

21 （訳者注）OED は現行版でもイタリア語起源説を維持しているが、米国系の主要な辞書 MWCD[11] や AHD[5]、さらには英国系でも、OED と同じ Oxford University Press 刊行の OALD[8] ですら、「パイプ、呼子」を意味するチェコ語 píšťala を語源として挙げている。

22 （訳者注）学監（学長を補佐し、学生を監督する職員）、個人指導教員、評議員、特別研究員への呼称として使われる。

23 （訳者注）4 人が 40 枚のカードでするトランプの一種。

24 （訳者注）スペインの都市、コルドバに由来し、馬の背から尻にかけての皮。高級皮革として靴やベルトに使われる。

25 （訳者注）中南米のスペイン語の coffee shop の意味から。文献初出 1839 年 (OED)。

26 （訳者注） An Italian café-owner ... has switched his sign from Pizzeria to *Pieteria.* (OED s.v. -teria, *suffix*)、1965 年の用例。イタリックは引用者）。同じ '-teria' の項目の用例中には Healthateria（1929 年）、Valeteria、Washeteria（ともに 1959 年）も見える。

27 （原注 1）Walt Taylor, "Arabic Words in English," *The Society for Pure English*, 38 号 (1933) を参照。

28 （訳者注）cipher はサンスクリット語 śūnya (＝ empty) に由来し、それをなぞったアラビア語 çifr が中世ラテン語 cifra、古フランス語 ciffre を経て中英語に入った (1400 年頃：cifre, sypher)。

29 （訳者注）zero は別形の中世ラテン語 zephirum、古イタリア語 zefiro（その短縮形のイタリア語 zero）からフランス語 zéro を経て初期近代英語に入った（1604

第7章 さまざまな由来 (Various Sources)

年）。cipher と zero は二重語 (doublet)（同語源異形）で、現代フランス語も二重語：chiffre [ˈʃifr(ə)]「数字」「暗号」と zéro [ˈzero]「ゼロ」「無（価値）」。

30 （訳者注）ローマ字アルファベットの x は、ギリシャ文字の「クシー (xi)」(Ξ, ξ) に遡り、さらにセム語アルファベットの「サーメク (samekh)」（ヘブライ文字では ס）を源流とする。アラビア文字の「シン (shin)」(ش) はセム語アルファベットの「シン (shin)」（ヘブライ文字では ש）に遡る。このように文字の形としては、本来 x と ش の間には「対応」はない。一方で、セム語アルファベットのシンに対応するギリシャ文字は「シグマ (sigma)」(Σ, σ) で、[s] の音を表していた。たまたま、セム語アルファベットで [s] を表す文字がサーメクであったため、シグマにサーメクが対応するという混同が生じることとなった（セム語アルファベットのシンが表す音は [th] または [š]）。このように、文字の形の対応と文字が表す音の対応が、（誤解を伴いながら）交差することによって、ش→ש→σ→ס→x という極めて遠回りな「対応」が生まれた。

31 （訳者注）引用は注 26 で挙げた Taylor の著書からであるが、OED はアラビア語 shei (= shai) をローマ字アルファベットに転写する際 xei と綴ったことが x が「未知数」を意味するきっかけとなったとの説を紹介しつつ、この説自体については「何ら証拠がない」と否定的である (OED s.v. X)。一般に受け入れられている説は、既知数をアルファベットの冒頭の文字群 a, b, c で表し、対照的に未知数を末尾の文字群 x, y, z で表すことにしたというもので、この方法はデカルトが『幾何学』で採用したのが始まりとされている。

32 （訳者注）アラビア語 voffah 'long (stone) bench' からフランス語を経て、1625年「トルコ帝国で君主や高官が座る高床式椅子」の意味で使われた。「ソファ」の意味は 1717 年。

33 （訳者注）šāš 'muslin'「モスリン（梳毛織物の一つ）」が原義で、原産地であるイラクの町 Mosul のイタリア名。「（ガラスをはめ込む窓や戸の）枠、サッシ」も sash であるが、これは現代英語での綴りが同じだけの別語源（フランス語の châssis（語末を複数形と誤認）から）の単語。

34 （訳者注）「インド紳士の英語」のことを言うが、英国植民地時代のベンガル人役人の書物から学んだ格式ばった英語に対する侮蔑的な呼称。

35 （訳者注）OED は 'choky' の項の語源欄でヒンディー語段階での「留置場」の意味の存在を認めているので、英語の choke との関わりは成立困難と思われる。

36 （訳者注）英国人が進駐先のインドやドイツで「戦利品」や「略奪する」を意味する現地の言葉を必要としたのは、彼らが略奪行為を行ったためだとイェスペルセンは示唆していると思われる。

37 （訳者注）英国がインドで植民地反乱を鎮圧するために用いた銃弾。通常、銃弾頭は的に当たると貫通するが、この弾は頭の鉛が潰れて、体内で傘のように広がり留まる。その残虐さから、1899 年のハーグ平和会議で使用が禁止された。

³⁸ （原注 1） Charles T. Carr, "The German Influence on the English Vocabulary," *The Society for Pure English*, 42 号 (1934) を参照。
³⁹ （訳者注） Immanuel Kant (1724-1804) ドイツ観念論の起点となった近世の哲学者。
⁴⁰ （訳者注） ドイツ国内の宗教対立を契機とする紛争に諸外国が介入した戦争。
⁴¹ （訳者注） ドイツ語 Gneis [gnaɪs] 、英語 [naɪs] 。
⁴² （訳者注） home-sick は home-sickness（Heim 'home' + Weh 'woe, pain'「心痛、痛み」）の逆成語 (back-formation)。
⁴³ （訳者注） ドイツ語 einseitig (ein 'one' + seitig 'sided') からの翻訳借用。
⁴⁴ （訳者注） ボン南東部ライン川右岸の「七つの丘」。赤ワインの産地として知られる。
⁴⁵ （訳者注） チェコとポーランドの間の山脈。
⁴⁶ （訳者注） 原書の rinderpet は誤植。
⁴⁷ （訳者注） ドイツ語では「都市や港の周辺にあって、商業などが港や都市と密接な関わりを持つ地域」を意味する。英語では、さらに「人口の少ない田舎、奥地」の意味もある。
⁴⁸ （訳者注） オランダ語 kopje は kop に指小辞 -je が付いたもの。現代オランダ語 kop には中期オランダ語 cop 以来の「頭蓋骨、頭」の意味系統と中期オランダ語 cop / copp 以来の「液体を飲むためのカップ」の意味系統が並存している (OED s.v. cop, n.1)。イェスペルセンによる英語へのパラフレーズはこれを踏まえたもの。なお、現代オランダ語には「頂点、先端、天辺」の意味もある。これは「頭（＝人体で一番高い部分）→ 頂点（物や事象の一番高い部分）」という類推が働いたと思われる。イェスペルセンが head を使ったのも、この単語に 'top, summit' の意味もあるからであろう。
⁴⁹ （訳者注） 一般にアフリカーンス語 (Afrikaans) と呼ばれ、現在は南アフリカ共和国の公用語の一つ。17 世紀のオランダ人移入者の話言葉から発達した。
⁵⁰ （原注 1） roodebok はしばしば実際のオランダ語の発音に従って、rooibok、rooyebok と綴られることがある。sloot はしばしばオランダ語の綴りではない sluit で現れる。
⁵¹ （原注 1） *Memories and Portraits*, 3 頁。（訳者注） Robert Louis Stevenson (1850-94) スコットランド生まれの小説家・詩人。『宝島』、『ジキル博士とハイド氏』。この発言は、スティーブンソンが（常にイングランドと対抗する）スコットランド人であることも背景にあると思われる。
⁵² （訳者注） Austral English はオーストラリアおよびニュージーランドの英語のこと。原書にはこの小見出しはない。
⁵³ （訳者注） Australasian は、オーストラリア、ニュージーランド及び周辺の諸島を意味する。広くオセアニア全体を指すこともある。

第 7 章　さまざまな由来 (Various Sources)

54　(訳者注) 16 世紀末〜18 世紀の時代の英国人を指す。ヨーロッパ人によるオーストラリアの「発見」は 1606 年、イングランド出身の航海家クック (James Cook、通称 Captain Cook) がオーストラリア大陸東海岸の英国による領有を宣したのが 1770 年である。この約 160 年間に英国で活躍した文学者であり、従って英語の発達に大きな影響を及ぼした人物の代表としてシェイクスピア (1564-1616)、ミルトン (1608-1674)、サミュエル・ジョンソン (1709-84) の 3 人を挙げている。

55　(訳者注) Captain Cook の「あの動物の名前は?」という質問に対する現地人の答え「kangaroo」を I don't understand という意味だとする説は近年の俗説とされ、確証に欠ける。元々先住民の言葉で、「大型の黒い種類の動物」を指すとされる。

56　(訳者注) シドニーの近くで話されていた先住民の言語、ダルーク語 (Dharuk) (現在は廃語) の wambad から。

57　(原注 1) 単語の意味が奇妙に変化した例を、モリス氏自身の言葉でぜひ語っていただこう:「その移住者は、一羽の鳥が馬鹿げたとしか言いようのないさえずりをするのを聞いた。鳴き出しはロバのいななきを連想させた。それで彼はその鳥を laughing jackass「笑いロバ」と呼んだ。その後、形容詞抜きのただの jackass が用いられたが、オーストラリア人にとっては、オーストラリア以外の英語の話し手にとっての意味 (「ロバ」) とは全く異なる「ワライカワセミ」という鳥を指すことになった。」(訳者注) オーストラリアでは、「ワライカワセミ」は kookaburra ともいう (先住民のウィーラージュリー語 (廃語) の擬声語 gugubarra から)。

58　(訳者注) OED (s.v. ironheart, n.) には、A name for *Metrosidēros tomentosa*, a New Zealand tree having hard wood valuable for timber ; also called *fire-tree*. とある。材木用の硬質な樹木のこと。

59　(原注 1) 最近の言語的革新は H. Spies, *Kultur und Sprache im neuen England*『現代イギリスにおける文化と言語』(Leipzig, 1925) ; R. Hittmair, *Wortbildende kräfte im heutigen Englisch*『今日の英語における造語力』(Leipzig, 1937) ; W. E. Collinson, *Contemporary English*『現代英語』(Leipzig, 1927) で扱われている。

60　(訳者注) cinemato (= move) + graph (= picture)　ギリシャ語からの造語で、1896 年フランス語から入った (1895 年フランスのリュミエール兄弟による発明)。

61　(訳者注) broadcast は 1796 年からある語だが、radio「無線放送 (radiotelegraphy の略)」の出現により (1903 年)、1922 年に「放送する」の意味を持つようになった。BBC は 1927 年設立の英国の公営放送。1923-27 年までは C は Company の略字だったが、それ以降は Corporation を表す。なお NHK は 1925 年に社団法人東京放送局として発足、26 年に社団法人日本放送協会、50 年に放送法に基づく特殊法人となった。

62　(訳者注) この 3 語は順に、1883 年、1896 年、1890 年初出。なお、motor も「自動車」の意味で 1900 年に現れる。

63　(訳者注)「タクシー」はフランス語 taxe 'tariff'「料金」+ mètre 'meter' からの

借入語で、先行した語形 taxameter (1890) はドイツ語の影響。taximeter としては1894 年が初出。短縮形 taxi の名詞用法は 1907 年、動詞用法は 1911 年から。

64　(訳者注) アメリカ英語では最初の発音が用いられている。

65　(訳者注) この場合の英語化とは、フランス語をイギリス英語風に発音するということ。garage については、今でもイギリス発音で ['gæra:ʒ] のように最後の音節で長母音を用いる場合もある。アメリカ発音は [gə'ra:ʒ] が一般的。英国人はこの米音を好まないと言われる。

66　(訳者注) tango ['tæŋgəu] は、ナイジェリア南東部のイビビオ族 (Ibibio) の言葉で tamgu 'to dance' と関係ありか？　ラテンアメリカのスペイン語から 1896 年「フラメンコ」の意味で、「タンゴ」としては 1913 年に入って来た。jazz はコンゴ民主共和国南東部に住居するルバ族 (Luba) のチルバ語 (Tshiluba) jaja 'to cause to dance' の「コンゴ踊り」、あるいは性的意味の隠語との関連ありか？　さらに米語のjasm 'energy' との関連や、黒人ミュージシャンの愛称 Jas を示唆する説もある。

67　(訳者注) Kodak ['koudæk] 創業者のアメリカ人 George Eastman (1854-1932)による商標のための造語 (1888) で、特に意味はない（らしい）。

68　(訳者注) 原書は elasto ... で終わっているが、elastic「弾力性のある」との合成語による商品名がいくつかあることを言っているのであろう。例えば、Elastoplast「エラストプラスト」（伸縮性のあるばんそうこう）など。

69　(原注 1)　さらなる用例は、Louise Pound, "Word-Coinage and Modern Trade Names," *Dialect Notes* 55 号 (1913) と H. L. Mencken, *The American Language*（第 4 版）, 171 頁以下を参照。(訳者注)kodak は一般名詞・動詞として「写真（を撮る）」や「（写真を撮るように）素早く鮮やかに記述する」の意味でも使われる。

70　(原注 2)　上で言及された Spies、Collinson、Hittmair らの研究以外に、A. Smith, *New Words Self-Defined*『みずからの定義による新語』(New York, 1920) も参照のこと。

71　(訳者注) 今日、イギリス英語の発音は [strɑ:f]。

72　(訳者注) アラビア語 wilāyat「人の住む領土」「地域」がペルシャ語経由でインドに入ったと推測される (OED, MWCD[1])。

73　(訳者注) ace の原義は、ラテン語の通貨や重量の単位で unity「統一」、unit「単一」。これが古フランス語の「トランプの 1、サイコロの 1」を経て 1300 年頃中英語に入った。*Harrowing of Hell*『キリストの黄泉降下』(c 1300) : Stille be thou, Sathanas ! The ys fallen *ambes aas*.「じっとしておれ、悪魔よ！　お前は地獄へ落ちたのだ」ambes ass 'double ace' は、連続して 1 の目（最低の運）が出るという最悪の事態を表し、「無」「無価値」「不運」の意味。チョーサーの例 : The Monk's Tale 2660-62 : Empoysoned of thyn owene folk thou weere ; / Thy sys Fortune hath turned into *aas*. / And for thee ne weep she never a teere.「あなたは手飼いの者どもに毒を盛られ、運命の女神はあなたの 6 の目を 1 に変えてしまった。そして女神

第 7 章　さまざまな由来 (Various Sources)

はあなたのために涙一滴流さなかったのだ」(サイコロの 6 の目は最上の運、1 は最低)。現代英語での「エース、一流の」の意味は Robert Burns (1787) に始まる：My heart-warm love to guid auld Glen, The *ace* and wale o' honest men「すばらしき古き渓谷への我が心温かき愛、正直な友の中の最高、極上のもの」。

74　(訳者注) conscientious objector (1899 年)、conchy (1917 年)。
75　(訳者注) 考案者のドイツ人 Fredinand von Zeppelin (1838-1917) に由来。

第8章
英語本来の資源 (Native Resources)

164　屈折語尾 (Endings)

　外国語からの借用語がいかに重要であっても、英語の豊かさの主たる要因は、ある決まった過程が常に働いていることにある。この過程があまりにも馴染んだものなので、この過程を経てどんな新しい語が作られても、すぐに昔から知っているような気になってしまうのだ。英語の語形成 (word-formation) の歴史全体は次のようにまとめられるであろう。成語要素 (formative elements) の中でも、特に適応が困難なものは徐々に廃れていくが、一方、地歩を着実に固めていくものもある。後者の場合、語幹に何の変化も引き起こさずに、すべてかあるいはほとんどすべての語に付加されることが可能だからである。前者の例として、女性を表す -en（ドイツ語の -in 参照）が挙げられる。古英語 (Old English) において、この語尾の適用がすでに難しくなっていた理由は、関連する語と語の間の関係を曖昧にする音声変化が起こっていたからである——

男性名詞	女性名詞
þegn[1] (= retainer)「従者」	þignen
þeow (= slave)「奴隷」	þiewen
wealh (= foreigner)「外国人」	wielen
scealc (= servant)「召使い」	scielcen
fox「キツネ」	fyxen

新しい世代の人たちが、その語尾だけでは女性名詞なのか不明瞭なので、それを使って新しい女性名詞を作ることに困難を感じたのは明らかで、この語尾が生産性を失い、代わりに適用が容易なフランス語の語尾 -ess が広範囲に

第 8 章　英語本来の資源 (Native Resources)

利用されるようになったのも不思議ではない（107 節）。上記の -en の語尾を持つ語の中で fyxen が残存する唯一のものであるが、fox との結びつきが今では希薄に感じられている。それは、一つには現在の綴りが vixen（v は南部方言から）となったせいであり、もう一つには、現在は「雌キツネ」という本来の意味ではなく、a quarrelsome woman「口うるさい女」の意味でもっぱら用いられているためである。

165

　もっと輝かしい運命が古英語の語尾 -isc に用意されていた。初めは、民族を表す名詞にのみ付け加えられ、付加されたことで語根の母音が母音変異 (mutation) によって変化した。このようにして、今は English になっている Englisc は Angle「アングル人」から生じた。[2] しかし、Irish「アイルランド（人）の」のようないくつかの形容詞では、いかなる母音変異も不可能であった。それで、類推によって語根語 (primitive word)[3] の母音がまもなく形容詞のいくつかに導入された。例えば、Scottish（初期には Scyttisc)「スコットランド（人）の」や Danish（初期には Denisc)「デンマーク（人）の」である。その語尾は、先ず民族と関係のある意味の語にまで使用範囲が広がり、heathenish「異教徒の」や、OE (Old English) の folcisc あるいは þeodisc (= national)「民族の」(folc あるいは þeod (= people)「民族」から）が生まれた。そして、徐々に childish「子供らしい」、churlish「粗野な」などが現れ、時代を経るごとに増え続けた。例えば、14 世紀には foolish「愚かな」、feverish「熱のある」が、16 世紀には boyish「少年らしい」、girlish「少女らしい」が生まれ、ついに今日では -ish は殆んどいかなる名詞や形容詞にも付けられる。例えば、swinish「下品な」、bookish「書物上の」、greenish「緑がかった」、biggish「かなり大きな」など。

166

　後節（206 節）において、-ish の場合以上に、語尾 -ing がその本来の狭い適用範囲を著しく逸脱したことを述べるが、著しい逸脱という点でのもう一つの好例は動詞の接尾辞 -en である。ある音声的条件を満たせば、いかなる形容詞からも、-en を付け加えることによって動詞を作ることが今日可能であ

る。例えば、harden「固くする」、weaken「弱くする」、sweeten「甘くする」、sharpen「鋭くする」、lessen「少なくする」などが作られている。しかし、この語尾は紀元 1500 年より前にはあまり使われていなかった。実際、-en で形成されるほとんどの動詞は、17 〜 19 世紀のものである。

　もう一つの広範囲に使われる語尾は -er である。古英語には、行為者 (agent) を表す名詞を作る様々な方法があった――

動詞	→ 名詞
huntan (= hunt)「狩りをする」	→ hunta (= hunter)「狩人」
beodan (= announce)「伝える」	→ boda (= messenger, herald)「使者」
wealdan (= rule)「支配する」	→ wealda[4]「支配者」
beran (= bear)「運ぶ」	→ bora「運搬者」
sceþþan (= injure)「害する」	→ sceaþa「害する者」
weorcan (= work)「働く」	→ wyrhta (= wright)「職人」(wheelwright「車大工」)

ただし、これらのいくつかには複合語でのみ使われたものもある。一部の名詞は、rædend (= ruler)「支配者」、scieppend (= creator)「創造主」のように -end で作られた。また、blawere (= one who blows)「吹く人」、blotere (= sacrificer)「いけにえを捧げる人」などのように -ere で作られたものもある。しかし、動作主名詞 (agent-noun) を作ることがそもそも不可能な動詞がたくさんあったように思える。上掲の例から分かるように、母音が複雑な規則に従って変化するので、語尾 -a を使って動作主名詞を作ることすら面倒であった。それで、動詞から名詞を作るのではなく、名詞から別の名詞を作る必要性が感じられた場合、ますます -ere の語尾に依存することになった。奇妙なことに、この接尾辞の機能は、最初は動詞からではなく他の名詞から名詞を作ることにあった。従って、古英語の bocere (= scribe)「写字生」は、boc (= book)「本」から作られた（すでにゴート語 bokareis があったが）。このことは、hatter「帽子屋」、tinner「スズ採掘者」、Londoner「ロンドン人」、New Englander「ニューイングランド地方の人」、first-nighter「（演劇、オペラなどの）初日の常連」などの現代の英語にも言える。

　しかし、名詞 fish「魚」(OE fisc) から派生した fisher「漁師」(OE fiscere) のような語は、それに対応する動詞 fish「魚をとる」(OE fiscian) から作られ

第8章　英語本来の資源 (Native Resources)

たとも考えられるので、動詞に -er を付して新語を作ることが普通となった。そして、いくつかの例では、これらがより古い語形のものと取って代わった (OE の hunta が今日では hunter になっている)。今日では、どんな動詞にも -er を付けて新語を作ることができる。例えば、snorer「いびきをかく人」、sitter「すわる人」、odd *comers* and *goers*「時たまの客人」、total *abstainer*「完全な禁酒家」など。

　diner-out「外食する人」、looker-on「傍観者」のような副詞との複合語はチョーサー (Chaucer) に遡る──

　　A 'somonour is a *rennere up and down*
　　With mandementz for fornicacioun
　　(Chaucer, *The Canterbury Tales*, The Friar's Tale 1283-84)
　　「召喚吏とは密通の罪の召喚状を携え右往左往する人である」

しかしながら、エリザベス朝時代以前はあまり頻出しないようである。道具や物を表すこの接尾辞 -er の広範囲な使用にも注目されたい。例えば、slipper「上靴」、rubber「消すもの」、typewriter「タイプライター」、sleeper (アメリカ英語では「寝台車」) である。-er の異形 -eer は t の後に続く場合のみ軽蔑の意味合いを持つ傾向がある。これには、おそらく garreteer「屋根裏部屋の住民」、pamphleteer「パンフレット書き」に始まり、これから軽蔑的な意味を持つ、sonneteer「へぼ詩人」、第一次世界大戦中に有名あるいは悪名高かった profiteer「悪徳商人」、patrioteering「えせ愛国者の行動」(拙著の *Language*, 388 頁を参照。OED にはない) が現れた。

　女性名詞を作る接尾辞とよく勘違いされる -er のもう一つの異形は、-ster である。[5] それは初期の頃から、指示する対象が女性の場合だけでなく男性の場合も用いられてきた。古い語形の demestre (今では deemster あるいは dempster「裁判官」) や、Baxter、Webster のような姓から、もっと近代の punster「しゃれのうまい人」、gangster「ギャング」、fibster「たわいないうそをつく人」、youngster「若者」などに至るまである。spinster は、本来「紡ぐ人」を意味したが、現代では「未婚の (年を取った) 女性」の意味に限られる。-stress によって特殊な女性形が作られる。例えば、seamstress (sempstress)「女裁縫師」、songstress「女性歌手」である。

167
他のよく使われる名詞語尾――

-ness (goodness「善良さ」、truthfulness「誠実」)
-dom (Christendom「キリスト教世界」、boredom「退屈」、Thackeray の作品に見られる 'Swelldom'「上流社会」)
-ship (ownership「所有権」、companionship「仲間づきあい」、horsemanship「乗馬」)

形容詞語尾――

-ly (lordly「尊大な」、cowardly「臆病な」)
-y (fiery「火のような」、churchy「教会のような」、creepy「はいまわる」)
-less (powerless「無力な」、dauntless「勇敢な」)
-ful (powerful「強力な」、fanciful「空想的な」)
-ed (blue-eyed「青い目の」、good-natured「気立てのよい」、renowned「有名な」、conceited「うぬぼれの強い」、talented「才能のある」、
'broad-breasted; level-browed, like the horizon; ― thighed and shouldered like the billows; ― footed like their stealing foam' (Ruskin)
「胸の広い、水平線のごとき平らなまゆの、波のうねりのような腿と肩をした、しのびよる泡のような足をした」)

広く適用される接頭辞には、mis-、un-、be- などがある。このような成語要素 (formatives)[6] によって英語の語彙は何万もの実用的な新語で豊かになり、かつ今も豊かさを増しつつある。

168　動詞から名詞 (Nouns from Verbs)

とりわけ英語的であり、扱い易さゆえに非常に価値のある、名詞から動詞、動詞から名詞を作る一つの造語法、つまりお互いを全く同じ形にする語形成の方法がある。古英語では同じ語根 (root) から生まれたいくつかの動詞と名詞があるが、それらは語尾で区別できた。I love「私は愛する」の場合――

1 人称単数 lufie
2 人称単数 lufast
3 人称単数 lufaþ

第 8 章　英語本来の資源 (Native Resources)

　　複数の場合、人称を問わず lufiaþ
　　不定詞 lufian
　　仮定法単数 lufie
　　仮定法複数 lufien
　　命令法単数 lufa
　　命令法複数 lufiaþ

一方、名詞の love の場合——

　　単数
　　lufu（主格）
　　lufe（対格、与格、属格）
　　複数
　　lufa あるいは lufe（主格、対格）
　　lufum（与格）
　　lufena あるいは lufa（属格）

同様に、to sleep「眠る」の場合——

　　1 称単数 slæpe
　　2 人称単数 slæpest
　　3 人称単数 slæp(e)þ、
　　複数の場合、人称を問わず slæpaþ
　　不定詞 slæpan
　　仮定法単数 slæpe
　　仮定法複数 slæpen
　　命令法単数 slæp
　　命令法複数 slæpaþ

一方、名詞の場合——

　　単数
　　slæp（主格、対格）
　　slæpe（与格）
　　slæpes（属格）
　　複数

slæpas（主格、対格）
　　slæpum（与格）
　　slæpa（属格）

古英語期に続く数世紀の間に現れた上記の語根を同じくする動詞と名詞のペア二組に対応する語形を見てみるなら、単純化が徐々に進み、それがさらに進んだ結果、動詞形と名詞形が相互に似る結果となっていることに気付くであろう。名詞の複数与格の語尾 -m は -n に変わり、弱音節のすべての母音は e に画一化され、-þ に終わる動詞の複数形は -n で終わる形に取って代わられ、語尾の n はすべて最後には消失することになる。一方、名詞では、s は徐々に広がり、その結果、それは所有格を表す唯一の語尾となり、またほぼ唯一の複数語尾となる。動詞の二人称単数はその特徴的な -st を保持するが、中英語の末期には thou はすでにあまり使用されなくなり、代わりに、何ら特徴的語尾を要求しない丁寧な ye と you がますます一般化していった。15世紀には、それまでに発音されていた語尾の e は発音されなくなり、少し遅れて s が、th に代わり、三人称単数の普通の語尾となった。これらの変化が近代の体系をもたらした——

　　名詞（単数、複数）：love、loves — sleep、sleeps
　　動詞（1人称・2人称、3人称）：love、loves — sleep、sleeps

すなわち、二つの品詞が形態上全く同形となった。ただそれらの間に、s は名詞では複数の語尾であり、動詞では三人称単数の語尾であるという奇妙な交錯関係が生じた——

　　the lover loves ; the lovers love「その恋人は恋する：その恋人たちは恋する」

この偶然は、現在時制ではたいていの文に s が入り、その s の位置によって単数と複数のいずれを意図しているのかを指し示す手段となっている。

169

　　このようにして、非常に多くの英語本来の名詞と動詞の語形が同じになっ

第8章　英語本来の資源 (Native Resources)

た——[7]

    blossom「花、咲く」、care「注意、注意する」、deal「分配、分配する」、drink「飲み物、飲む」、ebb「引き潮、引く」、end「終わり、終わる」、fathom「尋（ひろ）、推測する」、fight「戦い、戦う」、fish「魚、魚をとる」、fire「火、火をつける」

同じことが様々なフランス語起源の語にも起こった——

    accord「一致、一致する」（古フランス語 (Old French) の acord と acorder)、account「計算、計算する」、arm「腕、腕をまわす」、blame「非難、非難する」、cause「原因、引き起こす」、change「変化、変わる」、charge「荷物、積む」、charm「魅力、魅了する」、claim「要求、要求する」、combat「戦闘、戦う」、comfort「慰め、慰める」、copy「写し、写す」、cost「費用、費用がかかる」、couch「寝床、横たわる」

従って、動詞が必要となれば、対応する名詞からいかなる派生語尾を付けることもなく動詞を作ることができるが、これは言語的直感からごく自然なことである。[8] この方法によって動詞が作られる例を多くの名詞の中からいくつか挙げる。例えば、ape「猿、まねる」、awe「畏れ、畏れさせる」、cook「料理人、料理する」、husband「夫、節約する」、silence「沈黙、沈黙させる」、time「時、時機に合わせる」、worship「崇拝、崇拝する」など。

　また、体の各部を表すほぼあらゆる語が、それらのいくつかはめったに使われないのであるが、同音語の動詞を生み出している——

    eye「眼、見つめる」、nose「鼻、嗅ぎ出す」('you shall nose him as you go up the stairs', (*Hamlet* 4.3.37)「階段を上ると彼を嗅ぎ分けられる」)、lip (= kiss, Shakespeare)「唇、キスをする」、beard「ひげ、ひげをつかむ」、tongue「舌、話す」、brain「脳、考える」('such stuff as madmen / Tongue and brain not', Shakespeare, *Cymbeline* 5.4.145-46「狂気の人間は喋るが考えない」)、jaw (= scold など)「あご、叱る」、ear (= give ear to 稀)「耳、耳を傾ける」、chin (= chatter アメリカ英語)「あご、おしゃべりする」、arm (= put one's arm round)「腕、腕を回す」、shoulder (arms)「肩、担う（銃を）」、elbow (one's way through the crowd)「ひじ、押し分けて進む（人込みの中を）」、hand「手、手渡す」、fist「こぶし、つかむ」('fisting each other's throat', Shakespeare,

Coriolanus 4.5.125「お互いの首をつかむ」)、finger「指、いじくる」、thumb「親指、不器用にやる」、breast (= oppose)「胸、立ち向かう」、body (forth)「身体、体現する」、skin「皮、皮をはぐ」、stomach「胃、立腹する」、limb「手足、手足を付ける」('they limb themselves', Milton「自らの手足を付け」)、knee (= kneel, Shakespeare)「ひざ、ひざまずく」、foot「足、踊る」

同様にして、他の部類に属する語を調べてみることは可能だろう。至る所において、容易に名詞から新しい動詞を作る様が観察されるはずだ。

170

話し言葉や書き言葉の臨時語 (nonce-word)[9] の生成にも同じ方法に頼ることがよくある。以下の引用は、相手にやり返す時によく使われるお手本とも言えるものである——

> Trinkets! a bauble for Lydia! ... So this was the history of his trinkets! I'll *bauble* him! (Sheridan, *Rivals* V.2)
> 「小間物ですよ、リディアにやるつまらぬ物 … これが彼の小間物の始末なのだ。このつまらぬ物であいつを思い知らせてやる」

> I was explaining the Golden Bull to his Royal Highness. 'I'll *Golden Bull* you, you rascal!' roared the Majesty of Prussia (Macaulay, *Biographical Ess.*)
> 「私は殿下に金印勅書を説明していました。するとプロシアの皇帝は'この卑劣な奴め、汝にその選挙法呼ばわりに対して思い知らせてやろう'と声を荒げた」

> Such a savage as that, as has just come home from South Africa. Diamonds indeed! I'd *diamond* him (Trollope, *Old Man's Love*)
> 「南アフリカから帰って来たばかりのそんな野蛮人が、ダイヤモンドだって、そのダイアモンドで奴に思い知らせてやりたいものだ」

また、いくぶん異なったやり方もある——

> My gracious uncle— / Tut, tut! / *Grace* me no Grace, nor *uncle* me no uncle. (Shakespeare, *Richard 2* 2.3.85-87)
> 「親切なおじさん—チェッ、チェッ、親切呼ばわりはやめてくれ、またおじ呼ばわりもやめてくれ」(Shakespeare, *Romeo and Juliet* 3.5.152 も参照)[10]

第 8 章　英語本来の資源 (Native Resources)

I heartily wish I could, but— Nay, *but* me no buts—I have set my heart upon it (Scott, *Antiquary* ch.XI)
「できることなら心からそうしたいが—いや、しかし、しかしと言ってくれるな。それに心を決めたのだから」

Advance and take thy prize, The diamond; but he answered, *Diamond* me No diamonds! For God's love, a little air! *Prize* me no prizes, for my prize is death (Tennyson, *Lancelot and Elaine*)
「進み出てその賞のダイアモンドを受けられよ。だが彼は答えて、ダイアモンド、ダイアモンドと言ってくださるな。どうぞお願いです、少し息を入れさせてください。賞、賞と言ってくださるな、私の賞は死なのですから」

171　名詞と動詞 (Nouns and Verbs)

　英語のさらに特異な性質は、名詞がそのまま動詞として使えたように、本来は動詞であったものを変化させずに自由に名詞として用いることである。これは、たいていの動詞形に見られた語尾の -e が消失して初めて可能となった。[11] 従って、このような形成語 (formations) は 1500 年頃から益々多くなる。ここにいくつかの例を、OED にある名詞としての初出年を付けて、年代順に挙げる──

　　glance「一べつ」1503、bend「曲り」1529、cut「切り目」1530、fetch「取ってくること」1530、hearsay「うわさ」1532、blemish「きず」1535、gaze「凝視」1542、reach「届く距離」1542、drain「排水」1552、gather「収穫」1555、burn「燃焼」1563、lend「貸与」1575、dislike「嫌悪」1577、frown「しかめ面」1581、dissent「不同意」1585、fawn (= a servile cringe「奴隷のようなへつらい」) 1590、dismay「狼狽」1590、embrace「抱擁」1592、hatch「孵化」1597、dip「浸すこと」1599、dress (= personal attire「個人の衣装」) 1606、flutter「はためき」1641、divide「分割」1642、build「造り」1667 (19 世紀以前は Pepys[12] だけが使用したらしい)、harass[13]「困厄」1667、haul「引上げ」1670、dive「潜り」1700、go「試み」1727 (非常に多く用例を見るようになるのは 19 世紀から)、hobble「とぼとぼ歩き」1727、lean (= the act or condition of leaning「もたれること、あるいは傾いた状態」) 1776、bid「つけ値」1788、hang「垂れ下がり」1797、dig「掘り」1819、find「見出すこと」1825 (「見出された物」の意では 1847)、crave「懇請」1830、kill (= the act of killing「殺すこと」) 1852、[14] (= a killed animal「獲物」) 1878.

16世紀にこのような名詞がいかに多いかが分かるであろう。上で述べた音声的な理由の当然のなりゆきである。しかし、エリザベス朝時代の作家たちに見られる動詞由来名詞 (verb-nouns) のいくつかは、現代では消失するか稀となっているので、動詞をそのまま名詞に使うこの用法はこの時代に特有の現象であり、かつそれ以降のどの時代よりも言語を自由に駆使することを可能にした文芸復興期 (the Renaissance) の豊穣さに起因すると考える文法家たちがいる。上記の語彙の一覧を一瞥すればそのような見解は間違いだと分かるだろう。実際、シェイクスピアには知られていなかったこの種の形成作用によってできた語を我々は多く用いており、今日 a visit「訪問」と表現するところを、彼には a visitation「訪問」という名詞しかなかった。また、彼は現代の worries「心配」、kicks「蹴り」、moves「動き」などは知らなかったのだ。

172

　同じ動詞から派生した別の名詞がすでにあるにもかかわらず、このようにしてさらに別の名詞が形成される場合がある。例えば、a move「移動」は、removal や movement あるいは motion（名詞 motion から新しい動詞 motion「請願する」が作られる）とほぼ同じ意味を持っている。a resolve「決意」と resolution、並びに a laugh「笑い」と laughter も、ほぼ同じ意味である（an exhibit「展示品」は an exhibition「展覧会」で展示された一点だけを指す）。このことからこれらの名詞と ing 形との間に活発な競合が起こる——

　　meet「競技会」（特にスポーツ界で）と meeting「会合」
　　shoot「発射」と shooting「射撃」
　　read「読書」('in the afternoon I like a rest and a read'「午後には休息と読書が好きだ」) と reading「通読」、[15] row「一漕ぎ」('let us go out for a row'「船遊びに出かけよう」) と rowing「ボートを漕ぐこと」('he goes in for rowing'「彼は漕艇に参加する」)
　　smoke「一服」と smoking「喫煙」
　　mend「修繕」と mending「繕い物」
　　feel「感触」('there was a soft feel of autumn in the air'「外はさわやかな秋の気配があった」) と feeling「感じ」

第 8 章　英語本来の資源 (Native Resources)

the *build* of a house「家の構造」や the *make* of a machine「機械の構造」は、the *building* of a house「家の建築」や the *making* of a machine「機械の製造」とは異なる。

the *sit* of a coat「着衣の具合」は、時には一度の sitting「着座」で崩れるかもしれない。

サラダとの関連では、dress「装束」ではなく、dressing「調味料」を使う、など。

こうした差別化が著しく発達したのは、英語史上においてごく最近のことである。上記 (133 節) で言及したラテン語などからの借用語と本来語とが形成する同義語群と比べ、こちらの同義語群の方が議論の余地なく優れている。というのも、この場合、意味の微妙な差異は音の微妙な違いにより表わされ、またこれらのすべての語は規則的かつ容易に作られるからである。つまりは、記憶に負担をほとんどかけないからだ。

173

初期の英語では、名詞とそれに対応する動詞はしばしば類似していた。しかし全く同形だったのではなく、何らかの歴史的な理由によって、母音か最後の子音のいずれか、またはその両方において相違を引き起こした。次の対を成す語同士の間には古きにあった類似が変わらず残っている——

　　a life「生命」— to live「生きる」
　　a calf「子牛」— to calve「子を産む」
　　a grief「悲しみ」— to grieve「悲しむ」
　　a cloth「布」— to clothe「着る」
　　a house「家」— to house「家に入れる」
　　a use「用途」— to use「用いる」

これらすべてにおいて、最後の子音が名詞では無声子音であり、動詞は有声子音である。同じ交替現象が、もともと動詞も名詞も同じ子音を持っていたいくつかの語において取り入れられた。このようにして、belief「信念」、proof「証拠」、excuse「言い訳」(最後の子音は無声の s) は、-ve や有声の

-se のあった元の古い名詞に取って代わったのである。逆に、動詞 grease「油を塗る」は、無声の s と入れ替わり、今ではしばしば有声の s [z] になっている。

しかし、はるかに多くの語において、全く同じ音を持つ名詞と動詞が生まれる傾向が広がった。その結果として、to knife「小刀で切る」、to scarf「スカーフを付ける」(Shakespeare)、to elf「もつれさす」(Shakespeare)、to roof「屋根でおおう」、そして無声 s を持つ to loose「解く」、to race「競争する」、to ice「氷でおおう」、to promise「約束する」がある。一方、名詞の repose「休息」、cruise (at sea)「巡航（海上での）」、reprieve [16]「処刑猶予」は、その子音が有声なのは対応する動詞が有声であるためである。このようにしていくつかの興味深い二重語 (doublets) [17] が生まれている。古くからの名詞 bath「入浴」と動詞 bathe「入浴する」の他に、近年では、動詞 bath ('Will you bath baby to-day?「今日はあなたが赤ちゃんを沐浴させてくれる」）と、名詞 bathe ('I walked into the sea by myself and had a very decent bathe', Tennyson)「私は、一人海に入り、とても満足な水浴をした」がある。名詞 glass「ガラス」と動詞 glaze「ガラスをはめる」の他に、今日では動詞 glass「鏡に映す」と名詞 glaze「うわぐすり」もある。grass「草、草でおおう」と graze「草を食うこと、草を食う」、price「価格、値段をつける」と prize「賞品、重んじる」の場合もまたそうである（動詞兼名詞の praise「賞賛する、賞賛」も price 及び prize と語源的に同じものとしてここで挙げられるべきである）。

174

前節で述べたのと同じ力が、例えば、speech「話」と speak「話す」の場合、ch [tʃ] と k [k] の交替によって名詞と動詞との区別がなされるように、より小さい部類の語においても働いている。古い batch「一釜」と並んで新しい名詞の a bake「一焼き」があり、名詞 stitch「一針」や動詞 stick「突き刺す」の他に、今日では動詞 stitch (a book, etc.)「綴じる（本などを）」や、稀な名詞 a stick (= the act of sticking)「突き刺すこと」もある。また、古い名詞 stench「悪臭」の他に、動詞 stink「悪臭を放つ」から新しい名詞 stink「悪臭」が生まれた。近代英語の ache「痛み」(toothache「歯痛」など) には、綴りが変わっていない古い名詞と、[k] の発音が広まった古い動詞との奇妙な混成が見られる。バレット (Baret) [18] (1573) は、「ake はこの名詞 ache の ch が

第8章　英語本来の資源 (Native Resources)

k に変わった動詞形」と明言している。シェイクスピアの1623年の二つ折本 (folio) では、名詞は常に ch、動詞は k と綴られ、動詞の方は、brake や sake と韻を踏んでいる。こうして名詞の方はアルファベット h と同じく [eitʃ] と発音された。ハート (Hart) [19] (*An Orthographie* 1569、35頁) は、「我々は h の名称を乱用して ache と読んでいるが、その音は headache や何かしらの骨の ache を表すのに非常に役立っている」と明言する。実際、この名詞の音とアルファベットの名称の一致が当時の言葉遊び (stock puns) [20] の一つを生んだ。例えば、シェイクスピア (*Much Ado about Nothing* 3.4.53-6) には、

> By my troth, I am exceeding ill. / Heigh-ho! / For a hawk, a horse, or a husband? / For the letter that begins them all, H.
> 「ほんとうに私大変に苦しい、ああ、ああ、―お鷹？お馬？お旦那さま？―すべて頭文字の H（痛み）のためよ」

とあり、また、ヘイウッド (Heywood) [21] の英詩も参照されたい――

> It is worst among letters in the crosse row, For if thou find him other [= either] in thine elbow, In thine arme, or leg ... Where ever you find ache, thou shalt not like him.
> 「横線のあるアルファベットの中でもそれが最悪だ。それ (him = ache) が肘でも、腕でも、足でも、どこにあってもそれを好くわけにはいかないから」[22]

175

名詞と動詞において、子音が同じでも、母音交替 (gradation (ablaut)) [23] あるいは母音変異 (mutation (umlaut)) [24] によって母音が異なる場合が数多くある。しかし、ここでも言語の創造力が観察できる。昔は、名詞 bit「一かみ、一口分」、動詞 bite「かむ」しかなかったのに、今ではさらにカーライル (Carlyle) の

> the accursed hag "dyspepsia" had got me *bitted* and bridled[25]
> 「呪うべき"消化不良"という醜婆が私にくつわをかませ、手綱をつけ」

やコールリッジ (Coleridge) の機知に富んだ言葉（OED に用例として引用さ

れている)

> It is not women and Frenchmen only that would rather have their tongues bitten than *bitted*
> 「くつわをかませられるよりはむしろ舌をかみきったほうがましだというのは、女やフランス人だけではない」

にある動詞 bit (a horse) (= to put the bit into its mouth)「くつわをかませる（馬に）」ばかりか、

> his *bite* is as dangerous as the cobra's (Kipling)
> 「彼のかみつく危険さはコブラに劣らない」
> she took a *bite* out of the apple (Anthony Hope)
> 「彼女はリンゴから一口かじり取った」

のように、bite を名詞として様々な意味で用いる。名詞 seat「席」（上掲 72 節を見よ）から新しい動詞 seat（座席に置く）を生じ、動詞 sit「座る」は名詞 sit「着席」を生み出した（172 節を参照せよ）。to sell「売る」に対応する名詞としての sale「販売」にもはや満足せず、俗語 (slang) に a (fearful) sell (= an imposition)「（恐ろしい）ペテン」がある。アメリカ英語の名詞 tell「手がかり」('according to their tell', Farmer and Henley「うわさによれば」) も参照。名詞 knot「結び目」が動詞 knit「編む」と対応するのと同じように、名詞 coss「接吻」は動詞 kiss「接吻する」と対応する。しかし、前者の対をなす両形とも生き残り、新しい動詞 knot「結び目をつくる」や、新しい名詞 a knit「ひそめること」('he has a permanent knit of the brow', OED「彼の額には常にしわがある」) が生じたが、後者の一対から o 形が消えて、今や動詞から名詞 a kiss「接吻」が形成されている。古い名詞 brood「一かえりの雛」と動詞 breed「産む」があり、新しい動詞 brood「卵を抱く」と名詞 breed「品種」がある。新しい動詞 blood「（猟犬）に血を味わわせる」は、古い bleed「出血する」と併存し、新しい名詞 feed「糧」は、古い food「食物」と併存している。

　英語はこのような新しく作られた語のすべてを獲得することで豊かになっ

第8章　英語本来の資源 (Native Resources)

てきたことは明らかである。しかし、以下の理由で英語の造語がより容易でかつ単純になったということは認めなければならない。すなわち、新しい意味の新しい動詞や名詞を作り出すことにより、当時存在した音声上の相違を利用する必要がなく、従って、発音の違いにより区別するはずの一方の形が全く消失してしまっている。このことは、古くからある動詞 sniwan「雪降る」、scrydan「着せる」、swierman「群がる」が、それぞれの名詞と同形の snow[26]「雪降る」、shroud「着せる」、swarm「群がる」に取って代わられた場合や、また、名詞 swat「汗」、swot「汗」('he swette blodes swot', *Ancrene Riwle*「彼は血の汗を流した」) が動詞と同じ母音を持つ sweat「汗、汗をかく」の方が好まれていたために廃語になってしまったことと似ている。

176

　強勢の位置が名詞と動詞を区別するのに役立つ場合がある。名詞は最初の音節に動詞は最後の音節に強勢が置かれる。このような例として、接頭辞を持ついくつかの英語本来の語を挙げることができる。例えば、'forecast (名詞)「予報」、fore'cast (動詞)「予報する」である。同じことは overthrow「転覆、転覆する」、underline「下線、下線を引く」にも当てはまる。

　同様に、非常に多くのロマンス語も区別される。名詞（形容詞）は前強勢で、対応する動詞は後強勢を持つ。例えば、absent「欠席の、欠席する」、accent「アクセント、アクセントを付ける」、conduct「案内、案内する」、frequent「頻繁な、頻繁に行く」、object「物、反対する」、present「贈り物、現在の、贈り物をする」、rebel「謀反人、謀反の、謀反を起こす」、record「記録、記録する」、subject「臣民、支配下にある、支配下におく」、interdict「禁止、禁止する」などである。compliment「褒め言葉、褒める」['kɑmpləmənt / 'kɑmpləment] や experiment「実験、実験する」[iks'perəmənt / iks'perəment] のような語は、名詞はあいまい母音 [ə]、動詞は、最後の音節に完全な第一強勢がなくても完全母音 [e] を持つ。

177　品詞 (Parts of Speech)

　ここで我々の興味を引き付ける語形成に関する他の観点として、名詞と動詞の間に見られる奇妙な揺れをいくつかの例で述べる。smoke は、最初は名

詞（'the smoke from the chimney'「煙突の煙」）で、それから動詞となり（the chimney smokes「煙突から煙が出る」、he smokes a pipe「彼はパイプの煙を燻らす」）、そして新しい名詞が最後の動詞の意味から形成される（'let us have a smoke'「一服やろう」）。以下の例も同じである——

gossip
(a) 名詞：godfather「名付け親」、intimate friend「親友」、idle talker「無駄話をする人」
(b) 動詞：to talk idly「無駄話をする」
(c) 新しい名詞：idle talk「無駄話」

dart
(a) a weapon「武器」
(b) to throw (a dart)「投げる（槍を）」、to move rapidly (like a dart)「急速に動く（矢のごとく）」
(c) a sudden motion「急な運動」

brush
(a) an instrument「はけ」
(b) to use that instrument「はけをかける」
(c) the action of using it「はけをかける動作」（'your hat wants a brush'「君の帽子にははけをかける必要がある」）

sail
(a) a piece of canvas「一片の帆布」
(b) to sail「帆をかける」
(c) a sailing excursion「帆走」

wire
(a) a metallic thread「針金」
(b) to telegraph「電報を打つ」
(c) a telegram「電報」

cable「ワイヤロープ、海底ケーブルで送る、海底電信」も同様である。俗語では、動詞 jaw「くどくどしゃべる」が作られ、'what speech do you mean?' 'Why that grand *jaw* that you sputtered forth just now about reputation.' (F.

第8章　英語本来の資源 (Native Resources)

C. Philips)「どの話をおっしゃるのですか」「そりゃ、君がちょうどいま評判について口角泡を飛ばしてたあの大おしゃべりのことさ」のように、それから第二の名詞 jaw「おしゃべり」が生まれる。

　時には、次の例のように、最初が動詞の例がある——

 frame
 (a) to form「構成する」
 (b) a fabric「組立」、a border for a picture「絵の額縁」など。
 (c) to set in a frame「枠に入れる」

また、最初が形容詞の例もある——

 faint
 (a) weak「弱った」
 (b) to become weak「弱る」
 (c) a fainting fit「気絶」

178

　品詞を区別する昔からある目印の消失を、曖昧性をもたらす危険な兆候と考える人たちに対して、私ならこのような危惧は現実的というよりむしろ妄想であると答えよう。例えば、無作為に一冊の現代小説を開いてみるとしよう。するとある頁に、何ら変化を加えることなくそのまま不定詞として使用できる名詞が 34 例、そのまま名詞として使用できる動詞が 38 例それぞれ見出される一方で、[27] このような用い方ができない名詞がわずか 22 例、動詞が 9 例しか見つけられない、ということがある。名詞なのか動詞なのか曖昧な語が一度ならず現れ、また同じ頁には、名詞（形容詞）または動詞、あるいはその両方と全く同じ形をしている副詞、前置詞及び接続詞が含まれているため、[28] 理論上は、品詞の取り間違いから生じる誤りの確率は非常に高いように思える。しかし、その頁を読む誰一人として一語一語を正しく理解することに少しのためらいも感じないだろう。というのも、語尾あるいは文脈ですぐに動詞かどうかが分かるからである。

　実際に現代の歌にある Her eyes like angels watch them still「彼女の眼は天使のごとく彼らをなおも見守る」のような極端な場合ですら、her は、対格と

も所有格ともなり、eyes は名詞とも動詞とも、like は形容詞、接続詞、動詞のいずれにも、watch は名詞にも動詞にも、そして still は形容詞、動詞、副詞のいずれにもなり得るが、決して曖昧ではない。現代の英国人は、英語が備える長所、つまり単語に新たな機能を付与する力を理解して、シェイクスピアの次の詩行を自身のものとし、異なる意味合いで使用するかもしれない——

> So all my best is dressing old words new,
> Spending again what is already spent:[29]
> 「されば我が最善の策は、古き言葉を新しく装い、
> すでに用いられしものを再び使用するのみ」

179　複合語 (Compounds)

　複合語には、お決まりのものか、あるいは、既存の組み合わせに倣って、誰もが新しい複合語を作り出せる自由なものとがある。前者は、発音や意味において、構成要素とは関係なく、独立した単位と感じられる傾向がある。daisy「雛菊」は本来 dayes eye「日の眼」であったが、今日誰もその語を構成要素である day や eye のいずれとも結び付けない。woman「女」は、本来 wīf + man であった。[i] 音の名残りが複数形の women に残っている。nostril「鼻孔」(OE nosu-þyrel 後の部分は hole「穴」の意味)、fifteen「十五」、Monday「月曜日」、Christmas「クリスマス」は、nose「鼻」、five「五」、moon「月」、Christ「キリスト」と比較すると、母音が短くなっていることが理解できる。様々な地名の二番目の要素である、town「町」からできた -ton 形や、[-məþ][30] と短化して発音される -mouth 形がどのような扱いを受けているか考えるのも参考になる。cupboard は、[kʌbəd] と発音される。

　複合語が、形と意味の上でその構成要素との関係が希薄になると、その反動として、複合語がさらに複合語を作る場合がある。古英語の hūs + wīf は時の経過で w を失い、双方の母音は短縮され、s は [z] と発音され、f は v となるか、もしくは消失さえした。派生した意味である 'needle-case'「裁縫箱」や 'jade'「あばずれ」には、huzzif, huzzive, huzzy の語形がある。しかし、その語の本来の意味は、たえず復活して housewife「主婦」という語形をとる。

　自由タイプの複合語では、railway refreshment room「鉄道の軽食堂」、New Year Eve fancy dress ball「大晦日の仮装舞踏会」、(his) twopence a

第8章　英語本来の資源 (Native Resources)

week pocket-money「(彼の) 週二ペンスの小遣い」などのように長い構造になる場合もある。

180

　複合語の構成要素間の論理的関係が、tiptoe = tip of the toe「足の先」と同じタイプのものはほとんどない。大部分の場合一番目の構成要素が二番目の構成要素を限定する。例えば、a garden flower「庭の花」は花の一種だが、a flower garden「花壇」は庭の一種の意味となる。

　二つの構成要素の関係が、場合によっては上の二つのパターンとは非常に異なっており、それぞれの意味から推測せざるを得ない場合がある。例えば、一方では、lifeboat「海難救助艇」を life-insurance「生命保険」、life member「終身会員」、lifetime「生涯」、life class (= class of painters drawing from life)「実物をモデルに使う美術の授業」と比較し、また他方では、steamboat「汽船」、pilot boat「水先案内船」、iron boat「鉄船」などと比較せよ。また、home letters (= letters from home)「家族からの手紙」、home voyage (= voyage to home)「帰国の航海」、home life (= life at home)「家庭生活」のような複合語も同様である。時には、servantman (= man servant)「下男」、queen-dowager「皇太后」、deaf-mute (= deaf and dumb)「聾唖の」のような複合語が 'A と B の両方' の意味を持つこともある。

181

　特殊なタイプの複合語は、pick-pocket (= one who picks pockets)「すり」で例示できる。このタイプ（動詞＋目的語）はロマンス語に由来するようだが、近代の英語にはとても多いことが分かっている。例えば、cut-purse「すり」、know-nothing「無知な人」、sawbones「外科医」、break-water「防波堤」、stopgap「間に合わせ」、scare-crow「案山子」などである。このような複合語は、新しい複合語の最初の構成要素として非常によく使われる。その場合、*break-neck* pace「危険なスピード」、a very *tell-tale* face「本心がよく分かる顔」、a *lack-lustre* eye「さえない目」、a *make-shift* dinner「間に合わせの食事」[31] などの例で明らかなように、複合語の第1要素が形容詞とみなされるかもしれない。

182

　古いタイプの固定化した複合語の場合、最初の構成要素に強強勢、二つ目に弱強勢がくるが、一方、gold coin「金貨」、coat tail「上着のそで」、lead pencil「鉛筆」、headmaster「校長」のような自由な複合語の場合、もっと平板になる。その結果、強勢の位置が文脈によってリズムに合うように変化することがよくある。複合語の構成要素はそれぞれ相互に独立しているかあるいは等価値を持つと感じられている。名詞の前の形容詞は、複合語の最初の要素を構成する名詞とちょうど同じように今では語尾変化をしないので、二つの組み合わせもまた統語的に同列にされる。それらは、her Christian and *family* name「彼女の名と姓」、all national、*State*、*county*、and municipal offices「すべての国家の、州の、郡の、市の役職」、a *Boston* young lady「ボストンの若い婦人」において対等に結合している。

　支柱語 (prop-word) [32] である one が、two *gold* watches and a *silver* one「二個の金時計と一個の銀時計」、give me a paper, one of the *Sunday* ones「新聞を、日曜版を一部下さい」のように使われるかもしれない。

　自由な複合語において、from a too exclusively *London* standpoint「あまりにももっぱらロンドンの見地から」、in purely *Government* work「純粋に政府の仕事で」、in the most *matter-of-fact* way「最も実務的な方法で」のように、第1構成要素の前に副詞がある場合、形容詞との類似性が一層明白になる。

　いくつかの名詞は、複合語の第1構成要素としてよく使われることから、実際に正規の形容詞となり、そのようなものとして認知されている。例えば、chief「首長、主要な」、choice「選択、精選した」、commonplace「平凡、平凡な」などがその例である。これらは、choicely「よく見分けて」のような副詞を形成することさえあり、また、commonplaceness「ありふれたこと」のような名詞も作る。本来は、'delicacy'「優美さ」を意味する名詞であった dainty「優美な」（ラテン語の dignitatem 由来の古フランス語 daintie「喜び」より）及び、bridal「花嫁の」（本来は brydealu (= bride-ale)「花嫁のビール、結婚披露宴」）は、今では事実上、形容詞以外のなにものでもない。両者の一見形容詞的に見える語尾に注目せよ。[33]

第 8 章　英語本来の資源 (Native Resources)

183　逆成語 (Back-Formations)

　既存の語に何かを加え、あるいは何も加えず、また、語と語の複合によって新しい語を作るといった三つの様式について考察をしてきたが、この章の締め括りとして既存の語から何かを除くことで新しい語が作られる様式について述べることにする。[34] マレー博士 (Dr. Murray)[35] によってうまく表現されているこのような逆成語 (back-formations)[36] の場合、その起源はその語の一部がある派生接尾辞（もっと稀には接頭辞）と間違えられたことにある。副詞の sideling「斜めに」、groveling「ひれ伏して」、darkling「暗がりに」は、本来は副詞語尾 -ling によって形成されたが、he walks sideling「彼は斜めに歩く」、he lies groveling「彼はうつぶせに寝ている」などのような表現ではちょうど ing 形の分詞のように見えた結果、sidle「斜めに歩く」、grovel「腹ばう」、darkle「暗くなる」のような新しい動詞は、それらから ing を削除することによって生まれた。

　Banting cure「バンティング式減脂療法」は、考案者である Banting 氏の名にちなんで名付けられた。従ってときどき出現する動詞 bant「食事制限をする」は逆成語である。語尾 -y はよく削除される。このようにして greedy「欲の深い」から名詞 greed「貪欲」(1600 年頃) が生まれ、lazy「怠惰な」、cosy「居心地のよい」から laze「怠ける」、cose「くつろぐ」(Kingsley) という二つの動詞が生まれた。jeopardy「危険」（フランス語 jeu parti「引分け試合」）から動詞 jeopard「身を危うくする」が生まれた。difficulty「困難」に対応する古い形容詞はフランス語のように difficile「困難な」であったが、1600年頃に形容詞 difficult（名詞から y を取ったもの）が姿を現す。フランス語 poupée「繰り人形」由来の puppy「子犬」は、親愛を表す接尾辞 -y によって形成された語と考えられ、このようにして pup「子犬」が作られた。同様に、cad「下品な男」は、caddy、caddie「使い走りの若者」（フランス語 cadet = a youngster「若者」）から、pet「愛玩動物」は、petty「小さい」（フランス語 petit「小さい」）から生じたと考えられ、'little'「小さい」から 'favourite'「お気に入りの」への意味の移行は容易に説明がつく。

　本来は動作主名詞 (agent nouns) ではなかった -er (-ar、-or) 語尾の名詞から派生したいくつかの動詞がある。butcher「肉屋」は、bouc (= buck「牡山羊」、goat「山羊」) から派生したフランス語 boucher「肉屋」であって、対

応する動詞はなかったが、英語では、稀な動詞 butch「肉屋を営む」と名詞 a butch-knife「肉切り包丁」を生んだ。次の例も同様である——

  harbinger「先触れ」→ 　harbinge「前触れする」(Whitman)
  rover「漂浪者」→ 　rove「漂浪する」
  pedlar「行商人」→ 　peddle「行商する」
  burglar「盗賊」→ 　burgle「押し込む」
  hawker「呼び売り商人」→ 　hawk「呼び売りする」
  beggar「乞食」→ 　beg「乞う」

また、ラテン語から非ラテン語的な動詞が逆派生した例に次のようなものがある。[37]

  editor「編集者」→ 　edit「編集する」
  donator「寄贈者」→ 　donate「寄贈する」(アメリカ英語)
  vivisector「生体解剖者」→ 　vivisect「生体解剖する」(Meredith)

しかしこれらはまるでラテン語の分詞から生まれたように見える。これら逆成語のいくつかは、標準英語 (Standard English) で一般的に認められているので、他の語形成よりも成功していると言える。

184

 ゲルマン語では、動詞を第 2 要素、目的語や述詞を第 1 要素にして複合語を作るのは稀である。このことから housekeep (Kipling、Merriman)「家事をする」のような動詞を見つけると、完全に正規の名詞である a housekeeper「家政婦」から -er が、または housekeeping「家政」から ing が取り去られたという説明が必然ということになる。このような語形成の私が知る最も古い例に to backbite「陰口を言う」(1300 年)、to partake (parttake)「共にする」(16 世紀頃)、to soothsay「占う」及び to conycatch「ペテンにかける」(Shakespeare) がある。以下に他の例も挙げておく——

  オーストラリアで一般的な to hutkeep「羊飼小屋を預かる」、to book-keep (Shaw)「帳簿をつける」、to dressmake「婦人服を仕立てる」、to matchmake

第 8 章　英語本来の資源 (Native Resources)

('women will match-make, you know' (A. Hope)「女性というのは結婚の仲介をするものだよ」)、to thoughtread ('Why don't they thoughtread each other?' (H. G. Wells)「相手の心を読み取らないとね」)、to typewrite ('I could typewrite if I had a machine'、同上「機械があればタイプライターが打てるのに」、また、B. Shaw の *Candida* にもある)、to merry-make ('you merrymake together' (Du Maurier)「おまえらは一緒に浮かれ騒いでいる」)

これらの例のほとんどは臨時語 (nonce-words) であることが分かる。動詞 henpeck「亭主を尻に敷く」と sunburn「日に焼ける」は、分詞 henpecked「かかあ天下の」と sunburnt「日焼けした」からの逆成語 (back-formations) である。ブラウニング (Browning) [38] は、let him be moonstruck「彼の気を狂わしてやれ」に代えて moonstrike him! (*Pippa Passes*) と言いさえする。

185

7 節以下で、単音節語使用 (monosyllabism) は現代英語の最も特徴的なものの一つであることを述べた。また、この章では、単音節の本来の語彙が時間の経過と共にかなり増える結果となった形態的過程の一部を示した。それゆえ、このような短い語の発達を促進した他の方法についても、そのいくつかを簡単に説明しておくことは場違いではないだろう。中には、単に比較的長めの語が規則的な音声的変化により短縮されたものもある（168 節 [39] の love 参照）——

eight「八」	< OE eahta
dear「最愛の」	< OE deore
fowl「鳥」	< OE fugol
hawk「鷹」	< OE hafoc
lord「主」	< OE hlaford
not「ない」と nought「一つもない」	< OE nawiht
pence「ペンス」	< OE penigas
ant「蟻」	< OE æmette

未婚の女性の名に付ける Miss は、missis (=mistress) の少し不規則な短縮形である。これは 17 世紀になると散見されたが、18 世紀の半ば頃まではま

だ認知されていなかった（フィールディング (Fielding) [40] の Mrs. Bridgit、Mrs. Honour [41] など参照）。

186

こうして、長い外来語も様々に短縮化され、一般化していく。その中には、

 the House of *Detention*「留置場」→ tench
 detective「探偵」→ teck[42]

のように、中央部を残すものや、

 omnibus「乗合馬車」→ bus
 tobacco「タバコ」→ baccer または baccy
 telephone「電話」→ phone

のように、語の後部を残すものは稀にあるが、語の初めの部分だけを残す例の方がはるかに多い。このような切り株語 (stump-words) [43] の中には、俗語の域を出ないものもある——

 sovereign「1ポンドの金貨」→ sov
 public-house「居酒屋」→ pub
 confabulation「談笑」→ confab
 popular concert「ポップコンサート」→ pop
 veterinary surgeon「獣医」→ vet
 Japanese「日本人」→ Jap[44]
 Governor「親父、親方」→ guv
 Moderations (an Oxford examination)「オックスフォード大学の第一次学士試験」→ Mods
 matriculation「大学入学許可」→ matric
 preparation「予習」→ prep[45]
 imposition「罰課題」→ impot あるいは impo（生徒間の俗語で）
 supernumerary「臨時雇い」→ sup
 properties「小道具」→ props（劇場の俗語で）
 perquisites「手当」→ perks
 compositor「植字工」→ comp

第8章　英語本来の資源 (Native Resources)

capital letters「大文字」→　caps

　examination「試験」を exam、bicycle「自転車」を bike としているように、おそらく今日では普通の会話でかなり認知されそうなものもある。中には本来の語形が完全に忘れられるほど、しっかりと定着した語もある。例えば、cab (cabriolet)「馬車」、fad (fadaise)「物好き」、navvy (canal-digger「運河掘削の人夫」、後に、railway labourer「鉄道工夫」の意味の navigator)「工夫」、mob (mobile vulgus)「群集」などである。

187　不明な語源 (Etymology Unknown)

　英語の単音節語の最後のグループを構成するのは、その語源について、これまでに言語学者の努力をすべて挫いてきた一定の語である。ある時突然そのような語が英語に入り、誰にもどこから来たか分からず、実のところ、それらは無から作られたものと考えたくなるに違いないものである。多少とも擬音的に音や動きを表している語のことを特に考えている訳ではない。と言うのも、それらの起源は心理学的には容易に説明できるからである。考えているのは、次のような語で、その中には今日では必要不可欠な言語材料となっているものもある。bad [46]「悪い」、big [47]「大きい」、lad「若者」及び lass「若い女」は、すべて 13 世紀の終わり頃に出現した。形容詞 fit「適当な」と名詞 fit「発作」は、お互い独立した語と考えられるが、形容詞の方は 1440 年から使用され始め、名詞は今日用いられている意味（＝「発作」）では 1547 年からである。さらに 16 世紀以降のもを以下に挙げておく。

　　16 世紀以降——
　　　dad (= father)「お父ちゃん」、jump「跳ぶ」、crease (= fold、wrinkle)「ひだ、しわ」、gloat「満足そうに眺める」及び bet「賭ける」
　　17 世紀以降——
　　　job「仕事」、fun「面白み」（と pun「しゃれ」）、blight「枯らす」、chum「仲間」、hump「こぶ」
　　18 世紀以降——
　　　fuss「騒ぎ」、動詞と名詞の jam「押しつぶす、ジャム」、hoax「いんちき」
　　19 世紀以降及び 20 世紀以降——

slum「貧民街」、stunt「阻害」、blurb「推薦広告」

　我々が小さな子供を注意深く観察していると、別にこれという理由もなく、子供たちがそのような語をときどき作っているのに気付くことがあったはずだ。一日か二日だけ何か遊び道具などの名として使うことにこだわり、その後、忘れてしまう。しかし、時にはその面白い音をいつまでも子供たちが気に入り、彼らの遊び仲間や両親にまで本物の言葉として受け入れられることもある。[48] 上記の語のすべての起源がそのようなものだとまでは言わないが、それらのいくつかは、子供たちの遊び心に満ちた創造力によるものであり、また他のものは、子供たちのそれに匹敵する大人たちの言葉の戯れ―これは俗語と呼ばれる現象の根本的な本質を成すものであるが―から生じたかもしれないという提案をあえて示したいと思う。

注

[1] （訳者注）þ は古英語で用いられていたルーン文字 (runes, runic alphabet) であり、ソーン (thorn) と呼ばれ、音価は [θ] または [ð] である。近代英語の th に相当する。

[2] （訳者注）後続の前舌母音 [i] の影響を受けて、前舌母音の [a] が [e] と前舌化したことで Ang- が Eng- となった。

[3] （訳者注）派生形や屈折形の語根を形成する語。picket に対する pick など。

[4] （訳者注）原文の weada は誤植。正しくは wealda。

[5] （原注 1）Jespersen, *Linguistica* (Copenhagen, 1933) の 420 頁以下を参照。

[6] （訳者注）接頭辞や派生接尾辞など、単独では用いられない語の構成要素。

[7] （訳者注）転換 (conversion) のこと。13 世紀から 19 世紀の転換の史的研究には Biese (1941) がある。近代英語までは名詞から動詞への転換が最も多いとされているが、現代英語では形容詞から名詞への転換が最多と言われている（中尾 (2003: 112) を参照）。また、現代英語の転換についての詳細な研究が Nagano (2008) に見られる。

[8] （原注 1）最も著名な近年の作家たち中でも、近代英語は私たちの語族の初期の段階の特徴であった異なる品詞の区別を明確にすることを止めてしまったと言う人がよくある。これは全く間違いである。同じ語形の love や sleep が一つ以上の品詞に属すると言っても、孤立した語形においてのみ当てはまることである。語が実際に発せられた場合、その個々の場合において、はっきりと一つの品詞に属しているのであって、他の品詞には属していないのである。round という語形は、a round

第 8 章　英語本来の資源 (Native Resources)

of the ladder「梯子の一段」や he took his daily round「彼は毎日のお定まりの区域を回った」においては名詞で、a round table「丸いテーブル」では形容詞、he failed to round the lamp-post「彼は街灯柱を回り損ねた」では動詞、come round tomorrow「明日やって来い」では副詞、he walked round the house「彼は家の周りを歩いた」では前置詞である。多くの人たちは、we tead at the vicarage「私たちは牧師館でお茶を飲んだ」の文は動詞として使われた名詞の例だと言うだろうが、実は、dine あるいは eat とちょうど同じくこれは本当の動詞を使った例だということである。名詞 tea から派生して、不定詞に明確な語尾を付けずに派生したものではあるが (*The Philosophy of Grammar* の 52 頁と 61 頁参照)。

9　(訳者注) 語の本来の意味・用法・語形などに従わず、使う場面に適するように臨時的にその場限りで用いられる語。13 世紀頃から見られるが、頻繁に用いられるのは 15 世紀以降である。シェイクスピアがよく使っていることで有名であるが、他の作家にも散見される。

10　(訳者注) 'Thank me no thankings, nor *proud* me no prouds,' Shakespeare, *Romeo and Juliet* 3.5.152「有り難いも、名誉でないもあるもんか」

11　(訳者注) 転換 (conversion) のことであるが、「可能になった」とはこの転換の起源を意味しているのではない。例えば、古英語では現代英語の love の名詞形は lufu、動詞形は lufian であった。名詞の語末母音と動詞の語尾の消滅により、ともに love (ただし、動詞の love は名詞から派生) となったことにより、中英語以降「転換」が大いに促進されたということである。転換の詳細な史的研究については Biese (1941) を参照。

12　(訳者注) Samuel Pepys (1633-1703) イングランドの海軍大臣、1660 年から 69 年の間に綴った日記 (*Pepys' Diary*) で知られる。

13　(訳者注) harassment の初出は 1753 年。次の 172 節を参照。

14　(訳者注) 原文の 1825 は誤植。正しくは 1852。

15　(原注 1) ダーウィン (Darwin: 英国の博物学者) は、彼の書簡の一つで、I have just finished , after several reads, your paper「何回と読みつなぎ、私はやっとあなたの論文を読み終えました」と書いている。これは、彼が一気に最初から最後まで読み終えたのではなかったことを意味する。もし彼が、after several readings「何回か通読後」、筆を執っていたら、彼は何回か読み終えていたことを意味したであろう。

16　(訳者注) 原文の reprieve の前にある to は誤植。

17　(訳者注) 同語源の語で、語形・意味が異なるもの。

18　(訳者注) John Baret 16 世紀のイングランドの辞書編集者。

19　(訳者注) John Hart 16 世紀のイングランドの文法家。

20　(訳者注) 同じあるいは非常に似通った音を持つ言葉をかけて遊ぶ一種の言葉遊び。

21　(訳者注) John Heywood 16 世紀のイングランドの劇作家。

22 （訳者注）「横線のあるアルファベット」とはA、E、Hなどを指す。「横線のあるアルファベットH」と「肘、腕、足などの痛み(ache)」とをかけた表現。
23 （訳者注）インド・ヨーロッパ語族に見られる語根の母音の規則的な交替。
24 （訳者注）後続母音の影響により母音が変化すること。英語では、foot「足」→ feetなど。
25 （訳者注）イタリックは訳者。以下も同じ。
26 （訳者注）原文のsnowsは誤植。
27 （原注1）
（動詞としても使用可能な語）
answer「返事」、brother「兄弟」、reply「返事」、father「父」、room「室」、key「鍵」、haste「急速」、gate「門」、time「時」、head「頭」、pavement「舗道」、man「人」、waste「浪費」、truth「真実」、thunder「雷」、clap「雷鳴」、storey「階」、bed「寝床」、book「書籍」、night「夜」、face「顔」、point「点」、shame「恥」、while「時間」、eye「眼」、top「頂上」、hook「鉤」、finger「指」、bell「鈴」、land「陸地」、lamp「ランプ」、taper「小ろうそく」、shelf「棚」、church「教会」
（名詞としても使用可能な語）
whisper「ささやく」、wait「待つ」、return「帰る」、go「行く」、keep「保つ」、call「呼ぶ」、look「見える」、leave「去る」、reproach「責める」、do「する」、pass「過ぎる」、come「来る」、cry「叫ぶ」、open「開く」、sing「歌う」、fall「落ちる」、hurry「急ぐ」、reach「達する」、snatch「手早く取る」、lie「横たわる」、regard「見なす」、creep「はう」、lend「貸す」、say「言う」、try「試みる」、steal「盗む」、hold「握る」、swell「膨れる」、wonder「不思議に思う」、interest「興味を起こす」、see「見る」、choke「窒息させる」、shake「振る」、place「置く」、escape「逃げる」、ring「鳴らす」、take「取る」、light「照らす」
（助動詞は数えていない）
28 （原注2）back、down、still、out、home、except、like、while、straight.
29 （原注3）Sonnet 76。
30 （訳者注）原文の[-meþ]は誤植。
31 （原注1）*Modern English Grammar* 2巻、8.6節と14.7節を参照。
32 （訳者注）形容詞（相当語）に添えてこれを（代）名詞化する語。例えば、a white car and a red one の one など。
33 （原注2）*Modern English Grammar* 2巻の11章を参照。
34 （原注1）*Festskrift til Vilh Thomsen* (Copenhagen, 1894)『ウィルヘルム・トムセン祝賀論文集』中のOtto Jespersen, "Om subtraktionsdannelser, særligt på dansk og engelsk"「デンマーク語と英語の逆成について」参照。*Englische Studien* 70号の117頁以下において、数種類の逆成語を扱った。sを複数の表示であるとの誤った理解によるsの削除については、後出198節を見よ。

第8章　英語本来の資源 (Native Resources)

35　(訳者注) 英国の辞書編集者。OED の前身である *New English Dictionary* (NED) の基礎を作った編集者の一人。

36　(訳者注) 語尾を、接尾辞・屈折語尾とみなし、これを削除して新たに作られた語。例えば、edit は editor から、baby-sit は baby-sitter から派生した動詞である。本来の派生ではそれぞれ edit → editor、baby-sit → baby-sitter となるはずが、逆の派生となっている。

37　(訳者注) このような派生を逆成 (back-formation) というが、この逆成も転換 (conversion) であるという考え方がある (Nagano 2008: 157-233)。

38　(訳者注) Robert Browning (1812-89) 19 世紀の英国の詩人。

39　(訳者注) 原典の 163 は誤植。

40　(訳者注) Henry Fielding (1707-54) 18 世紀の英国の小説家・劇作家。

41　(訳者注) フィールディング作 *Tom Jones* (1749) に登場する人物。

42　(訳者注) OED では、tec と綴られている。

43　(訳者注) 単語の一部を省略して作られた語。例えば、fanatic「熱狂的愛好者 (ファン)」→ fan など。

44　(訳者注) 侮蔑語 Jap を連想させるので、今日では Jpn が使われることが多い。

45　(訳者注) 文法用語では preposition「前置詞」の略語として使われる。

46　(原注1) OED において Zupitza の試みた説明を見よ。しかし、これは bæddel の起源を説明していない。(訳者注) Zupitza は、bad の語源について、古英語 bæddel「両性具有者、女みたいな男」から中英語 badde「軽蔑すべき」に至ったと説く。

47　(原注2) この語についての最良の説明は Björkman のものである。*Scandinavian Loan Words* の 157 頁と 259 頁を見よ。しかし、彼さえもその謎を完全に解き明かしたとは言っていない。(訳者注) Björkman は、古スカンジナビア語の bugge「成熟した」が、中英語期に北部方言で用いられたとする。OED では、「大きい」という意味は、16 世紀から。

48　(原注3) 拙著 *Language* の 151 頁以下を参照。俗語の一般論については、同書の 298 頁以下及び *Mankind, Nation and Individual* の 149 頁以下を参照。

第9章
文　法 (Grammar)

188　単純化 (Simplification)

　前章ではすでに文法項目の一部について触れることになった。なぜなら、語形成 (word-formation) は文法の主要な部分[1]の一つと考えるのが正しいからである。その他の部分においても、歴史的発達を概観すれば、語形成と同じ一般的傾向（164 節）、すなわち、混沌 (chaos) とした状態から整然 (cosmos) とした状態へとも言える傾向が示されている。[2]　初期の英語は極めて多くの語尾を持ち、しかもそのほとんどは、意味と用法が非常に漠然としていた。しかし、近代英語になると語尾が少なくなり、その意味範囲はもっと的確になっている。古英語 (Old English) に非常に多い不規則 (irregularities) や破格 (anomalies) の数は大いに減少し、今では大多数の語は規則的な語尾変化をしている。古英語の強変化動詞 (strong verbs)[3] のほとんどは今でもなお強変化をしており、これが時制 (tenses) の形成において不規則となっている。すなわち、現代英語の shake「揺り動かす」が shake、shook、shaken と不規則な変化をしているのは古英語の scacan[4]、scoc、scacen と同じだと批判されている。

　しかし、記憶すべきは、第一に、人称 (persons) と数 (numbers) の区別、不定形 (infinitive)、命令法 (imperative)、直説法 (indicative)、および仮定法 (subjunctive) のほとんどすべてが相違しており、古英語の語尾屈折表 (Old English paradigm) を複雑にしていた細かな多数の屈折が、そのあとを継いだ近代英語 (its modern successor) で完全に消失したこと、第二には、多くの動詞において異なった母音の数が減少したことである。以下を比較——

第9章　文法 (Grammar)

原形	現在単数	過去単数	過去複数	過去分詞
beran[5]	bireþ	bær ↓	bæron	boren
bear	bears	bore	bore	born
feohtan[6]	fieht	feaht ↓	fuhton	fohten
fight	fights	fought	fought	fought
bindan[7]	bint	band ↓	bunden	bunden
bind	binds	bound	bound	bound
berstan[8]	byrst	bærst ↓	burston	borsten
burst	bursts	burst	burst	burst

第三には、was や were の場合を除けば、多くの動詞における子音の変化 (ceas、curon「選んだ」、[9] snaþ, snidon「切った」、[10] teah, tugon「引いた」[11]) は全く廃止されたことである。単純性 (simplicity) と規則性 (regularity) への最大の変化は、形容詞に見られる。形容詞では、今日では一つの語形が、アルフレッド (Alfred)[12] と同時代の人々の使用した 11 の異なった語形[13] を代表している。しかし、その発達があらゆる点で言語の進化に貢献していると考えてはならない。例えば、my、thy と並んで、mine と thine が本来の所有代名詞 (primary possessive pronouns) として近代に作りだされたことで、何ら得られるものはないのである。ある遠い時代の言語構造を、近代の構造と比較してはじめて、明晰さと単純性により得られるもの (the gain in clearness and simplicity) が本当に大きなものであると分かるのである。

189

この文法上の発達と単純化は、突然一つの原因から生じたものではなく、徐々にしかも様々な原因から生じているのである。また、その大多数は、他の言語において、同様の変化を作り出し、今も作り出している原因と同一のものである。「このような変化への主要な推進力は、その相互関係における豊富な概念を表すには伝統的な語形では不十分であるとした進歩的な思考

(progressive thinking) と進歩的な文化 (advancing culture) によるものである」(モールスバッハ (Morsbach)[14]) と言えるものではない。なぜならば、変化のうちのあるものは、文化の勢いが衰えていた数世紀に最も急速に生じたからである。古英語の語尾変化 (declension) や活用 (conjugations) の道具立て (apparatus) の衰退の一般的な原因の中の主なものは、その組織 (system) の多様な矛盾 (manifold incongruities) と判断される。すなわち、もし同じ母音が、どこでも同一の意味合いを表さなければ、その言語を話す人は、弱い音節を不明瞭に発音する一般的傾向（そして、古英語の屈折語尾にはすべて強勢がなかった）になるのは当然のことである。

　従って、語尾の a、i、u は無色の母音 e に水平化され (levelled)、[15] この音さえも、多くの場合、しばらく後に取り去られることとなった。同じ組織の欠陥 (the same want of system) は、また、その語形 (forms) やその使用範囲 (their sphere of employment) において、最も明瞭な語尾を類推的に拡充する助けとなった (favour the analogical extension) のであろう。このようにして、名詞 (substantives) では -s 形が、属格 (genitives) としても複数形 (plurals) としても用いられた。[16] しかし、この一般的な原因のほかに、それぞれ個々の場合にそれに作用したのかもしれない特別な原因を調べなければならない。

　すべての場合に、ye（主格 (nominative)）と you（対格 (accusative) と与格 (dative)）の古い変化を、you で置き換えるという近代の用法 (modern use) に移行させた一見小さな過程ですら、多くの言語的力が働いた結果なのである。そこで私は、次の数節において、一般変化の過程とすでに述べた進歩的傾向 (progressive tendency) との例証となるように思われる文法上のいくつかの点を選び出して述べることにする。

190 属格 (Genitive)

　(I) 名詞の -s 語尾：古英語の属格 (genitive) は、ほとんどの男性名詞 (masculines) と中性名詞 (neuters) においては -es で表されていた。そのほかに、-e、-re、-an という属格語尾も用いられた。[17] また、中には属格に特別な語尾を持たない語もあれば、boc (= book) の属格 bec のように、母音交替によって属格 (mutation-genitive) を形成する語もあった。さらに、複数形の属格は決して -s 語尾をとるのではなく、-a、-ra あるいは -na (-ena、-ana) とい

第 9 章　文法 (Grammar)

う語尾であった。[18]

　統語論に関しては、属格は所有格、主格、目的格 (possessive、subjective、objective) の機能や、部分的・限定的・記述的 (partitive、definitive、descriptive) などの機能を果たしていた。それは二つの名詞を連結するばかりではなく、非常に多くの動詞や形容詞（rejoice at「喜ぶ」、fear「恐れる」、long for「切望する」、remember「記憶する」、fill「満たす」、empty「空虚な」、weary「疲れた」、deprive「奪う」）の後でも使用された。

　また、属格は時には支配する語の前に、そして時には支配する語の後に置かれた。要するに、この格の使用と形成の法則は極めて複雑なものであった。しかし、一層の規則性と単純性は、統語論ばかりではなく語形論 (accidence) [19] にも徐々に広がった。-s 属格は益々多くの名詞の単数や複数にも拡大した。今日では、複数では多くの場合、複数を表す -s の陰に隠れていても（例えば、kings'「王様たちの」、ただし men's「人々の」）、英語に使用された唯一の属格語尾となっている。現在では、属格の位置は、必ず支配する語の直前となり、これが格形成の規則性となった。例えば——

> the *King of England's* power
> 「英国王の力」（以前は the kinges power of England）
> the *bride and bridegroom's* return
> 「花嫁、花婿の帰還」
> *somebody else's* hat
> 「誰か他の人の帽子」

上記の例のように、古い文法の論理を考えず、[20] 語群の終わりに -s が付加されている。これが近代の群属格 (group-genitive) [21] をもたらす原因となっている。[22]

191

　属格の用法については、of との結合形によって、属格は様々な方法で侵食されている。第一に、その用法は今日普通の散文では、人間的生き物にほとんど限定されて、society's hard-drilled soldiery (Meredith)「しっかり訓練された社会の軍勢」のような語句でさえ、ここでは society が擬人化されて (personified)、詩的なものと感じられる。さらに、thou knowst not golds effect (Shakespeare, *The Taming of the Shrew* 1.2.93)「おまえは金の効力を知らない」あるいは setting out upon life's journey (Stevenson)「人生の旅に出発して」は、もちろん、そうである。しかし、ある成句 (set phrases) においては、属格が依然として確立している。例えば、out of *harm's* way「害の及ばぬところに」、he is at his *wits'* (or *wit's*) end「彼は万策つきている」など。また、『ハムレット』からの紋きり型の引用句 (the stock quotation) である in my *mind's* eye「我が心の眼に」などもそうである。また、尺度などを表すのにも用いられる。例えば、at a *boat's* length from the ship「船から小船の長さほど離れて」がある。そして、時間を示すのにも用いられる。例えば、an *hour's* walk「一時間の散歩」、a good *night's* rest「一夜の安眠」、*yesterday's* post「昨日の郵便」など。さらに、このような用法は、前置詞との結合 (prepositional combinations) にまで拡大している。[23] 例えば、*to-day's* adventures「今日の事件」、*to-morrow's* papers「明日の新聞」など。

192

　第二に、属格（人名の）は、今日、主に所有格として用いられており、属格という用語はかなり広い意味でとらえなければならない。例えば、*Shelley's* works「シェリー集」、*Gainsborough's* pictures「ゲインズバラの描いた絵」、*Tom's* enemies「トムの敵」、*Tom's* death「トムの死」など。主語的属格 (subjective genitive) もまた盛んに用いられる。例えば、the *King's* arrival「王の到着」、the *Duke's* invitation「公爵の招待」、the *Duke's* inviting him「公爵が彼を招かれたこと」、Mrs. *Poyser's* repulse of the squire (George Eliot)「ポイザ婦人が地主を撃退したこと」などがある。なお、ごく最近では、受動態 (passive voice) の場合のように、前置詞の by によって主格 (subject) を表す傾向がある。例えば──

　　the accidental discovery *by* Miss Knag of some correspondence (Dickens)
　　「ナッグ嬢がある手紙を偶然発見したこと」
　　the appropriation *by* a settled community of lands on the other side of an ocean (Seeley)
　　「移民団が大海のかなたの土地を不当に専有すること」
　　the massacre of Christians *by* Chinese

第9章　文法 (Grammar)

「中国人がキリスト教徒を虐殺すること」

また、Forster's Life of Dickens「フォースターの（書いた）ディケンズ伝」は Dickens's Life by Forster と同じである。

　目的語的属格 (objective genitive) は、以前は今日より普通であったが、その衰退はおそらく属格の意義不明 (ambiguity of the genitive) によるのであろう。例えば——

> *his* expulsion from power by the Tories（Thackeray）
> 「トーリー党が彼を権力の地位から追い出したこと」
> What was *thy* pity's recompense ?（Byron）
> 「おまえのあわれみが受けた報酬はなんであったか」

　England's wrongs は、通例、the wrongs done to England「イングランドが受けた不法」を意味する。また、my cosens wrongs (Shakespeare, *Richard 2* 2.3.141)「私の従兄弟が受けた不法」も同じであるが、your foule wrongs (Shakespeare, *Richard 2* 3.1.15) は the wrongs committed by you「おまえが犯した不法」を意味する。

　my sceptre's awe (Shakespeare, *Richard 2* 1.1.118)「我が王権に対する畏怖の念」では目的語的属格 (objective genitive) であるが、thy free awe pays homage to us (Shakespeare, *Hamlet* 4.3.63)「汝の畏怖の念からわれに忠順の意を表す」は主語的属格 (subjective genitive) である。しかし、属格がより自由に用いられている他の言語に比べると、英語では、大体において、このような不明瞭さ (obscurity) は起こらないであろう。

193　Of 形の句 (Of-Phrases)

　今日では of が極めて広く用いられ、それが属格の代わりをなしえないという場合は稀である。not for the death *of me*「私の首にかけて、決してない」(Chaucer の the blood *of me*「私の血」(*Legend of Good Women* 848) を参照) のような決まり文句 (stock phrases) では、of が所有代名詞の代わりに用いられている。Of は I come here at the instance *of your colleague*, Dr. H. J.

Henry Jekyll (Stevenson)「あなたの同僚のヘンリー・ジキル博士のご依頼により、私はここに来たのです」のように、極めて多くの場合に必要とされ、また、あまりに長すぎる語の連続に -s を付けるのを避けるために of が用いられる。例えば——

> Will Wimble's is the case *of* many a younger brother *of* a great family (Addison)
> 「ウィル・ウインブルの場合は、子供の多い家庭の多くの弟によく起こることである」
> the wife *of* a clergyman *of* the Church of England (Thackeray)
> 「英国国教会の牧師の妻」

また、all the hoofs of King Saul's father's asses (Mrs. Browning)「ソール王の父のロバのすべてのひずめ」や He is my wife's first husband's only child's godfather (Pinero)「彼は私の妻の先夫のひとりっ子の名づけ親である」におけるように、-s を繰り返すよりは、多くの英国人は of の反復のほうを好んでいる。例えば——

> on the occasion of the coming of age of one of the youngest sons of a wealthy member of Parliament
> 「裕福な国会議員の一番若い息子たちのひとりが成年になった時」
> Swift's visit to London in 1707 had for its object the obtaining for the Irish Church of the surrender by the Crown of the First-Fruits and Twentieths (Aitken)
> 「スウィフトの1707年のロンドン行きは、国王をして借地初物と二十分の一税をアイルランド教会に譲渡させることを目的とした」
> that sublime conception of the Holy Father of a spiritual kingdom on earth under the sovereignty of the Vicar of Jesus Christ himself (Hall Caine)
> 「イエス・キリストご自身の代官の配下にある地上に建てられた神の王国の聖なる父というあの崇高な概念」

このように、前置詞が連続していくつも現れている例も許されている。これらの文では、文法上の構造 (grammatical constructions) に注意が向けられる場合、原本 (original books) の中に何か重苦しい (heavy) あるいはわずらわしい (cumbersome) ものを感じる読者は少ないと私は思う。

第 9 章　文法 (Grammar)

194

　属格について話す場合、a friend of my brother's「私の兄弟の友人」のような句に見られる奇妙な用法にも言及しなければならない。これは 14 世紀に次のような例から始まった。

>　an officer
> Of the prefectes（Chaucer, *The Canterbury Tales*, The Second Nun's Tale 368-69）
> 「知事の官吏のひとり」（officers を補って one of the prefect's officers としてもよい）
> if that any neighebor of mine (= any of my neighbours)
> Wol nat in chirche to my wyf enclyne（Chaucer, *The Canterbury Tales*, The Monk's Tale 1902）
> 「もし、私の近所の者が誰も教会で私の妻に礼をしなければ」

　2、3 世紀のうちに、この構文はますます頻繁となり、今日では英語の固定形の一つとなっている。an old religious uncle of mine（Shakespeare, *As You Like It* 3.2.344）「私の叔父の中の老年の信心深いひとり」のような句においては、部分的な意味 (partitive sense) が今日でも考えられており、one of my uncles「私の叔父のひとり」と同じである。ただし、one of my old religious uncles「私の老年の信心深い叔父の中のひとり」と同一と分析はできない。
　しかし、ここの of は最初から部分的な意味 (partitive) であったとは決して言えない。[24] むしろ the three of us = the three who are we、the City of Rome = the City which is Rome における同格的な用法 (appositional use) に分類されるべきである。この構文は主として二つの代名詞の並置 (juxtaposition) を避けるために使用されている。this hat of mine や that ring of yours の方が、this my hat や that your ring より英語らしい表現である。あるいは、any Jane's ring または Jane's any ring が不可能である場合には、any ring of Jane's「ジェインのどの指輪も」のように、代名詞と属格との並置を避けるために用いられる。例えば、I make it a rule of mine「私の決まりとしている」、this is no fault of Frank's「これはフランコの罪ではない」などを比較せよ。

すべてのこのような場合、この構文は極めて便利であるから、やがて部分的な意味が論理的に必ずしも可能でない場合に、広く用いられるようになったのは当然のことである。例えば——

    nor shall [we] ever see
    That face of hers againe (Shakespeare, *Lear* 1.1.263-64)
    「二度と彼女のあの顔を見ることはないであろう」
    that flattering tongue of yours (Shakespeare, *As You Like It* 4.1.188)
    「あの追従をいうあなたの舌」
    Time hath not yet so dried this blood of mine (Shakespeare, *Much Ado About Nothing* 4.1.193)
    「まだ血気が失せるほど年をとってはおらぬ」
    If I had such a tire, this face of mine
    Were full as lovely as is this of hers (Shakespeare, *The Two Gentlemen of Verona* 4.4.185-86)
    「もし私のあのようなかつらを着けたら、この私の顔に少しも劣らず美しかろう」
    this uneasy heart of ours (Wordsworth)
    「この私たちの不安な心」
    that poor old mother of his
    「彼のあの貧しい年老いた母」

今日、我々が he has a house of his own「彼は自分の家を持っている」という時には、誰一人として he has one of his own houses「彼は自分の家の一軒を所有している」の意味とは考えない。

195　複数形 (Plural)

主格複数 (nominative plural) においては、古英語の語尾変化 (Old English declensions) は属格単数 (genitive singular) と同じく多様な姿を見せている。男性名詞 (masculines) の大多数は -as の語尾を有しているが、中には -e を持つものもあり (Engle「アングル人」など)、-a に終わるものもあり (suna「息子たち」など[25])、また -an に終わるもの (guman「人々」など[26]) も沢山ある。ある名詞は全く語尾がなく、これらの多くのものは、語中の母音を変化させ (fet「足」など)、一方では少数のものは単数 (hettend「敵」) と全く同じ形の複数を有する。女性名詞 (feminine words) は -a (giefa「贈り物」[27])、

第 9 章　文法 (Grammar)

-e (bene「祈り」[28])、-an (tungan「舌」[29]) という語尾で複数を形成し、あるいはいかなる語尾も持たないものもある (sweostor「姉妹」、ただし、bec「本」は母音変異によるものである)。中性名詞 (neuter) は語尾を持たないか (例えば、word「語」)、あるいは -u (hofu「住まい」) または -an (eagan「眼」) となっている。

　最古の時代から、語尾 -as (後に -es、-s) は絶えず勢力を増してきたが、はじめは他の語尾変化の部類 (declensional classes) に属する男性名詞に、後にはその他の性にも適用されるようになった。語尾 -an は、最初から極めて多くの名詞の普通の語尾であったが、これもまたその拡張の勢いを示し、一時は -(e)s に譲らず、一般複数語尾となるように思われた。しかし、ついに -(e)s が勝利を得た。おそらくそれは最も特異な語尾 (distinctive ending) であり、また多分スカンジナビア語の影響 (Scandinavian influence) の下にあったからであろう (79 節参照)。近代の初期に eyen「眼」、shoon「靴」、hosen「長靴下」、housen「家」、peasen「えんどう」が依然として存在したが、滅亡の運命にあり、今では oxen[30]「雄牛」が -n の生き残っている唯一の複数である。なぜならば、children[31] は、聖書にある kine「雌牛」と brethren「兄弟」と同様に、あまりにも不規則すぎるので、-n の添加によって作られた複数として考えることはできない。

　母音変異の複数形がいくつかの語の中に今も生き残っているのは、その語の持つ意味に起因するからである。複数形での使用が単数形での使用よりも頻度が高いためである。少なくとも、単数形と同程度に使用されるからである。すなわち、geese「がちょう」、teeth「歯」、feet「足」、mice「はつかねずみ」、lice「しらみ」、men「男」、women「女」などである。他のすべての語においては、-s に終わる複数の類推があまりにも強くて、古い形が保存されなくなっている。

196

　-ses という語尾の代わりに、一個の -s をしばしば見かける。いくつかの場合、sense (their sense are shut「その (目の) 感覚は閉じている」、corpse「死体、なきがら」(シェイクスピアでは共に複数扱い) におけるように、語尾のないフランス語の複数形 (cas は単複同形) に従った用法 (the continued use)

なのかもしれない。*Coriolanus* 3.1.119-121 では、voice と voices が見られるが、二語とも 1 音節 (one syllable) として読まれるべきものである。[32]

  Bru.   Why shall the people give
         One that speaks thus their *voice*?
  Cor.   I'll give my reasons,
         More worthier than their *voices*. They know the corn
         Was not our recompense,
  ブルータス 「こんなことを言う男を民衆が選ぶわけがあるか？」
  コリオレーナス 「わけならおれのほうにある。民衆が選ぶ理由より立派なわけ
         が。やつらにしろ、穀物が正当な報酬でなかったことぐらい
         知っている」

しかし、シェイクスピアが princes と balance を複数として用いる時には、その語形 (form) は重音脱落（haplology：同一音を二度発音する代わりに一度にすること[33]）とする以外に説明ができない。

  Here in this island we arriv'd, and here
  Have I, thy schoolmaster, made thee more profit
  Than other *princes* can (*Tempest* 1.2.171-73)
  「二人はこの島に流れ着いた。この島でおれはおまえの師となり、どんな王女
  が授けるよりもすぐれた教育を授けてきたつもりだ」
  It is so. Are there *balance* here to weigh
  The flesh? (*The Merchant of Venice* 4.1.254-55)
  「そのとおりだ。肉をはかる秤は用意しているか？」

属格の場合も同じである。例えば——

  And then the lover,
  Sighing like furnace, with a woeful ballad
  Made to his *mistress*' eyebrow. (*As You Like It* 2.7.147-149)
  「さてその次は恋をする若者、鉄をも溶かす炉のように溜息ついて、悲しみこ
  めて吐き出すは、恋人の顔立ちたたえる歌」
  It is his *Highness*' pleasure that the Queen
  Appear in person here in court. (*The Winter's Tale* 3.2.8-9)

第9章　文法 (Grammar)

「国王陛下の御意により、お妃様にはおんみずから当法廷にご出頭なされますよう」

今日では、略さない形 (full form) の mistress's などを用いる方が普通であるが、Pears' soap「ペァーズ社の石鹸」[34] では三つの -s の位置を、アポストロフィ (') を付けた形によって避けている。複数の属格は、今日でもいつも -s の重音を脱落させて、the Poets' Corner「詩人の墓」[35] のようにしている。ただし、いくつかの方言では、other folks's children (George Eliot)「他人の子供たち」、the bairns's clease (Murray, *Dialect of Scotland* 164) [36]「子供たちの着物」のような特例もある。

ウォリス (Wallis) [37]（1653年）は the Lord's House「貴族院」（彼は Lord's と書いている）の属格複数は the Lords's House（二つの -s が合わさって一つになっている）の代わりになっていると明言している。これと同じ現象 (a phenomenon of the same order) は、今日、for fashion sake「流行のために」などのように、主として sake の前の -s で始まる語の前の属格記号 (genitive sign) の省略 (omission) に見られる。[38]

197　逆成語 (Back-Formations)

時々、語幹 (stem) に属している -s は大衆的本能 (popular instinct) によって複数語尾であると取り違えられることがある。[39] 例えば、alms[40] (ME almesse、elmesse、複数形 almesses; OE ælmesse < Gr. eleemosune がそれである。その語が、単数・複数のどちらを意図して用いられているか、文脈 (context) からは判断できないような組み合わせ (connexion) である ask alms「施しを求める」、give alms「施しをする」などにおいて、極めてしばしば見られるのは意義深いことである。　欽定訳聖書 (The Authorized Version) には、この語は 11 回でているが、[41] そのうちの 8 回までは単複いずれか曖昧であり、次の 2 回——

> Who seeing Peter and John about to go into the temple asked an *almes*. (The Acts of the Apostles 3.3)
> 「彼はペトロとヨハネが境内に入ろうとするのを見て、施しを乞うた」
> and one that feared God with all his house, which gave much *almes* to the

people, (The Acts of the Apostles 10.2)
「一家そろって神を畏れ、民に多くの施しをした」

は明らかに単数であり、次の1回——

Thy prayers and thine *almes* are come up for a memorial before God.
(The Acts of the Apostles 10.4)
「あなたの祈りと施しは、神の前に届き、覚えられた」

は多分複数であろう。今日では、alms の -s は複数語尾を連想させることになるので、an alms 実際には極めて稀にしか用いられず、書かれたりすることはない。ただし、テニスンの *Enoch Arden*『イノック・アーデン』の中には an alms が見出される。riches[42]「富」もまさにこの例である。チョーサーは依然として第2音節に強勢を置いて（フランス語の richésse のように）、複数 richesses を用いている。しかし、のちに語尾の -e (the final *e*) が消失したため、この語が生じた場合、文脈からはその数が判断できなくなった。シェイクスピアは riches を用いている。例えば——

Thou bear'st thy heavy *riches* but a journey (Shakespeare, *Measure for Measure* 3.1.27)
「富の重荷を長い旅の間担ぎまわっている」

シェイクスピアがこれを用いた24回のうち、14回までこのように用いられている。この語形が一般に複数として考えられたことは驚くべきことではない。かくして、riches are a power (Ruskin)「富は力なり」と言い、また単数の用法も見られる。例えば——

The *riches* of the ship is come on shore! (Shakespeare, *Othello* 2.1.83)
「船の富が陸揚げされている」
[We] at time of year
Do wound the bark, the skin of our fruit-trees,
Lest being over-proud in sap and blood,
With too much *riches* it confound itself (Shakespeare, *Richard 2* 3.4.57-60)
「おれたちは、適当な季節に、果樹の皮にわざと傷をつけるだろう、ありゃあ

第9章　文法 (Grammar)

樹液という血を抜かないと、増長しやがって育ちすぎ、あっという間に枯れちまうからだ。」

しかし、この用法は今では全く廃れている。

198

　本来、語幹に属している -s を、複数の記号と誤って理解したため、その -s を失うに至った語においては、その語幹を新たに形成するためにさらなる方法がとられることになる。[43] ラテン語の pisum が古英語 pise となり、中英語の単数 pese、複数 pesen となった。バトラー (Butler 1633)[44] はまだ peas を単数、peasen を複数としてあげているが、「a peck of peas（一ペックのえんどう豆）のごとく、単数が複数としてたいていは使用されている。しかし、ロンドンの人たちはそれを正規の複数とし、peas を pea というらしい」と付け加えている。peaseblossom「えんどう豆の花」、peaseporridge「えんどう豆の雑炊」、および pease-soup「えんどう豆のスープ」(Swift、Lamb) のような複合語においては、pea が公認の単数となった後でも、長い間古い語形が維持されていた。

　同様に、a cherry「さくらんぼ」は -s のある形（フランス語 cerise）から、a riddle「謎」は riddles から進化し、an eaves「軒」（古英語 efes、ゴート語 ubizwa、古ノルド語 ups を参照）はしばしば an eave とされ、俗語では a pony shay が chaise「子馬にひかせる遊覧馬車」を表すために使われている。ブレット・ハート (Bret Harte)[45] の heathen Chinee「異教の中国人」や類例の a Portuguee「ポルトガル人」、a Maltee「マルタ人」を参照のこと。この種の面白い例は、ロッジマン (H. Logeman) の巧妙な説明 (ingenious explanation) が受け入れられるとすれば、Yankee がある。この語は本来北アメリカのオランダ植民地ニュー・アムステルダム、すなわち今日のニュー・ヨークなどの住民に用いられていた。今でも、Jan Kees は、フランダースにおいてオランダ本国からきた人々に依然として付けられたあだ名である。Jan はもちろん英語の John に相当するオランダ人の普通の名前であり、Kees は、同じく、オランダ人の典型的な名前である Cornelis の常用の愛称形 (the usual pet form of the name) か、オランダの代表的産物を指していう kaas (=

cheese)「チーズ」の方言的変形か、あるいは最も当を得た解釈 (what is most probable) としては、両方の結合形 (a combination of both) であるかもしれないというものである。Jankees は、英語で Yankees となり、-s は複数語尾と考えられ、遂に消失して、Yankee がニュー・イングランドの住民の名称 (designation) となり、さらに進んで、アメリカ全体の住民の名称となった。

199

　論理的には複数概念のみと一致している (is logically consistent with) 語の一部が保存されているのに、取り去られた -s が実際に複数語尾となる場合の異種 (different class) の逆形成 (back-formation) がある。cinque-ports の第 1 音節が「五」の意味であるという事実を知らない人たちは、Hastings を何の躊躇もなく cinque-port と言うことは容易に考えられる。[46] しかし、ninepins「9 の柱を立てて、玉を転がしてその柱を倒すあそび」の数詞 (numeral) の意義 (significance) がどうして忘れられるかは、一層理解しがたいことであるが、それでも、その遊戯に用いられた pins はそれぞれ a ninepin と呼ばれ、ゴス (Gosse) [47] は the author sets up his four ninepins「著者は 4 本の柱を立てる」と書いている。

200

　ある語においては、複数の -s が単数の一部であるかのように固定したものもある。means がその例であり、シェイクスピアの『ロミオとジュリエット』にある

　　No sudden *mean* of death, though ne'er so mean （*Romeo and Juliet* 3.3.45）
　　「いかに卑しくとも、ひと思いに死ぬ方法はないか」

という地口 (pun) [48] に示されているように、当時はまだ古い語形が理解されていた。しかし、シェイクスピアは近代の語形も用いている。例えば——

　　His wife who wins me by that *means* I told you （*The Merchant of Venice* 2.1.19）[49]
　　「先ほど申し上げた方法で私を勝ち得た人の妻」
　　gold and a *means* to do the Prince my master good （*The Winter's Tale*

第 9 章　文法 (Grammar)

4.4.83 4)
「金と元の主君である王子様のためになる方法」
Perchance you think too much of so much *pains*? 50
(*The Two Gentlemen of Verona* 2.1.112)
「こんな苦労はもうたくさん、とお思いでしょうね？」
To make a *shambles* of the parliament house! (*3 Henry 6* 1.1.71)
「当議事堂を血なまぐさい屠殺場となすことは！」

これらの他にも an honourable amends [51]「立派な報酬」、innings [52]「在職期間」などがある。また時には、a scissors「はさみ」、a tweezers「毛抜き」、a barracks「兵営」、a golf links「ゴルフリンク（ゴルフコース）」などが見られる。これらの場合には、単一の行動あるいは事物の論理的観念が、本来の文法より強く機能しているのである。

201　複数形 (Plural)

　しかしながら、新しい複数形がこのような語形に基づいて造られて初めて、複数から単数への変化 (transformation) が完成されたのである。この現象は、第二の力 (the second power) に引き上げられた複数とも称すべきであるが、本来の単数が使われなくなるか、あるいは複数を形成する方法がもはや目立たなくなっている時に比較的容易に起きるのが自然である。
　このようにして、古英語 broc「半ズボン」の複数形は brec となった（古英語 gos (= goose)、ges (= geese) を参照）が、broc は廃語となり、brec、breech は自由に単数となったり、新しい複数形 breeches「半ズボン」を作り出した。同様に、invoices「送り状」、quinces「マルメロ（バラ科の落葉高木）」、bodices「婦人服の胸衣」、そのほか少数のものは二重の複数語尾を持っている。しかし、その時は最初の語尾の異常の音（普通の語尾は joys「喜び」、sins「罪」のように有声音となるのに、この場合は無声音の -s）が、-s（-ce と書かれているが）本来の機能を忘れる原因となった。実際は、bodice は bodies の副次形 (by-form) に過ぎない。bellows「ふいご」と gallows「絞首台」の古い発音もまた無声音の -s を有していたが、これが俗語の複数形 (vulgar plurals) の belowses と gallowses を説明する助けとなっている。
　しかし、時々用いられている複数形 (occasional plurals) の mewses「馬、

自動車などの置き場」（本来 a mue であった a mews から）において、最初の -s が有声音化されているにもかかわらず、新しい語尾が加えられている。これらの第二の力に引き上げられている複数形には、sixpences「六ペンス」、threepences「三ペンス」なども加えるべきであるが、形式的にも論理的にも、本来複数形であるものの複数形を表現する方法の欠如と考えられる場合も実際にはあるので、特に面白いと言える（many (pairs of) scissors「何丁ものはさみ」参照）。

　一般には、一つの複数語尾のみが使用されていたが、時々、論理的に正しい二重語尾 (double ending) が、特に教育のない人々の間で用いられている。サッカレー (Thackeray) は自分の使用人に there was 8 sets of chamberses (*Yellowplush Papers*, 39 頁)「8 組の部屋がありました」と書かせている。また、ロンドンの一男子生徒がかって cats have clawses「猫は爪を持っている」(one cat has claws !) [53]「一匹の猫が爪を持っている」および cats have 9 liveses「猫は九つの命を持っている」(each cat has nine lives !) [54]「一匹の猫は九つの命を持っている」と書いている。[55]

　マレー博士 (Dr. Murray) [56] は、スコットランド方言では schuin (one person's shoes)「一人分の靴」、feit (= feet「足」)、kye (= cows「牝牛」) のような語から二重複数が時々形成され、schuins が一足以上の靴の意で用いられる例を挙げて、これが children「子供たち」、brethren「兄弟たち、仲間」、kine「牛」のような複数形の説明の例証となるかもしれないことを巧妙に暗示している。即ち、本来の複数形は childer、brether、ky（北部方言には今日まだ残っている）であって、それが博士の言うところによると、「一家族内の子供たちあるいは各構成員を、また一人の飼い主の一群の牛のために、集合的に使用するようになり、その結果第二の複数語尾が、多くの家族の brethren や children または多くの飼い主の ky-en を表すために必要となった … 近代英語においては、brether に代った brothers は一家族内のものに限り、異なった家族でも、相互に brother と呼び合う人々に brethren を使用している」。

202

　もともと -s 語尾は男性名詞のみのものであり、徐々に他の二つの性

第9章　文法 (Grammar)

(gender) にも波及していったに過ぎないので、複数を単数と同じくしている大多数の語は、swine「豚」、deer「鹿」、sheep「羊」のような古い中性名詞である。いくつかの場合には、集団を指す単数と個々のものの複数（-s の形をとる）との間に区別が生じたものである。その最も明らかな例は次のシェイクスピアからの例である。

> She hath more *hair* than wit" ... "And more faults than *hairs*"
> (*The Two Gentlemen of Verona* 3.1.364)
> 「知恵よりも髪の毛が多く――」…「髪の毛よりも欠点が多く――」

また、次のミルトンの例も同様である――

> Some magician's art, ... which thou from Heaven
> Feigndst at thy birth was giv'n thee in thy *hair*
> Where strength can least abide, though all thy *hairs*
> Were bristles. (*Samson Agonistes* 1133-37)
> 「汝の髪の毛は一筋一筋剛毛であったにしても、そこに力の宿るわけがどうしてもない髪の毛の中に生まれ出る時に、天より与えられたと汝が見せかけているところのある魔術師の業」

この区別は fish「魚」、fowl「家禽」のようないくつかの古い男性名詞にも転移した。特殊な魚類、鳥類、特に通例狩猟の獲物となり、食用に使われる非常に多くの名称（例えば、snipe「しぎ」、plover「千鳥」、trout「鱒」、salmon「鮭」など）は、その使用が一定してはいないが、今日、複数においてはしばしば無変である。

　また、much fruit が many fruits「たくさんの果物」と同じであり、much coal が many coals「たくさんの石炭」と同じであることは注意すべきである。さらに、four hundred men「四百人」と言いながら hundreds of men「数百の人々」と言い、two dozen collars「二ダースのカラー」と言いながら dozens of collars「幾ダースものカラー」と言う。これは、同様に couple「二組」、pair「対」、score「二十」およびその他のいくつかの語を言う場合、複数の意味がその中に十分に含まれているので、数詞の後には複数語尾 (plural ending) が付加されないマジャール語 (Magyar) [57] やその他の多くの言語に普

及している法則に近づいているのと同じである。[58]

203 (II) 古い語形の性 (word-gender) の消失 [59]

　古英語においては、古代の同族語 (cognate language) におけると同じように、それぞれの名詞は生物や事物や抽象観念 (abstract notions) のいずれを指すにしても、三つの性別 (gender-classes) のどれかに属していた。従って、男性とは何ら関係のない多数の事物の名称（例えば、horn「角」、ende (= end)「終わり」、ebba (= ebb)「引き潮」、dæg (= day)「日」）に男性の代名詞および語尾 (masculine pronouns and endings) が用いられ、また同じく女性とは全く関係のない多くの語（例えば、sorh (= sorrow)「悲哀」、glof (= glove)「手袋」、plume (= plum)「西洋スモモ」、pipe「パイプ」）に女性の代名詞や語尾 (feminine pronouns and endigs) が用いられた。

　ドイツ語 (German) における同じ組織（あるいは組織の欠如とも言えるが）の複雑性を知っている人は、英語がこれらの区別を捨てて、男性 (male) の生物に限り he を、女性 (female) の生物には she を適用して、明晰と単純性においていかに多くの利益を得ているかを感じるであろう。今日、生物 (animate) と無生物 (inanimate) との区別は、以前よりはるかに強調され、これが原因となって、他のいくつかの変化を生じるに至ったが、その中の最も重要な二つのことは、its 形の創造（1600 年頃。それ以前は his が男性形 (masculine) でもあり中性形 (neuter) でもあった）と、関係代名詞の which を事物に限定したことであった。which を人および物に同じように用いた古い用法は Our father *which* art in Heaven「天にまします我らの父」に見られる。

204 (III) 数詞 (Numerals)

　基数 (cardinal numerals) は、普通の音声発達 (ordinary phonetic development) の結果生じた変化以外には、英語の歴史において、極めてわずかな変化を示しているのみである。[60] 一方、序数 (ordinals) ははるかに多くの変化をしたので、その形成法 (formation) は、最初の三つ以外は、[61] 今日では全く規則正しくなっている。first「第一の」は古い forma（ラテン語 primus に対応する）を追い出して、フランス語 second「第二の」は other「第二の、他の」の一方の意義に代わるために採用され、その結果、確定数詞と不確定数詞 (the

第 9 章　文法 (Grammar)

definite and the indefinite numeral) との間に、有意義な区別を創りだすこととなった。

　4 以上の数については、数詞の語幹と語尾の両方に規則化が影響を及ぼしている。古英語では seofoða「第七の」、nigoða「第九の」、teoða「第十の」(feowerteoða「第十四の」など) から -n が消失していたが、今日では類推作用でふたたび -n が使われて、seventh、ninth、tenth (fourteenth など) となっている。古い語形の唯一の生存者は tithe であり、a tenth part of the *tithe*「十分一税の十分の一」(*The Authorized Version* Numbers 18:26) のような句に特にはっきりと見られる。そして今日では数詞から分化した名詞となっている。

　twelfth と fifth では、v の代わりに f という無意義な変則を持ち (twelfth では f がしばしば黙音となっている)、そして fifth では子音群 (つまり、-fth [fθ]) の前になる母音が短音化されている (つまり、中英語での発音 [fi:fθ] が大母音推移を受けずに [fifθ] となっている)。その他においては、それぞれの基数と序数との間に完全な一致がある。語尾は、開音節の無声子音の後では、有名な音声法則 [62] によって -ta (後には -te、-t) であった。例えば、fifta → fift、sixta → sixt、twelfta → twelft などがその例である。これはシェイクスピア (*Henry the Fift*『ヘンリー五世』など) [63] やミルトンにある唯一の形であった。

　-th に終わる規則正しい形は、話す時に用いられるようになる前に、まず書く時に用いられた。なぜなら、シャーデ (Schade) [64] は 1765 年に -th は twelfth や fifth においては t と発音されるべきであるという法則を定めているのである。

　eighth は、eightth と書くのがより適切な形であろうが、これもまた近代の形である。シェイクスピアの古い版には eight とある。-th を用いる形成法は、今日では、見事に規則正しくなっているが、近世では少数の名詞にのみ見られる。すなわち、the hundredth「百番目」、thousandth「千番目」、millionth「百万番目」、dozenth「一ダース目」などである。

205 (IV) 代名詞 (Pronouns)

　代名詞の組織 (pronominal system) は新たな使われ方をされることで今日まで維持されている。本来は疑問代名詞や不定代名詞 (interrogative and indefinite pronouns) であった who や which が、今日では関係代名詞として用いられている。self [65] が myself「私自身」、himself「彼自身」などの複合語 (compounds) になり、ourselves「我々自身」、themselves「彼ら自身」のような複数形を発達させたが、これは 16 世紀の初めには新しい形であった。これらの self 形の用法に関しては、その頻度数は最初は増加し、それからある場合には再び減少した。例えば、he dressed him が he dressed himself「彼は正装した」となり、それが今日では he dressed という形に道を譲りつつある。

one はいろいろな目的に役立つようになってきている。不定代名詞としては（one never can tell「何とも言えない」等の）15 世紀に始まり、支柱語 (prop-word)[66] としての近代の用法 (a little one、the little ones「小さいの」等の) は 16 世紀以前に遡ることはない。

206 (V) Ing 形

ing 形の歴史は、英語の経済上極めて重要なものであるが、初めは非常に小さなことから発達した最も興味ある例の一つである。論述を簡単にするために、この語尾を持つ形を ing 形と呼ぶが、この ing 形は、純然たる名詞として始まり、その形成される語数やその統語上の機能 (syntactic functions) は制限されていた。本来は schooling「訓練」、shirting「シャツ地」、stabling「馬小屋」のような近代語同様、名詞から作り出せるのみであったようだ。

ing により派生された名詞の中には、それに対応する弱変化動詞 (weak verbs) を持つものがあったので、ing はこれらの動詞から派生されたものとみなされるようになり、新しい ing 名詞が、その他の弱変化動詞から造られた（フランス語の動詞[67] からも造られた。既出の 106 節参照）。

しかし、ing が強変化動詞 (strong verbs) からも造られるまでに、[68] 長い時間を要したのである。古英語時代のまさに数十年にいくつかは生じているが、その大多数は 12 世紀あるいは 13 世紀あるいはさらにその後までも、その姿を見せなかった。おそらく、15 世紀の初めになってはじめてこの形成法 (formation) が、英語の中に確固たる根を張り、いかなる動詞からでも（can、may、shall、need など ing 形のない助動詞 (auxiliaries) はこの限りではないが）自由に ing 形が造られるようになった。

第9章　文法 (Grammar)

207

　統語的用法 (syntactic use) に関しては、古い ing 形は名詞 (substantive) で、他のすべての名詞と共有していた機能に制限された。そのすべての名詞的性質 (substantival qualities) を保持しながら、一方では動詞に属する機能の多くを徐々に獲得していった。それは、昔も今も、名詞と同じ屈折語尾を持っている。今日、属格 (genitive case) は稀であり、reading for reading's sake「読書のための読書」のような成句以外にはほとんど見られないが、複数形は普通に用いられている（例えば、his comings and goings「彼の往来」、feelings「感情」、drawings「絵画」、leavings「残り物」、weddings「結婚」など）。

　また、他のどのような名詞とも同じように、その前に定冠詞、不定冠詞 (definite or indefinite article) および形容詞を取ることができる。例えば、a beginning「始まり」、the beginning「その始まり」、a good beginning「よい始まり」など。Tom's savings「トムの貯蓄」のように属格も取ることができる。また、a walking-stick「杖」、sight-seeing「観光」のように、複合名詞 (compound noun) の前部や後部に ing を取り入れることもできる。

　文中では、普通の名詞 (ordinary substantive) が現れるいかなる位置にも ing は用いられる。Complimenting is lying.「お世辞を言うことは嘘を言うことである」においては、complimenting の ing 形は主語と lying が補語的主格 (predicative nominative) となっている。I hate lying.「嘘をつくのは嫌いだ」では lying が目的語になっている。worth knowing「知る価値がある」では knowing が形容詞 worth の目的語となっており、before answering「答える前に」では answering が before という前置詞の支配を受けている。

　次に、動詞に特有の機能 (peculiar functions) がいかにいくつも ing に拡充されているかを見てみよう。もちろん、動詞的性格を持った名詞 (verbal substantive) と現在分詞 (present participle) との語形上の同一 (coalescence) は、この発達の主な要因の一つである。

208

　ing が純然たる名詞の場合には、ing が付加された動詞によって表されている動作の目的語は次の三つの方法の一つで表すことができた。すなわち、属格にしてもよかったし (sio feding þara sceapa [69]＝ the feeding of the sheep

「羊を飼うこと」— Alfred)、複合語の最初の部分（つまり、複合語の第 1 要素）を形成することもできた（例えば、blood-letting「放血、流血」では letting の目的語である blood が第 1 要素に現れている）。[70] あるいはまた、中英語では普通の構文であるが、目的語を of の後に置くこともできた（例えば、in magnifying of his name「自分の名前を拡大することに」— Chaucer, *House of Fame* 306)。しかし、この構文の第一の方法（つまり、目的語を属格で示す方法）は絶えてしまった。

　最後の方法は、現代においては、冠詞の後には特に頻繁に使われる（例えば、since the telling of those little fibs「例の些細な嘘をついて以来」— Thackeray)。しかし、14 世紀から、ing を動詞の一語形のように扱い、従って対格目的語 (object in the accusative case) を頻繁にとり始めた。チョーサーでは両方の構文が併用されている。例えば――

> in *getynge* of youre richesses and in *usynge* hem
> (*The Canterbury Tales* The Tale of Melibee 1624)
> 「汝の富を得てそれを利用することに」

ここでは ing 名詞である getynge の目的語として of youre richesses という of 句が使われ、同じ ing 名詞である usynge の目的語には hem が直接使われている（of hem となっていないということ)。次のシェイクスピアからの例も同様である――

> Thou art so fat-witted with *drinking* of old sack, and *unbuttoning* thee after supper (*1 Henry 4* 1.2.2-3) [71]
> 「汝は古い酒を飲んで酔ったり、夕食が済むとボタンを外したり」

この例でも drinking の目的語には of old sack が使われており、unbuttoning の目的語には of のない直接目的語 thee が用いられている。

　さらに、次のチョーサーからの例を見てみよう――

> In *liftyng* up his hevy dronken cors
> (*The Canterbury Tales* The Manciple's Tale 67) [72]
> 「彼の重い、酔いつぶれた体を引き上げるには」

第 9 章　文法 (Grammar)

　ここでは古い名詞的構文からの二重の逸脱が示されている。つまり、名詞（この例では liftyng）は普通 up のような副詞を伴うことは許されない。古い英語では別の方法で ing に結びつけられている（例えば、up-lifting「引き上げ」、in-coming「到着」、down-going「下降」）。しかし、時間の経過と共に、どのような種類の副詞でも ing に結びつけることがますます普通となったのである。例えば——

> a man shal not wyth *ones* (= once) over *redying* fynde the ryght understanding — Caxton
> 「人は一度通読しただけで、正しく理解できないであろう」
> he proposed our *immediately drinking* a bottle together — Fielding
> 「彼は一瓶の酒を一緒に直ぐに飲んでしまおうと提案した」
> nothing distinguishes great men from inferior men more than their *always*, whether in life or in art, *knowing* the ways things are going — Ruskin
> 「人生においてであれ、芸術においてであれ、偉人と凡人とを区別するものは、状況の進行具合を常に理解しているかどうかにつきる」

209

　名詞はなんら時間 (time) を示すことはない。例えば、his movement「彼の運動、動き」は he moves / is moving「彼は動く / 動いている」、he moved / was moving「彼は動いた / 動いていた」、he will move「彼は動くだろう」のいずれとも対応可能である。

　同じように、ing も本来は時間になんら関係なかったし、今日でもほとんど関係しない。即ち、on account of his coming「彼が来るために」は because he comes「彼が来るから」、because he came「彼の到来のために」、because he will come「彼が来ることになっているから」のいずれとも解釈できる。I intend seeing the king「私は王に会うつもりだ」は未来 (the future) のことを言っている。一方、I remember seeing the king「私は王に会ったことを覚えている」は過去 (the past) のことを言っているが、ing そのものはこのいずれの時制 (tenses) も含んでいない。

　しかし、16 世紀末以来、ing は複合の完了形 (composite perfect) を発達させることによって、なお一層動詞の性質に近づいてきた。シェイクスピアは、

この新しい時制を数箇所で使用している。例えば——

    And did request me to importune you
    To let him spend his time no more at home,
    Which would be great impeachment to his age,
    In *having known* no travel in his youth.
    (*The Two Gentlemen of Verona* 1.3.13-16)
    「もうこれ以上お国で時間を過ごさせないよう旦那様にお願いしてみようとのこと。若い時に外国への旅を経験しないままだと、年をとってから大きな恥になるからと」

となっているが、必ずしも having known は今日使われるべきところに使われているわけではない。なぜなら、次の例を見てみよう——

    Give order to my servants that they take
    No note at all of our *being* absent hence —
    (*The Merchant of Venice* 5.1.119-20)
    「召使いたちに言いつけてちょうだい、私たちが留守にしたことは知らん顔をするようにって」

ここでの being は、文脈の示している通り、意味上は having been に相当している。
  ing は他の名詞と同様、最初は能動態と受動態 (the active and the passive voice) との間の動詞的区別 (verbal distinction) を表すことも不可能であった。単純な ing はこの点で今日でもしばしば中立であって、ある前後の関係では受動の意味を帯びることもある。例えば——

    It wants *mending*.
    「それは修繕されることを要する」
    The story lost much in the *telling*.
    「その話は、語られることで大いに興味が失われた」

これは古い作家に極めて多い。例えば——

第 9 章　文法 (Grammar)

God's bodkin, man, much better: use every man after his desert, and who shall scape *whipping*? (*Hamlet* 2.2.528-29)
「何を言う、もっと十分にもてなしてやれ。相応の扱いを受けるとなれば、人間誰だって鞭を免れまい」

Shall we send that foolish carrion, Mistress Quickly, to him, and excuse his *throwing* into the water, and give him another hope, to betray him to another punishment? (*The Merry Wives of Windsor* 3.3.193-96)
「あのクイックリーのおバカさんを使いにやって、川にほうり込んだお詫びを言わせたらどうかしら。そうしたら、あの男、またまた思い上がって、もう一度こらしめてやれるわ」

If happily you my father do suspect
An instrument of this your *calling* back (*Othello* 4.2.44-45)
「もしかしたらあなたに帰国の命令がきたのは、私の父の企みとでも疑っておいでなのね」

しかし、1600 年頃には、古い形はしばしば曖昧と思われたらしく、新しい形が生じるようになった。foxes enjoy *hunting*「狐が狩り立てるのを喜ぶ」と foxes enjoy *being hunted*「狐が狩り立てられるのを喜ぶ」との間に区別が付けられるのは便利と感じられたのである。この新しい受動態はシェイクスピアでも使われているが稀である。例えば——

Of *being taken* by the insolent foe (*Othello* 1.3.137)
「おごり高ぶる敵の手に捕らえられ」

しかし、今では長い時を経てこの受動態は英語に確立している。

210

　初めは純然たる名詞的語形であった ing 名詞の機能が、半ば名詞的 (partly substantival)、半ば動詞的 (partly verbal) なものへ発達したこの長い経過については、なおもう一つの段階に言及しなければならない。ing の主語は、[73] 他の動詞的名詞 (verbal noun) の場合（例えば、*Cæsar's* conquests「シーザーの征服」、*Pope's* imitations of Horace「ポープのしたホレイショの模倣」）と

295

同じく、多くは属格 (Cæsar's、Pope's) であった。ing の主語にあたるものが人称代名詞 (personal pronoun) の場合は、ほとんど常に属格 (genitive case) となっており (例えば、in spite of *his* saying so「彼がそう言うにもかかわらず」)、特にそれが人を指す時はそうである (例えば、in spite of *John's* saying so「ジョンがそう言うにもかかわらず」)。

しかし、多くの例において ing の前では通格 (common case)[74] が用いられることになった。ここでは通格が見られる数例を挙げるにとどめる。[75] 例えば——

> When we talk of this man or that woman *being* no longer the same person (Thackeray)
> 「ここかしこの男女が、もはや昔のままの人ではないことを話すと」
> besides the fact of those three *being* there, the drawbridge is kept up (A. Hope)[76]
> 「その3人がそこにいたという事実の他に、跳橋は引き上げられている」
> When I think of this *being* the last time of seeing you (Miss Austen)
> 「これがあなたに会う最後だと思うと」
> the possibility of such an effect *being* wrought by such a cause (Dickens)
> 「このような結果がこのような原因によってもたらされる可能性」
> he insisted upon the Chamber *carrying* out his policy (Lecky)[77]
> 「議会が彼の政策を実行することを彼は主張した」
> I have not the least objection in life to a rogue *being* hung (Thackeray)
> 「私は悪漢が絞首刑に処せられるのに少しも反対していない」
> no man ever heard of opium *leading* into delirium tremens (De Quincey)
> 「アヘンが原因となって酒精中毒せん妄症になるということは、誰ひとりとして聞いたことがなかった」
> the suffering arises simply from people not *understanding* this truism (Ruskin)
> 「この苦しみは人々がこの自明の理を理解しないがために生じているに過ぎない」

これらの例から明らかなように、この構文は、何らかの理由で、属格を用いることが不可能な場合に特に有益であるが、そのような理由がない場合にも用いられているのである。要するに、英国人が今日 There is some probability of the place having never been inspected by the police.「その場所がいまだかって警察の手で調べられたことがないらしいというある種の可能性がある」

第9章　文法 (Grammar)

という時には、600年前のその祖先の一人がなしえたであろうと思われる ing の構文から、次の四つの点で、逸脱しているのである。即ち、place が属格ではなく語尾変化のない形であること、副詞があること、完了形になっていること、受動態になっていること、である。これらの用法の拡大によって、ing が、ing によらなければぎこちない従属節を用いなければならなかった構文を簡潔に表す最も重要な手段となっていたことは明らかである。

211 (VI) 動詞語尾 (Verbal Ending)

　動詞語尾の -s（he loves「彼は愛している」など）に話を進めよう。古英語では直接法現在 (present indicative) の三人称単数 (third person singular) とすべての人称の複数に -th (-þ) が用いられたが、その前の母音は変化した。その結果、次のような例が見られる——

不定法	三人称単数	複数
sprecan「話す」	spricþ	sprecaþ
bindan「結ぶ」	bindeþ, bint	bindaþ
nerian「救う」	nereþ	neriaþ
lufian「愛する」	lufaþ	ufiaþ

しかし、10世紀のノーサンブリア方言 (Northumbrian dialect) では -þ の代わりに、-s が用いられた（単数 bindes、複数 bindas）。そして、強勢のないすべての母音は、その後まもなく一様化されたから、二つの語形が同一となった（つまり、bindes となった）。この同方言においては、二人称単数も -s になっているから（南部 (South) の -st に対立する形として）、一人称単数を除いて、すべての人称は同じように聞こえたのである。

　しかし、この発達はそこで止まるはずはなかった。古英語では、複数において、動詞は we あるいは ge (ye) に先立つかどうかによって区別がなされている（binde we、binde ge、しかし we bindaþ、ge bindaþ）。これが、スコットランド方言 (Scotch dialect) では今日一貫して行われている更に根本的な区別の萌芽である。スコットランド方言では、動詞に、それに相当する代名詞に伴われない場合にのみ、-s が添加されている。しかし、その場合はすべての人称に用いられている。マレー博士 (Murray) は他の例と共に次の文をあげて

いる——78

 aa *cum* first —— yt's mey at *cums* fyrst.
 wey *gang* theare —— huz tweae quheyles *gangs* theare.
 they *cum* an' *teake* them —— the burds *cums* an' *pæcks* them.
 (I come first; it is I that come first; we go there; we two sometimes go there; they come and take them; the birds come and pick them.)
 「私が先に来るのだ。真っ先に来るのは私だ。我々はそこへ行く、我々二人が時々そこへ行く。彼らが来てそれらを取る。鳥が来てそれを拾う」

　他の地方では異なった発達が見られる。中部方言 (Midland dialect) では、仮定法 (subjunctive) と過去 (preterit) の -en が直接法 (indicative) の現在へと移された。その結果、標準語 (standard language) では次のような語形となっている——

 14 世紀　　　　　16 世紀
 I falle　　　　　　I fall
 he falleth　　　　he fall(e)th
 we fallen (falle)　we fall

これが三人称単数が他の人称と明瞭に区別された唯一の方言である。
　最後に、イングランドの南部 (South of England) においては、複数に -th が保存されて、この形が一人称単数にまで拡大したのである。サマセット州 (Somersetshire) やデヴォン州 (Devonshire) の丘陵地方の老人たちは今でもなお [i wɔːkþ] = he walks というのみではなく、[ðei zeþ、ai zeþ]（= they say、I say）と言う。しかしながら、大抵の場合は do が用いられ、それが複数にも、また単数全体にも広がり、-th が全く付加されずに、[də] とされている。79

212　Th と S (Th and S)

　しかし、北部 (northern) の -s は南部 (southward) へとさまよっていった。三つの孤立例が押韻 (rime) の必要からチョーサー (Chaucer) に見出される。80 一世紀後にキャクストン (Caxton) は -th 語尾 (-eth、-ith、-yth) をもっぱら

第 9 章　文法 (Grammar)

用いた。そしてこれが 16 世紀までは文書にある普通の形であったが、当時 -s が詩人の手で初めて取り入れられた。マーロー (Marlowe) には -s 系の子音（摩擦子音 (hissing consonants)）の後（例えば、passeth, opposeth, pitcheth, presageth (*Tamburlaine* 68、845、1415、1622)）以外は、-s がはるかに普通の語尾となっている。

　スペンサー (Spenser) は詩では -s を用いている。*Faerie Queene* の最初の 4 篇中に、私は 24 の -th に対して、94 の -s (8 の has と 18 の hath、15 の does と 31 の doth の他に) を見出している。しかし、彼の散文 (prose) では、詩 (poetry) における -s の数よりも、-th がはるかに多く用いられている。ウォーター・ローリー卿 (Sir Walter Raleigh) に対する紹介の手紙の中に、-s はただ一つだけ (it needs「必要である」) であるが、-th は多く見られる。彼の『アイルランドの現状』(*The Present State of Ireland*) に関する著書には、少数の句 (me seems が数回、しかし、it seemeth「～と思われる」、what boots it「何の利益があろうか」、how comes it「どうして生じたか」、おそらく他にもまだ数例あろう) を除いては、三人称単数はすべて -th に終っている。これがこの書物の他の部分よりも、一層口語体 (colloquial tone) である特徴となっているようである。

　シェイクスピアの慣用 (practice) を確定的に述べるのは容易ではない。多くの文 (passages) において、1623 年の二つ折本 (folio) には、それ以前の四つ折本 (quartos) には -s とあるところに -th が使われている。彼の劇 (dramas) の散文の部分 (prose parts) では -s のほうが多い。[81] 従って、すべての場合に一貫しているとは決して言えないが、-th は日常の会話 (daily talk) というよりは、むしろ荘重なあるいは威厳のある言葉 (solemn or dignified speeches) に属するという見方ができよう。

　『マクベス』(*Macbeth*) 1 幕 7 場 29 行以下では、マクベス夫人は夫より一層実際的である（つまり、マクベス夫人は has を使っているのに対して、マクベスは hath を用いているということ）——

　　Lady Macbeth:　He *has* almost supp'd ...
　　Macbeth:　　　*Hath* he ask'd for me ?
　　Lady Macbeth:　Know you not he *has* ?
　　Macbeth:　　　... He *hath* honor'd me of late, ...

「マクベス夫人： お食事はおおかたお済ですよ
マクベス：　　 わしをお尋ねだったかい？
マクベス夫人： じゃ、あれをご存知でなかったの？
マクベス：　　 王は栄誉をわしに与えられたばかりのところだ」

しかし、夫の一層荘重的な調子 (solemn mood) がマクベス夫人の心を捉えると、彼女もまた劇的な演技 (buskin) を帯びてくる（つまり、マクベス夫人も hath を使いだしたということ）——

> Was the hope drunk
> Wherein you dress'd yourself ? *Hath* it slept since ? (*Macbeth* 1.7.35-36)
> 「じゃ、さっきまで身につけておられたあの「希望」は正気じゃなかったのですか？　あの「希望」が、あれから一眠りしたのですか？」

また、マーキューシオ (Mercutio) がロミオ (Romeo) の恋の病い (love-sickness) を嘲笑している場面に次の行がある——

> He *heareth* not, he *stirreth* not, he *moveth* not, (*Romeo and Juliet* 2.1.15)
> 「聞こえない、動かない、出てこない」

しかし、マップ女王 (Queen Mab) の有名な記述の中 (1.4.53 以下) では、-s で終わる動詞が 18 例も使われており、-th で終わる動詞は hath と driveth の 2 例のみである。しかも、driveth は韻律 (metre) のために用いられたものである。

213

　現代の散文 (contemporary prose) では、いずれにしても、比較的気品の高い形式 (higher forms) においては、一般に -th が使われている。-s 語尾は 1611 年の欽定訳聖書 (The Authorized Version) やベーコン (Bacon) の *Atlantis* には全く見られない（ただし、彼の *Essays* にはいくつか -s もある）。エリザベス朝の慣用 (Elizabethan usage) に関する結論は、-s に終わる語形は口語体 (colloquialism) であり、口語体として詩 (poetry)、特に劇 (drama) において許されたということがあるようである。しかしながら、この -s は、そ

第 9 章　文法 (Grammar)

の時代の高尚な文学 (higher literature) に生じる場合は、破格 (licence) と考えなければならない。

しかし、17 世紀前半においては、-s は普通の会話 (ordinary conversation) において一般に用いられた語尾であったに相違ない。そして書物には -th であったところでも、-s と読むのが普通となっていた証拠もある。リチャード・ホッジス (Richard Hodges) (1643 年) は、綴字は異なっても発音は同じ語の表の中に、boughs「枝」、boweth「お辞儀する」、bowze「痛飲する」; clause「条項」、claweth「引っ掻く」、claws「爪」; courses「通路」、courseth「走る」、corpses「死体」; choose「選ぶ」、cheweth「噛む」などを[82] 他の例と共にあげ、1649 年には、「我々は leadeth it、maketh it、noteth it「それを導き、作り、記す」と書いても、lead's it、make's it、note's it という」と言っている。ただ一つの例外は hath と doth であったように思われる。これは常に頻繁に用いられているので、古い形が類推的に変化するのを防いだようである。[83] その結果、hath と doth は 18 世紀の中頃まで用いられたらしい。

ミルトン (Milton) は、この 2 語を例外として、詩にも散文にも必ず -s を用いており、ポープ (Pope) もそうである。この点においては、その当時、高尚な詩 (most elevated poetry) と普通の会話 (ordinary conversation) との間にさえも、何らの差異も必要とは感じられなかった。

しかし、スウィフト (Swift) が、その『上品な会話』(*Polite Conversation*) で、会話の本体においては has、does を常に用いられた形 (forms constantly used) としながらも、その序論 (Introduction) においては、準学術的な調子 (quasi-scientific tone) を装って、hath、doth と書いているのは、注目に値する。[84]

214　Th- 三人称 (Third in Th)

教会においては、-s 形が知らぬ間に入り込み始めていた。しかし、-th 形が依然として人々の耳に聞こえていたのである。[85] そして、18 世紀の末頃、-th 形が再び詩人に用いられ始めたのは、聖書の用語 (biblical language) からの影響によるものと考えなければならない。これとても、最初は明らかにむしろ控えめにされていたらしいが、19 世紀の詩人は、-th をさらに広範囲に用いている。この古い形の復活は、詩人の随意に 1 音節を加えるという視点によるものである。例えば、ワーズワース (Wordsworth) の場合——

In gratitude to God, Who *feeds* our hearts
For His own service; *knoweth*, *loveth* us. (*Prelude* xiii.276)
「神自らに仕えんために我々の心をはぐくみ、我々を知り、愛し給う神に感謝して」

バイロン（Byron）の場合——

Whate'er she *loveth*, so she *loves* thee not,
What can it profit thee？(*Heaven and Earth* I. sc. 2)
「何を愛すとも、彼女は汝を愛すまい、果たして何の利益が汝にあろうか」

-th 形が（saith が death と韻を踏む時のように）押韻には便利となる場合もあって、時には、次にくる音が、例えば次の例のように、詩人にいずれか一方の語尾を選ばせた場合もある。

...... Coleridge *hath* the sway,
And Wordsworth *has supporters*, two or three,[86]
「コゥリッジは勢いを振るい、ワーズワースは二人、三人と支持者を得る」

しかし、多くの場合、個人の好み (individual fancy) が、いずれの形を選ぶかを決める。散文においても、また、-th 形が 19 世紀に聖書からの引用などにおいてのみならず、しばしば、文体により荘重的な調子 (solemn tone) を加えるという目的のみで、再び -th 形が現れ始めている。例えば、サッカレー (Thackeray) の Not always *doth* the writer know whither the divine Muse *leadeth* him.「神聖なるミューズの神が何処に導き給うのかを、作者が必ずしも知るとは限らない」がこの例である。

215

19 世紀にはさらに進んで、一つの動詞に二重の形 (double form) を作り出し、助動詞 (auxiliary verb) としての doth [dʌþ] と、独立動詞 (independent verb) としての doeth [duːiþ] との間に区別が生じている。[87] 初期の印刷者は、この二つの語形を無差別に使用していたが、doeth にすると行が詰まって見えるところには doth を選び、十分な余裕がある場合には doeth を選択した。

第 9 章　文法 (Grammar)

　このようにして、1611 年の欽定訳聖書では、

> a henne *doeth* gather her brood under her wings（Luke 13:34）
> 「母鳥が雛を翼の下に集める」
> he that *doth* the will of my father（Matthew 7:21）
> 「わが父の意志に従う者」

となっており、近代の用法から言えば、その語形の順序を逆にしたところであろう (doth gather ; doeth the will)。[88] しかし、

> whosoever heareth these sayings of mine, and *doeth* them（Matthew 7:24）
> 「すべて我が言葉を聴いて行う者」

においては、昔の印刷者が我々の時代の法則と偶然一致していることを示している。-th 形が実際に使われていた時には、doeth は常に一音節として発音されていたことは確かである（現に、シェイクスピアではそうであった）。
　近代において doth と doeth が分けて使われている例をいくつか挙げておく。[89]

> She *doeth* little kindnesses ...
> Her life *doth* rightly harmonize ...
> And yet *doth* ever flow aright. (J. R. Lowell,[90] *My Love, Poems* I.129) [91]
> 「彼女は小さな親切をする …その生活は全く調和している …しかもなおまっすぐに流れる」
> Man *doeth* this and *doeth* that, but he knows not to what ends his sense *doth* prompt him. (Rider Haggard,[92] *She* 199)
> 「人間はこれをやり、あれをやるが、その思慮が自分を促してどんな目的に達せさせるかを知らない」
> He that only rules by terror,
> *Doeth* grievous wrong. (Tennyson, *The Captain*)
> 「恐怖によってのみ支配する人は、はなはだしき過ちを犯す」

216
　要するに、三人称単数 -s は、北部 (North) から来たものとしても、これは外形においてのみ真であって、一部の言語学者 (philologists) の言うところの

いわゆる「内部言語形式」(inner form)[93] は中部 (Midland) のものである。すなわち、-s は、中部方言 (Midland dialects) で -th を有する場合にのみ用いられ、北部方言の法則 (northern rules) によって拡大されてはいない。卑俗な英語 (vulgar English) においては、-s は一人称単数 (the first person singular) に用いられている。すなわち、I wishes、says I[94] など。例えば、『下稽古』(*Rehearsal*) (1671)[95] には I makes 'em both speak fresh（Arber[96] の翻刻 53 頁）「私は彼らの両方に新たに話をさせる」とある。しかし、これは、-s は人称代名詞とは決して共起しない北部の慣用 (northern usage) とは正反対のものであることは明らかであろう。

217（VII）時制組織 (Tense System)

英語の著しい特徴は、古英語の有する僅かな時制に基づいて豊富な時制組織 (a rich system of tense)[97] が築き上げられたことである。古英語では、現在が一種の漠然たる未来でもあり、単純な過去 (simple preterit) が、特に ær (= ere、before) と共起している時には、一種の大過去としてしばしば使用された。完了 (perfect) と大過去 (pluperfect) の助動詞としての have や had の用法は、古英語時代に始まったが、[98] その当時は、主として他動詞の場合に見出され、実際の完了の意義は、この組み合わせの本来の意味から未だ十分に発達しているとはほとんど言えなかった。即ち、ic hæbbe þone fisc gefangenne「私は捕らえた魚を持っている」は、最初は I have the fish (as) caught. の意味であった（分詞 gefangenne が対格を示す語尾になっていることに注意）。[99] その後間もなく[100] I had mended the table.「私はテーブルを修繕しておいた」と I had the table mended.「私はテーブルを修繕してもらった」との間に、また、He had left nothing. と He had nothing left. との間に区別がなされるようになった。

中英語においては、完了形の have は他動詞のみならず自動詞とも広く用いられるようになった。I have been は 1200 年以前には見られないようであるが、go、come のような動詞には、今日普通になっている I have gone や I have come（returned など）よりも、I am が数世紀の間完了形として用いられていた。

will と shall[101] は、「意志」および「義務」という本来の意味が薄れるに連

第 9 章　文法 (Grammar)

れて、多くの文脈において純粋な未来 (pure futurity) を表現するのに役立つ助動詞となった。しかし、「義務 (obligation)」、「意志 (volition)」、「単純未来 (simple futurity)」の三つの明確な観念を表すためには、ドイツ語の sollen（英語の shall に相当）、wollen（英語の will に相当）、werden（英語の become に相当。未来（完了）を表す）に対して二つの動詞しか持っていないという事実のため、二つの動詞の使用についての実際の法則は少々複雑である。厳格な文法家 (strict grammarians) なら shall を使う場合でも（I shall、shall you：つまり、he thinks that he shall die「彼は自分が死ぬだろうと思っている」では、that 節の he は一人称に移ったような使われ方である）、動詞 will（縮約形 'll）が英国南部においてでさえ今日ではますます使用されている。スコットランド (Scotland)、アイルランド (Ireland)、北アメリカ (North America) においても、will が長い間もっぱら助動詞 (auxiliary) として用いられている。

　現在の法則 (present rules) は大雑把に言って次のようになるかもしれない。つまり、純粋で無色の未来 (pure, colourless future) を示すには、現実の意志 (actual will) を含むものと誤解されるかもしれない場合を除いて、will がどこでも用いられる。明らかに未来を表す be going to[102] がしばしば使われるが、多くの場合は単純な現在形を用いるだけで十分である。例えば、I start tomorrow if it is fine.「もし天気なら、私は明日出発します」は現在形 start で未来を示している。「義務 (obligation)」や「必要 (necessity)」を表すためには、must や has to が、「意志 (volition)」を表すには、以前なら will が用いられたところであるが、want「～を欲する」、intend「～のつもりである」、mean「～を意図する」、choose「～を選ぶ」がしばしば好まれる。

　拡充時制 (expanded tenses)[103] における I am reading「私は今本を読んでいる」、I was reading「私は本を読んでいた」、I have been reading「私は読書中だった」、I shall be reading「私は本を読んでいる最中であろう」のような用法は、シェイクスピアの時代でさえ十分には発達していなかった。単純時制および拡充時制 (the simple and the expanded tenses) の区別は、今日では一時的および感情的な微妙な差異 (temporal and emotional nuances) を表現するすばらしい手段である。[104]

　受動構文（the house is being built「家が建設中である」）は 18 世紀の

末から始まった新しい用法である。[105] それ以前は、この構文は the house is building であった。つまり、a-building は is in construction「建設中である」の意味であり、この新しい構文（the house is being built のこと）は、立派な英語として一般に認められるまでには、19 世紀の大変厳しい反対と戦って、その道を開かねばならなかった。マコーレーは若い頃手紙の中で数回不用意にそれを用いたが、彼の本の中ではこの使用を避けている。さらに一層近代の新しい用法は、形容詞の前に置かれる is being である。つまり、After all, he was being sensible. (Wells)「結局彼は意識していた」という場合、「彼は特定の瞬間に意識していた」ことを意味している。

　時制 (tenses) の数が増加する一方で、法 (moods) の数は減少する傾向にあり、仮定法 (subjunctive) は今日わずかな活力しか残っていない。[106] 大抵その語形は直説法 (indicative) の形と区別がなくなっているが、その消失は深刻な (serious) ものではない。なぜならば、if he died「もし彼が死んだら」という表現には、died が直説法であろうと仮定法であろうと、いずれにもとれる場合にも、動詞が明確に仮定法の形になっている if he were dead「もし彼が死んでいたら」と同じく明瞭にその思い (thought) が表現されているからである。

218　Do

　小動詞 (small verbs)（つまり、助動詞）can、may、must などを用いることで、文の数が増えたが、それと同じように、217 節で述べた新しい時制（正しくは相であり、完了形と進行形）が発達したことで、文の数がさらに増えたことが分かるであろう。最初はそれ自体小さな取るに足らない動詞（can、may、will、must などのこと）にすぎなかったが、これらの小動詞は後には不定詞 (infinitive)（can see、will see、could see など）や分詞 (participle) (is seeing、has seen、was seeing、had seen) などの辞書的な意味を表す重要な動詞を持つことになった。この型に属している文の数は、徐々に発達した迂言的な (periphrastic) do[107] の発達によって、さらに増加した。この動詞は、古英語と初期中英語において、ちょうど使用された動詞の反復を避けるために代動詞 (pro-verb)[108] として、また使役動詞 (causative) として用いられた（例えば、In yow lith al to *do* me lyve or deye （Chaucer *The Canterbury Tales The Franklin's Tale* 1337) (= In you lies all that makes me live or die)「私を

第9章　文法 (Grammar)

生かすも殺すもあなた次第です」)。

　後者の意味（つまり、使役）では、それは消失し make に取って代わられた。中英語ではますます助動詞として使用されるようになり、例えば次の例のように、他の小動詞（lesser verb、ここでは can と have）と並んで用いられることができた。[109]

> Though this good man can not see it: other men can see it, and haue sene it, and daily *do* see it (Sir Thomas More) [110]
> 「この善良な男はそれを見ることはできないが、他の人たちは見ることができ、すでに見ているし、毎日見ている」

最初はこの do はなんら明確な文法的目的 (grammatical purpose) もなく無差別に使用された。15世紀のはじめに、リドゲイト (Lydgate) [111] のような詩人の作品の中で、do は主として詩行を満たすため、また便利な押韻の語 (rime-word) として行の終わりに不定詞を用いることを可能にするのに有益なものとなっていた。

　時々それは現在形と過去形が同じ動詞の時制を明瞭にするのに役立った（例えば、we do set、we did set「我々は進む、進んだ」）。また、the holy spyryte dyd and dothe remayne and shall remayne (J. Fisher (1535年頃)) [112]「神聖な加護が（過去にも）残っていたし、今も残っているし、また残るだろう」もこの例である。このような do は16世紀に最も頻繁に用いられた。その時は、まるですべての完全な動詞が「大抵の文法家にとっては、まさに動詞の本質、すなわち人称・数・時制・法の標示を構成するすべての要素を剥ぎ取られ」（*Progress in Language* 124）、そのために完全な動詞の前に置かれた do や did に動詞の文法的な本質を任せることになる。

219

　しかしその後、反動が起こり、徐々に do の用法は現代英語 (Present English) の文法書にはっきりと認められている場合と、明確な文法上の目的に資する場合に限られることになった。この do は（1）特に対照における強調のために使用される。例えば、Shelley, when he *did* laugh, laughed heartily「シェリーは彼がまさに笑った時は、心から笑ったのだ」。また、*Do* tell me「本

当に私に話しなさい」のように、非常に熱心な依頼の形でも見られる。さらに、Do be quiet!「本当に静かにしなさい」のように、beと共に用いられる場合もある。(2) not と共に否定文で用いられる。[113] ただし、do が not と共に用いられるようになるには長い時間を要した。古英語では、ic ne secge「私は言わない」であるが、これはしばしば動詞の後の noht（'nothing'「無」を意味する nawiht, nowiht から）の添加によって強められた。noht が not となり、かくして中英語の形は I ne seye not「私は言わない」となった。ここで、ne はあまり強く発音されなかったので、全く消失することになり、15世紀には I say not となった。この形（つまり、動詞の後に not を置く形）は数世紀にわたり I know not に生き残り、今日では前に挙げた小動詞（つまり、助動詞）の後ろに用いられている。

たいていの言語において、do の使用によって最も適切と思われる語順が得られている。否定の not は実際に意義のある動詞の前に置かれる。つまり、I cannot say などのように、I do not say となる。しかしながら、この位置では not は弱められる傾向にある。そのため、I don't say、can't say[114] のような口語の形が見られるようになる。(3) 主語が疑問代名詞である場合は、当然その代名詞が真っ先に置かれなければならないが、それ以外の疑問文においては、do は普通の疑問文の語順（動詞が主語に先立つ）と、実際に何かを意味する動詞の前に主語を置く一般の傾向との折衷の形をとる。つまり、Must he come?「彼は来なければならないか」とちょうど同じように、Did he come?「彼は来たか？」となる。

220

ところで、奇妙なことに、文に相当する構文がしばしば171節で言及した動詞的名詞 (verbal substantives) によって可能になることがある。この動詞的名詞は小さな本質的な意味 (intrinsic meaning) の動詞（つまり、have、take、give、make など）の後に置かれる。そして、次のような慣用句 (familiar phrases) の動詞 (have、take、give、make のこと) には、否定文や疑問文の場合と同様、人称 (person) と時制 (tense) の表示が付与される。例えば、have a look (peep) at「ちらっと見る」、have a wash, a shave, a try「（手や顔を）洗う、ひげをそる、試してみる」、have a care[115]「世話を受ける」、take care

第9章 文法 (Grammar)

「注意する」、take a drive、a walk、a rest「ドライブをする、散歩をする、休息をする」、give a glance、look、kick、push、hint「ちらりと見る、一瞥する、ちょっと蹴る、一押しする、ヒントをだす」、make (pay) a call「訪問する」、make a plunge「飛び込む」、make use of「利用する」、he made his bow to the hostess「彼は女主人におじぎをした」などである。

221（VIII）分離不定詞 (Split Infinitive)

　不定詞 (infinitive) の統語論 (syntax) にはいくつかの重要な新用法 (innovations) がある。it is good for a man not to touch a woman「男が女に触れないのはよいことである」のような文において、for を伴った名詞は本来形容詞と最も密接な関係にあった。すなわち、What is good for a man?「男には何がよいことか」という問いに Not to touch a woman「女に触れないこと」と答えるようなものである。しかし、自然の移動によって、これは it is good | for a man not to touch a woman として理解されるようになり、その結果 for a man が不定詞の主語のように感じられ、この主語表示の方法が、徐々に使われるようになり、本来の構文が考慮されなくなった。[116]

　このようにして、文頭で For us *to levy* power Proportionate to th'enemy, is all impossible (Shakespeare, *Richard 2* 2.2.124)「わが軍が敵の数に比例した兵を集めることは全く不可能である」とする例があり、また than の後で、I don't know, what is worse than for such wicked strumpets *to lay* their sins at honest men's doors (Fielding)「何がひどいといってもあんな性の悪いあばずれがその罪を正直な男に負わせるよりひどい話があるなんて」とし、さらに、What I like best, is for a nobleman *to marry* a miller's daughter. And what I like next best, is for a poor fellow *to run away* with a rich girl (Thackeray)「私が一番好きなものは、貴族が水車番の娘と結婚することである。次に好きなものは、貧乏人がお金持ちの娘と駆け落ちすることである」、it is of great use to healthy women for them *to cycle*「健康な婦人が自転車に乗ることは彼らにとっては大いに役立つことである」などとする場合がある。[117]

　もう一つの最近の新用法には、ぎこちない to do so の代わりに、代不定詞 (pro-infinitive)[118] ともいうべきものについての to の用法である。すなわち、'Will you play ?' 'Yes, I intend to.' 'I am going to.'「やりませんか、ええ、や

るつもりです、今やろうと思っている」のようなものである。これは、言語的直観から to を不定詞に属するというよりはむしろ先行する動詞に属するものとみる、いくつかの兆候の一つであり、(他の事情と共に) 普通 the split infinitive「分離不定詞」[119] と誤って呼ばれている現象を説明するのに役立つ事実である。この名称は I made him go「私は彼を行かせた」のような to のない多くの不定詞があるためにあまり適切な名称ではない。従って、to が不定詞の主要素でないのは、定冠詞が主格 (nominative) の主要素でない the good man を split nominative「分離主格」[120] と呼ぼうとする者は誰一人としていないのと同じである。

　to と不定詞との間に副詞を挿入する例は、すでに 14 世紀から生じているが、19 世紀の後半まではあまり用いられなかった。しかし、場合よっては、副詞がどの語を修飾するかを直ちに示すことによって、文の意味を明瞭にすることになる。とは言え、サッカレー (Thackeray) やシィリー (Seeley) [121] の She only wanted a pipe in her mouth *considerably* to resemble the late Field Marshal.「彼女は口にパイプをくわえさえすれば、かなり亡くなった元帥に似るようになる」や the poverty of the nation did not allow them *successfully* to compete with the other nations「国民の貧困は他国と争って成功をおさめさせるわけにはいかなかった」という文は、あまり適切な構文ではない。なぜなら、読者は一見して副詞が先行する語を修飾すると解釈するからである。もし、著者が副詞の前にあえて to を置いていたら、この文の意味は一層明瞭になったであろう。例えば、バーンズが Who dar'd to *nobly* stem tyrannic pride「誰かあえて残酷な高慢を気高くもせきとめようするものがあったか」としており、カーライルも new Emissaries are trained, with new tactics, to, *if possible*, entrap him, and hoodwink and handcuff him「新しい密使が、新しい戦術をもって、できれば、彼を陥れ、その目をくらまし、手錠をはめるように、訓練されている」と表現している場合である。

222

　いくつかの文法的変化 (grammatical changes) を概観した。そして、その基盤となる資料の中の断片を必要上挙げたに過ぎないが、このような文法的変化は絶えず起こっているものであり、文法上確立した法則からの逸脱は、

第 9 章　文法 (Grammar)

必然的に言語の転訛 (corruption) であると想像することは、大きな誤りとなることを示したつもりである。

　自分たちの従う法則の時代、起源、発達を少しも知らない教師たちは、これらの法則からはみ出るものを、いずれも悪より出るものと一般的に最も考えやすい。しかし、過去の歴史を忍耐強く研究し、この言語的草 (linguistic grass) が現代に成長するのを聞き慣れた人は、人間の言葉の過程において、一般に賢明な自然淘汰をむしろ観察しようと望むものである。これによって、疑わしい価値を持ったほとんどすべての新用法は間もなく消失する一方で、適者が生き残り、人間の言葉をますます変化に富んだ柔軟なものにし、しかもこれを話す者にもっと容易に便利なものとなるのである。[122] この発達が 20 世紀の初めに停止したと想像する理由はない。将来、ますます全能な教師 (almighty schoolmaster) が、あまりに有利な変化 (beneficial changes) を、その蕾のうちに摘み取らぬように望むことにしよう。

注

[1]（訳者注）語形成は形態論 (morphology) の分野と考えることもでき、また語彙論 (lexicology) の分野とすることもできる。Quirk et al. (1985) は巻末で語形成を扱っているが、柴田（1975）は語彙論の一部と考えている。要するに、Kastovsky (1977) が述べているように、語形成は形態論、統語論、意味論とも深く関係のある分野であり、単に文法の問題ではない。

[2]（訳者注）混沌とは複雑な屈折語尾変化のことであり、整然とした状態とは屈折語尾がほとんど消滅したことを指している。

[3]（訳者注）強変化動詞は母音交替 (ablaut、vowel-gradation) により、語幹の音節の母音を変化させて作られている。例えば、bidan (= wait) の変化は次のようになる——

				直説法	仮定法
現在	単数	1 人称		bid-e	bid-e
		2 人称		bid-est、bitst	bid-e
		3 人称		bid-eþ、bitt	bid-e
	複数			bid-aþ	bid-en
過去	単数	1 人称		bad	bid-e
		2 人称		bid-e	bid-e

	3人称	bad	bid-e
	複数	bid-on	bid-en
命令法	単数	bid	
	複数	bid-aþ	
不定形		bid-an	
屈折不定形（与格不定形）		to bid-enne	
現在分詞		bid-ende	
過去分詞		(ge-) biden	

4　（訳者注）scacan の発音は ['ʃɑkɑn] である。
5　（訳者注）beran (= bear)「生む」。
6　（訳者注）feohtan (= fight)「戦う」。
7　（訳者注）bindan (= bind)「縛る」。
8　（訳者注）berstan (= burst)「破る」。
9　（訳者注）ceosan (= choose) の過去形。ceas はその単数形、curon は複数形である。
10　（訳者注）sniþan (= cut) の過去形。snaþ はその単数形、snidon は複数形である。
11　（訳者注）teon (= tug) の過去形。teah はその単数形、tugon は複数形である。
12　（訳者注）アルフレッド大王（Alfred the Great (849-899)）はウェセクス (Wessex) の王 (871-899) でデーン人 (Danes) の侵略から国土を救った。
13　（訳者注）単数主格、対格、属格、与格、具格、複数主格、対格、属格、与格とそれぞれの男性、中性、女性形の 11 の語形のこと。
14　（訳者注）Lorenz Morsbach (1850-1946) ドイツの言語学者。
15　（訳者注）水平化された < e > は [ə] (schwa [ʃwɑː]) の音であった。例えば、古英語の女性名詞 lufu [lúvu] (nominative, singular) (= love)、lufe [lúvə] (genitive, dative, accusative, singular)、lufa [lúvɑ] (nominative, genitive, accusative, plural) はすべて中英語の lufe、loue [lúvə] となった。なお、中尾 (2000: 192) を参照。
16　（原注 1）この見解は 1891 年以来私が抱いてきたものであり、いくつかの刊行物でも多少なりとも明確に述べてきたものである。今日では、*Language* III と IV および *Chapters on English* を参照。（言語）変化の急速性 (rapidity of movement) に及ぼした言語混合 (speech-mixture) の影響については、既出の 79 節を参照。14、15 世紀の戦争や疫病による（言語）変化の急速性 (rapidity of change) については *Language* 261 頁を見よ。
17　（訳者注）-e は女性名詞の単数・属格語尾（例えば、lar (= learning) → lar-e）であり、-an は男性名詞の単数・属格語尾である（例えば、nama (= name) → nam-an）。しかし、-re という名詞の属格語尾は単数にも複数にもない。イェスペルセンは形容詞の女性・単数・属格に見られる -re と混同したのである（例えば、gearu (= ready) の女性・単数・属格は gearo-re である）。

第 9 章　文法 (Grammar)

18　(訳者注) -a はほとんどの男性・中性・女性名詞の複数属格語尾である (例えば、男性名詞の sunu (= son) → sun-a、中性名詞の hand (= hand) → hand-a、女性名詞の boc (= book) → boc-a)。-ra はごく少数の中性名詞に見られる (例えば、æg (= egg) → æg-ra)。-na (-ena、-ana) は弱変化名詞に見られる (例えば、女性名詞 sunne (= sun) → sunn-ena)。

19　(訳者注) 語形論とは伝統文法の用語であり、もっぱら語の形態を扱う部門である。例えば、名詞の性・数・格の区別による語形変化 (declension) や動詞の活用 (conjugation) などは語形論の分野である。

20　(訳者注)「古い文法の論理を考えず」とは、古英語では、例えば þæs cyninges Ælfredes sweostor (= the King Alfred's sister) で、þæs、cyninges、Ælfredes は属格の語尾をとっていたことを指す。つまり、古英語では、この順序で Ælfredes まですべて属格形であると同様に、the King of England's power も、of 句になっているが、同じ順序になっているということである (the King Alfred's sister も of 句を使えば、the Kind of Alfred's sister となり、構造的には the King of England's power と同じ)。

21　(訳者注) 群属格とは、意味上一つの概念を表すまとまった語群の最後に 's をつけた属格のことである。例えば、古英語では [the King Alfred] 's sister のように、[　] で囲まれた the King Alfred に -s 属格が付加されていたのである。群属格は英語の特徴的語法の一つであり、デンマーク語には見られるが、ドイツ語やフランス語にはない。

22　(原注 1) 群属格についての詳しい歴史的説明は *Chapters on English* (1918: III) 参照。

23　(訳者注) 古英語 to + dæg (= on the day)「この日に」、to + morgen (= in the morning)「朝 → 翌朝 → 翌日」という語源的分析による記述。今日では上の「時間を示す」ものへの適用と考えてよい。

24　(原注 1) *Modern English Grammar* 3 巻 15 頁以降を参照。

25　(訳者注) 単数は sunu。

26　(訳者注) 単数は guma。

27　(訳者注) 単数は giefu。

28　(訳者注) 単数は ben。

29　(訳者注) 単数は tunge。

30　(訳者注) 古英語では oxan (oxa の複数形)。

31　(訳者注) 古英語では ćild が単複同形で用いられていたが (中英語でも稀に child が複数でも使われている)、古英語後半から ćildru (複数) となり、中英語で childre (北部方言では childer として残っている) になる。さらに 13 世紀頃から、brethren との類推で複数語尾の -en が付加され children となった二重複数形である (つまり、ćild + -ru → ćildru となり、さらに ćild-ru + -en → ćild-ru-en (のちに -ru は弱音化

³² （訳者注）引用の綴字は Evans (1997) に基づいて書き換えている。また、日本語訳は、小田島 (1983) を参照している。

³³ （訳者注）現代英語でも library を [ˈlaibreri] ではなく [ˈlaibri] と発音したり、probably を [ˈprɑbəbli] とせずに、[ˈprɑbli] と発音する場合がある。

³⁴ （訳者注）英国製の琥珀色にすきとおった洗顔石鹸。

³⁵ （訳者注）Westminster Abbey の南トランセプト（transept: 十字形教会堂の左右の翼部）の詩人の葬られているところ。Chaucer、Shakespeare、Keats などが眠っている。

³⁶ （訳者注）bairns = children、clease = clothes。

³⁷ （訳者注）John Wallis (1616-1703) 英国の数学者。

³⁸ （訳者注）OED (s.v. sake, n.) によれば、's は今日では廃れているが（s の連音を避けるため）、成句 for *God's sake*「後生だから」は 1330 頃に初めて用いられ、現在でも使われている。また、's は廃れたとしているが、現在でも見られる。例えば：It is just for *appearance's sake*.「それはただ体裁を整えるためだ」；I had a drink with him for *company's sake*.「おつきあいに彼と一杯飲んだ」；I believe in enjoyment for *enjoyment's sake*.「純粋に楽しみのための楽しみがよいと思う」。

³⁹ （原注 1） *Modern English Grammar* 2 巻 5 章を参照。

⁴⁰ （訳者注）alms は本来単数であるが、17 世紀頃より複数でも用いられている。現代英語では単複どちらでも使われているが、多くの場合は複数形の使用である。例えば：*Alms were* bestowed on them.「彼らに施しがなされた」。

⁴¹ （訳者注）実際は 13 回使われている（Strong (2010) を参照）。

⁴² （訳者注）riches は 14 世紀頃から複数としても用いられているが、単数扱いは 17 世紀末まで見られる。

⁴³ （原注 2） 既出の 183 節に挙げたその他の逆形成の語を参照。

⁴⁴ （訳者注）Charles Butler（1947 年没） 英国の言語学者。著書に *English Grammar* がある。

⁴⁵ （訳者注）Francis Brett Harte (1836-1902) アメリカの短編小説家・詩人。

⁴⁶ （訳者注）Cinque Ports は英国史において、英仏海峡にのぞむ重要海港 5 都市のこと：Hastings、Romney、Hythe、Dover、Sandwich をいう。

⁴⁷ （訳者注）Gosse [gɑs] は Sir Edmund William Gosse (1849-1928) のことであり、英国の批評家であり小説家。小説では開拓者や炭鉱労働者などをテーマにしている。

⁴⁸ （訳者注）pun とは同音異義語を利用しただじゃれのことである。ここでは、前出の mean (= means) と後出の mean (= contemptible) が地口になっている。

⁴⁹ （訳者注）means が単数扱いとなっているのは 16 世紀初めからであり、mean は 19 世紀末までで古語となっている。

⁵⁰ （訳者注）pains が単数として扱われるのは 1533 年からである。

第 9 章　文法 (Grammar)

51　（訳者注）amends の単数の例はチョーサーが最初である—
Yis, th' *amendes* is lyght to make (*The Book of the Duchess* 526)「償いなどたやすいことよ」
52　（訳者注）複数形 innings が 1746 年以降は単複同形で用いられている。
53　（訳者注）猫は一匹でいくつもの爪を持っているから、主語を複数にすれば、爪のほうも更に重ねて複数にしたのである。
54　（訳者注）猫には各九つの命があって、中には死なないと言われているから、主語を複数にすれば九生のほうも更に重ねて複数にしたのである。
55　（原注 1）Barker の *Very Original English* (London、1889: 71) 参照。
56　（原注 2）*Dialect of the Southern Counties of Scotland* (London、1873: 161) 参照。
57　（訳者注）ハンガリーの主要種族の言語であり、膠着語的文法構造を持つウラル語族最大の言語である。
58　（原注 1）*Modern English Grammar* 2 巻 3 章の Unchanged plurals（不変化複数）および 5 章の Mass-words（集合名詞）を参照。
59　（原注 2）文法上の性 (gender) と生物上の性 (sex) の関係については *Philosphy of Grammar* 17 章を参照。（訳者注）*The Philosophy of Grammar* には安藤貞雄（訳）『文法の原理』（上・中・下）（岩波書店、2006）がある。
60　（原注 1）古英語および中英語においては、基数は、独立的に用いられる時には -e を持ち (*fif* men ; they were *five*)、この形が一般に使われることになったことに注意せよ。もし、古い結合的な形が生き残っていたら、five や twelve は -f で終わり、seven, nine、ten、eleven は -n を持たなかったであろう。
61　（訳者注）「最初の三つ」とは first、second、third のことであるが、イェスペルセンは first と second しか言及していない。third は古英語で þirda（元は þridda と綴られていたが音位転換によって þirda となった）であった。thrid の音位転換による third はすでに 950 年頃のノーサンブリア (Northumbria) 方言に見られるが、16 世紀までは thrid のほうが一般的であった。
62　（訳者注）有名な音声法則 (a well-known phonetic rule) とは、[s、f、ç、x] の右側で [θ] → [t] となる変化により -þa、-þe > -ta、-te となる法則のことである。
63　（原注 2）*Twelfth Night* は 1623 年の二つ折本では、*Twelfe Night* と呼ばれ、また同様に twelfe day も見られる。この場合には、難しい音群の中央の子音が取り去られたものであるのは、あたかも the thousand part「千分の一」(*As You Like It* 4.1.46) のごときである。
64　（訳者注）J. P. C. Schade はドイツの文法学者。
65　（訳者注）再帰代名詞として使われている self は古英語では主格または与格の名詞・代名詞を強めるための形容詞であった。特に、与格の人称代名詞と頻繁に結合した。従って、「与格の人称代名詞 + self 」が一つの構造を成す言語的単位とみなされるようになった。中英語になると、一・二人称の単数・与格の人称代名詞は [e] >

[i] という音変化を受けて、me self、þe self ＞ mi self、þi self となった。このため、self は名詞と考えられ、「属格の人称代名詞 + self」と解されるようになった。この構造は 13 世紀以降普通の言語的単位となり、他の「与格の人称代名詞 + self」構造へ及んだのである。現代英語の himself、themselves、herself は本来の構造の名残である。ただし、OED ではまた別の形成上の影響として、herself の her が本来与格であるが、形の上で属格と同じなので、myself、yourself などの形が存在しているとしている。Mustanoja (1960: 145-148)、中尾 (1972: 187-88)、荒木・宇賀治 (1984: 318-19)、中尾 (2000: 199) を参照。

66　（訳者注）「支柱語」とは形容詞（または形容詞相当語句）に添えて、これに（代）名詞としての機能を果たさせる語のことである。支柱語の中で最も重要なのは人・事物のいずれにも用いられる one である。この one は形容詞を伴わず単独でも用いられる。例えば、There are many *misers* in this town, Bill is *one*, too.「この町にはけちが多いが、ビルもその一人である」において、one は前出の misers を受けて用いられている。なお、寺澤（2002: 532-33）を参照。

67　（訳者注）フランス語からの借用語に ing が付加されるようになるのは 13 世紀以降である（例えば、sprusing (= serving)）。

68　（訳者注）強変化動詞からの例は blawung (= blowing)［1000 年］、etinge (= eating)［1175 年］などがある。

69　（訳者注）þara は se (= the, that) の属格・複数であり、sceapa は中性名詞 sceap (= sheep) の属格・複数である。

70　（訳者注）古英語から初期中英語までは「目的語 + ing 名詞」が普通であった。そして、この構造が後に複合語と考えられるようになった。しかし、後期中英語になると、「ing 名詞 + 目的語」が頻繁に用いられるようになった。

71　（訳者注）fat-witted = dull-witted、sacke = wine。

72　（訳者注）hevy = heavy、drunken = drunken、cors = corpse (= body)。

73　（訳者注）古英語以来、名詞であった ing の意味上の主語は属格であったが、この ing 名詞が動詞的性格を帯びるにつれて目的格も使われるようになった。1600 年頃から「無生」を表す ing 名詞には属格が用いられなくなり、19 世紀以降 ing 名詞の主語には目的格が一般に使われるようになった。ただし、この主語が代名詞の場合は、中英語以来属格が圧倒的に多かった。なお、中尾 (2000: 200) を参照。

74　（訳者注）現代英語では属格の -'(s) を除いて名詞の格の変化形はない。それで、属格以外の格を「通格」(common case) と呼んでいる。

75　（原注 1）*The Society for Pure English* Tract 25 (1926) 147 頁以下（H. W. Fowler の 'Fused Participles' の見解に反対して）を参照。van der Gaaf は *English Studies* 10 号 (1928) において、古い例をあげて、この構文を古フランス語の模倣によるものとしている。

76　（訳者注）A. Hope (1863-1933) 英国の作家。

第 9 章　文法 (Grammar)

77　（訳者注）William Edward Hartpole Lecky (1838-1903) アイルランドの歴史家。

78　（原注 1）*Dialect of the Southern Countries of Scotland*『スコットランド南部諸州方言』(London, 1873: 212) 参照。ここでは初期の文学からの例が挙げられている。

79　（原注 1）Elworthy, *Grammar of the Dialect of West Somerset*『西部サマーセット方言文典』191 頁以下を参照。

80　（原注 2）Telles : ells — *The Book of Duchess*, 73; *The House of Fame*, 426; falles : halles — *The Book of Duchess*, 257. The Reeve's Tale には二人の学僧の北部方言の特徴を示すために、-s 形が用いられている（チョーサーが普通は gooth「行く」というところで gas が用いられているなど）。

81　（原注 1）フランツの『シェイクスピアの英語』（第 3 版）(Wilhelm Franz, *Die Sprache Shakespeares in Vers und Prosa*) の 151 頁：『空騒ぎ』(*Much Ado About Nothing*)（四つ折本、1600 年）の散文の部分に、-th が全く見られず、詩の部分に二回あるのみである。主に散文で書かれている『ウィンザーの陽気な女房たち』(*The Merry Wives of Winsor*) では -th が 1 例あるのみである。

82　（原注 2）Ellis, *Early English Pronunciation*『初期英語発音』IV、1018 頁を参照。

83　（原注 1）これは少なくとも部分的には、saith にも適用されよう。

84　（原注 2）*Journal to Stella*『ステラへの書簡』では、hath 以外はすべての動詞が -s を有している。ただし、hath も has に比べれば、例は少ない。

85　（原注 3）*Spectator*, 147 号（Morley 版、217 頁）を参照：'a set of readers [of prayers at church] who affect, forsooth, a certain gentleman-like familiarity of tone, and mend the language as they go on, crying instead of pardoneth and absolveth, pardons and absolves.'「pardoneth や absolveth と叫ばず、pardons や absolves と言って、実際、紳士らしい馴れた一種の調子を装って、進行中に言葉を直していく（教会の祈祷の）一組の読み手」。

86　（原注 1）*Don Juan*『ドン・ジュアン』XI, 69.

87　（訳者注）17 世紀から 19 世紀の助動詞 do の用法については中村 (1993) および Nakamura (2003) を参照。

88　（訳者注）つまり、doth は助動詞だから本動詞である gather と共起し、doeth は本動詞だから the will という目的語を直接従えるということ。

89　（原注 2）OED では、dost と doest とのこれに対応する相違は「最近の用法」としてあげているが、doth と doeth の分化には言及していない。

90　（訳者注）James Russell Lowell (1819-91) アメリカの詩人・随筆家。

91　（原注 1）一冊になって、*Poetical Works*（6 頁）に相当する。

92　（訳者注）Sir Henry Rider Haggard (1856-1925) 英国の小説家。

93　（訳者注）「内部言語形式」(inner speech-form：G innere Sprachform) とは Wilhelm von Humboldt, Über die Verschiedenheit des Menschlichen Sprachbaues und *ihren Einfluß auf die geistige Entwicklung des Menschengeshlechts*, Berlin &

Bonn: Ferdinand Dümlers, 1836. 亀山健吉（訳）『言語と精神――カヴィ語研究序説』東京：法政大学出版局、1984. で用いられている用語。ある言語において、精神が活動する際の一定の法則性を指す。意味と音韻（音声）の橋渡し的役割を担う心理的作用のことである。ここでは、現代英語の -s 接辞の [s、z] という外的言語形式 (outer speech-form)（つまり、「音声」のこと）は北部方言に由来するが、「三人称（単数現在）」という内部言語形式はそれを元来の -th（三人称単数現在）の位置でのみ置き換えられて、北部方言のように他の人称には拡大しなかったので、中部方言から生じていると言えるということ（中尾 (2000: 202) 参照）。

[94] （訳者注）says I は現在でも俗語および方言として、'said I' の意味で、しかもこの語順で用いられている。

[95] （訳者注）第 2 代バッキンガム公 George Villers による笑劇。

[96] （訳者注）Edward Arber (1830-1912) は英国の英文学者で、入手困難なエリザベス朝・王政復古期の作品を編集・刊行し、学界や読書界に大きな便宜を提供した。

[97] （原注 1）*Modern English Grammar* IV の 12-14 (Expanded tenses) および 15-21 (will、shall、would、should)、*Philosophy of Grammar* の 19 章と 20 章、*Essentials of English Grammar* の 23-25 節を参照。

[98] （訳者注）古英語では二つの形式が並行して用いられていた。つまり、「hæbban (= have) + 他動詞（または自動詞）の過去分詞」と「wesan (= be) + 自動詞の過去分詞」である。

[99] （訳者注）ic hæbbe þone fisc gefangenne で þone fisc は男性名詞 se fisc の対格であり、gefangenne は gefon (= catch) の過去分詞形 gefangen に男性・単数・対格を示す語尾 -ne が付加されて形容詞化している。つまり、形容詞化した gefangenne は hæbbe の目的語になっている þone fisc を修飾して、「捕えられた魚を持っている」という意味である。しかし、この構文は 8 世紀頃までに今日の「have + 過去分詞 + 目的語」になっている。

[100] （訳者注）OED (s.v. have, v. 17.b) によれば、1390 年に次のような例がある。
Robt. III *Records Priory Coldingham* (Surtees) 67: We *have had* den Johne of Aclyff ... at *spekyn* wyth the byschof of Sant Andrew.(=We have caused John of Aclif to speak with the bishop of St. Andrew)

[101] （訳者注）will は古英語では willan は 'wish, desire' の意味を、shall は 'be forced to' の意味を表す本動詞であった。しかし、中英語以降、頻繁に用いられるようになって、やがてそれぞれの本来の本動詞の意味を失い、現在では単に「未来」を表す文法的要素に過ぎなくなった。このような現象を文法化 (grammaticalization) という。

[102] （訳者注）OED (s.v. go, v. 47.b) によれば、be going to の初例は 1482 年である。頻繁に用いられるようになるのは 17 世紀後半からである。また、be going to とほぼ同じ意味を表す be about to が用いられ出したのは後期中英語からである。なお、

第9章　文法 (Grammar)

現代では be going to が未来を意味する単なる文法的形式となっている。つまり、語彙的要素が消失し文法的要素になっているのであり、これも文法化の一つである。詳細については、秋元 (2001)、秋元・保坂 (2005)、Brinton & Traugott (2005) を参照。

[103] （訳者注）イェスペルセンはこの節で完了形や進行形（彼は拡充時制と言っている）を時制としているが、現在では英語の時制は、古英語から現代英語に至るまで、現在時制と過去時制のみであるとされている。つまり、完了形や進行形は、時制ではなく、相 (aspect) という文法範疇に属する。相とは行為の様態を特定する文法形式または意味特徴のことである。時制はある行為のなされた時間枠を区別するものである。これに対して、相は行為・変化の特定面を分析的に明示するものである。従って、He has read the book. では、時制は has で表されている「現在時制」であり、read は「読む」という行為の完了を表す完了相である。また、He is reading the book. では、時制は is で示されている現在時制であり、reading は「読む」という行為の進行・継続を表す進行相である。

[104] （原注1）拡充形についての最新で優れた研究に F. Mossé の *Histoire de la Forme Périphrastique être + participe présent*『迂言形「be + 現在分詞」形の歴史』II (Paris, 1938) がある。（訳者注）古英語における「拡充形」には「wesan / beon (= be) + 自動詞の現在分詞 (-ende という語尾を持つ)」と「weorþan (= get) + 自動詞の現在分詞」の二種類があった。古英語期には詩やラテン語からの翻訳作品に用いられている。中英語の初期になると、特に北部方言でしばしば用いられていたが、15世紀になるとあらゆる方言で広く用いられるようになった。これと共に、この構文は他動詞でも見られるようになる。この「拡充形」の起源は、主に、「be + on -ing」構造の前置詞 on が脱落して「be + -ing」となったと考えられている。ただし、定説はない。これについては Mustanoja (1960: 586 以下)、Visser (1973: 1852 以下) を参照。

[105] （原注1）疑わしいがさらに初期の例が Mossé (1938: 149) に示されている。

[106] （訳者注）現代英語に仮定法が認められるという考え方と認められないとする立場がある。「認められる」とする人は (1) I wish I *were* a bird.「私が鳥だったらなあ」や (2) I advised that John *read* more books.「ジョンはもっと本を読むべきだと私は言った」において、(1) では was ではなくて were が、(2) では reads ではなくて原形の read が使われていることを仮定法が存在している証拠としている。一方、「認めない」とする人は、(1) は I wish I *was* a bird. という直説法の was も可能であること、(2) は I advised that John *should read* more books. という文が可能であり、従って、should が省略されているだけと主張する。詳細については児馬 (1990: 69-77) を参照。

[107] （訳者注）「迂言的な do」の起源は古英語から中英語にかけて見られるが、なぜこのような do が使われているのか、その原因は明確ではない。その中でも、使役の

意味を持った do を起源だとする説が有力である。例えば、he *did* build a church (= he caused someone to build a church) のように不定詞の意味上の主語（caused の目的語）が、主語としての機能を失い、やがて構造上からも消失し、その結果、he *did* build a church となったと考えられるというものである。このような do の歴史的変化については、中尾 (1972: 331-36) および Ellegård (1953) を参照。

108 （訳者注）「代動詞」とは先行する動詞（句）の繰り返しを避けるために用いられる do のことであるが、使役動詞の用法としては、中英語では東部では普通に見られた用法であり 17 世紀まで使われており、西部では make や let が用いられ、北部では get が使われていた。

109 （訳者注）この種の do は 13 世紀初め特に韻文に用いられるようになり、16 世紀から 17 世紀にかけて最も頻繁に使われている。しかし、18 世紀にはほとんど見られなくなる。

110 （訳者注）Sir Thomas More (1478-1535) イングランドの人文主義者・政治家であり、大法官 (1529-32)。ヘンリー八世に対して教会の一体性を貫き、反逆罪のかどで処刑された。1935 年に聖者に加えられた。*Utopia* (1516) などを表した。

111 （訳者注）John Lydgate (?1370-1449) イングランドの詩人。

112 （訳者注）Sir John Fisher (1469-1535) イングランドのローマカトッリク教会の聖職者・人文学者であり、Thomas More や Erasmus の友人。ヘンリー八世に反対し、ロンドン塔で処刑された。

113 （訳者注）否定構文の歴史については Iyeiri (2005) を参照。

114 （訳者注）OED (s.v. do, v. 29) によれば、don't や can't の縮約形は 1672 年 (Don't you know me?) 以降に現れている。

115 （訳者注）「have + 名詞」（この名詞は自動詞からの派生）構造は古英語から見られる（例えば、hæbban andan (= envy)）。この構造で名詞が不定詞をとるようになるのは 15 世紀半ばからである。また、have のほかに take や make が用いられるようになったのは中英語中期以降である。この構造についてはさらに Visser (1963: 138-41) および並木 (1985) を参照。

116 （訳者注）本来 a man は形容詞 good の目的語（与格）であった。14 世紀になると、it is good a man not to touch a woman という本来の構造のほかに、it is good *to* a man not to touch a woman や it is good *for* a man not to touch a woman という構造が現れた。つまり、与格に代わって to あるいは for という前置詞が使われるようになったのである。

117 （原注 1）*Festschrift Viëtor* (Marburg, 1910) 85 頁以下にある拙論を参照。また、この構文に相当するスラブ語の数例が挙げられている *The Philosophy of Grammar*、118 頁も参照。

118 （訳者注）この用法は 14 世紀初頭から見られる：wylle ȝe alle foure do A þyng þat y prey ȝow *to* (Mannyng, *Handlyng Synne* 8021)「私があなたがたにするように

第 9 章　文法 (Grammar)

願ったことを、あなたがた 4 人はなさるおつもりか」。なお、中尾 (1972: 310) を参照。

[119] （訳者注）分離不定詞は 14 世紀初頭から使われ始めたが、19 世紀半ばにはほとんど使われなくなっている。しかし、規範的には好ましくないとされながらも、現在では広く用いられている。特に分離不定詞は様態・程度・時などを表す副詞と共に使われることが多い。例えば、to *clearly* understand、to *fully* express、to *longer* delay、to *silently* understand him、to *slightly* push away、to *totally* misunderstand など。また、Burchifield (1996) は次のような例をあげている：Ross wants you to *for God's sake* stop attributing human behavior to dogs「ロスは君に後生だから、犬も人間のような行動をすると考えるのは、止めてくれと言っている」。さらに詳しくは寺澤 (2002 :616) を参照。

[120] （訳者注）分離主格なるものはあり得ない。つまり、the good man で定冠詞 the と名詞の man の間に形容詞の good が置かれて the と man を分離しているからと言って、the good man を、分離不定詞と同じように見て、分離主格とは呼ばないということである。

[121] （訳者注）Sir John Robert Seeley (1834-95) 英国の歴史家・随筆家。

[122] （訳者注）イェスペルセンのこの『自然淘汰』を支持する考え方は、ダーウィンの進化論の影響によるところが大きい（127 節参照）。

第10章
シェイクスピアと詩の言語
(Shakespeare and the Language of Poetry)

223

　この章では、英詩の最も卓越した詩人[1]の言語を分析し、彼が英語に与えた影響、および詩的であり擬古的な言語 (poetic and archaic language) について考察したいと思う。しかし、私自身は文学作品の文体についてではなく言語に関心を寄せたいと思っていることを明らかにせねばなるまい。この二つを完全に切り離すことができないのは事実だが、私はできる限り、文学の問題とは対照的なものとして実際に言語学的なものだけを取り扱うつもりである。

224　語彙 (Vocabulary)

　シェイクスピアの語彙は、たったひとりの人間によって用いられたものの中で最も豊富であると述べられてきた。シェイクスピアの語彙は21000語と計算されている (「クラーク夫人の用語索引 (concordance)[2] に認められる概算値であり … 別個の単語として屈折形 (inflected forms) を算出していない」クレイク[3])。あるいは、24000語または15000語とも言われる。このことが何を意味するのかを理解するために、他の作家によって用いられる語の数、また、教育を受けた者であれそうでない者であれ、一般人によって用いられる語の数について、これまでになされた様々な言及に今少し目を向けなければならない。不運なことに、これらの言及に至るまでの方法が示されることもなく、多くの場合、このような説が繰り返されてきた。[4] ミルトン (John Milton)[5] の語彙は7000語もしくは8000語と言われており、『イーリアス』(*Iliad*) と『オデュッセイア』(*Odyssey*) の語彙は両方合わせて9000語、[6] そして、旧約聖書の語彙は5642語、新約聖書の語彙は4800語と言われている。クック[7] (『ネ

第 10 章　シェイクスピアと詩の言語 (Shakespeare and the Language of Poetry)

イション』1912 年 9 月 12 日号) は、欽定訳聖書[8]の語彙を、6568 語、あるいは、三つの品詞 (名詞、代名詞、動詞) の屈折形 (inflected forms) が含まれるならば、9884 語と計算した。

225

　マックス・ミューラー (Max Müller)[9] は、農場労働者はたった 300 語しか使用しないと言い、ウッド (Wood)[10] は、「平均的な人間は約 500 語を用いる」と言っている (付け加えて「先祖たちの豊富な語彙から何とみじめに私たちは退化してしまったことかと考えてぞっとする」と言っている)。[11] そして、同じような言及が、アーベル (Abel)、[12] ジュッターリーン (Sütterlin)、[13] 他の言語学者による書物にも見出されている。しかし、両者の数字とも明らかに間違いだ。ある 2 歳の少女は 489 語、別な 2 歳児は 1121 語の語彙を用いた (ヴント (Wundt) 参照)。[14] 一方、ウィンフィールド・ホール夫人 (Mrs. Winfield S. Hall)[15] の坊やは、17 ヶ月にして、232 語の異なった語を、そして 6 歳の時には少なくとも 2688 語を用いた。(傍点は訳者)「少なくとも」というのは、この子供が用いているのを一語一句聞いて書き留めた母親や助手は、子供の語彙全体をそのようにしてさえも把握できなかった蓋然性があるからだ。今は、我々は、成人の言語的範囲は、どんなに教育程度が低くても、教育を受けた両親の 2 歳児のそれよりかなり少ない、あるいは、6 歳児の語彙のたった 7 分の 1 しかないと信じるべきだろうか。ホール夫人が与えてくれたリストを調べた人は誰でも、そんな少ない語彙で満足する労働者などいないと確信するだろう。

　外国語を教えるのに用いる教科書は、最初の 1 年間の課程で、約 700 語を含んでいる。しかし、1 年間の教授の後も、私たちの学生は、何ともわずかな日常茶飯事の話題について話すことしかできないのだ。スウィート (Sweet)[16] も 300 語に関する言及を否定し、「ティエラ・デル・フエゴ (Tierra del Fuego)[17] のある宣教師が、ヤーガン族[18]の言語で 30000 語の辞書を編纂したということを聞くと、30000 語はすなわち 300 語の 100 倍もの多さなのだが、300 語説は信じることができない。特に、荷車や鍬の個々の部位、そして、一つの農作業との関連で必要なすべての語の名前の数を、鳥や植物、他の自然物の名前と共に考えるならば、このような言及は信用ならない」と言っ

た。[19] スウェーデンの農夫の語彙を調査し、専門的用語における語彙の豊かさを強調したスメードベルイ (Smedberg)[20] は、26000 語はあまりにも少ない数字となるだろうという結果に達した。そして、デンマーク人の方言学者クリステンセン (Kristensen)[21] とフランス人の方言学者デュラフール (Duraffour)[22] は、この見解を完全に支持している。E. S. ホールデン教授 (E. S. Holden)[23] は、『ウェブスター辞典』[24] のすべての語を参照することによって、自ら実験し、その語彙が 33456 語であることを発見した。また、E. H. バビット (E. H. Babbitt)[25] はこう書いている：「成人の語彙を理解しようと思い、主として自分の学生にいくつか実験を行い、どれほど多くの英語をそれぞれが知っているかを調べてみた。… 私の計画は、アトランダムに辞書のかなりな頁を取り、これらの頁の中で被験者が何のコンテクストもなく定義できる単語の数を数え、比率を計算して、辞書の収録語の中で、どれくらいの数の語を知っているか、おおよその総数を推測した。[26] 結果は二つの理由で驚くべきものとなった。このような学生の語彙の大きさにおいて、外れ値[27] の学生の語彙数は 20％以下であり、私の学生の語彙数は予想よりもはるかに多かった。大多数の学生は 60000 語に迫る語彙を有すると報告した」。[28] 大学へ行ったことがないが、通常の学校教育を受け、本や定期刊行物を読む習慣のある人々は、前出のバビットによると、ほとんどが 25000 から 35000 語と報告され、中には、50000 語まで達する人もいるという。

226

このような報告は、シェイクスピアの語彙は 20000 語とする考えに、一致する。なぜならば、私たちの場合、知っている語（特に、読むことができる語）と会話で実際に用いられる語との間に大きな違いがあることを忘れてはならないからだ。それから、私たちが会話で難なく使うであろうが、自身の文章においては決して出てこないであろう語が多くあるに違いない。これは、著作を通して何か述べる話題は、一般的に、毎日話す話題ほど多様ではないからだ[29]。どれほど多くの作家たちが、庭道具や、料理、台所用品の聞きなれた名前を本の中で用いる機会があるというのだろうか。詩人としてのミルトンは、シェイクスピアの 20000 語に対して、8000 語を用いたというが、これは、当然のことながら、ミルトンの主題の範囲がより狭いからである。そして、

第10章　シェイクスピアと詩の言語 (Shakespeare and the Language of Poetry)

ミルトンの詩作品の用語索引[30]の中で見出される8000語よりも多くの語を、ミルトンが語彙として有していたことを証明するのは簡単なことだ。私たちは、ただ、ミルトンの散文作品の頁を何枚かめくりさえすればよい。そうすれば、用語索引にはない多くの語に出会うであろう。[31]

227　性格描写 (Characterization)

それゆえ、シェイクスピアの精神の偉大さは、彼が20000語を知っていたという事実によってではなく、このような数字の語彙が作品に必要となる程に多様なテーマについてシェイクスピアが書き、また、人間に関するたくさんの事実や関係について彼が言及したという事実によって証明される。[32] 多種多様な領域における専門的表現に関して驚く程、シェイクスピアが親しんでいたことは、しばしば注目されてきたが、シェイクスピアの語の使用に関して、注目されてこなかったか、あるいは等閑視されてきた事実もある。宗教的事柄についてシェイクスピアが口を閉ざしているがために、彼の宗教的信心に関して非常に逸脱した理論が現れたりもするが、確かに、Bible「聖書」、Holy Ghost「聖霊」、Trinity「三位一体」のような語が彼の作品に全く現れてこない。一方、Jesus (Jesu)「イエス」、[33] Christ「キリスト」、[34] Christmas「クリスマス」[35] は、初期の劇のいくつかだけに登場する。Saviour「救い主」はたった一回 (*Hamlet* 1.1.164 参照)、そして、Creator「創造主」は二つの疑わしい劇[36] (*3 Henry 6* と *Troilus and Cressida*) にのみ現れる。[37]

228

はるかに重要となるのは、劇中で登場人物を個別化するための、シェイクスピアによる言語使用である。この言語使用において、シェイクスピアは、同一人物に絶えず同じお決まりの語句を使わせる現代小説家たちよりも、はるかに素晴らしく微妙な技巧を示している。他の作家たちのような技に頼る時でさえ、シェイクスピアはこれをより変化させている。例えば、クィックリー夫人 (Mrs. Quickly) とドグベリー (Dogberry)[38] は、古典語からの語を、同じような方法では誤用はしない。[39] *A Midsummer Night's Dream* の職人たちの日常の語は、劇中劇[40]において彼らが用いる言い回しとはまた違った滑稽さを見せる。こうすることによって、シェイクスピアは多くの同時代人によっ

て用いられた、頭韻 (alliteration)[41] や大言壮語 (bombast) などの言語的技巧をからかっているのだ。シェイクスピアは婉曲語法 (euphuism)[42] として今日知られている同時代の流行の影響を受けていないわけではない。ただし、シェイクスピアは、婉曲語法の度を超した流行に左右されず、さらには、*Love's Labour's Lost* においてばかりでなく、他の多くの場面においても、そのような最悪例を風刺していることを認めなければならない。[43] 一般に、婉曲語法の表現は、些細な出来事を知らせ、劇の筋につながる状況について少ししか話さず、王からのメッセージを伝えることしかしない下位の登場人物が口にする。流行の気取った態度を真似することによって、端役を面白くする方法を知っている役者をシェイクスピアの劇団が抱えていたことは、ありえなくもない。そのため、*Hamlet* のオズリック (Osric) を演じ、その語彙と風采でもって、デンマーク王子の嘲りに身をさらし、時には、*King Lear* 3幕1場と4幕3場における名もなき紳士 (Gentleman) を演じたのは、このような役者だと想像できる。[44] しかし、*Julius Caesar* の3幕1場123行から登場するアントニーから遣わされた使者 (Servant) は、完全に異なった調子で語り、アントニーの雄弁をいくらか前もって見せてくれる。私がここで着目しているのは下位の登場人物なのだが、政治に植物の直喩 (similes) を適用したり、その逆も同様にしながら、*King Richard 2* の3幕4場に登場する庭師たち (a Gardener and two Servants) は、何と異なっていることだろうか。かくして、言語を登場人物に当てはめる際に、より見事な技能をどの作家も示したことがないので、例証には事欠かないだろう。

229 語の意味 (Value of Words)

しかしながら、現代の読者は、シェイクスピアや同時代の人たちによって直感的に感じられるニュアンスの多くをきっと誤解している。たいへん多くの語が、今日では、その当時持っていたのとは別な意味を持っている。例えば、ちょっとした違いに過ぎない場合もあるが、相違がより大きい場合には、エリザベス時代の語法 (usage) を詳細に学ばなければ、それぞれの語が持っているその正確な意味を得ることができないような場合もある。bonnet「ボンネット」はその当時、「縁なし、あるいは、縁ありの男性用帽子」だった。リア王は帽子をかぶらずに歩いていたという。[45] charm は、常に魔術の力を意味して、

第10章　シェイクスピアと詩の言語 (Shakespeare and the Language of Poetry)

「魔法によって不死身となる」こと、「呪文によって召喚する」ことなどを意味した。charming words は「魔法の言葉」を意味し、我々の時代のように、単純に「甘美な言葉」ではなかった。notorious「悪名高き」は、well-known「有名な」のような良い意味であり、censure「非難」は、中立的な語であった（引用文中のイタリックは訳者）──

 and your name is great / In mouths of wisest *censure*. (*Othello* 2.3.184-85)
 「心ある人々のあいだで、あなたの評判は高い」

同じようなことが succeed と success にも当てはまる。これらは、今日、シェイクスピアが（何度か）good success「上首尾」と呼ぶものを意味するが、シェイクスピアは bad success「不首尾」も知っていた。例えば、次の例を参照──

 the effects he writes of *succeed* / unhappily (*Lear* 1.2.143-44)
 「だけどほんとうに書いてあることが起こっているんです、不幸なことに」

companion は、今日の fellow「奴」のように、しばしば悪い意味で用いられた。一方、今日では、sheer は、folly「愚行」、nonsense「戯言」のような語と一緒に用いられるが、次例におけるように、pure「純粋な」という原義の意味を持っていた──

 Thou *sheer*, immaculate and silver fountain (*Richard 2* 5.3.59)
 「あなたは清らかな汚れを知らぬ白銀の泉だ」

politician「政治家」という語は、常に、陰謀をたくらんだり、策略をめぐらす、というような含みを持っているように思われるし、remorse「悔恨」は一般的に憐れみあるいは共感を意味する。accommodate「必要なものを（人に）与える」[46] は、明らかに、通常の表現ではなく、気取った語であると考えられていた。occupy「性的関係を持つ」[47] と activity「活動力」[48] は少なくとも、ほぼ卑語であるのに対して、当時の wag（動詞）は、次の例におけるように、現在のような平凡なあるいは滑稽な連想を引き起こさなかった──

Until my eyelids will no longer *wag*. (*Hamlet* 5.1.267)
「おれの目が閉じるまではな」

また、ダウデン (Edward Dowden)[49] のこの詩行に関する注釈を参照のこと。

Macbeth の1幕7場2行にのみ現れる assassination「暗殺する」という語は、以下のような者たちのことを想起させただろう——

Assasines, a company of most desperate and dangerous men among the Mahometans
「マホメット教徒の中でも最も無鉄砲で危険な男たちの一団であるアサシンたち」[50]
(Knolles, *The Generall Historie of the Turkes*, 1603)[51]

That bloudy sect of Sarazens, called Assassini, who, without feare of torments, undertake ... the murther of any eminent Prince, impugning their irreligion
「(キリストを) 邪教と非難して、拷問の苦しみを恐れることもなく、高名な王侯の殺人を引き受けるアサシンと呼ばれる、サラセン人の残虐な集団」
(Speed, 1611, OED に引用あり)[52]

230

副詞でさえ、当時は、現在の意味とは別の意味合いを持っていたであろう。now-a-days「今日」は、野卑の語であった。例えば、シェイクスピアでは、ボトム (Nick Bottom) と *Hamlet* の墓堀人 (a Grave-digger) そして *Pericles* の漁師 (Fishermen) を除いて、誰もこの語を用いていない。19世紀には詩的言語であった eke「〜もまた」は、シェイクスピアの時代には滑稽な表現であったと思われる。この語は、シェイクスピアではたった3回だけ現れる。(*The Merry Wives of Windsor* で2回、[53] ピストル (Pistol) とガーター館の亭主 (Host of the Garter Inn) にそれぞれ用いられている。また、*A Midsummer Night's Dream* ではフルート (Francis Flute) によって1回[54]用いられる) 一方、ミルトンとポープ (Pope)[55] は、この語の使用を避けていた。同義語の also「〜もまた」は注目に値する。シェイクスピアは、これを22回[56]しか用いていないが、ほとんどすべての場合において、この語を野卑の人物か気

第 10 章　シェイクスピアと詩の言語 (Shakespeare and the Language of Poetry)

取った人物の口に語らせている（*Much Ado About Nothing* のドグベリー巡査が 2 回、*The Winter's Tale* の道化 (Clown) が 1 回、*As You Like It* の 2 幕 2 場の第 2 の貴族 (Second Lord)、*Timon of Athens* の 3 幕 6 場の第 2 の貴族 (Second Lord)、*Twelfth Night* の 1 幕 2 場の気取った大尉 (Captain) もそれぞれ 1 回、さらに *Lear* の 1 幕 4 場 59 行の騎士 (Knight) も 1 回のグループに属するだろう。さらに、*2 Henry 4* の 2 幕 4 場 155 行と 5 幕 3 場 139 行の 2 回におけるピストルの大言壮語のスピーチ、そして、シェイクスピア作品に登場するウェールズ人の内の 2 人、すなわちエヴァンズが 3 回、[57] フルーエリン (Fluelin) が 2 回、[58] also を用いている）。この語 also は、厳粛で公式な台詞に 2 回用いられている（カンタベリー大司教 (Archbishop of Canterbury) がサリカ法を詳細に説明する *Henry 5* の 1 幕 2 場 69 行[59] と、4 幕 6 場 10 行を参照[60]）。そのため、フォルスタッフ (Falstaff) が王になりすまして美辞麗句で語る場面（*1 Henry 4* の 2 幕 4 場 395 行と 412 行を参照）で 2 回、そして、*The Merry Wives of Windsor* における同様の台詞（5 幕 1 場 22 行と 5 幕 5 場 6 行）で 2 回、この語を用いているのは大いに特徴的と言えよう。[61]

231　シャイロック (Shylock)

シャイロック (Shylock) は、言語の観点からでも、シェイクスピアによって創造された最も興味深い人物の一人である。サー・シドニー・リー (Sir Sidney Lee)[62] が、その当時ユダヤ人はイングランド (England) にいたということ、その結果として、シェイクスピアはシャイロックのモデルを見るために、国外へ行く必要はなかったと述べたが、[63] ユダヤ人の数は、シェイクスピアの観客がユダヤ人の典型に慣れ親しむまでには十分ではなかったはずだ。また、シェイクスピアがシャイロックの口に語らせることによって、彼がユダヤ人であることが即座に分かるような、イングランド系ユダヤ人 (Anglo-Jewish) の方言あるいは話し方も発達していなかった。実際のところ、私は、シャイロックの言語の中に、明らかにユダヤ人的であると呼べるような一つの特徴も発見できずにいる。けれども、シェイクスピアは、シャイロックのために、他の誰とも違う言語を創造することができたのだった。シャイロックは旧約聖書に精通しているので、お金を産み出すという自らの方法を弁護するために、斑の羊を産み出したヤコブの稼ぎ (Jacob's thrift) に言及し、ヤコブの杖

や聖なる安息日に誓い、ランスロット (Launcelot) を that fool of Hagar's offspring? (*The Merchant of Venice* 2.5.43)「ハガルの子孫につらなるあの愚か者」[64] と呼んでいる。

次に、ユダヤ人の比喩的な言語の面白い例を見てみよう。

  my house's ears, I mean my casements (*The Merchant of Venice* 2.5.34)
  「この家の耳、つまり窓のことだ」（日本語は訳者）

シャイロックは、シェイクスピアの作品のどこにも見られないような聖書的な語をいくつか用いることがある。例えば、synagogue「シナゴーグ」、Nazarite「ナザレ人」そして publican「収税吏」などである。

また、The skilful shepherd *pill'd* me certain wands (*The Merchant of Venice* 1.3.82)「この利口者の羊飼いヤコブは木の枝の皮をむき」に出てくる pill「～を剥ぐ」という語は、「創世記」30 章 37 節[65] を思い起こさせるものがある。しかし、シェイクスピア時代の一般的な利用法とは少し異なる語と構文をシャイロックに使わせることによって、シャイロックはしばしば特徴的となっている。[66] シャイロックは、interest「利子」という語を嫌い、これを advantage「利益」あるいは、my well-won *thrift*, / Which he calls interest (*The Merchant of Venice* 1.3. 48-49)[67]「おれの正当な稼ぎを高利貸しとぬかして（悪態をつく）」の台詞に明らかなように、thrift「稼ぎ」と呼ぶことを好む。

そして usury「高利貸」の代わりに、usance と呼ぶ。ファーネス (Furness)[68] は、*Wylson On Usurye* (1572) の 32 頁から「usurie「高利」と double usurie「二重高利」を、商人たちはもっときれいな名称で、usance「利息」と double usance「二重利息」と呼んでいる」と引用している。こうして、この語は、damned「呪われた」という語に対する dashed「呪われた」あるいは d-d 形と同じ範疇に分けられる。つまり、好ましくない語を完全に発音する代わりに、あたかもその語を発音するかと思いきや、別な軌道に切り替えてしまう（別な例を 244 節で参照のこと）。[69] シェイクスピアにはたいへん稀なことであるが、シャイロックはお金の複数形 moneys「たくさんのお金」を用いる。また、シャイロックはお金を勘定する際に、exact と言うべきところを、*equal pound*「きっかり 1 ポンド」[70] と言い、saliva「唾」を rheum,[71] valuable「値

第10章　シェイクスピアと詩の言語 (Shakespeare and the Language of Poetry)

打ちある」を estimable[72] と言う。rank「さかりのついた」と言うべきところに fulsome[73] と言うが、これは OED の編者によって発見された、fulsome が「淫らな・好色な」という意味を持つ唯一の例となっている。その他にも、シャイロックだけが eanling「子羊」、[74] misbeliever「異端者」[75] を用い、さらには、動詞としては稀な bane「毒殺する」[76] を使う。

　シャイロックの統語法 (syntax) も、We trifle time, (*The Merchant of Venice* 4. 1. 296)「時間のむだですな」に見られるように特別である。シェイクスピアは他の劇では、rend「やぶる」だけを用いているが、シャイロックは rend out「やぶる」[77] のように用いる。その他の例として、通常は mind to「～するつもりである」を用いるところ、シャイロックは I have no mind of feasting forth to-night (*The Merchant of Venice* 2. 5. 37)「どうもおれは今夜の宴会に行く気がせん」のように言っている。

　また、and so following もシャイロックの表現である。これは、シェイクスピアの通常の言い回しでは、and so forth「などなど」となろう。シェイクスピアの通常の言語から、このように逸脱したものは 40 個にのぼる。そして、一般的な人物とは異なる存在として印象づけるため、キャリバン (Caliban) や *Macbeth* の魔女たちに、他の登場人物によって用いられたことがない語と表現を与えたように、シェイクスピアはシャイロックの語を故意に特別なものにしたと考えずにはいられない。

232　言語上の進化 (Linguistic Development)

　シェイクスピアの語彙は、彼の全人生を通して、一様だったわけではない。若い時には用いていたが後期には用いられなくなった語を、私は 200 語から 300 語まで数えだした。一方で、後期に特有と認められる語の数はもっと少ない。サラジン (Sarrazin)[78] によると、bright「輝く」、brittle「もろい」、fragrant「甘い香りのする」、pitchy「真っ黒い」、snow-white「雪のように白い」のような例に、外的な感覚に直接訴える絵画的な形容詞への偏向が初期の特徴として認められるという。

　一方、後期の作品は、より心理的重要性を持つ形容詞が多いという。しかし、先に例として挙げた形容詞のいくつかは、後期の劇にも実際に認められるという事実は別としても（bright は *Julius Caesar*、*Antony and Cleopatra*、

Othello、*Cymbeline*、*The Winter's Tale* 他に現れる)、サラジンの記述は、シェイクスピアの言語上の進化をほんの一部しか説明していない。おそらく、これらすべてに説明のつく言及など一つとしてない。例えば、若さを自然の軽快さとして、また後の時代を年齢相応の厳格さと見る説明もすべて解き明かしてくれるものではない。

　シェイクスピアが後期の劇の中で、初期の劇において真面目に用いていた語を嘲笑している場合があることは注目に値する。このようにして、*Lucrece* と *2 Henry 6*、*Titus Andronicus*、*The Two Gentlemen of Verona* と *Romeo and Juliet* に見出される beautify「美化する」という語は、ハムレットの手紙の中でこの語を聞いたポローニアス (Polonius) によって、手厳しく批判されることになる——

> That's an ill phrase, a vilde phrase, / 'beautified' is a vilde phrase. (*Hamlet* 2.2.110-11)
> 「これはまずい、へたな言い回しだ、「美しきなるもの」とはいかにもまずい」

　同様に、シェイクスピアが *Lucrece* で 2 回 [79] と *The Comedy of Errors* [80] において用いた cranny「隙間」は、*A Midsummer Night's Dream* 以降の作品には現れない。ボトムの口に語らせ、職人の喜劇の中で嘲笑されたのを最後に、[81] シェイクスピアはこの語に別れを告げた。同じことが foeman「敵」、aggravate「一層悪くする」、homicide「殺人」などの語にも言える。

　おそらく後期において避けられた語の中のいくつかは、お国訛りであった。従って、おそらくは、pebblestone「波にあらわれた石」、bank of a river「川岸」という意味で shore とし、mad「狂った」という意味で wood、ancestor「先祖」という意味で forefather としている。marriage [ˈmæ·rɪ·ɪdʒ] と Henry [hɛ·nə·rɪ] の発音は 3 音節で読まれる。初期の頃、シェイクスピアは、「冷たい」、「不親切な」、「愛することを嫌う」という珍しい意味で perverse を用いたが、後に、この語を避けている。このような例においては、シェイクスピアは、同時代の人々から批判されたであろう (『へぼ詩人』(*Poetaster*) [82] において、ベン・ジョンソン (Ben Jonson) [83] がこのような事柄に対していかに厳しかったかを知ることができる)。そして、このせいで、シェイクスピアは好ましくない語も一緒に避けてしまったのだろう。

第10章　シェイクスピアと詩の言語 (Shakespeare and the Language of Poetry)

233　大胆さ (Boldness)

　シェイクスピアが英語という言語を利用する際に最も特徴的な特色の一つは、大胆さである。隠喩 (metaphor) の大胆さはしばしば、文学批評においても指摘されてきた。特に後期において、その文構造の大胆さはあまりに明白なので、例を引用する必要がない。シェイクスピアは文法的並列構造 (grammatical parallelism) に必ずしも関心を払っているとは限らない。例えば、以下の例に着目してもらいたい──

　　A thought which, quarter'd, hath but one part *wisdom* / And ever three parts *coward*[84] (*Hamlet* 4.4.42-43)
　　「考える心というやつ、もともと四分の一は知恵で、残りの四分の三は臆病にすぎないのだ」

　シェイクスピアは、語が正しく属すると思われるべきところに語をおいているとは限らない。What ransom he will willingly give に対して、シェイクスピアは we send / To know what *willing* ransome he will give「身代金をいくら出す気か知りたいと伝えさせるのだ」(*Henry 5* 3.5.62-63) とし、また、dismiss'd me / Thus, with his *speechless* hand「帰れと無言の手で合図しただけだ」(*Coriolanus* 5.1.66-67) と言う。The ear of all Denmark に対して、the *whole* ear of Denmark / Is by a forged process of my death / Rankly abus'd「その作り話にデンマークじゅうがあざむかれておる」(*Hamlet* 1.5.36-38) と言い、The hours when lovers are absent とするべきところ、シェイクスピアは lovers' *absent* hours「惚れた男を待つ身には」(*Othello* 3.4.174) とするなど。また、シェイクスピアは恐れ気もなく次の表現を用いている。had less impudence あるいは wanted impudence more の代わりに、シェイクスピアは wanted / Less impudence「（悪事を犯した時以上の）厚かましさをもって」(*The Winter's Tale* 3.2.54-55) と言い、また、a beggar without less quality[85]「なんのとりえもない乞食男」(*Cymbeline* 1.5.23) とし、あるいは、他の多くの詩行において行っているように、否定形を混合することを恐れてもいない。[86] このような自由奔放な例を多く収集したアレクサンダー・シュミット (Alexander Schmidt)[87] は、次のような的を射た言及をしている──

333

Had he taken the pains of revising and preparing his plays for the press, he would perhaps have corrected all the quoted passages. But he did not write them to be read and dwelt on by the eye, but to be heard by a sympathetic audience. And much that would blemish the language of a logician, may well become a dramatic poet or an orator.

「もし、シェイクスピアが印刷のために、自らの劇を修正して準備したりする苦労を取っていたならば、シェイクスピアはおそらく引用されたすべての詩行を訂正していたであろう。しかし、シェイクスピアは、これらの劇を目で読んで考えるために書いたのではなく、共感的な観客が聴けるように書いたのだ。そして、論理学者の言語を損なうであろう多くの語が、実は、劇詩人と弁論家にふさわしいのだ」[88]

C. アルフォンゾ・スミス (C. Alphonso Smith) [89] は、『英語研究』(*Englische Studien*) の第 30 巻において優れた論文「シェイクスピアの第 1・二つ折本と第 2・二つ折本の主要な相違点」("The Chief Difference between the First and Second Folios of Shakespeare") を発表している。この論文の中で、スミスは次のように言っている——

the supreme syntactic value of Shakespeare's work as represented in the First Folio is that it show us the English language unfettered by bookish impositions. Shakespeare's syntax was that of the speaker, not that of the essayist; for the drama represents the unstudied utterance of people under all kinds and degrees of emotion, ennui, pain, and passion. Its syntax, to be truly representative, must be familiar, conversational, spontaneous; not studied and formal.

「第 1・二つ折本の中に表象されているような最高の、シェイクスピア作品の統語法的価値は、英語という言語が本という枷から解き放たれていることをシェイクスピア作品が私たちに示してくれるということである。シェイクスピアの統語法は、話者が使うものであって、随想家が使うものではなかった。というのも、演劇は、あらゆる種類と程度の感情、倦怠、苦悩、激情のもとにある人々の自然な発話を表象しているからだ。その統語法は、当時の人々の言葉を真に映し出したものにするために、聞き慣れたもの、会話的であり、自然に起こるものでなければならない。また、わざとらしかったり、形式的であってはならない」

しかしスミスはさらに次のように述べている——

第10章　シェイクスピアと詩の言語 (Shakespeare and the Language of Poetry)

the Second Folio is of unique service and significance in its attempts to render more 'correct' and bookish the unfettered syntax of the First. The First Folio is to the Second as spoken language is to written language. The 'bad grammar' of the first Folio (1623) may not always be due to Shakespeare himself, but at any rate we have in that edition more of his own language than in the 'correctness' of the Second Folio (1632).

「第2・二つ折本は、第1・二つ折本の自由な統語法を、より正確で、さらに書物的なものとすることを試みる点において、独自の功績と意義を持っていた。第1・二つ折本が話し言葉(ことば)であるのに対し、第2・二つ折本は書き言語であった。第1・二つ折本 (1623) の「悪しき文法」(bad grammar) は必ずしもシェイクスピア自身のせいとは限らないが、いずれにせよ、「正確な」第2・二つ折本 (1632) よりも第1・二つ折本を通しての方が、シェイクスピア自身の言語により触れることができる」

234　新語 (New Words)

今から言及しようという例において、言語に関するシェイクスピアの大胆さは、真実ではあるが、それほど目につくものではない。ありとあらゆる努力がそれぞれの語や意味の初出を確かめるためになされた OED[90] の頁を繰っていると、語や意味の初出例にほとんどシェイクスピアの名前が見られることに驚くだろう。多くの場合、シェイクスピアの語彙は『用語索引』(Concordances)[91] やシュミットの非常に貴重な『シェイクスピア・レキシコン』(*Shakespeare-Lexicon*) において、他のいかなる作家よりも大いなる注意でもって記録されているからだろう。結果として、同じ語がシェイクスピア以前の作家の作品の中に気づかれることなく使われているが、シェイクスピアの語には必ず注意を払われることになった。しかし、話し言葉として当時の人々の口にのぼっていることが新しいのか、それとも、書き言葉としてはまだまだ新しいだけなのか判断できないが、シェイクスピアはその時代の新しい語をたくさん利用している。私のリストには次のような語が含まれている[92]——

 aslant「傾いて」前置詞、assassination「暗殺」(229節を参照)、barefaced「当然の」、[93] brothers「兄弟たち」(複数形として用いられている。ラヤモン (Layamon) の『ブルート』(*Brut*)[94] にも見出されるが、これとシェイクスピア

335

の青年期、つまり、ゴッソン (Gosson)、[95] リリー (Lyly)、[96] シドニー (Sidney)、[97] マーロー (Marlowe) [98] との間には見られない)、call「訪れる」、courtship「求愛」、dwindle「だんだん小さくなる」、enthrone「王座につかせる」(リリーにも見られる。より初期の例は enthronize である)、eventful「出来事の多い」、excellent「たいへんよい」(現在の意味で)、fount「泉」(キッド (Kyd) [99] とドレイトン (Drayton) [100] にも見出される)、fretful「いらいらする」、get「〜なる」(自動詞として形容詞を伴い become という意味。*get clear*「精算する」[101] の形においてのみ)、*I have got*「私は持つ」、gust「味わう」、hint「意味する」、hurry「急ぐ」(キッドにも見出される)、indistinguishable「区別がつかない」、laughable「笑える」、leap-frog「馬飛び」、[102] loggerhead「馬鹿」、loggerheaded「馬鹿な」、lonely「寂しい」(しかしシドニーはシェイクスピアが執筆する数年前から loneliness を用いていた)、lower「低くする」、perusal「精読」、primy「盛りの」[103]

　さらに、シェイクスピア時代以前には見出されていた名詞に由来する動詞 bound「跳ねる」、hand「手渡す」、jade「疲れさせる」もこれらに加えることができる。一方、すでに存在する動詞に由来する名詞には control「抑制」、dawn「夜明け」、dress「服」、hatch「孵化」、import「意味」、indent「刻み」などがある。また、シェイクスピアが用いていた時には確かに新しかったと考えられる語の中には、acceptance「受容」、gull「手先」、rely「信頼する」、summit「頂上」などもある。

　以下の節 (238 節) で、シェイクスピアのおかげで英語に加わったという語や表現のリストを上げるつもりだ。シェイクスピアによって言葉の受容が早まっただろうが、ここで与えられた語は、たとえシェイクスピアが一行も書かなかったとしても、おそらく英語の中に加わったことであろう。しかし、いずれにせよ、より高次な文学様式 (literary style) において作家が新しい語あるいは口語の語 (colloquial words) を用いることを恥じることは多々あるのだが、シェイクスピアの言語使用にはそのような偏狭さは見られない。コッカラム (Cockeram) の辞書 (1623) [104] に見出される説明を必要とする難解な語のリストについて、次の発言をもう一つ付け加えよう。マレー博士 (Dr. Murray) [105] は以下のように書いている [106] ――

We are surprised to find among these hard words *abandon, abhorre, abrupt,*

第10章　シェイクスピアと詩の言語 (Shakespeare and the Language of Poetry)

> *absurd*, *action*, *activitie* and *actresse*, explained as 'a woman doer,' for the stage actress had not yet appeard.
> 「私たちは、難解な語の中に、abhorre「嫌う」、abrupt「突然の」、absurd「ばかげた」、action「行為」、activitie「活動」、actresse「女性の行為者」という語を見出して驚いている。舞台女優はその時まだ現れていなかったので、actresse は「女性の行為者」として説明されている」

これらの語は、最後の actresse は例外として、シェイクスピアの劇の中に見出される。

235　詩と散文 (Poetry and Prose)

　シェイクスピアの詩的言語 (poetical diction) が彼の通常の散文的言語 (ordinary prose) と近いことは、シェイクスピアの言語のこの特性と密接に結びついている。シェイクスピアは、「詩的」な語や詩形をあまり用いなかった。シェイクスピアは、精一杯の高みをめざして、他のどこにも使用されていない語や文法形式の使用に頼るのではなく、彼自身の普段の語彙と文法から外れることなく、想像力を発揮して最も素晴らしい効果をもたらす方法を知っていた。シェイクスピアは、thou「あなた（は）」、thee「あなた（を）、あなた（に）」、'tis「= it is これは」、e'en「= even ～でさえ」、ne'er「= never 決して～ない」、howe'er「= however しかしながら」、mine eyes「= my eyes 私の目」を用い、また、do を用いずに、否定文と疑問文を組み立てた。これらはすべて、今や、詩の慣習的言語の一部となっているが、エリザベス朝時代の日常の口語表現であったことを忘れてはならない。確かに、シェイクスピアが、詩以外には決して用いない、ある種の語や語形があるが、その数は極端に少ない。私は army に対して host「軍勢」、vale「谷」、sire「父親・王様」、morn「朝」の語しか知らない。

　特に、同義語の morrow に関して、next day「翌日」という意味で用いられる場合や、当時は口語であった挨拶の good morrow「おはよう」を除き、たった 4 回、押韻のみ[107] で現れる。ただし、押韻のみで現れた動詞の形はいくつかあるが、シェイクスピアが通常の文法から逸脱することになるような場合の数は少ない。例えば、過去形の begun は 8 回、flee は 1 回（通常の現在形は fly である）、gat は 1 回（おそらく真正性を欠く *Pericles*[108] において）、

337

said に対する sain は 1 回、sang は 1 回、過去分詞形の shore は 1 回、strown は 1 回（通常の形は strewed)、過去分詞形の swore は 1 回である。こうして、全部で 15 回の例がある。これらの例に、複数形の eyen の 11 例が加わるべきであろう。

　韻律的な理由から、シェイクスピアにおける散文よりも韻文において do が頻発するように思われる。[109] そして韻律や押韻のせいで、しばしば、シェイクスピアは、名詞の前よりも、名詞の後ろに前置詞を置くようになっている。例えば、go the fools among = go among the fools「愚者の中で」[110] のような例は非常に稀であるので、シェイクスピアには特別な詩的言語は現実には存在しないという説は正しいと言っていいだろう。

236

　古英語 (Old English) の時代、私たちが考察してきたように（53 節参照)、詩の言語は通常の散文の言語とはかなり異なっていた。古い詩的言語は、ノルマン征服 (Norman Conquest) 以後数世紀の間、全く忘れ去られてしまっていた。新しい詩的言語は、中英語 (Middle English) の時代には発展しなかったけれど、例えばチョーサーの「サー・トパース」(Sir Thopas) においてそれらの言語が嘲笑されたように、多くの詩人によってある種の慣習的な試みがなされてはいた。韻律や押韻のせいで避けることができない比較的小さな変化が常に起こりがちではあるものの、チョーサー自身は、韻文用の言語と散文用の言語という、二つの明らかに異なる言語形式を有してはいなかった。私たちは、シェイクスピアに関しても同じ事が言えると今では分かっているが、19 世紀、詩以外では滅多に用いられない多くの語と語形が認められている。

　それ故、これは、古い状態のものが生き残ったというのではなく、かなり最近の現象で、この理由は検証する価値がある。まずは、響きや音の美しさを考慮したことが、特別な詩的方言 (poetic dialect) が生まれた主たる要因あるいは主たる要因の一つとなるであろうと考えられるかもしれない。しかしそれに反して、しばしば、詩的形式は、日常の形式より音調が必ずしも良いとは限らない。例えば break'st thou と do you break とを比較せよ。gat の方が got より響きがよいと感じる人は、滅多に、spat や gnat が、spot や not より響きが良いとは認めない。非音声的な連想は、しばしば、単なる音より

第 10 章　シェイクスピアと詩の言語 (Shakespeare and the Language of Poetry)

も一層力強いものだ。

237

　詩におけるある種の言語を選ぶよう誘導するのは、往々にして、踏みならされた道から離れたいという願望である。あまりにもよく知られていて、しばしば用いられる語は、あまり聞き慣れない語のように鮮明なイメージを呼び起こしはしない。そのため、詩人は擬古的言語 (archaic words) を用いようとするのだろう。つまり、それらは、ただただ古くなったがために「新しい」のである。しかし、それらの語は、意味不明な程に、全く知られていないというわけでもない。その上、擬古的言語は、読者が以前にその語に出会った古い本や尊敬すべき古典作品の記憶をしばしば呼び起こし、かくして読者の共感を直ちに勝ち得るのだ。

　では、19世紀の詩的言語がかなり多くの擬古体 (archaism) を含んでいるならば、自然と疑問が立ち上がってくる。擬古体の多くは、どんな作家あるいはどんな作家たちから生じるのか？　英文学におけるシェイクスピアの傑出した立場を知る多くの人々は、おそらく、英語の詩的言語に対して最も大きな影響を与えた人はシェイクスピアではないと知って驚くであろう。

238　シェイクスピアの思い出 (Shakespeare Reminiscences)

　シェイクスピアの思い出に負う語と語句の中から、次のようなもの[111]が上げられるかもしれない——

>　antre「洞穴」[112]
>　　キーツ[113]とメレディス[114]に現れる。
>　atomy[115]
>　　atom「原子、小さい存在」の意味。
>　beetle「突き出ている」
>　　例として the dreadfull summit of the cliffe, / That beetles o'er his base into
>　　the sea「海に突き出た断崖絶壁」[116]
>　it beggars all description「筆舌に尽くしがたい」[117]
>　broad-blown「咲き誇る」[118]
>　charactery「文字」[119]
>　　キーツ、[120] ブラウニング (Browning)[121] に現れる。

coign of vantage「見晴らしのいいすみずみはどこもかしこも」[122]
　　coign は「角」を表す coin のもう一つの綴り。
cudgel one's brain(s)「知恵を絞る」[123]
daff the world aside「世間のことをかまわない」[124]
eager「冷たい」
　　a nipping and an eager ayre「誠に肌を刺すような風でございます」[125]
eld「老人」
　　superstitious eld「迷信深い昔の人たち」[126]
nine farrow「9匹の子豚」[127]
fitful「痙攣する」
　　Life's fitfull fever「人生という痙攣する熱病」[128]
forcible feeble「勇猛果敢な弱虫」[129]（ルビは訳者）
a foregone conclusion「前に経験したことの証拠」[130]
forgetive「創造的な」[131]
　　OED によると、「不確かな形成と意味を持つ」フォルスタッフの語[132]である。一般的に、動詞 forge「捏造する」の派生 (derivation) としてみなされ、それ故に 19 世紀の作家によって「模造するのが得意な、発明の才のある創造的な」を意味するのに用いられた。
a forthright「まっすぐな道」[133]　稀である。
gaingiving「胸騒ぎ」[134]　コールリッジ (Stephen Coleridge)[135] も参照。
gouts of blood「血のり」[136]
gravel-blind「くもり目」[137]
head and front「極致」[138]
　　シェイクスピアの用語であり、本来はおそらく「頂上」、「極地」、「最高度」を意味する。しばしば現代の作家によって異なる意味で用いられる (OED)。
hoist with his own petard「自分で仕掛けた爆薬で吹っとぶ」[139]
lush「生き生きと」[140]
　　luxuriant in growth「成長において豊かな」の意味。[141]
in my mind's eye「心の目に」[142]
the pink「権化・精華」
　　完全という意味。シェイクスピアでは、I am the very pinck of curtesie「礼節の好例さ、俺は」[143] のみ現れる。ジョージ・エリオット (George Eliot)[144] に Her kitchen always looked the pink of cleanliness「彼女の台所はいつも清潔さの権化のように見えた」とある。そしてスティーヴンソン (Stevenson)[145] には He had been the pink of good behaviour「彼は良き作法の好例であった」とある。
silken dalliance「遊興用の絹の衣装」[146]

第 10 章　シェイクスピアと詩の言語 (Shakespeare and the Language of Poetry)

single blessedness「独身の幸福」[147]
that way madness lies「そう思うと気が狂う」[148]
　ハンフリー・ウォード夫人[149] の Too kind! Insipidity lay that way「優しすぎる、そう思うと無味乾燥になる」を参照。
weird「この世のものでない」[150]
　この語は興味深い。なぜならば、もともとは名詞で、destiny, fate「運命、運」を意味した。3 人の魔女は、ノルン (Norns)[151] すなわち運命を司る the three weird sisters「3 人の女神たち」を意味する。シェイクスピアはこの表現をホリンシェッド (Raphael Holinshed)[152] の中に見出し、*Macbeth* の中で、魔女のことを語る際にのみこの語を使い、しかも *Macbeth* においてしか使っていない。この劇から、この語は、普通の語の仲間入りをしたが、正しく理解されることはなかった。今や形容詞として用いられ、mystic「神秘的な」、mysterious「不可思議な」、unearthly「超自然的な」を意味すると、一般に考えられている。
bourne「境界」
　しばしば誤解されるもう一つの語は、*Hamlet* に出てくる。The undiscover'd country, from whose bourn / No traveller returns「（死後の世界は）未知の国だ、旅だった者は一人としてもどったためしがない」[153] この語は limit「限界」を意味するが、キーツやその他の者たちは、これを realm「王国」、domain「領域」の意味で用いた。OED にキーツの詩行が引用されている。In water, fiery realm, and airy bourne「水や火、空気の王国において」[154]

　このリストには注意に値する二つのことがある。最初の点は、このリストが、おそらく作者自身にもはっきりとは理解されていない、曖昧で、あるいは明確でない意味を持つ語をたくさん有しているということである。これらの語の中には、明らかに、シェイクスピアが意図したものとは異なる意味で現代において使われているものがある理由はそれで説明がつく。二つ目の点は、これらの語の再利用は、常に 19 世紀に遡ることができるということ、そして、これらの語の現在の利用は、そもそもそれらを使った作家であるシェイクスピアと同じくらいに、サー・ウォルター・スコット (Sir Walter Scott)[155] またはキーツによるものが多いということだ。cudgel one's brains「知恵を絞る」は、シェイクスピアが明らかに粗野で卑俗な表現にするつもりで、墓堀人 (*Hamlet* 5.1.635) の口に語らせたのだが、今日では文学的な表現となっている。逆に、single blessedness「独身の幸福」[156] は、今日、シェイクスピア (*A*

Midsummer Night's Dream 1.1.78) には確かになかった皮肉やユーモアをこめて用いられている。

239　詩的な語 (Poetic Words)

　このようにしてシェイクスピアにたどることができる語が、今や、詩の技術的言語 (the technical language of poetry) と呼ばれるであろうものには、含まれていないということも注記すべきだろう。現代の擬古主義的な詩 (modern archaizing poetry) は、その語彙を、他のどの作家よりも、エドマンド・スペンサー (Edmund Spenser) [157] に負うている。ポープとその同時代人は、擬古体 (archaism) をかなり控えていたが、18 世紀半ばの詩人たちは、ポープの合理的で現実的な詩に背を向け、日常の現実からロマン的な逃避をはかろうと切に願った。スペンサーは、そのような人々が心から愛する詩人となり、そして、彼らは今や長く忘れ去られてしまったスペンサーの語彙をかなり多く採用した。このような詩人たちの成功は、たいへん大きかったので、読者に説明しなければならなかった多くの語は、今や完全に、学識ある人々には聞き慣れたものとなっている。

　ギルバート・ウェスト (Gilbert West) [158] は、その作品 *On the Abuse of Travelling, in imitation of Spenser* (1739) の中で、以下のような語を説明しなければならなかった——[159]

> sooth「真実」、guise「服装」、hardiment「勇気」、Elfin「小人」、prowess「武勇」、wend「行く」、hight「名付けられる」、dight「飾る」、paramount「至上の」、behests「命令」、caitiffs「卑怯者」

ウィリアム・トンプソン (William Thompson) [160] は、*Hymn to May* (1740?) において、以下のように説明した——

> certes : surely, certainly「確かに、きっと」
> ne : nor「〜もない」
> erst : formerly、long ago「かつて、昔」
> undaz'd : undazzled「幻惑されていない」
> sheen : brightness、shining「輝き」

第10章　シェイクスピアと詩の言語 (Shakespeare and the Language of Poetry)

been : are「〜である」
dispredden : spread「広がった」161
meed : prize「賞」
ne recks : nor is concerned「〜も関係ない」
affray : affright「驚かす」
featly : nimbly「素早く」
defftly : finely「すばらしく」
glenne : a country borough「田舎の村」
　本来の意味は、「谷」であるが、間違った意味が、スペンサーの『羊飼いの暦』(*Shepherd's Calendar*) に付けられた E. K.162 の注釈により与えられてしまった。
eld : old age「老年」
lusty-head : vigour「元気」
algate : ever「いつも」
harrow : destroy「破壊する」
carl : clown「田舎者」
perdie : an old word for asserting anything
　何でも主張するための古語で、「誠に、本当に」の意味。
livelood : liveliness「活気」
albe : altho'「けれど」
scant : scarcely「ほとんど〜ない」
bedight : adorned「飾られた」

240

後世の、コールリッジ (Samuel Taylor Coleridge)、163 スコット、キーツ、テニスン (Alfred Tennyson)、164 ウィリアム・モリス (William Morris) 165 そしてスウィンバーン (Algernon Charles Swinburne) 166 は、古語の復活に最も貢献した詩人として言及されなければならない。コールリッジは、「老水夫行」("The Rime of the Ancient Mariner") 167 の第一版で多くの擬古体風の綴りの語を用いたので、のちになって、一般読者の趣味によりかなうようにするために、その数を減らさなければならなかった。時に、擬古体的な語形成 (pseudo-antique formation) が導入された。例えば、anigh「近くに」は、しばしばモリスによって用いられたが、古語ではない。idlesse「怠惰・安逸」は、真正な古語である noblesse「高貴」と humblesse「謙虚」に倣って作られた紛い物の形である（古フランス語の noblesse と humblesse が語源）。しか

し、全体として、多くの良い語が、忘却から復活して、その中のいくつかは、疑いもなく、通常の会話の言語として生き残り、一方、あるものはより高次な詩や雄弁の領域に生き続けるだろう。他方では、シェイクスピア、シェリー、テニソンのおかげで、慣習的な詩の術語 (poetical terms) に頼ることなく、雄弁な詩の最も高い次元へと詩人が達することが可能になったのである。

241　文法 (Grammar)

　現代詩の専門的文法に関しては、シェイクスピアの影響はそれほど強くなく、実際のところ、欽定訳聖書の影響ほど強くはない。すでに考察したように（205節）、[168] 三人称単数形における -th の復活は聖書によるものだ。聖書において、gat「取る」は got より頻出している。一方、シェイクスピアの通常の語形は got だ。シェイクスピアにおける gat の例がただ一つ（235節を参照）ということは、(シェイクスピアは got を通常用いるという) この法則が正しいことを証明している。[169]　シェイクスピアにおける cleave「切る」の過去時制は、clove あるいは cleft である。clave はシェイクスピアの作品には全く出てこないが、cleave の過去形は、聖書では clave のみである。brake は聖書に認められる break「壊す」の唯一の過去形であり、シェイクスピアにおいては、brake は broke より稀である。ミルトンやポープは broke のみを用いている。一方、テニソンやモリス、スウィンバーンは brake を好んで用いている。

242　文語 (Literary Words)

　しかしながら、全体として、現代の詩人は、過去の一作家あるいは一冊の本から、自分たちの文法を引き出すのではなく、どこででも手に入れることができる普通の文法から逸脱して取り入れる傾向がある。このようにして、19世紀になると、他の文明国の言語が、あちらこちらにいくつか動詞などの擬古体を保持しているものの、散文と同じ文法を詩では用いるのに対して、英語では、詩の文法と普通の生活の文法が広く隔たっている。

　二人称の代名詞は、散文では、単複を問わず主格・目的格において you であるが、詩の多くの作品の中では、単数形の主格と目的格は thou「あなたは」と thee「あなたに（を）」であり、複数形としては ye「あなたたちは」、「あなたたちに（を）」である（稀ながら you も散見される）。詩における所有格

第10章　シェイクスピアと詩の言語 (Shakespeare and the Language of Poetry)

である thy と thine は決して日常の語には現れない。my と mine の通常の区別は、必ずしも詩の中で通用するものではない。詩においては、mine ears などと書く方が洗練されていると思われるからだ。they sat down に対して、詩の中で使われる形は、they sate them down である。また、it's に対して、詩人は 'tis と書き、whatever に対して、whatso あるいは whatsoever もしくは whate'er と書く。また、does not mend と言うべきところ、詩人はしばしば mends not と書くなどなど。

ときどき、詩人は、一般の人 (common people) より音節を一つ増やしたり、減らしたり、思いのままにできる。例えば、takes と言うべきところ taketh、you take というべきところ thou takest、moved は movèd、over は o'er などなど。さらに、morning と morn を比較してみるとよい。

しかし、他の場合は、普通の現実とは異なった、あるいは一段上の領域の中に私たちは入っているのだという印象だけだ。これは、通常でない語の形によって生み出される印象である。当然のこととして、この印象は、逸脱が押韻詩を作る者にとっての共有財産となるにつれて弱められる。そんな時には、反動がおそらくより自然な形に有利に始まるだろう。詩の中で使われるいくつかの形に関する歴史はむしろ奇妙である。つまり、howe'er (= however)「しかしながら」、e'er (= ever)「かつて」、e'en (= even)「～でさえ」は最初、日々の会話の中で用いられる低級なあるいは聞き慣れた形態であった。

それから詩人は、読者たちにそのように発音して欲しいと願う時はいつでも、これらの語を短縮形という方法で綴り始めたが、一方、散文作家は、その語に与えられた発音について無関心であったので、省略のない綴りを保持した。次に、短縮形は、学校の教師によって低級と烙印を押されるようになった。これがあまりにうまくいったので、短縮形は通常の会話から消滅し、一方で、詩において依然として保持されてきた。そして今や、短縮形は明らかに詩的であり普通の人間の手には届かないものとなっているのである。

243

通常の語の要素の中には、いくつか、個々の作家に遡ってたどることができるものがある。すでに言及した語の他にいくつか以下に引用しよう——
　　surround

もともと overflow「あふれる」を意味したが（フランス語の sur-onder、ラテン語の super-undare である）、スキート (Skeat) [170] によると、round と誤って関連づけられたことを示唆する現代の意味があり、ミルトンによってこの語は流布した。[171]

the soft impeachment「恋の非難」
　マラプロップ夫人 (Mrs. Malaprop) [172] の表現の一つである。シェリダン (Sheridan) の *The Rivals* の 5 幕 3 場を参照。
henchman「取り巻き」
　スコット（Scott）によって一般的に知られるようになった。
croon「優しい声で歌う」
　バーンズ (Burns) [173] によって知られるようになった。
the Great Unwashed「下層民」バーク (Burke) [174] に由来する。

文学作品の中に現れるいくつかの固有名詞はたいへん有名になったので、総称 (appellatives) [175] として通常の語の中に入っていった。これらの総称の中には、以下のようなものがある——

　pander あるいは pandar「売春を斡旋する人」
　　チョーサーの *Troilus and Criseyde* に由来する語。
　Abigail「アビゲイル」: a servant-girl「召使女」
　　ボーモント＆フレッチャー (Beaumont & Fletcher) [176] の *Scornful Lady* に登場する。
　Mrs. Grundy「著しく堅苦しい人」
　　中流階級の考えを擬人化した語。グランディ夫人 (Mrs. Grundy) は、モートン (Thomas Morton) の *Speed the Plough* [177] に登場する。
　Paul Pry : a meddle-some busybody「おせっかい焼きのでしゃばり」
　　プール (Poole) [178] の同名の喜劇 *Paul Pry* に由来する語。

ディケンズ (Dickens) [179] の *Martin Chuzzlewit* に由来する言葉として——

　Sarah Gamp「サラ・ガンプ」: sick nurse of the old-fashioned type「古いタイプの病院看護師」と、big umbrella「コウモリ傘」
　Pecksniff : hypocrite「偽善者」

コナン・ドイル (Conan Doyle) [180] の小説に由来する言葉として——

第10章　シェイクスピアと詩の言語 (Shakespeare and the Language of Poetry)

Sherlock Holmes : acute detective「名探偵」

244　韻と韻律 (Rime and Rhythm)

普通の言語は、ときどき、詩と同じ手法を用いることがある。すでに（56節参照）において、私たちは多くの頭韻体の決まり文句 (alliterative formulas) を見てきた。ここでは、いくつか、脚韻の表現形式 (riming locutions) の例を挙げてみよう——

> highways and byways「本道と脇道」、town and gown「一般市民と大学関係者」、make or break「成否をにぎる」[181]（頭韻体では、make or mar がある）、fairly and squarely「公明正大に」、toil and moil「あくせく働く」、[182] as snug as a bug in a rug「ぬくぬくとして心地がよい」（キプリング [Kipling] [183] を参照）、rough and gruff「がさつな」、snatch or catch「ひったくっても」、[184] moans and groans「うめき嘆く」、[185] handy-dandy「役立つ」、hanky-panky「いんちき」、namby-pamby「女々しい」、hurly-burly「大騒ぎ」、hurdy-gurdy「ハーディーガーディー」、[186] hugger-mugger「乱雑」または「秘密」、hocus pocus「でたらめ」、hoity toity あるいは highty tighty「軽はずみな」、higgledy-piggledy あるいは higglety-pigglety「乱雑な」、hickery-pickery「下剤」[187]、hotch-pot「ごった煮」（フランス語の hocher「互いに仲良くやっていく」と pot「なべ」が合わさった語）は、押韻により hotch-potch「ごった煮」となった。語末 -tch が、-dge と変化（knowleche から knowledge「知識」を参照）して hotchpodge、それから、押韻が再び整って、hodge-podge となった。

245

韻律は、詩や芸術的な（すなわち虚構的な）散文は言うまでもなく、疑いもなく、通常の言語において大きな役割を果たしている。これを例証するのはいつも簡単とは限らないだろう。しかし、and を使った単音節と2音節のコンビネーションで、短い方の語は、韻律を 'aaa'a の代わりに、'aa'aa の一般的韻律に作りかえるため、多くのフレーズの中で、最初に配置される（a の前の ' は、強勢のある音節を示す）。このようにして、私たちは、butter and bread ではなくて bread and butter という。さらなる例は、以下の通り——

> bread and water「パンと水」、milk and water「ミルクと水」、cup and saucer

英語の成長と構造

「カップと受け皿」、wind and weather「風と天気」、head and shoulders「頭と肩」、by fits and snatches「とぎれとぎれに」、from top to bottom「頭のてっぺんからつま先まで」、rough and ready「大雑把な」、rough and tumble「無鉄砲な」、free and easy「うち解けた」、dark and dreary「暗くわびしい」、high and mighty「傲慢な」、up and doing「活動している」[188]

韻律も、確かに、これ以上のもっと複雑な他の慣用表現においても、語順を決める際に、大きな役割を果たしているようだ。[189]

注

[1] （訳者注）William Shakespeare (1564-1616) を指す。シェイクスピアはイングランドのルネサンス盛期を代表する劇作家であり、37篇の戯曲と6篇の詩を残した。Abbreviations に記載されているように、原書における幕・場・行数はグローブ版シェイクスピア (The Globe Shakespeare) によるが、読者のシェイクスピア原本へのアクセスを考慮し、本章におけるシェイクスピア作品からの引用は、すべてアーデン版 (The Arden Shakespeare) に統一している。また、シェイクスピアからの引用の日本語訳は小田島雄志による。

[2] （訳者注）原書は Mrs. Clark となっているが、正しくは Mrs. Clarke である。Mary Victoria Cowden-Clarke (1809-98) は、1829年に *The Complete Concordance to Shakespeare* に着手、1845年に出版した。

[3] （訳者注）George Lillie Craik (1798-1866) スコットランド人の文人。*A Compendious History of English Literature, and of the English Language, from the Norman Conquest. With Numerous Specimens* (1861: 564) を参照。

[4] （原注1）Max Müller, *Wissenschaft der Sprache*『言語学』の1巻360頁、および、*Lectures on the Science of Language* の6版1巻309頁を参照。Wood, *Journal of Germanic Philology* の1巻294頁を参照。Smedberg, *Svenska landsmålen*『スウェーデン語通覧』11巻 (1896). 9 (57) を参照。Marius Kristensen, *Aarbog for dansk kulturhistorie*『デンマーク文化史年鑑』(1897) を参照。E. H. Babitt, *Common Sense in Teaching Modern Languages* (New York, 1895) の11頁と、*Popular Science Monthly* の1907年4月号を参照 (1907年2月の E. A. Kirkpatrick の同書も参照)。Sweet, *History of Language* (1900: 139) 参照。Weise, *Unsere Muttersprache*『わが母国語』(1897: 205) 参照。Mrs. Winfield S. Hall, *Child Study, Monthly* の1897年3月号と、*Journal of Childhood and Adolescence* の1902年2月号を参照。G. H. M'Knight, *Modern English in the Making* (1928: 186) 参照。W. Wartburg, *Evolution*

第 10 章　シェイクスピアと詩の言語 (Shakespeare and the Language of Poetry)

et Structure de la Langue Française『フランス語の発達と構造』(1934: 238) 参照。M. Nice, American Speech の 2 巻 1 頁を参照。

5　（訳者注）John Milton (1608-74) イングランドの清教徒革命時代の詩人。代表作は Areopagitica (1644)、Paradise Lost (1667) など。

6　（訳者注）原書ではイタリック表示されていないが、これらの作品の作者とされる古代ギリシャの叙事詩人ホメロスの語彙数を指すと考えるべきであろう。

7　（訳者注）Albert Stanburrough Cook (1853-1927) アメリカの言語学者で、著書に The Phonological Investigation of Old English (1889) などがある。

8　（訳者注）英国王ジェイムズ 1 世 (James I) の勅命によって、1601-11 年間に、50 数名の聖職者や学者によって英語に翻訳された聖書である。

9　（訳者注）Max Müller (1823-1900) ドイツ生まれの英国の言語学者であり宗教学者。代表作は The sacred Books of East (1879-1910) 50 vols. など。

10　（訳者注）Francis Asbury Wood (1859-1948) アメリカの言語学者でシカゴ大学教授。代表的な論文は、Indo-European Root-Formation など。

11　（訳者注）原注では、1 巻 294 頁となっているが、訳者があたったテキストでは 295 頁にこの引用が認められる。

12　（訳者注）Carl Abel (1837-1906) ドイツの比較言語学者。著作に Linguistic Essays (1882) などがある。

13　（訳者注）Ludwig Sütterlin (1863-1934) ドイツの言語学者。

14　（訳者注）Wilhelm Max Wundt (1832-1920) ドイツの心理学者。

15　（訳者注）彼女が記録したリストは、Journal of Childhood and Adolescence (January 1902) で見ることができる。

16　（訳者注）Henry Sweet (1845-1912) 英国の言語学者で、代表作は The History of Language (1900) など。

17　（訳者注）南アメリカ大陸南端部に位置する諸島。

18　（訳者注）ティエラ・デル・フエゴからホーン岬に住んでいたとされる先住民の語。

19　（訳者注）Sweet, The History of Language (1900), 139 頁。

20　（訳者注）Alfred Smedberg (1850-1925) スウェーデンの児童作家。引用は Svenska Landsmålen (1896). XI. 9. 1-28 に見出すことができる。

21　（訳者注）Marius Kristensen (1869-1941) デンマーク人の言語学者で、デンマークの方言に関する研究で有名。

22　（訳者注）Antonin Duraffour (1879-1956) フランスの方言学者。

23　（訳者注）Edward Singleton Holden (1846-1914) アメリカの天文学者。ホールデンの実験に関する記述に関しては The Pedagogical Seminary and Journal of Genetic Psychology (1919) 36 巻 212 頁を参照。

24　（訳者注）1828 年、Noah Webster の編纂によるアメリカの代表的な辞書。

25　(訳者注) Eugene Howard Babbitt (1859-1927) コロンビア大学教授。
26　(訳者注) Babbitt, *Common Sense in Teaching Modern Languages* (1895: 11).
27　(訳者注) 原書では、outside variations となっているが、outlier「外れ値」と同義と考えるべきであろう。外れ値とは、統計的に見て、通常の分布から極端に外れた値を指す。
28　(訳者注) *Popular Science Monthly* の 1907 年 4 月号におけるバビットの報告を参照。カークパトリック教授 (E. A. Kirkpatrick) の実験に触発されて、10 万語以上を収録している辞書を用いて行った実験の結果が示されている。
29　(原注 1) 逆に、多くの作家たちは、会話では用いないが書き物において、ある種の語(学識あるもの、あるいは抽象的なもの)を用いるものだ。しかし、数は多いというものではない。
30　(訳者注) 用語索引はジョン・ブラッドショー (John Bradshow) (1845-1894) による。John Bradshaw ed. (1894) *A Concordance to the Poetical Works of John Milton*.
31　(原注 2) こうして、*Areopagitica* の 30 頁について、ブラッドショーの用語索引にはない 21 語を見つけた。Churchman「僧侶」、competency「証人資格」、utterly「全く」、mercenary「傭兵」、pretender「僭称者」、ingenuous「正直な」、evidently「明らかに」、tutor「家庭教師」、examiner「審査官」、scism「schism 分離」、ferular「鞭の」、fescu「教鞭」、imprimatur「許可」、grammar「文法」、pedagogue「先生」、cusory「急ぎの」、temporize「一時しのぎをする」、extemporize「即席につくる」、licencer「許可者」、commonwealth「共和国」、foreiner「foreigner 外国人」。そして 50 頁では、このリストにさらに 18 語を加えた。writing「書き物」、commons「平民」、valorous「勇気ある」、rarify「より複雑にする」、enfranchise「市民権を与える」、founder「創立者」、formall「公式の」、slavish「奴隷の」、oppressive「圧政的な」、reinforce「強化する」、abrogate「廃止する」、merciless「無慈悲」、noble(名詞)「貴族」、Danegelt「Danegeld デーン税」、immunity「免疫」、newness「新しさ」、unsutableness「unsuitableness 不適」、customary「慣習の」。
32　(原注 3) その当時の語彙であるが、シェイクスピアが用いないような語で、次のような文を作るのは楽しかった。In Shakespeare we find no *blunders*, although *decency* and *delicacy* had *disappeared*; *energy* and *enthusiasm* are not in *existence*, and we see no *elegant expressions* nor any *gleams of genius* etc. 「シェイクスピアに誤りはない。とはいえ、上品さや優雅さは消え失せてしまったけれど。力や熱狂は存在せず、おまけに、優雅な表現や天才のきらめきも見あたらない」。
33　(訳者注) Jesus は 4 回、4 作品 (*2 Henry 6, 3 Henry 6, 1 Henry 4, 2 Henry 4*) 中に現れる。一方、Jesu は 7 作品中に 21 回現れる。
34　(訳者注) 7 回、6 作品 (*1 Henry 6, 2 Henry 6, Richard 3, Richard 2, 1 Henry 4, Henry 5*) 中に現れる。
35　(訳者注) 3 回、2 作品 (*Love's Labour's Lost, The Taming of the Shrew*) 中に現れる。

第 10 章　シェイクスピアと詩の言語 (Shakespeare and the Language of Poetry)

36　（訳者注）イェスペルセンが利用したグローブ版には、Creator は『ヘンリー六世・第三部』(To sin's rebuke and my Creator's praise「罪を悔い、わが造物主をたたえまつるべく」 *3 Henry 6* 4. 6. 44) のみに現れ、『トロイラスとクレシダ』には現れない。Make that demand of <u>the prover</u>.「証明者に聞くんだな」（下線と日本語は訳者による）*Troilus and Cressida* 2幕3場72行を参照のこと。一方、第1・二つ折本の『トロイラスとクレシダ』では、Make that demand of <u>the Creator</u>「神様に聞くんだな」（下線は訳者による）となっている。イェスペルセンがこの二つの劇を「疑わしい劇」と呼ぶのは、『ヘンリー六世・第三部』の場合は作者問題において、『トロイラスとクレシダ』の場合は、この作品が純然たる悲劇として分類しがたいことからだと思われる。

37　（原注1）舞台における冒瀆的な言語使用に関する法令（254節参照）をもってしても、宗教的事柄についてシェイクスピアがかくも寡黙であることを説明することはできない。

38　（訳者注）143節参照。

39　（訳者注）この二人の登場人物はマラプロピズム (malapropism) の好例である（144節参照）。そのほか、*Romeo and Juliet* の乳母など。

40　（訳者注）*A Midsummer Night's Dream* 5幕2場で、アテネの公爵シーシアスの婚礼を祝う劇中劇「ピラマスとシスビー」を職人たちが演じる。

41　（訳者注）rhyme「脚韻」の対。各行は中央の休止を境に2分され、最初の半行の強勢のある、長い音節を持つ2語（時に1語）の頭子音と、後半の半行の強勢のある、長い音節を持つ1語の頭子音とを同音で始める詩法。中尾 (2000: 170) を参照。

42　（訳者注）John Lyly (1554?-1606) の *Euphues* (1578) から始まる、装飾・美文体を特徴とする16-17世紀のイングランドで流行した文体。（原注2）について：宮廷における様々な気取った様式は、M. バセ (Maurits Basse) によって注意深く区分されている *Stijlaffectatie bij Shakespeare, vooral uit het oogpunt van het Euhpiuisme* (Université de Grand, 1895)『特に婉曲語法の観点から見たシェイクスピアの文体的特質』。また、以下も参照：L. Morsbach, *Shakespeare und der Euphuismus*, Gesellsch. D. Wiss (Göttingen, 1908: 600頁以下)『シェイクスピアと婉曲語法』（ゲッティンゲン科学協会）。

43　（訳者注）シェイクスピアの逸脱した婉曲語法の最たる例は、*Love's Labour's Lost* に登場するスペイン人アーマードであろう。

44　（原注1）この場面におけるよく知られた重要点に関する著者の解釈を参照のこと。*Linguistica* (1933) 430頁。

45　（訳者注）*unbonneted* he runs, / And bids what will take all (*Lear* 3.1.13-14)「その中を王は帽子も召さずかけまわり、どうともなれと叫んでおられる」（イタリックは訳者）。

46　（訳者注）a soldier is better accom- / modated than with a wife (*2 Henry 4*

3.2.67-68)「軍人には女房など不要です、もっとけっこうな便宜を与えられていますので」。

[47] (訳者注) A captain? God's light, these villains will make the word as odious as the word 'occupy;' which was an excellent good word before it was ill sorted: therefore captains had need look to 't (*2 Henry 4* 2.4.144-47)「それが隊長！こんな悪党たちのおかげで、いまに「隊長」ってことばまで「ぶちかます」ってことばみたいに、いやらしい意味になっちまうだろう、もともとそんな意味はなかったんだけどね、「ぶちかます」だって。だから隊長さんたちも気をつけなくちゃ」。この意味で用いられるシェイクスピアの用例は *Romeo and Juliet* 2.4.96-99) のみ。

[48] (訳者注) fitness for strenuous exertion; always used in an obscene, or at least ambiguous sense（Alexander Schmidt, *Shakespeare Lexicon* 1 巻、14-15 頁）を参照。用例として挙げられている作品は三つのみ。

[49] (訳者注) Edward Dowden (1843-1913) 英国ヴィクトリア時代のシェイクスピア学者で、代表的著作は、*Shakspere: A Critical Study of His Mind and Art* (1875) など。シェイクスピアの作品群をその人生の変遷と結びつく 4 期 (In the Workshop, In the World, Out of the Depths and On the Heights) に分けたことで有名。イェスペルセンが参照せよという *Hamlet* 5 幕 1 場 289 行に現れる wag に関するダウデンの注釈は以下の通りで、一部、原書にも引用されている。 move; free from its present trivial or ludicrous associations. So "the empress never wags," *Titus Andronicus*, 5.2.87; and Spenser, *Faerie Queene*, IV.iv.167.「動く：現在のような平凡なあるいは滑稽な連想から解き放たれている。そこで、「皇后が行くところには必ず（影のようにムーアがつき従うことになっておるのだが）」*Titus Andronicus*, 5 幕 2 場 87 行とスペンサーの *Faerie Queene*, IV.iv.167 を参照のこと」。

[50] (訳者注) the Assassins（イスラム教徒の）暗殺秘密結社団、アサシン派。1090-1272 年頃ペルシャやシリアで十字軍指導者などに対して暗殺などのテロ行為を行った狂信者の団体。

[51] (訳者注) Richard Knolles (1545-1610) オスマン帝国を軍事的・政治的側面から最初に記述したイングランドの歴史家。著作は *The Generall Historie of the Turkes* (1603) など。

[52] (訳者注) John Speed (1552-1629) イングランドのステュアート朝時代の地図制作者であり、歴史家。著作として *The History of Great Britain* (1611) など。

[53] (訳者注) *The Merry Wives of Windsor* 1 幕 3 場 92 行と 2 幕 3 場 68 行。

[54] (訳者注) *A Midsummer Night's Dream* 3 幕 1 場 89 行。

[55] (訳者注) Alexander Pope (1688-1744) 新古典主義時代のイングランドの詩人で擬似英雄詩 (Mock-heroic) の名手として知られる。著作に *The Dunciad* など。

[56] (訳者注) グローブ版 (The Globe Shakespeare) をもとに用語索引を作成したバートレット (Bartlett) によると、also の引用は 24 例があがっているが、also の用

第10章　シェイクスピアと詩の言語 (Shakespeare and the Language of Poetry)

例は35回認められる。中尾 (2000: 208) によると、36回となっている。

[57] （訳者注）エヴァンズはウェールズ人のサー・ヒュー・エヴァンズ (Sir Hugh Evans) で、*The Merry Wives of Winsdor* の登場人物であり、3回、1幕1場40行と3幕1場8行、4幕4場67行において、also を用いている。

[58] （訳者注）原書のカウントに誤りが認められる。実際には、フルーエリンは5回（3幕6場33行、4幕1場79行、4幕7場27行そして同場面における37行と45行）において、also を用いている。参考までに、その他、原書では触れられていないが、4幕1場210行において、一兵士であるウィリアムズに also が当てられている。

[59] （訳者注）原書のカウントに誤りが認められる。おそらく、バートレットの用語索引に用例が一つだけ引用されているためと思われるが、カンタベリー大司教は1幕2場69行の一つの台詞の中で、実際には2回、also を用いている。

[60] （訳者注）4幕6場10行はエクセター公 (Duke of Exeter) の台詞で、この中に also は1回用いられている。

[61] （原注1）上述の説明に当てはまらないのは、*The Two Gentlemen of Verona* の3幕2場25行（韻律が間違っているため）と、*Hamlet* の5幕2場404行（二つ折本は also の代わりに always を用いているため）、そして *Julius Caesar* の2幕1場329行である。このように、歴史と心理学以外の証拠が必要とされても、シェイクスピアが also を倹約して使用していること自体が、シェイクスピアはフランシス・ベーコンであるという説 (the Baconian theory) を反証するのに役立つだろうに。と言うのも、ベーコン (Sir Francis Bacon) において、also はたくさんあり、『ニュー・アトランティス』*New Atlantis* (1627) のムーア・スミス (Moore Smith) 版のわずかな4枚続きの頁において、22例を数えることができたからだ。この22例は、全シェイクスピア作品の中に見出されたものと同じ数である。might と mought は、ベーコンにおいてほとんど等しく現れている。しかし、mought はシェイクスピアにおいてはたった1回、*3 Henry 6* においてのみ見出される。この劇は、多くの有能な識者たちがシェイクスピアの手によると見なしていない作品である。いずれにせよ、シェイクスピアの初期作品の一つにおけるこの1例は、何千回も現れる might に比べて何の重要性もない。シェイクスピアは among と amongst を区別なく使用している。ベーコンはほとんどいつも amongst を使用している。ベーコンはしばしば接続詞の whereas を利用しているが、これはシェイクスピアの真正の劇には間違いなく現れない、等々。この問題が最初に書かれて以来、ベーグホルム (Niels Bøgholm [1873-1957] デンマークの言語学者でイェスペルセンの同僚でもあった。著書に、*Bacon og Shakespeare*, Copenhagen 1906 がある) がこのテーマを研究してきており、シェイクスピアとベーコンの相違を示す驚くべき数を見事に指摘してきた。

[62] （訳者注）Sir Sidney Lee (1859-1926) 英国の伝記作家であり批評家。著作として、シェイクスピアの伝記 *A Life of William Shakespeare* (1898) がある。

[63] （訳者注）Horace Howard Furness ed. (1888) *A New Variorum Edition of*

Shakespeare: The Merchant of Venice (Philadelphia Lippincott), 395 頁を参照。
Sir Sidney Lee, "The Original of Shylock," *Gentleman's Magazine* 246 (1880:185-220).

[64] (原注1) この特徴と、マーローのバラバスに見られる古典へのさりげない言及を好む傾向を対比のこと。(訳者注) I have a daughter - / Would any of the stock of Barrabas / Had been her husband, rather than a Christian.「おれにも大事な娘がある、あれの亭主はキリスト教徒よりもいっそ盗っ人バラバスの子孫であってほしい」(*The Merchant of Venice* 4.1.293-95) も参照。原書では *Barrabas* とあるが、これはイェスペルセンが強調したものであろう。Barrabas は、『マルタ島のユダヤ人』の主人公の名前 Barabas であると共に、キリストの代わりに放免された盗賊の名前 Barabbas (『ルカによる福音書』27 章 16-26 節を参照) である。

[65] (訳者注) シェイクスピアが利用したと思われる聖書は二つある。*Geneva Bible* と *Bishops' Bible* である。*Bishops' Bible* (1568) 'Iacob toke roddes of greene populer, hasell, and chesse nut trees, and pilled whyte strakes in them, and made the whyte appeare in the roddes.' *Geneva Bible* (1587) 'Then Iaakob tooke rods of greene popular, and of hasell, and of the chesnut tree, and pilled white strakes in them, and made the white appeare in the rods.'

[66] (原注2) シャイロックは Abram「アブラム」と言っているが、Abraham「アブラハム」だけが、シェイクスピアの他の作品の中に見出される語である。

[67] (訳者注) イェスペルセンが利用したグローブ版では、my well-won thrift, / Which he calls interest となっているが、現代化されていない第1・二つ折本の綴字を敢えて用いるイェスペルセンによって、原書では、... my well-worne thrift, which he cals interest となっている。well-won は第1・二つ折本から校訂された単語であるが、利息を取ることを正当化するシャイロックの実践を言い含めたという点で正しいとされている。Brian Gibbons ed., *The Merchant of Venice* (2003), 85 頁における1幕3場42行の脚注を参照。

[68] (訳者注) Horace Howard Furness (1833-1912) 19 世紀を代表するアメリカのシェイクスピア学者で、New Variorum 版シェイクスピアの編者。

[69] (訳者注) *A New Variorum Edition of Shakesperae: The Merchant of Venice* (1888) の1幕3場11行の脚注を参照。

[70] (訳者注) *The Merchant of Venice* 1.3.148。
[71] (訳者注) *The Merchant of Venice* 1.3.115。
[72] (訳者注) *The Merchant of Venice* 1.3.165。
[73] (訳者注) *The Merchant of Venice* 1.3.84。
[74] (訳者注) *The Merchant of Venice* 1.3.77。
[75] (訳者注) *The Merchant of Venice* 1.3.109。
[76] (訳者注) *The Merchant of Venice* 4.1.46。
[77] (訳者注) *The Merchant of Venice* 2.5.5。

第 10 章　シェイクスピアと詩の言語 (Shakespeare and the Language of Poetry)

78　（原注 1）　*Shakespeare-Jahrbuch*, 33 号 ,122 頁。
79　（訳者注）　*Lucrece* 310 行の crannies と 1086 行の cranny。
80　（訳者注）But creep in crannies when he hides his beams. (*The Comedy of Errors* 2.2.31)「（お天道様が）かげってきたら、すっこんでろ」。
81　（訳者注）　*A Midsummer Night's Dream*　3.1.66.
82　（訳者注）初演が 1601 年、出版は 1602 年の風刺喜劇。ジョンソンはホラティウス (Horace) という登場人物の口を借りて、同時代の劇作家たちの言葉遣いなどを揶揄したが、その中にシェイクスピアも含まれると考えられている。
83　（訳者注）Ben Jonson (1572-1637) シェイクスピアと同時代人でライバルの劇作家。1623 年出版のシェイクスピア全集第 1・二つ折本に、シェイクスピアへの追悼詩 "To the Memory of My Beloved Master William Shakespeare, and What He Hath Left Us" を書いた。
84　（訳者注）文法的配列構造から判断すると、coward は cowardice が正しい。
85　（訳者注）a beggar without more quality とするべきか。Andrew Becket, *Shakespeare's Himself Again,* 2 巻 258 頁を参照。
86　（原注 1）　さらに、古い時期全般の英語において一般的であったこのような二重の否定形を用いるのを恐れていない（nor、never など）。
87　（訳者注）Alexander Schmidt (1816-87) ドイツ人の言語学者。著作として *Shakespeare-Lexicon* (1962) がある。
88　（原注 2）　*Shakespeare-Lexicon*、1420 頁参照。Double negative に関する記述より引用。
89　（訳者注）Charles Alphonso Smith (1864-1924) アメリカ人の英文学者。著作として *Anglo-Saxon Grammar and Exercise Book* (1896) がある。
90　（訳者注）OED（または NED）については「序文」(Preface) において言及されている。中尾 (2000: 151) も参照。
91　（訳者注）前出の Mrs.Clarke を参照。シェイクスピアの用語索引に関しては、参考文献も参照。
92　（原注 1）　G. Gordon, "Shakespeare's English," *The Society for Pure English* 24 号 (1928) と G. H. McKnight, *Modern English in the Making* (New York, 1928) 10 章を参照。
93　（訳者注）With bare-fac'd power sweep him from my sight. (*Macbeth* 3.1.118)「（国王として）当然の権限により、公然とやつを視界の外に追い払い」。
94　（訳者注）Laʒamon は 12 世紀後半の学僧で、ブリテン島の歴史を扱った物語詩 *Brut* を書いた。
95　（訳者注）Stephen Gosson (1554-1624) ピューリタンの立場から「詩人、楽人、俳優、道化師その他それに類する国家の毛虫ども」に対する悪口を書いた『悪弊学校』(*Schoole of Abuse* :1579) をサー・フィリップ・シドニー (Sir Philip Sidney) に

献じた。しかし、シドニーは擁護論の立場を取って、同年『詩の弁明』(*An Apologie for Poetrie*) を書き、後に『詩の擁護』(*Defence of Poesie* :1595) として出版した。

[96] (訳者注) 訳者注 42 を参照。

[97] (訳者注) Sir Philip Sidney (1554-86) イングランド出身のルネサンス期を代表する宮廷人であり軍人、詩人。代表作はソネット集 *Astrophel and Stella* (1598) など。訳者注 95 も参照。

[98] (訳者注) Christopher Marlowe (1564-93) イングランド出身のルネサンス期を代表する劇作家。代表作は、*Edward II*、*Tamburlaine the Great*、*Dr.Faustus* など。

[99] (訳者注) Thomas Kyd (1558-94) イングランド、ルネサンス期の劇作家。代表作は *Spanish Tragedy* (1592) など。

[100] (訳者注) Michael Drayton (1563-1631) イングランド、ルネサンス期の詩人。代表作はソネット集 *Idea's Mirror* (1594) など。

[101] (訳者注) 16 世紀から to become, to come to be の意味を有するようになった。How to get clear of all the debts I owe (*The Merchant of Venice* 1.1.134)「借金をどうやって返済するかについて」。また On the instant / they got clear of our ship (*Hamlet* 4.6.18-19)「それっきり我々の船をみすてたため」。

[102] (訳者注) If I could win a lady at leapfrog. (*Henry 5* 5.2.136)「馬跳びの競争とか、… 女心をなびかせることができるものなら」。

[103] (訳者注) A violet in the youth of primy nature. (*Hamlet* 1.3.7)「人生の春に咲くスミレの花だ」。

[104] (訳者注) Henry Cockeram (1623-58) イングランドの辞書編纂者。

[105] (訳者注) Sir James Augustus Henry Murray (1837-1915) スコットランド人の辞書編纂者。OED 編纂の中心人物であった。

[106] (原注 1) *The Evolution of English Lexicography*, Romanes Lecture (Oxford and London, 1900) 29 頁。

[107] (訳者注) 詩作品における 3 例 (*Lucrece* 1082, 1571, *Shakespeare's Sonnets* 90.7) は別として、押韻のみに現れる morrow の 4 例は、バートレットの用語索引によると、*A Midsummer Night's Dream* 1.1.223、*Richard 2* 1.3.228、*Romeo and Juliet* 2.2.185、*Macbeth* 1.5.60 である。ただし、押韻が認められる 2 例の内、*Richard 2* に現れる morrow は、アレクサンダー・シュミットの用語索引によると、the day next after another の用例として分類されている。But not a minute, king, that thou canst give: / Shorten my days thou canst with sullen sorrow, / And pluck nights from me, but not lend a morrow. (*Richard 2* 1.3.226-28)「だが、陛下、あなたが一分でもくださることはできぬはずだ。悲しみをもって私の昼を縮め、夜を奪うことはできても、朝をくださることだけは不可能だろう」。*A Midsummer Night's Dream* の例 (Keep word, Lysander; we must starve out sight / From lovers' food, till morrow deep midnight (1.1.222-23)「約束を守ってね、ライサンダー、私たちの目は愛する人の姿を見ら

第 10 章　シェイクスピアと詩の言語 (Shakespeare and the Language of Poetry)

れないのね、明日の夜までは」は、morrow で韻を踏まないだけだが、Macbeth の例は押韻の点で疑わしい。To-morrow, as he purposes. / O! never Shall sun that morrow see! (1.5.59-60)「明日とのことだ／いいえ、その明日は決して日の目を見ないでしょう！」。

108　（訳者注）Pericles は George Wilkins (?-1618) との共作であるとの説がある。
109　（原注 1）Wilhelm Franz, *Die Sprache Shakespeares in Vers und Prosa*『シェイクスピアの英語―詩と散文』478 頁と *Nachtrag*『補遺』590 頁を参照。
110　（原注 2）Franz, 427 頁。
111　（訳者注）読者のシェイクスピアへのアクセスを考慮し、本章におけるシェイクスピア作品からの引用はすべてアーデン版に統一しているが、本節では、原書表記のとおりに引用し、脚注にアーデン版シェイクスピアの台詞を明記しておく。
112　（訳者注）Wherein of antres vast and deserts idle (*Othello* 1.3.141)「例えば巨大な洞窟、不毛の砂漠」。
113　（訳者注）John Keats (1795-1821) 英国ロマン主義時代の詩人。'Through a vast antre' (*Endymion* Book II.231)「巨大な洞窟の中を」。
114　（訳者注）George Meredith (1828-1909) 英国ヴィクトリア時代の小説家。'as the antre of an ogre' (*The Egoist,* chapter 23, 233)「鬼の洞穴のような」。
115　（訳者注）Thou atomy, thou! (*2 Henry 4* 5.4.29)「人体解剖図野郎！」。
116　（訳者注）the *dreadful* summit of the *cliff*, / That beetles o'er his base into the Sea (*Hamlet* 1.4.70-71)。
117　（訳者注）the *beggared* all description (*Antony and Cleopatra* 2.2.208)「いかなる美辞麗句もたちまち枯渇するほどのものであった」（イタリックは訳者）。
118　（訳者注）With all his crimes broad blown, as flush as May (*Hamlet* 3.3.81)「あらゆる罪が五月の花と咲き誇るさなかに」。
119　（訳者注）*The Merry Wives of Windsor* 5 幕 5 場 74 行。
120　（訳者注）Nor mark'd with any sign or charactery (*Endymion* III.767).「何のしるしも文字も記されておらず」
121　（訳者注）Robert Browning (1812-1889) 英国ヴィクトリア時代の詩人。'Through rude charactery' (*Fifine at the Fair* cxxiii. 65)「乱雑な文字によって」。
122　（訳者注）*Macbeth* 1 幕 6 場 7 行。
123　（訳者注）Cudgel thy brains no more about it (*Hamlet* 5.1.56)「その木偶頭を絞ったってなんにも出てきやしめえ」。
124　（訳者注）*1 Henry 4* 4 幕 1 場 96 行を参照。
125　（訳者注）*Hamlet* 1 幕 4 場 2 行に現れるホレイショーの言葉。a nipping and an eager <u>air</u>（下線は訳者）。
126　（訳者注）The superstitious idle-headed eld (*The Merry Wives of Windsor* 4.4.36)「迷信深い無知な昔の人たち」。

127 （訳者注）*Macbeth* 4幕1場65行。
128 （訳者注）*Macbeth* 3幕2場23行。
129 （訳者注）*2 Henry 4* 3幕2場168行。Feeble は登場人物の名前。
130 （訳者注）*Othello* 3幕3場430行。
131 （訳者注）*2 Henry 4* 4幕3場98行。
132 （訳者注）OED では、A Shakespearian word, of uncertain formation and meaning. となっている（下線は訳者）。
133 （訳者注）Through forth-rights and meanders.「まっすぐ行ったり曲がりくねったり」*The Tempest* 3幕3場3行と Or hedge aside from the direct forthright (*Troilus and Cressida* 3.3.158)「あるいはまっすぐの道から脇へそれたりすれば」に出てくる。
134 （訳者注）It is but foolery, but it is such a kind of / gaingiving as would perhaps trouble a woman. (*Hamlet* 5.2.214-15)「愚にもつかぬことさ、ただの胸騒ぎというやつ、女ならば気にもしようが」。また、コールリッジからの引用は以下を参照。'There crept over the mother's heart a gaingiving undefined but strong and deep.' *Demetrius* 11。
135 （訳者注）Stephen William Buchanan Coleridge (1854–1936) 英国の弁護士であり作家。全国児童虐待防止協会 (The National Society for the Prevention of Cruelty to Children) の共同創設者。祖父が詩人 Coleridge の甥にあたる。代表作は *Demetrius* など。
136 （訳者注）*Macbeth* 2幕1場46行。
137 （訳者注）sand-blind の同義語を滑稽に強調した語。そのため、後代の作家たちによって nearly stone-blind として用いられた (OED)。who being more than sand-blind, high gravel- / blind (*The Merchant of Venice* 2.2.34-35)「かすめ目どころか土砂降り目にでもなっちまったらしい」。
138 （訳者注）The very head and front of my offending (*Othello* 1.3.81)「私の罪はそれがすべて、それ以上ではありません」。
139 （訳者注）Hoist with his own petard, and't shall go hard (*Hamlet* 3.4.209)「自分で仕かけた爆薬で吹っとぶところ（を見るのも一興だ。）負けるものか」。
140 （訳者注）How lush and lusty the grass looks! how / green! (*The Tempest* 2.1.55-56)「この生き生きと息づくような草の緑！なんとあざやかな緑色でしょう！」。
141 （訳者注）OED (s. v. lush, a.1.2a.) からの引用。
142 （訳者注）In my mind's eye, Horatio.(*Hamlet* 1.2.185)「心の目にだ、ホレーシオ」。
143 （訳者注）*Romeo and Juliet* 2幕4場57行。
144 （訳者注）George Eliot (1819-80) 英国ヴィクトリア時代の小説家。本名は Mary Ann Evans。著作に *Adam Bede* (1859)、*Middlemarch* (1871) など。原書における引用は、*Adam Bede* 4章より。
145 （訳者注）Robert Louis Stevenson (1850-94) 英国ヴィクトリア時代の小説家。

第 10 章　シェイクスピアと詩の言語 (Shakespeare and the Language of Poetry)

Treasure Island (1883)、*The Strange Case of Dr Jekyll and Mr Hyde* (1886) など。原書における引用は *Familiar Studies of Men and Books* の中の 6 章 'Francois Villon' より。

146　(訳者注) And silken dalliance in the wardrobe lies (*Henry 5*　2.pr.2)「遊興用の絹の衣装はタンスの底に眠っております」。

147　(訳者注) *A Midsummer Night's Dream* 1.1.78。

148　(訳者注) O! that way madness lies, let me shun that (*Lear*　3.4.21)「ああ、そう思うと気が狂う。もう思うまい」。

149　(訳者注) Mrs. Humphrey Ward (1851-1920) 英国ヴィクトリア時代の女流作家。本名は Mary Augusta Ward で、Mrs. Humphrey Ward はペンネーム。著作に *Milly and Olly* (1881)、*Eltham House* (1915) などがある。原書における引用は *Eleanor* より。

150　(訳者注) *Macbeth* に登場する 3 人の魔女で、weird は作品中 6 回、現れる。

151　(訳者注)「北欧神話における神々は、いくら神とはいっても自分の運命に抗うことの出来ない存在であった。彼らの運命を握っているのはノルンと呼ばれる三女神である。老婆として描かれることが多いウルド（運命）、スクルド（存在）、ヴェルダンディ（必然）の三姉妹」。松村一男『知っておきたい世界と日本の神々』、118 頁。

152　(訳者注) Raphael Holinshed (1529-1580) イングランド出身のテューダー時代の年代記作家。シェイクスピアは歴史劇を執筆する際に、*The Chronicles of England, Scotland, and Ireland* (1577 年初版) の第 2 版を利用した。

153　(訳者注) *Hamlet*　3 幕 1 場 79-80 行。

154　(訳者注) Keats, *Endymion* III.31。

155　(訳者注) Sir Walter Scott (1771-1832) 英国ロマン主義時代の小説家であり詩人。著作に、*Ivanhoe* (1819)、*The Lady of the Lake* (1810) などがある。

156　(訳者注) But earthlier happy is the rose distill'd ／ Than that which, withering on the virgin thorn, ／ Grows, lives, and dies, in single blessedness.「だがバラは香水となってその香りを残してこそ地上の幸せを受け取るのだ、摘みとられぬまま／独身の幸福のうちに生き、枯れしほみ、死ぬよりも」。

157　(訳者注) Edmund Spenser　(1552-99) イングランド出身のルネサンス期の詩人で、「詩人の詩人」(Poets' Poet) と呼ばれる。代表作は *The Faerie Queene* など。

158　(訳者注) Gilbert West (1703-56) 英国の詩人。スペンサーの模倣で知られ、著作として *Odes of Pindar* (1753) など。

159　(原注 1) W.L.Phelps, *Beginnings of the Romantic Movement*, 63 頁。以下も参照：K.Reuning, *Das Altertümliche im Wortschatz der Spenser-Nachahmungen* (Strassburg, 1912) と H.G.de Maar, *A History of Mod. Engl. Romanticism* (Oxford, 1924) 第 4 章。

160　(訳者注) William Thompson (1712-67) 英国の詩人。著作として *Sickness* (1746) など。

161　(訳者注) dispread の過去分詞形で、spread out、expanded の意味。Donald,

James ed.(1872) *Chambers's English Dictionary : Pronouncing, Explanatory, and Etymological with Vocabularies of Scottish Words and Phrases, Americanisms, &c.*, 240 頁を参照。

[162] （訳者注）Edward Kirke (1553-1613) スペンサーの友人。

[163] （訳者注）Samuel Taylor Coleridge (1772-1834) 英国ロマン主義時代の詩人。代表作に、ワーズワースと共著の *Lylical Ballads* (1798) に収められた "The Rime of the Ancient Mariner"、"Kubla Khanr" などがある。

[164] （訳者注）Alfred Tennyson (1809-92) 英国ヴィクトリア時代の詩人。友人の死を悼んで書かれた *In Memoriam A. H.H.* (1850) は三大哀歌の一つに数えられる。

[165] （訳者注）William Morris (1834-96) 英国ヴィクトリア時代の工芸家、詩人である。著作に *Defence of Guenevere* (1853)、*The Earthly Paradise* (1870) などがある。

[166] （訳者注）Algernon Charles Swinburne (1837-1909) 英国ヴィクトリア時代の詩人、批評家。著作に *Songs before Sunrise* (1871) などがある。

[167] （訳者注）ワーズワースと共著の *Lylical Ballads* (1798) の巻頭に収められた。

[168] （原注1）聖書を読む現代の牧師が lovèd、dancèd などを発音する時、欽定訳聖書よりも約 200 年前の語を真似ている。

[169] （原注2）gat は、数名の現代の詩人によって認められた唯一の動詞の語形である。このような詩人たちは、get と got をともに避けている。シェイクスピアは動詞を何百回と用いている。欽定訳聖書の get は、かなり頻出しているが、got は新約聖書においては避けられている。一方、旧約聖書では 7 回認められる（これらの内の五つにおいて、1881 年版の改訂者たちは、gathered、bought、come などの他の語に代えた）。gat は 20 回、用いられているが、これらすべては旧約聖書に現れる（これらの内の三つは 1881 年の改訂で代えられた）。gotten は旧約聖書の中に 23 回、新約聖書の中では 2 回認められる（これらの内の五つ、その中でも新約聖書の 2 例は 1881 年の改訂で代えられている）。ミルトンはこの動詞の利用を控えた（ミルトンはこの動詞を get、got、got と活用させ、決して過去形として gat、過去分詞形として gotten を用いなかった）。この動詞のすべての語形は、彼の全詩作品においてたった 19 回、現れる。一方、例えば、give は 168 回、receive は 73 回、現れる。この動詞はポープでも稀である。どうしてこの動詞はこんなにも禁忌となっているのだろうか。

[170] （訳者注）Walter William Skeat (1835-1912) 英国の英語学者・語源学者。

[171] （訳者注）Skeat, *Notes on English Etymology*, 286-89 頁。

[172] （訳者注）Richard Brinsley Sheridan (1751-1816) アイルランド人の新古典主義時代の政治家、劇作家。著作として、*The Rivals* (1775) などがある。マラプロップ夫人は *The Rivals* に登場する人物で、しばしば、語を言い間違える。

[173] （訳者注）Robert Burns (1759-96) スコットランド人のロマン主義時代の詩人で、スコットランド語で詩作した。著作として、*Poems, Chiefly in the Scottish Dialect* など。

[174] （訳者注）Edmund Burke (1729-97) アイルランド生まれの哲学者、政治家。著

第 10 章　シェイクスピアと詩の言語 (Shakespeare and the Language of Poetry)

作として Reflections on the Revolution in France (1790) など。

[175] （原注 1）Aronstein, Englishe Studien 25 号 245 頁以下。および Josef Reinius, On Transferred Appellations of Human Beings (Göteborg, 1903) 44 頁以下参照。

[176] （訳者注）John Fletcher (1579-1625) と Francis Beaumont (1584-1616) はイングランド出身のステュアート時代の劇作家で、2 人は合作で 50 篇あまりの劇を作った。Fletcher はシェイクスピアの King Henry the Eighth の共同執筆者として知られる。2 人の代表作は、The Maid's Tragedy (1619) など。

[177] （訳者注）Thomas Morton (1764?-1838) 代表作として喜劇 Speed the Plough (1798) がある。

[178] （訳者注）John Poole (1786?-1872) 英国の喜劇作家。代表作は、Paul Pry (1825) など。

[179] （訳者注）Charles Dickens (1812-70) 英国ヴィクトリア時代を代表する小説家。著作として、Oliver Twist、David Copperfield などがある。

[180] （訳者注）Sir Arthur Conan Doyle (1859-1930) 英国の探偵小説家。著作に Sherlock Holmes などがある。

[181] （訳者注）原書では、it will neither make nor break me 「それは私の成否を握ることはない」。

[182] （訳者注）原書では toiling and moiling となっている。

[183] （訳者注）Rudyard Kipling (1865-1936) 英国ヴィクトリア時代の小説家・詩人。"The Ballad of East and West" に現れる詩行 Oh, East is East, and West is West, and never the twain shall meet 「東は東、西は西、二つは決して交わることはない」は有名。

[184] （訳者注）I mean to take that girl - snatch or catch 「あの少女を手に入れるつもりだ、なんとしてでも」Meredith, The Tragic Comedians を参照。

[185] （原注 1）古英語には mænan すなわち moan 「うめく」という語があるが、現代の動詞は、groan (古英語の granian) との連語 (moan and groan) から母音を得たのかもしれない。square は、fair との連語 (fair and square) にその意味の一つ「公平な、公正な」を負うている。（訳者注）「OE *man > ME [ɔ:] > (GVS) [o:] > (18 c.) [ou] もし OE mænan から発達したとすると、ME [ɛ:] > PE [i:] となるはず（事実、この形は 16 世紀まで用いられた）」中尾 (2000: 213) を参照。

[186] （訳者注）中世から 18 世紀頃まで使用された手回しの弦楽器。

[187] （訳者注）vulgar perversion of hiera picra (OED)「アロエと白桂皮でできた下剤」を低俗に称したもの。

[188] （原注 1）Songs and Poems、Men and Women、Past and Present、French and English、Night and Morning などの本のタイトルも比較せよ。これらの例の中には、韻律が明らかに、語順を説明する唯一の理由でない場合もあるが、総じて、韻律は少なくとも常に理由の一つではあっただろう。一方、F. N. Scott は 1913 年、Modern

Language Notes において、上述した韻律上の決まりが当てはまらないたくさんの組み合わせを示したが、その多くの場合において、明らかに、語順は韻律よりも他の要因によって決定されている。

[189] （原注2） P. Fijn van Draat は、*Rhythm in English Prose* (Heidelberg, 1910) において、韻律の影響に関する多くの興味深い考察を行っている。けれども、私は彼のすべての結論に賛同しているわけではない。特に、後に彼が *Anglia* において論考を試みたことの多くは私には疑わしいと思われる。

第 11 章

結　論 (Conclusion)

246

　これまでの各章では、初期の時代に生じた英語の種々の変化や英語が時々に外国語から受けた様々な影響、英語の語彙と文法における内的変化および詩人の英語に見られる傾向を考察してきた。残された課題として、英語が今日の形になることに貢献したが、これまでのいずれの章においても扱うのにふさわしい場がなかったいくつかの項目に触れ、最後に英語の普及と将来の予想について述べることとしたい。[1]

247　I と You (I and You)

　ある国の貴族的および民主的な傾向は、しばしばその言語に現れる。実際、すでに私たちはフランス語とラテン語の単語が英語に取り入れられた事実をその観点から捉えた。英語は一人称単数代名詞が大文字で表記される唯一の言語であるのに対して、他のいくつかの言語では大文字で表記されるという栄誉を与えられているのは二人称の、特に敬称としての二人称代名詞である。例えば、以下を参照——

> ドイツ語の Sie としばしば用いられる Du、デンマーク語の De とかつて用いられた Du、イタリア語の Ella と Lei、スペイン語の V. または Vd.、フィンランド語の Te [2]

　少なくともヨーロッパの大陸側では、この事実を見れば一般的な英国人がいかに自己肯定的であるかが分かるとしばしば言われている。ヴァイゼ (Weise)[3] は「七つの海の支配者としてヨーロッパの他の国々を睥睨している英国人は、その言語において、後生大事にしている一人称単数の I 以外は大文字で書かない」[4] とまで述べている。しかし、これはいわれのない中傷である。もし自己肯定が本当の理由だったならば、なぜ me もまた Me と書かないのだろう

か。I と書く理由ははるかに単純なもので、すなわち i の文字が単独で用いられるか、あるいは一群の文字列の最後の文字である場合は常に long i (すなわち j または I) で表記するという中世の正字法上の慣用によるものなのだ。数字の 1 はちょうど一人称単数代名詞と同じく j または I (そして、数字の 3 は iij など) と書かれた。つまり、どのような社会学的推論もこの特徴から引き出すことはできないのである。

248

一方、ひとりの人に複数代名詞で話しかける習慣は、その起源においては明らかに社会的階級の違いを明確にしようとする貴族的傾向の結果であった。この習慣は、自分がひとりの普通の人間以上の価値がある者として呼びかけられることを望んだローマの皇帝たちに由来する。そして、中世のフランス式の儀礼はこの習慣をヨーロッパ中に広めることとなった。他国におけるようにイングランドにおいても、この複数の二人称代名詞 (you、ye) [5] は、長い間にわたって相手に敬意を表する呼びかけに限って用いられた。目上の人や親しくない人は you と呼びかけられるものとされ、その結果、thou はこの単数形で話しかけられる人の社会的地位の低さ、あるいは話者同士の親しさや愛情さえも表す指標となった。[6] 英語はこの無用の区別から解放された唯一の言語である。

クウェーカー教徒 (the Quakers、the Society of Friends) [7] は、すべての人間は平等であることを分かりにくくさせるものとしてこの習慣を嫌い、彼らは誰にでも thou で (あるいはむしろ thee で) 呼びかけた。しかし、代名詞の you はより社会的階級が低い人々に対しても徐々に用いられるようになり、それに伴って以前の敬意の意味合いを失っていった。このようにして、クウェーカー教徒が誰にでも thou を用いることで成し遂げようとした民主的な平等は、回り道をしながらも、一世紀半後に社会全体において達成されることとなった。その後しばらくは、thou は罵りの言葉としてだけではなく宗教的また文語的な文脈で使われ続けたが、やがては悪口に使われることもなくなり、you が日常の会話において使われる唯一の形となった。

249

さして重要ではない用法で thou が使われ続けたということはあったが、そ

第 11 章　結論 (Conclusion)

れを除くと、英語はこうして個人の基本的権利を大切にする国にふさわしく他人に対しては唯一の呼びかけ方をするようになった。親愛の情を表す代名詞がないことを残念に思い、例えばフランス人の恋人同士が vous からより親しみのこもった tu を使い始める場合[8]など、他の言語におけるこのような呼びかけ方がいかに魅力的かを主張する人々がいる。しかしそのような人々は、どの外国語も実際に最も親密な関係にのみ使われる代名詞は持っていないことを思い起こすべきである。呼びかけの二つの形が実際に生き残っている場合には、非常に（おそらくは最も）しばしば、thou に相当する親称の二人称単数代名詞は真の愛情なしに用いられる。というよりも、非常にしばしば軽蔑のこもった、あるいは全くの罵りの言葉として使われるのだ。

さらに、時にはなれなれしい呼びかけ方をして、また時にはよそよそしい呼びかけ方をして、相手を不快にさせるかもしれないので、二つの呼びかけ方からいずれかを選択しなければならないのは苦痛であることがよくある。イプセン (Ibsen) の『人形の家』*Et Dukkehjem* (*A Doll's House* あるいは *Nora*)[9] の中で、ヘルメル (Helmer) がクログスタット (Krogstad) に対して抱く不快感のいくらかは、クログスタットがヘルメルに thou に相当する親称の二人称単数代名詞で呼びかけるという昔の学生同士で許された特権を行使することによって生じたものであるので、きっと英国の観衆には理解されないであろう。

いくつかの言語では、相手への敬意を表す代名詞がしばしば意味の曖昧さの原因となる。例えば、ドイツ語の Sie やデンマーク語の De はそれぞれの言語の三人称複数の代名詞と同形であり、イタリア語やポルトガル語では三人称単数（女性）の代名詞と同形である。どこの国にも特有のわざとらしい呼びかけ方がある。例えば、以下の例を参照されたい――

> イタリア人の Lei、Ella、voi や tu
> ポルトガル人の vossa mercê（your grace「閣下」の意味で、商店主に対して用いられる）や você（vossa mercê の短縮形で、より下位の人々に対して用いられる）
> （ポルトガル人は、同等の人々や目上の人々に話しかける際には、代名詞や名詞を伴わずに、動詞の三人称単数形を用いる）
> オランダ人が用いる gij、jij、je や U[10]

ドイツ語においてもスウェーデン語においても一層顕著に見られることだが、呼びかけの代名詞として称号を常に用いることは指摘するまでもない。例えば、以下のような例である（イタリックは訳者）――

> What does *Mr. Doctor* want?
> 「博士におかれましては、どのようなご用件でしょうか」
> The gracious *Miss* is probably aware.
> 「お嬢様はおそらくご承知でしょう」

諸外国でのこれらの呼びかけ方を考慮すれば、英国人はこのような慣習的表現や滑稽なまでに大げさな表現をすべて避けるようになったことを誇りに思ってもよいだろう。もっとも、ひとりの人に話しかける時には thou を、複数の人に話しかける時には ye を用いるという単純な古英語のやり方のほうがなお良かったであろうが。

250　聖書（The Bible）

　宗教は英語に少なからぬ影響を与えてきた。聖書は、他のどのキリスト教国にもまして英国で研究され引用されており、非常に多くの聖書由来の句が誰もが知る言葉として日常的な英語に入って来ている。欽定訳聖書の文体は英語の文体の良し悪しを最も正確に判断できる人たちの多くから大いに称賛されており、そのような人たちは ― いくらか誇張されているが ― 英語の修練を積む最良の方法として、英語で書かれた聖書（と、聖書の単純かつ情熱的な英語を熱心に模倣したジョン・バニヤン（John Bunyan）[11]）に早くから親しみ、それらを常に研究し続けることを推奨している。[12] テニスン（Tennyson）[13] は『黙示録』（*The Book of the Revelation*）の中にはもとのギリシャ語より英語の方が美しい部分があることを指摘し、「聖書はただそこで用いられている荘厳な英語のためだけにでも読まれるべきものであり、聖書に親しむこと自体が教育になる」と述べている。[14] 欽定訳聖書のリズミカルな特徴は、例えば、以下のよく知られた一節（『ヨブ記』（Job）の 3 章 17 節）に見られる――

> There the wicked cease from troubling: and there the wearie be at rest.
> 「そこでは悪しき者は悪しき行いを止め、疲れた者は安息を得る」

第 11 章　結論 (Conclusion)

テニスンはこの一節をほとんど変更することなく、彼の『五月姫』（*May Queen*）の最後の行で、And the wicked cease from troubling, and the weary are at rest. として用いることができた。

251

　C. ストフェル (Stoffel) は現代英語で使用される聖書由来の句や引喩の例を多数集めた。[15] 例えば、以下のような例がある――

> Tell it not in Gath
> 「それをガテで告げるな（敵の耳に入れるな）」
> the powers that be
> 「権力を持てる者」
> olive branches
> 「オリーブの枝（子供たち）」
> strain at（あるいは out）a gnat [, and swallow a camel]
> 「ぶよ（蚊）を取り除く［、そしてラクダを見過ごす］
> （［大事を見過ごして］小事にこだわる）」[16]
> to spoil the Egyptians
> 「エジプト人のものを奪いとる（容赦なく敵のものを奪う）」
> he may run that readeth it
> 「走りながらそれを読める（一目瞭然である）」
> take up his parable
> 「寓話を始める（説教を始める）」
> wash one's hands of
> 「～から手を洗う」
> a still small voice
> 「静かな細い声（良心の声；筋道の通った意見）」
> thy speech bewrayeth thee
> 「汝の言葉は汝を表す」[17]

　ストフェルが触れていない例をここで挙げておこう。「協力者、配偶者」の意味で近代に使われる語である helpmate は『創世記』（Genesis）の 2 章 18 節にある以下の表現の二つの語が一つになって訛ったものである。

I will make him an *helpe meet* for him.
「私は彼のためにふさわしい助け手を造ろう」（meet は suitable の意）

俗語で「妻」を意味する rib もまた『創世記』に由来するもので、[18] the lesser lights「小さき光、月（さほど偉くない者）」[19] という表現も同様である。a howling wilderness「風が吹きすさぶ荒野」は『申命記』(Deuteronomy) の 32 章 10 節からである。『詩編』(Psalms) の 39 章 3 節には以下の文がある——

My heart was still hot within me; then spake I with my tongue
「私の心はなお私の内で熱く、私は自らの舌で語った」
（例えば、シャーロット・ブロンテ (Charlotte Brontë) の『教授』(*The Professor*) の 161 頁で用いられている）[20]

さらに、many inventions「多くの計略」は『伝道の書』(Ecclesiastes) の 7 章 29 節に由来する。新約聖書からのものとしては、以下の例が挙げられる——

to kill the fatted calf
「太らせた牛を殺す（放蕩息子の帰りを迎え盛大な歓待の用意をする）」[21]
whited sepulchres
「白く塗った墓（偽善者）」
of the earth, earthy
「地より出でて土につき（最初の人アダムのことで、俗臭芬々たる）」
to comprehend with all saints, what is the breadth, and length, and depth and height
「すべての聖徒と共に、広さ、長さ、深さ、高さを悟る（神やキリストの愛や知恵を知る）」[22]

しかし人々は、今日では聖書由来の表現は若い世代にはほとんど通じなくなっていることを嘆き始めている。

252

聖書ゆかりの holy of holies「最も聖なるもの」という表現はヘブライ語の最上級の語法を含むが、[23] 英語の中に非常に多くの類似の句を生じさせている。

第 11 章　結論 (Conclusion)

例えば、以下の例を参照──

    in my heart of hearts
「私の心の奥の奥に」（シェイクスピア (Shakespeare)[24] の『ハムレット』(*Hamlet*) の 3 幕 2 場 78 行目やワーズワース (Wordsworth)[25] の『序曲』(*Prelude*) の 14 巻 281 行）
the place of all places
「あらゆる所の中の所」（オースティン (Austen)[26] の『マンスフィールド・パーク』(*Mansfield Park*) の 71 頁）
I remember you a buck of bucks
「私はあなたを洒落者中の洒落者と記憶している」（サッカレー (Thackeray)、[27] 『ニューカム家の人々』(*The Newcomes*) 100 頁）
every lad has a friend of friends, a crony of cronies, whom he cherishes in his heart of hearts
「若者はすべて友人の中の友人、親友の中の親友を持ち、それを心の奥の奥に秘めている」（同上、148 頁）
the evil of evils in our present politics
「現代政治における害中の害」（レッキー (Lecky)、[28] 『民主主義と自由』(*Democracy and Liberty*) 1 巻 21 頁）
the woman is a horror of horrors
「女はこわいものの中でもこわいものである」（ヘンリー・ジェイムズ (Henry James)、[29] 『ふたつの魔術』*Two Magics* 60 頁）
that mystery of mysteries, the beginning of things
「物事の始めである神秘の中の神秘」（サリー (Sully)、[30] 『幼年期の研究』(*Study of Childhood*) 71 頁）
she is a modern of the moderns
「彼女は近代女性の中でも近代的である」（ウォード夫人 (Mrs. H. Ward)、[31] 『エレノア』(*Eleanor*) 265 頁）
love like yours is the pearl of pearls, and he who wins it is prince of princes
「あなたの愛のような愛は、真珠の中の真珠で、これを得るものは王子の中の王子である」（ホール・ケイン (Hall Caine)、[32] 『キリスト教徒』(*Christian*) 443 頁）
chemistry had been the study of studies for T. Sandys
「T. サンズにとっては、化学こそが研究の中の研究であった」（バリー (Barrie)、[33] 『トミーとグリゼル』(*Tommy and Grizel*) 6 頁）

また、以下の例も比較されたい──

I am sorrowful to my tail's tail

「私はしっぽの先の先まで悲しい」（キップリング（Kilping）、[34]『続・ジャングルブック』(*Second Jungle Book*)、160 頁）

253

聖書に出てくる固有名詞は、Jezebel や Rahab のように、しばしば普通名詞として使われるようになっている。御者が俗語で jehu と呼ばれることがあるが、それは『列王記下』(2 Kings) の 9 章 20 節に由来する表現で、そこではエヒウ (Jehu) が乱暴に馬を駆ることが述べられている。[35] アメリカの俗語で to give a person *jessie* は「人をしたたか打つ」を意味するが、この表現は辞書では説明されていない（バートレット (Bartlett) の著作[36]やファーマー (Farmer) とヘンリー (Henley) の共著[37]の中には引用があるかもしれない）。それは『イザヤ書』(Isaiah) の 11 章 1 節[38]にある There shall come forth a *rod* out of the stem of Jesse.［イタリックは訳者］「エッサイの株から一つの枝が伸びる」の rod「小枝、鞭」に言及したものではないだろうか。OED には jesse という綴字が挙げられており、以下の意味であると説明されている――

> A genealogical tree representing the genealogy of Christ[, from 'the root of Jesse' (cf. Isa. xi. I); used in churches in the Middle Ages as] a decoration for a wall, window, vestment, etc., or in the form of a large branched candlestick.
> 「［エッサイの根（『イザヤ書』11 章 1 節を参照）から伸びる］キリストの家系図。［中世の教会において］壁、窓、礼服などの装飾［に］、あるいは枝のついた大きな燭台の意匠［に用いられた］」[39]

254　清教主義 (Puritanism)

清教徒たちは、Christmas という語の代わりに Christtide という語を使うことによってカトリック的な mass「ミサ」という語を避けようとした。この点では彼らの思い通りにはならなかったが、それでも彼らの影響はじゅうぶんに強かったので、口ぎたない不敬の言葉を発する慣習を変えることとなった。カトリック時代には神をも恐れぬあらゆる呪いが流行していた。このことは次のチョーサーからの引用でも明らかであろう――

第 11 章　結論 (Conclusion)

> Hir othes been so grete and so dampnable,
> That it is grisly for to here hem swere;
> Our blissed lordes body they to-tere;
> Hem thoughte Jewes rente him noght ynough.[40]
> 「彼らの罰当たりな言葉はひどく忌むべきもので、
> 彼らが罵るのを聞くのは身の毛もよだつばかり、
> 慈悲深い神の御からだを切り刻むとは、
> ユダヤ人の仕打ちでもまだ不足だというのか」

　この慣習は宗教改革 (the Reformation) 後も続き、呪いの毒気をやわらげるために、God に代わる様々な言い換えとして、gog、cocke、gosse、gosh、gom、Gough、Gad などの単語が用いられた。同様に、(the) Lord の代わりに Law、Lawks、Losh などが使われていた。

　時には God の最初の音だけが省略されることがあり、次の例のように、属格の語尾だけが残る場合がしばしば見られる——

> Odd's lifelings「おやおや」(Shakespeare, *Twelfth Night* 5.1.187)
> 'Sblood (God's blood)、's nails、's light、's lid、'zounds (God's wounds)
> 「実際」、「全く」、「まあ」、「ちくしょう」

　主格の God の最後の音だけが残された例としては、'drot it (God rot it「ちくしょう」、「それがどうした」) があり、それは後に drat it (あるいは、愉快な訛り方をして rabbit it) ともなった。本来の形を分かりにくくしたこれらの呪いの表現の多くは極めて広く使われ、それらのいくつかは今日まで生き残っている。Goodness gracious me「おや、まあ、たいへん」は、文法的にはどう分析すればよいものか途方にくれるが、不敬の言葉を使いたい気持ちとそれをはばかる気持ちのせめぎあいから生まれた数多くの表現の一つである。また、以下のロザリンド (Rosalind) の発言にも注目すべきである——

> By my troth, and in good earnest, and so *God mend mee*, and by all pretty oathes that are not dangerous (*As You Like It* 5.1.192) [イタリックは訳者]
> 「誓って、こころから、神にかけて、その他差し障りのないあらゆる誓いによって」

255　神を冒瀆する言葉 (Profane Language)

　清教徒は 1606 年に舞台で神を冒瀆する言葉を発することを禁止する法律を制定させ（ジェイムズ一世の在位三年目に制定、21 章）、[41] その結果シェイクスピアの戯曲では、1623 年版の二つ折本 (folio) とそれより前に刊行された四つ折本 (quarto) とを比較すると分かるように、'zounds のような語は表現が置き換えられるかまたは削除された。God の代わりには Heaven や Jove[42] を、また (a)fore God の代わりには 'fore me (afore me) や trust me が用いられた。さらに、God give thee the spirit of persuasion (1 Henry 4 1.2.170)「どうか神さまが、お前に説得の精神を与えてくれますように」は Maist thou have the spirit of perswasion に変えられるなどした。

　しかし、日常生活において人々は不敬な言葉を発し続け、王政復古期の喜劇はあらゆる種類の奇妙な呪いに溢れている。しかしながら、徐々に清教徒精神が浸透し、英国人はヨーロッパの他の国民より罵ることが少なくなった。罵りのために普通に使われる言葉――「神を冒瀆する言葉」(profane language) や「罵りの言葉」(expletives) ――でさえも、英国のそれらはヨーロッパの他の国々のものよりは毒気が少ない。My God「おや、まあ（驚いた）」と言う代わりに、英国の女性はしばしば Dear me! や Oh my! あるいは Good gracious! と言うだろう。また、devil「悪魔」の代わりに用いる deuce「悪魔、疫病神」や、hell「地獄」の代わりの the other place「あの世」あるいは a very uncomfortable place「非常に不快な場所」のような婉曲語法にも注意すべきである。[43]

　英国では禁忌の語であったものの中には、他の国では全く無害と考えられていた語も多い。さらに、英国人はあらゆる種類の強烈な語に対する代替表現を生み出すことにおいて実に驚くべき才能を発揮してきた。動詞の damn「地獄に落とす」は極めて忌むべき語と考えられていたし、それに代わって用いられる confound のような穏やかな語でさえ、礼儀作法を重んじる社会では許されがたいものだった。[44]

　バーナード・ショー (Bernard Shaw)[45] の『カンディダ』(Candida) においては、モレル (Morell) が激昂のあまり 'Confound your impudence!'「何と無礼な！」と叫ぶと、彼の下品な義父は 'Is that becomin' language for a clergyman?'「それが聖職者にふさわしい言葉使いかね」とやり返す。すると

第 11 章　結論 (Conclusion)

モレルはこれに次のように応える。

> 'No, sir, it is not becoming language for a clergyman. I should have said damn your impudence: that's what St. Paul or any honest priest would have said to you.'
> 「なるほど、聖職者にふさわしい言い方ではありません。本当なら「ちくしょう、生意気な奴め」というべきでした。それこそ聖パウロはじめ実直な聖職者たる者なら誰もがあなたに対して言ったであろうことですから」

damned に代わる他の表現には hanged や（はるかに稀だが）somethinged があり、[46] 他にはそのいかがわしい語を－（ダッシュ）で置き換えて印刷しないやり方に由来するいくつかの形、すなわち、dashed（－やその代わりに dash という語を用いる）、同じやり方に由来する blanked や blanky、deed（d－d という略記から。時にはこの動詞は to D と表記される）も使われる。darned は damned が純粋に音声上の変化をしたものであろうが、類似の例がなくはない。一方、テニスンに見られる danged は damned と hanged が混じってできた珍しい例である。[47] このように、d を頭文字とする一連の語を多数挙げたが、これらを用いることによって、話し手はまるでこの禁断の語を口にするかのように話し始めておいて、実際にはそれほど差し障りのない話し方へと言葉を続けることができるのである。[48]

このことは、bl- で始まる語についても同様である。blessed「祝福された」は、他の類似の例と同じような過程を経て [49] 本来の語義とは反対を意味するようになり、cursed「呪われた」の同義語となった。blamed も同じ意味であった。[50] これらの強い表現の代わりに、人々は他の形容詞を使い始めた。例えば、bl- を発音した後に bloody のような無邪気な語に切り換えるようになり、それが間もなく下世話な大衆には大いに好まれるようになったが、それゆえに上品さを重んじる人々にはおぞましいものとなった。あるいは、blooming に置き換えられることもあったが、それもまた十九世紀後半には同じ不幸な運命をたどった。

ジョージ・エリオット [51] は『ミドルマーチ』(Middlemarch) の中でその主人公を何度も blooming young girls「咲き誇る花のような若い乙女」と呼んでいるが、あえてこのような表現をする作家は今日ではほとんどいないだろう。同様に、

シェイクスピアの the bloody book of law「冷徹な法典」[52] という表現は現代の読者には完全に死語であり、今日では辞書編集者は古英語の blodig やそれに相当する外国語の単語を、bleeding「血の出る」、blood-stained「血にまみれた」、sanguinary「血なまぐさい」、ensanguined「血に染まった」のような語で訳さなければならない。しかし sanguinary でさえ、卑俗な言葉を引用する時には、しばしば bloody の代用として用いられている。

256　婉曲語法 (Euphemisms)

通常、婉曲語法はこうなる運命にある。不作法なあるいは不適切だと考えられるものの本当の名前を使わないようにするために、人々は何らかの差し障りのない語を使う。しかし、言い換えられた語がその意味で慣用的に使われるようになると、それが取って代わった元の語と同じほどに非難されるべき語となって、今度はそれが避けられる。privy「私的な、内密の」はフランス語の privé から普通に生じた英語の単語である。しかし、それが名詞として a privy place「トイレ」に代用され、さらには the privy parts「陰部」のような句に使用されるようになると、元の意味を示す語は private「私的な、秘密の」に取って代わられることになった。もっとも、Privy Council「枢密院」、Privy Seal「御璽」、Privy Purse「国王のお手元金」のように、公的な用法としての権威の裏付けがあって使われ続けた場合は別である。複数形の parts は talents, mental ability「才能、知的能力」を表す普通の表現であったが、ついに隠語におけるこの語の用法のために、この語はその意味では使えないものとなってしまった。[53]

257　上品ぶった言葉使い (Prudery)

20 世紀、とりわけ第一次世界大戦後の時代には、ヴィクトリア朝には多くあった言葉使いの禁忌は廃れた。今日では、人々は彼らの先祖ほどには damn や bloody という単語を使うことに抵抗を感じない。多くの性的な含みを持つ表現も、今日では公然と口にされている。ボストンの上品な女性たちは legs「脚」という語は使わずにピアノの脚を limbs「下肢」と呼び、自分たちの脚を benders「曲がるもの」と呼んだが、[54] 現代の世代はこのような上品ぶった言葉使いには拒否反応を示す。

第 11 章　結論 (Conclusion)

　かつては、ただの trousers「ズボン」という単語を避けるために、inexpressibles「口に出して言えないもの」、inexplicables「説明できないもの」、indescribables「いわく言い難いもの」、unmentionables「言えないもの」、unwhisperables「小声でさえ口に出せないもの」、my mustn't-mention-'em「私が言ってはならないもの」など多くの滑稽とも言える代替表現が使われた。[55] しかし、今では trousers という単語を使うことに異論を唱える人はいない。
F. T. エルワーズィ (Elworthy)[56] によると、サマセットの農民たちでさえ bull「雄牛」や stallion「種馬」、boar「雄豚」、cock「雄鶏」、ram「雄羊」などの単語を用いるのは不謹慎だと考えていたようであるが、このようなことは今や過去のこととなった。

258　英語の拡散 (Expansion of English)

　本書はこれまで、主として標準的な英語を扱い、そのように認知されていないものについてはほとんど触れてこなかった。その意味では、本書は内容が一面的であったと言わざるを得ない。その場限りの造語や大胆な表現は、標準的な英語として認められてはいないが、英語の表現力の可能性を示すものとして、また場合によっては誰もが違和感を抱かない表現と同じく広く使われてしかるべきものとして、興味深いものである。本書では、それらの造語や表現についてもところどころで触れただけであった。

　英語のある形がどのようにして種々の方言をさしおいて標準的とされるようになったのかという問題や、[57] 地方訛りやコックニー (cockney)、[58] 卑語、アメリカ英語及び植民地英語、俗語[59]や隠語、[60] ピジン英語[61]やその他の非母語としての英語[62]などについての章を加える余地は、この小著には見つけられなかった。また、あの歴史的なようでいて実はそうではなく、また教育的でもないものとして嫌悪すべき英語の綴りに関するすべての問題も意図的に除外した。[63] あとは、英語の拡散と呼べる事柄について少し述べて結論としよう。

259

　ほんの二、三世紀前には[64] 英語はごく数少ない人々によって話されていたので、誰もそれが世界中で用いられる言語になろうとは夢にも思わなかった。1582 年にリチャード・マルカスター (Richard Mulcaster)[65] は「英語は、こ

の我が国の島だけ、いや、そこでさえ全体に普及しているとは言えない、ごく限られた範囲で使われている言語である」と書いた。またバスティード (Bastide) は、「フロリオ (Florio) の英伊対話[66]の一つでは、イングランド在住のイタリア人が英語についての意見を求められ、ドーバー海峡を越えれば価値がないと答えた。アンション (Ancillon)[67] は、海外では誰も英語を読めないので、英国の作家が英語で書くことを選んだことを嘆いた。必要に迫られて英語を習った者でさえ、すぐに英語を忘れた。

1718年にいたっても、ル・クレール (Le Clerc)[68] は大陸には英語を読める学者が少ないことを遺憾に思った」と述べている。[69] ポーシャ (Portia) がイングランドの若い男爵フォーコンブリッジ (Fauconbridge) についてのネリッサ (Nerissa) の質問に答えて述べたことと比較されたい (*The Merchant of Venice* 1.2.72)。

> 'You know I say nothing to him, for hee understands not me, nor I him: he hath neither Latine, French, nor Italian, and you will come into the Court and sweare that I have a poore pennie-worth in the English. Hee is a proper man's picture, but alas, who can converse with a dumbe show?'
> 「私はあの方には何も申しません。あの方は私の申し上げることがお分かりにならなければ、私もあの方のおっしゃることが分からないのですもの。あの方はラテン語も、フランス語も、それにイタリア語もお分かりでなく、私は私で、あなたも法廷で証言できるほどに確かにご存じのとおり、ほんの少ししか英語は分かりません。なるほどあの方は立派な人間のお姿をなさっていますが、残念なことに、誰がだんまりを決めこむ方とお話ができるものですか」

1714年にはヴェネロニ (Veneroni) が『ヨーロッパの四つの主要な言語であるイタリア語、フランス語、ドイツ語、ラテン語の帝国辞書』を出版した。[70] 今日では、主要言語のどれほど短い一覧表を作るにしても、そこから英語を除外する者はいないだろう。なぜなら、政治的、社会的、文学的な重要性において、英語は他のどの言語にも劣るものではなく、また他のどの言語よりも多くの人たちの母語であるのだから。

260

英語が著しく普及した原因は英語が本来備えている長所にあるとされるこ

第 11 章　結論 (Conclusion)

とがあるが、それは正しくないであろう。二つの言語が競合する時には、言語としてより完全な方が勝利するとは限らない。また、必ずしも文化のより優れた民族が文化のより劣った民族に自らの言語を取り入れさせるとも限らない。二つの民族が入り交っている地域において、時には知的により優れている民族が自分たちの言語を使い続けるのを断念することがある。

　それは、彼らは隣人の言語を習得できるのに対して、隣り合って暮らしているもう一方の民族は自分たちの母語以外は身につけられないほどに愚鈍だからである。このように、複数の言語の競合には非常に多くの社会的問題が関わっているので、世界の非常に多くの地域において、ヨーロッパ及びヨーロッパ以外の他の言語に対する英語の勝利を決定づけた様々な要因を詳細に調べることは、興味深いことではあるが困難なことだろう。ほとんどの場合には、政治的優越がおそらく最も有力な要因であったということが分かるだろう。

261

　いずれにせよ、どのヨーロッパの言語を見ても、ここ数世紀の間にこのように広大な地域に普及したものは英語以外にはないという事実は依然として変わらない。このことは、各言語を話す人々の数を百万人を単位として列挙した次の表を見れば明らかである。[71]

年代	英語	ドイツ語	ロシア語	フランス語	スペイン語	イタリア語
1500	4 (5)	10	3	10 (12)	8½	9½
1600	6	10	3	14	8½	9½
1700	8½	10	3 (15)	20	8½	9½ (11)
1800	20 (40)	30 (33)	25 (31)	27 (31)	26	14 (15)
1900	116 (123)	75 (80)	70 (85)	45 (52)	44 (58)	34 (54)
1926	170	80	80	45	65	41

　入手できた最新の数字は H. L. メンケン (Mencken) [72] による『アメリカ語』(*The American Language*) の第 4 版 (1936 年刊) の 592 頁にあるものである。彼によると、「まず、英語が母語である人々の数を挙げよう。その数は、アメリカ合衆国本土ではおよそ 1 億 1200 万人に、英国では 4200 万人に、カナダでは 600 万人に、オーストラリアでは 600 万人に、アイルランドでは 300 万

人に、南アフリカでは 200 万人に、そしておそらく残りの英国の植民地とアメリカ合衆国の本土以外の領土[73]を合わせて 300 万人に達している。これらの数字はすべて非常に控えめに見積もったものであるが、合計 1 億 7400 万人に達する。

さらに、他のある言語を母語として生まれたけれども、英語を話す社会に暮らして英語を日常語として話し、彼らの子供たちも英語を日常語として使うように育てている人々がいる。そのような人々は、アメリカ合衆国で 1300 万人、カナダで 100 万人、英国とアイルランドで 100 万人、世界のその他の地域で 100 万人おり、彼らを加えると英語を日常語として話す人々の総数は 1 億 9100 万人となる」。

メンケンはスペイン語を話す人々の数は 1 億人とし、ロシア語は 8000 万人、ドイツ語は 8500 万人としたうえで、こう付け加えている。「このように、英語は他のどの言語よりもはるかに広い地域で、はるかに多くの人たちに使われている。そのうえ、今後その差をさらに広げるであろうことは間違いない。なぜなら、他のどの言語もこれほど急速に、あるいはこれほど遠い地域にまで広がってはいないからである。総じて、おそらく英語は今日では少なくとも世界中の 2000 万人の人々によって第二言語として話されていると考えられる。つまり、確かに流暢にとは言えないことが多いとしても、十分に理解できる言語として話されているのである」

遠い未来はどうなろうと、近い将来には英語を話す人々の数は大いに増加するであろうことは、偉大な予言者でなくても予想できる。世界で最も強い影響力を持つ国々のうちの二か国の人々によって話される英語という言語が、私が本書でその成長と構造の特徴を描写しようとしてきたように、非常に気高く、非常に豊かで、非常に柔軟性があり、非常に表現力があり、非常に興味深い言語であることは、人類にとって喜ぶべきことである。

第 11 章　結論 (Conclusion)

注

¹ （原注1）英語の最近のいくつかの傾向については、本書の161節で挙げた研究に加えて Stuart Robertson, *The Development of Modern English* (1934) を挙げておこう。（訳者注）161節については、そこに付けられた原注を参照。

² （訳者注）それぞれの二人称代名詞（主格）は以下を参照—

		ドイツ語	デンマーク語	イタリア語	スペイン語	フィンランド語
単数	親称	du	du	tu	tú	sinä
	敬称	Sie	De	Lei	usted (Vd.)	Te
複数	親称	ihr	I	voi	vosotros, vosotras	Te
	敬称	Sie	De	Loro	ustedes (Vds.)	

³ （訳者注）Oskar Weise (1851-1933) ドイツの言語学者。

⁴ （原注2）*Charakteristik der lateinischen Sprache*『ラテン語の特徴』(1889) 21頁。

⁵ （訳者注）現代英語の二人称代名詞は、ひとりの人にも複数形を用いるという点に加えて、本来は目的格の you を主格 ye に代わって用いるという点でも特殊である。

⁶ （訳者注）thou は相手に対する軽蔑や敵意などを示す場合もある。

⁷ （訳者注）17世紀にイングランドで設立されたキリスト教団体。

⁸ （訳者注）フランス語の二人称代名詞（主格）は、本来は vous が複数で tu が単数であるが、前者は丁寧な呼びかけ方として単数にも用いられ、後者は親しい間柄で用いられる。

⁹ （訳者注）Henrik Johan Ibsen (1828-1906) ノルウェーの劇作家・詩人・舞台監督。*Et Dukkehjem* (1879)。

¹⁰ （訳者注）オランダ語の二人称代名詞（主格）は以下を参照—

単数		複数	
親称	敬称	親称	敬称
jij	u (U)	jullie	u (U)

gij はやや古風な二人称単数代名詞で、文語で用いられる。je は日常会話でよく用いられる二人称単数・複数代名詞。

¹¹ （訳者注）John Bunyan (1628-88) イングランドの宗教家・文学者。*The Pilgrim's Progress*『天路歴程』(1678、1684)。

¹² （原注1）Albert S. Cook の小著 *The Bible and English Prose Style* (Boston, 1892) にある多くの引用を参照。一方、フィッツエドワード・ホール (Fitzedward Hall) は、彼の著書 *Modern English* の16-17頁において次のように述べている。「ニューマン博士 (Dr. Newman) や、彼と同じように英語の聖書をとらえる多くの人々に、英国国教会の祈祷書にある憐れむべきトルコ人たちも、Newman 博士たちと全く同じやり方かつ全く同じ理由で、「神聖なるコーラン」にはどういう言葉使いがふさわしいか

等々について語っているということを、うちうちにお伝えしてもよいだろう。宗教改革以来、イングランドの宗教で用いられる言語は、ごく稀な例外を除いて、不自然な懐古趣味や鼻持ちならない学者ぶったものが支配的であった。本来、聖書では簡潔な言葉使いが意図されていたのであって、純粋に宗教的情熱が伝わればよい時代においてはそれで充分だったのだ。しかし、国王ジェイムズ (James) がよしとした風変りな言い回しは今や神聖化され、その結果、慣習的なうわべばかりの宗教的情熱をもって発せられる hath や thou は、もはやそれらの語を聞く者を厳粛な気持ちにさせ、それらの語を発する者がいかにも神聖な者であるかのように思わせる効果があると言ってもよいほどである」。（訳者注）Albert Stanburrough Cook (1853-1927) アメリカの英語学者。Fitzedward Hall (1825-1901) アメリカの東洋学者。*Modern English*『近代英語』(1873)。Dr. Newman とは英国の神学者 John Henry Newman (1801-90) のこと。

[13] （訳者注）Alfred Tennyson (1809-92) 英国の詩人、桂冠詩人。*In Memoriam A. H. H.*『イン・メモリアム』(1850)。

[14] （原注2）*Life and Letters*, II, 41 頁と 71 頁。

[15] （原注3）*Studies in English, Written and Spoken* (1894), 125 頁。（訳者注）Cornelis Stoffel (1845-1908) はオランダの英語学者。

[16] （訳者注）原書では引用されていないが、併せて引用することが望ましいと思われる部分を [ ] 内に付記し、その部分の日本語訳を 〔 〕内に示した。

[17] （訳者注）それぞれの出典は以下のとおり—
Tell it not in Gath は『サムエル記下』(2 Samuel) 1 章 20 節; the powers that be は『ローマ人への手紙』(Romans) 13 章 1 節; olive branches は『詩編』(Psalms) 128 章 3 節; strain at a gnat, and swallow a camel は『マタイによる福音書』(Matthew) 23 章 24 節; to spoil the Egyptians は『出エジプト記』(Exodus) 3 章 22 節; he may run that readeth it は『ハバクク書』(Habakkuk) 2 章 2 節; take up his parable は『民数記』(Numbers) 24 章 23 節; wash one's hands of は『出エジプト記』30 章 19 節; a still small voice は『列王記上』(1 Kings) 19 章 12 節; thy speech bewrayeth thee は『マタイによる福音書』26 章 73 節。

[18] （訳者注）rib が本来の意味である「あばら骨」から「妻」という意味を持つようになった背景については、『創世記』2 章 21 節と同 22 節を参照。

[19] （訳者注）『創世記』1 章 16 節。

[20] （訳者注）Charlotte Brontë (1816-55) 英国の小説家。*Jane Eyre*『ジェイン・エア』(1847)。

[21] （原注1）「放蕩息子」(prodigal son) という句は聖書の本文にはないが、『ルカによる福音書』(Luke) の 15 章の見出しにはある。

[22] （訳者注）それぞれの出典は以下のとおり—
to kill the fatted calf は『ルカによる福音書』15 章 27 節; whited sepulchres は

第 11 章　結論 (Conclusion)

　『マタイによる福音書』23 章 27 節 ; of the earth, earthy は『コリント人への第一の手紙』(1 Corinthians) 15 章 47 節 ; to comprehend with all saints, what is the breadth, and length, and depth and height は『エペソ人への手紙』(Ephesians) 3 章 18 節。

23　(原注 2)『ティモテへの第 1 の手紙』(1 Timothy) 6 章 15 節の the King of kings, and Lord of lords「王のなかの王、主のなかの主」を参照。

24　(訳者注) William Shakespeare (1564-1616) イングランドの劇作家・詩人。*Othello*『オセロ』(1602) など。

25　(訳者注) William Wordsworth (1770-1850) 英国の詩人。*The Lucy Poems*『ルーシー詩篇』(1798-1801)。

26　(訳者注) Jane Austen (1775-1817) 英国の小説家。*Sense and Sensibility*『分別と多感』(1811) など。

27　(訳者注) William Makepeace Thackeray (1811-63) 英国の小説家。*Vanity Fair*『虚栄の市』(1847-8) など。

28　(訳者注) William Edward Hartpole Lecky (1838-1903) アイルランドの歴史家・政治理論家。*A History of England during the Eighteenth Century*『18 世紀英国史』(1878, 1890)。

29　(訳者注) Henry James (1843-1916) アメリカ生まれの英国で活躍した小説家。*The Turn of the Screw*『ねじの回転』(1898)。

30　(訳者注) James Sully (1842-1923) 英国の心理学者。*Pessimism*『悲観主義』(1877)。

31　(訳者注) Mrs Humphry Ward、本名 Mary Augusta Ward (1851-1920) 英国の小説家。*Robert Elsmere*『ロバート・エルズミア』(1888)。

32　(訳者注) Sir Thomas Henry Hall Caine (1853-1931) 英国の小説家。*The Eternal City*『永遠の都』(1901)。

33　(訳者注) Sir James Matthew Barrie (1860-1937) スコットランドの作家・劇作家。*Peter and Wendy*『ピーターとウェンディ』(1911)。

34　(訳者注) Joseph Rudyard Kipling (1865-1936) 英国の小説家・詩人。*Kim*『キム』(1901)。

35　(訳者注) And the watchman told, saying, He came even unto them, and cometh not again: and the driving is like the driving of Jehu the son of Nimshi; for he driveth furiously.「見張りの者は言った。彼も、彼らの所へ行きましたが帰ってきません。あの馬の走らせ方はニムシの子エヒウのようです。と言うのも、ずいぶん乱暴な走らせ方ですから」

36　(訳者注) John Bartlett, *A Collection of Familiar Quotations* (1855)。同書の最新版は 2012 年刊の 18 版。

37　(訳者注) J. S. Farmer and W. E. Henley, *Slang and Its Analogues* (1890-1904) のことか。

38 （訳者注）原書では『イザヤ書』の2章1節 (Isaiah II, 1) とあるが、同書の11章1節の誤りである。

39 （訳者注）原書では省略されている部分を［　］内に引用し、その部分の日本語訳を［　］内に示した。

40 （原注1）ジェフリー・チョーサー (Geoffrey Chancer) の『カンタベリー物語』(*The Canterbury Tales*) にある「免償説教家の話」(The Pardoner's Tale) の472行以下。併せて、スキート (Skeat) の『ジェフリー・チョーサー作品集』(*The Complete Works of Geoffrey Chaucer*) 第5巻の275頁にあるこの一節についての注も参照。（訳者注）スキートは当該の注で grisly や to-tere という単語の意味を説明し、とくに後者の単語が「免償説教家の話」の629行以降や「教区主任司祭の話」(The Parson's Tale) の591節でも神やキリストに対して使われていることを述べると共に、チョーサーの作品以外での類似の使用例を挙げている。

41 （訳者注）『演劇における冒瀆禁止法』(An Act to Restrain Abuses of Players)。

42 （訳者注）ローマ神話の主神で天の支配者である Jupiter から。

43 （原注1）I will see you *further*「地獄で会おう」という表現と比較されたい。

44 （原注1）confound がもとの意味で使われる場合は、誤解を避けるために together を伴うべきであることが多い。（訳者注）confound の原義は「混ぜ合わせる、混同する」。

45 （訳者注）George Bernard Shaw (1856-1950) アイルランド出身の英国で活躍した劇作家。*Pygmalion*『ピグマリオン』(1913)。

46 （原注2）類似の something の例として、ペット・リッジ (Pett Ridge) 作『失われた資産』(*Lost Property*) の167頁にある 'Where the something are you coming to?「いったいどこへ行こうというのか」を参照。（訳者注）William Pett Ridge (1859-1930) 英国の作家。*Mord Em'ly*『モード・エミリー』(1898)。

47 （原注3）印刷に際して damned がその形を変えられている例として、以下を参照—

'I'm doomed!' Corp muttered to himself, pronouncing it in another way.
「『ちくしょう』コープはその単語の発音を変えてつぶやいた」
(Barrie, *Tommy and Grizel*, 122頁)（訳者注）Barrie については注33を参照。

48 （原注4）『レズリー・スティーブンの生涯と書簡』(*The Life and Letters of Leslie Stephen*) の138頁にある以下の表現も参照—

Kingsley's struggles with the fourth letter of the alphabet (a little swearing was thought no blemish in your muscular Christian)「キングズリーのアルファベットの4番目の文字との格闘（少々の罵りの言葉は男のキリスト教徒の場合は問題とは考えられなかった）」（訳者注）Leslie Stephen (1832-1904) 英国の文学史家・思想史家。*The Life and Letters of Leslie Stephen* の著者は英国の法制史学者であった Frederic William Maitland (1850-1906)。

第11章 結論 (Conclusion)

49 (原注5) 英語の silly やフランス語の benêt などを参照。(訳者注) 本来、silly は「幸せな、祝福された」の意味で、benêt も「祝福された」の意味であった。

50 (原注6) さらに、blamed と damned (darned) の混成 (blending) である blarned という語もある。I swear と言うのを避けるための I swan や I swow、その他これらに類似の表現も参照。

51 (訳者注) George Eliot (1819-80) 英国の小説家。*Silas Marner*『サイラス・マーナー』(1861)。

52 (訳者注)『オセロ』(*Othello*) の1幕3場78行。

53 (原注1) アメリカの例として、ファーマー (Farmer) の *Americanisms* の293頁にある以下の説明を参照—

He-biddy — a male fowl. A product of prudery and squeamishness.「He-biddy—雄の家禽類。礼儀作法への極端なこだわりや潔癖さから生じた表現」

また、ストルム (Storm) の *Englische Philologie* の887頁にある roosterswain「牡鶏」についての記述も参照。(訳者注) he-biddy は cock「雄鶏、雄の家禽類」の代わりに、roosterswain は coxswain (cockswain)「艇長」の代わりに、それぞれ用いるべきとされた語。cock には「男性器」の意味もあることから、これらの代用語が生まれたのであろう。John Stephen Farmer (1845?-1915?) 英国の俗語辞書編集家。Johan Fredrik Breda Storm (1836-1920) はノルウェーの言語学者。

54 (原注1) オーピー・リード (Opie Read) の『ケンタッキー大佐』(*Kentucky Colonel*) の11頁の以下の例を参照—

He was so delicate of expression that he always said limb when he meant leg.
「彼は言葉使いがとても繊細で、leg と言う代わりにいつも limb と言った」

55 (訳者注) trousers はもともと体に密着する衣服であったことが理由かもしれない。

56 (原注2) *Transactions of the Philological Society*, 1898。(訳者注) Frederick Thomas Elworthy (1830-1907) 英国の言語学者。*The Dialect of West Somerset*『西部サマセットの方言』(1875)。

57 (原注3) 拙著 *Mankind, Nation and Individual* (Oslo, 1925) の3章と4章を参照。そこでは、共通語全般の発達について議論されている。(訳者注) ここでの共通語 (common language) とは、方言 (dialect) に対する標準語 (standard language) を指す。

58 (訳者注) 標準的なイギリス英語の発音 (Received Pronunciation「容認発音」) とは異なるロンドン訛りで用いられている方言。伝統的には Cheapside にある St. Mary-le-Bow の鐘の音が聞こえる地域に育った人が話すとされているが、現在ではロンドンの East End に住む労働者階級の英語を指す。例えば、Hampshire, Hereford, horrible などの語頭の /h/ 音を落として発音する (米倉 (2005: 71-98) を参照)。最近ではロンドン、テムズ川河口域を中心とした河口域英語 (Estuary

English) という新しい英語の訛りが注目されている。例えば、tall や build の /l/ 音が母音化して発音される。この河口域英語は容認発音とコックニー訛りの両方の特徴を併せ持ったものである。

⁵⁹ （原注4） 上掲書、8章。

⁶⁰ （原注5） 上掲書、10章。

⁶¹ （訳者注）ピジン (pidgin) とは複数の言語が混じり合い単純化して生じた混成語のこと。共通語を持たない人たちの間で意思疎通の手段として用いられる。pidgin という語は英単語 business の中国語訛りとされる。pidgin が定着して母語として話されるようになった言語をクレオール（Creole）と言う。

⁶² （原注6） Beach-la-Mar とピジンについては拙著 *Language* の12章を参照。（訳者注） Beach-la-Mar はバヌアツやフィジーを中心とする地域で用いられる英語を基礎とした言語。

⁶³ （原注7） 英語の音声体系と綴り字の歴史的な解説は拙著 *Modern English Grammar on Historical Principles* (Heidelberg, Carl Winter, 1909) の第1巻に見出せるだろう。より新しい、しかし残念ながら未完結のものとして、Karl Luick, *Historische Grammatik der englischen Sprache* (Leipzig, 1914-1929) がある。

⁶⁴ （訳者注）原書の初版が刊行された1905年を起点とすることに注意されたい。

⁶⁵ （訳者注） Richard Mulcaster (?1531-1611) イングランドの教育論者。*Elementarie*『初等教育論』(1582)。

⁶⁶ （訳者注） John Florio の著書 *First Fruits, which yield Familiar Speech, Merry Proverbs, Witty Sentences, and Golden Sayings*『よく使われる表現や愉快なことわざ、気の利いた文章やすばらしい言い回し集　その1』(1578) もしくは *Second Fruits, to be gathered of Twelve Trees, of divers but delightsome Tastes to the Tongues of Italian and English men*『十二の題材から集められたイタリア人及びイングランド人にとって味わい深い種々の言葉使い集　その2』(1591) のいずれかを指すと思われる。John Florio (イタリア名 Giovanni Florio) (1553-1625) イタリア系イングランド人の言語学者・辞書編纂者。*A Worlde of Wordes*『言葉の世界』(1598)。

⁶⁷ （訳者注） Johann Peter Friedrich Ancillon (1767-1837) プロイセンの歴史家・政治家。*Tableau des révolutions du système politique de l'Europe depuis le XVe siècle*『15世紀以降のヨーロッパ政治体制革命史』(1803)。

⁶⁸ （訳者注） Georges-Louis Leclerc (1707-88) フランスの博物学者・数学者・宇宙学者。*Histoire naturelle, générale et particulière*『博物誌・総論及び各論』(1749-1788)。

⁶⁹ （原注1） Ch. Bastide, *Huguenot Thought in England*『英国におけるユグノー思想』、Journal of Comparative Literature I (1903), 45頁。（訳者注） Charles Bastide (1875-?) フランスの文学者。*Anglais et Français du XVIIe siècle*『17世紀の英仏関係』(1912)。

⁷⁰ （原注2） 原著の書名は *Das kayserliche Spruch- und Wörterbuch, darinnen die*

第 11 章　結論 (Conclusion)

4 europäischen Hauptsprachen, als nemlich: das Italiänische, das Frantzösische, das Teutsche und das Lateinische erklärt warden『帝国辞書、その中に4つの欧州主要の国語、すなわち、イタリア語、フランス語、ドイツ語、ラテン語が説明されているもの』。

71　（原注1）表に挙げた数字は概数で、とりわけ古い時代についてはそうである。参照した根拠資料で数字が異なる場合は、最小値を挙げ、（　）内に最大値を挙げた。1926年の数値はL. テニール (Tesnière) がA. メイエ (Meillet) の著書 *Les Langues dans l'Europe Nouvelle* (Paris, 1928) に添えた補遺によるものである。（訳者注）*Les Langues dans l'Europe Nouvelle*『新生ヨーロッパの諸言語』は初版が1918年に刊行され、テニエールによる補遺を加えた版が1928年に刊行された。Paul Jules Antoine Meillet (1866-1936) と Lucien Tesnière (1893-1954) はいずれもフランスの言語学者。

72　（訳者注）Henry Louis Mencken (1880-1956) アメリカの著述家。*Happy Days*『幸福な日々』(1880-1892)。

73　（訳者注）ハワイやアラスカなど。

参考文献

校訂版

Areopagitica and Other Political Writings of John Milton, Foreword by John Alvis (1999), Liberty Fund.

Benson, Larry Dean ed. (1987) *The Riverside Chaucer*, Houghton Mifflin.

Bilingual Bible: New International Version—New Japanese Bible ［新改訳］ (2011), いのちのことば社.

Blake, Norman F. ed. (1970) *The History of Reynard the Fox*, (EETS 263), Oxford University Press.

Brooks, Harold F. ed. (1979) *A Midsummer Night's Dream*, Methuen.

Browning, Robert (1872) *Fifine at the Fair, and Other Poems*, James R. Osgood & Company.

Coleridge, Stephen (1887) *Demetrius*, Kegan Paul.

Craig, W. J. ed. (1984) *Shakespeare Complete Works*, Oxford University Press.

Culley, W. T. ed. (1890) *Caxton's Eneydos*, Oxford University Press.

Dickins, B and R. M. Wilson eds. (1959) *Early Middle English Texts*, Bowes & Bowes.

Dowden, Edward ed. (1899) *The Tragedy of Hamlet*, Methuen.

Eliot, George (1859) *Adam Bede*, Harper & Brothers.

The English Hexapla (1841) Samuel Bagster and Sons, Paternoster Bow. Reprinted AMS Press, 1975.

Essays of Elia (Charles Lamb), Foreword by Matthew Sweet (2009), Hesperus Press.

Evans, G. Blakemore ed. (1997) *The Riverside Shakespeare*, 2nd edition, Houghton Mifflin.

Fehr, Bernhard ed. (1914) *Die Hirtenbriefe Ælfrics*, Verlag von Henri Grand.

Forshall, Rev. Josiah and Sir Frederic Madden eds. (1850) *The Holy Bible, Containing the Old and New Testaments, with the Apocryphal Books,…from the Latin Vulgate by John Wycliffe and his Followers*, 4 Vols., Oxford University Press. Reprinted AMS Press, 1982. [WBible]

Fulk, R. D., Robert E. Bjork, and John D. Niles eds. (2009) *Klaeber's Beowulf*,

University of Toronto Press.
Furness, Horace Howard ed. (1888) *A New Variorum Edition of Shakespeare: The Merchant of Venice*, Philadelphia Lippincott.
Gibbons, Brian ed. (2003) *The Merchant of Venice*, Cambridge University Press.
Greenblatt, Stephen ed. (1997) *The Norton Shakespeare*, Based on the Oxford Edition, W. W. Norton.
Hammond, Antony ed. (1981) *King Richard III*, Methuen.
The Holy Bible, Douay-Rheims Version (2009), Saint Benedict Press.
The Holy Bible: Revised Standard Version, Containing the Old and New Testaments with the Apocrypha / Deuterocannonical Books (1973), Collins.
Hunter, G. K. ed. (1959) *All's Well That Ends Well*, Methuen.
Keats, John (1818) *Endymion: A Poetic Romance*, Taylor and Hessey.
Kermode, Frank ed. (1954) *The Tempest*, Methuen.
Kinney, Angela M. ed. (2013) *The Vulgate Bible*, Vol. VI, Dumbarton Oaks Medieval Library, Harvard University Press.
Kipling, Rudyard (1994) *The Collected Poems of Rudyard Kipling*, Wordsworth Edition Limited.
Klaeber, Fr. ed. (1950) *Beowulf and the Fight at Finnsburg*, 3rd edition, D. C. Heath.
Krapp, George Philip ed. (1932) *The Vercelli Book*, Columbia University Press.
Liuzza, R. M. ed. (1994) *The Old English Version of the Gospels*, Vol. I, Oxford University Press.
Meredith, George (1879) *The Egoist: A Comedy in Narrative*, Charles Scribner's Sons.
Milford, Humphrey ed. (1921) *Poems of Tennyson Including* 'The Princess,' 'In Memoriam,' 'Maud,' 'Idylls of the King,' 'Enoch Arden,' *etc*. Oxford University Press.
Milton's Paradise Lost, Illustrations by Gustave Doré (2010), Arcturus Publishing.
Napier, Arthur ed. (1883) *Wulfstan: Sammlung der Ihm Zugeschriebenen Homilien Nebst Untersuchungen über Ihre Echtheit*, Weidmannsche.
The Oxford Reference Bible: Authorized King James Version (1992), Oxford University Press.
Pinero, Arthur W. ed. (1892) *The Magistrate*, William Heinemann.
Plummer, Charles ed. (1972) *Two of the Saxon Chronicle*, Oxford University Press.
Proudfoot, Richard, Ann Thompson and David Scott Kastan eds. (2001) *The Arden Shakespeare Complete Works*, Revised edition, Thomson Learning.
Scofield, C. I. Rev. ed. (1917) *The Holy Bible, Authorized King James Version*, Oxford University Press.

Skeat, Walter William ed. (1912) *The Complete Works of Geoffrey Chaucer*, Oxford University Press.
Stevenson, Robert Louis (1882) *Familiar Stiudies of Men and Books*, Charles Scribner's Sons.
Stevenson, Robert Louis (1886) *Dr Jekyll and Mr Hyde with The Merry Men and Other Tales and Fables*, 2nd edition, Wordsworth.
Sweet, Henry ed. (1871) *King Alfred's West-Saxon Version of Gregory's Pastoral Care*, Vol.I (EETS 45), Oxford University Press.
Thackeray, William Makepeace (1847-48) *Vanity Fair*, Penguin Books.
Vinaver, Eugène ed. (1973) *The Works of Sir Thomas Malory*, 3 Vols. Clarendon Press. Revised by P. J. C. Field, 1990.
Ward, Mrs. Humphrey (1904) *Eleanor*, Smith, Elder & Co.
Weber, Robertus OSB ed. (1983) *Biblia Sacra Iuxta Vulgatam Versionem*, 2 Vols., Deutsche Bibelgesellschaft.
Wells, Stanley and Gary Taylor eds. (1988) *William Shakespeare: The Complete Works*, Oxford University Press.
Whitelock, Dorothy ed. (1957) *The Homilies of Wulfstan*, Oxford University Press.

翻訳書
ベーオウルフ（忍足欣四郎訳）(1990)『ベーオウルフ』、岩波書店.
チョーサー（桝井迪夫訳）(1995)『完訳　カンタベリ物語』（上・中・下）、岩波書店.
チョーサー（笹本長敬訳）(2002)『カンタベリー物語』（全訳）、英宝社.
ディケンズ（石塚裕子訳）(2010)『デイヴィッド・コパフィールド』（五）、岩波書店.
国原吉之助（訳）(1994)『ガリア戦記』、講談社.
ラム（戸川秋骨訳）(2010)『エリア随筆』、岩波書店.
メレディス（朱牟田夏雄訳）(1978)『エゴイスト』（下）、岩波書店.
ミルトン（上野清一・他訳）(1976)『言論の自由』、岩波書店.
ミルトン（原田純訳）(2008)『言論・出版の自由』、岩波書店.
ミルトン（平井正穂訳）(1981)『失楽園』（上・下）、岩波書店.
長友栄三郎（訳）(1965)『ベーダ　イギリス教会史』、創文社.
大澤銀作（訳）(1979)『英語の発達と構造』、文化書房博文社.
オースティン（臼田昭訳）(1996)『ジェイン・オースティン著作集　3』、文泉堂出版.
サッカレー（三宅幾三郎訳）(1940)『虚栄の市』（六）、岩波書店.
シェイクスピア（上野美子・他訳）(2003)『シェイクスピア大全』（CD-ROM版）、新潮社.
シェイクスピア（小田島雄志訳）(1983)『シェイクスピア全集』、白水社.
須貝清一・真鍋義雄（訳）(1934)『イェスペルセン：英語の生長と構造』、和田書店.

参考文献

高橋博（訳）(2008)『ベーダ　英国民教会史』、講談社.
竹之内明子（訳）(1990)『恋かたき』、日本教育研究センター.

研究書／研究論文
Abel, Carl (1882) *Linguistic Essays*, Houghton Mifflin.
Abbot, E. A. (1929) *A Shakesperian Grammar*, Macmillan & Senjo Publishing.
秋元実治（編）(2001)『文法化―研究と課題―』、英潮社.
秋元実治・保坂道雄（編）(2005)『文法化―新たな展開―』、英潮社.
秋元実治・前田満（編）(2013)『文法化と構文化』、ひつじ書房.
秋山余思 (1985)『入門イタリア語』、白水社.
荒木一雄・宇賀治正朋 (1984)『英語史 IIIA』、大修館書店.
Babbitt, Eugene Howard (1895) *Common Sense in Teaching Modern Languages*, University of Michigan Press.
Baugh, Albert C. and Thomas Cable (2009) *A History of the English Language*, Routledge. 永嶋大典 他（訳）(1981)『英語史』、研究社出版.
Becket, Andrew (1815) *Shakespeare's Himself Again*, 2 Vols. A. J. Valpy.
Biese, Y. M. (1941) *Origin and Development of Conversions in English*, Annales Academiae Scientiorum Fennicae.
Björkman, Erik (1900) *Scandinavian Loan-Words in Middle English*, Greenwood Press.
Bradley, Henry (1904) *The Making of English*, Macmillan. Revised by Simeon Potter, 1968. 寺澤芳雄（訳）(1982)『英語発達小史』、岩波書店.
Brinton, Laurel J. and Elizabeth Closs Traugott (2005) *Lexicalization and Language Change*, Cambridge University Press. 日野資成（訳）(2009)『語彙化と言語変化』、九州大学出版会.
Burchfield, R. W. ed. (1996) *The New Fowler's Modern English Usage*, Clarendon Press.
Burchfield, R. W. (1985) *The English Language*, Oxford University Press. 加藤知己（訳）『英語史概論』、オックスフォード大学出版局.
Campbell, A. (1959) *Old English Grammar*, Oxford University Press.
Craik, George Lillie (1861) *A Compendious History of English Literature, and of the English Language, from the Norman Conquest*, Vol. 1, Griffin, Bohn.
Crystal, David and Ben Crystal (2002) *Shakespeare's Words*, Penguin Books.
Davies, Thomas Lewis Owen (1881) *A Supplementary English Glossary*, George Bell and Sons.
Dowden, Edward (1881) *Shakspere: A Critical Study of his Mind and Art*, Harper & Brothers.

江川泰一郎 (1998)『英文法解説』（改訂 3 版）、金子書房.
Ellegård, Alvar (1953) *The Auxiliary Do: The Establishment and Regulation of Its Use in English* (Göthenburg Studies in English 2), Almqvist & Wiksell.
藤田実（編注）(2006)『テンペスト』、大修館書店.
Gildersleeve, B. L. and Gonzalez Lodge (1986) *Latin Grammar*, St. Martin's Press.
Hall, G. Stanley ed. (1919) *The Pedagogical Seminary and Journal of Genetic Psychology*, Vol. 26, Brandow Printing.
Hogg, Richard M. ed. (1992) *The Cambridge History of the English Language*, Vol. I: The Beginning to 1066, Cambridge University Press.
堀田隆一 (2011)『英語史で解きほぐす英語の誤解—納得して英語を学ぶために』、中央大学出版部.
Iyeiri, Yoko ed. (2005) *Aspects of English Negation*, John Benjamins.
家入葉子 (2009)『ベーシック英語史』、ひつじ書房.
市河三喜・松浪有 (1986)『古英語・中英語の初歩』、研究社.
市河三喜 (1956)『英語学—研究と文献—』、三省堂.
Jackson, Kenneth (1953) *Language and History in Early Britain*, Edinburgh University Press.
Jespersen, Otto (1909-49) *A Modern English Grammar on Historical Principles*, Vols. I-VII, George Allen & Unwin. Reprinted Meicho Fukyu Kai, 1983.
Jespersen, Otto (1922) *Language: Its Nature, Development, and Origin*, George Allen & Unwin. 三宅鴻（訳）(1981)『言語—その本質・発達・起源』（上）、岩波書店.
Jespersen, Otto (1924) *The Philosophy of Grammar*, George Allen & Unwin. 安藤貞雄（訳）(2006)『文法の原理』（上・中・下）、岩波書店.
Jespersen, Otto (1925) *Mankind, Nation and Individual*, H. Aschehoug & Co.
Jespersen, Otto (1933) *Linguistica: Selected Papers in English, French and German*, Levin & Munksgaard.
Juul, Arne, Hans F. Nielsen and Jørgen Erik Nielsen (trans.) (1995) *A Linguist's Life: An English Translation of Otto Jespersen's Autobiography with Notes, Photos and a Bibliography*, Odense University Press. 大澤銀作（訳）(2001)『イェスペルセン自叙伝 — ある語学者の一生』、文化書房博文社. デンマーク語で書かれた *En Sprogmands Levned* の抄訳に前島儀一郎（訳）(1962)『イェスペルセン自叙伝—ある語学者の一生』、研究社. がある。
亀山健吉（訳）(1984)『言語と精神——ガヴィ語研究序説』、法政大学出版局.
Kastovsky, Dieter (1977) "Word-formation, Or: At the Crossroads of Morphology, Syntax, Semantics, and the Lexicon," *Folia Linguistica* 10, 1-33.
川崎寿彦 (1986)『イギリス文学史入門』、研究社.
中尾俊夫・児馬修 (1990)『歴史的にさぐる現代の英文法』、大修館書店.

参考文献

近藤和彦 (2009)『イギリス史研究入門』、山川出版社.

厨川文夫 (1950)「海外新潮　Otto Jespersen: *Growth and Structure of the English Language*, Ninth edition. Oxford: Basil Blackwell, 1943」、『英文學研究』、27号、100-105.〔厨川博士の論文では第9版が1943年となっているが1938年の間違いであろう〕

Lakoff, Robin (1975) *Language and Women's Place*, Harper & Row. かつえ・あきば・れいのるず・川瀬裕子（訳）(1990)『言語と性――英語における女の地位』、有信堂高文社.

Marchand, Hans (1969) *The Categories and Types of Present-Day English Word-Formation: Synchronic-Diachronic Approach*, C.H.Beck.

松平千秋・国原吉之助 (1985)『新ラテン文法』、南江堂.

松村一男 (2006)『知っておきたい世界と日本の神々』、西東社.

松浪有・御興員三 (1993)『講座　英米文学史1（詩I）』（第2版）、大修館書店.

Mayr-Harting, Henry (1991) *The Coming of Christianity to Anglo-Saxon England*, 3rd edition, Pennsylvania State University Press.

Milward, Peter（編注）(1987)『リア王』、大修館書店.

Mitchell, Bruce and Fred C. Robinson (2007) *A Guide to Old English*, 7th edition, Blackwell.

Mossé, Fernand (1938) *Histoire de la forme périphrastique 'être + participe présent' en germanique*, 2 tomes, C. Klincksieck. 高橋博（訳）『ゲルマン語・英語迂言形の歴史』、青山社.

Mossé, Fernand (1958) *Esquisse d'une histoire de la langue anglaise*, I.A.C. 郡司利男・岡田尚（訳）(1963)『英語史概説』、開文社.

Murray, K. M. Elisabeth (1977) *Caught in the Web of Words – James Murray and the Oxford English Dictionary*, Yale University Press. 加藤知己（訳）(1984)『ことばへの情熱』（上・下）、三省堂.

Mustanoja, Tauno F. (1960) *A Middle English Syntax*, Part I: Parts of Speech, Société Néophilologique. Reprinted Meicho Fukyu Kai, 1985.

中村不二夫 (1993)「Doを伴う否定平叙文の確立――17-19世紀日記・書簡からの検証」『近代英語研究』10号、27-45.

Nakamura, Fujio (2003) "A History of the Affirmative Interrogative *do* in Seventeenth to Nineteenth-Century Diaries and Correspondence," *Studies in Modern English: The Twentieth Anniversary Publication of the Modern English Association*, published by the Modern English Association, 207-221.

中尾俊夫（編注）(1966, 2000, 2008)『英語の成長と構造』（英文）、南雲堂.

中尾俊夫 (1983)『英語史 II』、大修館書店.

中尾俊夫 (1989)『英語の歴史』、講談社.

中尾俊夫 (2003)『変化する英語』、ひつじ書房.（児馬修・寺島廸子両氏の編）.

中山恒夫 (2013)『古典ラテン語文典』、白水社.
並木崇康 (1985)『語形成』（新英文法選書　2)、大修館書店.
尾崎義 (1986)『フィンランド語四週間』、大学書林.
小野捷・伊藤弘之 (1993)『近代英語の発達』、英潮社.
小野茂・中尾俊夫 (1980)『英語史 I』、大修館書店.
大石強 (1989)『形態論』（現代の英語学シリーズ　4)、開拓社.
大貫隆 (2009)『新約聖書ギリシャ語入門』、岩波書店.
大塚高信・中島文雄・岩崎民平（編）『英文法シリーズ』3巻、研究社.
小倉美知子 (2015)『変化に重点を置いた英語史』、英宝社.
Orr, John (1962) *Old French and Modern English Idiom*, Blackwell. 大高順雄・和田章（訳）(2008)『古フランス語と近代英語の慣用法』、大手前大学交流文化研究所.
Paul, Hermann (1891) *Grundriβ der Germanischen Philologie*, Karl J. Trübner.
Paul, Hermann (1900) *Grundriβ der Germanischen Philologie*, Zweite verbesserte und vermehrte Aufgabe, Karl J. Trübner.
Quirk, Randolph, Sidney Greenbaum, G. N. Leech, and Jan Svartvik (1985) *A Comprehensive Grammar of the English Language*, Longman.
Ringe, Don (2006) *From Proto-Indo-European to Proto-Germanic*, Oxford University Press.
Robinson, Orrin W. (1992) *Old English and Its Closest Relatives: A Survey of the Earliest English Languages*, Routledge.
斎藤勇 (1984)『イギリス文学史』（改訂増補・第 5 版)、研究社.
Schmidt, Alexander (1971) *Shakespeare Lexicon*, 2 Vols., Dover Publications.
Scragg, D. G. (1974) *A History of English Spelling*, Manchester University Press.
柴田省三 (1975)『語彙論』（英語学大系)、大修館書店.
塩谷饒 (1987)『オランダ語文法入門』、大学書林.
Sidney, Lee (1898) *A Life of William Shakespeare*, Macmillan.
Skeat, Walter William (1901) *Notes on English Etymology*, Clarendon Press.
Smith, P. M. (1985) *Language, the Sexes, and Society*, Blackwell.
Strong, James (2010) *The New Strong's Expanded Exhaustive Concordance of the Bible*, Thomas Nelson.
Sweet, Henry (1900) *The History of Language*, Dent.
寺澤盾 (2008)『英語の歴史―過去から未来への物語』、中央公論新社.
高宮利行・松田隆美（編）(2008)『中世イギリス文学入門』、雄松堂.
竹村文彦・坂田幸子 (2013)『初歩のスペイン語』、放送大学教育振興会.
田所清克・伊藤奈希砂 (2004)『現代ポルトガル文法』、白水社.
寺澤芳雄・川崎潔（編）(1993)『英語史総合年表』、研究社.
Toller, T. N. (1900) *Outlines of the History of the English Language*, Macmillan.

参考文献

宇賀治正朋 (2000)『英語史』、開拓社.
van der Gaaf, Willem (1928) "The Predicative Passive Infinitive," *English Studies* 10, 107-14.
Visser, F. Th. (1963-73) *An Historical Syntax of the English Language*, 3 Parts (4 Volumes), Brill.
Wallace-Hadrill, J. M. ed. (1988) *Bede's* Ecclesiastical History of the English People: A Historical Commentary, Oxford University Press.
Winchester, Simon (2003) *The Meaning of Everything: The Story of the Oxford English Dictionary*, Oxford University Press. 苅部恒徳（訳）(2004)『オックスフォード英語大辞典』、研究社.
Woodlock, W. B. (1975) *Languages of the British Isles Past and Present*, Andre Deutsch.
山田秀男 (1994)『フランス語史』（増補改訂版）、駿河台出版社.
大和資雄 (1970)『新版　英文学史』、角川書店.
横山民司 (1991)『エクスプレス　デンマーク語』、白水社.
Yonekura, Hiroshi (1985) *The Language of the Wycliffite Bible*, Aratake Shuppan.
米倉綽（編著）(2005)『講座「マイ・フェア・レディ」——オードリーと学ぼう、英語と英国社会』、英潮社.
米倉綽（編著）(2006)『英語の語形成——通時的・共時的研究の現状と課題』、英潮社.
在間進 (1992)『詳解　ドイツ語文法』、大修館書店.

辞書／コンコーダンス

The American Heritage Dictionary of the English Language (2011), 5th edition, Houghton Mifflin. (AHD[5])
安藤邦男 (2010)『テーマ別　英語ことわざ辞典』、東京堂出版.
Bartlett, John ed. (1923) *A New and Complete Concordance, or Verbal Index to Words, Phrases & Passages in the Dramatic Words of Shakespeare, with a Supplementary Concordance*, Nabu Press. Reprinted 2010.
Bartlett, John (2002) *Bartlett's Familiar Quatations*, 17th edition, Little, Brown and Company.
Benson, Larry Dean (1993) *A Glossarial Concordance to the Riverside Chaucer*, Garland.
Bosworth, Joseph and T. Northcote Toller eds. (1898) *An Anglo-Saxon Dictionary*, 2 vols. Oxford University Press. Reprinted 1972.
Bradshaw, John ed. (1894) *A Concordance to the Poetical Works of John Milton*, Swan Sonnenschein.
『ブリタニカ国際大百科事典』(2011)（小項目電子辞書版）、Britanica Japan /

Enclyclopædia Britanica.
Cameron, Angus, Ashley Crandell Amos, and Antonette diPaolo Healey et al. eds. (2007) *Dictionary of Old English*: A to G online, Dictionary of Old English Project.
Cruden, A. ed. (1970) *A Complete Concordance to the Old and New Testament, or a Dictionary and Alphabetical Index to the Bible: With a Complete Table of Proper Names with their Meanings in the Original Languages, a Concordance to the Proper Names of the Old and New Testament, a Concordance to the Apocrypha, and a Compendium of the Holy Scriptures*, etc., Frederick Warne.
Davis, Norman, Douglas Gray, Patricia Ingham, and Anne Wallace-Hadrill eds. (1983) *A Chaucer Glossary*, Clarendon Press.
Donald, James ed. (1872) *Chamber's English Dictionary: Pronouncing Explanatory and Etymological with Vocabularies of Scottish Words and Phrases, Americanisms*, W. & R. Cambers.
Encyclopædia Britannica (1965) 24 vols. Encyclopædia Britannica Inc.
Frank, Roberta and Angus Cameron (1973) *A Plan for the Dictionary of Old English*, University of Toronto Press.
Fulghum, W. B. ed. (1965) *A Dictionary of Biblical Allusions in English Literature*, Holt, Rinehart and Winston.
Hall, J. R. Clark ed. (1960) *A Concise Anglo-Saxon Dictionary*, 4th edition. University of Toronto Press.
Healey, Antonette diPaolo ed., John Price Wilkin, and Xin Xiang eds. (2009) *Dictionary of Old English Web Corpus*, Toronto: Dictionary of Old English Project.
『百科事典マイペディア』(2008)（電子辞書版）、日立システムアンドサービス.
Glare, P. G. W. ed. (1985) *Oxford Latin Dictionary*, Oxford University Press.
池田廉（編）(1999)『伊和中辞典』（第2版）、小学館.
亀井孝・河野六郎・千野栄一（編）(1988)『言語学大辞典』（第1巻：世界言語編（上））、三省堂.
亀井孝・河野六郎・千野栄一（編）(1989)『言語学大辞典』（第2巻：世界言語編（中））、三省堂.
亀井孝・河野六郎・千野栄一（編）(1996)『言語学大辞典』（第6巻：述語編）、三省堂.
小島義郎・他（編）『英語語義語源辞典』、三省堂.
小西友七・南出康世（編）(2008)『ジーニアス英和大辞典』、大修館書店.
Kurath, Hans, Sherman McAllister Kuhn and Robert Enzer Lewis eds. (1952-2001) *Middle English Dictionary*, University of Michigan Press. [MED]
京大西洋史辞典編纂会（編）(1983)『新編　西洋史辞典』、東京創元社.

参考文献

Lapidge, Michael, John Blair, Simon Keynes, and Donald Scragg eds. (1999) *The Blackwell Encyclopædia of Anglo-Saxon England*, Blackwell.
Latham, R. E., D. R. Howlett and R. K. Ashdowne eds. (1975-2013) *Dictionary of Medieval Latin from British Sources* (Fascicules I-XVI, A-Syr), Oxford University Press.
『ランダムハウス英和大辞典』(1994)(電子辞書版)、小学館.
『ロベール仏和大辞典』(1988)(電子辞書版)、小学館.
松田徳一郎(編)(2005)『リーダーズ英和辞典』(第2版)、『リーダーズ・プラス』(電子版辞書)、研究社.
松村赳・富田虎男(編著)(2000)『英米史辞典』、研究社.
Merriam-Webster's Collegiate Dictionary (2003), 11th edition, Merriam-Webster. 16th Printing, 2012. (MWCD[11])
水谷智洋(編)(2009)『羅和辞典』(改訂版)、研究社.
Mizobata, Kiyokazu ed. (2009) *A Concordance to Caxton's* Morte Darthur *(1485)*, Osaka Books.
諸橋轍次(編)(2007)『大漢和辞典』(修訂第2版)、大修館書店.
『日本国語大辞典』(2009)(第2版)、小学館.
旺文社(編)(1996)『成語林』(故事ことわざ慣用句)、旺文社.
大泉昭夫(編)『英語史・歴史英語学——文献解題書誌と文献目録書誌』、研究社.
Onions, C. T. ed. (1982) *The Oxford Dictionary of English Etymology*, Clarendon Press.
大塚高信・中島文雄(監修)(1982)『新英語学辞典』、研究社. 縮刷版、1992.
Oxford Advanced Learner's Dictionary of Current English (2010), Oxford University Press. (OALD[8])
Oxford Dictionary of English (2002)(電子辞書版)、Oxford University Press.
三省堂(編)(2001)『グランドコンサイス英和辞典』、三省堂.
佐々木達・木原研三(編)(1995)『英語学人名辞典』、研究社.
『世界文学大事典』編集委員会(編)(1996-98)『世界文学大事典』(全6巻)、集英社.
Stephen, Leslie and Sidney Lee eds. (1917-) *The Dictionary of National Biography: From the Earliest Times to 1900*, 22 Vols. Oxford University Press.
新潮社(編)(2007)『新潮日本語漢字辞典』、新潮社.
シンチンゲル、R.・山本明・南原実(編)(1987)『独和広辞典』、三修社.
Shorter Oxford English Dictionary (2007), 6th edition, Oxford University Press.
Simpson, D. P. ed. (1982) *Cassell's Concise Latin-English & English-Latin Dictionary*, 4th edition, Cassell.
Simpson, John A. and Edmund S. C. Weiner eds. (1989) *The Oxford English Dictionary*, 2nd edition, Oxford University Press (CD-ROM 3-1 Version).

[OED]
Skeat, Walter William (1901) *Notes on English Etymology*, Clarendon Press.
高橋作太郎（編）(2012)『リーダーズ英和辞典』（第 3 版）、研究社.
竹林滋（編）(2002)『英和大辞典』（第 6 版）、研究社.
田村毅・他（編）(1985)『ロワイヤル仏和中辞典』、旺文社.
田中秀央（編）(1966)『羅和辞典』、研究社.
寺澤芳雄（編）(2002)『英語学要語辞典』、研究社.
寺澤芳雄（編）(1997, 2004)『英語語源辞典』、研究社.
Watkins, Calvert ed. (2000) *The American Heritage Dictionary of Indo-European Roots*, 2nd edition, Houghton Mifflin.
Wells, Stanley ed. (2005) *A Dictionary of Shakespeare*, Oxford University Press.

訳者あとがき

　Otto Jespersen (Jens Otto Harry Jespersen (1860-1943))［Jens はデンマーク名、Otto はドイツ名、Harry はイギリス名］はデンマークの言語学者・英語学者である。イェスペルセンの先祖はバルト海上のボーンホルム島 (Bornholm) の出身で、代々法律家であった。オットー・イェスペルセンは1860年7月16日、ユトランドのランナース (Randers) に生まれた。母は牧師の娘で、この牧師は童話作家のアンデルセン (Andersen) に無料でラテン文法を教えたことがあり、デンマーク文法の著者。[1]

　コペンハーゲン (Copenhagen) 大学では父の仕事を継ぐために法律学を修めたが、ヨーハン・ストルム (Johan Storm) の『英語学』(*Engelsk filologi* (English Philology)) を読み、音声学が言語研究の基礎であると知り、ヘンリー・スウィート (Henry Sweet) の『音声学入門』(*Handbook of Phonetics*) などを通して、実証的な英語研究に専念していく。1891年に "Studier over Engelske Kasus" (Studies on English Cases) により、学位を取得すると共に、イギリス、ドイツ、フランスを訪ねる。1893年4月13日 V. トムセン (Vilhelm Thomsen)[2] の推薦を得て、コペンハーゲン大学最初の英語英文学正教授に就任した。1925年に65歳で退職するが、コペンハーゲン大学には定年制がなかった。そこで、イェスペルセンは退職1年前に学長になったのを機にコペンハーゲン大学に65歳定年制を設けた。つまり、イェスペルセンは自らが制定した65歳定年制適用の最初の人となったのである。彼は1925年5月25日に退職講演をしているが、学生たちや同僚から退職を思い止まるように言われている。これに対して、彼は「精神力が衰え切ってからずっと後になっても、自身がそれに気づかない大学教授の例をたくさん知っている。私は私自身や学生たちに対してそうした危険を冒すつもりはなかった。もし私が65歳になっても引退しなかった場合には、妻は私を射殺すべきである旨を厳粛に妻に誓

わせた」と述べている。イェスペルセンが多くの学生や同僚に慕われる人であり、また信念を貫く人でもあったことが窺える。[3]

イェスペルセンの業績は *A Linguist's Life* (1995) の巻末に詳しいので、ここでは主なものを挙げておく：*Progress in Language* (1894)、*Growth and Structure of the English Language* (1905)、*Modern English Grammar* I (1909), II (1914), III (1927), IV (1931), V (1940), VI (1942), VII (1949: 教え子 Niels Haislund によって完成)、*Negation in English and Other Languages* (1917)、*Chapters on English* (1918)、*Language, its Nature, Development and Origin* (1922)、*The Philosophy of Grammar* (1924)。これらの著書は今でも多くの言語研究者によって参照され、イェスペルセンの実証的研究は高く評価されている。

これらの中でもここで日本語訳として取り上げた *Growth and Structure of the English Language* (1905)[4] は、市河三喜博士の『英語学—研究と文献』（三省堂、1956）の中でも Henry Bradley の *The Making of English* (Macmillan, 1904) と共に「まず英語史で最初に読んでよい」、[5]「平易で興味あり、しかも学問的価値を持った本」[6] である文献の一つに挙げられている。

イェスペルセンは『自叙伝』の中で *Growth and Structure of the English Language* のできる過程について次のように書いている——

> 個々の章を次々と書いた。まず出来上がったのは英語に対するスカンジナビア語の影響に関する章であった。1902 年に私は『レダスデス雑誌』(*Letterstedtske tidsskrift*) にデンマーク語でこの章を発表した。この年、ケンブリッジで、1904 年にはアメリカでこの章を使って私は講義をした。しかし、この著が完成したのは私がアメリカから帰国してからのことであった。この初版は 1905 年に出版された。そして、1906 年にはこの著作にフランス協会 (the French Institute) からヴォルネイ賞 (Volney)[7] が授与された。また、刊行後 33 年を経た 1938 年においてすら、この著はイギリスやアメリカを含む多数の国で英語史入門書として多くの大学で使用された。この記述では文化史と言語学史がお互いを明らかにするように工夫され、同時にこの点が強調されている。これより先の 1910 年ニューヨークでの宴会 (banquet) でハスラー嬢 (Miss Haessler、現在は Professor) が、彼女のスピーチで「私の知る限りでは、本書は最も国際的なものである」と述べた。つまり、本書は英語についてデンマーク語から英語に書き直され、ドイツで刊行され、フランスで受賞したのである。[8]

訳者あとがき

　イェスペルセン自身の回想ではあるが、この記述からも *Growth and Structure of the English Language* が当時すでに高く評価されていたことは明らかである。この *Growth and Structure of the English Language* は語彙を中心として英語の歴史を記述した優れた著作であり、文献学的な研究をしている人たちのみならず、生成文法や認知言語学の研究者もしばしば言及している。1982 年にはロンドン大学のランドルフ・クワーク教授 (Randolph Quirk) による「序言」(Foreword) が添えられて、第 10 版として刊行されることになった。本書は内面史である音韻、文法、語彙の変化と外面史としての歴史的事実をうまく融合させており、クワーク教授が述べているように、「イェスペルセンの言語への情熱を何世代もの読者にごく自然に伝えている」名著と言える。これこそが我々が *Growth and Structure of the English Language* を翻訳する理由である。

　この名著の詳しい解説と評価は河井迪男先生（広島大学名誉教授）によってなされているので、[9] 各章の概要を簡潔に述べるにとどめる。第 1 章では発音、文法、文体などから英語の特徴を「男性的な言語」であるとしている。第 2 章ではアルフレッド大王や、チョーサーや、シェイクスピアの言語となるべき先史時代の発達 (the prehistoric development) について、音変化、強勢推移、接辞、借用語の事例を挙げながら概観している。第 3 章はゲルマン民族のブリテン島への侵入により、先住民であるケルト人の語彙にどのような影響があったのか、597 年のキリスト教の伝来により、新しい思想や文化が英語の語彙にいかなる変化を及ぼしたのか、本来語と新造語との関係はどのようなものであったのか、散文と詩における語彙の姿はどのようなものであったのかを通して、古英語の特質を明らかにしている。第 4 章から第 8 章では、スカンジナビア語の影響、ノルマン征服によってフランス語が多数流入し、軍事、法律、芸術、料理、服装に関する語彙に大きな変化が生じたこと、文芸復興の影響により特にラテン語・ギリシャ語がさらに英語に流入したこと、またそれによって現代英語の語彙に大きな変化と微妙なニュアンスを与えたことを論述している。特に、第 7 章は、そのタイトルが示すとおり、英語がアラビア語、インド語、オーストラリアの現地語など、数多くの外国語をその中に取り入れたことは、七つの海を支配した政治的事実と不可分な関係にあると述べている。また、この借入語の土壌は、すでに英語の歴史において古くからあったもので、英語の柔軟さの特性が具現化したものだとイェ

スペルセンは主張している。第9章では文法を取り上げて、名詞の -s 属格とof 属格との競合と分布、3人称単数現在形の動詞語尾の -th から -(e)s への推移、否定辞の位置、ing 形の形態と機能の発達などを記述している。語形変化が複雑であった古英語のいわゆる「総合的構造」から屈折語尾の水平化によって語順が確立し、機能語の発達をもたらした「分析的言語」としての近代英語が形成されたとしている。[10] イェスペルセンはここで、英語は「混沌」な状態だった言語から「秩序」のある言語へと進化したと強調している。[11] これは上に示した彼の *Progress in Language* や *Language, its Nature, Development and Origin* などで主張している「形式の単純化が言語の進化をもたらした」という考え方を英語の歴史に適用したものと言える。このようなイェスペルセンの考え方にはダーウィンの「自然淘汰」や「適者生存」の影響が見られると言えよう。[12] 第10章ではシェイクスピアおよび欽定訳聖書の現代英語に及ぼした影響を論じている。特に、シェイクスピアの語彙の豊富さおよびシェイクスピアの詩的言語と散文的言語が論じられている。最後の第11章では、英語という言語は気高く (noble)、表現性があり (expressive)、順応性に富み (pliant)、それゆえに将来この言語を話す人々はさらに増えるであろうと結論付けている。これは Henry Bradley が *The Making of English* (1904: 251) の最後の部分で「英語の未来が進歩の歴史であり、後の世の人々が今日の英語に優る英語、言語本来の用途に一層適った立派な英語を話すようになると思うのは、決して根拠のない期待ではあるまい」と述べていることに通じるものである。

　以上の点からも明らかなように、新しい言語理論やコーパス言語学に注目が集まり、また史的観点からの文法化や構文化の研究[13]が進む中でも、このイェスペルセンの名著はその輝きを失ってはいない。[14]

　最後に、本書を翻訳刊行するもう一つの理由と翻訳分担について簡単に記す。この翻訳は、中世英語英文学、特にマロリー研究で海外でも知られている故野口俊一先生が大阪教育大学で指導された教え子の人たちおよび野口先生に個人的に教えを受けた人、さらにその教え子の人が勤め先で指導した（元）大学院生が、野口先生の学恩に少しでも報いたいという思いからなされたものである。また、この名著の内容から見て、野口先生と直接面識はないが、いくつかの章を担当したその分野の専門家が含まれている。各章の担当者を

訳者あとがき

以下に示す。

Preface		米倉綽
Chapter I	Preliminary Sketch	米倉綽
Chapter II	The Beginnings	米倉綽
Chapter III	Old English	村長祥子
Chapter IV	The Scandinavians	都地沙央里・柴倉水幸・向井毅
Chapter V	The French	平歩・川端新・向井毅
Chapter VI	Latin and Greek	相田周一
Chapter VII	Various Sources	鴻巣要介
Chapter VIII	Native Resources	溝端清一
Chapter IX	Grammar	米倉綽
Chapter X	Shakespeare and the Language of Poetry	李春美
Chapter XI	Conclusion	奥村讓

 それぞれの担当者は、(1) 読みやすい日本語表現、[15] (2) 分かりやすい注、[16] (3) 日本語訳の後に主に専門用語を中心に原語を添える、[17] (4) イェスペルセンが挙げている例を可能な限り最新の版で確認（特に、シェイクスピアやミルトンなどの代表的な作家の例文）する、(5) 内容理解と今後の研究に必要と思われる文献を提示することを念頭において、訳稿を作成した。その後自分の訳稿を別の担当者（例えば、米倉の訳稿を相田が読む）に検討してもらい、互いに不明瞭な点や注などの追加をして、最後にすべての訳稿を米倉が見るというプロセスを経て、刊行原稿とした。

 これで明らかなように、各担当者は単なる日本語訳をしたのではなく、可能な限り事実確認をし、不明な部分は他の研究書や研究論文で調査する努力をした。従って、本訳著に誤りがあれば、それは米倉の責任であるが、評価される部分があれば、それは訳出をした各担当者の「学術的業績」であることは言うまでもない。

 翻訳をするにあたり、訳者注などで多くの文献を参照したが、一部を除いてその都度明記しなかたので、それらの文献を以下に記しておく。

　　中尾俊夫 (1966、2000、2008)『英語の成長と構造』(英文)、南雲堂．
　　大泉昭夫（編）(1997)『英語史・歴史英語学 ―文献解題書誌と文献目録書誌』、

研究社.
大塚高信・中島文雄（編）(1982)『新英語学辞典』、研究社．縮刷版、1992.
佐々木達・木原研三（編）(1995)『英語学人名辞典』、研究社．
寺澤芳雄（編）(2002)『英語学要語辞典』、研究社．

最後になったが、本翻訳著の出版を快くお引き受けくださった英宝社の社長佐々木元氏とこの訳業について貴重なご助言をいただいた編集長の宇治正夫氏に心より感謝申し上げる。

注

[1] 前島 (1962: 3) 参照。
[2] Vilhelm Thomsen (1842-1927) デンマークの言語学者。外モンゴルのオルホン川流域で発見されたオルホン碑文を解読した。
[3] イェスペルセンの生涯についての詳細は前島 (1962) および Juul et al. (1995) を参照。
[4] この日本語訳には須貝・真鍋 (1934) と大澤 (1979) がある。大澤 (1979) にはクワーク教授の「序言」がないので、第9版（1938年 Basil Blackwell から出版）に基づいた訳本であろう（訳者の「まえがき」あるいは「あとがき」がないので確かなことは不明。また原著にある注などはほとんど示されておらず、訳者注も人名に関する簡単なものになっている）。須貝・真鍋 (1934) は1930年の第6版に拠っている。イェスペルセンは1943年に83歳で亡くなっているが、第9版は生前に内容を書き加えているので、須貝・真鍋 (1934) は我々が底本にした第9版 (1938) の直接の訳本ではない。つまり、須貝・真鍋 (1934) には第9版（あるいは第10版）にある「英語本来の資源」(Native Resources) の章はない。また、「文法」(Grammar) および「シェイクスピアの詩と言語」(Shakespeare and the Language of Poetry) の内容には一部変更が見られる。なお、第9版までの内容の簡単な比較紹介が厨川文夫博士の「海外新潮」(1950) に見られる。
[5] 市河 (1956: 115) を参照。
[6] 市河 (1956: 116) を参照。
[7] Constantin François de Chasseboeuf Comte de Volney (1757-1820) フランスの思想家・政治家。憲法制定議会・国民公会議員。ジャコバン派に投獄されたが、復古王政下で活躍。1808年伯爵。
[8] Juul et al. (1995: 137-38) を参照。
[9] 大泉 (1997: 9-10) を参照。
[10] 原著第1章 'Preliminary Sketch' 参照。

訳者あとがき

[11] 大泉 (1997: 10) の河井迪男先生の解説および原著第 9 章 'Grammar' を参照。つまり、古英語における語尾の変化が消滅し、SVO という英語の語順が確立したのである。

[12] 大泉 (1997: 10) の河井迪男先生の解説を参照。

[13] 秋元・前田 (2013) を参照。

[14] 我が国の研究者が最近英語の歴史について論述しているものに寺澤 (2008) と堀田 (2011) がある。前者は英語の語彙の増大を中心に、最近の英語の変化を英米を中心とした社会の変化との関連でとらえて、英語の未来の姿に言及している。後者は「なぜ英語を学ぶのか」という問いかけに始まり、英語に関する疑問や誤解を史的観点から記述している。ともに英語の歴史を新しい視点から解説した好著と言える。また、最近小倉 (2015) が上梓された。音変化から文体の変化までを扱っており、例文も豊富な優れた英語史である。

[15] 原著の英文は総じて構文が長い。例えば次のような英文が数多く見られる──

It will be seen that the development of new tenses sketched in the preceding section greatly increased the number of sentences formed after the same pattern that we had already in the case of some small verbs, chief of which were *can, may, must.* (194 頁)

従って、原文に忠実に翻訳しようとすれば、かなり複雑な日本文となる。このようなことを考慮して、できるだけ読者に分かりやすい日本語になるように努力した。また、原著では文章の段落 (paragraph) がなく、そのまま日本文にすると読みづらいので、日本語訳では内容に即して段落を設けた。

[16] 注には (原注) と (訳者注) がある。(訳者注) は文字通り、翻訳者が本文の内容理解のために解説を加えたり、さらなる研究に資するための参考文献に言及しているものである。また、(訳者注) では、読者の便宜を考えて既出の注を敢えて繰り返している。(原注) はイェスペルセン自身の注および解説である。ただ、ここでもイェスペルセンの解説では不十分と考えたところでは (訳者注) を添えている。また、イェスペルセンが誤記している場合は、分かる限り訂正をしている。

[17] 原語は最初にのみ示すのが通例であるが、本訳著では理解のために必要と思われる場合はその都度提示している。また、専門用語以外でも内容理解に資するように原語 (句) を記し、読者、学習者への便宜をはかった。

2015 年 2 月 25 日

米 倉 綽

索　引

（人名および書名は主要なものに限定している。数字は頁数を示す）

あ

あいまい母音 (indistinct vowel sounds / schwa) 193, 255
アイスランド語 (Icelandic) 31, 61, 139
アイルランド語 (Irish) 31
アイ・ワード (eye-word) 196
秋元 319
秋元・保坂 319
秋元・前田 403
『アーサー王の死』(*Le Morte Darthur*) 86
アメリカ英語 22, 25, 105, 223, 238, 247, 254, 375
荒木・宇賀治 316
アラビア語 (Arabic) 44, 48, 223, 234, 235, 238
アリアン語／アリアン語族 (Aryan or Arian) 31, 33, 36, 44
アルフリック (Ælfric) 74, 113
アルフレッド／アルフレッド大王 (Alfred the Great) 15, 27, 30, 62, 65, 68, 74, 81, 82, 83, 89, 100, 271, 292, 312, 399
アングリア方言 (Anglian dialect) 51, 69
アングル人／アングル族 (Angles) 43, 51, 52, 73, 74, 75, 76, 278
アングロ・サクソン語 (Anglo-Saxon) 30, 44, 88, 106, 111
アングロ・サクソン人 (Anglo-Saxon) 75, 77, 91, 100
『アングロ・サクソン福音書』233
アングロ・フレンチ (Anglo-French) 78, 127, 147
『アングロ・サクソン年代記』(*The Anglo-Saxon Chronicle*)／『サクソン年代記』(*The Saxon Chronicles*) 27, 65, 81, 83, 91, 100, 111, 113
アングロ・サクソン七王国 (Anglo-Saxon Heptarchy) 74
アングロ・ノルマン語 (Anglo-Norman) 137, 152
安藤 xii, 315

い

Iyeiri 320
イェスペルセン (Otto Jespersen / Jens Otto Harry Jespersen) iii, iv, v, vi, vii, xii, 22, 25, 111, 152, 153, 158, 209, 211, 235, 236, 319, 321, 351, 352, 353, 354, 397, 398, 399, 400, 401, 402, 403
イェスペルセン自叙伝 (*A Linguist's Life*) 398
イギリス英語 (British English) 238
イギリス標準英語 22
イタリア語 (Italian) 5, 13, 23, 31, 48, 75, 129, 137, 161, 175, 212, 221, 222, 234, 365, 376, 377, 379, 385
市河 398, 402
異分析 (metanalysis) 114, 212
意味構文 (synesis) 28

索　引

意味論 (semantics) 311
入りわたり音 (on-glide) 22
韻 (rime / rhyme) 7, 24
隠語 (cant) 374, 375
『イングランド国民教会史』/『ベーダ　イギリス教会史』/『ベーダ　英国民教会史』/『英国民教会史』(*Historia Ecclesiastica gentis Anglorum*) 27, 73, 81, 82
イントネーション / 音調 (intonation) 12
インド・ヨーロッパ語族 (Indo-European family) 30, 45, 112, 268
インド・ヨーロッパ語 / インド・ヨーロッパ祖語 (Proto Indo-European) 44, 46, 48, 84
韻文 (verse) 177, 338
隠喩 (metaphor) 31
韻律 / 詩の韻律 (measure / rhythm / metre) 65, 140, 141, 300, 338, 348, 353, 361, 362

う

ウィクリフ (Wyclif / Wycliffe) 142, 155, 204
ウィクリフ派訳聖書 (*The Wycliffite Bible*) 209
ウェスト・サクソン方言 (West-Saxon dialect) 69, 74
ウォーフ (Whorf) iv, vi
ウォーフの仮説 (Whorfian hypothesis) vi
ウルガタ / ウルガタ聖書 (Vulgate) 204, 208, 209, 210
ウルフィラ (Wulfila) 31, 44
ウルフスタン (Wulfstan) 65, 71, 85, 86, 93
ヴァイキング (Viking) 89, 91, 93, 100, 101, 108
ヴァリエーション (variation) 83

ヴィクトリア風 (Victorian) iv, vi
ヴェルチェルリ写本 (Vercelli Book) 44
ヴェルネルの法則 (Verner's Law) 35, 46
ヴォルスンガ・サガ (*Vǫlsunga Saga*) 82, 88

え

英語化 (Anglicized) 57, 93, 100, 121, 230, 238
『英語学――研究と文献』398
『英語学人名辞典』vi
『英語学要語辞典』402
『英語史概説』(*Esquisse d'une histoire de la langue anglaise*) iii, vi
『英語史・歴史英語学――文献解題書誌と文献目録書誌』401
『英語語源辞典』155
英語的語法 (Anglicism) 177
『英語の成立』(*The Making of English*) iii, v
『英語の発達』(*The Growth of English*) iii, vi
『英語発達小史』(*The Making of English*) v
エクセター写本 (Exeter Book) 44, 205
婉曲語 / 婉曲語法 (euphemism) 87, 212, 326, 351, 372, 374
婉曲的表現 (circumlocutions) 200

お

押韻 (rime / rhyme) 85, 298, 302, 338, 357
大泉　401, 402
大塚・中島　402
小倉　403
『オックスフォード英語辞典』(OED / *The Oxford English Dictionary*) vi, v, ix, x, xi, 26, 53, 55, 64, 76, 77, 78, 79, 82, 84, 112, 113, 114, 127, 135, 137,

405

152, 153, 154, 155, 157, 158, 161, 166, 168, 170, 173, 185, 196, 205, 206, 208, 212, 214, 215, 216, 234, 236, 237, 238, 243, 249, 253, 254, 268, 269, 314, 316, 318, 320, 328, 331, 335, 340, 341, 356, 358, 361
大澤 402
オーストラル英語 (Austral English) 228, 229
オニアンズ (Charles Talbut Onions) xi
『オームの書』(*Ormulum*) 112, 127, 152
オランダ語 (Dutch) xi, 13, 31, 76, 116, 220, 221, 226, 227, 233, 236
音位転換 (metathesis) 84, 315
音韻論 (phonology) vi, 75
音声体系 (sound system) 4, 384
音節 (syllable) 6, 8, 23, 32, 34, 36, 37, 38, 190, 255

か
開音節 (open syllable) 24
書き言葉 (written language) 175, 186, 248
格 (case) 32
拡充時制 / 拡充形 / 進行形 (expanded tenses) 16, 305, 319
河口域英語 (Estuary English) 383, 384
Kastovsky (Dieter Kastovsky) 311
仮定法 (subjunctive) 32, 210, 298, 306, 311, 319
加藤 xi
活用 (conjugation) 272
価値強勢 (value-stressing) 37
苅部 xi
神を冒瀆する言葉 (profane language) 372
緩叙法 (meiosis / litotes) 25
学者語 (mots savants) 160
学術用語 (nomenclature) 167, 186, 191, 196
ガーベレンツ (Georg von der Gabelentz) 8, 67
『ガリア戦記』(*The Gallic War*) 45
河井 399, 403

き
基数 (cardinal numerals) 288, 289
規則性 (regularity) 271
基体 (base) 24, 47
機能語 (function words) 24, 115
決まり文句 (formulas) 47, 275
脚韻 (rhyme / rime) 24, 70, 71, 161, 347
脚韻詩 (rhyme / rime) 155
脚韻の表現形式 (riming locutions) 347
キャクストン (William Caxton) 86, 96, 109, 113, 132, 133, 154, 207, 293, 298
キュネウルフ (Cynewulf) 110
切り株語 (stump-words) 264
キリスト教 / キリスト教化 (Christianity) 55, 56, 58, 59, 61, 62, 64, 73, 74, 77, 78, 79, 80
虚語 (empty word) 10, 24
急落法 (bathos) 165, 213
旧約聖書 (Old Testament) 322, 329, 360
教会用語 (ecclesiastical terms / words) 122
強勢法 (accentuation) 15, 35, 39
強勢推移 (stress-shift) 34, 35, 36, 39, 155, 399
強勢の移動 (stress-shifting) 193
共通語 (koiné) 383
共通語 (common language) 384
強変化動詞 (strong verb) 39, 48, 107, 270, 290, 311, 316
近代英語 (Modern English) 35, 48, 63, 91, 108, 129, 139, 151, 157, 158, 175, 204, 266, 270, 380, 400

欽定訳聖書 (The Authorized Version of the Bible / The Authorized Version)　135, 143, 190, 209, 233, 281, 289, 300, 303, 323, 344, 360, 366
擬古体 (archaism)　339, 344
擬古的言語 (archaic words)　339
疑似古典語 (quasi-classic words)　168
逆成 / 逆成語 (back-formation)　236, 261, 262, 263, 268, 269, 283, 284, 314
ギリシャ語 (Greek)　31, 44, 45, 48, 49, 55, 56, 57, 59, 62, 63, 75, 80, 81, 82, 156, 162, 163, 164, 165, 167, 169, 170, 171, 190, 191, 192, 201, 209, 211, 216, 233, 237, 399

く

国原　45
屈折接辞 (inflectional affix)　155
屈折接尾辞 (inflectional suffix)　24
屈折体系 (inflectional system)　39
屈折的または総合的 (inflectional or synthetic)　44
厨川　402
グリム (Jacob Grimm)　43, 46
グリムの法則 (Grimm's Law)　46
クレオール (Creole)　48, 384
クレーギー (Sir William Craigie)　xi
クワーク (Randolph Quirk)　iii, iv, v, 399
Quirk et al.　311
郡司・岡田　vi
軍事用語 (military words)　42, 119, 120, 222
群属格 (group-genitive)　273, 313

け

形式語 (form word)　24
形成音節 (formative syllables)　140, 155

形成語 (formations)　167, 230, 249
形態論 (morphology)　xii, 311
ケニング (kenning)　83
ケルト語 / ケルト語派 (Celtic / Keltic)　31, 45, 52, 53, 54, 55, 76, 77
ケント方言 (Kentish)　51
ゲール語 (Gaelic)　76
ゲルマン語 / ゲルマン諸語 (Germanic)　vi, 31, 33, 34, 35, 36, 37, 38, 39, 44, 46, 53, 61, 76, 77, 79, 84, 105, 112, 129, 136, 160, 171, 183, 193
ゲルマン民族 (Germanic tribes)　30, 40, 45, 80, 217
ゲルマン民族の大移動 / 民族移動　45
言語学 (philology / linguistics)　195
言語行動 (linguistic behavior)　226
言語混合 (speech-mixture)　312
言語史 (linguistic history)　3
言語的草 (linguistic grass)　311
言語的雑食性 (linguistic omnivorousness)　227
現代英語 (Present-day English / Present English)　ix, 3, 4, 23, 27, 48, 59, 75, 78, 79, 81, 84, 92, 93, 94, 99, 101, 206, 211, 234, 235, 237, 239, 263, 266, 267, 270, 307, 314, 316, 319, 367, 379, 399, 400

こ

後期行動主義 (post-behaviourism)　iv, vi
後期中英語 (Late Middle English)　175, 316
後期ブルームフィールド派 (Post-Bloomfieldian school)　vi
後期訳 (Later Version)　204, 209, 210
口蓋化 (palatalization)　4, 22, 84, 138
口語体 (colloquialism / colloquial tone)

9, 136, 299, 300
口語破格 (colloquial barbarism) 177
口語ラテン語 (spoken Latin) 160
古アイスランド語 (Old Icelandic) 92
構文化 (constructionalization) 400
後略 (apocope) 25
古英語 (Old English) ix, 4, 41, 42, 44, 45, 46, 47, 48, 51, 55, 56, 57, 58, 59, 63, 64, 65, 67, 68, 71, 75, 76, 77, 78, 79, 80, 81, 82, 83, 84, 88, 90, 92, 93, 94, 95, 96, 97, 98, 101, 108, 110, 112, 113, 114, 129, 130, 134, 149, 153, 211, 217, 233, 240, 241, 242, 244, 258, 266, 267, 269, 270, 272, 278, 283, 285, 289, 290, 297, 304, 306, 308, 313, 315, 318, 319, 320, 338, 374, 399, 400
『古英語辞典』(DOE / *Dictionary of Old English*) 81
膠着語 (agglutinative language) 32, 44
誇張法 (hyperbole) 25
誇張した表現 (hyperbolical expressions) 11, 25
古英詩 (Old English poems / poetry) 65, 66, 68, 69, 70, 78, 85
古高ドイツ語 (Old High German) 69, 76
古サクソン語 (Old Saxon) 69
コックニー / コックニー訛り / ロンドン訛り (cockney / cockneyism) 375, 384
古典語もどきの語 (pseudo-classical words) 220
古典ラテン語 (Classical Latin) 75, 158, 205, 206, 207, 208, 216
古ノルド語 (Old Norse) 65, 69, 74, 76, 84, 92, 93, 94, 97, 98, 100, 101, 102, 103, 107, 111, 112, 113, 114, 130, 215, 283
古フランス語 (Old French) xi, 48, 53, 78, 80, 81, 129, 130, 137, 138, 139, 150, 154, 205, 211, 215, 216, 233, 234, 238, 247, 260, 316, 343
児馬 319
コーパス言語学 (corpus linguistics) 400
孤立的 (isolating) 44
コーンウォール語 (Cornish) 54
混成言語 (mixed language) 54, 77
混成語 (hybrids) 48, 141, 142, 144, 155, 156, 169, 170
語彙 (vocabulary / words) 20, 21, 29, 34, 141, 163, 311, 399
語彙的 (lexical) 4
語彙論 (lexicology) 311
語形成 / 造語法 (word-formation) xii, 46, 47, 59, 60, 61, 138, 144, 146, 162, 197, 231, 240, 255, 262, 270, 311
語形論 (accidence) 273, 313
合成語 (composite) 46, 47, 141
語幹 (stem) 32, 44, 47, 48, 57, 84, 107, 138, 142, 281, 283
語根 (root) 36, 37, 38, 61, 80, 81, 83, 241, 244, 246, 266, 268
語根語 (root-word / primitive word) 67
語順 (word-order) 14, 15, 16, 44, 308, 361, 362
ゴート語 (Gothic) vi, 31, 37, 44, 59, 78, 80, 242
語末音節 23
語形変化 / 語尾変化 (declension) 272, 278, 279, 313

さ

サクソン語 (Saxon English) 200
サクソン人 / サクソン族 (Saxons) 43, 51, 74, 75, 76, 85
サクリソン (Zachrisson) 77

佐々木・木原 402
笹本 151, 153
サピア・ウォーフの仮説 (Sapir-Whorf hypothesis) vi
サンスクリット / サンスクリット語 (Sanskrit) 31, 44, 45, 80, 81, 206, 215, 234
散文 (prose) 64, 67, 68, 69, 72, 73, 177, 178, 299, 300, 344, 347, 399
散文文体 (prose style) 65

し
詩 (poetry) 9, 65, 69, 72
子音 / 子音群 (consonant / a group of two or more consonants) 4, 6, 22, 23, 24, 45, 46, 69, 79, 84, 85, 271, 289, 315
歯音語尾 (dental ending) 39
子音推移 (consonant-shift) 34, 35, 46
指小語 (diminutive) 13, 53
指小接尾辞 / 指小辞 (diminutive) 13, 25, 26
シェイクスピア (Shakespeare) ix, xii, 30, 72, 86, 87, 99, 108, 116, 135, 138, 142, 143, 145, 147, 157, 161, 162, 176, 178, 184, 190, 194, 197, 204, 206, 212, 213, 227, 228, 237, 247, 248, 250, 252, 253, 258, 262, 267, 275, 277, 278, 279, 280, 282, 284, 289, 292, 293, 295, 299, 303, 305, 309, 317, 322, 324, 325, 326, 327, 328, 329, 330, 331, 332, 333, 334, 335, 336, 337, 338, 339, 340, 341, 342, 344, 348, 350, 351, 352, 353, 354, 355, 357, 359, 360, 361, 369, 371, 372, 374, 381, 399, 400, 401, 402
詩的言語 (poetic diction) 337, 338, 339
支柱語 (prop-word) 260, 290, 316

借用語 (borrowings / borrowed word / loan-words) 40, 41, 48, 49, 53, 54, 55, 63, 77, 81, 90, 99, 100, 102, 104, 105, 106, 108, 109, 111, 117, 118, 128, 129, 137, 139, 147, 149, 150, 155, 159, 160, 161, 162, 187, 192, 195, 198, 215, 219, 220, 221, 223, 224, 225, 227, 228, 240, 251, 316, 399
修辞学 (rhetoric) 25
主格 (nominative / subject) 45, 107, 137, 154, 272, 273, 274, 310
主格的属格 / 主語的属格 (subjective genitive) 275
宗教改革 (the Reformation) 24, 371
小動詞 (small verbs / lesser verb) 306, 307, 308
省略 (abbreviation) 10, 11
初期近代英語 (Early Modern English) 27
初期中英語 (Early Middle English) 112, 129, 152, 306, 316
初期訳 (Earlier Version) 204, 209
『修道女の掟』(Ancrene Riwle) 125, 127, 131, 152
『修道女の手引き』(Ancrene Wisse) 152
新改訳 209, 233
新造語 (new-formed words / coinage) 59, 221
新文法学派 (neo-grammarians) 45
新約聖書 (New Testament) 44, 59, 78, 233, 322, 360, 368
新ラテン語 (Neo-Latin / Neo-Latin tongue) 52, 75
地口 / 語呂合わせ / 言葉遊び (pun / stock puns) 87, 253, 284, 314
時制 (tenses) 16, 17, 28, 32, 39, 48, 270, 293, 294, 306, 307, 307, 319

時制相 (tense-aspect / Aktionsart) 32, 45
時制体系 (tense system) 39
弱音節 (weak syllable) 85, 246
弱変化動詞 (weak verb) 48, 79, 107, 290
ジャーナリズムの文体 (journalese) 202
重音脱落 (haplology) 280
ジュート人 / ジュート族 (Jutes) 43, 51, 74, 76
受動態 / 受動構文 (passive voice) 19, 107, 294, 295, 297, 305
ジューニアス写本 (Junius Manuscript) 44
ジュール・他 (Arne Juul, Hans F. Nielsen, and Jørgen Erik Nielsen) 402
序数 (ordinals) 288, 289
女性韻 (feminine rimes) 8, 24
女性的 (feminine) 4, 7
ジョンソン博士 / サムエル・ジョンソン (Dr. Johnson / Samuel Johnson) 177, 188, 198, 211, 217, 228, 237
ジョンソン流の文体 (Johnsonese) 197, 198, 199

す

スウィート (Henry Sweet) v, 47, 67, 81, 158, 323, 397
須貝・真鍋 402
スカンジナビア語 / スカンジナビア諸語 (Scandinavian languages) 15, 31, 88, 90, 92, 93, 94, 95, 96, 97, 98, 99, 100, 102, 103, 104, 105, 106, 107, 109, 110, 111, 112, 113, 114, 115, 116, 149, 150, 195, 198, 215, 219, 220, 279, 399
スコットランド語 / スコットランド方言 (Scottish / Scotch dialect) 6, 14, 23, 42, 53, 94, 98, 103, 116, 161, 286, 297

ストルム (Johan Storm) 383
スペイン語 (Spanish) 5, 31, 48, 75, 208, 212, 220, 222, 377, 378, 379
スペンサー (Edmund Spenser) 179, 185, 299, 342, 343, 359, 360
スラブ語 / スラブ諸語 (Slavic languages) 17, 31, 183, 212, 320

せ

性 / 文法上の性 (gender) 32, 286, 315
清教主義 / 清教徒精神 (Puritanism) 370, 372
成語要素 / 構成要素 (formative elements / formatives) 60, 240, 244, 259, 260
生成文法 (generative grammar) 399
正字法 (orthography) 364
政治用語 (political words) 118
西部方言 113
接頭辞 (prefix) 9, 35, 36, 37, 46, 47, 78, 93, 161, 174, 194, 244, 255, 261, 266
接触節 (contact clause) 211
接辞 (affix) 44, 46, 57, 83, 399
接尾辞 (suffix) 9, 14, 23, 26, 36, 46, 47, 63, 79, 95, 155, 214, 221, 233, 241, 242, 243, 261, 269
戦争用語 (war words) 232
ゼロ派生 (zero-derivation) 47
ゼロ派生語 (zero-derivative) 46, 47
前舌母音 (front vowel) 266
前略 (apheresis) 25

そ

相 (aspect) 28, 319
祖語 (parent-language) 31, 44
増大辞 (augmentative) 25
俗語 (slang) 232, 254, 256, 264, 266, 269, 368, 370, 375

俗ラテン語 (Vulgar Latin) 208
属格 (genitive / genitive case) 45, 107, 109, 272, 273, 274, 275, 277, 280, 291, 296, 312, 313, 316

た

対格 (accusative) 45, 107, 137, 154, 272
大衆語 (mots populaires) 160
多様性 (variety) 187
単一語 (simple word) 46, 47
単音節語 (monosyllable) 8, 22, 265
単音節語使用 (monosyllabism) 263
単音節性 (monosyllabism) 7
単子音 (single consonant) 193
単純化 (simplification) 6, 39, 108, 246, 270, 271
単純性 (simplicity) 43, 271, 273
短母音 (short vowel) 174
代動詞 (pro-verb) 306, 320
代不定詞 (pro-infinitive) 309
ダーウィン (Darwin) iv, 26, 211, 321, 400
大母音推移 (Great Vowel Shift) 23, 155, 289
大ブリテン島 / ブリテン島 (Great Britain) 30, 39, 51, 52, 53, 89, 112, 352
奪格 (ablative) 45
男性韻 (male rimes) 7, 24
男性的 (masculine) / 男性的性質 (masculinity) 4, 12, 14, 21

ち

長母音 (long vowel) 5, 23, 238
地方訛り (provincialism) 375
直喩 (simile) 326
チョーサー (Chaucer) v, 30, 72, 99, 107, 124, 127, 132, 138, 140, 142, 147, 150, 151, 153, 154, 161, 162, 164, 175, 204, 205, 212, 238, 243, 275, 277, 282, 292, 298, 306, 314, 315, 317, 338, 346, 370, 382, 399
中英語 (Middle English) xi, 23, 63, 78, 91, 97, 98, 101, 102, 108, 109, 111, 112, 114, 115, 119, 122, 129, 130, 139, 146, 150, 153, 161, 211, 215, 246, 267, 269, 289, 304, 307, 308, 312, 313, 315, 316, 318, 319, 320, 338
中英語詩 139
『中英語辞典』(MED / *Middle English Dictionary*) xi, 84, 207
中期オランダ語 23
中世ラテン語 (Medieval Latin) 23, 53, 75, 78, 158, 206, 216, 234
中部方言 (Midland dialect) 85, 298, 304
直接法 (indicative) 32, 298, 306
重複音節 (reduplicated syllable) 37, 47
重複過去形 (reduplicated forms) 37, 47
重複動詞 (reduplicating verb) 84

つ

通格 (common case) 296, 316

て

低地スコットランド語 (Lowland Scotch) 53
適者生存 (survival of the fittest) iv, 400
哲学用語 (philosophical terms) 225
寺澤（盾）403
寺澤（芳雄）v, 316, 321, 322, 402
出わたり音 (off-glide) 22
転換 (conversion) 266, 267, 269
デーン人 (Dane) 27, 88, 89, 90, 91, 108, 111, 112, 117, 204
デーン法 / デーンロー (Danelaw) 89, 100, 101
デンマーク語 (Danish) 4, 8, 16, 27, 31, 51, 60, 63, 74, 84, 91, 92, 94, 97, 98,

100, 101, 102, 103, 104, 105, 108, 109, 111, 113, 115, 116, 136, 180, 183, 192, 225, 313, 363, 365

と

頭韻 (alliteration) 47, 69, 70, 71, 72, 73, 85, 86, 87

頭韻体の決まり文句 (alliterative formulas) 347

頭音消失 (apheresis) 212

統語法／統語論 (syntax) 11, 108, 148, 175, 176, 177, 273, 309, 311

倒置 (inverted order) 27

トムセン (Vilhelm Thomsen) 268, 397

トレンチ (Richard C. Trench) x, 64

ドイツ語 (German) vii, xi, 7, 8, 11, 13, 14, 15, 16, 23, 24, 26, 27, 29, 32, 41, 42, 44, 47, 54, 60, 63, 85, 109, 114, 136, 179, 183, 192, 215, 216, 220, 225, 232, 236, 288, 305, 313, 365, 366, 376, 377, 378, 379, 385

道具格 (instrumental) 45

動作主名詞 (agent-noun / agent nouns) 242, 261

動詞 (verb) xii, 14, 18, 94, 97, 99, 102, 107, 113, 129, 130, 138, 141, 147, 148, 174, 214, 242, 251, 252, 257, 265, 267, 297, 300, 305, 307, 308, 317

動詞的名詞 (verbal noun) 141, 143, 308

動詞の活用 (conjugation) 272, 313

動名詞 (gerund) xii

動詞由来名詞 (verb-nouns) 250

同音意義語 (homonym / homophone) 314

同義語 (synonym) 129, 130, 133, 134, 136, 146, 184, 185, 186, 187, 190, 204, 251, 337, 358, 373

同族語／同族言語 (cognate languages)

7, 15, 34, 63, 288

導入の副詞 (introductory adverb) 16

な

内部言語形式 (inner form / inner speech-form) 304, 317

中尾 xii, 22, 23, 25, 27, 48, 49, 312, 316, 320, 321, 353, 361, 401

中村 317

Nakamura 317

Nagano 47, 48, 266, 269

70人訳聖書 233

並木 320

南部方言 (Southern) 113

に

西ゲルマン語 (West-Germanic) vi, 31

二重語 (doublet) 137, 138, 163, 235, 252

二重子音 (double consonant) 193, 214

二重母音（化）(diphthong) 5, 23, 139, 150, 155

日常用語／日常語／日常語句 (everyday words) 15, 102, 118, 121, 122, 124, 133, 136

認知言語学 (cognitive linguistics) 399

ね

ネイピア (Arthur Sampson Napier) v, 85, 86, 112

の

ノーサンブリア方言 (Northumbrian dialect) 51, 69, 297, 315

能動態 (active voice) 294

ノルマン征服 (Norman Conquest) 48, 50, 74, 76, 78, 117, 118, 126, 128, 133, 150, 151, 195, 338, 399

ノルマン・フレンチ (Norman-French) 117

索　引

ノーン語 (Norn) 115

は

派生語 (derivative) 46, 47, 144, 147, 148, 152, 163, 174, 194
派生接辞 (derivative affix) 155
派生接尾辞 (derivative suffix) 261, 266
話し言葉 (spoken language) 174, 186, 248
バスク語 (Basque) 13, 25
ハワイ語 (Hawaiian / Hawaiian language) 5

ひ

ヒエロニムス (Hieronymus) 204
比較言語学 (comparative philology / comparative linguistics) 30, 44
卑俗用法 (Vulgarism) 165
否定構文 (negation) 320
否定語 (negative) 14, 112
標準英語 / 標準語 (Standard English / standard language) 262, 298, 383
ピジン（語）/ ピジン英語 (pidgin / Pidgin-English) 48, 375, 384
BBC / 英国放送協会 (British Broadcasting Corporation) 230
Biese 266, 267

ふ

複合語 (compound) 46, 47, 57, 58, 63, 67, 121, 167, 174, 242, 243, 258, 259, 260, 262, 283, 290, 292, 316
二つ折本 (folio / Folio) ix, xii, 299, 334, 335, 351, 353, 372
ブラッドレー (Henry Bradley) iii, xi, 398, 400
フランス語 (French) vii, 8, 17, 20, 28, 29, 31, 38, 42, 44, 47, 48, 53, 54, 56, 58, 63, 75, 77, 78, 81, 88, 92, 96, 102, 106, 109, 114, 117, 118, 119, 120, 121, 122, 123, 124, 125, 126, 127, 128, 129, 130, 131, 132, 133, 134, 135, 136, 137, 138, 139, 140, 141, 143, 146, 147, 148, 149, 150, 151, 152, 154, 155, 158, 160, 161, 162, 163, 169, 171, 175, 179, 183, 186, 192, 195, 211, 212, 214, 215, 219, 220, 232, 234, 235, 237, 238, 240, 247, 261, 279, 282, 283, 288, 290, 313, 316, 346, 349, 363, 374, 376, 377, 379, 383, 385, 399
ブリトン語 (British words) 52, 75
ブルトン語 (Breton) 54, 77
文強勢 (sentence stress) 36, 37, 47
文芸復興 / ルネサンス (Renaissance) 159, 160, 204, 250, 399
文語体 (literary style) 136, 198
文語ラテン語 (literary Latin) 160
分析的言語 (analytic language) 400
文体 (style) 7, 9, 10, 65, 87, 175, 178, 202, 322, 399
文体癖 (mannerism) 132
文法化 (grammaticalization) 318, 319
文法的並列構造 (grammatical parallelism) 333
分離不定詞 (split infinitive) 27, 309, 310, 321

へ

並置 (juxtaposition) 131, 277
閉音節 (closed syllable) 24
閉鎖音 (stop) 22, 46
ヘブライ語 (Hebrew) 44, 81, 235
『ベーオウルフ』 (*Beowulf*) 15, 27, 48, 55, 66, 83, 85, 89, 110, 112
ベーオウルフ写本 (Beowulf Manuscript)

44
ベーダ (Bede) 27, 50, 73, 81, 82

ほ
堀田　403
補充法 (Suppletivwesen / Suppletion) 33, 45
法律用語 (legal term) 100, 101, 121, 138, 143, 148, 158
本来語 (native word) 58, 96, 97, 98, 99, 103, 106, 114, 115, 118, 124, 125, 130, 131, 133, 134, 135, 141, 142, 144, 153, 181, 187, 251
翻訳借用 (loan translation) 80, 81, 236
翻訳借用語 (translation loans) 225
Baugh & Cable (2009) 27
母音韻 (assonance) 70
母音交替 / 母音転換 (apophony / Ablaut / aphophonie / gradation / vowel-gradation) 23, 39, 47, 48, 253, 272, 311
母音のわたり音 (vowel-glide) 4
母音変異 (mutation / umlaut) 241, 253, 279
北部方言 (Northern) 60, 113, 115, 269, 304, 317, 318, 319
母語 (native language) 54

ま
前島　402
摩擦音 (fricative) 22
摩擦子音 (hissing consonants) 301
マーシア方言 (Mercian dialect) 51
マーチャント (Hans Marchand) 26
マジャール語 (Magyar) 13, 25, 31, 287
マラプロピズム (malapropism) 197, 351
マレー / マレー博士 (Sir James Augustus Henry Murray) v, x, xi, 196, 261, 286, 297, 336, 356
マーロー (Christopher Marlowe) 299, 354
マロリー (Thomas Malory) 86, 154, 400

み
南アフリカオランダ語 (South African Dutch) 227
ミルトン (John Milton) 135, 143, 161, 162, 170, 176, 178, 190, 193, 204, 205, 210, 228, 287, 289, 301, 322, 324, 325, 328, 344, 346, 360, 401
三宅　44, 83

む
無声音 (voiceless / unvoiced sound) 22
無声子音 (voiceless consonant) 4, 251

め
命名法 (nomenclature) 191

も
モッセ (Fernand Mossé) iii, vi

ゆ
有声音 (voiced sound) 22
有声化 / 有声音化 (voiced) 46, 286
有声子音 (voiced consonant) 4, 251

よ
容認発音 (Received Pronunciation) 383, 384
与格 (dative) 45, 312, 315, 320
四つ折本 (quarto / Quarto) 299, 372
米倉　47, 209, 383
Yonekura 209

ら

ラスク (Rasmus Christian Rask) 46
ラテン語 (Latin) 8, 14, 31, 32, 34, 37, 40, 41, 42, 43, 44, 52, 56, 57, 58, 59, 62, 63, 75, 78, 79, 80, 81, 82, 83, 88, 106, 114, 129, 146, 147, 148, 151, 152, 154, 156, 158, 159, 160, 161, 162, 163, 164, 165, 166, 167, 168, 169, 171, 174, 175, 176, 177, 178, 179, 180, 183, 184, 185, 186, 190, 191, 192, 193, 201, 204, 205, 206, 207, 208, 209, 210, 211, 214, 215, 216, 218, 219, 220, 233, 234, 238, 251, 260, 262, 283, 288, 319, 346, 363, 376, 385, 399
ラテン語化 (Latinized) 158, 159, 181
ラテン借用語 (Latin loans) 42, 43, 48, 81

り

リドゲイト (John Lydgate) 207, 307, 320
略語 (clipped word) 24
両数 (dual) 32
リームス版聖書 (Reims Bible) 210
リンガフランカ / 共通言語 (lingua franca) 48

臨時語 / 一回限りの語 (nonce-word) 171, 248, 263

る

類義語 (synonym) 66, 67
ルーン文字 (runes / runic alphabet) 74, 75, 79, 266
ルター (Martin Luther) 8, 24

れ

連結詞的 (connective) 210
連語 (collocation) 186

ろ

ローマ字 / ローマ字アルファベット (Roman alphabet) 74, 79, 235
ロマンス語 / ロマンス諸語 (Romanic languages) 55, 56, 75, 105, 146, 183, 255, 259

わ

ワイルド (Henry Cecil Wyld) iii, v
わたり音 (glide) 4, 22
ワード・ペア (word-pairs) 97

訳者略歴

米倉　綽（よねくら　ひろし）
1970 年名古屋大学大学院文学研究科博士後期課程 2 年退学．名古屋大学文学部助手、大阪女子大学助教授、奈良教育大学教授、京都府立大学文学部・文学研究科教授、広島女学院大学文学部・言語文化研究科教授を経て、現在、京都府立大学名誉教授．文学博士［筑波大学］．

〈主な業績〉

著書：*The Language of the Wycliffite Bible: The Syntactic Differences between the Two Versions* (Tokyo: Aratake Shuppan, 1985).

　　　A Rhyme Concordance to the Poetical Works of Geoffrey Chaucer, 2 vols. (Hildesheim & New York: Olms-Weidmann, 1994) [With Akio Oizumi]

　　　『英語の語形成―通時的・共時的研究の現状と課題』（東京：英潮社、2006）．

　　　『ことばが語るもの―文学と言語学の試み』（東京：英宝社、2012）．

論文："On the Productivity of the Suffixes *-ness* and *-ity*: The Case of Chaucer," in *English Historical Linguistics and Philology in Japan* (Berlin / New York: Mouton de Gruyter, 1998), 439-53.

　　　"Compound Nouns in Late Middle English: Their Morphological, Syntactic and Semantic Description," in *From Beowulf to Caxton: Studies in Medieval Languages and Linguistics, Texts and Manuscripts* (Oxford, Wien & Others: Peter Lang, 2011), 229-59.

　　　"Meanings of the Word *Grace* in Late Middle and Early Modern English," in *Studies in Modern English: The Thirtieth Anniversary Publication of the Modern English Association* (Tokyo: Eihōsha, 2014), 115-31.

翻訳：『英語史序説』(Manfred Görlach, *Einführung in die englische Sprachgeschichte*, Heidelberg: Quelle & Meyer, 1982)（東京：英潮社、1992）．

　　　『英語の正書法―その歴史と現状』(Georges Bourcier, *L'orthographe de l'anglais: Histoire et situation actuelle*, Presses Universitaires de France, 1978)（東京：荒竹出版、1999）．

訳者略歴

相田　周一（あいた　しゅういち）
　　1987年大阪教育大学大学院教育学研究科修士課程修了．大阪府立大学助手、講師を経て、現在、大阪府立大学高等教育推進機構准教授．
〈主な業績〉
　著書：*Arthurian and Other Studies : Presented to Shunichi Noguchi* 'Negation in the Wycliffite Sermons' (Cambridge: D. S. Brewer, 1993) eds. Takashi Suzuki and Tsuyoshi Mukai.
　　　　Language and Beyond : A Festschrift for Hiroshi Yonekura on the Occasion of His 65th Birthday 'Relative Constructions in English Wycliffite Sermons' (Tokyo: Eichosha, 2007) eds. Mayumi Sawada, Larry Walker and Shizuya Tara.
　論文："The Text of Chaucer's *Parson's Tale* in Bodleian Library MS Arch. Selden B. 14: A Comparison of the Variants with BL MS Lansdowne 851," *Studies in Medieval English Language and Literature* 19 (2004), 37-49.
　　　　"*To* not *Two* : The Syntax and Textual Variants of the Infinitive in the English Wycliffite Sermons," *Studies in Modern English* 27 (2011), 25-47.

李　春美（い　ちゅんみ）
　　1989年大阪女子大学大学院文学研究科修士課程修了．プール学院大学教授を経て、現在、高知県立大学文学部・人間生活学研究科教授．文学博士［広島女学院大学］．
〈主な業績〉
　著書：『エリザベス女王最後の十年間──シェイクスピアのイングランド歴史劇からの考察』（東京：英宝社、2009）．
　論文：「ソネット詩論（その1）」『プール学院大学研究紀要』50（2009）、1-11.
　　　　"Elizabeth: The Last Ten Years of her Reign,"『プール学院大学研究紀要』54（2013）、1-14.

川端　新（かわばた　さら）
　　2012年福岡女子大学大学院文学研究科博士後期課程中途退学．現在、九州国際大学付属高等学校教諭．
〈主な業績〉
　論文：「緑の騎士の変容に潜むもの──ガーターからバース騎士団へ」*Kasumigaoka Review* 15（2009）、1-11.

奥村　譲（おくむら　ゆずる）
　　1982年大阪教育大学大学院教育学研究科修士課程修了．追手門学院大手前高等

学校非常勤講師、大阪府立芥川高等学校期限付講師、富山大学講師、助教授を経て、現在、富山大学人文学部・人文科学研究科教授.
〈主な業績〉
著書： *Arthurian and Other Studies : Presented to Shunichi Noguchi* 'Spelling Variations in Cambridge, St John's College, MS. B 12 (34)' (Cambridge: D. S. Brewer, 1993) eds. Takashi Suzuki and Tsuyoshi Mukai.

論文："Chaucer's *Parliament of Fowls* in Bodleian Library, MS Tanner 346: A Composite Text,"『富山大学人文学部紀要』33 (2000)、71-84.

"Dialectal Spellings and Textual Evolution: the Text of *Guy of Warwick* in Cambridge University Library, MS Ff. 2.38,"『富山大学人文学部紀要』56 (2012)、213-24.

"Northern Elements in London English: Re-examining the Language of the Auchinleck Couplet *Guy of Warwick*," *Studies in Medieval English Language and Literature* 29 (2014), 69-83.

鴻巣　要介（こうのす　ようすけ）
1989年京都大学大学院文学研究科修士課程修了. 大阪府立大学助手、講師を経て、現在、大阪府立大学高等教育推進機構准教授.
〈主な業績〉
翻訳：「ショレム・アレイヘム『市場から』のラテン文字転写及び翻訳」『英米言語文化研究』（大阪府立大学英米言語文化研究会) 48 (2000)、177-202 .

「ショレム・アレイヘム『市場から』のラテン文字転写及び翻訳 2」『英米言語文化研究』（大阪府立大学英米言語文化研究会) 49 (2001)、87-108.

柴倉　水幸（しばくら　みゆき）
2005年福岡女子大学文学研究科博士後期課程満期退学. 元福岡女子大学非常勤講師.
〈主な業績〉
論文："Some Features of Cockney as Seen in Two Musicals," *Kasumigaoka Review* 7 (2000), 85-110.

「副詞節内における仮定法― *Le Morte Darthur* を題材に」*Kasumigaoka Review* 10 (2004)、109-20.

"On the Modal Perfect as a Subjunctive Alternative in Middle English Adverbial Clauses: A Seminal Note from Malory," *Kasumigaoka Review* 12 (2006)、65-73.

訳者略歴

都地　沙央里（つじ　さおり）
　福岡女子大学大学院文学研究科博士後期課程在学中．コペンハーゲン大学留学（「交換留学プログラム」による派遣 2012-2013）．ケンブリッジ大学留学（EUIJ-Kyushu Doctoral Scholarship 2014 Award）．
〈主な業績〉
論文：「初期印刷本『きつね物語』諸版の本文派生と編集」*Kasumigaoka Review* 17 (2010), 1-17.
　　　"A Bibliographical Study of R. Pynson's *Reynard the Fox* (1494 and ?1506): Textual Editing and Derivation,"『九州英文学研究』29（『英文学研究』支部統合号第 5 巻）(2012)、277-88.（「奨励賞」受賞論文）．

平　　歩（ひら　あゆみ）
　2008 年福岡女子大学文学研究科博士前期課程修了．2010 年豪州 Macquarie University, Master of Applied Linguistics 修了（2008-09 年度ロータリー財団国際親善奨学生）．Macquarie University, Japanese Studies 非常勤講師を経て、現在、福岡女子大学国際文理学部「学術英語プログラム」非常勤講師．
〈主な業績〉
論文：「評言節 *you know* と *you see* の機能的な差異について」*Kasumigaoka Review* 13 (2007)、119-28.
　　　「日本人学生を対象としたアカデミック・ライティングの指導に関する実践報告」*Kasumigaoka Review* 19 (2013)、59-73.

溝端　清一（みぞばた　きよかず）
　1972 年大阪教育大学卒業．近畿大学准教授を経て、現在、近畿大学文芸学部教授．
〈主な業績〉
著書：*A Concordance to Caxton's Own Prose* (Tokyo: Shohakusha, 1990).
　　　Arthurian and Other Studies : Presented to Shunichi Noguchi 'Caxton's Revisions: the *Game of Chess*, the *Mirror of the World*, and *Reynard the Fox*' (Cambridge: D. S. Brewer, 1993) eds. Takashi Suzuki and Tsuyoshi Mukai.
　　　A Concordance to the Alliterative 'Morte Arthure' (Tokyo: Shohakusha, 2001).
　　　A Concordance to Caxton's 'Morte Darthur' (1485) (Osaka: Osaka Books, 2009).
論文："Composite Predicates: An Examination of Three Arthurian Works," *English Usage and Style* 19 (2002)、1-9.
翻訳：『サー・トマス・マロリー　Sir Thomas Malory』(M. C. Bradbrook, *Sir Thomas Malory*, London: Longmans, 1967)（名古屋：風媒社、2010）．

向井　毅（むかい　つよし）
　　1977 年大阪教育大学大学院教育学研究科修士課程修了．長崎大学、鳴門教育大学教授を経て、現在、福岡女子大学国際文理学部・文学研究科教授．
〈主な業績〉
　論文： "Stansby's 1634 Edition of Malory's *Morte*: Preface, Text, and Reception," *Poetica* 36 (1992), 38-54.
　　　　"Wynkyn de Worde's Treatment of Stephen Hawes' *Example of Vertu*," *Studies in Medieval English Language and Literature* 5 (1994), 59-74.
　　　　"Richard Pynson's 1526 Edition of *The Parliament of Fowls* : Textual Editing from Multiple Sources," *Poetica* 49 (1998), 49-62.
　　　　"De Worde's 1498 *Morte Darthur* and Caxton's Copy-Text," *The Review of English Studies*, ns. 51 (2000), 24-40.
　　　　"An Appropriation of the *Book of St Albans* by the *Gentlemans Academie* : Some Bibliographical Considerations, *The Medieval Book and a Modern Collector*," *Essays in Honour of Toshiyuki Takamiya* (Cambridge: Boydell & Brewer, 2004), 405-18.
　　　　「W. コップランド版（1557 年）『アーサー王の死』の謎―タイトル・ページを探る」、『テクストの言語と読み―池上惠子教授記念論文集』（東京：英宝社、2007）、398-414.
　　　　「ウィリアム・キャクストンと初期印刷本」、高宮利行・松田隆美編『中世イギリス文学入門―研究と文献案内』（東京：雄松堂、2008）、245-53.

村長　祥子（むらおさ　しょうこ）
　　2000 年東京大学大学院文学研究科博士課程単位取得後満期退学．福岡女子大学講師を経て、現在、福岡女子大学国際文理学部・文学研究科准教授．
〈主な業績〉
　論文： "On the Sequence 'þæt ... preposition' in Old English Prose," *Studies in Medieval English Language and Literature* 14 (1999)、77-93.（日本中世英語英文学会松浪奨励賞佳作）.

英語の成長と構造
Growth and Structure of the English Language

2015年3月30日 初 版　　　　2016年7月15日 第2刷

著　者 © O. イェスペルセン

監　訳　　米　倉　　綽

訳　者
相田周一　奥村　譲　川端　新
鴻巣要介　柴倉水幸　都地沙央里
平　歩　　溝端清一　向井　毅
村長祥子　李　春美　米倉　綽

発行者　　佐　々　木　　元

制作・発行所　株式会社　英　宝　社

〒101-0032 東京都千代田区岩本町2-7-7 第一井口ビル
☎ [03] (5833) 5870　Fax [03] (5833) 5872

ISBN978-4-269-82043-2 C1098
[組版:(株)マナ・コムレード/製版・印刷:(株)マル・ビ/製本:(有)井上製本所]

本書の一部または全部を、コピー、スキャン、デジタル化等での無断複写・複製は、著作権法上での例外を除き禁じられています。本書を代行業者等の第三者に依頼してのスキャンやデジタル化は、たとえ個人や家庭内での利用であっても著作権侵害となり、著作権法上一切認められておりません。